The Heroes of Olympus
混血營英雄
冥王之府

雷克·萊爾頓 Rick Riordan◎著
王心瑩◎譯

遠流

國際媒體讚譽

《冥王之府》是萊爾頓有關波西系列的故事中最扣人心弦的一部，充滿了駭人的怪物、緊張的打鬥，以及令人血脈賁張的恐怖戰慄。

——**凱倫・羅特**（Karen Rought），**作家**

《冥王之府》一如【混血營英雄】系列其他部作品精采十足！強烈推薦給所有持續關注【混血營英雄】的讀者，以及還沒開始注意【混血營英雄】的讀者。

——**英國《衛報》**（*The Guardian*）

萊爾頓成功打造了覺醒的塔耳塔洛斯以及凶惡、橫行無阻的怪物大軍景象。

——**《科克斯評論》**（*Kirkus Reviews*）

自從《智慧印記》最後掉入塔耳塔洛斯之後，對波西・傑克森的粉絲來說又經歷了漫長的一年。……這是【混血營英雄】系列另一部讓人愛不釋手的作品。

——**《書單》**（*Booklist*）

有一些系列書只有第一集和最後一集好看（中間幾集往往不優），萊爾頓卻不會掉入這種框架。每次看到他的新書，就會說：「這是目前爲止系列裡最好看的一本。」而且每一本都是品質保證。我不知道他是怎麼辦到的，但這些書讓他成爲我最喜歡的作者！

——**讀者** Moon Shim

如果你在找一本好書，我會推薦你這本書！

——**讀者** Charles Onstott

主要人物簡介

◆**波西·傑克森**（Percy Jackson）

海神波塞頓的混血人兒子。他帶著喪失的記憶來到另一個混血人的營區——朱比特營，所幸在重重艱難的任務中逐漸恢復了記憶，並與安娜貝斯相逢，更成爲完成預言的七人成員之一。他和其他六個混血人準備將擁有強大力量的雅典娜·帕德嫩雕像送回希臘之際，卻與安娜貝斯掉入了塔耳塔洛斯。如果不能打開死亡之門，他和安娜貝斯將永遠無法離開冥王之府，這暗示著他們的生命危在旦夕。

◆**安娜貝斯·雀斯**（Annabeth Chase）

波西的混血營夥伴與女朋友，是智慧女神雅典娜的混血人女兒，聰明有智慧。她完成了母親智慧女神交託的新任務，找到雅典娜·帕德嫩的雕像。然而在護送雕像回希臘的過程中，卻不幸跌入塔耳塔洛斯這個可能毫無存活機會的地方。她能否平安逃過塔耳塔洛斯強大而恐怖的威脅，將再次考驗她的智慧。

◆**傑生·葛瑞斯**（Jason Grace）

羅馬天空之神朱比特的混血人兒子。有著一頭金髮與難以預測的神力，可以駕馭風雲與控制氣流。在被交換到混血營後，他空白的記憶逐漸恢復，並成爲七人大預言中的任務成員，與其他混血英雄共同執行最後的危險任務。

◆**派波．麥克林**（Piper Mclean）

棕髮女孩，是愛與美之神阿芙蘿黛蒂的混血人女兒。她有印第安切羅基族血統，性格堅強、倔強，習慣掩飾自己的美貌，不愛出風頭。她在混血營的任務中漸漸學會了運用自己的天賦，並加入大預言中的七人小組。

◆**里歐．華德茲**（Leo Valdez）

火神赫菲斯托斯的混血人兒子。身材瘦小，有一頭黑色鬈髮和尖耳朵；萬能的雙手對任何機械、五金等工藝事物都很在行。在與傑生和派波三人拯救了希拉之後，他打造出一艘配備現代科技、能飛天下海的希臘戰船——阿爾戈二號，載著其他混血人共同為阻止蓋婭覺醒而努力。

◆**海柔．李維斯克**（Hazel Levesque）

羅馬冥王普魯托的混血人女兒。她的特殊能力是可感應地下隧道，且身邊會不時冒出貴重寶石。在與波西和法蘭克成功釋放死神桑納托斯後，她為了阻撓蓋婭毀滅世界，加入七人大預言小組，在任務中漸漸確認自己的特殊能力。

◆**法蘭克．張**（Frank Zhang）

羅馬戰神馬爾斯的混血人兒子，身材魁梧高大。他母親的家族血統與波塞頓有關，因此他是目前唯一具有希臘、羅馬雙重血統的混血人。他擅長射箭，擁有能夠任意變形的能力，任務中也漸漸展現身為戰神後代的優異領導力。

◆**尼克・帝亞傑羅**（Nico di Angelo）

冥王黑帝斯的混血人兒子，本來與姊姊碧安卡相依爲命，碧安卡過世後，他回到冥界，幫波西尋找贏得泰坦大戰的對策。後來他又回到冥界，將同父異母的姊姊海柔帶回人間，並在冥界搜索有關大預言任務的關鍵訊息，因此遭遇危難。後來被任務成員救出，指引大家前往冥王之府。

◆**伊阿珀特斯**（Iapetus）

泰坦巨神之一，是天空之父烏拉諾斯與大地之母蓋婭的兒子，也是第二代泰坦神普羅米修斯與阿特拉斯的父親。波西在勒特河畔和泰麗雅、尼克打敗他並清除他的記憶後，改稱他爲「鮑伯」，從此變得和善、貼心，於是他們把他留在黑帝斯的宮殿，由泊瑟芬照顧他。

◆**葛利生・黑傑**（Gleeson Hedge）

好戰且熱愛運動的中年羊男，總是一副健身教練的打扮。曾僞裝成體育老師混進傑生、派波和里歐的荒野學校保護他們。他在任務小組的行動中，一方面幫忙操控阿爾戈二號，一方面擔任這群血氣方剛青少年的監護人，雖然他常常是最先情緒失控的那一位。

◆**蕾娜**（Reyna）

羅馬女戰神貝婁娜的混血人女兒，也是第十二軍團的執法官，個性沉穩、冷靜、明辨是非。她有一頭深色頭髮，金色戰甲外披著紫色斗篷。在七人大預言行動開始後，因爲里歐對朱比特營的失誤攻擊，她被迫帶領軍團追擊七人小組，並準備進攻混血營。

◆蓋婭（Gaea）

希臘羅馬神話中的大地之母，也是最古老的神之一。她與天空之父烏拉諾斯生出了泰坦巨神，泰坦巨神中的克羅諾斯與瑞雅即是奧林帕斯三大神的父母。她也是許多巨人族與怪物的母親。在波西與泰坦大戰之後，蓋婭計畫從塔耳塔洛斯覺醒，她派出巨人和怪物孩子阻撓混血英雄的任務，並利用希臘與羅馬陣營長久以來的不和，打算毀滅世界並重掌大地。

給我最棒的讀者們：

上一集最後留下了吊人胃口的情節，真是抱歉。

嗯，其實沒有很抱歉啦，哈哈哈哈。

不過說真的，我愛你們大家。

1 海柔

遭遇第三波攻擊時，海柔差點吃下一顆巨石。她正努力想看透前方的濃霧，心裡覺得很納悶，只不過要飛越一道愚蠢的山脈，怎麼會如此困難？就在這時，船艦的警報鐘聲響起。

「船頭轉向左！」尼克從飛船的前桅那邊喊過來。

里歐則在船尾負責掌舵，使勁轉動舵輪。阿爾戈二號轉向左方，一整排飛行槳猛力划過雲霧，看起來很像一排刀子。

海柔在欄杆旁察看情勢時犯了個錯。一個暗色的球形朝她飛來，她心想：「月亮為什麼會朝我們飛過來啊？」接著她大喊一聲，摔到甲板上。那塊巨大岩石從頭頂近處飛掠而過，把她的頭髮吹得像瘋婆子。

啪啦！

前桅轟然倒塌，船帆、桅杆和尼克全都摔落到甲板上。那塊巨石大約有一輛貨卡車那麼大，它滾了幾圈，落入濃霧中，活像在其他地方還有什麼重要的事情要辦。

「尼克！」海柔趕緊爬到他身旁，里歐則忙著讓船隻恢復平穩。

「我沒事。」尼克含糊說著，把壓在腳上的層層帆布踢開。

海柔幫忙他站起來，兩人跌跌撞撞回到船頭。這一次，海柔更仔細察看周遭情勢。這時雲霧剛好散開得夠久，讓他們腳下的山頂部分顯露出來。在綠草如茵的山坡上，有一塊矛尖狀的黑色岩石特別突出。山頂上站了一名「山神」，傑生是這麼叫他們的；或者希臘人叫他們「烏瑞亞」。無論你怎麼叫，他們都超級討人厭。

就像他們遇過的其他山神一樣，這位也是穿著簡單的白色束腰外衣，皮膚像玄武岩一樣又粗又黑。他大概有六公尺高，全身肌肉超級發達，蓄著飛揚的白鬍鬚，頭髮散亂，眼神狂野，活像瘋瘋癲癲的隱士。他吼了幾句話，海柔聽不懂他說什麼，但顯然不是什麼歡迎的話。只見他徒手撬起山頂上的另一塊巨岩，開始把巨岩修整成球形。

眼前的景象又消失於濃霧中，不過山神再度大吼一聲，另一名山神也從遠方出聲回應，他們的聲音在山谷裡反覆迴盪。

「那些石頭神笨死了！」里歐在船尾大喊：「這已經是第三次了耶，我得重新把桅杆裝回去！你以爲它們是長在樹上嗎？」

尼克皺起眉頭。「桅杆是從樹上砍來的沒錯啊。」

「那不是重點啦！」里歐抓住他的其中一根操縱桿，那是用任天堂遊戲機 Wii 的遙控器拼裝而成，里歐抓著它轉了一圈。在幾公尺外的地方，甲板上有個活板門打開了，一座神界青銅大砲升起。海柔及時掩住耳朵，隨即聽見砲彈射入天際，接著從砲彈飛撒出十幾顆金屬球，每顆球的尾巴都拖著綠色火光。那些球在半空中伸出尖釘，彷彿直升機的螺旋槳葉片一般，然後高速飛入濃霧中。

過了一會兒，從山脈那邊傳來一連串猛烈的爆炸聲，隨之而來的是那些山神的憤怒狂吼。

「哈！」里歐大叫一聲。

不幸的是，海柔猜想，從之前兩次雙方交手的情況看來，里歐的最新武器只會讓那些山神更加火大而已。

另一顆巨石劃破空氣呼嘯而來，對準他們的右舷一側。

尼克大喊：「快點離開這裡啦！」

里歐對山神碎碎唸著一些忿忿不平的話，不過他還是轉動舵輪，引擎隨之嗡嗡作響。船上的魔法索具自動抽緊，於是船隻轉向左方前進。阿爾戈二號加快航速，撤向東北方。事實上，過去這兩天來，他們一直這樣反覆來回。

直到駛出山區，海柔才終於放鬆下來。濃霧散開了，在他們腳下，晨光照亮了義大利鄉間地帶，連綿的綠色丘陵和金黃田野與北加州的景致沒什麼不同。海柔幾乎開始想像自己其實是駕著船回家，回到朱比特營。

這個想法重重地壓著她的心頭。自從尼克由冥界帶她回來之後，朱比特營作爲她的家其實只有短短九個月，不過比起她的出生地紐奧良，海柔更想念朱比特營，而且絕對遠超過阿拉斯加，她曾經於一九四二年死在那裡。

她想念第五分隊營房的帆布吊床，想念在營隊餐廳裡吃的晚餐，風精靈從空中快速遞送盤子，還有退伍軍人開玩笑聊著軍事演習的事。她好希望與法蘭克手牽著手，一起在新羅馬的大街上隨處晃蕩。她好希望能再一次過著普通女孩的生活，有個非常甜蜜、體貼的男朋友陪伴在身旁。

而她最最希望的，其實是擁有安全感。她好累，再也不想一直過著擔心害怕的生活。

她站在後甲板區，尼克正把刺入他手臂的桅杆碎片拔出來，里歐則按著船隻控制台上的按鈕。

「噢，那眞是超爛的，」里歐說：「我應該去把其他人叫醒嗎？」

海柔很想說好，可是其他夥伴已經値過夜班，理應好好休息一番。爲了保衛這艘船，他們忙得筋疲力竭；似乎每隔幾個小時，就會有一些羅馬怪物認定玩弄阿爾戈二號會很有樂趣。幾個星期之前，海柔根本無法相信有人在山神的攻擊下還能睡得著，不過她現在可以想像，她的朋友們一定在甲板下面呼呼大睡。只要有機會躺下來，她一定也會睡得像是昏迷不醒的病人。

「他們需要休息，」她說：「我們一定要靠自己想出其他方法。」

「哼。」里歐對著顯示螢幕沉下臉。他穿著破爛的工作襯衫和油膩膩的牛仔褲，看起來好像剛和一部機器進行摔角比賽而敗下陣來。

自從他們的朋友波西和安娜貝斯墜入塔耳塔洛斯以來，里歐一直工作個不停，幾乎沒有休息。他顯得比平常更加怒氣沖沖，也更像拚命三郎了。

看到他這樣，海柔很擔心。不過里歐這樣的轉變，讓她多少也鬆了一口氣，因爲里歐笑著和開玩笑的時候，看起來實在太像山米了。山米是里歐的曾祖父……也是海柔的第一個男朋友，是在一九四二年那時候。

喔，爲什麼她的人生一定要這麼複雜呢？

「其他方法，」里歐嘀咕著說：「你看出有其他方法嗎？」

他那發亮的顯示幕上有一張義大利地圖，亞平寧山脈沿著這個靴形國家的正中央向下延伸，代表阿爾戈二號的綠點則在山脈西側不斷閃爍，位置在羅馬北方大約幾百公里的地方。他們的路線應該很簡單才對，只需要到達希臘，前往一個叫伊庇魯斯的地方，然後找到一座叫做「冥王之府」的古代神殿（冥王在羅馬人的口中是「普魯托❶」；又或者海柔喜歡這樣看待他：全世界最失職的父親）。

要到達伊庇魯斯，他們只需要直直往西走，也就是翻過亞平寧山脈，再越過亞德里亞海就行了。可是這條路線完全行不通，每一次他們想翻越義大利的山脊，山神就發動攻擊。

過去兩天來，他們試圖從北邊繞過去，希望能找到一個安全的隘口，然而沒有這樣的好運氣。這些山神都是蓋婭❷的兒子，而蓋婭是海柔最不喜歡的女神，因此雙方注定彼此敵對。阿爾戈二號的飛行高度不夠，沒辦法躲過山神的攻擊；即使全力防守，這艘飛船也無法安然飛越山脈而不被擊成碎片。

「都是我們的錯，」海柔說：「是尼克和我的錯。山神可以感覺到我們的存在。」

她看了一眼她同父異母的弟弟。自從他們從巨人手中救出尼克之後，他的力量開始漸漸恢復，身材卻依舊瘦削得驚人，黑色上衣和牛仔褲簡直像是掛在他瘦巴巴的骨架上。長長的黑髮讓他凹陷的雙眼更明顯，橄欖色的皮膚則變成病懨懨的青白色，活像樹皮汁液的顏色。

以人類的年歲來看，他只有十四歲，只比海柔大一歲，然而那無法解釋全部的故事。尼克．帝亞傑羅和海柔一樣，都是來自另一個年代的半神半人。他渾身散發一種古老的能量，也散發一種憂鬱的氣息，因爲知道自己並不屬於現代世界。

海柔認識他的時間並沒有很久，不過她了解，甚至能分享他的那份悲傷。黑帝斯（或者

❶ 普魯托（Pluto），冥界之王，掌管整個地底世界，等同於希臘神話中的冥王黑帝斯（Hades）。

❷ 蓋婭（Gaea），希臘與羅馬神話中的大地之母，是眾神和萬物的起源。她孕育出天空之父烏拉諾斯，並與他製造出泰坦巨神等許多子女。

叫普魯托，隨便啦）的孩子很少人能擁有快樂的人生。而根據尼克前一晚對她說的事情來判斷，等到抵達冥王之府後，他們人生之中最大的挑戰才會到來；尼克懇求海柔保守祕密，不要對別人說。

尼克緊緊握住他那把冥河鐵劍的劍柄。「地精靈不喜歡冥界的孩子，這是真的。我們會激怒他們，這事千眞萬確。不過我覺得，山神無論如何都可以感覺到這艘船，我們不是帶了雅典娜．帕德嫩嗎？那東西簡直就像是魔法信號發射器。」

海柔打了個寒顫，想起那個占據了大部分底艙位置的巨型雕像。爲了從羅馬的地底洞穴把它救出來，他們做了那麼大的犧牲，卻不曉得該拿它怎麼辦。到目前爲止，看來它唯一的好處是提醒更多怪物注意到他們的存在。

里歐伸出手指，沿著義大利地圖往下指。「所以可以排除翻越山脈的路線了。問題是，這山脈往上往下都延伸得很長啊。」

「我們可以走海路。」海柔提議。「從義大利的最南端繞過去。」

「那樣要走很遠，」尼克說：「而且，我們沒有……」他的聲音乾乾啞啞的，「你也知道……我們的海洋專家，波西。」

那個名字飄盪在半空中，很像即將逼近的暴風雨。

波西．傑克森，波塞頓❸之子……可能是海柔最欽佩的半神半人。他們去阿拉斯加出任務的路上，波西好幾次救了她的命；然而在羅馬的時候，波西需要海柔的幫忙，她卻讓波西失望了。波西和安娜貝斯被拉進那個深淵時，她只能眼睜睜看著，無能爲力。

海柔深呼吸一口氣。波西和安娜貝斯還活著，她打從心底知道。海柔還是有機會救出他們，只要能到達冥王之府，只要能闖過尼克向她提出警告的那項挑戰……

「繼續向北走呢？」她問。「山脈總有某個地方會斷開或之類的吧。」

里歐搖晃著他安裝在控制台上的阿基米德銅球，那是他最新也最危險的玩具。海柔每一次看到那東西，嘴巴都不由得變乾。她很擔心里歐在球上轉出錯誤的組合，不小心把他們從甲板全部射出去，或者把整艘船炸掉，或甚至讓阿爾戈二號變成一個巨大烤箱。

幸虧他們還滿走運的。那顆球跑出一個攝影鏡頭，在控制台上投射出亞平寧山脈的立體影像。

「我不知道耶，」里歐仔細檢視眼前的全像圖，「我沒看到北方有任何適合的地方可以穿過去，不過比起回頭向南走，我比較喜歡北方這個想法。我和羅馬玩完了。」

沒有人想爭辯這一點。羅馬發生的那些事，絕不是什麼美好經驗。

「不管我們決定怎麼做，」尼克說：「動作都要快一點。安娜貝斯和波西在塔耳塔洛斯裡每多待一天……」

他並不需要把話說完。他們必須祈禱波西和安娜貝斯可以活得夠久，能夠找到在塔耳塔洛斯那一邊的死亡之門；然後假定阿爾戈二號也能順利抵達冥王之府，打開在凡人世界這一邊的死亡之門，救出他們的朋友，並把入口封死，阻止蓋婭的力量在凡人世界一次又一次崛起、重生。

---

❸ 波塞頓（Poseidon），希臘神話的海神，掌管整個海域，力量象徵物是三叉戟。等同於羅馬神話中的涅普頓（Neptune）。

沒錯……這計畫絕對不能有任何一部分出差錯。

尼克沉著一張臉，看著腳下的義大利鄉間。「也許我們應該叫醒其他人。這個決定會影響到我們所有人。」

「不要，」海柔說：「我們可以找到解決方法。」

她不知道自己為什麼有強烈的確定感，但自從離開羅馬之後，任務小組就有點開始失去凝聚力了。他們彼此不斷磨合，學習團隊合作，然後，砰……他們兩個最重要的成員竟然掉進塔耳塔洛斯。波西一直是他們的支柱，眾人航越大西洋和進入地中海的時候，波西一直給大家很大的信心。至於安娜貝斯，她向來是實際上的任務領導者，而且獨自找到了雅典娜·帕德嫩雕像。她是七個人之中最聰明的，不管碰到什麼問題，她都有答案。

假如每次碰到問題，海柔都喚醒所有小組成員，其實大家只會開始吵架，而且感覺愈來愈無助。

她必須讓波西和安娜貝斯以她為榮。她必須擔負起帶頭的責任。她不能接受自己在這趟任務中的角色只是尼克警告過她的事——到達冥王之府，除掉橫亙在他們面前的障礙。她把這樣的想法丟到一旁。

「我們的想法要比較有創意一點，」她說：「想出另一種方法越過那些山脈，或者讓山神偵測不到我們的存在。」

尼克嘆了口氣。「如果只有我自己一個人，就可以做影子旅行，不過一整艘船就行不通了。而且說老實話，現在我都不敢說還有沒有力氣傳送我自己。」

「我也許可以弄出某種偽裝之類的，」里歐說：「就像某種煙幕，把我們隱藏在雲裡面。」

他的語氣聽起來並沒有很熱切。

海柔俯瞰著連綿不絕的田園，心裡想著在田園的底下有什麼：那是她父親的地盤，她父親是冥界之王。她只見過普魯托一次，當時她甚至不知道那人是誰。她從來不曾期盼得到父親的協助，第一次活著的時候不曾如此，成為冥界幽靈的時候不曾如此，尼克帶她回到活人世界之後也不曾如此。

她父親的助手桑納托斯❹，也就是死亡之神，曾經對她說，普魯托忽視她的存在恐怕對她比較好，畢竟她根本不應該活著。如果普魯托注意到她，也許就必須讓她回到死亡之地。

而這就表示，請求普魯托的協助會是非常糟糕的點子。可是……

「求求您，父親，」她發現自己暗暗祈禱著：「我必須找到一條路，前往您在希臘的神殿，也就是冥王之府。如果您在下面，請告訴我該怎麼辦才好。」

地平線的邊緣突然出現一道移動的閃光，吸引了她的注意：有個小小的米黃色物體，以極其驚人的速度越過田野，後方拖著一條類似飛機雲的蒸汽尾巴。

海柔不敢相信自己的眼睛。她不敢懷抱希望，不過那一定是……「阿里昂。」

「什麼？」尼克問。

看著那團煙塵愈來愈近，里歐開心地高呼一聲。「好傢伙，那是她的馬！那整件事發生的時候你剛好不在。自從離開堪薩斯之後，我們就沒有看過牠了！」

海柔笑了，這是好幾天以來她第一次笑了。看見她的老朋友，感覺眞是太棒了。

---

❹ 桑納托斯（Thanatos），掌管死亡之神，住在冥界，也是冥王黑帝斯的助手。

約莫北方將近兩公里的地方，那個米白色的小點繞過一個小山丘，停在山頂上。其實沒辦法看得很清楚，但是等那匹馬用兩條後腿站起來、縱聲嘶叫、聲音一路傳到阿爾戈二號時，海柔不再懷疑了，那確實是阿里昂。

「我們得去找牠，」她說：「牠是來這裡幫我們的。」

「好啊，沒問題，」里歐抓抓頭。「不過，呃，我們之前說好了，這艘船再也不會降落到地面上，記得嗎？你也知道，因為蓋婭要摧毀我們所有人。」

「只要讓我靠近一點就好，然後我用繩梯爬下去。」海柔的心臟怦怦跳。「我覺得，阿里昂想要告訴我一些事。」

2 海柔

海柔從來沒有覺得這麼快樂過。嗯，也許除了朱比特營舉辦勝利宴會的那個夜晚以外，那時她第一次親吻法蘭克……不過，眼前這一刻的快樂非常接近了。

她一到達地面，立刻跑向阿里昂，伸出雙臂摟住牠的脖子。「我好想你！」她把臉埋進馬兒溫暖的側腹，嗅聞著海鹽和蘋果的氣息。「你到哪裡去了？」

阿里昂嘶叫了一聲。海柔希望自己能像波西一樣會說馬語，不過她大致了解牠的意思。阿里昂的聲音聽起來很急切，彷彿說著：「小女孩，沒有時間多愁善感了！快來！」

「你要我跟著你走嗎？」她猜測說。

阿里昂快速點著頭，原地踏了幾步，深棕色眼睛閃爍著急切的光芒。

海柔依舊不敢相信牠眞的站在眼前。阿里昂可以奔跑越過任何表面，連海面都沒問題；但她一直很擔心阿里昂不會跟著他們進入古老的土地。對半神半人和他們的夥伴來說，地中海實在太危險了。

牠不會去的，除非海柔迫切需要牠。而牠似乎顯得很激動……無論是什麼事，如果能讓一匹勇敢無畏的馬這麼驚慌，應該也會讓海柔害怕。

然而，海柔卻覺得興高采烈。她實在受夠了在海上和在天空中的暈眩感。在阿爾戈二號船上時，她拚命想找到像壓艙物一樣平衡穩定的感覺，現在她很高興能回到實實在在的陸地上，就算這裡是蓋婭的領域也無所謂。她準備要騎上馬背。

「海柔！」尼克在船上大喊：「到底怎麼了？」

「沒事！」她蹲下身子，從地上召喚出一個金塊。

她愈來愈能控制自己的力量了，現在貴重的寶石很少會莫名其妙地從她身邊冒出來，要從地面召喚出金塊也變得很容易。

她餵阿里昂吃金塊……這是牠最喜歡的點心。接著，她抬頭對里歐和尼克笑了笑，他們站在三十公尺上方的繩梯頂端看著她。「阿里昂想要帶我去某個地方。」

兩個男孩彼此交換緊張的眼神。

「呃……」里歐指向北方，「拜託告訴我，牠不是要帶你進去那個吧？」

海柔太注意看著阿里昂，沒發現周遭的騷動。大約兩公里外，在下一座山丘的山頂上，有一團風暴籠罩著山頂的某個古老石砌廢墟，那也許是羅馬時代的神殿或堡壘的遺址。一條漏斗雲彎彎曲曲地向下延伸到山頂，很像沾滿墨水的黑色手指。

海柔覺得嘴裡有股血腥味。她看著阿里昂。「你想去那裡嗎？」

阿里昂嘶鳴一聲，彷彿在說：「拜託，這還用說嘛！」

嗯……海柔剛才懇求過協助，難道這就是她父親給的答案？

她希望是，不過她也感覺到，那團暴風雨裡面還有其他除了普魯托之外的力量……某種黑暗、強而有力，而且不見得很友善的力量。

但無論如何，這是她能夠幫助朋友們的大好機會，也是起身領導而非默默跟隨的機會。

海柔繫緊皮帶，皮帶上配有她那把以帝國黃金打造的騎兵劍，然後爬到阿里昂的背上。

「我不會有事的！」她抬頭對尼克和里歐喊說：「停在這裡不要動，等我回來。」

「要等多久？」尼克問：「萬一你沒有回來呢？」

「不用擔心，我一定會回來。」她保證，希望這話是真的。

她踢踢阿里昂，於是他們衝出去，奔過原野，直直朝向不斷擴張的大風暴而去。

3 海柔

那團風暴形成一個不斷旋轉的黑色雲雨錐，吞沒了整座山丘。阿里昂直直衝進裡面。

海柔發現自己在山頂上，不過感覺很像置身在一個完全不同的維度。這個世界失去了色彩。風暴的邊緣呈現陰鬱的黑色，籠罩了整座山丘，天空則翻攪成灰色。頹傾的廢墟像是漂白得太過蒼白，幾乎要發出光。就連阿里昂也從原本的焦糖棕色變成陰鬱的暗灰色。

位於風暴的正中央，空氣全然靜止。海柔的皮膚冷得微微刺痛，宛如剛用酒精擦過。在她的正前方，覆滿青苔的牆上有一道圓弧形的拱門，通向某種看似圍城的地方。

在一片昏暗中，海柔看不太清楚四周景物，但她感覺到那裡面有某種東西存在，彷彿她是一塊鐵，正受到大型磁鐵的吸引。那股拉力看不見，隱隱將她向前拉去。

不過她有點猶豫。她拉住阿里昂的韁繩，牠的馬蹄聲急切，馬蹄下的地面都喀啦碎裂。只要是牠踏過的地方，地上的青草、泥土和石頭全都像結了霜一樣變成白色。海柔想起阿拉斯加的哈伯冰河，想起冰河表面如何在他們腳下喀啦碎裂。她也想起羅馬那個可怕洞穴的地板破碎成塵土，讓波西和安娜貝斯掉進塔耳塔洛斯。

她希望眼前這個只有黑白兩色的山頂不會在她腳下突然分解不見，但她還是決定最好繼續往前走。

「小子，那就走吧。」她的聲音聽起來悶悶的，像是把頭埋在枕頭裡說話。

阿里昂小跑步穿過石砌拱門。頹傾的牆圍住一個正方形中庭，大約有一個網球場那麼大。牆上還有另外三個門，全都位在每一道牆的正中央，分別通往北邊、東邊和西邊。而在庭院的正中央有兩條卵石小徑在此交叉，形成一個十字。霧氣低垂於空中，一絲絲白色薄霧不斷浮動、捲繞，彷彿它們有生命一樣。

那不是霧氣，海柔終於發現了。那是「迷霧」。

她這輩子不時聽說「迷霧」的事，這是一種超自然的遮蔽物，可以把神話世界都遮掩起來，讓凡人看不見。它可以矇騙人類，甚至矇騙半神半人，讓他們以為眼前所見的怪物是無害的動物，或者讓天神看起來像是普通人。

海柔從來沒想過迷霧看起來就像是眞正的煙霧，不過看著迷霧旋繞包住阿里昂的腳，或是從頹傾中庭的破損拱門間穿越飄過，她的手臂不由得寒毛直豎。不曉得為什麼，她就是知道這些白色的東西完全是魔法。

遠方傳來狗的嚎叫聲。阿里昂通常天不怕地不怕，但牠後退了一步，緊張地呼呼吹氣。

「沒事，」海柔拍拍牠的脖子，「我們會一起面對。我要下去了，好不好？」

她滑下阿里昂的背。阿里昂立刻轉過身，一溜煙跑了。

「阿里昂，等……」

不過牠已經從來時路消失得無影無蹤。

這「一起面對」還眞是夠了。

另一陣嚎叫聲劃破空氣，這一次又更接近。

海柔往庭院中央走去。攀附在她身上的迷霧很像結凍的霧氣。

「哈囉？」她叫著。

「哈囉。」有個聲音回應。

一個蒼白的女子身影出現在北面的門口。不對，等等……她是站在東面的門口。不對，是西面。同一個女子有三個朦朧的影像同步移動，走向廢墟的正中央。她的形影很模糊，是由迷霧組成，而且有細細的兩條煙霧拖曳在她身後，在她腳邊跑來跑去，很像兩隻動物。是寵物之類的嗎？

她到達庭院的正中央，三個形影在那裡合而為一，凝固成一個身穿無袖長禮服的年輕女子。她有一頭金髮，在腦後梳攏成高高的馬尾，是古希臘髮型。她的衣服非常柔軟、光滑，似乎微微波狀起伏，彷彿那布料是從肩膀處潑下墨水而成。她看起來不超過二十歲，不過海柔知道這沒有任何意義。

「海柔．李維斯克。」女子說。

她非常美麗，但是像死人一樣蒼白。以前在紐奧良的時候，海柔有一次不得不參加一位死去同學的守靈夜。她想起那個年輕女孩沒有生命的軀體躺在打開的棺材裡，臉上化著漂亮的妝容，彷彿只是躺著休息。那一切讓海柔覺得好可怕。

眼前這名女子讓海柔回想起那個死去的女孩，差別在於女子的眼睛是張開的，而且眼珠是全然的黑色。每次女子略略歪著頭，似乎又分裂成三個不同的人影……朦朧的殘留影像模糊成一片，很像是拍照對象移動得太快而沒辦法拍出清楚影像。

「你是誰？」海柔的手指猛力握住劍柄。「我是說……哪個女神？」

海柔很確定她是女神。這名女子渾身散發出力量。他們身邊的一切事物之所以如此，包括不斷旋繞的迷霧、單一色彩的風暴雨雲、廢墟發出的詭異光芒等，都是因爲她的存在。

「啊。」女子點點頭。「讓我給你一點指引。」

她舉起雙手。突然間，她的兩隻手各握著一把以茅草紮成的老式火炬，搖曳著熊熊火焰。迷霧也隨之退到庭院邊緣。女子穿著涼鞋的腳下有兩隻小動物漸漸變成實體，一隻是黑色的拉布拉多獵犬，另一隻則是身軀修長、毛茸茸的灰色齧齒動物，臉上戴了白色面具。也許是鼬鼠？

女子露出平靜的微笑。

「我是黑卡蒂❺，」她說：「魔法女神。我們有很多事情要討論，如果你活得過今天晚上的話。」

---

❺黑卡蒂（Hecate），掌管魔法和幽靈的女神，創造了地獄，代表世界的黑暗面。

4 海柔

海柔很想跑掉，可是她的雙腳似乎牢牢釘在白色光滑的地上。

十字路口的兩側各出現一個暗色的金屬火炬架，它們從土裡冒出來的樣子很像植物的莖幹。黑卡蒂把手中的火炬放在兩個架子上，然後在海柔的周圍慢慢繞一圈，同時打量著海柔，彷彿她們兩人是舞伴，正跳著某種詭異的舞蹈。

黑狗和鼬鼠緊跟在她後面。

「你很像你媽媽。」黑卡蒂決斷地說。

海柔的喉嚨收緊。「你認識她？」

「當然。瑪莉是個算命師，她會施一些魔法、咒語和符咒之類的。而我是魔法女神啊。」

她那雙純黑的眼珠似乎拉扯著海柔，想要使勁拉出她的靈魂。海柔第一次活在紐奧良的那段期間，因為媽媽的關係，一直遭受聖阿格尼斯學校同學的欺侮。他們說瑪莉．李維斯克是女巫，修女們也竊竊私語，說海柔的媽媽與魔鬼進行交易。

海柔實在很想知道，如果修女們害怕她媽媽，那她們看到這位女神又會怎麼樣呢？

「很多人都怕我，」黑卡蒂說，彷彿能夠看透海柔的心思，「但魔法其實不好也不邪惡，它是一種工具，就像刀子一樣。刀子很邪惡嗎？除非使用刀子的人很邪惡。」

「我……我媽媽……」海柔結結巴巴地說：「她不相信魔法。不是真的相信。她只是假裝會魔法，爲了賺錢。」

鼬鼠吱吱叫，咧嘴露出尖牙，然後屁股發出吱嘎聲。換成是其他情況，聽到鼬鼠放屁可能會覺得很有趣，但海柔笑不出來。那隻鼬鼠的紅眼睛像兩顆小小的煤球，對她放射出不懷好意的光芒。

「蓋兒，安靜。」黑卡蒂說，並對海柔聳聳肩表示抱歉。「蓋兒不喜歡聽到不相信魔法的人，還有用魔法招搖撞騙的人。牠自己以前也是女巫，你懂吧。」

「你的鼬鼠以前是女巫？」

「事實上，牠是一隻臭鼬，」黑卡蒂說：「不過呢，沒錯，蓋兒曾是脾氣很不好的人類女巫，個人衛生習慣非常差，再加上有嚴重的，呃，腸胃消化問題。」黑卡蒂在鼻子前面揮一揮手。「害我的其他隨從也都惡名昭彰。」

「是喔。」海柔盡量不看那隻鼬鼠，她實在不想知道這隻齧齒類的腸胃問題。

「不管怎樣，」黑卡蒂說：「我把她變成一隻臭鼬，眞是太適合她了。」

海柔吞了一口口水。她看著那隻黑狗，黑狗充滿感情地用鼻子輕碰女神的手。「那你的拉布拉多……？」

「噢，牠是赫卡柏，以前是特洛伊王后。」黑卡蒂說，一副應該很容易看出來的樣子。

赫卡柏發出呼嚕聲。

「赫卡柏，你說得對，」女神說：「我們沒有時間進行冗長的自我介紹。重點在於，海柔．李維斯克，你媽媽也許宣稱她不相信魔法，但她還眞的會施魔法。到最後她也意識到這一點。在她尋找咒語想召喚冥王普魯托時，我還幫她找呢。」

「你……？」

「是的，」黑卡蒂繼續在海柔旁邊繞圈圈，「我在你媽媽身上看到潛力。而我在你身上看到更多潛力。」

海柔覺得天旋地轉。她還記得媽媽過世前的告解：她如何召喚普魯托，這位天神如何與她墜入愛河，以及因爲她的強烈期盼，她的女兒海柔如何伴隨著詛咒而出生。海柔可以從地上召喚出貴重財富，然而任何人用了那些財富都會受苦而死。

如今，這位女神居然說，她正是這一切的始作俑者。

「我媽媽因爲那個魔法而受苦。我的整個人生……」

「要是沒有我，你的人生根本不可能開始，」黑卡蒂斷然地說：「我沒時間聽你生氣，你也沒有那麼多時間。沒有我出手幫忙，你一定會死。」

那隻黑狗嚎叫一聲，臭鼬也齜牙咧嘴一番，再放了個屁。

海柔覺得自己的肺好像塡滿了熱熱的沙子。

「什麼樣的幫忙？」她質問著。

黑卡蒂舉起兩隻蒼白的手臂。她來自的三道門，包括北邊、東邊和西邊，開始跟著迷霧旋轉。一些模糊的黑白影像發光、閃爍，很像海柔小時候偶爾還在電影院播放的老式默片。

在西邊的那道門，羅馬和希臘的混血人們全副武裝，在山坡上的一棵巨大松樹底下對彼此進攻。草地上到處都是傷者和死者。海柔看到自己騎著阿里昂，衝進不斷叫囂的混戰中，試著想要阻止這場戰爭。

而在東邊的那道門，海柔看到阿爾戈二號飛越亞平寧山脈上方的天空，船上的索具全都燃燒起來。一顆巨石砸中後甲板區，然後又有另一顆巨石砸穿了船身。整艘船破碎得像一顆爛掉的南瓜，引擎也隨即爆炸。

北方那道門的影像更糟糕。海柔看到里歐似乎失去意識，或是死了，正在穿越雲層向下掉落。她也看到法蘭克獨自一人一邊跌跌撞撞走過一條黑暗地道，一邊緊抓住自己的手臂，身上的衣服浸滿鮮血。而海柔看到自己身在一個巨大的洞穴，裡面滿是緊密交織的細細光線，很像發光的蜘蛛網。她努力想要掙脫出來，然而在遠處，波西和安娜貝斯攤開四肢，躺在兩扇黑色和銀色的金屬門板底下，一動也不動。

「做選擇吧，」黑卡蒂說：「海柔．李維斯克，你站在十字路口，而我是掌管十字路口的女神。」

海柔腳下的地面隆隆作響。她低下頭，看到許多閃亮的銀幣……幾千枚古羅馬銀幣「迪納里」從她周遭的地面冒出來，彷彿整個山頂都要沸騰了。那三道門的影像讓她太過激動，非得把附近原野的所有銀幣全部召喚出來不可。

「這個地方的過往歷史距離地表非常近，」黑卡蒂說：「在古老的時代，有兩條羅馬時代的大道在這裡交會，大家在這裡交換訊息、設立市集，朋友們在此相聚，敵人也在此戰鬥，整個軍隊則必須在這裡選擇行軍方向。十字路口永遠是做決定的地方。」

「就像……就像傑納斯❻。」她的思緒回到朱比特營，想起神殿山上的傑納斯神殿。半神半人總是到那裡去做決定，他們會投擲一枚硬幣，看看是正面或反面，希望由傑納斯這位雙

❻傑納斯（Janus），羅馬神話的雙面神，負責守護天國之門。

面神為他們指點迷津。海柔一直很討厭那個地方，她怎麼樣都無法理解朋友們為何那麼希望讓一個天神奪走自己做選擇的責任。畢竟海柔經歷了那麼多事，她對於天神智慧的信任程度，實在沒有比信任一台紐奧良的吃角子老虎機器高多少。

魔法女神嫌惡地哼了一聲。「傑納斯和他的那些門喔。他要你們相信所有的選擇都是非黑即白，不是對就是錯，不是進來就是出去。其實事情才沒有那麼簡單。無論你何時到達十字路口，永遠至少有三個方向可走……也可以說是四個方向，如果你把回頭路也算進去的話。海柔，你現在就站在這樣一個十字路口。」

海柔再一次看看每一道不斷旋轉的門：一個是半神半人之間的戰爭，一個是阿爾戈二號遭到摧毀，另一個則是她自己和朋友們面臨不幸。「所有的選擇都很糟。」

「所有的選擇都有風險，」女神更正她的說法，「不過，你的目標是什麼？」

「我的目標？」海柔無可奈何地朝三道門揮揮手，「那些都不是。」

黑狗赫卡柏嚎叫一聲，臭鼬蓋兒則繞著女神的腳邊跑來跑去，一邊放屁、一邊露出尖牙。

「你也可以往回走啊，」黑卡蒂建議：「循著原路回到羅馬……不過，蓋婭的軍隊早就在那裡等著，你們沒有一個人會活下來。」

「那麼……你有什麼建議？」

黑卡蒂走到最靠近的火炬旁，她用手撈起一團火，把火焰捏出形狀，最後捏成義大利的縮小版浮雕地圖。

「你可以向西走，」黑卡蒂用手指沿著她的火焰地圖比畫，「回到美國，帶著你的獎品一起走，也就是雅典娜．帕德嫩雕像。你的希臘人和羅馬人夥伴各自回家，回到交戰邊緣。現在就走吧，你也許可以挽救很多人的性命。」

「也許可以。」海柔重複著。「可是蓋婭要在希臘覺醒了，所以巨人族正往那裡聚集。」

「是沒錯。蓋婭已經訂定八月一日這個日期，絲帕斯之日，也就是希望女神之日，蓋婭要在這一天讓她的力量重新崛起。她在希望之日重新覺醒，也打算永遠毀掉所有的希望。就算你在那個時候到達希臘，能阻止她嗎？我可不知道喔。」黑卡蒂的手指沿著燃燒的亞平寧山脈移動到最上端。「你也可以向東走，越過山脈，但蓋婭會盡一切力量阻止你們越過義大利。她已經號召手下的山神對抗你們。」

「我們注意到了。」海柔說。

「只要企圖越過亞平寧山脈，你們的船就會遭到摧毀。說來諷刺，這對你的小組成員來說或許是最安全的選擇。即使船隻發生爆炸，我可以預見你們所有人都會活下來。看起來好像不太可能，不過你們依然可以抵達伊庇魯斯，接近死亡之門。你們也許找得到蓋婭，阻止她崛起。但是到了那時候，混血人的兩個營區都會遭到摧毀，你們也無家可歸了。」黑卡蒂微笑著。「而最有可能的是，你們的船毀掉之後，所有人都困在山脈裡，那表示你們的任務就此結束，不過也讓你和你的朋友們免掉許多痛苦，不必忍受未來要面臨的折磨。沒有你們，與巨人的戰爭一定就無所謂勝敗了。」

沒有我們就無所謂勝敗了。

雖然有些內疚，但海柔心裡有一點點覺得這樣也不錯。她一直希望有機會當一個普通女孩，再也不想爲自己或朋友們承受更多的痛苦和折磨。他們已經歷經那麼多事了。

她看著黑卡蒂背後那個正中央的門，看到波西和安娜貝斯無助地癱在銀黑色門前。一個巨大的黑色形影，像是模糊的人形，此時悄悄地逼近他們，而那人抬高一隻腳，似乎要把波西踩扁。

「那他們呢？」海柔以粗啞的聲音問：「波西和安娜貝斯呢？」

黑卡蒂聳聳肩。「向西走，向東走，或者向南走……他們都會死。」

「不能選這個。」海柔說。

「那麼你只有一條路可走，雖然那是最危險的一條路。」

黑卡蒂的手指劃過她的縮小版亞平寧山脈，在紅色火焰之間留下一道發亮的白線。「北方這裡有一道祕密隘口，那裡歸我管，以前漢尼拔出兵攻打羅馬時，曾經從那裡越過山脈。」

女神畫了一個很大的弧形……到達義大利的最北部，然後向東到海邊，再沿著希臘的西部海岸往南走。「一旦越過那個隘口，你就可以向北到波隆那，然後到威尼斯，從那裡越過亞得里亞海，最後到達你的目的地，就是這裡：希臘的伊庇魯斯。」

海柔對地理不熟悉，根本不知道亞得里亞海長什麼樣。她從來沒聽過波隆那，對威尼斯的印象也僅止於運河和小船之類的模糊故事。但有件事顯而易見。「那樣要繞好遠的路啊。」

「也因此，蓋婭不會料到你們走那條路線，」黑卡蒂說：「海柔．李維斯克，我可以稍微隱藏你們的行蹤，但是成不成功就要靠你們自己了。你必須學會使用『迷霧』。」

「我？」海柔覺得自己的心一沉，差點壓垮肋骨。「用迷霧？怎麼用？」

黑卡蒂弄熄她的義大利地圖。她輕拍黑狗赫卡柏的背，只見迷霧突然聚集在拉布拉多獵犬周圍，直到黑狗完全消失在一團白色霧氣中。接著傳來很響亮的「噗」一聲，霧氣散去，而黑狗原本站立的地方，這時竟然出現一隻小黑貓，看起來臉很臭，瞪著一雙金色大眼。

「喵。」牠抱怨地叫一聲。

「我是迷霧女神，」黑卡蒂解釋，「負責維護分隔在神界與人界之間的遮蔽帷幕。我的孩子們要學會用迷霧達成他們的目的，去製造幻覺，或者影響凡人的心智。其他半神半人同樣辦得到，特別是你，海柔，如果你想幫助你朋友的話。」

「可是……」海柔看著那隻貓。她知道那其實是赫卡柏，黑色的拉布拉多獵犬，但她沒辦法說服自己。那隻貓看起來好眞實啊。「我辦不到。」

「你媽媽有這種能力，」黑卡蒂說：「你的甚至更好。身爲普魯托的孩子，又曾經死而復生，你比大多數人更了解這兩個世界之間的遮蔽帷幕。你絕對可以控制迷霧。如果你不願意……嗯，你弟弟尼克已經警告過你；精靈們曾經悄悄對他說話，把你的未來告訴他了。到達冥王之府後，你會遇到一個很難對付的可怕敵人，光靠力氣或手中的劍是沒有辦法戰勝她的。你是唯一可以打敗她的人，而你會需要用上魔法。」

海柔的雙腳感覺在搖晃。她想起尼克的嚴峻表情，想起他的手指緊緊掐入她的手臂。他說過：「你不能對其他人說這件事。現在還不行。他們的勇氣已經用到極限了。」

「到底是誰？」海柔用低沉沙啞的聲音說：「這個敵人究竟是誰？」

「我不會說出她的名字，」黑卡蒂說：「那樣會讓她在你準備好面對她之前，就對你的存在提高警覺。向北邊走吧，海柔。這一路上，你就練習召喚迷霧。到達波隆那的時候，記得去找兩個小矮人，他們會帶你找到一個重要的寶物，也許可以幫助你們在冥王之府活下來。」

「我不懂。」

「喵。」小貓出聲抱怨。

「好，好，赫卡柏。」女神再用手輕輕拍一下，那隻貓就消失了，黑色的拉布拉多又回到牠原本站立的地方。

「海柔，你會懂的，」女神向她保證，「每過一段時間，我會派蓋兒去察看你的進展。」

臭鼬嘶嘶叫著，珠子般的紅眼睛充滿惡毒的神色。

「好極了。」海柔咕噥說著。

「你到達伊庇魯斯之前，一定要準備好，」黑卡蒂說：「假如你成功了，我們或許還會碰到面……一起面對最後的戰役。」

最後的戰役，海柔心想。噢，還眞開心哪。

海柔很想知道自己能不能阻止剛才在迷霧中看到的那些事：里歐在空中往下墜落；法蘭克身受重傷，獨自一人在黑暗中蹣跚走著；波西和安娜貝斯任憑黑暗巨人的擺布。

她恨死這些天神的謎語和不清不楚的忠告，於是開始不想理會眼前的十字路口。

「你爲什麼要幫我？」海柔質問：「朱比特營的人說，在上一次戰爭裡，你是站在泰坦巨神那邊？」

黑卡蒂的黑眼珠炯炯發亮。「因爲我也是泰坦巨神啊，我是珀耳塞斯和阿斯忒里亞的女兒。早在奧林帕斯眾神得到力量之前，我就負責掌管迷霧。儘管如此，幾千年前發生第一次泰坦大戰時，我站在宙斯❼這邊對抗克羅諾斯❽。我並沒有對克羅諾斯的殘酷行徑視而不見。我也希望宙斯能證明他是比較好的眾神之王。」

她微微苦笑。「在狄蜜特❾失去她的女兒泊瑟芬、也就是泊瑟芬遭到你父親綁架時，我拿著火炬引導狄蜜特穿越最黑暗的夜晚，幫她尋找女兒。而巨人族第一次崛起時，我再度站在天神這邊，對抗我的宿敵克呂提奧斯。他是由蓋婭創造出來，爲了要吸收掉我所有的魔法並打敗我。」

「克呂提奧斯。」海柔從沒聽過這個名字，不過唸這名字讓她覺得四肢好沉重。她朝北邊那道門的影像看了一眼，巨大的黑色形影逐漸逼近波西和安娜貝斯。「他就是在冥王之府的最大威脅嗎？」

「喔，他在那裡等你，」黑卡蒂說：「不過你得先打敗那個女巫。除非你打算……」她輕彈手指，所有的門立時變暗。迷霧消散，影像全都不見了。

「我們全都要面臨抉擇，」女神說：「克羅諾斯第二次崛起時，我犯了錯，選擇支持他。長期受到那些所謂主神的忽視，我愈來愈不耐煩了，儘管多年來衷心侍奉那些天神，他們還是不信任我，拒絕在大廳內設置我的座位……」

臭鼬蓋兒生氣地吱吱叫。

「那不再重要了，」女神嘆了口氣，「我又和奧林帕斯山和平相處了。即使現在天神瀕臨毀滅，他們的希臘和羅馬人格彼此對抗，我還是會幫助他們。無論希臘或羅馬獲勝，我永遠

❼宙斯（Zeus），希臘神話中的眾神之王，掌管與天空相關的一切，包含雷電與氣象。等同於羅馬神話中的朱比特（Jupiter），也是羅馬帝國的守護者。
❽克羅諾斯（Kronos），希臘神話中泰坦巨神的首領，撒頓（Saturn）是他的羅馬名字。參《波西傑克森──神火之賊》十九頁，註❶。
❾狄蜜特（Demeter），農業之神，是宙斯的姊姊，也是冥王之妻泊瑟芬（Persephone）的母親。她的羅馬名字為席瑞絲（Ceres）。

只是黑卡蒂。我會協助你對抗巨人族，只要你證明自己有價值。所以，海柔．李維斯克，現在你要做選擇了。你要選擇相信我……還是迴避我，就像奧林帕斯眾神一直以來的做法？」

海柔耳朵裡的血流轟隆作響。她能相信眼前這位曾經給了她媽媽魔法又毀了她一生的黑暗女神嗎？很抱歉，不行。她也不太喜歡黑卡蒂的狗，或者那隻愛放屁的臭鼬。

不過海柔也知道，她不能讓波西和安娜貝斯死掉。

「我會向北走，」她說：「我們會取道你那個祕密隘口，越過山脈。」

黑卡蒂點點頭，臉上顯露出最微小的一點跡象表示滿意。「選得好，雖然那條路並不好走。很多怪物會起來對抗你，就連我自己都有一些隨從已經站到蓋婭那一邊，希望能摧毀你們凡人世界。」

女神從火炬座上拿起她的兩支火炬。「普魯托的女兒，你自己要準備好。假如你成功打敗女巫，我們會再見面的。」

「我會成功的。」海柔保證。「對了，黑卡蒂，我不打算選擇你提供的任何一條路。我會選擇自己的路。」

女神挑了挑眉毛。她的臭鼬扭動身子，她的狗咆哮一聲。

「我們會找到方法阻止蓋婭，」海柔說：「也會從塔耳塔洛斯救出我們的朋友。我們會保持組員和船隻的完整，也會阻止朱比特營和混血營走向戰爭。我們要完成每一件事。」

風暴怒吼著，漏斗雲的黑牆旋轉得愈來愈快。

「很有趣，」黑卡蒂說著，彷彿海柔是一場科學實驗所得到的意外結果，「那麼神奇的結果很值得一看。」

一波黑暗遮蔽了周遭景物，等到海柔又能看見東西時，剛才那團風暴、那位女神，以及她的兩隻寵物全都失去了蹤影。海柔沐浴在山坡上的晨光之中，獨自一人站在廢墟裡，旁邊還有阿里昂，牠走到海柔身旁，急切地嘶嘶叫。

「我同意，」海柔對馬兒說：「我們離開這裡吧。」

「發生了什麼事？」里歐在海柔登上阿爾戈二號的時候問。

與女神談過話之後，海柔的雙手到現在還抖個不停。她望向欄杆外，看著阿里昂奔跑揚起的塵土延伸越過義大利的一座座山丘。海柔好希望她的朋友能留下，但實在不能怪牠想要以最快速度離開這個地方。

夏日的陽光照耀在晨霧上，讓原野閃爍著陣陣金光。古老廢墟屹立在山丘上，蒼白而靜默，看不出剛才那些古老道路、女神或者放屁臭鼬的任何痕跡。

「海柔？」尼克問。

她雙膝一軟。尼克和里歐連忙抓住她的兩隻手臂，扶著她走到通往前甲板的台階上。她覺得很難爲情，居然像什麼童話故事裡的黃花閨女一樣全身癱軟，不過她是眞的失去了全身的力氣。十字路口那些發光景象的記憶讓她滿心恐懼。

「我遇到黑卡蒂。」她勉強地說。

她沒有將所有事情全盤托出。她還記得尼克說過：「他們的勇氣已經用到極限了。」不過海柔告訴他們，北方有個祕密隘口可以穿越山脈，而且黑卡蒂所描述的繞路方法可以帶他們到伊庇魯斯。

她說完之後，尼克拉起她的手，眼神充滿擔憂。「海柔，你在一個十字路口遇到黑卡蒂耶。那是……很多半神半人遇到那種情況都不會活下來，就算有些人活下來，也絕對和以前不一樣了。你確定你眞的……」

「我很好。」她很堅定地說。

但她知道自己並不好。她想起自己剛才好大膽、好氣憤，竟然對女神說她會找到自己的路，也會成功完成每一件事。現在看來，她說的大話顯得多麼荒謬啊。此刻，她的勇氣已經棄她而去。

「萬一黑卡蒂是在耍我們呢？」里歐問。「那條路可能是個陷阱。」

海柔搖搖頭。「如果那是陷阱，我認爲黑卡蒂會讓北邊那條路看起來比較吸引人。相信我，她沒有這樣做。」

里歐從工具腰帶拿出一台計算機，打上一些數字。「那樣的話……從這裡一路過去，差不多將近五百公里才會到威尼斯，然後我們得再向南邊走，回到亞得里亞海。你剛才還說什麼潑人哪小矮人？」

「是波隆那的小矮人，」海柔說：「我猜波隆那是一個城市。可是，爲什麼我們得在那裡找到小矮人……我也不知道。好像可以找到某種寶物幫我們完成任務。」

「哼，」里歐說：「我是說，什麼寶物我都有啊，可是……」

「這是最好的一個選項。」尼克扶著海柔站起來。「我們必須彌補浪費掉的時間，以最快的速度趕路。波西和安娜貝斯能不能活下來，就靠這個方法了。」

「最快的速度？」里歐笑起來，「我可以讓速度拉到最快。」

他衝向控制台，開始劈里啪啦轉動各種控制鈕。

尼克拉著海柔的手臂，帶她到別人聽不見他們說話的地方。「黑卡蒂還說了別的事嗎？任何關於……」

「我不能說。」海柔打斷他的話。她看到的影像讓她幾乎無法承受：波西和安娜貝斯無助地躺在那個黑色金屬門下，有個巨人的暗影籠罩在他們上方，連海柔自己都被困在發亮的光網之中，無法伸出援手。

「你得先打敗那個女巫，」黑卡蒂說過：「只有你能打敗她，除非你打算……」

「讓一切結束。」海柔心想。讓所有的門關上，讓所有的希望破滅。

尼克警告過她。他曾經和死去的人聯繫，聽他們喃喃述說關於他們未來的一些暗示。有兩個冥界的孩子會進入冥王之府。他們會面對一個很難對付的敵人，而只有其中一人能夠打敗敵人，到達死亡之門。

海柔無法看著弟弟的眼睛。

「我以後會告訴你，」她向尼克保證，同時努力讓聲音不要顫抖。「現在我們應該盡可能休息一下。今天晚上要越過亞平寧山脈。」

5 安娜貝斯

九天。

安娜貝斯向下墜落時，心裡想到古希臘詩人赫西奧德，他推測從地面掉到塔耳塔洛斯要花九天。

她希望赫西奧德是錯的。她已經無法估算自己和波西墜落了多久……幾小時？一天？感覺很像是一輩子。自從掉進裂口之後，他們一直手牽著手，現在波西把她拉近，緊緊抱著她，在全然的黑暗中一起翻滾、墜落。

狂風在安娜貝斯的耳裡大聲呼嘯。空氣變得愈來愈熱、愈來愈潮溼，很像筆直掉進巨龍的喉嚨裡。不久前骨折的腳踝陣陣抽痛，雖然她無法分辨是不是因爲還包著蜘蛛網的關係。

都是那可惡的怪物阿拉克妮[10]。儘管阿拉克妮被自己織的網纏住、遭到車子猛烈撞擊，又掉進塔耳塔洛斯，但那個蜘蛛女終究報了一箭之仇。不知怎的，阿拉克妮的蜘蛛絲纏住安娜貝斯的腳，拉著她翻過洞口邊緣，也把波西一起拉進去。

安娜貝斯不敢想像阿拉克妮還活著，就躲在他們下方黑暗之中的某個地方。等他們墜落到底部，她一點都不想再碰到那個怪物。往好處想，假設眞有底部的話，安娜貝斯和波西很可能會摔得扁扁的，再怎麼巨大的蜘蛛也沒什麼好擔心的。

她用雙手緊緊抱住波西，努力不哭出來。她從來沒有期待自己的人生過得很順遂。大多數半神半人都是年紀輕輕就死在各種可怕怪物的手裡，自古以來一直是這樣，所以希臘人創造了「悲劇」，他們知道最偉大的英雄都沒有好下場。

然而，這樣眞是不公平。爲了救回雅典娜的雕像，她經歷了那麼多事，等到終於成功了，所有事情都漸漸好轉，她也與波西團聚在一起，卻被拉進他們的死亡終局。

即使是天神都不可能設計出這麼曲折離奇的命運吧。

可是蓋婭和其他天神不一樣，這位大地之母比較老、比較凶惡，也比較嗜血而殘忍。安娜貝斯可以想像蓋婭一邊看著他們墜入深淵、一邊縱聲狂笑的樣子。

安娜貝斯將嘴唇貼到波西的耳邊。「我愛你。」

她不確定波西有沒有聽見，不過如果他們死了，她希望這是她說的最後一句話。

她拚命思考能夠拯救他們兩人的計畫。她是雅典娜的女兒啊。她已經在羅馬底下的地道裡證明她的能耐，光靠她的機智就戰勝了一連串的挑戰。但她想不出任何方法來逆轉他們的墜落，即使想讓速度減慢一點都沒辦法。

他們兩人都沒有飛行的能力，既不像傑生可以控制風，也不像法蘭克可以變成有翅膀的動物。假如他們以終端速度墜落到底部……嗯，她讀了夠多的科學知識，知道那會是他們的「終端結局」。

安娜貝斯認眞考慮要用上衣做成降落傘（由此可看出她有多絕望），而就在這時，周遭出

❿ 阿拉克妮（Arachne），希臘神話中的人物，擅長織繡。她與雅典娜比賽織藝，後來被雅典娜變成蜘蛛。參《混血營英雄──智慧印記》，二四五頁，註87。

現一些變化，原本的全然黑暗染上一抹灰紅色調，她意識到抱著波西時已經可以看到他的頭髮。耳中呼嘯的風聲也變得比較像轟隆吼聲，空氣變得熱到難以忍受，而且瀰漫著臭雞蛋的氣味。

突然，他們墜落穿越的通道展開成一個巨大的洞穴。差不多是在他們下方八、九百公尺的地方，安娜貝斯可以看到底部了。她看得目瞪口呆，有好一會兒沒辦法好好思考。紐約的整個曼哈頓島都可以塞進這個洞穴了，她甚至看不出整個洞穴究竟有多大。空中飄盪著紅通通的雲霧，活像蒸發到空中的鮮血。眼前的景象（至少她看得到的部分是這樣）是由岩石構成的黑色平原，其間分布著許多鋸齒狀的山脈和熊熊燃燒的深谷。而在她的左側，地面陷落成一連串的峭壁，像是通往深淵更深處的巨大階梯。

硫磺般的惡臭讓人很難專心，不過安娜貝斯依然注意看著正下方的地面，終於看到一條蜿蜒分布、閃閃發光的黑水域；是一條河流。

「波西！」安娜貝斯對著他耳朵大喊：「有水！」

她瘋狂指著。周遭只有黯淡的紅色光線，很難看清楚波西的臉。他看起來筋疲力竭而且極度驚恐，但還是點點頭，似乎聽懂了。

波西可以控制水，假如下方那個確實是水的話。他也許可以用某種方法來減緩兩人的墜落。安娜貝斯當然聽過一些恐怖的故事，像是冥界的河流會奪走人們的記憶，或者把你的身體和靈魂燒成灰燼等，但她決定不要想那些。這是他們唯一的機會。

河流向他們高速逼近。在最後一秒鐘，波西不顧一切狂吼一聲，只見河水噴成一個巨大的噴泉，將他們兩人完全吞沒。

6 安娜貝斯

撞擊力道沒有殺死她，但寒冷幾乎讓她沒命。

冰凍的河水把空氣瞬間擠出她的肺。她的四肢變得完全僵硬，因此再也抓不住波西。她開始往下沉。奇怪的號啕哭聲充塞耳間，有數百萬個令人心碎的聲音，彷彿整條河是由蒸餾出來的悲傷所構成。那些聲音比寒冷更可怕，不但壓著她往下，也讓她感覺麻木。

「你再掙扎又有什麼用呢？」那些聲音對她說：「不管怎樣，你都死定了，你永遠也不會離開這個地方。」

她大可沉到底部、溺死在河裡，任憑河流帶走她的身體。那樣會簡單許多，她只要閉上眼睛就行了……

波西抓住她的手，讓她猛然回到現實。她在陰暗的河水裡看不見波西，但是突然之間，她再也不想死了。於是，他們兩個一起踢著水向上游，然後破水而出。

安娜貝斯大口喘著氣，無論硫磺味多麼臭，她都滿心感激地吸著空氣。河水在他們周圍旋轉激盪，她發現是波西製造出一個漩渦，讓他們浮在水面上。

雖然看不太清楚周遭環境，但她知道這是一條河流，有河流就有河岸。

「上岸，」她用沙啞的聲音說：「到岸邊去。」

波西看起來筋疲力竭，似乎快要累死了。通常有水就能讓他重新振作起來，然而不是這樣的「水」；要控制這樣的水，必然費盡了他每一分每一毫的力氣。漩渦開始消散了，安娜貝斯伸出一隻手臂攬住波西的腰，掙扎著游過滔滔河水。這條河似乎故意和她作對，數千個哀哀哭泣的聲音在她耳畔泣訴，直直鑽入腦中。

「生命是絕望的，」他們說：「所有的努力都只是徒勞，然後你就死了。」

「徒勞啊。」波西喃喃說著。河水溫度太低了，他的牙齒格格打顫。他不再划動四肢，開始往下沉。

「波西！」安娜貝斯大聲尖叫：「這條河會擾亂你的腦袋。它是哀嘆之河，裡面全是悲慘和痛苦！」

「悲慘和痛苦。」他附和著說。

「要對抗它啊！」

她拚命踢水，努力讓兩個人都浮在水面上。這下子又有另一個宇宙無敵大笑話可以逗蓋婭開懷大笑了：安娜貝斯死了，原因是努力不讓她男朋友溺水，而她的男朋友是海神波塞頓的兒子。

才不會發生那種事，你這個醜老太婆，安娜貝斯心想。

她緊緊摟住波西，親吻他一下。「跟我說說新羅馬的事，」她央求著，「你不是爲我們想了一些計畫嗎？」

「新羅馬……爲我們……」

「是啊，你這個海藻腦袋。你說我們在那裡會有光明的未來啊！說給我聽！」

安娜貝斯從來沒想過要離開混血營，那裡是她所知的唯一家園。不過幾天前，在阿爾戈二號船上，波西曾對她說，他想像他們兩個人未來會和其他的羅馬混血人住在一起。從軍團退伍的人們可以在他們的新羅馬城裡安頓下來，上大學、結婚，甚至養育下一代。

「那裡的建築，」波西喃喃說著，他眼中的迷惘神色開始消散了，「覺得你會喜歡那裡的房子、公園，還有一條街道有各式各樣很酷的噴泉。」

安娜貝斯開始逆著水流奮力前進。她覺得四肢好像裝滿溼答答沙子的布袋，不過現在波西開始幫她划水了。她可以看到岸邊的黑色輪廓，大約是投擲一顆石頭的距離。

「上大學，」她喘著氣說：「我們可以一起去嗎？」

「可……可以啊。」他附和著說，聲音聽起來多了一點自信。

「波西，你要主修什麼？」

「不知。」他坦白說。

「海洋科學好了，」她提議：「海洋學？」

「還是衝浪？」他問道。

安娜貝斯笑了，笑聲在水中傳送出一道波浪，讓原本的嗚咽哭聲消褪成背景雜音。她不禁好奇，以前曾經有人在塔耳塔洛斯笑過嗎？而且是純粹、愉悅的笑聲？她想應該沒有。

她用盡最後一點力氣，終於抵達河岸邊，雙腳踩到河底的沙子。她和波西努力把自己拉上岸，一邊發抖一邊喘氣，癱倒在黑色沙岸上。

安娜貝斯好想蜷縮在波西身邊沉沉入睡。她好想閉上雙眼，心中期盼眼前的一切只是一場惡夢，醒來之後發現自己已經回到阿爾戈二號，安安全全與朋友們在一起（嗯……就是半神半人最低程度的安全啦）。

可是，想都別想。他們真的在塔耳塔洛斯。在他們腳旁，哀嘆之河怒吼流過，悲慘痛苦的流水滔滔不絕。硫磺味的空氣刺痛安娜貝斯的肺，也刺痛她的皮膚，她看著自己的手臂，發現皮膚已經長滿紅腫的疹子。她努力坐起來，痛得大口喘氣。

岸上並非由沙子構成，他們其實是坐在一大片鋸齒狀的黑色玻璃碎片上，有些碎片已經刺入安娜貝斯的手掌。

所以，空氣是酸的，河水充滿悲傷，地面則是玻璃碎片。這裡所有的一切都是用來傷害和殺戮。安娜貝斯急促地吸一口氣，心想哀嘆之河裡的聲音很可能說得沒錯。也許掙扎求生根本只是徒勞，他們可能不到一小時就會死掉。

波西在她身旁咳嗽。「這個地方聞起來很像我前繼父身上的臭味。」

安娜貝斯勉強擠出虛弱的微笑。她從來沒見過臭蓋柏，但是早就聽過夠多的事。她最愛波西這點，他總是努力提振她的精神。

安娜貝斯心想，如果她是自己墜入塔耳塔洛斯，那她絕對死定了。畢竟之前經歷過羅馬地底下的那些事、找到雅典娜．帕德嫩雕像，再加上這一切，根本超過她所能負荷。也許她只能蜷縮起身子、不斷哭泣，到最後變成另一個鬼魂，融入哀嘆之河。

不過，現在她不是孤單一人。她有波西，這表示她不能放棄。

她強迫自己研判眼前狀況。她的腳還裹著臨時支撐傷腳的木板和氣泡袋，也還纏著蜘蛛網，不過移動的時候並不痛；她在羅馬地道裡吃的神食一定讓骨頭癒合起來了。

可是她的背包不見了，也許是墜落時掉的，或許是掉在河流裡被沖走了。一想到弄丟代達羅斯⓫的筆記型電腦就很嘔，那裡面有好多超棒的軟體和資料，但這還不是最糟糕的問題。

安娜貝斯的神界青銅匕首也不見了，那是她從七歲開始就隨身攜帶的武器。想到這一點幾乎擊垮了她，但是她不能讓自己被這種事情困住，要傷心哀悼，等到以後再說。現在手邊還有什麼？

沒有食物，沒有飲水……基本上一點補給品都沒有。

好吧，完全不是好的開始。

安娜貝斯看了波西一眼。他的情況看起來很糟，深色頭髮黏在前額上，T恤扯爛成一條條的破布狀，手指也因爲墜落前拚命抓住岩架而擦傷、紅腫。最最糟的是他全身不停顫抖，嘴唇凍成藍紫色。

「我們應該起來一直活動，不然會失溫的，」安娜貝斯說：「你可以站起來嗎？」

波西點點頭，於是兩人掙扎起身。

安娜貝斯伸手摟住波西的腰，雖然她不太確定到底是誰扶著誰。她環顧四周。往頭頂上方看去，完全看不出剛才墜落的地道究竟在哪裡，甚至看不到洞穴頂部，只看到血紅色的雲霧飄浮在朦朧的灰色空氣中，感覺很像透過一層薄薄的番茄湯和石灰粉的混合物看東西。

黑色玻璃河岸往陸地內部延伸了五十公尺遠，然後就是垂直陡降的懸崖邊緣。從安娜貝斯站的地方看不到懸崖下面的情況，不過邊緣處閃爍著紅光，似乎是由大團火焰所照亮。

一段遙遠的記憶浮現她的心頭，似乎是關於塔耳塔洛斯和火焰。她還來不及想太多，波

⓫ 代達羅斯（Daedalus），希臘神話中的建築師和工藝師。據說曾為克里特王米諾斯（Minos）建造迷宮。失寵後，他為自己和兒子伊卡魯斯（Icarus）打造了翅膀，逃往西西里。

西突然倒抽一口氣。

「你看。」他指著河流下游處。

大約三十公尺外，一輛很眼熟的淡藍色義大利汽車一頭撞毀在沙堆裡，看起來正是撞上阿拉克妮、害她掉進深淵的那輛飛雅特。

安娜貝斯眞希望自己看錯了，但又有多少輛義大利跑車會掉進塔耳塔洛斯這裡呢？她有點不想走到那輛車子旁邊，可是非弄清楚不可。她抓起波西的手，兩人跌跌撞撞走向那堆破銅爛鐵。車子有一個輪胎撞得飛脫出去，漂浮在哀嘆之河的迴流漩渦處。飛雅特的車窗全部碎裂，晶亮的玻璃碎片散落在黑色河岸上，彷彿點點冰霜。而在撞爛的車前蓋下，有個巨大絲繭的破爛殘餘部分閃閃發亮，應該是安娜貝斯哄騙阿拉克妮織造的陷阱。絲繭裡面無疑是空的，沙子上留有揮砍的痕跡，一路往河流下游而去……看起來像是有好幾條沉重有力的腿往黑暗中匆匆走去。

「她還活著。」安娜貝斯好害怕，也因爲這一切太不公平而怒火中燒，她得強壓內心的激動才不至於吐出來。

「這裡是塔耳塔洛斯，」波西說：「怪物們的主場。在下面這裡，也許牠們是殺不死的。」他對安娜貝斯露出尷尬的表情，似乎意識到自己沒有協助提振團隊士氣。「她也可能身受重傷，爬到其他地方等死。」

「我們跟過去看看。」安娜貝斯同意地說。

波西依舊全身顫抖。即使周遭充滿炎熱、黏膩的空氣，安娜貝斯也沒有覺得比較溫暖。手上遭到玻璃割傷的傷口還在流血，這對她來說很不尋常。在正常情況下，她的傷口很快就癒合了，而現在就連呼吸也變得愈來愈費力。

「這地方正在慢慢殺死我們，」她說：「我是說，這裡絕對會讓我們沒命，除非……」

塔耳塔洛斯。火焰。那個遙遠記憶變得愈來愈清晰。她朝陸地內側的懸崖望去，下方有火焰照亮懸崖。

這絕對是個瘋狂的點子，不過也有可能是他們唯一的機會。

「除非什麼？」波西急匆匆地問：「你想出很厲害的計畫了，對吧？」

「是有計畫，」安娜貝斯喃喃地說：「但不曉得厲不厲害。我們必須找到火焰之河。」

7 安娜貝斯

他們走到懸崖邊緣時，安娜貝斯很確定，她等於簽下兩人的死亡執行令。

懸崖陡降超過二十五公尺，谷底有惡夢版的大峽谷延伸擴展，還有一條火焰之河在鋸齒狀的黑曜岩裂隙間切出一條河道，發亮的火紅河水在懸崖岩壁上投射出可怕的陰影。

即使遠在峽谷頂端，感受到的火焰熱度也很強烈。安娜貝斯再也感覺不到哀嘆之河的冰寒刺骨了，如今她的臉只感到晒傷般的刺痛，每一次呼吸都變得更加費力，彷彿胸口塞滿了保麗龍顆粒。手掌上的割傷流了更多血，原本幾乎復原的腳似乎又惡化了。她已經脫掉臨時的固定木板，但現在很後悔這麼做，因為每走一步就抽痛一下。

就算他們真能抵達下面的火焰之河（這連安娜貝斯都感到懷疑），她的計畫還是顯得極度荒謬、愚蠢。

「唔……」波西仔細審視懸崖。他指著一條小小的裂縫，從懸崖邊緣斜斜地通到底部。「我們可以試試岩壁上那個突出的部分，也許能夠從那裡爬下去。」

波西並沒有說他們一定是瘋了才會嘗試。他努力讓聲音聽起來滿懷希望。安娜貝斯聽了很感激，不過也擔心自己其實是帶著波西走向毀滅和死亡。

當然如果他們停留在原地，絕對必死無疑。光是暴露在塔耳塔洛斯的空氣中，他們的手臂已經開始冒出水泡，整個環境的健康程度根本和核彈爆炸區差不了多少。

波西一馬當先。岩架的寬度幾乎只夠腳趾頭踏住，他們的雙手必須攀住滑溜岩壁上的任何縫隙。每一次把身體重量放在疼痛的那隻腳上，安娜貝斯就痛得想大叫。她已經撕下T恤的袖子，用那塊布裹住流血的手掌，但手指頭還是滑溜無力。

在她下面幾步路的地方，波西探到另一個把手處，忍不住咕噥了一聲。「所以……這條火河叫什麼名字呢？」

「就叫地獄火河，」安娜貝斯說：「你應該專心往下走啦。」

「第一好河？」波西繼續沿著岩架往下爬。他們大概往下移動了整個懸崖的三分之一，高度依舊足以摔到粉身碎骨。「聽起來很像什麼熱門觀光景點。」

「拜託不要讓我笑啦。」安娜貝斯說。

「只是想要輕鬆一點嘛。」

「謝謝喔。」她咕噥著說，扭傷的那隻腳差點沒踩穩岩架。「我掉下去摔死的時候，臉上會帶著微笑啦。」

他們繼續往下走，一步一步前進。汗水刺痛安娜貝斯的眼睛，她的手臂也一直發抖。不過結果出乎她的預料，他們最後眞的抵達懸崖底部了。

踏上地面的那一刻，安娜貝斯幾乎站不穩，波西連忙抓住她。她驚覺波西的皮膚好燙，他臉上也冒出一大堆紅色疹子，看起來很像得了天花惡疾。

她自己則是視線模糊，感覺喉嚨起了水泡，而且整個胃抽緊得比握著拳頭還緊。

我們得快一點才行，她心想。

「只要走到河邊就好，」她對波西說，努力讓聲音聽起來不驚慌，「我們一定辦得到。」

他們跌跌撞撞走過滑溜的玻璃礦石表面，繞過幾顆巨大岩石，也避開地上冒出的石筍，免得腳一滑就遭到刺傷。由於河流傳來高熱，他們的破爛衣服不斷冒煙，但兩人還是繼續前進，最後跪倒在地獄火河的河岸邊。

「我們得喝下去。」安娜貝斯說。

波西的身體搖搖晃晃，雙眼半閉著，慢了三拍才出聲回應：「呃……喝火嗎？」

「地獄火河是從黑帝斯的地盤流到塔耳塔洛斯這裡。」安娜貝斯幾乎說不出話，她受到高熱和強酸空氣的影響而鎖喉。「這條河是用來懲罰作惡多端的人，不過除此之外……有些傳說把這條河稱爲『療癒之河』。」

「有些傳說？」

安娜貝斯吞了一口口水，努力保持意識清醒。「地獄火河讓那些壞人維持完整，他們才能持續接受刑獄⓬的折磨。我想……它在冥界的作用或許等同於神界的神食或神飲。」

火河濺出的炭渣噴到波西身上，他縮一下，臉孔扭曲。「不過那是火，我們怎麼能……」

「就像這樣。」安娜貝斯猛然把雙手插進河裡。

很蠢嗎？沒錯，不過她深信他們已別無選擇。假如再等久一點，他們會昏過去，然後死掉。既然如此，那麼還不如試個蠢方法，希望眞的有效。

剛剛接觸的那一瞬間，火焰並不會造成疼痛。感覺是冷的，可能表示它太燙了，燙到超過安娜貝斯的神經所能負荷。她趕在改變心意之前，以兩隻手掌捧起熊熊燃燒的液體，舉到嘴巴旁邊。

她預期會嘗到類似汽油的滋味，結果比那糟糕太多了。她回想起有一次在舊金山的一間餐廳裡，曾經誤食一盤加了魔鬼辣椒的印度食物，才咬了一小口，她就覺得整個呼吸系統快要爆炸了。喝了地獄火河裡的水，感覺則像是吞了一口魔鬼辣椒冰沙，鼻子裡灌滿液體火焰，嘴巴則像是受到長時間的高溫油炸，雙眼湧出沸騰的眼淚而視線模糊，臉上的每一個毛孔也啪的一聲爆開。她頹然倒下，嘔吐到快要窒息，全身劇烈抖動。

「安娜貝斯！」波西及時抓住她的手臂，奮力不讓她滾入地獄火河。

強烈的抽搐漸漸消退了。安娜貝斯筋疲力竭地吸了一口氣，勉強坐起來。她覺得極度虛弱，而且有強烈的噁心感，不過第二口呼吸就輕鬆多了，兩隻手臂上的水泡也漸漸消失。

「有效了，」她聲音沙啞地說：「波西，你一定要喝。」

「我……」他突然兩眼一翻，倒在安娜貝斯身上。

安娜貝斯不顧一切，用手掌舀起更多的火焰。她無視於自己的疼痛，把液體滴進波西的嘴裡。他沒有反應。她再試一次，把整個手掌裡的液體倒進波西的喉嚨裡。這一次，波西噗的一聲噴出口水，開始咳嗽。他全身痙攣，安娜貝斯趕緊扶著他，等待魔法之火流過他全身。他的發燒漸漸消退了，疹子也消失不見。他勉強坐起來，舔舔嘴唇。

「呃，」他說：「香辣有勁，不過滿噁心的。」

安娜貝斯虛弱地笑了笑。她好不容易鬆了口氣，突然覺得一陣頭昏眼花。「沒錯，形容得太好了。」

⓬ 刑獄（Punishment），位於地底的冥界，是作惡多端的人死後亡魂接受懲罰的地方，有各種不同的酷刑區。參《波西傑克森──泰坦魔咒》三十三頁，註❼。

「你救了我們兩個。」

「只救了現在而已，」她說：「問題是，我們還在塔耳塔洛斯裡面。」

波西瞇起眼睛，環顧四周，一副到現在才認定他們究竟在哪裡的樣子。「天后希拉啊，我從來沒想過……嗯，其實我不太確定自己是怎麼想的，以前認為塔耳塔洛斯或許是個空蕩蕩的地方，是個無底洞。不過，結果是這麼真實的地方。」

安娜貝斯回想起墜落過程中看到的景象：一層又一層的高原不斷往下降，逐漸落入全然的黑暗之中。

「我們還沒看到它的全貌，」她警告說：「這很可能只是整個深淵剛開始的一小部分，就像是門前的台階而已。」

「寫了『歡迎光臨』的腳踏墊。」波西喃喃說著。

他們同時抬頭看，血紅色雲霧在朦朧的灰色空中旋轉攪動。他們不可能有力氣再爬回懸崖上面，就算想爬回去也沒辦法了。眼前只有兩個選擇：沿著地獄火河的河岸邊，往上游走或往下游走。

「我們一定會找到出路，」波西說：「找到死亡之門。」

安娜貝斯打了個寒顫。她想起波西在快要掉進塔耳塔洛斯之前說過的話，他要尼克．帝亞傑羅答應帶領阿爾戈二號前往伊庇魯斯，前往死亡之門在凡人世界的那一邊。

「我們會在那裡等你們。」波西當時這樣說。

那個點子似乎比「喝火」還要瘋狂。他們兩人怎麼可能穿越塔耳塔洛斯，還找到死亡之門？在這個毒氣沖天的地方，他們幾乎不可能跌跌撞撞走個一百公尺還不死。

「我們非找到不可，」波西說：「不只爲了自己，也爲了我們所愛的每一個人。死亡之門一定要從兩邊關上，否則怪物可以一直通行無阻，蓋婭的力量也會橫行於整個世界。」

安娜貝斯知道他說得對，只不過……她努力思索可能成功的計畫時，不免遭到理性和邏輯的無情打擊。他們無從找到死亡之門的位置，也不曉得要花多少時間，甚至連塔耳塔洛斯裡的時間是否與外界同步都不知道，又怎麼能與朋友們在同一時間會合呢？而且尼克提過，蓋婭手下力量最強大的怪物會組成一個軍隊，負責在塔耳塔洛斯這一側看守死亡之門，安娜貝斯和波西根本無法發動正面攻擊。

她決心不要提起這些事。他們兩人都知道機會渺茫，況且在哀嘆之河游過泳之後，她已經聽了太多的哀鳴和嗚咽聲，足夠纏住她一輩子。她答應自己，從今以後再也不要抱怨。

「嗯。」她深呼吸一口氣，至少很感激肺部沒有受到傷害。「如果我們一直沿著岸邊走，至少有方法可以治療自己。如果往河流下游走……」

事情發生得太快了，假如這時候只有安娜貝斯一個人，她就沒命了。

波西的雙眼盯住她背後的某個東西。安娜貝斯猛一轉身，看見一個巨大的黑影向她俯衝而來，那是個不斷嚎叫像怪物一樣的一團東西，有著許多細長而帶刺的腳，雙眼熒熒發亮。

她只來得及心想，是阿拉克妮。但是她嚇得無法動彈，所有感官也讓一股噁心的甜膩氣味遮蓋住。接著，她聽見很耳熟的「唰」一聲，只見波西的原子筆變形成一把利劍。劍刃橫掃過她的頭頂上方，劃出一道耀眼的青銅劍弧。一陣駭人的嚎哭聲迴盪在整個峽谷。

安娜貝斯站在原地，嚇得呆若木雞，眼睜睜看著黃色的塵土（那是阿拉克妮的屍骸）如雨一般撒落在她四周，宛如大樹的巨量花粉。

「你還好嗎？」波西掃視峭壁和附近的巨石，提防會出現更多怪物，不過沒有其他東西現身。蜘蛛的金色塵土悉數掉落在附近的黑曜岩之間。

安娜貝斯驚訝地看著她的男朋友。在塔耳塔洛斯的黑暗之中，波濤劍的神界青銅劍刃顯得更加耀眼。波濤劍劃過濃厚高熱的空氣間，發出挑釁一般的嘶嘶聲，宛如一條激動的游蛇。

「她……她有可能殺了我。」安娜貝斯結結巴巴地說。

波西朝岩石間的塵土踢了一腳，顯露出無情且不滿的神色。「她死得太簡單了，想到她讓你經歷那麼多折磨，理當死得更慘一點。」

就這一點來說，安娜貝斯沒辦法爭辯，但波西的冷酷和尖銳語氣讓她有點不安。從來沒有人為她表現出這麼憤怒或強烈的復仇心，幾乎讓她覺得阿拉克妮死得快一點也好。「你怎麼可以移動得這麼快啊？」

波西聳聳肩。「互相幫忙盯著背後動靜，好嗎？好吧，你剛才說到……往下游走嗎？」

安娜貝斯點頭，一時之間還覺得茫然失措。黃色的塵土在岩岸上隨意飄散，漸漸變成蒸汽揮發掉。至少他們現在知道，怪物在塔耳塔洛斯是殺得死的……但她無從得知阿拉克妮的死亡狀態會維持多久。她可不打算在這裡待那麼久，久到可以找出這個問題的答案。

「是啊，往下游走，」她勉強說：「假如這條河是從冥界的上層流過來，那麼應該會流進塔耳塔洛斯的更深處……」

「所以，它會流進更危險的區域，」波西總結說：「那裡有可能是死亡之門的所在地。我們眞幸運。」

8 安娜貝斯

他們只走了幾百公尺，安娜貝斯就聽見一些聲音。

安娜貝斯走得很慢，動作有點僵硬，她正努力想擬出一個計畫。既然她是雅典娜的女兒，擬定計畫應該是她的專長，但是在肚子咕嚕猛叫、喉嚨乾渴的情形下，實在很難思考對策。地獄火河的火水或許可以治好她的傷病、給她力量，但是對她的飢餓和口渴一點幫助也沒有。安娜貝斯猜想，這條河並不打算讓她覺得很舒服，只是讓你維持一定的狀態，才能體驗更多難以忍受的極度痛苦。

她實在累壞了，頭都快抬不起來。就在這時，她聽見那些聲音，是女人的聲音，似乎起了某些爭執，她立刻提高警覺。

她低聲說：「波西，趴下！」

她拉著波西躲在最近的一塊大石頭後方，擠進去之後發現太靠近岸邊了，她的鞋子幾乎要碰到河裡的火焰。而在大石頭另一邊、河流和峭壁之間的狹窄小徑上，那些聲音吼叫著，他們愈是從上游處走近，聲音就變得愈大。

安娜貝斯努力讓自己的呼吸慢下來。那些聲音有點模糊，似乎是人類的聲音，不過那不代表任何意義。她認爲塔耳塔洛斯裡的任何東西都是他們的敵人，她不知道怪物怎麼可能沒有發現他們的存在；此外，怪物應該「聞」得到混血人才對，特別是像波西這樣很有力量的混血人，他可是波塞頓的兒子啊。既然怪物應該聞得到他們的氣味，安娜貝斯很懷疑，像這樣躲在大石頭後面真的有用嗎？

然而，那些怪物愈走愈近，講話的音調卻沒有改變，牠們那不太規律的腳步聲，嘎吱、碰、嘎吱、碰，也沒有變得比較快。

「快到了嗎？」其中一人用刺耳的聲音問，聽起來很像常用地獄火河的河水來漱口。

「喔，我的天神啊！」另一個聲音說。這個聲音聽起來年輕許多，也更像人類，很像青少年凡人女孩在購物中心被朋友們惹毛了。不知什麼原因，安娜貝斯覺得她的聲音很耳熟。「你們幾個真的超煩的耶！我說過了，從這裡過去大概要三天啦！」

波西緊抓住安娜貝斯的手腕，慌張地看著她，似乎也已經認出購物中心女孩的聲音。

這時傳來異口同聲的咆哮聲和抱怨聲。這些怪物（安娜貝斯猜想可能有五、六個）剛好在大石頭的另一邊停下腳步，不過依舊沒有跡象顯示他們聞到混血人的氣味。安娜貝斯開始懷疑，混血人在塔耳塔洛斯裡聞起來是否不一樣，或者這裡有其他更強烈的氣味可以掩蓋住混血人的氣息。

「我在想啊，」第三個聲音說，那聲音的粗啞和年老程度很像第一個人，「年輕人，說不定你根本不知道該怎麼走。」

「噢，賽瑞芬，閉上你的毒牙嘴啦，」購物中心女孩說：「你上一次逃到凡人世界是什麼時候的事了？我好幾年前在那裡待過。我當然知道怎麼走！還有，我也知道在那裡會面對什麼樣的事情，而你連個屁都不知道！」

「大地之母又沒叫你帶頭！」第四個聲音尖聲大叫。

又傳來更多的嘶嘶聲、窸窣聲和野獸的嗚咽聲，簡直像好幾隻巨大的野貓激烈打鬥。到最後，那個叫賽瑞芬的大喊：「夠了！」

窸窸窣窣的腳步聲漸漸平息。

「從現在開始，我們會跟著你走，」賽瑞芬說：「不過，如果你沒有好好帶路，如果讓我們發現你所說的蓋婭的召喚是騙人的……」

「我才沒有騙人！」購物中心女孩氣沖沖地說：「相信我，我有很好的理由要參加這場戰鬥。我想要打趴一些敵人，而你們可以盡情喝乾那些混血英雄的鮮血，只要把一個特別好吃的留給我就好，那一個叫做波西．傑克森。」

安娜貝斯得拚命忍住才不至於叫出來。她忘了自己原本的恐懼，好想跳到石頭另一邊，用她的匕首把那些怪物砍成灰燼……只不過她再也沒有那把匕首了。

「相信我，」購物中心女孩說：「蓋婭真的召喚我們去，我們一定會找到很多樂子。這場戰爭都還沒打完，那些凡人和混血人一聽到我的名字『凱莉』，就會嚇得發抖！」

安娜貝斯幾乎要大叫出聲。她看了波西一眼。就算地獄火河的紅色光線照在波西臉上，他的臉都顯得好蒼白。

「恩普莎⓭，」她用嘴形無聲地說：「吸血鬼。」

波西冷冷地點頭。

⓭ 恩普莎（empousai），希臘神話中知名的女吸血鬼，是黑卡蒂的侍女，可以隨時化身為漂亮的少女誘惑男人，並吸食他們的血。

她還記得凱莉。兩年前，在波西的新生介紹會上，有一群恩普莎假扮成啦啦隊員，攻擊波西和他的朋友瑞秋．戴爾，其中一個恩普莎就是凱莉。後來，同樣這個恩普莎也在代達羅斯的工坊攻擊他們，安娜貝斯刺中她的背部，把她送來……這裡，塔耳塔洛斯。

那群怪物拖著腳步走開，說話聲音愈來愈微弱。安娜貝斯爬到石頭邊緣，冒險看了一眼。這樣夠確定了，五個女人腳步蹣跚，各自踩著不相配的雙腳，左腳是青銅打造的機械腳，右腳則是長滿粗毛的偶蹄動物腳。她們的頭髮由火焰所構成，皮膚像骨頭一樣慘白，多半穿著破爛的古希臘裝束，只有帶頭的凱莉除外，她身穿燒過和撕爛的短上衣，搭配一件百摺短裙……就是她的啦啦隊長服裝。

安娜貝斯咬牙切齒。過去幾年，她曾遭遇數不清的壞蛋怪物，最討厭的就是恩普莎。

她們除了有噁心的爪子和尖牙，還擁有操控迷霧的強大力量，不但能改變外形，也會施展魅語把凡人哄騙得團團轉，讓人卸下心防。男人又特別容易受騙。恩普莎最喜歡的手法是騙男人愛上她，然後喝乾他的血、吃光他的肉。這種第一次約會實在不怎麼美妙。

凱莉曾經差一點就殺了波西。她操縱安娜貝斯的老朋友路克，以克羅諾斯之名，敦促他執行一項又一項愈來愈黑暗、邪惡的行動。

安娜貝斯眞的好希望她的匕首還在身邊。

波西站起來。「她們正要前往死亡之門，」他喃喃說著：「你知道那代表什麼意思嗎？」

安娜貝斯不願意想這件事，可惜若要深入塔耳塔洛斯，那群茹毛飲血、面目可憎的女人很可能是他們所碰到運氣最好的事。

「知道，」她說：「我們必須跟著她們走。」

9 里歐

里歐花了一整個晚上，仔細研究十二公尺高的雅典娜雕像。

自從把雕像搬上船之後，里歐就對它深深著迷，很想弄懂它是怎麼運作的。他很確定雕像擁有非常厲害的力量，其中必定有什麼祕密開關、壓力板之類的東西。

他應該去睡一下，但捨不得睡。他花了好幾個小時爬上爬下。雕像占據了下層甲板的大部分空間，雅典娜的兩隻腳塞進船上的醫務室，如果想去拿一些止痛藥，就得從它的象牙腳趾旁邊擠過去。它的身體延伸占據了整條左舷走廊，向外伸展的手則伸進引擎室，剛好讓眞人大小的勝利女神妮琪❹塑像站在它的手掌上，像是在說：「哎呀，來點勝利吧！」雅典娜的穩重臉孔則塞進了船尾，幾乎占據所有的飛馬馬廄，幸好裡面沒有飛馬。假如里歐是一匹魔法馬，而馬廄裡有個超大的智慧女神瞪著他，他絕對不會想住在那樣的地方。

雕像把走廊塞得緊緊的，於是爲了尋找控制桿和按鈕，里歐必須爬到雕像上面，並在她的四肢底下扭動鑽行。

如同以往，什麼都沒找到。

⓮ 妮琪（Nike），希臘神話中的勝利女神，相當於羅馬的維多利亞（Victoria）。雖然出身泰坦家族，但在泰坦大戰時站在奧林帕斯眾神這一方，為他們帶來勝利。

他已經對雕像做了些研究，知道它是中空的木製結構，外面包覆著象牙和黃金，因此能夠解釋爲何它這麼輕。它已經有兩千多年歷史，最早遭人由雅典城劫掠出來，再搬運到羅馬城，過去兩千年來大部分時間都祕密存放在一個蜘蛛洞內。照這樣看來，雕像的外形其實相當完好。里歐猜想，一定是魔法的緣故，它才能維持得這麼完整，當然也因爲製造技術非常優良的關係。

安娜貝斯曾經說……唉，他盡量不要想起安娜貝斯。他依然對波西和安娜貝斯掉進塔耳塔洛斯感到非常內疚，知道那完全是他的錯，應該先讓每個人都安全回到阿爾戈二號上，然後再著手保護雕像。他早該意識到洞穴的地面並不牢固。

然而，悶悶不樂地晃來晃去，並不會讓波西和安娜貝斯回到他們身邊。里歐必須專心解決他能夠解決的問題。

無論如何，安娜貝斯曾經說，這座雕像是打敗蓋婭的重要關鍵，也能修補希臘和羅馬混血人之間的嫌隙。里歐心想，這座雕像應該不只含有象徵性的意義吧，也許雅典娜的眼睛可以射出雷射光，或者盾牌後面的蛇會噴出毒液。也或許妮琪的小塑像會活過來，突然擺出一些忍者的招式。

如果這是里歐設計的，他就可以幫雕像想出各式各樣的搞笑招式，但他檢查得愈仔細，挫折感就愈深。雅典娜．帕德嫩雕像散發著魔法，連里歐都感覺得到，然而那除了讓雕像看起來很厲害以外，似乎沒有展現出任何功能。

船身突然向一邊傾斜，以巧妙的操控避開攻擊。里歐有股衝動想要跑去掌舵，不過他忍住了。現在傑生、派波和法蘭克都與海柔一起當班，不管碰到什麼樣的狀況，他們都可以處理。此外，海柔很堅持要負責掌舵，帶領他們穿越那個祕密隘口，也就是魔法女神告訴她的那個通道。

說到要從北方繞遠路，里歐希望海柔的判斷是對的。他並不信任那個黑卡蒂女士。他實在不懂，那麼令人毛骨悚然的女神，爲什麼突然決定要幫助他們？

當然啦，他平常就不信任魔法，所以才會對雅典娜．帕德嫩這麼束手無策。這座雕像沒有任何可動的零件，無論它做了什麼，顯然都是透過純然的魔法而運作……里歐不喜歡這樣，他希望找出雕像的運作原理，就像機械一樣。

到最後，他累得筋疲力竭，再也沒辦法有條理地思考。他用毯子裹住全身，蜷縮在引擎室裡，聆聽發電機發出撫慰人心的嗡嗡聲。坐在角落的機器人桌子巴福特開啓了睡眠模式，發出小小的蒸汽鼾聲：噓，噗，噓，噗。

里歐還算喜歡他的艙房，不過他在船隻心臟地帶的引擎室裡最有安全感，這個房間塞滿了他知道如何控制的各式機械。話說回來，也許只要花更多時間親近雅典娜．帕德嫩，他終究能夠參透雕像的祕密。

「大女士，不是你贏就是我勝，」他喃喃說著，同時把毯子拉高到下巴，「到最後你一定會合作的。」

他閉上雙眼，睡著了。但這不是好事，睡著就表示開始作夢了。

里歐在媽媽的舊工坊裡奔跑逃命。他媽媽死於這裡的一場大火，當年他只有八歲。

他不太確定到底是什麼東西追著他，卻可以感覺到逼近的速度非常快，而且那東西很巨大、黑暗、充滿仇恨。

他跌跌撞撞地衝進工作桌區，撞倒幾個工具箱，又絆到數條電纜線。他看到出口，連忙往那裡衝去，但有個人影隱約出現在他面前；是個女人，身上的長袍沾滿乾掉的泥土，整張臉更是覆蓋著一層灰塵。

「小英雄，你要去哪裡啊？」蓋婭問：「留下來嘛，見見我最疼愛的兒子。」

里歐連忙往左邊衝去，不過大地女神的笑聲跟在他後面。

「你媽媽死掉的那天晚上，我警告過你。我當時說，命運三女神⑮不會讓我在那個時候殺了你。不過呢，現在你已經選了自己要走的路。里歐．華德茲，你的死期不遠了。」

他跑到一張製圖桌，那是他媽媽以前的工作檯，後方牆上掛了許多里歐的蠟筆畫作為裝飾。他絕望地啜泣，繞過工作檯，卻看到追逐他的東西擋在路中央，那是一個籠罩在陰影中的巨大形影，看起來像是模糊的人形，頭頂幾乎要擦過六公尺高的天花板。

里歐的雙手爆出火焰。他向巨人噴火，可是噴出的火焰竟然遭到黑暗所吞噬。里歐伸手探向他的工具腰帶，一個個袋口卻都縫死了。他想要說話，只要能夠救自己一命，不管說什麼話都好，但他發不出任何聲音，彷彿肺裡的空氣全都被人偷走了。

「我兒子不會讓今晚出現任何火焰，」蓋婭從工坊深處說話：「他的虛無可以吸掉所有魔法，他的冰寒可以熄滅所有火焰，他的沉默可以喑啞所有話語。」

里歐好想大喊：「我才不會讓你們抓到！」

他發不出聲音，於是趕緊讓雙腳派上用場。他奔向右邊，從魅影般巨人的撲抓雙手底下鑽過去，再從最靠近的門口衝出去。

突然間，他發現自己置身於混血營，只不過整個營區變成一片廢墟。一棟棟小屋燒得只剩焦黑的外殼，起火的田野在月光下悶燒，晚餐涼亭倒塌成一大堆白色瓦礫，主屋也起火燃燒，灼熱的窗戶看起來好像惡魔的眼睛。

里歐繼續狂奔，他很確定魅影般的巨人還在後面追趕。

許多希臘和羅馬的半神半人倒在地上，里歐在他們之間穿梭，很想檢查看看他們是否還活著，也想幫助他們，但不知道為什麼，他就是知道快沒時間了。

他跑向眼前所見唯一還活著的人，那是一群站在排球場上的羅馬人。兩個分隊長若無其事地倚著他們的標槍，正與一個身材高瘦、身穿紫色羅馬外袍的金髮男孩輕鬆聊天。里歐的腳步慢下來。是那個怪胎屋大維，朱比特營的占卜師，他老是嚷著說要發動戰爭。屋大維轉過來看著里歐，不過他似乎處於恍惚狀態，整個人看起來既呆滯又遲鈍，雙眼緊閉。等到他開口說話，傳出來的卻是蓋婭的聲音：「這是躲不掉的。羅馬人從紐約向東移動，推進到你們的營區，而且沒有任何方法可以讓他們慢下來。」

里歐好想揮拳打向屋大維的臉，但他只是繼續奔跑。

他爬上混血之丘。在山頂上，閃電已經把大松樹劈成碎片。

他踉蹌幾步停了下來。山丘後方的一切竟然完全消失，連整個世界都不見了。他往遠方看去，除了雲霧之外什麼都看不到，只見黑暗的天空下有一張翻騰滾動的銀色雲毯。

一個尖銳刺耳的聲音說：「如何？」

⓯命運三女神（Fates），掌管所有生命長短的三位女神。參《波西傑克森—神火之賊》六十三頁，註❽。

里歐的身體縮了一下。

在滿地的松樹碎片旁，樹根之間裂開一個大洞，有個女人跪在洞口。

那個女人不是蓋婭，反倒像是活生生的雅典娜．帕德嫩，身穿相同的金色長袍，露出象牙手臂。她站起來時，里歐嚇得差點從世界的邊緣跌下去。

她的面容莊嚴又美麗，生著高高的顴骨、大大的黑眼珠，編成辮子的甘草色頭髮盤成花稍的希臘式髮型，裝飾著用許多綠寶石和鑽石排列出的螺旋圖樣，這讓里歐忍不住想到聖誕樹。她的表情散發出十足的恨意，抿緊嘴唇，鼻子也皺了起來。

「工匠天神的孩子啊，」她輕蔑地笑著，「你沒有任何威脅性，不過我的復仇行動總要從某個地方開始。你做個選擇吧。」

里歐想要說話，但他驚慌到快要起雞皮疙瘩。夾在眼前這仇恨女王和後方追來的巨人之間，他完全不知道該怎麼辦才好。

「他馬上就要到這裡了，」女人提出警告，「我的黑暗朋友才不會給你這麼奢侈的選擇機會。小子，不是懸崖就是洞穴！」

剎那間，里歐終於明白她的意思。他陷入可怕的困境。他可以選擇跳下懸崖，但那無疑是自殺。就算雲霧下面真的有陸地，他也會摔死；要不然就是不停墜落，直到永遠。

至於洞穴……他瞪著樹根之間的那個黑暗洞口，聞起來有股腐臭和死亡的氣味。他聽見裡面有許多身軀拖著腳步走來走去的聲音，也聽見暗影中的喃喃低語。

洞穴裡面是亡者的家園。如果他到下面那裡去，就再也回不來了。

「沒錯。」女人說。她的脖子掛著一個奇怪的青銅和綠寶石墜子，有點像是圓形的迷宮。

她的雙眼顯得極度憤怒，里歐這才了解，爲何氣到極點會形容成「抓狂」，這位女士已經讓恨意逼到瘋狂狀態。「冥王之府等著你。你會是第一個死在我迷宮裡的小老鼠。里歐・華德茲，你只有一個機會可以逃走，要好好把握啊。」

她作勢指指懸崖。

「你這個瘋婆子。」他勉強擠出一句。

說出這句話眞是大錯特錯。她抓住里歐的手腕。「我是不是應該現在就殺了你，趁我的黑暗朋友還沒到的時候？」

腳步聲撼動整座山。巨人來了，他整個籠罩在陰影中，巨大、沉重，決心置人於死。

「小子，你聽說過有人死在夢裡嗎？」這女人問他，「有可能喔，死在女巫手裡！」

里歐的手臂開始冒煙，那女人的碰觸是一種強酸。他死命想要掙脫，然而那女人的抓握就像鋼鐵一樣牢固。

他張開嘴想要尖叫。巨人的龐大身影逐漸逼近，他因爲身上裹著好幾層黑煙而顯得朦朧。巨人高舉拳頭，這時傳來一個聲音劃破了夢境。

「里歐！」傑生搖晃他的肩膀。「嘿，老兄，你幹嘛抱著妮琪啊？」

里歐連忙睜開眼睛，他的雙臂緊緊摟著雅典娜手上那個眞人大小的塑像。他一定是在睡夢中遭到痛擊。他緊緊抱住勝利女神，就像小時候作惡夢時總是緊緊抱住自己的枕頭那樣。

（老天，那在寄養家庭實在超丟臉的。）

他趕緊鬆開手，坐起來，揉揉自己的臉。

「沒什麼，」他喃喃地說：「我們只是抱著一起睡。唔，發生了什麼事？」

傑生沒有糗他，里歐很感激他朋友。傑生的淡藍色眼珠冷靜而嚴肅，嘴上的小疤痕微微抽動，就和以往有消息要宣布的時候一樣。

「我們順利越過山脈，」他說：「差不多要到波隆那了。你應該和我們一起去餐廳，尼克有新的消息要報告。」

10 里歐

里歐把餐廳牆壁設計成螢幕，可以顯示混血營的即時影像。剛開始他覺得這是個相當厲害的點子，不過現在沒那麼確定了。

從家園傳來的影像，包括營火歌唱會、涼亭晚餐、主屋外的排球比賽等，似乎都讓他的朋友們心情低落。他們航行得離紐約長島愈遠，大家的心情就愈糟。他們所在的時區不斷變動，里歐每一次看著牆壁都能感覺到離家更遠。在義大利這裡，太陽才剛升起，而回到混血營，現在是午夜時分。小屋門口的火炬劈啪燃燒，月光照著長島灣的海浪閃閃發光。海灘上有很多腳印，似乎有一大群人剛從這裡離開。

里歐嚇了一跳，突然意識到昨天（應該說前一個晚上，都可以啦）是七月四日美國國慶日。他們錯過了混血營的年度沙灘派對，每年總是由第九小屋里歐的兄弟姊妹負責準備很棒的煙火。

他覺得不要對成員們提起這件事比較好，不過他衷心希望，等夥伴們回到家園，一定要好好慶祝一番。他們也很需要提振精神啊。

他回想起夢中看到的那些影像，包括變成廢墟的混血營，到處散布著屍體；還有屋大維站在排球場上，用蓋婭的聲音悠閒聊天。

他低頭看著盤子裡的炒蛋和培根，很想關掉牆上的播放器。

「所以，」傑生說：「現在我們聚在這裡……」

傑生坐在餐桌的首位，有點像是自動遞補到那個位置。既然他們失去了安娜貝斯，傑生就盡最大力量扮演小組領導人的角色。他以前在朱比特營曾經擔任執法官，所以可能還滿習慣的；不過里歐看得出來，他這位朋友承受很大的壓力，雙眼凹陷得比平常還要厲害，一頭金髮亂糟糟的樣子也不太尋常，很像是忘了要梳頭。

里歐環顧桌邊其他人。海柔也是一副睡眼惺忪的樣子，不過當然是因爲她徹夜沒睡，負責引導船隻飛越山脈。她一頭淡紅褐色的鬈髮用紮染印花大手帕綁在腦後，給人一種突擊隊員的印象，這讓里歐覺得有點興奮，但他隨即又興起一股罪惡感。

坐在海柔旁邊的是她男朋友法蘭克．張，他身穿黑色運動褲和一件羅馬觀光紀念T恤，上面寫著「CIAO!」（那眞的是一個字嗎？）[16]。法蘭克以前的分隊長徽章還別在T恤上，然而事實上，阿爾戈二號船上的這群混血人現在是朱比特營的「全民公敵一號到七號」。法蘭克一臉堅定不屈的神情，讓他看起來很像日本的相撲選手，實在有點慘。接著是海柔的同父異母哥哥，尼克．帝亞傑羅。見鬼了，這孩子讓里歐覺得超詭異的。他靠著椅背，穿著他的飛行員皮夾克、黑色T恤和牛仔褲，手指上戴著邪惡的銀色骷髏頭戒指，旁邊放著冥河劍。他有好幾撮黑髮捲捲的翹起來，活像小蝙蝠的翅膀，眼神卻顯得很悲傷，而且有點空洞，彷彿看透了塔耳塔洛斯深淵，而他也確實看過。

唯一缺席的混血人是派波，她剛好輪到與黑傑教練一起值班掌舵。黑傑教練是他們的羊男[17]守護者。

里歐眞希望派波在這裡。她擁有阿芙蘿黛蒂[18]的魅力，總是有辦法讓事情平靜下來。經歷昨天晚上的夢境之後，里歐很需要一點平靜。

而從另一方面來看，她在上方甲板守護他們的守護者或許是好事。如今進入了古老土地，他們必須隨時提高警戒才行。如果讓黑傑教練獨自操縱飛船，里歐會很緊張；那個羊男有點太好戰了，而舵輪旁邊又有一堆發亮的危險按鈕，很可能會讓下方如詩如畫的義大利鄉村遭到「轟」的一聲猛烈攻擊。

里歐已經徹底出神，完全沒有意識到傑生還在講話。

「……冥王之府，」傑生說：「尼克？」

尼克的身子往前傾。「我昨天晚上和一些死人聊過。」

他脫口說出這句話，簡直像是接到好兄弟傳來的簡訊似的。

「我比較能了解以後會碰到的狀況了，」尼克繼續說：「古時候，冥王之府是希臘人很重要的朝聖地點，他們會到那裡去和死者說話，也向祖先表示敬意。」

里歐皺起眉頭。「聽起來很像墨西哥人的亡靈節，我阿姨羅莎對這類事情還滿當真的。」

他想起羅莎阿姨曾經拖著他去休士頓當地的墓園，他們在那裡清掃親戚的墳墓，然後放一些供品，像是檸檬水、餅乾和剛採下的金盞花之類。羅莎阿姨會強迫里歐留在那裡野餐，彷彿陪伴死人可以讓他胃口大開。

法蘭克也咕噥一聲。「中國人也有那種習俗……祭拜祖先的儀式，在春天的時候掃墓。」

---

⑯「CIAO」是義大利文的「再見」之意。

⑰羊男（Satyrs）是希臘神話中的森林牧神，參《波西傑克森—神火之賊》六十一頁，註❼。

⑱阿芙蘿黛蒂（Aphrodite），希臘神話中掌管愛情與美貌的女神，即羅馬神話中的維納斯（Venus）。

他看了里歐一眼。「你的羅莎阿姨和我的祖母應該很有話聊。」

里歐的腦中浮現一個可怕的畫面，他的羅莎阿姨和某位中國老太太在某間摔角用品專賣店相遇，兩人各拿一根釘鎚瘋狂互毆。

「是啊，」里歐說：「我敢說她們一定會成為好姊妹。」

尼克清清喉嚨。「很多文化都有在某個季節向死者表示敬意的傳統，不過冥王之府是全年開放，朝聖者在那裡真的可以和鬼魂說話，希臘人稱那個地方是『死者的神諭處』。你要想辦法穿過不同層的地道，留下供品，而且喝下特殊的藥劑……」

「特殊的藥劑，」里歐喃喃說著：「還真好吃啊。」

傑生向他射來一道目光，彷彿在說：「老兄，夠了喔。」他說：「尼克，繼續說吧。」

「那些朝聖者相信，冥王之府的每一層都能帶你更接近冥界，直到死者出現在你面前為止。如果他們對你的供品感到很滿意，就會回答你的問題，甚至告訴你未來會發生什麼事。」

法蘭克輕敲裝著熱巧克力的馬克杯。「那如果鬼魂不滿意呢？」

「有些朝聖者什麼也找不到，」尼克說：「有些人會瘋掉，或者一離開冥王之府就死了。其他人則是在地道內迷了路，再也沒有人看見他們。」

「重點是，」傑生很快接口，「尼克聽說了一些訊息，很可能對我們有幫助。」

「是啊，」尼克的語氣聽起來沒有很熱切，「昨天晚上和我談話的鬼魂……以前是黑卡蒂的祭司，他說昨天女神在十字路口對海柔說的話確實沒錯。面對巨人的第一次戰役中，黑卡蒂是為天神而戰。她殺死其中一個巨人，那是原本設定要對付黑卡蒂的巨人之一，那傢伙叫克呂提奧斯。」

「黑暗的傢伙，」里歐猜測說：「全身籠罩在陰影裡。」

海柔轉過來看他，瞇起她的金色雙眼。「里歐，你怎麼知道？」

「算是夢到的。」

沒有人面露驚訝。大多數混血人作的惡夢都很鮮明、逼眞，能夢見世上發生的各種事。里歐的朋友們倒是特別注意他的附加說明。他描述混血營在夢中變成廢墟時，盡量不去看牆上的混血營影像。他向大家提起那個黑暗巨人，還有混血之丘上的奇怪女人，女人提供了幾種死亡方法要他選擇。

傑生推開面前裝了鬆餅的盤子。「所以那個巨人是克呂提奧斯。我猜他正在等我們，守在死亡之門前面。」

法蘭克把一塊鬆餅捲起來，開始津津有味地大嚼特嚼；這傢伙絕不會讓即將逼近的死亡事件阻礙他的健康早餐。「那麼里歐夢中的女人呢？」

「她是我要傷腦筋的問題。」海柔一邊說，一邊用巧妙的手法在手指之間傳遞一顆鑽石。「黑卡蒂提到冥王之府有個很難對付的可怕敵人，是個女巫，沒有人能打敗她，除了我以外，如果我用魔法的話。」

「你會用魔法嗎？」里歐問。

「還不會。」

「啊。」里歐努力想要說些滿懷希望的話，但他回想起那個憤怒女人的眼神，還有她那鋼鐵般的抓握，讓他的皮膚開始冒煙。「有任何線索知道她是誰嗎？」

海柔搖搖頭。「只知道……」她看了尼克一眼，兩人交換了某種沉默的辯論。里歐有種感覺，這兩個人曾經私下談論過冥王之府，可是不願和大家分享所有的細節。「只知道要打敗她並不容易。」

「不過還是有一些好消息，」尼克說：「和我交談的鬼魂提供一些線索，說明黑卡蒂如何在第一次戰役中打敗克呂提奧斯。她用火炬引燃克呂提奧斯的頭髮，把他燒死。換句話說，火是克呂提奧斯的罩門。」

每個人都看著里歐。

「喔，」他說：「好啦。」

傑生對他點點頭表示鼓勵，彷彿這是個大好消息，也彷彿期待里歐可以走向前去，迎向那高塔般的黑暗巨人，對他射出幾顆火球，然後解決掉所有問題。里歐不想潑傑生冷水，但蓋婭的聲音依舊迴盪在他耳邊：「他的虛無可以吸掉所有魔法，他的冰寒可以熄滅所有火焰，他的沉默可以暗啞所有話語。」

里歐還滿確定，如果要讓那個巨人起火燃燒，需要的絕不只是區區幾根火柴而已。

「這是個好的開始，」傑生堅定地說：「至少我們知道該怎麼殺死巨人。而那個女巫……嗯，假如黑卡蒂相信海柔可以打敗她，那我也相信。」

海柔垂下雙眼。「現在我們只要到達冥王之府，想辦法突破蓋婭手下大軍的攻擊……」

「再加上一大票鬼魂，」尼克冷冷地說：「冥王之府的魂魄可不會對我們太客氣。」

「……還要能找到死亡之門吧。」海柔接口說：「而且假設我們可以用盡所有辦法，與波西和安娜貝斯在同一時間到達那裡，把他們救出來。」

法蘭克吞下一口鬆餅。「我們辦得到。非辦到不可。」

里歐很羨慕這個大塊頭的樂觀，眞希望能向他分來一點。

「所以呢，繞過這段路以後，」里歐說：「我估計過要四、五天才會到達伊庇魯斯，假如路上沒有延遲的話，你們也知道，就是沒有遭到怪物攻擊或之類的事。」

傑生露出酸楚的微笑。「是啊，那些情況永遠不會發生啦。」

里歐看著海柔。「黑卡蒂告訴你，蓋婭打算在八月一日舉辦她的盛大崛起派對，對吧？在那個什麼之日？」

「絲帕斯，」海柔說：「希望女神。」

傑生轉動手上的叉子。「理論上，那我們就有足夠的時間。現在還只是七月五日，我們應該能夠關上死亡之門，然後找到巨人的總部，趕在八月一日之前阻止他們叫醒蓋婭。」

「理論上是這樣，」海柔表示同意，「不過我還是想先知道，到底要怎樣穿過冥王之府而不會發瘋或死掉呢？」

沒有人自願提供任何點子。

法蘭克放下手上的鬆餅捲，一副突然覺得很難吃的樣子。「今天是七月五日。喔，天啊，我完全沒想到……」

「嘿，老兄，酷喔，」里歐說：「你是加拿大人，對吧？我沒有預期你會送我美國獨立紀念日禮物或之類的……除非你想送啦。」

「不是那個啦。我祖母……她老是對我說，『七』是個不吉利的數字。那是鬼的數字。我對她說我們的任務會有七個混血人時，她很擔心。而且那時可能就是農曆七月。」

「是啦，不過……」里歐神經兮兮地用手指敲打桌面。他意識到自己用手指頭敲出「我愛你」的摩斯電碼，以前他常對他媽媽這麼做，如果他的朋友們懂得摩斯電碼，那就很難爲情了。「不過那只是巧合，對吧？」

法蘭克的表情沒有讓他消除疑慮。

「以前在中國，」法蘭克說：「在過去的時代，人們說農曆七月是『鬼月』，這時候靈界和人類世界最接近，活人和死人也可以在彼此之間來來回回。告訴我，我們要在鬼月尋找死亡之門，剛好只是巧合吧？」

沒有人說話。

里歐很希望這麼想：古老的中國信仰應該和羅馬人與希臘人沒有關係吧。完全不一樣，對吧？可是法蘭克的存在本身就是個證據，證明各個文化之間有緊密的關係。張家可以一路往回追溯到古希臘時代，他們從羅馬遷徙到中國，最後移民到加拿大。

除此之外，里歐也一直想著自己和報應女神涅梅西絲⑲在大鹽湖見面的事。涅梅西絲曾說他像是一輛六輪卡車的「第七個輪子」，就是這個任務的局外人。但她並沒有說第七指的是鬼，對吧？

傑生把雙手按在椅子的扶手上。「我們把注意力放在可以解決的事情上吧。現在很接近波隆那了，也許找到黑卡蒂說的那些小矮人，就可以得到更多答案……」

船身突然傾斜，像是撞到了一座冰山。里歐的早餐餐盤滑到桌子對面，尼克向後摔出椅子，一頭撞上餐具櫃，然後摔到地板上，接著十幾個魔法酒杯和大淺盤全部砸在他頭上。

「尼克！」海柔衝過去幫他。

「什麼……？」法蘭克拚命想站起來，可是船身又往另一個方向甩過去。他撞到桌子，迎面飛來的是里歐的炒蛋餐盤。

「你們看！」傑生指著牆壁。混血營的畫面不停閃動，而且變成其他影像了。

「不可能。」里歐喃喃說著。

那些魔法螢幕不可能顯示出混血營以外的景物，但是突然間，一張巨大、扭曲的臉孔塞滿了舷窗那一整面牆；它有著彎鉤狀的黃板牙、散亂的紅鬍子、長滿凸疣的鼻子，還有兩隻不相稱的眼睛，一隻眼睛比另一眼大很多，位置也比較高。那張臉似乎想一路咬進房間。

其他牆壁的影像也開始閃爍，顯示出上方甲板的景象。派波站在舵輪旁，可是有點不對勁。她的肩膀以下竟然被封箱膠帶緊緊纏住，嘴巴也塞了東西，兩隻腳則被綁在控制台上。

而在主桅杆處，黑傑教練也遭到類似方法的捆綁和塞住嘴巴，這時出現一個長相奇異的怪物，有點像地精和黑猩猩的混合體，而且服裝品味糟糕透頂。那怪物在黑傑教練周圍跳來跳去，用粉紅色橡皮筋把教練的頭髮綁成一大堆小馬尾。

這時在舷窗那側的牆上，巨大醜陋的臉孔逐漸往後退，里歐終於可以看見整隻怪物了。那是另一隻地精黑猩猩，身上穿的衣服甚至更加瘋狂古怪。這一隻開始繞著甲板跳來跳去，把各種東西塞進粗麻布袋裡，包括派波的匕首和里歐的 Wii 遙控器。接著，他把阿基米德球從控制台上撥入袋中。

「不行啊！」里歐大喊。

---

⑲ 涅梅西絲（Nemesis），希臘神話中的報應女神，代表憤怒、懲罰與天神的復仇。參《波西傑克森——神火之賊》一三七頁，註㉞。

「呃啊……」尼克在地上發出呻吟聲。

「派波！」傑生叫著。

「猴子！」法蘭克大吼。

「不是猴子，」海柔咕噥著說：「我覺得那些是小矮人。」

「竟然偷我的東西！」里歐一邊扯著嗓子大喊、一邊衝向樓梯。

11 里歐

里歐隱約意識到海柔大聲喊著：「快去！我會照顧尼克！」彷彿里歐正打算回頭似的。沒錯，他是希望尼克安全無事，但他自己的頭也很痛。

里歐三步併作兩步跳上樓梯，傑生和法蘭克也緊跟在後。

甲板上的情況比他所擔心的還要糟糕一百倍。

黑傑教練和派波正想努力掙脫黏住他們的封箱膠帶，而在同一時候，其中一隻精力充沛的猴子小矮人在甲板上跳來跳去，只要看到沒有固定住的東西就拿起來塞進袋子裡。他約莫一百二十公分高，比黑傑教練還矮，雙腿彎曲如弓，腳掌很像黑猩猩，身上的衣服超級鮮豔花稍，讓里歐覺得頭好昏。他那件綠格子長褲用別針固定住褲腳翻邊，並夾了亮紅色的吊帶，裡面還搭配了粉紅色與黑色條紋的女性上衣。他的兩隻手臂各戴了六只金錶，頭上則戴著斑馬條紋的牛仔帽，帽子邊緣垂下一條價格標籤搖來晃去。他的皮膚覆蓋著一塊塊凹凸不平的紅色毛皮，不過全身百分之九十的毛髮似乎都集中在臉上兩條壯觀的眉毛上。

里歐才剛想到「另一個小矮人呢？」立刻就聽見背後傳來「喀答」一聲，他意識到自己害朋友們掉進陷阱了。

「趴下！」隨著爆炸聲劇烈衝擊耳膜，他也一頭撞上甲板。

里歐無力地想，記得要提醒自己：不要把一箱箱魔法手榴彈放在小矮人拿得到的地方。

幸好他還活著。他在羅馬找回阿基米德球之後就曾以它爲基礎，實驗過各式各樣的武器，例如做出各種手榴彈，有的可以噴出酸液、噴火、射出霰彈，或者射出剛爆好的奶油口味爆米花（喂，你永遠不知道在戰場上什麼時候會肚子餓）。從里歐聽到的響聲判斷，小矮人引爆的是閃光彈，里歐在裡面塞了一瓶很珍貴的阿波羅⑳音樂小瓶，是很純的液體萃取物。它殺不死人，但讓里歐感覺就像跳水時肚皮啪啦一下猛力拍擊水面那樣。

他拚命想要站起來，四肢卻不聽使喚。好像有人用力拉他的腰部，也許是某個朋友想扶他站起來？不對，他的朋友聞起來才不會像是噴了超多香水的猴子籠。

里歐使勁轉過身。他的視力無法聚焦，視野微微呈現粉紅色，就像整個世界都在草莓果凍裡。一張露齒而笑的奇怪臉孔隱約出現在他面前。這個棕毛小矮人穿得比他朋友更糟糕，他戴了一頂小妖精般的綠色圓頂禮帽、一副左搖右晃的鑽石耳環，還穿了一件黑白條紋的裁判上衣。他炫耀著剛偷來的戰利品，就是里歐的工具腰帶，然後蹦蹦跳跳跑開了。

里歐想抓住他，但是十根手指頭麻到不能動。小矮人嘻嘻哈哈地跳越最靠近的旋轉投石器，他的紅毛朋友正準備點燃投石器的火藥。

棕毛小矮人跳到投石器的石頭上，一副站在滑板上的模樣，然後他的朋友把他射入空中。紅毛興奮地跳到黑傑教練身上，朝羊男用力呼了一巴掌，再跳到船邊欄杆上。他向里歐鞠個躬，脫下斑馬牛仔帽作勢致意，接著一個後空翻跳到船外去。

里歐努力爬起來。傑生也已經站了起來，可是跌跌撞撞、一直撞到東西。法蘭克則變身成一隻銀背大猩猩（爲什麼變成這個呢？里歐不是很確定，也許是想和那兩隻猴子小矮人溝通？），不過閃光彈也把他炸得很慘，他四肢攤開趴在甲板上，舌頭垂在嘴巴外面，他的大猩猩眼睛還翻著白眼。

「派波！」傑生搖搖晃晃走到掌舵室，很小心地把塞在她嘴裡的東西拉出來。

「不要浪費時間在我身上啦！」她說：「快去追他們！」

而在桅杆旁，黑傑教練含糊地說：「哈——嗯——啊——嗯！」

里歐認為他的意思是：「殺了他們！」還滿容易翻譯的，畢竟黑傑教練說的大多數句子都有「殺」這個字。

里歐看了控制台一眼，他的阿基米德球不見了。他伸手摸了摸腰際，工具腰帶應該要在腰上才對。他的腦袋漸漸清醒，憤怒的感覺立刻來到頂點。那些小矮人膽敢攻擊他的船，還偷走他最寶貴的一些東西。

波隆那市區在他們下方開展，山谷內的紅磚建築構成一張美麗拼圖，周圍則以綠色山丘作為畫框。除非里歐能在這迷宮般的大街小巷找到那兩個小矮人……不對，失敗並不是一個選項；坐著等朋友們復原也不是。

他轉身看著傑生。「你覺得還好嗎？可以控制風嗎？我需要一股上升的氣流。」

傑生皺起眉頭。「當然可以，不過……」

「很好，」里歐說：「我們要去抓幾隻猴子。」

傑生和里歐讓船隻在一個大廣場上著地，廣場兩旁排列著白色大理石建造的政府機關建

---

⑳ 阿波羅（Apollo），太陽神，也是射箭、預言與藝術之神。他的形象瀟灑且多才多藝，還創造了音樂。

築和戶外咖啡座。腳踏車和偉士牌機車塞滿了附近街道，但廣場本身空蕩蕩的，只有一大群鴿子，以及幾位老先生啜飲著義式濃縮咖啡。

當地人似乎完全沒有注意到這艘巨大的希臘式戰船飄浮在廣場上方，也沒有發現傑生和里歐剛從上面飛下來。傑生還揮著一把金色的劍，而里歐……嗯，基本上是兩手空空。

「去哪裡？」傑生問。

里歐看著他。「這個嘛，不知道。讓我從工具腰帶拿出我的小矮人GPS追蹤器……噢，等一下！我根本沒有小矮人GPS追蹤器，也沒有工具腰帶！」

「好極了。」傑生咕噥抱怨。他抬頭看了戰船一眼，彷彿要確認自己的方位，然後指著廣場對面。「投石器把第一個小矮人射到那個方向，我覺得是這樣。走吧。」

他們辛苦穿越滿地的鴿子，然後隨意選了一條廣場旁邊的街道走，街道兩旁有許多服飾店和義式冰淇淋店。人行道旁的白色柱子上滿是塗鴉，路上有幾個乞丐在乞討銅板（里歐聽不懂義大利文，不過他們喊得那麼大聲，想不了解意思都難）。

他不時拍拍自己腰際，希望工具腰帶會神奇地重新出現。並沒有。他盡量不讓自己的行為顯得太過古怪，但他本來幾乎每件事都很依賴那條腰帶，這感覺就像是有人把他的一隻手給偷走了。

「我們一定會找到它。」傑生向他保證。

通常里歐聽了會覺得很放心，傑生就是有這種才能，在危機之中保持冷靜，並把里歐從一大堆負面想法中拉出來。然而今天，里歐滿腦子都是他在羅馬打開的那個愚蠢幸運餅乾。女神涅梅西絲答應要幫忙，而他確實得到協助了，就是驅動阿基米德球的密碼。在當時，如果里歐想要救他的朋友們，那麼他別無選擇，非得求助涅梅西絲不可，但涅梅西絲警告他，得到她的協助是要付出代價的。

他一直在想，那個代價到底付出了沒？波西和安娜貝斯不見了，阿爾戈二號也偏離原定路線好幾百公里遠，正迎向一個艱難的挑戰。里歐的朋友們要靠他打敗一個可怕的巨人，而現在，他連工具腰帶都沒了，更遑論他的阿基米德球。

他太專心想著自己的悲慘遭遇，以致沒注意到他們身在何處，直到傑生抓住他的手臂。

「你看那個。」

里歐抬起頭。他們來到一個較小的廣場，有個涅普頓的巨大裸體青銅雕像逼近面前。

「啊，天哪。」里歐連忙遮住眼睛。一大清早，他實在不需要看到某位天神的鼠蹊部。

海神站在巨大的大理石柱上，豎立於目前沒有噴水的噴泉裡（這似乎有點諷刺）。涅普頓的兩側各坐著一個長了小小翅膀的丘比特[21]雕像，看起來有點害怕，像是說著：「怎樣啦？」涅普頓自己（不說鼠蹊部的話）則是把屁股扭向一邊，做出貓王艾維斯．普里斯萊的動作。他用右手鬆鬆地拿著三叉戟，左手則平伸出去，彷彿正爲里歐祈福，或者也可能試著想讓他飄浮起來。

「有什麼線索嗎？」里歐好奇地問。

傑生皺皺眉頭。「或許有，或許沒有。義大利到處都有天神的雕像，如果是遇到朱比特，

[21] 丘比特（Cupid），羅馬神話中的小愛神，是愛神維納斯的兒子，常被描述成有一對翅膀、手拿弓箭調皮亂射的形象。等同於希臘神話中的厄洛斯（Eros）。

我會覺得好一點；或者米娜瓦㉒也不錯。說眞的，只要不是涅普頓都好。」

里歐爬上乾涸的噴泉，伸手摸摸雕像底座，一堆印象從他的指尖湧來，他感覺到裡面有神界青銅裝置、魔法控制桿、彈簧和活塞。

「這是個機械裝置，」他說：「可能是通往小矮人祕密巢穴的入口？」

「喔喔喔喔喔！」附近有個聲音尖聲大叫：「祕密巢穴？」

「我想要一個祕密巢穴！」上方又傳來另一個聲音大喊。

傑生後退一步，手中握好劍。里歐同時想看向兩個地方，結果差點扭斷脖子。戴牛仔帽的紅毛小矮人坐在最近的咖啡座，距離大約十公尺，正用他那猴模猴樣的前腳啜飲著濃縮咖啡。戴著綠色圓頂禮帽的棕毛小矮人則蹲坐在涅普頓腳下的大理石基座上，恰恰在里歐的頭頂上方。

「如果我們有祕密巢穴，」紅毛說：「我想要裝一根消防員用的滑竿。」

「還有滑水道！」棕毛一邊說、一邊隨便扯出里歐腰帶裡的工具，把扳手、榔頭和釘槍到處亂扔。

「住手！」里歐拚命想抓住小矮人的腳，可是搆不到基座的最頂部。

「太矮了嗎？」棕毛一臉同情地說。

「你竟然說我太矮？」里歐環顧四周，想找到某個東西扔上去，但附近什麼都沒有，只有一群鴿子，他覺得一定抓不到。「把我的腰帶還給我，你這個白痴的……」

「好啦，好啦！」棕毛說：「我們彼此都還沒自我介紹呢。我是阿克蒙㉓，而在那邊的是我哥哥……」

「……是最帥的一個！」紅毛小矮人舉起手中的濃縮咖啡。從他圓睜的雙眼和瘋癲的笑容看來，他根本不需要更多的咖啡因。「帕薩羅斯！歌手！咖啡品飲家！亮晶晶東西大盜！」

「拜託！」他弟弟阿克蒙尖聲大叫：「我偷東西的功夫比你更好！」

帕薩羅斯哼了一聲。「可能是偷睡午覺比我好吧！」他拿起一把匕首，是派波的，然後開始用匕首剔牙。

「喂！」傑生大喊：「那是我女朋友的刀子耶！」

他撲向帕薩羅斯，不過紅毛小矮人的動作太快。他先從椅子上彈起來，把傑生的頭撞回去，然後輕輕翻個筋斗，在里歐旁邊落地，毛茸茸的手臂剛好環抱住里歐的腰。

「救救我好不好？」小矮人懇求著。

「滾開！」里歐想把他推開，但帕薩羅斯又來個後空翻，降落在碰不到的地方。就在這時，里歐的褲頭滑落到膝蓋附近。

里歐狠狠瞪著帕薩羅斯，只見帕薩羅斯咧嘴大笑，手裡拿著一小條鋸齒狀的金屬物。那小矮人不知怎麼辦到的，居然偷走里歐褲子的拉鍊。

「超蠢的……拉鍊……送給你啦！」里歐結結巴巴地說，一邊想要揮拳，同時又想把褲子拉起來。

㉒ 米娜瓦（Minerva），羅馬神話中的智慧女神，等同於希臘神話中的雅典娜（Athena）。

㉓ 阿克蒙（Akmon）與帕薩羅斯（Passalos）是神話中兩個擅長偷竊的兄弟，外貌像猴子，兩人也被合稱為刻爾克珀斯（Kerkopes）。他們曾經偷過海克力士（Hercules）的武器，後來被宙斯處罰變成猴子。

「哼，不夠閃亮。」帕薩羅斯把拉鍊扔開。

傑生握著劍撲過去。帕薩羅斯往上方直直跳起，突然間坐在弟弟旁邊的雕像基座上。

「告訴我，我不用移動吧。」帕薩羅斯得意洋洋地說。

「好啊，」阿克蒙說：「你不用移動。」

「呸！」帕薩羅斯說：「把那條工具腰帶給我，我想看看。」

「不要！」阿克蒙用手肘把他頂開。「你有那把刀子，還有亮晶晶的球。」

「對喔，亮晶晶的球比較好。」帕薩羅斯脫下他的牛仔帽。就像魔術師莫名變出一隻兔子那樣，他不知從哪裡拉出了阿基米德球，並開始笨手笨腳地撥動上面的古老青銅轉盤。

「住手！」里歐大喊：「那是很精緻脆弱的機器耶！」

傑生來到他身邊，怒視著那兩個小矮人。「你們兩個到底是什麼人？」

「刻爾克珀斯兄弟！」阿克蒙對傑生瞇起眼睛，「我敢說你是朱比特的兒子，對吧？我總是認得出來。」

「就和『黑屁股』一樣。」帕薩羅斯表示同意。

「黑屁股？」里歐忍住想要再次跳起來抓住小矮人雙腳的衝動。他很確定帕薩羅斯隨時都會毀了阿基米德球。

「是啊，你知道的嘛，」阿克蒙咧嘴而笑，「海克力士㉔啊，我們叫他『黑屁股』，因爲他老是沒穿衣服到處跑，結果晒得那麼黑，以至於他的屁股呢，嘿嘿……」

「他至少很有幽默感啦！」帕薩羅斯說：「我們去偷他的東西時，他本來要殺了我們，不過最後放我們走，因爲他很喜歡我們說的笑話。不像你們兩個，脾氣壞透了，壞透了啦！」

「喂，我也很有幽默感啊，」里歐吼叫著說：「把我的東西還給我，我就會講很好笑的笑話給你們聽。」

「想得美！」阿克蒙又從工具腰帶抽出一支棘輪扳手，轉動它發出很大的聲音。「喔，這太棒了！我絕對會留下這一支！謝啦，藍屁股！」

藍屁股？

里歐低頭往下看。他的褲子又掉到腳踝了，露出他的藍色內褲。「真是夠了！」他大喊：「我的東西，快點，否則我會讓你瞧瞧燃燒的小矮人有多麼好笑！」

他的雙手冒出火焰。

「這才像話。」傑生拿著劍猛力刺向空中，廣場上方開始聚集一大團黑雲，雷聲隆隆。

「喔，好可怕呀！」阿克蒙驚聲尖叫。

「是啊，」帕薩羅斯表示同意，「如果我們有個祕密巢穴可以躲就好了。」

「哎呀，這座雕像並不是通往某個祕密巢穴的入口，」阿克蒙說：「它有個完全不一樣的用途呢。」

里歐的心揪了一下，手上的火焰熄滅了，他意識到這下子麻煩大了。他連忙大喊：「中計了！」然後跳到噴泉外面。可惜傑生還在忙著召喚他的暴風雨。

里歐滾到地上，只見五條金色繩索從涅普頓雕像的手指迸射而出，有一條差點射中里歐

㉔ 海克力士（Hercules），宙斯與底比斯王后所生的兒子，是希臘神話中的大力士，曾完成十二項不可能的英雄任務。

的腳，其他幾條則射中傑生，把他像馴牛比賽一樣捆成一團，然後猛力一拉，讓他頭下腳上倒吊在空中。

一道閃電劈中涅普頓的三叉戟齒尖，送出幾道電弧，從雕像的上面傳到下方，但刻爾克珀斯兄弟已經不見了。

「好極了！」阿克蒙在附近的咖啡座猛拍手，「朱比特的兒子，你變成好棒的皮納塔[25]玩偶啊！」

「沒錯！」帕薩羅斯也同意，「海克力士也曾把我們頭下腳上地倒吊起來，你們知道吧。噢，復仇的滋味太甜美了！」

里歐召喚出一顆火球，高高地扔向帕薩羅斯，那傢伙正想玩弄兩隻鴿子和阿基米德球。

「哎唷！」小矮人跳出爆炸的火堆，把阿基米德球扔在地上，並讓兩隻鴿子飛走了。

「該閃人啦！」阿克蒙果斷地說。

他輕壓他的圓頂禮帽，然後整個人彈開，從一張桌子跳到另一張桌子。帕薩羅斯看了阿基米德球一眼，那顆球已經滾到里歐的雙腳之間。

里歐又召喚出另一顆火球。「你給我試試看啊！」他咆哮著。

「掰！」帕薩羅斯來個後空翻，跟在他弟弟後面跑掉了。

里歐連忙撿起阿基米德球，跑到傑生身邊。傑生還是頭下腳上倒吊著，手腳被捆綁在一起，只有拿劍的那隻手沒有綁住。他拚命想用黃金劍刃砍斷繩索，但沒那麼好運。

「再撐一下，」里歐說：「如果我可以找到某個鬆開的開關……」

「快去追！」傑生大聲說：「我從這裡掙脫之後就會追過去。」

「可是……」

「別跟丟了！」

里歐最不想做的事，就是與那兩隻猴子小矮人有一些單獨相處的時間，但刻爾克珀斯兄弟已經繞過廣場遠處的轉角，失去了蹤影。

里歐只好留下倒吊的傑生，跑去追趕他們。

㉕ 皮納塔（piñata）是一種用紙做成的容器，裡面會裝滿小玩具或糖果，在生日或節慶時高高掛起，讓主人翁拿竹竿矇眼打破。這種遊戲在拉丁美洲流傳已久，最早容器曾以陶製作。

12 里歐

兩個小矮人並沒有很努力想甩掉里歐，這讓里歐覺得很可疑。他們總是剛好待在他視力所及的最遠處，在紅瓦屋頂上面跳來跳去，看到窗台上的花盆就敲一敲，不時高聲叫喊一番，還從里歐的工具腰帶拿出一些螺絲和釘子沿路留下，幾乎像是刻意要里歐跟著他們走。

里歐小跑步跟在他們後面，褲子每掉一次就咒罵一句。他轉過一個街角，看到兩座古老的石砌高塔，由平地拔起伸入空中，肩並肩屹立著，比附近任何一棟建築物都高得多；也許是中世紀的瞭望塔？兩座高塔各自斜斜指向不同方向，很像賽車裡的變速排檔。

刻爾克珀斯兄弟爬上右邊的高塔，到達塔頂後，他們繞到高塔的背面，失去蹤影。

他們進入高塔裡面了嗎？里歐看到塔頂有一些小窗戶裝著鐵窗，不過他猜那些鐵窗根本擋不住兩個小矮人的去路。他觀察了一會兒，但刻爾克珀斯兄弟沒有再度現身，這意謂著里歐必須到上面去找他們。

「很好。」他咕噥著抱怨。現在沒有會飛的朋友可以帶他上去，戰船的距離也太遠，沒辦法叫他們來幫忙。也許可以拿阿基米德球應急，當做某種飛行裝置，前提是要有他的工具腰帶啊，目前卻不在他手上。他環顧四周，努力思索。在半個街廓外，有一道雙扇玻璃門開著，有位老太太一拐一拐走出來，手裡提著塑膠購物袋。

那是一間雜貨店嗎？嗯……

里歐拍拍自己的口袋，嚇了一跳，沒想到離開羅馬時帶出來的歐元紙鈔還有一些。那兩個白痴小矮人拿走所有東西，唯獨漏了他口袋裡的錢。

他以穿著沒拉鍊褲子所能跑的最快速度衝向那家店。

里歐穿梭走過一條條走道，尋找任何可用的東西。他不曉得該怎麼用義大利文說：「哈囉，請問你們店裡最危險的化學物品放在哪裡？」不過這樣也好，他可不想在義大利監獄裡度過餘生。

幸好他連產品標籤都不用讀。只要拿起一管牙膏，就能判別裡面是否含有硝酸鉀。他找到了木炭，還有糖和小蘇打。雜貨店也賣火柴、殺蟲劑和鋁箔紙。他需要的每一件東西算是都有了，再加上洗衣繩可以用來當做皮帶。他還多拿了一些義大利零食放進籃子裡，只是要做點偽裝，讓他買的東西不會顯得太可疑，然後就把所有東西倒在結帳櫃檯上。收銀檯的女士瞪大眼睛，問了他一些聽不懂的問題，不過最後他總算付了錢，拿起購物袋，跑出店外。

他躲在最靠近高塔的一個門口，可以順便監視塔上的動靜。他開始動手，召喚出火焰讓材料乾燥，並把它們稍微加熱一下，否則要花好幾天才能完成。

他每隔一陣子就會偷瞄高塔一眼，可是完全沒有小矮人的形跡。里歐只能暗自希望他們還在上面。只花了幾分鐘的時間，他的武器就製造完成（他就是這麼厲害），不過感覺起來好像經過幾個小時那麼久。

傑生還沒有出現，或許他還糾纏在涅普頓噴泉那裡無法脫身，要不然也可能穿梭於大街小巷間尋找里歐。沒有其他人從船上跑來幫忙，可能他們花太多時間在幫黑傑教練拆下頭髮上的粉紅色橡皮筋吧。

那表示里歐只能靠他自己、手上的零食袋，以及幾種用糖和牙膏完全即興製成的武器。喔，還有阿基米德球，那滿重要的。他在球裡裝滿化學粉末，現在只希望不會把它弄壞。

他跑向高塔，找到入口，開始沿著裡面的螺旋梯往上爬，卻在售票亭前停下腳步，有個看門的人對他喊著義大利語。

「你是當真的嗎？」里歐問：「聽著，老兄，你的塔樓上面有兩個小矮人耶，我可是來撲殺他們的人。」他舉起剛才買的那罐殺蟲劑。「看見沒？很厲害的『撲殺專員』，噴哪、噴哪。啊啊啊！」他像演默劇一般表演小矮人在驚駭中融掉的樣子，不知什麼原因，義大利人似乎看不懂。

那傢伙只是伸出手掌向他要錢。

「該死，老兄，」里歐抱怨說：「我才剛把所有的現金都花在土製炸彈和有的沒的啦。」他在雜貨店塑膠袋裡面撈了撈。「沒想到你要收……嗯……這些東西怎麼樣？」

里歐拿出一袋紅黃色包裝的零食，叫做「美味米」，他猜可能是某種洋芋片之類的。結果出乎他的預料，那個看門人竟然聳聳肩，拿走零食。「Avanti!（往前走！）」

里歐繼續往上爬，但他在心裡提醒自己要多囤積一些「美味米」，這在義大利顯然比現金還好用。

樓梯繼續往上、往上，再往上。整座高塔似乎什麼也沒有，只是爲了建造一道樓梯。

他走到一個平台停下來，靠在一個裝有鐵窗的窄窗上休息，讓自己喘口氣。他簡直汗如雨下，心臟也不停擊打著肋骨。白痴的刻爾克珀斯兄弟。里歐暗暗想著，等他一到塔頂，說不定還來不及使用剛做的武器，那兩兄弟就跳出去了；但他還是得試試看。

他繼續往上爬。

最後，他的兩條腿變得像煮太久的麵條一樣軟趴趴，終於到達塔頂了。

眼前的房間大概有放置清掃用品的櫥櫃那麼大，四面牆壁都有裝了鐵窗的窗戶。房間角落堆滿了各式各樣的寶物，地板上也散落著亮晶晶的物品。里歐看到派波的匕首、一本古老的皮面精裝書、一些看起來很有趣的機械裝置，還有很多黃金，足以讓海柔的馬兒吃得太撐而胃痛。

剛開始，他以爲小矮人已經走了。接著他抬頭看，阿克蒙和帕薩羅斯都以他們的黑猩猩腳勾在橫梁上倒吊著，在反重力的狀態下玩著撲克牌遊戲。他們一看到里歐，連忙把手上的撲克牌一丟，讓紙牌像五彩碎紙般紛紛落下，然後兩個人熱烈拍手。

「我就說吧，他辦得到！」阿克蒙快樂地高聲尖叫。

帕薩羅斯聳聳肩，脫下手臂上的其中一只金錶，遞給他弟弟。「你贏了，我不覺得他有那麼笨啊。」

他們一起跳到地板上。阿克蒙的腰間綁著里歐的工具腰帶；距離那麼近，里歐得拚命忍住想要撲過去的衝動。

帕薩羅斯把他的牛仔帽拉正，並踢開身旁最靠近的鐵窗。「老弟，接下來我們該叫他爬什麼呢？聖盧卡教堂的圓頂嗎？」

里歐很想掐死這兩個小矮人，但他勉強擠出笑容。「喔，聽起來很好玩！不過趁你們兩個離開之前，提醒一下，你們忘了某個亮晶晶的東西喔。」

「不可能！」阿克蒙皺起眉頭，「我們搜得很徹底啊。」

「你確定？」里歐提起他的雜貨袋。

小矮人立刻趨前一步。如同里歐的期盼，他們的好奇心實在太強了，完全無法克制。

「仔細看。」里歐拿出第一項武器，是包在鋁箔紙裡面的一團乾燥化學物品。里歐用他的手點燃那東西。

他當然知道要在爆炸之前及時轉身，但兩個小矮人定睛看著它。牙膏、糖和殺蟲劑的效果不像阿波羅的音樂那麼好，製造出來的閃爆效果還是挺像樣的。

刻爾克珀斯兄弟放聲哀嚎，狂抓自己的眼睛。他們跌跌撞撞走向窗戶，不過里歐又點燃他的土製煙火，在兩個小矮人的光腳四周炸得劈啪作響，讓他們失去重心而跌倒在地。接著在精密計算之下，里歐轉動阿基米德球上的轉盤，噴出一大團汙濁惡臭的白色煙霧，瀰漫在整個房間內。

煙霧並不會讓里歐覺得討厭。他不怕火，因此曾站在煙霧瀰漫的營火中忍受巨龍噴出的火焰，也經常清理熊熊燃燒的鑄鐵爐。當兩個小矮人盲目揮手、氣喘吁吁時，里歐趁機從阿克蒙身上抓回他的工具腰帶，並且冷靜地召喚一些彈性繩，把兩個小矮人綁起來。

「我的眼睛，」阿克蒙拚命咳嗽，「我的工具腰帶！」

「我的腳著火了！」帕薩羅斯號啕大哭，「不要亮晶晶了！再也不要亮晶晶了！」

在確定把他們兩個都綁緊之後，里歐將刻爾克珀斯兄弟拉到一個角落，然後開始搜刮他們的寶物。他收回派波的匕首、他試做的幾顆手榴彈原型，還有小矮人從阿爾戈二號拿來的十幾件零星雜物。

「求求你！」阿克蒙嗚嗚哭著說：「別拿走我們的亮晶晶！」

「我們可以談條件！」帕薩羅斯提議：「只要放我們走，就讓你拿走百分之十的東西！」

「恐怕不行喔，」里歐咕噥著說：「現在全都是我的了。」

「百分之二十！」

就在這時，頭頂上雷聲大作，陣陣閃電劈下，最靠近的鐵窗轟然炸開、燒得紅熱，熔融成一堆廢鐵。

傑生像小飛俠彼得潘一樣飛進來，全身都是劈里啪啦的電火花，手上的黃金長劍更是冒著煙。

里歐吹了聲口哨，覺得鬆了一口氣。「老兄，你真是浪費了一個超讚的入口啊。」

傑生皺起眉頭。他發現了遭到五花大綁的刻爾克珀斯兄弟。「這是怎麼……」

「全是我一個人做的喔，」里歐說：「我真是這方面的專家。你怎麼找到我的？」

「嗯，看煙啊，」傑生勉強說：「而且我聽到劈劈啪啪的聲音，剛才這裡發生槍戰嗎？」

「類似槍戰啦。」里歐把派波的匕首丟給傑生，然後繼續仔細翻找小矮人裝著亮晶晶東西的袋子。他想起海柔叮嚀過，要找一件有助於任務的寶物，但他實在不確定到底要找什麼。袋子裡有銅板、金塊、珠寶、迴紋針、鋁箔紙、袖扣等。

他繼續回頭研究幾件看起來很難歸類的東西。有一個是青銅製的古老導航裝置，有點像船上用的星盤。它損壞得很厲害，似乎有一些零件不見了，不過里歐還是覺得它很迷人。

「拿去！」帕薩羅斯說：「那是奧德修斯[26]做的，你知道吧！拿去，然後放我們走！」

---

[26] 奧德修斯（Odysseus），希臘神話中的英雄人物，個性勇敢、忠誠且寬厚仁慈。荷馬長篇史詩《奧德賽》即以他為主角。

「奧德修斯？」傑生問：「就是那一個奧德修斯？」

「沒錯！」帕薩羅斯尖聲說：「他變成老人的時候、在他的故鄉以薩卡做的。那是他最後發明的東西之一，而我們把它偷來了！」

「它要怎麼動起來？」里歐問。

「喔，它不能動，」阿克蒙說：「是不是有一塊水晶不見了？」他看著哥哥，向他求助。

『那是我最大的遺憾，』」帕薩羅斯說：『應該要拿個水晶的。』他在睡夢中一直喃喃唸著那兩句話，就是我們偷它的那天晚上。」帕薩羅斯聳聳肩。「聽不懂他是什麼意思。不過亮晶晶都是你的了！我們現在可以走了嗎？」

里歐不太確定自己爲什麼想要這個星盤，它顯然壞了，他也不認爲這會是黑卡蒂要他們找的東西。然而，他還是把星盤放入工具腰帶的其中一個魔法口袋裡。

他轉而注意到另一件奇怪的贓物，就是那本皮面精裝書。書名以燙金製作，使用里歐看不懂的語言，但這本書其他部分都稱不上亮晶晶。他不認爲刻爾克珀斯兄弟會是忠實讀者。

「這是什麼？」他朝小矮人晃了晃那本書，那兩個傢伙到現在還讓煙霧熏得眼淚直流。

「沒什麼！」阿克蒙說：「只是一本書，金色封面滿漂亮的，我們就從他那裡拿來了。」

「他？」里歐問。

阿克蒙和帕薩羅斯緊張地互看一眼。

「小神啦，」帕薩羅斯說：「在威尼斯。眞的，沒什麼啦。」

「威尼斯，」傑生對里歐皺起眉頭，「那不是我們接下來要去的地方嗎？」

「是啊。」里歐仔細查看那本書。他看不懂內容，可是裡面有很多插畫，包括長柄大鐮刀、各種不同的植物、一張太陽的圖畫、一隊公牛拉著車廂等。他看不出這些圖畫有什麼重要性，但如果這本書是從威尼斯的一個小神手裡偷來的，而威尼斯又是黑卡蒂叫他們去的下一個地方，那麼這本書肯定是他們要找的東西。

「我們到底可以在哪裡找到這個小神？」里歐問。

「不行！」阿克蒙尖叫說：「你不能拿回去給他！如果他發現是我們偷了這本書……」

「他會摧毀你們，」傑生猜測說：「如果你們不老實招來，我們也會這樣做，而我們比他近多了。」他把劍尖抵在阿克蒙毛茸茸的喉嚨上。

「好啦，好啦！」小矮人尖叫說：「La Casa Nera! Calle Frezzeria!」

「那是地址嗎？」里歐問。

兩個小矮人拚命點頭。

「求求你們，千萬不要跟他是說我們偷的，」帕薩羅斯向他們懇求，「他一點都算不上是好人！」

「他是誰？」傑生問：「是哪個天神？」

「我……我不能說。」帕薩羅斯結結巴巴地說。

「你最好快說。」里歐警告他。

「不，」帕薩羅斯可憐兮兮地說：「我的意思是，我真的不能說。我也不會唸他的名字！ㄘ……崔……太難了啦！」

「土魯……」阿克蒙說：「土魯……托……太多字了！」

他們兩人同時痛哭噴淚。

里歐不知道刻爾克珀斯兄弟說的是不是實話，然而你實在很難對兩個號啕大哭的小矮人生氣，無論他們有多煩人、穿著有多麼可怕。

傑生放下手中的劍。「里歐，你要怎麼處置他們？把他們送去塔耳塔洛斯嗎？」

「求求你們，不要啊！」阿克蒙哭喊：「我們要花好幾個星期才能回來。」

「那也要假設蓋婭願意讓我們回來啊！」帕薩羅斯邊吸鼻涕邊說：「她現在控制住死亡之門。她看到我們一定非常生氣。」

里歐看看這兩個小矮人。他以前打過一大堆怪物，解決他們的時候從來沒有覺得不好，但這次有點不一樣。他得承認，他有點羨慕這兩個小傢伙。他們玩弄一些很酷的惡作劇，而且喜歡亮晶晶的東西，里歐都滿欣賞的。除此之外，波西和安娜貝斯目前正在塔耳塔洛斯往死亡之門跋涉前進，眞希望他們還活著。一想到要把這兩隻猴崽子送到那裡、面對同樣惡夢般的難題……嗯，感覺似乎不太對。

里歐想像著蓋婭會恥笑他的軟弱，身爲混血人，居然心軟到沒辦法下手殺死怪物。他回想起自己的夢境，夢到混血營變成一片廢墟，四處橫陳著希臘人和羅馬人的屍體。他想起屋大維用大地女神的聲音說：「羅馬人從紐約向東方移動，推進到你們的營區，而且沒有任何方法可以讓他們慢下來。」

「沒有任何方法可以讓他們慢下來，」里歐若有所思地說：「我在想……」

「什麼？」傑生問。

里歐看著兩個小矮人。「我要和你們談個條件。」

阿克蒙眼睛一亮。「百分之三十？」

「我們把所有寶物留給你們，」里歐說：「除了原本屬於我們的東西以外，還有星盤和這本書，我們會把這本書拿去還給威尼斯的那位老兄。」

「可是他會摧毀我們啊！」帕薩羅斯哭喊著。

「我們不會說是在哪裡拿的，」里歐向他們保證，「也不會殺你們。我們會放你們走。」

「呃，里歐……？」傑生緊張地問。

阿克蒙開心尖叫。「我就知道，你和海克力士一樣聰明！我會叫你『黑屁股，續集』！」

「是喔，不用了，謝謝，」里歐說：「不過呢，爲了報答我們饒你們一命，你們必須替我們做一件事。我要送你們去某個地方，去偷某些人的東西、騷擾他們，想盡方法讓他們不好過。你們必須完全按照我的指示。以冥河發誓好了。」

「我們發誓！」帕薩羅斯說：「偷東西是我們的專長！」

「我也超愛騷擾別人！」阿克蒙點頭同意，「我們要去哪裡？」

里歐咧嘴笑了。「聽過紐約這個地方嗎？」

13 波西

以前波西常常帶女朋友浪漫散步，但這一次絕對不是其中一次。

他們沿著地獄火河蹣跚走在玻璃般光滑的黑色地帶，跳過一道道裂隙，當前方的吸血鬼女孩一慢下來，又得立刻躲到岩石後面。

要待在後面夠遠的地方以免被看到，又要夠近才能透過昏暗的朦朧空氣看到凱莉和她的夥伴，這實在是很困難的挑戰。河流的熱度烤乾了波西的皮膚，每一次呼吸都像吸入了帶有硫磺味的玻璃纖維；如果需要喝水，最好的選擇當然是啜飲幾口很能「提神」的液體火焰。是啦，波西完全知道怎麼逗女孩子開心。

至少安娜貝斯的腳踝似乎已經痊癒，她幾乎完全不會一拐一拐的，身上的各種割傷和擦傷也已經消失。她撕下一截褲管，用那條丹寧布把一頭金髮綁在腦後。在河流的熾熱火焰照耀下，她的灰眼珠熠熠發亮。儘管遭人痛擊、全身滿是煤灰、穿得像無家可歸的流浪漢，在波西眼中，安娜貝斯還是很迷人。

他們身在塔耳塔洛斯又如何？只有一丁點的生存機會又怎樣？只要他們兩人能在一起，波西就覺得好高興，甚至有股荒謬的衝動想要笑出來。

在身體方面，波西也覺得狀況比較好了，雖然身上的衣服看起來像是遭遇一場碎玻璃刮起的龍捲風。他好渴、好餓，很怕自己失去理智（他並不打算把這件事告訴安娜貝斯），不過至少已經甩掉哀嘆之河那令人絕望的寒冷，而且即使地獄火河的火水嘗起來那麼噁心難受，卻似乎能讓他繼續往前走。

在這裡根本無從判斷過了多久時間。他們拖著腳步，順著河岸艱苦前行，隨著河流切過各種惡劣地形。幸好那些恩普莎走起來不算快，她們一邊拖著不相配的青銅腳和驢子腳慢慢走，一邊大嘘對方或彼此打起來，顯然不急著到達死亡之門。

中間有一度，那群惡魔興奮地往前跑，蜂擁到某個東西旁邊，那東西看起來很像被拖到河岸上的屍體。波西無法辨認那是什麼東西，是掉下來的怪物嗎？還是某種動物？總之那群恩普莎大肆進攻，吃得津津有味。

等那群惡魔離開後，波西和安娜貝斯到達那裡，發現幾乎沒有剩下什麼東西，只留下一些骨頭碎片，以及被河流熱度所烤乾的發亮血跡。波西再也不懷疑，恩普莎如果看到半神半人，絕對會以同樣的好胃口把他們吃乾抹淨。

「走吧，」他溫柔地牽著安娜貝斯的手，離開那個場景。「我們不會想跟丟他們的。」

他們繼續往前走時，波西回想起第一次與凱莉這個恩普莎交手的情景，那是在古迪高中的新生說明會上，他和瑞秋．伊莉莎白．戴爾被困在樂團室裡。在當時，情況看似一點希望也沒有；而現在，只要問題能像當時那麼簡單，他願意以任何事物來交換。至少當時他還在凡人世界，而在這裡，根本無處可逃。

哇嗚。一旦開始回想起以前對抗克羅諾斯的那些好時光，波西不免覺得感傷。他一直希望自己和安娜貝斯面對的情勢會好轉，然而他們的生存危機卻愈來愈嚴重，彷彿命運三女神在上方不是用絲線掌控他們的未來命運，而是用有刺的鐵絲來控制，目的只是想知道兩個混血人究竟可以忍受到何種程度。

再多走幾公里之後，那群恩普莎越過一座小山就不見了。波西和安娜貝斯走到那裡時，發現自己站在另一道巨大懸崖的邊緣。地獄火河從懸崖邊緣奔瀉而下，形成參差不齊、層層落下的熱火瀑布。那群惡魔女子正在找路走下懸崖，她們從一個岩架跳到另一個岩架，靈活的程度就像山羊。

波西的心臟快跳出喉嚨了，就算他和安娜貝斯能夠活著抵達懸崖底部，之後的情況也沒什麼好期待的。他們下方的地貌一片荒涼嚴峻，淺灰色的平原到處林立著黑色樹木，一根根突出的樣子很像昆蟲身上的細毛。此外，地面冒出一個個很像水泡的東西，每隔一陣子就有一個水泡變得腫脹，最後爆裂開來，嘔出一隻怪物，很像從蛋裡孵出一隻幼蟲。

突然間，波西不再覺得餓了。

剛孵出來的怪物全都一跛一跛地爬往同一個方向，爬向黑霧籠罩的河岸邊，那團黑霧很像暴風雨的前緣，完全吞沒了地平線。地獄火河也流往同一個方向，一直流到平原的一半處，在那裡遇上另一條黑水之河……也許是哀嘆之河？兩道滔滔洪水交匯成滾燙、沸騰的浩大激流，最後合而為一，朝向黑霧流去。

波西盯著那團黑色風暴看得愈久，就愈不想走到那裡去。那裡可能隱藏著某種東西，也許是一片海洋、一個無底洞，或者一整團怪物大軍。然而萬一死亡之門就在那個方向，那裡也是他們能夠回家的唯一機會。

他探頭看看懸崖邊緣。

「真希望我們會飛。」他喃喃地說。

安娜貝斯搓揉兩隻手臂。「記得路克的飛天球鞋嗎？真想知道那雙鞋是不是還在這下面的某個地方。」

波西想起來了。當時那雙鞋被下了詛咒，要把穿上鞋子的人拉進塔耳塔洛斯，結果差點把他最要好的朋友格羅佛拉下來。「我是勉強可以接受滑翔翼啦。」

「那也許不是個好主意。」安娜貝斯指著他們頭頂上方，有一些長著黑暗翅膀的形體盤旋而下，從血紅色的雲霧中冒出來。

「那是復仇女神㉗嗎？」波西納悶地問。

「或者其他種類的惡魔，」安娜貝斯說：「塔耳塔洛斯有幾千種這類惡魔。」

「還包括會吃滑翔翼的怪物。」波西猜想。「好吧，那我們爬下去。」

他往下看不到那群恩普莎了，她們越過一道稜脊之後就消失不見，不過那沒什麼關係。他和安娜貝斯該往哪個方向走已經很清楚，就像所有幼蛆狀的怪物在塔耳塔洛斯平原上爬往同一個方向，牠們也應該直直走向那道黑暗的地平線。波西滿腔熱血地繼續前進。

㉗ 復仇女神（Furies），共有三位，是冥界裡刑罰的監督者。參《波西傑克森——神火之賊》一〇五頁，註㉓。

14 波西

他們開始爬下懸崖。波西專注於眼前的挑戰，他必須找到穩固的踏腳點，也要避開可能滑動的岩石；一方面是不想驚動恩普莎，另一方面當然是要確保他和安娜貝斯不會筆直墜落摔死。

沿著懸崖向下爬到一半時，安娜貝斯說：「停一下，好嗎？只是很快休息一下。」她的雙腳抖得好厲害，波西不禁咒罵自己沒有早一點停下來休息。

他們一起坐在一個岩架上，旁邊是轟隆奔騰的熱火瀑布。波西伸出手臂摟著安娜貝斯，安娜貝斯倚靠在波西身上，因爲筋疲力竭而瑟瑟發抖。

他自己也沒有好到哪裡去。感覺上，他的胃已經縮緊到只剩一塊橡皮軟糖那麼小。假如等一下走過任何怪物屍體旁邊，他很怕自己會去拖來一隻恩普莎，狼呑虎嚥地吃掉。

幸好他還有安娜貝斯。他們一定會找到方法逃出塔耳塔洛斯，事實上也非這樣不可。他沒有想太多什麼命運、預言之類的，不過他深信一件事：安娜貝斯和他應該要在一起。他們存活了那麼久，不是爲了要死在這裡。

「情況有可能更糟。」安娜貝斯忍不住說。

「眞的嗎？」波西盡量讓語氣聽起來樂觀，雖然他不曉得該怎麼辦才好。

安娜貝斯緊緊依偎著他。她的秀髮聞起來滿是煙味，如果閉上雙眼，波西幾乎可以想像他們坐在混血營的營火旁邊。

「我們有可能掉進勒特河[28]，」她說：「失去所有的記憶。」

波西光是想到這點就起了雞皮疙瘩。他曾經因爲喪失一輩子的記憶而惹出夠多的麻煩。那還只是上個月的事，天后希拉[29]抹除他的記憶，把他放到羅馬的混血人群中；波西就這樣闖入朱比特營，完全不知道自己是誰或來自何方。而在那之前幾年，他曾在勒特河畔對抗一個泰坦巨神，位置很靠近冥王黑帝斯的宮殿。那時他用勒特河的河水猛潑那個泰坦巨神，把巨神的記憶清除得一乾二淨。「是喔，勒特河，」他喃喃說著：「不是我的最愛。」

「那個泰坦巨神叫什麼名字？」安娜貝斯問道。

「唔……伊阿珀特斯[30]。他說那名字的意思是『穿刺者』之類的。」

「不是啦。我是說，他失去記憶後你幫他取的名字。是史提夫嗎？」

「鮑伯。」波西說。

安娜貝斯努力擠出一個虛弱的笑容。「泰坦巨神鮑伯。」

波西的嘴唇實在太乾了，一笑起來就痛。他們把伊阿珀特斯留在黑帝斯的宮殿後，不曉得他怎麼樣了……他會不會依舊很滿足地當他的鮑伯、對人友善、過得快活，而且一無所

---

[28] 勒特河（River Lethe），希臘神話中的遺忘之河，是位於冥界的河川之一。參《混血營英雄——迷路英雄》一〇七頁，註[35]。

[29] 希拉（Hera），希臘天神之后，是宙斯的姊姊也是妻子。她是掌管婚姻的女神。

[30] 伊阿珀特斯（Iapetus），泰坦巨神之一，是天空之父烏拉諾斯與大地之母蓋婭的兒子，也是第二代泰坦神普羅米修斯（Prometheus）與阿特拉斯（Atlas）的父親。

知？波西希望是這樣，然而冥界似乎會讓每個人顯露出最糟糕的一面，不管你是怪物、混血英雄或天神都一樣。

他望著眼前一望無際的灰白平原。其他的泰坦巨神應該也在塔耳塔洛斯這裡，有些可能綁著鍊條，或者漫無目的地吼叫，或甚至躲在某些黑暗的岩石縫隙裡。波西和盟友們摧毀了最惡劣的泰坦巨神克羅諾斯，但即使是克羅諾斯，他的身體殘骸也會在下面這裡某處；這裡有十億個憤怒泰坦巨神的碎片飄浮在血紅色的雲霧中，或者潛伏於遠方那團黑霧裡。

波西決定不再想那些事。他親吻安娜貝斯的額頭。「我們應該要繼續前進。你想再多喝點火嗎？」

「噁。這次跳過。」

他們掙扎著站起來。接下來的這段懸崖看起來根本不可能向下爬（最多只是岩壁上的微小突起交錯分布而已），不過他們還是奮力往下。

波西的身體轉成自動模式。他的手指僵硬到無法動彈，感覺腳踝一直起水泡，又因為飢餓而渾身發抖。

波西很好奇他們會不會因為飢餓而死，還是光靠火水就可以繼續挺進。他想起坦塔羅斯[31]所受的懲罰；坦塔羅斯永遠受困在一個水池裡，頭頂上有一棵果樹，但是他既拿不到食物也喝不到水。

啊，波西有好幾年沒有想起坦塔羅斯了，那個蠢蛋還曾經短暫宣誓要擔任混血營主任呢。說不定他已經回到刑獄了。波西以前從來沒有對那個混蛋感到抱歉，但現在開始有點同情他。他可以想像那會是什麼情形，愈來愈飢餓的感覺永遠不會終止，卻也永遠吃不到東西。

「繼續爬吧。」他告訴自己。

「起司漢堡。」他的肚子回應著。

「閉嘴啦。」他心想。

「還要加薯條。」他的肚子抱怨著。

經過了十億年之久且腳上冒出第十二個新水泡之後，波西終於到達懸崖底部。他幫忙安娜貝斯爬下來，兩個人隨即癱倒在地。

延伸在他們前方的是好幾公里遠的荒地，不斷冒出怪物的幼體和蟲毛般的巨大黑樹。在他們右方，地獄火河分岔出好幾條支流切割平原，也產生出不斷冒煙和燃燒熊熊火焰的寬廣三角洲。而沿著主要河道向北方望去，地面布滿了許多洞口，到處都突出尖銳的岩石，就像冒出一個個驚嘆號。

在波西的手掌下，土壤感覺起來異常溫暖而平坦。他試著抓起一把土，接著才意識到在這一層薄薄泥土和殘屑的下方，地面竟然像是一層廣大的薄膜……簡直像一層皮膚。

他差點吐出來，不過強迫自己忍住。事實上他的胃裡除了火以外，沒有半點東西可吐。

他沒有對安娜貝斯提起這件事，但開始覺得有某種東西正在注視他們，是某種不懷好意的巨大東西。他沒辦法集中注意力在那上面，因爲那個不明物似乎圍繞在他們四周。說「注

㉛ 坦塔羅斯（Tantalus），宙斯的兒子。他曾向人類洩漏了天界的祕密，並將神飲偷去給凡人朋友，甚至為了測驗天神們是否真的無所不知，竟將自己的兒子烹煮後宴請天神，因此觸怒了眾神。他被流放到冥界的刑獄遭受永恆的刑罰。

視」也不太對，那樣的意思是用眼睛看，而這東西似乎只是察覺到他們的存在。現在再看頂上的稜脊，感覺比較不像階梯，反倒像是一排排巨大的牙齒，突出的尖銳岩石又很像斷掉的肋骨。而萬一地面真的是一層皮膚……

波西逼自己把這些想法拋到腦後。這地方就是讓他嚇壞了，就是這樣。

安娜貝斯站起來，拍掉臉上的煤灰。她凝視著地平線上的那片黑暗。「我們會完全暴露行蹤，在越過這片平原的時候。」

在他們前方大約一百公尺處，地面有個大泡泡爆開，有隻怪物從裡面爬出來……是一隻閃閃發亮的鐵勒金㉜，身上的毛皮光溜溜的，很像海豹的身體，卻生出發育不良的人類四肢。他努力爬了幾公尺，突然有某個東西從最靠近他的一個洞穴射出來，速度實在太快了，波西只認出牠有個深綠色的爬蟲類頭部。那個怪物咬住尖叫不已的鐵勒金的下巴，把他拖回黑暗洞穴裡。

在塔耳塔洛斯裡重生了幾秒鐘，結局只是被吃掉。波西覺得很好奇，那個鐵勒金還會不會在塔耳塔洛斯的其他地方冒出來呢？而且要花多久才能再次重生？

他把火水引起的酸味嚥下去。「喔，是啊，那一定會很好玩。」

安娜貝斯扶著他站起來。他朝懸崖看了最後一眼，但是不可能走回頭路了。他願意付出一千枚古希臘金幣，只求法蘭克．張此刻能和他們在一起。老朋友法蘭克最棒了，總是在你最需要的時候翩翩現身，他可以變成老鷹或巨龍，帶他們飛過這片超討厭的荒蕪大地。

他們開始往前走，盡量避開一個個洞口，而且緊貼著河岸前進。

才剛繞過一根尖銳石塔，突然有一道移動的閃光吸引了波西的注意；有個東西飛奔過岩石之間，衝到他們右邊。

有怪物在跟蹤他們嗎？或者可能只是隨便哪個壞蛋正要前往死亡之門。

突然間，波西想起他們一開始為什麼會沿這條路走，當場愣在原地無法動彈。

「那些恩普莎，」他抓住安娜貝斯的手臂，「她們在哪裡？」

安娜貝斯往三百六十度掃視一周，灰眼珠閃爍著警戒的神色。

也許那群惡魔女子已經被洞穴裡的爬蟲類吃掉了。如果恩普莎還在他們前方，應該看得到在平原上的某處才對。

除非她們躲起來了……

太遲了，波西連忙拔出他的劍。

恩普莎從四面八方的岩石後方衝出來，總共五個圍成一圈。眞是完美的陷阱。

凱莉邁著兩條不相配的腳，一拐一拐走上前。她的火焰頭髮在肩膀上熊熊燃燒，彷彿縮小版的地獄火河瀑布，而一身破爛的啦啦隊服噴得滿是鏽棕色的汙跡，波西很確定那不是番茄醬。她用一雙發亮的紅眼睛注視著波西，露出嘴裡的尖牙。

「波西．傑克森，」她柔聲說：「眞是太棒了！我根本不用回到凡人世界就能摧毀你！」

32 鐵勒金（telkhines），魔法工匠，是鑄造武器的高手，泰坦王克羅諾斯的鐮刀與海神波塞頓的三叉戟即是他們的傑作。後來他們用黑魔法對付宙斯，因而被關進塔耳塔洛斯。

15 波西

波西回想起上一次他和凱莉在迷宮裡交手，凱莉有多麼危險可怕。儘管她的兩條腿很不搭，需要的時候還是可以快速移動。當時她躲開波西的波濤劍攻擊，要不是安娜貝斯從她背後刺上一刀，她早就吃掉波西的臉了。

此刻，她甚至有四個朋友一同助陣。

「而你朋友安娜貝斯和你一起呢！」凱莉發出斷斷笑聲，「喔，是啊，我完全記得她。」凱莉摸摸自己的胸骨，當時安娜貝斯從背後刺中她時，刀尖就是從那裡穿刺出來的。「雅典娜的女兒，你怎麼啦？沒有自己的武器嗎？眞是倒霉透了，我還想用你的武器來殺你呢。」

波西努力思考。他和安娜貝斯肩並肩站著，如同之前無數次準備戰鬥的模樣。然而他們兩人現在都不成人形，根本無法好好迎戰敵人。安娜貝斯兩手空空。他們無法以人數取勝，沒有地方可逃，也不會有救兵來到這裡。

有短暫的一下子，波西考慮要召喚歐萊麗女士，那是他的地獄犬朋友，可以進行影子旅行。就算歐萊麗女士聽見波西的召喚，牠眞的能夠進入塔耳塔洛斯嗎？這裡可是怪物們死掉之後前來的地方啊，叫牠來這裡可能會殺了牠，或者害牠變回原本的自然狀態，也就是一隻凶猛的怪物。不行……他不能對自己的狗做這種事。

所以，沒有救兵，而迎面對戰根本是死路一條。

眼前只剩下安娜貝斯最喜歡的戰術：詐騙，閒扯，拖延。

「那麼……」他開始閒扯：「我猜，你們一定很好奇我們在塔耳塔洛斯幹嘛。」

凱莉忍不住竊笑。「其實沒有耶，我只想殺了你。」

本來可能就這樣了，但安娜貝斯趕緊插話。

「那太可惜了，」她說：「因爲你根本不知道凡人世界發生什麼事。」

其他恩普莎全都轉過來，注意看著凱莉是否示意要發動攻擊。不過這位前啦啦隊長只是怒吼一聲，彎下腰，避開波西劍尖所及的地方。

「我們知道的可多著呢，」凱莉說：「蓋婭都說過了。」

「你們正要迎向一場重大的慘敗。」安娜貝斯的聲音聽起來很有自信，就連波西都強烈感受到。她看了看其他幾個恩普莎，直視一個之後又換另一個，然後以控訴的態度指著凱莉。「這一個宣稱她會帶你們迎向勝利，她騙人。上一次她在凡人世界的時候，負責騙我的朋友路克．凱司特倫對克羅諾斯忠心耿耿，可是到最後，路克拒絕了克羅諾斯，還賠上自己的性命趕走克羅諾斯。泰坦巨神的失敗都要歸咎於凱莉的失敗。現在，凱莉又想帶你們迎向另一場大災難。」

其他幾個恩普莎紛紛低聲抱怨，不安地動來動去。

「夠了！」凱莉的指甲突然伸長變成黑色爪子。她惡狠狠地瞪著安娜貝斯，一副想要把她碎屍萬段的樣子。

波西很確定凱莉對路克一定有種特殊的感情。路克對女孩子很有吸引力，即使是生了驢子腿的吸血鬼也會深受吸引，所以波西不知道提起路克的名字是不是好主意。

「那個女孩說謊，」凱莉說：「泰坦巨神確實失敗了。那很好啊！那其實是喚醒蓋婭的計畫其中一部分！現在，大地之母和她手下的巨人會摧毀整個凡人世界，而我們可以盡情大吃混血人！」

其他幾個吸血鬼興奮得發狂，紛紛磨咬牙齒。波西曾經置身於一大群鯊魚之間，周遭的水域滿是鮮血，但是與恩普莎準備撲殺過來的可怕程度相比，那群鯊魚實在不算什麼。

他準備發動攻擊，不過在這些恩普莎把他撂倒之前，他能夠殺掉幾個？一定不夠多。

「混血人已經團結起來了！」安娜貝斯大喊：「你們在攻擊我們之前最好多想一想。羅馬人和希臘人會聯合起來攻打你們，你們連一點機會也沒有！」

那些恩普莎緊張地後退一步，發出噓聲不滿地說：「羅馬人！」

波西猜想她們曾經與羅馬的第十二軍團交手過，結果顯然沒有太好。

「是啊，你們也知道羅馬人。」波西露出前臂，讓她們瞧瞧他在朱比特營得到的標記，就是「SPQR」刺青，以及涅普頓的三叉戟標誌。「把希臘人和羅馬人組合在一起，你知道會得到什麼嗎？你會得到『砰』！」

他重重踩踏自己的腳，那些恩普莎嚇得踉蹌後退，有一個甚至從原本站立的石頭上跌落。

這讓波西感覺好多了，不過她們很快回過神，再次聚攏過來。

「好大的口氣啊，」凱莉說：「你們不過就是兩個在塔耳塔洛斯迷路的混血人。波西．傑克森，放下你的劍，我很快就會殺了你。相信我，在下面這裡還有很多種更糟糕的死法。」

「等一下！」安娜貝斯再試一次，「恩普莎不是黑卡蒂的僕人嗎？」

凱莉噘起嘴唇。「所以呢？」

「所以黑卡蒂現在站在我們這邊啊，」安娜貝斯說：「她在混血營有一棟小屋，有些她的混血人小孩是我的朋友。如果你攻擊我們，她會很生氣喔。」

波西眞想抱住安娜貝斯，她實在太聰明了。

另一個恩普莎咆哮一聲。「凱莉，眞的嗎？我們的女主人眞的和奧林帕斯講和了嗎？」

「賽瑞芬，給我閉嘴！」凱莉尖聲說：「天神啊，你們眞是煩死了。」

「我不會和黑暗女士作對。」

安娜貝斯抓緊這個好機會。「你們全部聽從賽瑞芬的話會比較好，她的年紀比較大，也比較聰明。」

「沒錯！」賽瑞芬尖叫說：「要聽我的！」

凱莉的出手速度好快，波西根本沒有機會舉起手上的劍。幸好凱莉的攻擊對象不是他，她是向賽瑞芬發動猛烈攻擊。不到半秒的時間，兩個惡魔的身影模糊成一片，彼此以利爪和尖牙瘋狂猛攻。

然後一下子就結束了，凱莉以勝利之姿站在一堆塵土上，她的爪子還垂掛著賽瑞芬衣服的破爛碎片。

「還有任何問題嗎？」凱莉對她的姊妹們厲聲說：「黑卡蒂是迷霧女神！她的行事風格充滿神祕色彩。她同時也是掌管十字路口的女神，因此期望我們自己做選擇。我選擇的道路會帶你們嘗到最多的混血人鮮血！我選擇聽從蓋婭的指令！」

她的朋友們發出嘶嘶聲表示贊同。

安娜貝斯看了波西一眼，波西明白她沒了主意。她已經用盡所有的招數，讓凱莉消滅掉其中一個夥伴，但如今再也想不出其他招數，只能挺身而戰了。

「足足有兩年的時間，我在虛空之中打滾，」凱莉說：「安娜貝斯．雀斯，你知道瞬間蒸發有多麼討厭嗎？重新成形的速度非常慢，過程中的意識都很清楚，你要忍受好幾個月、好幾年的劇烈痛苦，等身體慢慢長好，到最後衝破這個地獄一般的地方，費盡千辛萬苦回到太陽光底下。這全都因爲有某個小姑娘從背後捅你一刀。」

她那雙邪惡的眼睛盯著安娜貝斯。「我很想知道，混血人在塔耳塔洛斯被殺死到底會怎麼樣。我在想，這以前從來沒發生過，那就來瞧瞧吧。」

波西跳起來，將波濤劍揮出一道巨大的弧線。他把其中一個惡魔砍成兩半，可惜凱莉躲開了，轉而攻擊安娜貝斯。另外兩個恩普莎則撲向波西，其中一個抓住他拿劍的那隻手臂，她的朋友則跳到波西的背上。

波西無暇顧及她們，只想搖搖晃晃地走向安娜貝斯，決心無論如何都要在她需要的時候保護她。不過安娜貝斯很有兩把刷子，她朝旁邊滾了一圈，躲開凱莉的利爪，然後順手抄起一顆石頭，猛力擊打凱莉的鼻子。

凱莉痛得哀嚎一聲。安娜貝斯趕緊抓起一把砂石，使勁甩向那個恩普莎的眼睛。

同一時間，波西先往左甩又往右甩，想把他背上搭便車的那個恩普莎甩掉，但她的爪子深深插進波西的肩膀。另一個恩普莎則死命抓住他的手臂，不讓他揮動波濤劍。

透過眼角餘光，波西看到凱莉撲出去，用爪子劃破安娜貝斯的手臂。安娜貝斯尖叫一聲倒下去。

波西跌跌撞撞地朝她走去。背上的吸血鬼已經把尖牙深深咬進他的脖子，燒灼般的劇烈痛楚迅速傳遍全身，他不得已膝蓋一軟。

「要站好，絕對不能倒下，」他對自己說：「你非打倒他們不可。」

接著，另一個吸血鬼也一口咬住他持劍的那條手臂，波濤劍匡噹一聲掉在地上。只能這樣了，他的運氣終於全部用光。凱莉逼近安娜貝斯身旁，得意地感受勝利時刻，其他兩個恩普莎則圍繞在波西身邊，嘴巴不停流口水，準備好再咬另一口。

然後，一道陰影籠罩住波西。上方某處傳來一陣深沉、巨大的吶喊聲，傳遍了塔耳塔洛斯的整個平原，只見一個泰坦巨神降臨戰場。

16 波西

波西以爲自己產生幻覺了。不可能有那麼巨大的銀色人形會從天而降啊，而且用力一踏就把凱莉踩得扁扁的，讓她瞬間化爲一堆怪物塵土。

不過事實眞的是這樣。這個泰坦巨神有三公尺高，留著一頭愛因斯坦式的亂蓬蓬銀髮，一雙純銀色的眼睛，肌肉強健的手臂從破爛的藍色工友制服裡伸出來，手裡還抓著一把碩大的長柄刷子。更令人難以置信的是，他身上有個名牌，竟然寫著「鮑伯」。

安娜貝斯大喊一聲想要爬開，但巨人工友對她一點興趣也沒有。他轉身面對剩下來的兩個恩普莎，她們到現在還盯著波西不放。

其中一個竟然笨到發動攻擊，她以老虎的速度撲向前去，卻是一點機會也沒有。鮑伯的長柄刷末端突然冒出一個尖利矛頭，只消來個致命一揮，就把那個恩普莎砍成塵土了。最後一個恩普莎想要逃跑，鮑伯扔出他的長柄刷，簡直像扔一支超級巨大的回力棒（這裡會有像回力棒一樣的東西嗎？），把那個吸血鬼劈成兩半，再飛回鮑伯手裡。

「掃光光！」泰坦巨神樂得笑呵呵，還跳了一段勝利之舞。「掃光光，掃光光，掃光光！」

波西說不出話來。怎麼可能有這麼好的事？他實在沒辦法說服自己相信。安娜貝斯看著這一切，同樣嚇得目瞪口呆。

「怎……怎麼會？」她結結巴巴地說。

「波西叫我來的！」那個工友開心地說：「沒錯，他叫我來的！」

安娜貝斯又爬得更遠一點。她的手臂流血流得滿嚴重的。「叫你來？他……等一下，你是鮑伯？那個鮑伯？」

這時，工友注意到安娜貝斯的傷勢，不由得皺起眉頭。「唉呀。」

他跪在安娜貝斯旁邊，這讓她退縮了一下。

「沒關係，」波西說，依舊痛得頭昏眼花，「他很友善。」

他回想起第一次遇到鮑伯的情景，這個泰坦巨神只不過碰觸他的肩膀，就讓一個嚴重的傷口完全復原。果不其然，這個工友輕拍安娜貝斯的前臂，傷口立刻癒合了。

鮑伯咯咯笑起來，對自己感到很滿意，接著又彎身靠到波西身旁，治好他流血的脖子和手臂。令人意外的是，這個泰坦巨神的雙手既溫暖又溫柔。

「全都好多了！」鮑伯大聲宣布，一雙怪異的銀色眼睛高興得瞇起來。「我是鮑伯，波西的朋友！」

「呃……沒錯，」波西勉強說：「鮑伯，謝謝你的幫忙。真的很高興又見到你。」

「沒錯！」工友同意他的話。「鮑伯，就是我。鮑伯，鮑伯，鮑伯。」他繞著小圈圈跳來跳去，顯然很喜歡自己的名字。「我幫到忙了！我聽到自己的名字。在樓上黑帝斯的宮殿裡，沒有人會叫鮑伯，除非一團混亂的時候。鮑伯，把這些骨頭全部掃掉。鮑伯，把這些飽受折磨的靈魂處理掉。鮑伯，有個殭屍在餐廳裡爆掉了。」

安娜貝斯有點困惑地看了波西一眼，但他也不知道該怎麼解釋。

「然後，我聽到我朋友的呼喚！」泰坦巨神說得眉開眼笑。「波西說，鮑伯！」

鮑伯抓住波西的手臂，把他整個人提起來站好。

「眞是棒透了，」波西說：「這是眞心話。不過，你怎麼會……」

「喔，等一下有時間再說。」鮑伯的表情突然轉爲嚴肅。「我們得趕快走，免得他們找到你們。他們快來了，沒錯，眞的。」

「他們？」安娜貝斯問道。

波西朝地平線方向掃視一番，沒有看到任何怪物靠近……什麼都沒有，眼前只有一片光禿禿、灰撲撲的荒涼平原。

「沒錯，」鮑伯附和，「不過鮑伯知道一條路。朋友們，走吧！一定會很好玩！」

17 法蘭克

法蘭克醒來的時候是一條巨蟒，這令他非常困惑。

變身成一隻動物沒什麼好奇怪的，他平常老是變來變去。但是從以前到現在，他從來沒有在睡夢中從一種動物變成另一種。他並不是在變成蛇的時候打瞌睡，這一點他滿確定的。他通常睡得像狗一樣。

他早就發現，如果躺在床鋪上像牛頭犬一樣蜷縮著身子，那天晚上通常會睡得比較好；不知道什麼原因，惡夢就不會影響得那麼嚴重，他腦袋裡持續的尖叫聲也幾乎會消失。

他完全不曉得自己怎麼會變成一條網紋蟒，不過這確實能解釋他剛才爲什麼在夢裡慢慢吞掉一頭牛。下巴到現在還很痠呢。

他打起精神，變回人形。但劇烈的頭痛立刻又回來了，伴隨著爭吵不休的聲音。

「打垮他們！」馬爾斯㉝大喊：「接管這艘船！保衛羅馬城！」

阿瑞斯的聲音也吼回去：「殺光羅馬人！鮮血和死亡！架起大砲！」

在法蘭克的腦袋裡，他父親的羅馬和希臘人格相互叫陣，並搭配常見的戰鬥聲響，像是

㉝ 馬爾斯（Mars），羅馬軍團最崇拜的戰神，也是農業守護神，等同於希臘神話中的阿瑞斯（Ares）。但羅馬人重視軍事，所以他的地位僅次於眾神之王朱比特。

爆炸聲、衝鋒槍的射擊聲、噴射引擎的怒吼聲等，全都像重低音喇叭一般在法蘭克的眼睛後方轟然震動。

他在床鋪上坐起來，頭又痛又暈。如同過去以來的每一天早晨，他深深吸一口氣，盯著桌上的一盞燈，那個小小的火焰從夜晚到早上不停地燃燒，使用的燃料是補給室所供應的魔法橄欖油。

火……是法蘭克最大的恐懼來源。他的房間裡維持一個開放式的火焰讓他非常害怕，不過也可以幫助他集中注意力。腦袋裡的吵鬧聲逐漸消退成背景音，他又可以思考了。

這件事已經讓他沒那麼困擾了，但好一陣子以來，他幾乎變成毫無用處的人。自從在朱比特營爆發戰鬥以來，戰神的兩個聲音就開始不間斷地尖聲叫喊，從此之後，法蘭克不時跌跌撞撞、暈頭轉向，幾乎無法讓自己發揮一點作用。他表現得像個笨蛋，而且很確定朋友們一定覺得他失去理智了。

他無法對大家說明究竟是哪裡出了問題。朋友們根本幫不上忙，而且光是聽大家說話的語氣，法蘭克相當確定大家並沒有碰上像他這樣的問題，就是兩個天神父親或母親在他的耳朵裡互相咆哮。

只有法蘭克這麼幸運，但他非得想辦法解決這個狀況不可。他的朋友們很需要他，特別是眼下此刻、安娜貝斯不在的時候。

安娜貝斯向來對他很好。他老是覺得自己表現得像個小丑，因此感到非常苦惱，可是安娜貝斯一直很有耐心，也很願意幫他的忙。每次聽見阿瑞斯大叫說雅典娜的小孩不值得信任、而馬爾斯也咆哮著叫他殺光所有希臘人時，法蘭克就對安娜貝斯益發敬重。

現在，安娜貝斯不在大家身邊，如果任務小組需要一位戰略家，法蘭克是第二人選。大家會需要他在前面帶領任務。

他站起來，穿好衣服。幸好幾天前他設法在席耶納買了一些新衣服，因為里歐用機器人桌子巴福特讓他的衣服飛出去送洗了（這件事說來話長）。他用力拉上李維牛仔褲，穿上一件軍綠色T恤，並伸手拿了他最喜歡的套頭毛衣，然後才想起根本不需要穿毛衣。天氣太暖和了，更重要的是，他再也不需要那件毛衣的口袋來保護控制他生命的魔法火棒。海柔幫他保管得好好的。

也許他應該覺得緊張才對。如果那根火棒燒掉了，他就會死，故事結束。不過比起信任自己，他還比較信任海柔；他知道海柔會小心保護他的最大弱點，這讓他感覺好多了，就像在汽車高速追逐中綁緊了安全帶一樣。

他把弓和箭筒甩到肩膀上，它們立刻變形成一個普通背包。法蘭克超愛這個。要不是里歐幫他發現這件事，他可能永遠不會知道箭筒擁有這種偽裝力量。

「里歐！」馬爾斯氣炸了。「他必須死！」

「掐死他！」阿瑞斯大叫：「掐死所有人！我們又講到的這個人是誰？」

他們兩人又開始對彼此大吼大叫，聲浪比法蘭克腦袋裡的炸彈爆炸聲響還要大。

他扶著牆壁穩住身子。好幾天以來，法蘭克一直聽著那些聲音堅決要求置里歐於死地。

畢竟，里歐正是發射旋轉投石器攻擊廣場、導致與朱比特營開戰的人。里歐當時其實是被附身了，但馬爾斯依舊要求報這個仇。而里歐經常開法蘭克玩笑又讓情況變得更糟糕，阿瑞斯要求法蘭克必須報復里歐的每一次羞辱。

法蘭克把那些聲音撇到腦袋角落，可是並不容易。

在越過大西洋的航程中，里歐曾提起一件事讓法蘭克一直揮之不去。當他們得知邪惡的大地之母蓋婭以金錢來懸賞他們每個人的腦袋，里歐很想知道他們究竟值多少錢。

「我可以理解自己不像傑生或波西那麼值錢，」他曾這樣說：「但我的價值也許相當於兩個或三個法蘭克？」

也許這只是里歐的另一個低級玩笑，但這番論調未免太正中核心了。在阿爾戈二號上，法蘭克認爲自己絕對是「最沒有價值球員」。沒錯，他可以變身成任何動物，那又如何？到目前爲止，他所號稱的最大用處就是變成一隻鼬鼠，從地底下的工坊逃出來，不過連那件事也是里歐想出來的點子。法蘭克最爲人熟知的是在亞特蘭大的「巨大金魚失敗事件」，還有就是昨天他變成一隻兩百公斤的大猩猩，結果只是讓閃光彈炸得眼冒金星、不省人事。

里歐還沒有針對他變身成大猩猩開玩笑，不過那只是時間遲早的問題。

「殺了他！」

「折磨他！然後殺了他！」

在法蘭克的腦袋裡，戰神的兩邊似乎開始朝對方又踹又打，用他的太陽穴當做摔角墊。

「鮮血！槍砲！」

「羅馬！戰爭！」

「安靜啦！」法蘭克對他們下令。

結果出乎意料，那兩個聲音居然聽從命令了。

「很好，就這樣。」法蘭克心想。

也許他終於能夠控制那兩個煩死人的吼叫小神了。也許今天是個好日子。等他一踏上甲板，剛才的希望立刻粉碎成千萬片。

「它們是什麼啊？」海柔問。

阿爾戈二號停靠在一個繁忙的碼頭，船身一側延伸出一條停泊船隻的水道，寬度約有半公里；另一側則是威尼斯市開展在眼前，有紅瓦屋頂、教堂的金屬圓頂、尖塔，以及受到日晒而略微褪色的建築物，綜合起來呈現出情人節愛心糖果的所有色彩，包括紅色、白色、土黃色、粉紅色和橘色。

到處都有獅子雕像，位於臺座的頂部、門口上方，以及最大型建築物的門廊上。數量實在太多了，法蘭克暗想，獅子一定是這座城市的吉祥物。

本來應該是街道的地方有許多綠色水道深入穿越鄰近街坊，而且每一條水道都擠滿了汽艇。沿著碼頭旁邊，眾多遊客將人行道擠得水泄不通，除了在販賣T恤的涼亭購買紀念品，也從一家家商店排隊延伸到街道上，或者在大片的戶外咖啡座之間悠閒晃蕩，簡直像一大群懶散的海獅。法蘭克以前覺得整個羅馬都是遊客，但這個地方更瘋狂。

然而，海柔和他的其他朋友完全沒有注意到這些事。他們全部擠在船的右舷欄杆邊，凝視著幾十隻詭異的毛茸茸怪物，看牠們在大批人群之間晃來晃去。

每一隻怪物都和牛差不多大，彎曲拱起的背部活像累壞的馬兒，全身滿是糾結的灰色皮毛，四隻腳骨瘦如柴，腳尖則有黑色偶蹄。怪物的頭好像太重了，重到脖子無法支撐，於是長長的口鼻像食蟻獸一般垂在地上。牠們的灰色鬃毛生長得太過茂密，完全遮住了眼睛。

法蘭克看到一隻怪物拖著笨重的腳步穿越海邊人行道，用長長的舌頭嗅聞、舔舐著路面。觀光客從它身邊繞路而過，似乎一點也不在意，有幾個人甚至親切地拍拍牠。那些凡人怎麼會如此冷靜？法蘭克覺得很疑惑。接著，怪物的外貌陡然一變，瞬間變成一隻胖胖的老獵犬。

傑生咕噥了一聲。「那些凡人以爲牠們是流浪狗。」

「或者在附近閒晃的寵物狗，」派波說：「我爸爸曾在威尼斯拍過一部電影，我記得他對我說這裡到處都是狗。威尼斯人很愛狗。」

法蘭克皺起眉頭。他老是忘記派波的爸爸是崔斯坦．麥克林，當紅的電影明星。派波以前不太提起爸爸的事。她看起來很像是在好萊塢土生土長的小孩，法蘭克覺得那樣還好，他們在這次任務中最不需要的，就是有狗仔隊拍下法蘭克所犯的誇張錯誤。

「不過牠們到底是什麼？」他問，又把海柔的問題說了一次。「看起來很像是……披著牧羊犬的皮，骨子裡卻是餓昏頭、滿身粗毛的牛。」

他等著有人多講一些，可是沒人提供半點訊息。

「也許牠們是無害的，」里歐試著說：「牠們對凡人視若無睹啊。」

「無害！」黑傑教練笑起來。這位羊男穿著平常的運動短褲和運動衫，戴著教練口哨，像平常一樣板著一張臉，不過還是有一條粉紅色橡皮筋纏在頭髮上，那是小矮人在波隆那的惡作劇。法蘭克不太敢向他提起那條橡皮筋。「華德茲，我們碰過多少隻『無害的』怪物？應該把旋轉投石器瞄準牠們，看看會發生什麼事！」

「呃，不行啦。」里歐說。

就這麼一次，法蘭克同意里歐的意見。怪物太多了，根本不可能只打到其中一隻，卻不會連帶打傷洶湧的觀光人潮。況且，萬一造成那些怪物驚慌逃竄、胡亂踩踏……

「我們得走過那些怪物身邊，希望牠們會乖乖的。」法蘭克說，但一說出口，他就開始討厭這個主意了。「如果要找出那本書的主人，這是唯一的方法。」

里歐拿出夾在手臂下的皮革封面書，他在封面貼了一張自黏標籤，寫上小矮人在波隆那告訴他的地址。

「La Casa Nera,」他唸著：「Calle Frezzeria.」

「La Casa Nera 是黑房子，」尼克．帝亞傑羅幫忙翻譯，「Calle Frezzeria 是弓箭街，一條街道的名稱。」

法蘭克意識到尼克站在他旁邊，努力不顯得畏畏縮縮。那傢伙總是很安靜地獨自沉思，不說話的時候幾乎讓人忘了他的存在。海柔或許曾到鬼門關走了一遭，但尼克更像鬼一樣令人不寒而慄。

「你會說義大利語嗎？」法蘭克問。

尼克向他射來一道帶有警告意味的目光，意思像是：注意你問的問題。不過他很平靜地回話：「法蘭克說得對。我們必須找出那個地址在哪裡，而唯一的方法就是走進那個城市。威尼斯是個大迷宮，我們必須冒一些風險，走進人群和那些……隨便牠們是什麼。」

夏日的晴空響起隆隆雷聲。前一晚他們曾經穿越一些暴風雨區，法蘭克以為那些區域已經過去了，不過現在他不太確定。空氣感覺起來很像蒸汽浴，既潮溼又溫暖。

傑生望著地平線，皺起眉頭。「也許我應該待在船上。昨天晚上那團暴風雨有太多文圖斯[34]了。假如牠們決定要再度攻擊這艘船……」

他不需要把話說完。他們全都領教過憤怒風精靈的厲害，傑生則是唯一有幸與他們大戰一場的人。

黑傑教練咕噥一聲。「嗯，我也不去。如果你們這些心腸軟的杯子蛋糕打算在威尼斯散散步，卻不想從那些毛茸茸動物的頭頂用力打下去，那就算了。我不喜歡無聊的探險遊戲。」

「沒關係，教練，」里歐笑著說：「我們還是得修好前桅，而且引擎室也需要你的幫忙，我想到一個新裝置的好點子喔。」

法蘭克不喜歡里歐眼中散發的光芒。自從里歐找到那顆阿基米德球，他就一直努力嘗試許多「新裝置」，通常都會大爆炸，或者搞出一大堆濃煙，全部灌進正上方法蘭克的艙房裡。

「嗯……」派波動了動雙腳。「不管誰去，應該要很會應付動物才行。我嘛，呃……我得承認，我實在很不會應付牛。」

法蘭克心想，這番話的背後應該有什麼故事，不過他覺得還是不要問。

「我會去。」他說。

他不太確定為什麼會自告奮勇，也許因為急著希望有機會證明自己有用處。也或許，他不想讓任何人先下手為強。「動物嗎？法蘭克可以變成任何一種動物喔！派他去！」他腦袋冒出這個聲音。

里歐拍拍他的肩膀，把皮革封面書交給他。「太棒了。如果你路過五金行，可以幫我買一些兩公分厚、十公分寬的長條木板，還有一桶瀝青嗎？」

「里歐，」海柔出言責罵，「這不是購物行程耶。」

「我會和法蘭克一起去。」尼克表示。

法蘭克的眼睛開始抽搐。兩個戰神的聲音在他腦袋裡逐漸增強。「殺了他！希臘人渣！」

「不行！我最愛希臘人渣！」

「嗯……你很會和動物相處嗎？」法蘭克問。

尼克的微笑其實不帶笑意。「事實上，大多數動物都討厭我，牠們可以感覺到死亡。但這個城市有個特點……」他的表情轉爲嚴肅。「這裡死了很多人，有很多死不瞑目的亡靈。如果我去，或許能讓他們保持一點距離。除此之外，你已經發現了，我會說義大利語。」

里歐搔搔頭。「死了很多人，是吧？就我個人來說，我會盡量避開死了很多人的地方，不過祝你們玩得愉快！」

法蘭克不確定他比較害怕的是什麼，是全身長滿亂毛的牛怪、一群群死不瞑目的鬼魂，還是單獨和尼克去某個地方？

「我也一起去，」海柔挽住法蘭克的手臂。「三個人是混血人出任務的最佳人數，對吧？」

法蘭克盡量裝得不太像鬆了一口氣的樣子。他不想冒犯尼克，不過還是看了海柔一眼，用眼神對海柔說：「謝謝你，謝謝你，謝謝你。」

尼克凝視著眼前的一條條水道，彷彿正在揣測等一下會有哪些有趣的新惡靈冒出來。「那好吧，我們去把那本書的主人找出來。」

---

34 文圖斯（ventus），羅馬神話中風暴怪物的統稱，相當於希臘神話的阿尼蘇萊（Anemoi Thuellai）。

18 法蘭克

假如不是在夏天和觀光季節來到威尼斯，也沒有一堆大型長毛怪物到處亂跑的話，法蘭克可能會喜歡這個城市。一排排古老建築和水道運河之間，人行道已經夠窄了，人群還彼此推擠，而且不時停下來拍照。怪物又讓情況變得更糟糕，牠們低著頭蹣跚閒晃，一下子碰撞路上的凡人，一下子聞聞路面。

有一隻怪物似乎在運河邊緣找到某種喜歡的東西，牠咬咬石頭之間的一道縫隙，然後舔一下，最後用力扯出某種植物的綠色根部，開心地把那東西吸進嘴巴裡，搖搖晃晃走開。

「嗯，牠們是草食動物，」法蘭克說：「這是好消息。」

海柔伸手握住他的手。「除非牠們會吃混血人來補充營養。希望是不要啦。」

法蘭克好高興能握著她的手，無論是人群、炎熱和怪物，突然間變得沒那麼糟糕了。他感覺到有人需要他，而且覺得自己有用。

不是因為海柔需要他的保護。任何人只要看過她拔劍出鞘、騎著阿里昂衝鋒陷陣的模樣，就知道她完全可以保護自己。然而，法蘭克還是很喜歡陪伴在她身旁，想像自己是她的貼身護衛。如果眼前有任何一隻怪物意圖傷害她，法蘭克會很樂意變身成一隻犀牛，把那些怪物全部頂進運河水道裡。

他可以變成犀牛嗎？法蘭克以前從來沒有試過。

尼克突然停下腳步。「那邊。」

他們轉進一條比較小的街道，背向運河而行。他們的正前方有個小廣場，兩旁排列著五層樓的房屋。這個地區異常荒涼，彷彿所有凡人都感覺得到這裡並不安全。在鋪著卵石地面的廣場中央，十幾隻全身毛茸茸的牛怪正在嗅聞一個古老石井，石井的基部周圍長滿青苔。

「一個地方有這麼多牛。」法蘭克說。

「是啊，不過你看，」尼克說：「那個拱門後面。」

尼克的視力必定比他好很多。法蘭克瞇起眼睛，廣場遠端有一道刻著獅子的石砌拱門，通往一條窄小的街道。剛穿過拱門，有一整棟街屋漆成黑色，在此之前，法蘭克從來沒有在威尼斯見過任何一棟黑色房屋。

「黑房子。」他猜想。

海柔的手用力捏緊他的手指。「我不喜歡這個廣場。感覺很……陰冷。」

法蘭克不太確定她眞正的意思。他自己依舊狂流汗。

但尼克點點頭。他仔細看著街屋的窗戶，大多數窗戶都以木頭百葉窗關閉起來。「海柔，你說得對。這個街區充滿了 lemures。」

「Lemurs?」法蘭克緊張地問：「我猜，你指的不是馬達加斯加那些毛茸茸的狐猴吧?」

「Lemures 是死者之魂，憤怒的鬼魂。」尼克說：「死者之魂可以回溯到古羅馬時代，很多義大利的城市都有死者之魂四處飄盪，不過我從來沒有在一個地方感覺到這麼多的死者之魂。我媽曾對我說……」他停頓了一下，「她以前對我說過很多威尼斯的鬼故事。」

法蘭克再一次對尼克的過去感到好奇，但他不敢問。他迎上海柔的目光。

「繼續說啊，」她似乎這麼說：「尼克需要多練習和別人說話。」

在法蘭克的腦中，衝鋒槍和原子彈的聲響變得愈來愈響亮，馬爾斯和阿瑞斯也奮力朝對方大唱〈迪克西〉和〈共和國戰歌〉㉟兩首歌，法蘭克得拚盡全力才能忽略那些聲音。

「尼克，你媽媽會說義大利語嗎？」他猜想，「她以前住在威尼斯？」

尼克很不情願地點點頭。「她在這裡遇見黑帝斯，那是一九三〇年代的事了。第二次世界大戰逼近時，她飛到美國去，帶著我和我姊姊，我指的是……碧安卡。我對義大利沒有太多印象，不過還會說義大利語。」

法蘭克努力想著該如何回應。「噢，那很好啊」似乎不太恰當。

他不禁陷入一個想法：不只有一個混血人被迫離開原本生活的時間，而是兩個。嚴格來說，他們兩人都比他大了將近七十歲。

「你媽媽一定過得很辛苦，」法蘭克說：「我想，我們都很願意為所愛的人做任何事。」

海柔很感激地捏捏他的手。尼克盯著卵石地面。「是啊，」他痛苦地說：「我想我們都願意這樣做。」

法蘭克不太確定尼克在想什麼。他很難想像尼克沒辦法愛任何人，也許除了海柔以外。但他決定，這些私人問題不要再繼續問下去。

「所以，那些死者之魂……」他勉強說：「要怎麼避開它們？」

「我已經在處理了，」尼克說：「我送出一些訊息，它們應該會保持一點距離，不來打擾我們。希望這樣就夠了，否則……情況可能會變得一團亂。」

海柔抿一抿嘴唇。「那就繼續走吧。」她提議。

穿過廣場才走了一半，所有事情都出錯了；只不過和那些鬼魂沒有關係。他們正要繞過廣場中央的古井，想與那群牛怪保持一點距離，就在這時，海柔踢到一顆鬆動的卵石，腳步絆了一下。法蘭克及時抓住她，但有六、七隻灰色大怪物轉過來看他們。法蘭克瞥見一隻熒熒發亮的綠眼睛從鬃毛底下露出來，立刻受到一波噁心感的猛烈襲擊，很像吃了太多乳酪或冰淇淋的那種感覺。

那些怪物的喉嚨發出深沉的震動聲，聽起來像是憤怒的霧中號角聲。

「乖牛牛。」法蘭克喃喃說著。他連忙站到朋友們和怪物群之間。「兩位，我覺得我們應該慢慢退出這裡。」

「我眞是笨手笨腳，」海柔低聲說：「抱歉。」

「不是你的錯，」尼克說：「看看你們的腳底下。」

法蘭克低頭看，差點喘不過氣來。

在他們腳底下，鋪面的石頭動來動去，許多頑強的植物捲鬚努力從石縫中伸出來。尼克退後一步。那些樹根朝他那邊扭曲伸展，想要追過去。捲鬚變得愈來愈粗，還噴出煙霧瀰漫的綠色蒸汽，氣味聞起來很像煮熟的高麗菜。

「那些樹根好像很喜歡牛神牛人。」法蘭克指出。

海柔的手移過去握著劍柄。「而牛怪很喜歡那些樹根。」

整群牛怪現在全都看著他們這邊，發出霧中號角般的嚎叫聲，並且重重地蹬踏牛蹄。法

㉟〈迪克西〉（Dixie）和〈共和國戰歌〉（The Battle Hymn of the Republic）都是美國南北戰爭時期的歌曲。

蘭克對動物習性的知識還滿豐富的，因此明白其中的訊息：「你們踩在我們的食物上面，所以你們是敵人。」

法蘭克努力思考。眼前的怪物太多了，根本打不贏。牠們的眼睛似乎帶有某些含意，隱藏在那些蓬亂糾結的鬃毛底下……法蘭克只不過瞥了一眼就覺得不舒服。他有種不祥的預感，假如與那些怪物四目相接，絕對不只是噁心而已，結果一定更慘。

「不要直視牠們的眼睛，」法蘭克警告他們，「我會把牠們引開，你們兩個慢慢倒退走，走向那棟黑房子。」

怪物們蓄勢待發，準備發動攻擊。

「算了，」法蘭克說：「快跑！」

結果法蘭克沒辦法變身成一隻犀牛，但他還是浪費了一些寶貴時間嘗試看看。

尼克和海柔一個箭步衝向旁邊的小街道，法蘭克則走到怪物群的前方，希望繼續吸引牠們的注意。他用盡吃奶的力氣大吼大叫，想像自己是一隻令人生畏的犀牛，可是馬爾斯和阿瑞斯一直在他的腦袋裡尖聲大喊，害他無法專心。他還是原來那個法蘭克，沒有變身。

其中兩隻牛怪脫隊跑開，轉而去追尼克和海柔。

「不！」法蘭克朝牠們的背影大喊：「追我！我是犀牛！」

其餘的牛怪把法蘭克團團圍住，牠們高聲咆哮，從鼻孔噴出綠寶石色的氣體。法蘭克連忙往後退，想要避開那些氣體，然而可怕的惡臭差點把他擊倒在地。

好吧，所以變不成犀牛，要變其他動物。法蘭克知道，在怪物把他踩扁或毒死之前，他只有幾秒鐘的時間，可是他實在無法思考，沒辦法一直想著某種動物的形象，然後變身成功。

接著，他抬起頭，瞥見一棟街屋的陽台，看到一個石雕，是威尼斯的象徵標記。

在那瞬間，法蘭克變成一隻成熟的公獅。他挑釁地狂吼一聲，從怪物群中跳起來，落在約莫八公尺外，站在古老石井上面。

怪物群也以咆哮聲回應，其中三隻立刻跳過來，但法蘭克已經準備就緒。他變成的獅子本能反應，便是要用來發動快速的戰鬥力。

他的利爪一揮，立刻讓最先衝過來的兩隻怪物化為塵土，然後他以尖牙咬進第三隻怪物的喉嚨，把牠甩到旁邊去。

還剩下七隻怪物，再加上跑去追他朋友的那兩隻。成功機會不是很大，不過法蘭克必須讓眼前這群怪物專心對付他。他朝那些怪物大吼一聲，牠們慢慢向外移動。

怪物的數目遠超過他，這是當然的。但法蘭克是食物鏈最頂端的獵食者，那群怪物心知肚明，剛才也眼睜睜看著法蘭克把牠們的三個夥伴送進塔耳塔洛斯。

法蘭克抓緊自己的優勢，繼續齜牙咧嘴，然後從古井上跳出去。怪物不由得向後退。

如果能像這樣鉗制住牠們，接著轉過身，跟在他的朋友們後面跑……

他進行得很順利，直到開始朝拱門踏出後退的第一步。其中一隻牛怪，不是最勇敢就是最愚蠢，把法蘭克的後退視為軟弱的舉動。牠撲過來，朝法蘭克的臉噴出綠色氣體。

法蘭克伸手一揮，把那隻怪物掃成塵土，不過傷害已經造成。他強迫自己不要呼吸，但無論如何，他感覺得到口鼻處的毛皮燒灼殆盡，眼睛刺痛。他搖搖晃晃地向後退，陷入半盲狀態且頭昏腦脹，只能隱約意識到尼克正在大喊他的名字。

「法蘭克！法蘭克！」

他努力想要專心。他已經變回人形，步履蹣跚且不時作嘔，覺得自己的臉皮好像快要剝落了。在他面前，綠色的雲霧狀氣體飄浮在他與牛怪群之間。其餘幾隻牛怪小心翼翼地盯著他，或許正在好奇法蘭克的袖子裡還能變出什麼把戲。

他朝後方看了一眼。在石砌拱門下方，尼克握著他那把黑色冥河鐵劍，示意法蘭克要快一點。而在尼克腳下，地面有兩灘暗色的汙跡，顯然是追逐他們那兩隻牛怪的殘餘物。

至於海柔……她靠在尼克後方牆邊，一動也不動。

法蘭克跑向他們，渾然忘卻剩下的那群牛怪。他衝過尼克身邊，抓住海柔的肩膀，她的頭頹然垂在胸前。

「一道綠色氣體噴中她的臉，」尼克憂心忡忡地說：「我……我的動作不夠快。」

法蘭克無法判斷海柔是不是還有呼吸。憤怒和絕望在他內心交戰。他一直很怕尼克，而現在，他只想把這位黑帝斯的兒子一腳踢進附近的運河裡。也許那樣做並不公平，但他根本不在乎，也不在乎腦袋裡兩位戰神的尖聲高喊。

「我們得把她送回船上。」法蘭克說。

那群牛怪小心翼翼地在拱門外徘徊，霧中號角般的吼聲陣陣轟鳴，附近街道也傳來更多怪物的回應聲。援軍很快就會到來，然後把三位半神半人團團圍住。

「我們絕對不可能用走的出去，」尼克說：「法蘭克，變成一隻大鷹吧，不要管我，趕快把她送回阿爾戈二號！」

法蘭克的臉彷彿火燒一般，腦袋裡又有聲音不斷尖叫，他實在沒有把握能夠順利變身；

不過就在他打算試試看時，背後突然傳來一個聲音說：「你的朋友們幫不上忙，他們不知道該怎麼治療。」

法蘭克倏然轉身。黑房子的門檻裡站著一名年輕人，身穿牛仔褲和丹寧上衣。他有一頭黑色鬈髮，笑容看起來很友善，但法蘭克懷疑他是否眞的很友善。他可能根本不是人類。

這一刻，法蘭克一點也不在乎了。

「你可以治好她嗎？」他問。

「當然可以，」男子說：「不過你們最好快點進來。我想，你們恐怕讓威尼斯的每一隻石化獸都生氣了。」

19 法蘭克

他們差點進不了屋內。

屋子的主人才剛把門閂放下，牛怪便縱聲狂吼、猛撞大門，連鉸鏈都為之搖晃震動。

「喔，他們絕對進不來，」穿著丹寧布上衣的男子向他們保證，「你們現在安全了！」

「安全？」法蘭克質問著。「海柔快死了耶！」

屋子主人皺起眉頭，法蘭克破壞他的好心情似乎讓他很不滿意。「是啦，是啦。帶她到這裡來。」

法蘭克抱起海柔，跟著男子進入屋內深處。尼克想要幫忙，但法蘭克表示不需要。海柔輕如無物，法蘭克則是全身流動著腎上腺素。他可以感覺到海柔微微顫抖，所以至少知道她還活著，但她的皮膚非常冰冷，嘴唇也泛青……或者那只是因為法蘭克的視線模糊？

他的眼睛依舊因為怪物噴出的鼻息而灼熱難當，整個肺部感覺好像吸進一顆火燙的高麗菜。他不知道氣體對他的影響為什麼不像海柔那麼嚴重，也許是因為她吸了比較多氣體的關係。法蘭克願意付出一切與她互換，只要能夠救她就好。

馬爾斯和阿瑞斯的聲音仍然在他腦中互相叫囂，催促他快點殺了尼克、穿丹寧衣的男子，以及他能夠找到的任何人，但法蘭克把那些喧囂聲強壓下去。

房子的前面房間算是某種溫室，四面牆壁排列著桌子，上面擺滿各式植物，都以日光燈照射。空氣中瀰漫著肥料溶液的氣息。也許威尼斯人喜歡室內園藝，因爲他們周遭環繞著水域而不是土地？法蘭克不是很確定，不過他沒有花太多時間擔心這種事。

後面的房間看起來結合了車庫、大學宿舍和電腦實驗室等各種功能，左邊牆壁放了一堆閃爍亮光的伺服器和筆記型電腦，它們的螢幕保護程式變換著耕種田地和牽引機的照片。右邊牆壁則放了一張單人床、一張亂七八糟的書桌，還有一個打開的衣櫥，裡面塞滿了更多的丹寧布服裝，另外還有一堆農具，像是乾草叉和長柄草耙。

後方牆壁有一扇巨大的車庫門，旁邊停了一輛紅色與金色相間的古代雙輪戰車，包括一個開放式車廂和一個輪軸，很像法蘭克以前在朱比特營比賽時用過的戰車。駕駛座的兩側抽出一對巨大的羽毛狀翅膀，而左邊輪子有一條斑點蟒蛇纏繞在輪框上，發出很大的鼾聲。

法蘭克還不知道蟒蛇會打鼾。他希望昨天晚上變成蟒蛇時，自己沒有發出太大的鼾聲。

「把你朋友放在這裡。」穿丹寧衣的男子說。

法蘭克把海柔輕輕放在床上。他把海柔的劍移開，想要讓她舒服一點，不過她整個人軟綿綿的，簡直像稻草人一樣。她的膚色絕對已經開始泛青了。

「那些像牛一樣的東西到底是什麼？」法蘭克問：「牠們對她做了什麼？」

「石化獸啊，」屋子的主人說：「拉丁文是 katobleps，意思是『向下看的人』。會這樣叫是因爲……」

「它們總是向下看。」尼克猛拍一下額頭。「沒錯，我想起來了，以前讀過牠們的事。」

法蘭克看了他一眼。「現在你倒是想起來啦？」

尼克低下頭，幾乎像石化獸的頭一樣低。「我，呃……以前小時候常常玩一種很蠢的紙牌遊戲，神話魔法遊戲。石化獸就是其中一種怪物卡。」

法蘭克眨眨眼睛。「我也玩神話魔法遊戲啊，從來沒看過這種卡。」

「是在『非洲盡頭』那套擴充卡裡面。」

「喔。」

屋子的主人清清喉嚨。「你們兩個已經，嗯，就像大家說的，『宅』完了嗎？」

「對，抱歉，」尼克低聲說：「總之，石化獸會噴毒氣，目光也有毒。我還以為牠們只生活在非洲。」

穿丹寧衣的男子聳聳肩。「那是牠們的原生地，好幾百年前，有人不小心把牠們引進威尼斯。你們聽過聖馬可嗎？」

法蘭克覺得很挫折，好想尖叫。他實在看不出這些事有什麼關聯，但如果屋子主人眞能治好海柔，法蘭克暗想，也許最好不要惹他生氣。「聖徒？他們沒有在希臘神話裡面啊。」

穿丹寧衣的男子輕笑兩下。「是沒有，但聖馬可是這個城市的守護聖徒。他死在埃及，啊，那是很久以前的事了。等到威尼斯人變得比較強大……嗯，回到中世紀的時候，聖徒的遺骨能夠吸引很多觀光客，所以威尼斯人決定偷走聖馬可的遺體，帶回他們最大的教堂，也就是聖馬可大教堂。他們用醃漬豬內臟的桶子把聖馬可的遺體偷偷運回來。」

「那實在……很噁心。」法蘭克說。

「是啊，」男子以微笑表示同意。「重點在於，做了那樣的事不可能沒有伴隨一些後果。威尼斯人並沒有故意想從埃及偷取其他東西，不過就有了石化獸。牠們隨著船隻來到這裡，從那之後就像老鼠一樣大肆繁衍。牠們很喜歡吃這裡生長的一種魔法毒樹根，是從運河蔓延生長出來的沼澤植物，聞起來很臭。就是因爲這樣，石化獸會噴出更毒的氣體！通常怪物不理會凡人，不過如果是半神半人……特別是妨礙到牠們的半神半人……」

「了解，」法蘭克突然插話說：「你可以治好她嗎？」

男子聳聳肩。「可能吧。」

「可能？」法蘭克得用上全部的意志力，才不致衝過去掐死那傢伙。

法蘭克伸出一隻手探探海柔的鼻子，幾乎感覺不到她的呼吸。「尼克，拜託告訴我，她只是處於昏死狀態，就像你在那個青銅花瓶裡面一樣。」

尼克板著一張臉。「我不知道海柔會不會那一招。嚴格來說，她爸爸是普魯托，不是黑帝斯，所以……」

「黑帝斯！」屋子主人大叫一聲。他退後一步，厭惡地看著尼克。「所以我就是聞到那個氣味。來自冥界的孩子？早知道就不讓你們進來了！」

法蘭克站起來。「海柔是好人，你答應會幫她的！」

「我才沒有答應任何事。」

尼克拔劍出鞘。「她是我姊姊，」他咆哮著說：「我不知道你是誰，不過如果可以治好她，你非做到不可，不然就在冥河邊幫我……」

「喔，吧啦，吧啦，吧啦！」男子揮揮手。突然間，原本尼克站立的地方蹦出一個盆栽，裡面的植物大概有一百五十公分高，綠色的葉子向下低垂，還有許多銀色鬚鬚，以及六、七條長得很像耳朵的黃色成熟玉米穗。

「喂，」男子氣呼呼地說，朝那株玉米搖搖手指頭，「黑帝斯的孩子不准命令我！你應該少說一點、多聽一點。好吧，至少你現在有玉米當耳朵了。」

法蘭克嚇得撞到床。「你做了什麼……為什麼……？」

男子挑了挑眉。法蘭克忍不住尖叫一聲，實在是很不勇敢。他一直把注意力放在海柔身上，差點忘了里歐曾對他們描述要找什麼樣的傢伙。「你是天神。」他想起來了。

「崔普托勒摩斯㊱，」男子向他鞠躬，「我的朋友都叫我崔普，所以別那樣叫我。而如果你是黑帝斯的另一個孩子……」

「馬爾斯！」法蘭克立刻接口說：「我是馬爾斯的孩子！」

崔普托勒摩斯吸吸鼻子。「嗯……沒有好到哪裡去。不過，也許值得把你變成比玉米好一點的植物。高粱嗎？高粱非常棒喔。」

「等一下！」法蘭克懇求著，「我們來這裡的目的是很友善的。我們還帶了禮物。」他用很慢很慢的速度伸手到背包裡，拿出那本皮革封面書。「這是你的嗎？」

「我的年曆！」崔普托勒摩斯笑逐顏開，緊緊抓住那本書。他迅速翻動書頁，開始踮起腳尖跳來跳去。「噢，這實在太不可思議了！你在哪裡找到的？」

「嗯，在波隆那，那裡有一些……」法蘭克猛然想到不該提起那兩個小矮人。「可怕的怪物。我們冒著生命危險，可是知道這本書對你很重要。所以，你可不可以，你也知道，把尼克變回正常的樣子，而且治好海柔？」

「嗯？」崔普從書本上抬起頭來。他剛才自顧自地開心朗誦書裡的幾個句子，是關於種植蕪菁的時程規畫。法蘭克真希望鳥身女妖艾拉也在這裡，她一定能和這傢伙相處得很開心。

「喔，治好他們嗎？」崔普托勒摩斯老大不高興，嘴裡嘖嘖出聲。「能夠拿回這本書，我當然很感激。馬爾斯的孩子，我絕對可以放你出去，但我和黑帝斯之間有很長時間的糾葛，畢竟我的神力都要感謝狄蜜特！」

法蘭克絞盡腦汁思考這句話的意思，可是腦袋裡有那些聲音在尖厲叫喊，石化獸的毒液又搞得他昏頭轉向，實在很難思考。

「呃，狄蜜特，」法蘭克說：「植物女神。她……她不喜歡黑帝斯，因爲……」突然間，他想起以前在朱比特營聽過的一個古老傳說，「她的女兒，波瑟嬪……」

「泊瑟芬啦，」崔普更正說：「我比較喜歡叫希臘名字，如果你不介意的話。」

「殺了他！」馬爾斯尖聲叫喊。

「我喜歡這傢伙！」阿瑞斯吼回去。「不管怎樣殺了他！」

法蘭克決定不要觸怒崔普，他才不想變成一株高粱哩。「好吧。黑帝斯綁架了泊瑟芬。」

「完全正確！」崔普說。

「所以……泊瑟芬是你的朋友嗎？」

崔普輕蔑地哼了一聲。「當時我只是個凡人王子，泊瑟芬根本不會注意我這種人。不過她媽媽狄蜜特到處找她時，即使翻遍了整個地球，都沒有太多人願意伸出援手。黑卡蒂在晚上用火炬幫她照亮路途，而我呢……嗯，狄蜜特來到我在希臘的領土時，我找到一個地方給她住，而且安慰她、給她吃東西，總之提供我的協助。那時我不知道她是女神，但我好心有好

㊱ 崔普托勒摩斯（Triptolemus），希臘神話中的農業小神，是農業女神狄蜜特的助手，向人類傳播小麥或穀物的栽培技術。

報，後來狄蜜特為了報答我，讓我變成農業之神！」

「哇，」法蘭克說：「農業耶，恭喜。」

「我知道！非常棒，對吧？總之，狄蜜特一直和黑帝斯相處得不好，所以很自然的，你也知道，我得站在我的守護女神這邊。黑帝斯的孩子，誰理他們啊！事實上，他們其中之一，就是那個塞西亞國王，是叫林科斯嗎？我想教他王國的鄉下人學習農耕技術時，他居然殺了我右邊的蟒蛇！」

「你的……右邊的蟒蛇？」

崔普大步走向他那輛有翅膀的雙輪戰車，跳了上去。他拉動一根控制桿，兩片翅膀突然開始拍打，左輪上面的斑點蟒蛇也睜開眼睛，開始扭動身子，像彈簧一樣盤繞在輪軸周圍。雙輪戰車開始呼呼運轉，右輪卻還是靜止不動，只見崔普在原地轉圈圈，戰車則拚命拍打翅膀、上下跳動，像個壞掉的旋轉木馬。

「看見沒？」他一邊轉圈圈一邊說：「一點都不好！自從少了右邊的蟒蛇，我就不能到處去傳授農業了，至少不能親自前往，所以現在只好在網路上開辦線上課程。」

「什麼？」這句話一說出口，法蘭克就後悔了。

崔普跳下來，徒留戰車在原地打轉。蟒蛇慢慢停了下來，自顧自地回去打鼾。崔普小跑步到牆邊的一排電腦前，敲敲鍵盤喚醒螢幕，然後展示一個以紫紅色和金色為主要色調的網站，上面有張開心農夫的照片，農夫身穿古羅馬外袍，戴著農業機械品牌「強鹿牌」的帽子，站在一大片小麥田裡，倚著他的長柄大鐮刀。

「崔普托勒摩斯農業大學！」他驕傲地大聲宣布。「只要短短六星期，你就可以拿到大學學位，投入未來最令人興奮、最生氣勃勃的行業：農業！」

法蘭克感覺到一排汗珠沿著臉頰往下流。他對眼前這個瘋狂的天神、以蛇驅動的戰車或者線上學位系統一點也不在乎，但隨著時間過去，海柔的臉色愈來愈鐵青，尼克也變成一株玉米。他只能靠自己了。

「嘿，」他說：「我們眞的把你的年曆拿回來了，我的朋友們也都是很好的人，他們完全不像你以前認識的其他黑帝斯的孩子。所以，有沒有任何方法……」

「喔！」崔普彈了一下手指。「我知道你們要去哪裡！」

「呃……你知道？」

「當然啦！如果我把你的朋友海柔治好，也把另一個變回來，尼可拉斯……」

「尼克。」

「……如果我把他變回正常的樣子……」

法蘭克停頓了一下。「所以呢？」

「爲了作爲交換條件，你留下來陪我一起從事農業工作！一個馬爾斯的孩子來當我徒弟？聽起來超讚！你會是很適合的發言人喔。我們可以把劍重新打造成鋤頭，一定很好玩！」

「眞的耶……」法蘭克努力對這項提議表現得很熱切。阿瑞斯和馬爾斯繼續在他腦袋裡尖叫著：「用劍啦！開槍啦！弄個超驚人的『轟』一聲大爆炸！」

如果婉拒崔普的提議，法蘭克認爲必然會觸怒這傢伙，結局就是變成高粱或小麥或其他某種經濟作物之類。

假如這眞是挽救海柔的唯一方法，那麼當然啦，他會同意崔普的要求，成爲一名農夫。

不過那不可能是唯一的方法，法蘭克拒絕相信他受到命運三女神的選擇、踏上這趟任務，爲的只是選修線上課程、學習栽種蕪菁的方法而已。

法蘭克的視線飄向那輛壞掉的雙輪戰車。「我有個更好的提議，」他吞吞吐吐地說：「我可以修好那個。」

崔普臉上的笑容漸漸消失。「修好……我的戰車？」

法蘭克好想踢自己一腳。他到底在想什麼？他又不是里歐，平常連那種很蠢的中國手銬都解不開，甚至連電視遙控器的電池都常換不好，他根本不可能修好那輛魔法戰車！

但有某個聲音告訴他，這是他唯一的機會。如果要說崔普托勒摩斯眞正想要的東西，那輛戰車是其中之一。

「我會找到方法修好那輛戰車，」他說：「來作爲回報，你則要治好尼克和海柔。我們和平相處吧，而且……只要你能幫得上忙，請幫助我們一起打敗蓋婭的勢力。」

崔普托勒摩斯笑了。「你憑什麼認爲我會在那方面幫助你們？」

「黑卡蒂說的，」法蘭克說：「是她叫我們到這裡來。她……她認爲海柔是她最喜歡的人之一。」

崔普的臉突然變得慘白。「黑卡蒂？」

法蘭克希望自己沒有講得太誇大，他也不需要黑卡蒂生他的氣。不過，如果崔普托勒摩斯和黑卡蒂都是狄蜜特的朋友，也許可以說服崔普幫他們的忙。

「女神引導我們在波隆那找到你的年曆，」法蘭克說：「她希望我們把書拿回來給你，因爲……嗯，她一定是覺得你知道一些事，能夠幫助我們在伊庇魯斯順利通過冥王之府。」

崔普慢慢地點頭。「是的，我知道。我知道。我知道黑卡蒂爲什麼派你們來找我。好吧，馬爾斯的兒子，你去找方法修好我的戰車，如果成功了，我會答應你所有的要求。如果失敗了……」

「我知道，」法蘭克喃喃地說：「我的朋友們會死。」

「沒錯，」崔普與高采烈地說：「而你也會變成一小片很可愛的高粱喔！」

20 法蘭克

法蘭克蹣跚走出黑房子。門在他背後關上，他頹然倒在牆邊，罪惡感排山倒海而來。幸好所有的石化獸都跑光了，否則他只能呆坐在這裡，任憑那些怪物把他踩得扁扁的。他真是該死，把海柔留在那裡面，垂死且手無寸鐵，只能聽憑那個瘋狂的農業之神擺布。

「殺了農夫！」阿瑞斯在他腦袋裡大叫。

「回到羅馬軍團，和希臘人大戰一場！」馬爾斯說：「我們到底在這裡做什麼？」

「殺了農夫！」阿瑞斯尖叫回應。

「閉嘴啦！」法蘭克大聲狂吼：「你們兩個都給我閉嘴！」

幾位拎著購物袋的老太太慢吞吞走過，她們對法蘭克投以狐疑的眼神，嘴裡喃喃唸著義大利語，然後繼續往前走。

法蘭克痛苦地看著海柔的騎兵劍，整個人癱倒在地上的背包旁邊。他大可跑回阿爾戈二號去找里歐，也許里歐可以修好那輛戰車。

但不知爲何，法蘭克就是知道不該把這個問題丟給里歐。這是他的任務，他必須證明自己的能力。再說，那輛戰車也不是眞的壞了，它並沒有機械上的問題，只是缺少一條大蛇。

法蘭克可以讓自己變成一條蟒蛇。今天早上他以一條大蛇的形態醒來，也許那就是天神給他的預兆。他並不希望下半輩子都要幫一位農夫轉動戰車的輪子，不過如果那樣做可以救海柔的話……

不行。一定還有其他方法。

大蛇，法蘭克心想。馬爾斯。

他父親與蛇之間有什麼關聯嗎？馬爾斯的神聖動物是野豬，不是大蛇。然而，法蘭克很確定自己聽過某件事……

他想到這個問題只能去問一個人，於是百般不情願地對兩位戰神敞開自己的內心。

「我需要一條蛇，」法蘭克對他們說：「怎麼辦？」

「哈，哈！」阿瑞斯放聲大笑。「是啊，一條大蛇！」

「就像那個卑鄙的卡德摩斯，」馬爾斯說：「他殺了我們的龍，所以我們懲罰他！」

他們同時開始大吼大叫，法蘭克覺得自己的腦袋快要裂成兩半了。

「好了！停！」

兩個聲音安靜下來。

「卡德摩斯，」法蘭克喃喃說著：「卡德摩斯……」

他突然想起那個故事了。卡德摩斯是半神半人，他殺了一條龍，不巧那條龍竟是阿瑞斯的一個孩子。阿瑞斯爲什麼有個兒子是一條龍，法蘭克一點都不想知道，不過因爲那條龍的死，阿瑞斯懲罰了卡德摩斯，把他變成一條蛇。

「所以，你可以把你的敵人變成蛇，」法蘭克說：「那正是我需要的。我需要找到一個敵人，然後需要你把他變成一條蛇。」

「你以爲我會爲你做這種事嗎？」阿瑞斯大吼：「你還沒證明自己有這種價值！」

「只有最了不起的混血英雄有資格要求這種恩惠，」馬爾斯說：「像羅慕樂[37]那樣的混血英雄！」

「羅馬人也一樣！」阿瑞斯大喊：「要像狄奧墨迪斯[38]！」

「差得遠了！」馬爾斯吼回去：「那個懦夫敗給海克力士！」

「不然就是賀雷修斯[39]。」馬爾斯提議。

阿瑞斯沒有作聲，法蘭克嗅到一絲心不甘情不願的妥協意味。

「賀雷修斯，」法蘭克說：「很好。如果規則是這樣，我會證明自己像賀雷修斯一樣厲害。呃……他做過什麼事？」

一大堆影像湧上法蘭克的心頭，他看到一名孤獨的戰士，站在一座石橋上，面對一整支軍隊聚集在遠處的台伯河對岸。

法蘭克想起那個傳奇故事了。賀雷修斯是一名羅馬將軍，曾經隻手抵抗一大群入侵者，最後在那座橋上犧牲自己的生命，以便將野蠻人擋在台伯河對岸無法過河。這讓他的羅馬同胞有時間整軍備戰，因此他救了整個共和國。

「敵軍在威尼斯橫行無阻，」馬爾斯說：「羅馬本來會面臨同樣命運。把它掃蕩一空吧！」

「把他們全部摧毀！」阿瑞斯說：「將所有人推到刀下！」

法蘭克把那些聲音推到腦袋最後面。他看著自己的雙手，很驚訝竟然抖得這麼厲害。好多天來，他的思緒頭一次變得這麼清晰，完全知道自己該做什麼。他不曉得該怎麼完成，死掉的機率高得不像話，但他非試不可。海柔的性命維繫在他身上。

他把海柔的佩劍繫在自己的腰帶上，再讓他的背包還原成箭筒和弓，然後跑向剛才與牛怪打鬥的那個廣場。

計畫分成三個階段：危險的、眞的很危險的，以及危險到瘋掉的。

法蘭克在古老石井旁停下腳步。放眼望去沒有看到半隻石化獸。他拔出海柔的劍，用劍挑動一些卵石，挖出一大團糾結在一起的難纏根部。捲鬚狀的根部舒展開來，一邊扭動著爬向法蘭克腳邊，一邊散發出熏臭難當的綠色氣體。

而在遠方，一隻石化獸的霧笛聲響徹雲霄，其他石化獸的鳴叫聲從四面八方加入。那些怪物是怎麼知道他在挖掘牠們最喜歡的食物，法蘭克並不確定，也許牠們擁有極佳的嗅覺。

現在他必須動作快一點。他割下一長條蔓藤，把蔓藤穿過其中一個腰帶環，盡量不理會手上傳來的燒灼和刺痛感。很快的，他就有一條用毒草做成的超臭套索了。萬歲。

開始有幾隻石化獸踏著笨重的腳步走進廣場，並發出憤怒的吼叫聲。牠們的綠眼睛在鬃毛下熒熒發光，長長的口鼻噴出綠色氣體，活像毛茸茸的蒸汽引擎。

法蘭克拿出一支箭搭上弓。他突然湧起一陣強烈的罪惡感。這些並不是他所遇過最可惡的怪物，基本上牠們是草食動物，只不過剛好有毒而已。

---

37 羅慕樂（Romulus）在羅馬神話中是創建羅馬王國的人，雷慕斯（Remus）是他的孿生兄弟。他們的父親是戰神馬爾斯。

38 狄奧墨迪斯（Diomedes），希臘城邦阿戈斯（Argos）的國王，特洛伊戰爭的大英雄，他曾得到雅典娜的幫助打敗特洛伊人。

39 賀雷修斯（Horatius），古羅馬軍官，西元前六世紀以英勇擊退入侵羅馬的敵軍、保住蘇布里休橋聞名。

海柔快要死掉都是因為牠們，他提醒自己。

他把箭射出去。距離最近的一隻石化獸頹然倒下，轟然化為塵土。他架上第二支箭，不過其他的石化獸幾乎要爬到他的頭頂上，還有更多怪物從相反方向衝進廣場。

法蘭克變身成一隻獅子。他目空一切地狂吼，然後跳向拱門，從第二群為首的那一隻石化獸頭頂飛過去。兩群石化獸彼此猛烈相撞，但牠們很快就回過神來，繼續追著他跑。

法蘭克變身之後，不太確定身上的毒根是否還散發出臭味。通常他的衣服和身上的東西都會與變成的動物形態融合在一起，不過他現在聞起來顯然還是很像美味的有毒晚餐。每一次他跑過一隻石化獸身旁，那怪物就會憤怒大吼，加入「殺死法蘭克！」的行列。

他轉個彎，跑上一條較寬闊的街道，邊跑邊推開擁擠的觀光人潮。他實在不知道那些凡人會看到什麼樣的景象，也許是一大群狗追著一隻小貓？人們對法蘭克高聲咒罵，大概有十二種不同的語言。義式冰淇淋甜筒到處亂飛，一個女人打翻了一整疊嘉年華面具，有個傢伙甚至摔到運河裡面去了。

法蘭克回頭看，發現後面至少跟了二十幾隻怪物，可是他需要更多怪物跟上來。他需要威尼斯所有的怪物都跟來，而且必須不斷激怒跟在他後面的這些怪物。

他發現人群中有個空地，於是變回人形。他拔出海柔的騎兵劍；他向來不喜歡這種武器，不過他夠高也夠壯，這把沉重的騎兵劍難不倒他。事實上，他還滿高興這把劍讓攻擊範圍變大了。他揮舞著金色劍刃，摧毀第一隻石化獸，也讓其他隻在他面前撞成一團。

法蘭克盡可能轉開頭，避開石化獸的目光，但依然可以感覺到牠們的目光燒灼著他。他暗想，假如這些怪物全部對他同時噴氣，所有毒氣綜合起來，大概足以讓他融溶成一灘泥水吧。怪物們向前湧來，橫衝直撞，前仆後繼。

法蘭克大喊：「你們要我的毒根嗎？那就來拿吧！」

他變身成一隻海豚，跳進運河裡。他暗自希望石化獸不會游泳。至少牠們似乎很不想跟著他跳進運河，這不能怪牠們；老實說，運河裡噁心死了，又臭又鹹，而且像熱湯一樣熱。不過法蘭克依舊奮力游過河水，一路躲開平底船和快艇，偶爾還要停下來，對那些在人行道上一直跟著他的怪物尖聲叫罵一些海豚的髒話。游到距離最近的平底船碼頭後，法蘭克再次變回人形，刺死幾隻石化獸，讓牠們的怒火持續燃燒，然後轉身跑開。

就這樣繼續進行。

過了一陣子之後，法蘭克覺得有點頭暈目眩。他引來更多的怪物、撞開更多的觀光人潮，現在他領著超大群的石化獸，一路穿越古城的曲折小巷。如果需要逃跑得快一點，他就變成海豚潛入運河中，或者變身成老鷹盤旋在上頭，不過始終距離追逐他的怪物不算遠。

只要感覺到那些怪物可能快要失去興趣，法蘭克就會停在某個屋頂上，拉弓射箭，射死石化獸群中央的幾隻怪物。他也會搖一搖腰間的套索狀毒藤，痛罵那些怪物說牠們噴出的氣體臭死了，想辦法惹得牠們氣憤難耐。然後他就繼續向前跑。

他曾經走回頭路，迷失過方向；有一次轉過街角，竟然跑進拚命追他的怪物隊伍尾巴。他應該跑得筋疲力盡才對，但不知怎的，力氣竟然源源不絕（這樣當然很好）。最困難的部分還沒開始呢。

他打量幾座橋梁，但是看起來不太合適。有一座橋太高了，而且橋身有屋頂蓋住，不可能引導大批怪物穿越那座窄橋。另一座橋則是擠滿太多遊客，就算怪物無視於凡人的存在，牠們噴出的有毒氣體應該也不適合任何人吸入。成群的怪物聚集得愈龐大，就會有更多凡人被牠們推擠到旁邊、撞進水裡，或甚至遭到踐踏。

最後，法蘭克終於看到有個東西可以派上用場。就在正前方，越過一個大廣場後，有一座木造橋梁橫跨在最寬闊的一條運河水道上方。那座橋以木材交織建成弧形，很像老式的雲霄飛車，大約有五十公尺長。

從上方以老鷹的形態往下看，法蘭克確定橋梁的遠方那端沒有半隻怪物，這表示威尼斯的每一隻石化獸似乎都已加入後面的怪物群，跟在他後面穿過大街小巷，惹得遊客尖叫奔逃，那些遊客可能以爲自己身處於一大群驚慌逃竄的狗群之中。

前方的木橋剛好空無一人，眞是太棒了。

法蘭克像石頭一樣向下急墜，然後變回人形。他跑向橋的正中央，這個地點是天然的瓶頸，然後他把原本當做誘餌的毒根扔到背後的橋面上。

爲首的幾隻石化獸剛走到橋頭時，法蘭克抽出海柔的金色騎兵劍。

「來啊！」他大喊：「你們想知道法蘭克．張有什麼價値嗎？來啊！」

他心裡明白，自己並不只是對怪物喊叫，其實也趁機發洩最近幾個星期以來的恐懼、憤怒和怨恨。同一時間，馬爾斯和阿瑞斯的尖叫喊聲一直伴隨在他左右。

怪物們舉步向前衝來，法蘭克的視野也變得一片紅。

後來，他沒辦法清楚回想起事情發生的細節。他不斷把一隻隻怪物切成兩半，到最後站在深達腳踝的黃色塵土中。等他占了上風，氣體煙雲也開始讓他咳個不停，他再度變身，變成大象、巨龍、獅子……，每一次的變形似乎都讓他的肺部變乾淨，也給了他新一波的力量。他的變形過程變得極爲流暢，可以先用人形握著長劍發動攻擊，最後以獅子形狀作收，以利爪撕裂石化獸的口鼻。

怪物們憤怒地踢蹬牛蹄，一邊噴出有毒氣體，一邊以毒光四射的眼睛直視法蘭克。他應該早已死掉才對，或者遭到牛蹄踐踏而死，但是因爲各種原因，他依然直挺挺站著，全身毫髮無傷，甚至繼續以雷霆萬鈞之勢狂攻猛擊。

身處於這個情勢中，他一點也沒有覺得高興滿足，卻也沒有遲疑。他刺中一隻怪物，接著砍掉另一隻的頭。他變身成巨龍，把一隻石化獸咬成兩半，然後變成大象，同時將三隻石化獸踩在腳下。他的視野依舊籠罩著一片紅光，自己也意識到並不是眼睛在捉弄他；原來他眞的在發光，全身籠罩著一團紅潤光環。

他不明白爲什麼會這樣，不過他繼續戰鬥，直到最後只剩下唯一一隻怪物。

法蘭克高舉長劍，與怪物正面對決。他快要喘不過氣，汗如雨下，兩隻腳甚至卡在厚厚的怪物塵土中，但全身毫髮無傷。

石化獸狂吠一聲。牠絕對不是最聰明的一隻，儘管幾百隻兄弟已經死掉的事實擺在眼前，牠依然不肯退卻。

「馬爾斯！」法蘭克大喊：「我已經證明自己的能耐，現在我需要一條蛇！」

法蘭克懷疑以前有任何人膽敢喊出這些話，這種要求實在很詭異。結果，他沒有從天空得到任何答案。就這麼一次，他腦袋裡的聲音陷入一片寂靜。

石化獸失去了耐性，牠縱身撲向法蘭克，讓他別無選擇。他朝前方猛砍。劍刃觸及怪物身體的那一刻，突然血紅光芒一閃，石化獸驟然消失。等到法蘭克的視線恢復清晰，一條花紋斑駁的棕色緬甸巨蟒盤繞在他腳上。

「做得好。」一個熟悉的聲音說。

站在幾步路之外的人是他爸爸，馬爾斯，戴著紅色貝雷帽，身穿橄欖綠色工作服，並配戴義大利特種部隊的佩章，肩膀上掛著一把衝鋒步槍。他的臉孔很嚴峻而且有稜有角，臉上戴著深色的太陽眼鏡遮住眼睛。

「父親。」法蘭克勉強擠出一句。

他不敢相信自己剛才做了那些事。直到現在，恐懼才開始籠罩他。他好想哭，可是在馬爾斯面前，這應該不是個好主意。

「覺得害怕是很自然的反應，」戰神的語氣竟然意外地溫暖，而且充滿驕傲，「所有偉大的戰士都會害怕，只有蠢蛋和騙子才不會。不過，我的兒子，你面對自己的恐懼，做了自己該做的事，就像賀雷修斯一樣。這是你的橋，而你奮力捍衛它。」

「我……」法蘭克不太確定到底該說什麼，「我……我只是需要一條蛇。」

一個小小的微笑牽動馬爾斯的嘴角。「是啊，而現在你有一條蛇了。你的勇敢無畏把我的希臘和羅馬兩個形象結合在一起，即使只有一下子也好。去吧，去救你的朋友們。不過呢，法蘭克，聽我一句話，你最大的試煉還沒有到來。等到你在伊庇魯斯面對蓋婭的大軍時，你的領導力……」

突然間，戰神彎下腰，緊抓住頭，他的形象開始閃爍搖曳，身上的工作服變成古羅馬外袍，然後又變成自行車騎士的車衣和車褲，肩上的衝鋒步槍一下子變成劍，沒多久又變成火箭筒。

「好痛苦啊！」馬爾斯大吼：「去吧！快點！」

法蘭克沒有問任何問題。儘管累得筋疲力竭，他變身成一隻大鷹，以巨爪抓住蟒蛇，縱身飛入空中。

等他回頭看去，一朵小小的蕈狀雲從橋面正中央噴發出來，一圈又一圈的火焰向外射出，只聽見馬爾斯和阿瑞斯兩個聲音在尖聲叫喊：「不——！」

法蘭克不太確定到底發生了什麼事，但他沒有時間細想。他飛越城市上空，現在整個城市完全沒有怪物了，然後他朝著崔普托勒摩斯的房子直直飛去。

「你找到一條蛇！」農業之神興奮大叫。

法蘭克沒有理會他。他旋風式地衝進黑房子，拎起蟒蛇的尾巴，模樣很像拿起一個很奇怪的聖誕老公公袋子，然後把蛇扔在床鋪旁邊。

他跪在海柔身邊。

她還活著……臉色鐵青，不斷顫抖，幾乎沒有呼吸，可是確實活著。至於尼克，他還是一株玉米。

「把他們治好，」法蘭克說：「馬上。」

崔普托勒摩斯交叉雙臂。「我怎麼知道這條蛇真的能用？」

法蘭克咬牙切齒。自從橋上的大爆炸之後，他腦袋裡的戰神吵鬧聲已經平息，不過依然感覺到他們兩人的憤怒結合起來在他體內激烈翻騰。同時，他也覺得自己的身體發生變化。

難道崔普托勒摩斯變矮了？

「那條蛇是馬爾斯的禮物，」法蘭克氣呼呼大吼：「一定有用。」

就像得到暗號似的，那條緬甸巨蟒呼溜溜地爬到戰車上，讓自己纏繞著右輪。另一條蛇也醒過來了，兩條蟒蛇彼此檢視一番，互相碰碰鼻子，然後同心協力轉動各自的輪子。戰車向前移動了幾公分，翅膀也開始撲撲拍打。

「看見沒？」法蘭克說：「好了，治好我的朋友！」

崔普托勒摩斯輕拍自己的臉頰。「嗯，謝謝你帶來的蛇，不過半神半人啊，我不確定喜不喜歡你現在的調調。也許我應該把你變成……」

法蘭克先發制人。他撲向崔普，抓著崔普猛撞牆壁，十指扣住這位天神的喉嚨。

「你最好想想等一下要說的話。」法蘭克警告，神情異常平靜。「或者也別想把我的劍打造成一把鋤頭，我會先用劍打進你的腦袋。」

崔普托勒摩斯吞了一口口水。「你知道嗎……我想，我會治好你朋友。」

「對著冥河發誓。」

「我對冥河發誓。」

法蘭克放開他。崔普托勒摩斯摸摸喉嚨，一副要確定喉嚨還在似的。崔普對法蘭克露出神經兮兮的微笑，從他身旁繞過，然後一溜煙跑到前面房間。「只……只是要採一些草藥！」

法蘭克緊盯著天神，看他採了一些葉子和草根，放進研缽搗碎。他把那些黏糊糊的綠色東西揉成藥丸大小的小球，然後小跑步到海柔旁邊，將那顆黏答答的噁心小球放到海柔的舌頭底下。

很快的，海柔抖了一下，隨即坐起來，咳個不停，眼睛也啪的睜開。她皮膚的鐵青色逐漸消失。

她轉頭看看四周，顯得十分疑惑，最後終於看見法蘭克。「怎麼了……？」

法蘭克撲過去抱住她。「你一定會好起來，」他激動地說：「一切都很好。」

「可是……」海柔抓住他的肩膀，以驚訝的眼神看著他。「法蘭克，你發生了什麼事？」

「我嗎？」他站起來，突然覺得好害羞。「我沒有……」

他低頭看，終於明白海柔的意思。並不是崔普托勒摩斯變矮了，而是法蘭克長高了。他的膽子變小，但是胸膛變寬大了。

法蘭克以前也曾經突然竄高，有一次睡醒後，居然比睡覺前長高了兩公分。但這次實在太瘋狂了，感覺就像是變回人類之後，好像有什麼巨龍或獅子還留在他體內。

「呃……我不……也許我可以改回來。」

海柔開心地笑了。「爲什麼要改回來？你看起來超棒的！」

「我……眞的嗎？」

「我的意思是，你以前就很帥！現在看起來比較成熟、比較高，而且這麼出色……」

崔普托勒摩斯很誇張地嘆了一口氣。「是啦，顯然是馬爾斯的某種庇蔭。恭喜喔，吧啦，吧啦，吧啦。好啦，如果我們這裡的事都完成了……？」

法蘭克瞪了他一眼。「我們還沒完。把尼克治好。」

農業之神翻了翻白眼。他指著那株玉米，然後「轟！」一聲，尼克出現在爆炸成一大團的玉米鬚之中。

尼克驚慌地看著四周。「我……我作了一個最奇怪的惡夢，夢見自己變成爆米花。」他對法蘭克皺起眉頭。「你爲什麼變高了？」

「一切都沒事了，」法蘭克向他保證，「崔普托勒摩斯正準備告訴我們，究竟該怎麼在冥王之府活下來。崔普，對吧？」

農業之神抬頭看看天花板，意思像是說：「狄蜜特，爲什麼是我啊？」

「好啦，」崔普說：「等你們到了伊庇魯斯，有人會給你們一個高腳杯，要你們把裡面的東西喝下去。」

「誰給的？」尼克問。

「那不重要啦，」崔普氣沖沖地說：「只要知道酒杯裡面裝滿致命毒藥就行了。」

海柔忍不住發抖。「所以你是說，我們不應該喝它囉。」

「不對！」崔普說：「你們一定要喝下去，否則永遠不可能穿過冥王之府。那個毒藥可以讓你們與死人的世界取得聯繫，才能進入比較低的那幾層。活下來的祕訣就是，」他眨眨眼睛，「大麥。」

法蘭克瞪著他。「大麥。」

「到前面的房間拿一些我特別種的大麥吧。把它做成小塊的餅乾，走進冥王之府前把餅乾吃下去。大麥會吸收毒液裡最糟糕的部分，所以毒液會影響你，但不會殺了你。」

「就這樣？」尼克質問著：「黑卡蒂叫我們穿越義大利，半路上到這裡來找你，就是要聽你叫我們吃大麥？」

「祝好運！」崔普托勒摩斯一溜煙跑到房間的另一頭，跳上他的戰車。「還有，法蘭克．張，我原諒你！你很有勇氣。如果你改變心意，我的提議永遠有效喔。我很想看到你拿到農業學位！」

「好啦，」法蘭克喃喃地說：「謝謝喔。」

那個天神拉動戰車上的控制桿，以蛇驅動的輪子開始轉動，翅膀也撲撲拍打起來。而在房間的最後面，車庫門往上捲動打開。

「噢，又有車子可以開了！」崔普大叫：「缺乏農業知識的地方太多了，他們很需要我的知識。我要把耕種、灌溉和施肥的偉大與榮耀教導給他們！」戰車向上升起，然後呼嘯衝出房子，最後只聽見崔普托勒摩斯在空中大喊：「走吧，我的蟒蛇們！走吧！」

「那個，」海柔說：「實在非常詭異。」

「施肥的榮耀啊。」尼克撥開掛在肩膀上的一些玉米鬚。「現在可以離開這裡了嗎？」

海柔伸手拍拍法蘭克的肩膀。「你真的還好嗎？你做了交易，換回我們的性命。崔普托勒摩斯叫你去做什麼？」

法蘭克努力振作起來，他在心裡咒罵自己實在太軟弱。他可以面對一整群怪物，可是海柔一表現柔情，他卻只想鬆懈下來大哭一場。「那些牛怪……那些毒傷你的石化獸……我非摧毀牠們不可。」

「那樣很勇敢啊，」尼克說：「那群牛一定還有，多少隻？還剩下六、七隻吧？」

「不，」法蘭克清清喉嚨說：「是全部。我殺了這個城市所有的牛怪。」

尼克和海柔不可置信地看著他，呆若木雞。法蘭克好怕他們心生懷疑，或者開始訕笑。

他在那座橋上殺了多少隻怪物？兩百隻？三百隻？

不過法蘭克看著他們的眼神，知道他們並不懷疑。他們是冥界的孩子，也許可以感覺到他所涉越過的死亡與屠殺之境。

海柔親吻他的臉頰，她現在得踮起腳尖才親得到了。她的眼神極度悲傷，似乎深切意識到有一些事改變了法蘭克，那是遠比身材竄高更爲重要的事。

法蘭克自己也明白。他再也不是原來的那個人了，只是不確定那究竟是不是好事。

「嗯，」尼克開口說話，打破眼前的緊張情緒，「有誰知道大麥長成什麼樣子？」

21 安娜貝斯

安娜貝斯判斷這裡的怪物不會殺了她，有毒的大氣也不會，危險地貌的坑洞、峭壁和鋸齒狀的岩石更不會。

都不會。她最有可能的死法，反倒是因爲面對太多不可思議的離奇事件，最後腦袋受不了而炸開。

首先，她和波西必須「喝火」才能活著。其次，他們受到一群吸血鬼攻擊，而帶頭的吸血鬼竟然是兩年前曾經被安娜貝斯殺死的啦啦隊長。最後，一位名叫「鮑伯」的泰坦巨神工友救了他們。這個鮑伯留了一頭愛因斯坦式的蓬亂髮型、有一雙銀色眼睛，而且掃地技術非常高超。

當然可以，爲什麼不行？

他們跟著鮑伯穿越荒原，沿著地獄火河的岸邊走，漸漸接近黑暗風暴的前緣。每隔一陣子，他們會停下來喝火水，這讓他們能夠活著，然而安娜貝斯一點都開心不起來。她覺得自己的喉嚨好像一直用電池的強酸液體漱口似的。

她唯一的慰藉是波西。每隔一陣子，波西就會看看她、對她微笑，或者捏捏她的手。波西內心的恐懼和痛苦絕對不會比她少，看著波西拚命想讓她的心情好一點，安娜貝斯覺得好愛他。

「鮑伯知道他自己在做什麼。」波西向她保證。

「你的朋友眞的很有趣。」安娜貝斯喃喃說著。

「鮑伯很有趣！」泰坦巨神轉過來咧嘴而笑，「沒錯，謝謝你！」

這大個子的耳朵很靈光，安娜貝斯得好好記住這一點。

「所以，鮑伯……」她努力讓自己的聲音聽起來隨意而友善，要用遭到火水燒焦的喉嚨這樣說話並不容易。「你是怎麼來到塔耳塔洛斯的？」

「跳下來啊。」他說，一副顯而易見的樣子。

「你跳進塔耳塔洛斯，」她說：「因爲波西叫你的名字？」

「他需要我。」他那雙銀色眼睛在黑暗中閃閃發光，「沒關係啦，反正我打掃宮殿打掃得很煩。來吧！我們快要到休息站了。」

休息站。

安娜貝斯無法想像這幾個字在塔耳塔洛斯代表什麼意思。她回想起以前的事，路克、泰麗雅和她非常依賴高速公路的休息站，當時他們是無家可歸的半神半人，努力想要活下去。無論鮑伯要帶他們去哪裡，她希望那裡有乾淨的廁所和零食販賣機。她努力壓抑想要咯咯傻笑的衝動。沒錯，那種心願絕對不可能實現。

安娜貝斯繼續蹣跚前進，努力不去理會肚子的咕咕叫聲。她看著鮑伯的背影，看他領頭走向黑暗的高牆，現在只剩幾百公尺遠了。他的藍色工友服在肩胛骨的地方撕裂開來，似乎曾經有人拿刀刺他。他的口袋塞了好幾個清潔袋，腰間也掛了一個噴霧器，看著裡面的藍色液體搖晃翻攪很有催眠效果。

安娜貝斯回想起波西遇見這位泰坦巨神的經過。當時泰麗雅、尼克和波西在勒特河畔，三人合力打敗了鮑伯；在掃除了鮑伯的記憶之後，他們實在不忍心殺他。他變得很和善、貼心、合作，他們就把他留在黑帝斯的宮殿，泊瑟芬答應會好好照顧他。

很顯然的，冥界之王與王后認爲所謂的「照顧」某人，意思是給他一支刷子，叫他收拾所有的殘局。安娜貝斯很不能理解，爲什麼連黑帝斯都這麼冷酷無情。她以前從來沒有對某個泰坦巨神心懷歉疚，然而以這種方式對待一個遭到洗腦、失去記憶的天神，把他變成不支薪的工友，感覺還是很不對勁。

他並不是你的朋友，她這樣提醒自己。

她很怕鮑伯會突然想起自己是誰。塔耳塔洛斯可是怪物重生的地方啊，萬一這裡治好他的記憶該怎麼辦？萬一他再次變回伊阿珀特斯……嗯，安娜貝斯才剛親眼看著他怎麼對付那些恩普莎。現在安娜貝斯手無寸鐵，她和波西完全沒有條件能與泰坦巨神一較高下。

她緊張地看著鮑伯的長柄刷，心裡想著不知要過多久才會看見隱藏在裡面的矛尖突然伸出來，而且對準她。

跟隨鮑伯穿越塔耳塔洛斯，等於是冒著超級瘋狂的大風險，可惜，她實在想不出更好的方案。

他們在一片蒼白的荒原上小心前進，頭頂上的有毒雲團不時閃爍著紅色閃電。在萬物的地牢裡，這只不過是另一個美好的一天。朦朧的空氣中，安娜貝斯沒辦法看得很遠，不過他們走得愈久，她就愈來愈確定，這裡的整個地貌是一道向下彎曲的弧形表面。

她曾聽過對塔耳塔洛斯的各種不同描述，有人說是無底洞，有人說是環繞著銅牆鐵壁的堅固堡壘，還有人說這裡什麼都沒有，只有一片無窮無盡的全然空虛。

有種說法則描述塔耳塔洛斯像是把天空倒轉過來，是個巨大、中空、上下顛倒的岩石圓頂構造。這種描述似乎最精確，只不過如果塔耳塔洛斯眞的是圓頂狀，安娜貝斯猜想它很像天空，沒有眞正的底部，是由很多層構造組成，每一層都比前一層更黑暗、更難生存。

而就算是這種說法，也不能完全描述可怕的眞實樣貌……

他們經過地面上的一個大泡泡旁邊，那是個不斷扭動的透明泡泡，大約一輛小卡車的大小，裡面蜷縮著一隻半成形的古蛇龍身體。鮑伯沒有多想，第一時間便刺破那個泡泡，只見泡泡爆裂開來，高高噴出蒸汽狀的黃色黏液，裡面的古蛇龍瞬間消失得無影無蹤。

鮑伯繼續向前走。

這些怪物像是塔耳塔洛斯皮膚表面的青春痘，安娜貝斯這樣想著，不禁打了個寒顫。有時候她眞希望自己沒有這麼好的想像力，因爲她現在很確定，他們根本是走在一個活體生物的表面。這整個古怪奇異的地貌，無論你稱它爲圓頂、無底洞或其他說法都無所謂，事實上這根本是塔耳塔洛斯神的身體，最古老的惡魔化身。蓋婭棲身於地球表面，塔耳塔洛斯則棲身於地獄的深淵。

假如這個神發現他們走過他的皮膚表面，就像狗身上的跳蚤一樣……夠了，別再想了。

「就是這裡。」鮑伯說。

他們在一道山脊的最高點停下腳步。下方有個很像月球隕石坑的窪地，裡面豎立了一圈毀壞的黑色大理石柱，圍繞著一個暗色的石造祭壇。

「荷米斯[40]的祭壇。」鮑伯解釋。

波西皺起眉頭。「塔耳塔洛斯裡面有荷米斯的祭壇？」

鮑伯開心地笑起來。「是啊，很久以前不知道從哪裡掉下來的，也許是凡人世界，也可能是奧林帕斯山。不管怎樣，怪物會避開這裡。大部分時候啦。」

「你怎麼知道它在這裡？」安娜貝斯問。

鮑伯的笑容漸漸消失，眼神變得很空洞。「不記得了。」

「沒關係啦。」波西趕緊接口說。

安娜貝斯很想踢自己一腳。早在鮑伯變成鮑伯之前，他曾是泰坦巨神伊阿珀特斯。他和所有的泰坦巨神兄弟一樣，都被監禁在塔耳塔洛斯裡面，度過了無限久的時間，所以當然對周遭環境瞭若指掌。如果他能想起這個祭壇，就有可能開始回憶起以前監禁在這裡的其他細節，甚至以前的生活。那可不是好事。

他們攀爬進入隕石坑，走進石柱圈裡面。安娜貝斯癱倒在一根毀壞的大理石柱旁，累到沒辦法再走任何一步。波西站在旁邊保護她，隨時掃視周遭情況。如今，墨黑色的風暴前緣已經距離不到三十公尺遠，讓前方的所有事物都變得一片朦朧。隕石坑的邊緣遮住他們的視線，看不到背後的荒原景象；看來可以好好躲在這裡，不過如果眞的有怪物偶然發現他們，其實連一點反應的餘地也沒有。

「你說有人正在追我們，」安娜貝斯說：「是誰？」

---

❹荷米斯（Hermes），商業、旅行、偷竊及醫藥之神，也是奧林帕斯天神的使者，穿著有翅膀的飛鞋為眾神傳遞物件與信息。

鮑伯拿他的長柄刷清掃祭壇的基部周圍，不時蹲下去研究地面，一副正在尋找什麼東西的樣子。「他們跟在後面，沒錯。他們知道你們在這裡。是巨人和泰坦巨神，戰敗的那些。他們知道。」

戰敗的那些……

安娜貝斯試圖控制內心的恐懼。過去這些年，她和波西與多少泰坦巨神及巨人交手過？每一個都像是一場不可能成功的挑戰，假如他們全都在塔耳塔洛斯這下面，而且全都積極追蹤波西和安娜貝斯的下落……

「那麼，我們為什麼要停下來？」她說：「應該繼續前進才對。」

「很快就會，」鮑伯說：「可是凡人需要休息。這裡是好地方。最好的地方，有助於……喔，走很長、很長的路。我會守護你們。」

安娜貝斯看了波西一眼，給他一個無聲的訊息：呃，不行。與一個泰坦巨神混在一起就已經夠糟了，居然還要在這個泰坦巨神守護你的時候睡一覺……她不必是雅典娜的女兒就知道，這絕對是百分之百的不智之舉。

「你睡一下，」波西對她說：「我先和鮑伯一起輪班監視。」

鮑伯咕噥一聲表示同意。「是的，很好。你醒來的時候，食物應該也到這裡了！」

一聽到有人提起食物，安娜貝斯的肚子翻攪得好激烈。在塔耳塔洛斯的中心地帶，她實在看不出鮑伯要怎麼召喚食物。也許他不只是工友，同時也負責張羅三餐。

她不想睡覺，但是身體不聽使喚。第一個不聽話的是眼皮。「波西，輪到第二班的時候記得叫醒我，你不要逞強當英雄喔。」

波西一副嘻皮笑臉的樣子，那是她最愛的表情。「誰？我嗎？」

波西親吻她，他的嘴唇很乾枯，卻也發熱而溫暖。「睡吧。」

安娜貝斯覺得自己好像回到混血營的希普諾斯[41]小屋，讓睡意完全淹沒。她在堅硬的地面上蜷縮身子，閉上眼睛。

[41] 希普諾斯（Hypnos），希臘神話中的睡眠之神，個性溫和，擁有神也無法抵擋的催眠能力。相傳他的宮殿前種植了許多罌粟花以及有催眠作用的植物

22 安娜貝斯

後來，安娜貝斯下定決心，以後絕對不要在塔耳塔洛斯睡覺。

半神半人的夢境總是非常糟糕的惡夢，就算在混血營自己的床上安全無虞，她依舊作過非常可怕的惡夢。而在塔耳塔洛斯，惡夢的逼眞程度更是一千倍有餘。

剛開始，她又變回小女孩，努力爬上混血之丘。路克・凱司特倫牽著她的手，拉著她往上爬。他們的羊男嚮導格羅佛・安德伍德在山頂跳來跳去，緊張大喊：「快點！快點！」

泰麗雅・葛瑞斯站在他們後面，手裡拿著駭人的神盾「埃癸斯」，牽制著一大群地獄犬。

站在山頂上，安娜貝斯可以看到下方山谷裡的營區，一棟棟小屋透露出溫暖的燈火，表示他們即將受到庇護。她跌跌撞撞地向前走，不小心扭傷腳踝，路克趕緊一把將她撈起，抱著她往前走。他們回頭看時，發現那些怪物距離他們只剩幾公尺了，總共有幾十隻地獄犬圍繞在泰麗雅周圍。

「快走！」泰麗雅高喊：「我會拖住他們！」

她揮舞手上的長矛，射出一道分岔的閃電，從怪物的隊形間猛掃而過；但是即使有幾隻地獄犬倒下，後面又有更多隻遞補上前。

「我們得趕快跑！」格羅佛大叫。

他在前面帶路跑進混血營。路克跟在後面，無視於安娜貝斯一邊哭叫、一邊捶打他的胸膛，尖聲喊著他們不能把泰麗雅一個人留下來。但一切太遲了。

夢境突然改變。

安娜貝斯的年紀稍微大一點，正奮力爬上混血之丘山頂。泰麗雅最後站立的地方，現在屹立著一棵高大的松樹。頭頂上有狂驟的暴風雨。

雷聲撼動整個山谷。一道閃電劈中松樹，力道直抵根部，劈出一條不斷冒煙的裂縫。黑暗的樹下站著一個人，是蕾娜，新羅馬的執法官。她的斗篷是血紅色的，彷彿剛從血管取出的鮮血一般紅，金色盔甲也閃閃發亮。她抬起頭，睥睨一切，神情莊嚴且冷淡，然後直接對安娜貝斯的內心說話。

「你做得好極了，」蕾娜說，聽起來卻是雅典娜的聲音，「我接下來的旅程必須乘著羅馬人的翅膀。」

執法官的深色眼眸變得像暴風雨雲一樣灰。

「我必須站在這裡，」蕾娜對她說：「羅馬人必須帶我來。」

山丘開始劇烈搖晃，地面宛如波濤般上下起伏，青草突然變成一層層的絲綢，那是一位巨大女神的衣裝。蓋婭要從混血營崛起了，她的沉睡臉龐如同山丘一樣巨大。

一大群地獄犬湧上山丘，巨人族、六隻手臂的地生族和狂野的獨眼巨人也從海邊衝上來，不但拆毀餐廳涼亭，還放火燒掉主屋和一棟棟小屋。

「快點，」雅典娜的聲音說：「一定要把訊息傳送出去。」

安娜貝斯腳下的地面轟然裂開，她摔進全然的黑暗中。

她連忙睜開眼睛，失聲大叫，緊緊抓住波西的手臂。她依舊身處塔耳塔洛斯，在荷米斯的祭壇旁。

「沒事啦，」波西向她保證，「作惡夢嗎？」

她的身體因爲害怕而微微顫抖。「是不是……是不是輪到我值班了？」

「不用，不用，我們很好。我讓你多睡一點。」

「波西！」

「嘿，眞的沒事。其實我根本興奮到睡不著，你看。」

泰坦巨神鮑伯盤腿坐在祭壇旁，津津有味地大嚼一塊披薩。

安娜貝斯揉揉眼睛，很疑惑自己是不是還在作夢。「那是……義大利臘腸口味？」

「燒掉的祭品，」波西說：「凡人世界燒給荷米斯的祭品，我猜是這樣。它們會像一團煙一樣突然冒出來喔。我們已經吃了半條熱狗、一些葡萄、一整盤烤牛肉，還有一包M&Ms花生巧克力！」

「M&Ms要給鮑伯！」鮑伯樂不可支地說：「嗯，可以嗎？」

安娜貝斯沒有反駁。波西將那盤烤牛肉拿給她，她狼吞虎嚥地一下子就吃光，覺得從來沒有吃過這麼美味的食物。牛肉還熱騰騰的，香甜的口味與混血營的烤肉口味幾乎一模一樣。

「我知道，」波西說，看出她臉上表情代表的意思，「我也覺得這是從混血營來的。」

這個想法讓安娜貝斯一陣暈眩，她好想家啊。每到用餐時刻，混血營的學員都會燃燒一部分食物，敬獻給他們的天神父母。據說天神很喜歡食物燒成的煙霧，但安娜貝斯從沒想過那些食物燒掉之後會跑去哪裡，也許祭品會重新出現在奧林帕斯山的天神祭壇上……或甚至出現在這裡，塔耳塔洛斯的正中央。

「M&Ms花生巧克力啊，」安娜貝斯說：「吃晚餐的時候，柯納・史托爾總是會燒一整包給他爸爸。」

她想到以前坐在混血營的餐廳涼亭裡，欣賞夕陽掛在長島海灣上。那裡是她和波西第一次眞正接吻的地方。她的眼睛不禁微微刺痛。

波西伸出一隻手放在她的肩膀上。「嘿，這樣很好啊，來自家鄉的眞正食物，對吧？」

她點點頭。他們默默吃完東西。

鮑伯大口嚼完最後一點巧克力。「現在該走囉，他們再過幾分鐘就會到這裡。」

「幾分鐘？」安娜貝斯連忙伸手拿自己的匕首，然後才想起匕首早就不見了。

「是啊……嗯，我想是幾分鐘……」鮑伯抓抓他的銀色頭髮。「時間在塔耳塔洛斯很難判斷。不太一樣。」

波西爬到隕石坑的邊緣，偷偷看著他們之前走過的路。「我沒有看到任何東西，不過那可能沒有太大意義。鮑伯，我們說的是哪些巨人？還有哪些泰坦巨神？」

鮑伯咕噥一聲。「不確定名字。有六個，也許七個。我可以感覺到他們。」

「六個或七個？」安娜貝斯不太確定剛才那些烤肉會不會乖乖待在肚子裡不吐出來。「那他們感覺得到你嗎？」

「不知道，」鮑伯露出微笑，「鮑伯不一樣！但他們聞得到混血人的氣味，沒錯。你們兩個的氣味非常強烈，好強烈啊，就像……嗯，塗了奶油的麵包！」

「塗了奶油的麵包，」安娜貝斯說：「嗯，聽起來還眞棒。」

波西又爬回祭壇。「有可能在塔耳塔洛斯裡面殺死巨人嗎？我的意思是，既然沒有天神能幫我們？」

他看著安娜貝斯，一副她一定會有答案的樣子。

「波西，我不知道。在塔耳塔洛斯裡面千里跋涉，在這裡和怪物對戰……這種事以前連聽都沒聽過。或許鮑伯可以幫我們殺死巨人？或許泰坦巨神也可以算是天神？我不知道啦。」

「是喔，」波西說：「好吧。」

她看得出波西眼裡的憂慮神色。這幾年來，波西都靠她得到問題的解答，現在又是最需要她的時候，她卻幫不上忙。她很氣自己一無所知，但是從混血營學得的事物，到了塔耳塔洛斯完全派不上用場。她只能確定一件事：他們必須繼續往前移動，絕對不能讓那六、七個身懷敵意的神逮個正著。

她站起來，剛才作的惡夢讓她還是有點昏頭。鮑伯開始清理環境，把吃剩的垃圾堆成一小堆，再用他的噴霧水瓶把祭壇擦乾淨。

「現在要往哪裡走？」安娜貝斯問。

波西指著那道黑暗的暴風雲牆。「鮑伯說往那邊走，顯然死亡之門……」

「你對他說了？」安娜貝斯本來沒有打算用這麼嚴厲的語氣說話，但波西嚇到了。

「你睡著的時候，」他坦承說：「安娜貝斯，鮑伯幫得上忙，我們需要嚮導。」

「鮑伯幫得上忙！」鮑伯也表示贊同，「進入黑暗大地。死亡之門……唔，直直走去那裡應該不好，有太多怪物聚集在那裡，就連鮑伯都掃不掉那麼多怪物。牠們大概只花兩秒鐘就會殺了波西和安娜貝斯。」泰坦巨神皺起眉頭。「我覺得是幾秒鐘啦，時間在塔耳塔洛斯很難估算。」

「很好，」安娜貝斯咕噥著說：「所以還有另一種方法囉？」

「隱藏起來，」鮑伯說：「『死亡迷霧』可以讓你們隱藏起來。」

「喔……」安娜貝斯突然覺得在泰坦巨神影子底下很渺小，「嗯，什麼是死亡迷霧？」

「那很危險，」鮑伯說：「不過，如果那位女士肯給你們死亡迷霧，就可以把你們隱藏起來，如果我們能避開『黑夜』的話。那位女士非常靠近『黑夜』，那很不好。」

「那位女士。」波西重複唸一次。

「是的。」鮑伯指著他們前方那團墨色的黑暗。「我們該走了。」

波西看了安娜貝斯一眼，顯然很希望得到指點，然而她也毫無頭緒。她正想著剛才的惡夢：閃電把泰麗雅的樹劈開，蓋婭在山坡上崛起，並讓她手下的怪物蜂擁進入混血營。

「好吧，那麼，」波西說：「我想我們會見到一位女士，她與某種死亡迷霧有關。」

「等一下。」安娜貝斯說。

她的腦袋嗡嗡叫，思緒一片混亂。她想到夢中關於路克和泰麗雅的部分，回想起路克曾對她說到他父親荷米斯的事；荷米斯是旅者之神、亡靈的嚮導，也是通訊之神。

她盯著黑色的祭壇。

「安娜貝斯？」波西的聲音聽起來很擔心。

她走向那堆垃圾，撿起一張還算乾淨的紙巾。

她想起剛才看到的蕾娜，站在泰麗雅松樹殘骸下方繼續冒煙的裂隙裡，用雅典娜的聲音說話：

我必須站在這裡。羅馬人必須帶我來。

快點，一定要把訊息傳送出去。

「鮑伯，」她說：「在凡人世界燒掉的祭品會出現在這個祭壇，對吧？」

鮑伯皺起眉頭，顯得很不自在，就像碰到隨堂小考卻什麼都沒準備。「是吧？」

「那麼，如果我在祭壇這裡燒掉某個東西呢？」

「唔……」

「沒關係，」安娜貝斯說：「你不知道。不會有人知道，因為從來沒有人做過這種事。」或許有機會，她心想，只是極渺小的機會，祭品在這個祭壇燒掉後，可能出現在混血營也說不定。

讓人很懷疑，但是萬一真的行得通……

「安娜貝斯？」波西又叫她一次。「你在盤算某件事吧，你臉上就是那種『我正在盤算某件事』的表情。」

「我才沒有什麼『我正在盤算某件事』的表情。」

「有啦，完全就是。你的眉頭揪成一團，嘴唇抿得很緊，而且……」

「你有沒有帶筆？」她問波西。

「你在開玩笑，對吧？」他拿出筆形的波濤劍。

「沒錯，不過真的可以拿它來寫字嗎？」

「我……我不知道，」他坦承說：「從來沒試過。」

他打開筆蓋，而一如往常，它立刻彈開變成一把實物大小的劍。安娜貝斯看他這樣做過一百遍了。通常他要用劍時，只消打開筆蓋就行了，需要時也總會出現在他的口袋裡。再拿筆蓋碰觸劍尖，它就會變回一枝原子筆。

「如果你拿筆蓋碰觸劍的另一端呢？」安娜貝斯說：「就像平常眞的要拿筆寫字時，都會把筆蓋套在筆尖的另一端？」

「呃……」波西看起來滿臉疑惑，但還是拿筆蓋碰觸劍柄。波濤劍立刻縮回去變成一枝原子筆，不過現在能夠寫字的筆尖是露出來的。

「可以借我嗎？」安娜貝斯從波西手中搶過那枝筆。她在祭壇上把紙巾攤平，開始寫字。波濤劍的墨水閃耀著神界青銅的色澤。

「你到底在做什麼啊？」波西問。

「傳送一個訊息，」安娜貝斯說：「只希望瑞秋能收到。」

「瑞秋？」波西問：「你是說我們認識的瑞秋？神諭的那個瑞秋？」

「就是那一個。」安娜貝斯拚命忍住不笑出來。

她每次只要提起瑞秋的名字，波西就會很緊張。以前有一段時間，瑞秋很想和波西約會，那是古早以前的事了，現在安娜貝斯和瑞秋變成好朋友。不過安娜貝斯並不介意讓波西小小緊張一下，總得讓男朋友繃緊神經嘛。

安娜貝斯寫完字條，把紙巾折起來。在紙巾的外側，她又寫上：

柯納：

請把這個交給瑞秋。不是惡作劇，別蠢了。

愛你的安娜貝斯

她深呼吸一口氣。她要請求瑞秋．戴爾做一件既荒謬又危險的事，但這是她所能想到可以和羅馬人取得聯繫的唯一方法，也是能夠避免血流成河的唯一方法。

「現在我只要把它燒掉就行了，」她說：「誰有火柴？」

鮑伯的長柄刷把柄彈出矛尖，它在祭壇上摩擦出火花，冒出銀色火焰。

「嗯，謝謝。」安娜貝斯以火焰點燃紙巾，把它放在祭壇上，看著它逐漸燒成灰燼，心裡想著自己是不是瘋了。那縷輕煙眞能帶著它離開塔耳塔洛斯嗎？

「我們現在該走了。」鮑伯勸他們。「眞的，眞的該走了，趕在還沒被人殺死之前。」

安娜貝斯呆呆望著橫亙在前方的黑暗巨牆。那裡面某處有位女士，她會施展死亡迷霧，或許可以讓他們躲過怪物的追擊；這是一位泰坦巨神提議的計畫，而他是他們最可怕的敵人之一。又一件超詭異的事，快要把她的腦袋炸開了。

「也對，」她說：「我準備好了。」

23 安娜貝斯

安娜貝斯居然又撞見第二個泰坦巨神。

進入風暴前緣後，他們的步伐異常沉重，似乎走了好幾個小時之久，而且只能仰賴波西的神界青銅劍刃照亮前路；還要仰賴鮑伯，他會在黑暗中散發出微微亮光，活像是某種「瘋狂工友小天使」。

安娜貝斯只能看見前方一點五公尺之內的東西。感覺眞奇怪啊，這片「黑暗大地」竟令她聯想到舊金山，也就是她爸爸居住的地方；那些日子的夏日午後，一層層濃霧彷彿冰冷又潮溼的包裝材料滾滾而來，吞沒了整個太平洋高地。差別只在於這裡是塔耳塔洛斯，濃霧是以墨水暈染而成。

路上不時冒出一顆顆岩石，腳下也出現大小坑洞，安娜貝斯還差點掉下去。昏暗中迴盪著駭人的吼叫聲，但是安娜貝斯聽不出那些聲音來自何方，她能確定的只有整個地形繼續緩緩向下降。

「向下」似乎是塔耳塔洛斯唯一允許的方向。光只是往回走一步，安娜貝斯就覺得既疲累又費力，彷彿地心引力不斷加強以便打消她的念頭。安娜貝斯突然冒出一個令人不寒而慄的想法，假設整個深淵就是塔耳塔洛斯的身體，說不定他們正直直朝向塔耳塔洛斯的喉嚨深處往下走。

這想法占滿她的腦袋，害她一時沒注意到眼前的岩石突出物，等到發現已經太遲了。

波西大喊一聲：「哇！」他連忙抓住安娜貝斯的手臂，可是她已經掉下去了。

幸虧這只是個淺淺的窪地，裡面幾乎塞滿一個孵育怪物的水泡。安娜貝斯輕輕落在一個溫暖有彈性的表面上，正覺得幸運時，她睜開雙眼，才發現自己可以看穿一片閃閃發亮的金色薄膜，與薄膜對面另一張非常大的臉孔面對面。

她嚇得尖叫，亂撥亂揮，從水泡旁邊滾下來，心臟簡直像跳了一百下的開合跳一樣。

波西扶著她站起來。「你還好嗎？」

她有點不敢開口回答，很怕一張開嘴又會忍不住尖叫，那可就完全沒有形象了。她是雅典娜的女兒，不是看了恐怖片會嚇得吱吱叫的無腦女生。

可是奧林帕斯山的天神啊……在她面前的薄膜泡泡裡，蜷縮著一個完全成型的泰坦巨神，他佩戴金色盔甲，全身皮膚散發著一便士硬幣的閃閃金光。他緊閉雙眼，眉頭卻皺得很深，似乎隨時要喊出令人聞之喪膽的戰吼。即使隔著一層泡泡薄膜，安娜貝斯感覺得到他的身體散發出陣陣熱氣。

「海波利昂[42]，」波西說：「我討厭這傢伙。」

安娜貝斯的肩膀有個舊傷突然痛了起來。在曼哈頓戰役期間，波西曾在人工湖大戰這個泰坦巨神，等於是水與火的對決。那也是波西第一次召喚出龍捲風，這樣的事可不是安娜貝斯隨隨便便忘得了的。「我記得格羅佛把這傢伙變成一棵楓樹。」

「沒錯，」波西同意，「或許那棵楓樹枯死了，他就回到這裡安頓下來？」

安娜貝斯還記得海波利昂如何召喚出猛烈的火攻，而在波西和格羅佛阻止他之前，他又曾經殺死多少個羊男和精靈。

她準備提議，搶在海波利昂醒來之前弄破他的泡泡。他看起來隨時會破膜而出，開始把擋在他前進路線上的任何東西都燒成焦炭。

然後她看了鮑伯一眼。這位銀色的泰坦巨神正皺著眉，聚精會神地研究海波利昂；也許他認出來了。他們兩個的臉孔看起來實在太相似了……

她本來想咒罵一句又吞了回去。他們看起來當然很像，海波利昂是他哥哥啊！海波利昂是掌管東方的泰坦巨神，而伊阿珀特斯，也就是鮑伯，則是掌管西方的泰坦巨神。如果拿走鮑伯手上的長柄刷和身上的工友制服，讓他穿上盔甲、剪短頭髮，再把他全身的色彩配置從銀色改成金色，伊阿珀特斯看起來就會和海波利昂幾乎一模一樣。

「鮑伯，」她說：「我們該走了。」

「金色的，不是銀色，」鮑伯喃喃說著：「不過他看起來很像我耶。」

「鮑伯，」波西說：「嘿，兄弟，看這邊。」

泰坦巨神很不情願地轉過身。

「我是你朋友吧？」波西問。

「是啊，」鮑伯的聲音聽起來很不確定，這下危險了，「我們是朋友。」

「你知道，有些怪物很好心，」波西說：「有些則很壞。」

「嗯，」鮑伯說：「就像……服侍泊瑟芬的那些漂亮女鬼很好心，會爆炸的殭屍則很壞。」

㊷ 海波利昂（Hyperion），泰坦十二巨神之一，掌管光明的神。

「沒錯，」波西說：「而且有些凡人很好心，有些也很壞。嗯，同樣的狀況也適用於泰坦巨神。」

「泰坦巨神……」鮑伯朝他們慢慢靠近，身上發出亮光。安娜貝斯相當確定，她的男朋友剛剛犯下一個大錯。

「你就是這樣喔，」波西語氣平靜地說：「泰坦巨神鮑伯，你很好心。事實上，你眞是棒透了。但有些泰坦巨神就不是這樣，像這裡的這個傢伙，海波利昂，是個徹頭徹尾的壞蛋。他曾經想要殺我……曾經想要殺死很多人。」

鮑伯眨眨他的銀色眼睛。「可是他看起來……他那張臉很……」

「他看起來很像你，」波西表示同意，「他是個泰坦巨神，和你一樣。不過他不像你那麼好心。」

「鮑伯很好心，」他的手指頭緊緊握住長柄刷的握柄。「沒錯，永遠至少有一個是好心的，怪物、泰坦巨神、巨人都是這樣。」

「唔……」波西做了個鬼臉。「這個嘛，巨人我就不敢說了。」

「喔，對耶。」鮑伯認眞地點點頭。

安娜貝斯覺得他們已經在這個地方停留太久，追趕他們的人會愈來愈近。

「我們該走了，」她催促著說：「我們要拿他怎麼……？」

「鮑伯，」波西說：「由你來決定。海波利昂和你同類。我們大可把他單獨留在這裡，可是萬一他醒過來……」

鮑伯的長柄刷矛尖橫掃而過。如果那是對準安娜貝斯和波西，他們早就被砍成兩半了。

幸虧鮑伯猛力劃破的是那怪物的泡泡，只見泡泡爆炸開來，噴出熱騰騰的金色泥巴噴泉。

安娜貝斯伸手把噴到眼睛裡的泰坦巨神泥狀物抹掉。海波利昂原本蜷縮的地方，現在空無一物，只剩下一個不斷冒煙的淺坑。

「海波利昂是壞心的泰坦巨神，」鮑伯高聲說著，咧嘴而笑，「現在他不能傷害我的朋友了。他要在塔耳塔洛斯的其他地方重組起來，希望那會花很久很久時間。」

這個泰坦巨神的眼睛似乎一如往常地閃閃發亮，一副感動到快要哭出來似的。

「鮑伯，謝謝你。」波西說。

波西怎麼能保持得這麼冷靜？他對鮑伯說話的樣子，令安娜貝斯震驚不已……而且或許多了一點憂慮。如果波西把選擇權交給鮑伯的舉動是認真的，她非常不喜歡他那麼信任泰坦巨神。然而假如他其實是在操縱鮑伯、讓他做出那樣的選擇……嗯，那麼，安娜貝斯實在太震驚了，沒想到波西的心機這麼深。

波西迎上她的目光，但她看不出波西臉上表情代表的意義。這也讓她很困惑。

「我們最好繼續往前走。」他說。

她和波西跟著鮑伯走，在他的工友制服上，從海波利昂的泡泡噴炸出來的金色泥巴汙漬依舊閃閃發亮。

24 安娜貝斯

過了一陣子之後，安娜貝斯覺得自己的腳好像泰坦巨神泥巴。她踽踽前行，跟在鮑伯身後，一邊聽著他那罐清潔水瓶的液體發出單調的咕嚕聲。

保持警戒。她告訴自己，不過實在很困難。她的腦袋根本像雙腳一樣麻木。波西不時會牽起她的手，或者對她講幾句鼓勵的話，但是她看得出來，眼前的黑暗地貌也對他產生同樣的影響。他的眼神完全失去光彩，彷彿魂魄已慢慢耗盡了元氣。

「他掉進塔耳塔洛斯是爲了要陪伴你，」有個聲音在她腦中說著：「如果他死了，那全都是你的錯。」

「停下來。」她大聲說。

波西皺起眉頭。「什麼？」

「不是啦，跟你無關。」她想要擠出一個安慰的微笑，卻幾乎快擠不出來。「是對我自己說。這個地方……讓我的腦袋亂成一團，害我一直有很黑暗的想法。」

在波西那對海綠色眼眸的周圍，憂慮的皺紋變得更深了。「嘿，鮑伯，我們到底是要去哪裡啊？」

「那位女士，」鮑伯說：「死亡迷霧。」

安娜貝斯努力壓抑內心的不悅。「可是，那究竟是什麼意思？那位女士是誰？」

「要說她的名字嗎？」鮑伯回頭看了他們一眼。「不是個好主意喔。」

安娜貝斯嘆了一口氣。泰坦巨神說得沒錯，名字本身就有力量，而在塔耳塔洛斯這裡說出名字，恐怕會有很大的危險。

「至少可以告訴我們還有多遠吧？」她問。

「我不知道，」鮑伯坦承說：「只能感覺得到。我們要等那片黑暗變得更黑暗，然後從旁邊繞過去。」

「從旁邊繞過去，」安娜貝斯喃喃地說：「還眞隨興啊。」

她好想要求休息一下，卻又不想停下來，至少不想停在這種酷寒、黑暗的地方。感覺上黑霧不斷滲入她的體內，簡直要把骨頭變成溼答答的保麗龍。

她好想知道那個訊息有沒有傳送到瑞秋．戴爾的手上。假如瑞秋眞能將她的提議送去給蕾娜，並且過程中沒有遭遇不測……

「這期待還眞是荒謬透頂，」她腦中的聲音說：「你只不過是讓瑞秋身陷險境罷了。就算她眞能找到羅馬人，蕾娜又爲什麼一定要相信她？畢竟之前發生過那麼多的事。」

安娜貝斯有股衝動，想對那個聲音吼回去，不過還是努力忍住了。就算她要發瘋了，也不想讓自己看起來像是正在發瘋的樣子。

她急需要某種東西來提振一下精神，像是喝一口眞正的水、晒一會兒太陽、一張溫暖的床鋪、來自她媽媽的一句體貼話語。

鮑伯突然停下腳步，舉起手示意他們等一下。

「怎麼了？」波西低聲說。

「噓，」鮑伯警告說：「前面。有東西在動。」

安娜貝斯豎直了耳朵。從濃霧中的某個地方傳來低沉的咚咚敲擊聲，很像某種大型營建設備的引擎空轉聲。她可以透過鞋子感覺到一次次震動。

「我們要繞過去，」鮑伯輕聲說：「你們兩個，左右兩邊各走一邊。」

這是第一百萬次，安娜貝斯希望她的匕首沒有弄丟。她撿起一塊鋸齒狀的黑曜岩，躡手躡腳地往左邊走。波西走右邊，手上也握好劍。

鮑伯走中間，他的矛尖在濃霧中閃閃發亮。

轟鳴聲變得愈來愈響亮，不斷撼動著安娜貝斯腳下的礫石。聲音似乎是從他們的正前方傳來的。

「準備好了嗎？」鮑伯輕聲說。

安娜貝斯蹲低身子，準備跳出去。「數到三？」

「一，」波西低聲說：「二……」

濃霧中突然出現一個身影。鮑伯舉起他的長矛。

「等一下！」安娜貝斯尖聲喊叫。

鮑伯及時止住動作，他的長矛尖端在一隻小花貓的頭頂上方幾公分處晃動。

「噢嗚？」小貓說，顯然對他們的攻擊計畫無動於衷。牠把頭湊到鮑伯的腳邊，大聲地喵喵叫。

看起來不可能，不過那低沉的隆隆聲還眞的來自這隻小貓，牠喵喵叫的時候，地面便開始震動，把小石頭震得微微跳動。小貓有一雙像燈泡一樣發亮的黃色眼睛，牠定睛看著一塊特定的石頭，石頭剛好位在安娜貝斯兩隻腳的中間，接著突然撲過來。

小貓不可能是惡魔或噁心可怕的冥界怪物吧，然而安娜貝斯還是忍不住這樣想。她抓起小貓，愛憐地摸摸牠。這小東西的毛皮下瘦骨嶙峋，但不知爲何，牠看起來似乎相當健康。

「怎麼會……？」她連問題都快問不清楚，「一隻小貓在這裡做什麼……？」

小貓開始不耐煩，想從她的手臂間掙脫。牠「咚」的一聲跳到地上，爬向鮑伯，然後開始嗚嗚叫，一邊磨蹭鮑伯的鞋子。

波西笑了。「鮑伯，有人喜歡你喔。」

「牠一定是好心的怪物，」鮑伯緊張地抬起頭，「對吧？」

安娜貝斯覺得喉嚨裡好像梗著一團東西。看著巨大的泰坦巨神和這隻小小貓在一起，她突然覺得，與塔耳塔洛斯的無邊無際比起來，自己顯得異常渺小、無足輕重。這個地方對任何東西毫無敬重之心，無論好或壞、小或大、聰明或愚蠢都沒有差別。面對泰坦巨神、半神半人和小小貓，塔耳塔洛斯一視同仁，二話不說就吞噬殆盡。

鮑伯蹲下來，捧起小貓。小貓坐在鮑伯的手掌裡剛剛好，不過牠還是決定要四處探險。牠爬到泰坦巨神的手臂上，把鮑伯的肩膀當做新家，接著閉上雙眼，又開始像重型挖土機械般低沉地嗚嗚叫。就在這時，牠全身的毛皮發出閃光，在那一閃而逝的光芒中，小貓變成一副陰森森的骷髏，活像從X光機後面走過似的。接著，牠又變回再正常不過的小貓。

安娜貝斯驚愕地眨眨眼睛。「你們有沒有看到……？」

「有。」波西皺緊眉頭。「噢，老兄……我知道那隻小貓，牠是在史密森尼博物院變出來的其中一隻。」

安娜貝斯努力想弄清楚來龍去脈。她從來沒有和波西一起去過史密森尼博物院啊……然後才回想起好幾年前，泰坦巨神阿特拉斯[43]曾經抓住她，於是波西和泰麗雅帶頭去救她。在搜救的過程中，他們曾在史密森尼博物院看到阿特拉斯用龍牙培養出一些骷髏武士。

她聽波西說過，那個泰坦巨神一開始弄錯了，錯把劍齒虎的牙齒種到土裡，結果養出一群骷髏小貓。

「牠是那些貓的其中一隻嗎？」安娜貝斯問：「牠怎麼會到這裡來？」

波西無可奈何地攤開雙手。「阿特拉斯叫隨從把小貓帶走，也許他們毀掉那些小貓，結果小貓在塔耳塔洛斯重新生出來？我不知道啦。」

「牠好可愛。」鮑伯說，小貓正在嗅聞他的耳朵。

「可是牠安全嗎？」安娜貝斯問。

泰坦巨神搔搔小貓的下巴。帶著一隻用史前牙齒養出來的小貓走來走去，安娜貝斯不曉得這是不是好主意，但那顯然不很重要。泰坦巨神和小貓已經產生感情了。

「我要叫牠『小鮑伯』，」鮑伯說：「牠是好怪物。」

討論結束。泰坦巨神舉起他的長矛，於是一行人繼續走入黑暗深處。

安娜貝斯走到頭昏眼花，努力不要想起披薩。爲了不讓自己分心，她看著小貓「小鮑伯」在鮑伯的肩膀上走來走去。牠不時會喵喵叫，偶爾還變成耀眼的小貓骷髏，然後又變回滿布斑點的小毛球。

「這裡。」鮑伯宣布。

他停得那麼突然，害安娜貝斯差點一頭撞上他。

鮑伯朝他們左手邊看去，一副陷入沉思的樣子。

「這就是那個地方嗎？」安娜貝斯問：「就是我們要繞過去的地方？」

「是的，」鮑伯表示同意，「比較暗了，然後繞過去。」

安娜貝斯看不出是不是眞的變得比較暗，不過空氣似乎變得更寒冷、更濃重了，彷彿走進一個與先前不同的微氣候中。同樣的，這裡又讓她聯想到舊金山，有時候只是從一個社區走到另一個，氣溫突然間就陡降十度。泰坦巨神曾把他們的神殿建在塔瑪爾巴斯山上，她很想知道，那是不是因爲舊金山灣區讓他們聯想到塔耳塔洛斯。

這種想法令人好沮喪啊。大概只有泰坦巨神會想到把那麼漂亮的地方作爲有潛力的地獄前哨，並將這裡當做是他們的地獄家園。

鮑伯開始往左邊走，他們也趕緊跟上。周遭空氣絕對變冷了，安娜貝斯緊挨在波西身邊取暖，波西也伸出手臂摟著她。靠近他的感覺眞好，但安娜貝斯還是沒辦法放鬆。

他們進入了某種森林，高聳的黑色大樹向上伸入黑暗中，形成完美的球形且幾乎沒有分枝，像是巨大的毛囊。地面則是平整而蒼白。

運氣眞好啊，安娜貝斯心想，我們正穿越塔耳塔洛斯的胳肢窩。

突然間，她的感官開始高度警戒，很像有人用橡皮筋勒緊她的脖子。她伸出手，放在最

㊸ 阿特拉斯（Atlas），希臘神話中的擎天神，是泰坦巨神之一。泰坦巨神被奧林帕斯天神打敗後，他被宙斯懲罰必須永遠扛著天空。

靠近的一棵樹幹上。

「那是什麼？」波西舉起手上的劍。

鮑伯轉過來並回頭看，滿臉困惑。「我們要停下來嗎？」

安娜貝斯舉起手，示意大家安靜。她不確定是什麼原因讓她提高警戒，一切看起來沒有變化。接著，她發現樹幹正在微微震動，一開始她懷疑可能是小貓在嗚嗚叫，不過小鮑伯已經在大鮑伯的肩膀上睡著了。

而在幾公尺外，另一棵樹也在微微抖動。

「有東西從上方朝我們而來，」安娜貝斯低聲說：「靠近一點。」

鮑伯和波西都聚集在她身旁，彼此背靠背站著。

安娜貝斯睜大雙眼，努力想看穿他們上方的黑暗，可是沒看到任何會移動的東西。她快要覺得是自己太過偏執了，就在這時，第一隻怪物降落在地面上，距離他們只有一公尺半。

安娜貝斯的第一個念頭是：復仇女神。

那怪物看起來幾乎與復仇女神完全一樣，一個皺巴巴的醜老太婆，長著蝙蝠狀的翅膀、黃銅色的爪子和熒熒發亮的紅眼睛。她身穿破破爛爛的黑色絲綢衣服，臉孔扭曲而貪婪，就像是一心只想殺戮的惡魔阿嬤。

然後，另一隻又降落在鮑伯的前方，他不禁咕噥了一聲；接著又一隻出現在波西前方。過沒多久，總共有六隻圍繞在他們周圍，還有更多隻在樹上嘶嘶出聲。

那麼，她們不可能是復仇女神，復仇女神只有三個，而眼前這些長了翅膀的醜老太婆沒有帶鞭子。這樣並沒有讓安娜貝斯覺得比較安慰，因爲這群怪物的利爪看起來十分危險。

「你們是什麼？」她質問說。

「艾爾瑞娥，」一個聲音嘶嘶說著：「詛咒女神！」

安娜貝斯努力想找出說話者的位置，但是沒有一個惡魔嘴巴在動，而且她們的眼睛看似瞎掉，表情也十足冷酷，很像沒有生命的木偶。剛才的說話聲就這樣飄浮在頭頂上方，彷彿是電影的配音員說的話，也像是單一心智控制著所有的怪物。

「你們……你們有什麼目的？」安娜貝斯問，努力想維持很有自信的聲調。

那聲音笑起來，充滿惡意。「詛咒你們啊，這還用說嗎？以『黑夜之母』之名，要摧毀你們一千次！」

「只有一千次嗎？」波西咕噥了一句。「噢，這下可好……我想我們有麻煩了。」

那群惡魔女士開始縮小圈子。

25 海柔

每一種東西聞起來都有毒。離開威尼斯之後已經過了兩天，海柔依舊無法把牛怪噴出來的有毒氣味趕出鼻孔。

暈船也是免不了的。阿爾戈二號在亞得里亞海中航行，眼前是一片廣大且閃閃發光的美麗藍海，可是海柔實在沒辦法欣賞，眞感謝船身一直搖晃個不停啊。站在甲板上，她努力定睛看著遠方的地平線，那裡有連綿的白色峭壁，似乎一直位於他們東方大約一、兩公里處。那裡是哪一國，克羅埃西亞嗎？她不確定。她只希望能再次站在堅實穩固的地面上。

而最令她感到噁心想吐的，是那隻鼬鼠。

昨天晚上，黑卡蒂的寵物蓋兒突然出現在她的艙房裡。海柔從惡夢中醒來，心裡想著，那是什麼氣味啊？就在這時，她發現一團毛茸茸的齧齒類動物趴在她的胸口，以一對小珠子般的黑眼睛直視著她。

你還能怎麼辦呢？只能清醒過來尖叫、踢掉身上的棉被、在艙房裡跳來跳去，那都是因爲有一隻鼬鼠在你的腳邊鑽來鑽去，不但吱吱怪叫還亂放屁。

她的朋友們全都衝進房間，看看她究竟發生什麼事。這隻鼬鼠實在太難解釋了。海柔看得出來，里歐努力憋住想要開玩笑的衝動。

到了早上，等到興奮之情漸漸消褪，海柔決定去找黑傑教練，因爲他可以和動物交談。

她發現教練的艙房門半開著，也聽到教練在房內講話，似乎正在和某個人通電話，只不過，他們船上根本沒有電話。也許他正在傳送魔法世界的伊麗絲[44]訊息？海柔曾聽說希臘人經常利用那種通訊管道。

「當然沒問題，小親親，」黑傑說著：「是啊，寶貝，我知道。不會啦，那是好消息，可是……」他的聲音居然因爲激動而破音。海柔突然意識到自己正在偷聽別人說話，覺得很不好意思。

她本來想離開，但蓋兒在她腳旁吱吱亂叫，於是伸手敲敲教練的房門。

黑傑探出頭來，一如往常沉著臉，但眼睛紅紅的。

「什麼事？」他咆哮說。

「呃……抱歉，」海柔說：「你還好嗎？」

教練哼了一聲，然後把房門打開。「到底有什麼問題？」

房間裡沒有其他人。

「我……」海柔努力回想自己爲什麼來這裡。「我想知道，你能不能和我的鼬鼠講話？」

教練瞇起眼睛，然後壓低聲音說話。「我們是在說暗語嗎？難道船上有人入侵？」

「嗯，算是吧。」

蓋兒從海柔的雙腳後面向前探頭，開始吱吱喳喳說話。

教練一副防衛心很重的樣子。他吱吱喳喳回答鼬鼠，雙方聽起來有一番非常激烈的爭執。

[44] 伊麗絲（Iris），彩虹女神，也是使者神，她沿著彩虹降臨人間，幫眾神向人類傳遞消息。

「她說什麼？」海柔問。

「很多無禮的事。」羊男抱怨著，「重點是這樣：牠來這裡是要看事情進展得如何。」

「什麼事進展得如何？」

黑傑教練重重踩踏他的羊蹄。「我怎麼會知道？牠是臭鼬耶！牠們從來不會給你直接的答案。好啦，如果你能諒解的話，我還有，呃，事情……」

他當著海柔的面關上房門。

吃完早餐後，海柔站在船舷的欄杆旁，努力安撫肚子不要翻攪。而在她身旁，蓋兒沿著欄杆爬上爬下、不時放屁，幸好亞得里亞海的強風吹走了臭氣。

海柔很想知道黑傑教練究竟怎麼了。他一定是用伊麗絲傳訊和某個人通話，不過如果他得到了好消息，爲什麼看起來這麼心力交瘁呢？她從來沒看過他那麼激動。可惜，她懷疑教練即使有需要也不會尋求別人的協助，他完全不是那種溫暖且開朗的人。

她繼續直視遠處的白色峭壁，暗忖著黑卡蒂爲什麼要派臭鼬蓋兒來這裡。

「她來這裡，是要看事情進展得如何。」黑傑教練剛剛這麼說。

一定有什麼事要發生了。海柔會受到測試。

她實在不懂，她又沒有受過訓練，要怎麼學會魔法？黑卡蒂期待她能打敗某位力量超級強大的女巫，也就是身穿金色衣服的那位女士，里歐曾經這樣描述他的夢境。可是要怎麼打敗她呢？

海柔花了所有的閒暇時間，努力想理出頭緒。她盯著自己的騎兵劍，想要讓它看起來像是一根拐杖；她也嘗試召喚一朵雲，使它遮住滿月。她專注到眼睛都快脫窗了，耳朵也嗶啵作響，然而什麼事都沒發生。她依舊無法操控迷霧。

過去幾個晚上，她的夢境比以前更糟糕了。她發現自己回到日光蘭之境㊺，在眾多鬼魂之間漫無目的地遊蕩。接著，她又出現在阿拉斯加的蓋婭洞穴內，她和媽媽曾經因爲那裡的洞穴頂部坍塌而死，徒留大地女神的怒吼聲反覆迴盪。她也回到紐奧良，在她媽媽那棟公寓大樓的樓梯上，與她的父親普魯托面對面。他的冰冷手指抓住海柔的手臂，他身上黑色毛料西裝的布料裡，揉織著許多遭到監禁的魂魄。他以憤怒的深色雙眼注視著她說：「死人看到的是他們相信自己會看到的。活人也一樣，這是祕訣。」

在眞實生活中，他從來沒有對她說過這些話。海柔不曉得那些話是什麼意思。

最糟糕的惡夢似乎像是預見未來會發生的事。海柔沿著一條黑暗的地道蹣跚前行，有個女人的笑聲在四周反覆迴盪。

「普魯托的孩子，好好控制這個吧，如果你能控制的話。」那女人嬉笑著說。

而且毫無例外的，海柔總是夢到她在黑卡蒂的十字路口看見的景象：里歐穿越天空向下掉落；波西和安娜貝斯不省人事地躺在黑色金屬門前，很可能死掉了；還有一個模糊的形影逼近他們上方，那是渾身籠罩在黑暗中的克呂提奧斯。

在她身旁，鼬鼠蓋兒在欄杆上不耐煩地吱吱叫。海柔突然湧起一股衝動，很想把這隻蠢鼠推進海裡。

㊺ 日光蘭之境（Asphodel Fields）位於冥界，是希臘神話中平凡人的亡魂歸屬之處。

「我連自己的夢境都控制不了，」她好想尖聲大叫：「又怎麼可能控制迷霧呢？」她好痛苦，以致沒有注意到法蘭克走過來站在她身邊。

「有沒有覺得好多了？」他問。

法蘭克拉起她的手，光是手指頭就能完全包住她的手。她不敢相信法蘭克變得如此高大。他曾經變成那麼多種動物，這也只是再一次的變身，爲什麼她會如此吃驚呢？……不過他突然變得好壯，再也沒有人可以喊他小胖子或對他親暱地摟摟抱抱了。他看起來很像美式足球員，結實而強壯，身體也有了新的重心。他的肩膀變得寬闊，走起路來更有自信。

法蘭克在威尼斯那座橋上的所做所爲……海柔至今依然充滿敬畏。沒有人親眼見證那場戰鬥，但也沒有人懷疑過。法蘭克的整個人都變了，連里歐也不再開他玩笑。

「我……我還好，」海柔勉強說：「你呢？」

他露出微笑，笑得眼角都瞇起來。「我啊，嗯，長高了。除此之外，是啊，我很好。我的內心，你也知道，沒有眞的改變……」

他的聲音透露著以前常有的猶疑和笨拙，那是她的法蘭克的聲音，總是擔心自己會笨手笨腳、把事情搞得一團糟的法蘭克。

海柔覺得鬆了一口氣。她好喜歡那一部分的他。剛開始，法蘭克的新外貌令她很震驚，擔心他連個性都一起改變了。

現在她開始放心一點了。儘管法蘭克力大如牛，骨子裡卻還是原本那個貼心的男孩，還是很脆弱、容易受傷。他依舊信任海柔，把他最大的弱點託付給她，也就是那根魔法火棒，她隨身攜帶，放在外套口袋裡，貼近她的胸口。

「我知道，而且我很高興，」她捏捏法蘭克的手，「只是……我擔心的事情其實不是你。」法蘭克嘀咕了一聲。「尼克又怎麼了？」

她剛才一直想著自己的事，不是尼克，不過她順著法蘭克的目光看去，發現尼克在前桅杆的最頂端，坐在橫杆上。

尼克總是說他喜歡負責瞭望，因爲他的視力很好。海柔知道那並不是眞正的原因。在船上，桅杆頂端是尼克可以獨處的極少數地方之一。其他人叫他去使用波西的艙房，因爲波西……嗯，不在這裡。尼克很堅持地拒絕了，他大部分時間都待在高處的船索上，在那裡，他不需要與船上其他成員說話。

既然尼克曾經在威尼斯變成一株玉米，他只會變得更加孤僻、陰鬱。

「不知道，」海柔坦白說：「他經歷過太多事了。在塔耳塔洛斯被抓住、囚禁在青銅花瓶裡，還眼睜睜看著波西和安娜貝斯掉下去……」

「而且答應帶我們去伊庇魯斯。」法蘭克點點頭。「我有種感覺，尼克沒辦法和其他人好好相處。」

法蘭克站起來。他身穿米黃色T恤，上面有一個馬的圖案，並寫著「席耶納賽馬節」字樣。那是幾天前買的，但現在看起來已經太小件了，隨著他伸懶腰，肚子也跟著露出來。

海柔突然意識到自己一直盯著看。她連忙轉移視線，整張臉都紅了。

「尼克是我唯一的親人，」她說：「他不是一個容易親近的人，不過……很謝謝你對他那麼親切。」

法蘭克笑了。「嘿，你在溫哥華都能忍受我祖母了，說說看什麼叫『不容易親近』！」

「我很喜歡你祖母啊！」

臭鼬蓋兒跳到他們身上，放了一個屁，然後跑開。

「噁，」法蘭克拚命揮手讓臭氣散去，「那東西到底爲什麼在這裡啊？」

海柔居然很慶幸自己不在陸地上。像她現在這麼激動，如果人在陸地上，她的腳邊很可能會冒出各式各樣的黃金和寶石。

「黑卡蒂派蓋兒來觀察。」她說。

「觀察什麼？」

海柔努力用法蘭克陪在身旁來安慰自己，畢竟他才剛變得結實又強壯。

「我不知道，」最後她終於開口說：「某種測試吧。」

突然間，船身猛力搖晃，向前傾斜。

26 海柔

海柔和法蘭克摔成一團。海柔的胸口還不小心頂到她劍柄的圓球，像是在施行哈姆立克急救法那樣痛得蜷縮在甲板上。她一邊呻吟、一邊咳嗽，滿嘴都是石化獸毒氣的味道。雖然痛得意識模糊，她還是聽見船首的青銅龍形雕像非斯都發出吱吱嘎嘎的警告聲，並射出火焰。

昏昏沉沉中，海柔心想他們會不會是撞到冰山，然而在亞得里亞海、在這種盛夏時節，可能嗎？

船身又劇烈晃向左側，造成一團大混亂，像是電線桿突然從中折斷。

「哎唷！」里歐從她背後某處大喊：「牠在吃船槳啦！」

什麼？海柔滿心狐疑。她想要站起來，可是有某種巨大且沉重的東西壓住她的腿。後來她發現那是法蘭克，他一邊發著牢騷，一邊努力從一大團鬆垮的繩索中抽身而出。

每個人都努力掙扎著爬起來。傑生跳過他們上方，高舉著劍，一路衝到船尾。派波則已經站在後甲板區，用她的富饒角射出食物，同時高聲喊著：「嘿！喂！吃這個啦，你這隻蠢烏龜！」

烏龜？

法蘭克扶著海柔站起來。「你還好嗎？」

「還好。」海柔搪塞一句，一邊按著肚子。「快去啊！」

法蘭克衝上樓梯並甩動他的背包，只見背包立刻變形成彎弓和箭筒。他跑到舵輪的時候，不僅已射出一支箭，連第二支箭也已經安置在弦上。

里歐瘋狂地操縱船隻的控制台。「船槳都收不回來了！把牠趕走！把牠趕走！」

而在上方的船索處，尼克整張臉都嚇呆了。

「冥河啊……牠超大的！」他大喊：「左舷！到左舷去！」

黑傑教練是最後一個登上甲板的人，他以熱切參與作為彌補。他三步併兩步跑上樓梯，手上揮舞著球棒，毫不遲疑地用山羊的飛奔速度衝到船尾，然後翻越欄杆跳出去，嘴裡同時興奮地大喊：「啊哈！」

海柔跌跌撞撞地走到後甲板區，加入朋友們的行列。船身不時振動，又有更多的船槳遭到咬斷，只聽到里歐大喊：「不，不，不！你這個外殼黏答答的該死龜孫子！」

海柔抵達船尾，簡直不敢相信自己眼睛所見。

她剛才聽到「烏龜」這個字眼時，心裡想的是可愛的小東西，約莫珠寶盒的大小，趴坐在池塘正中央的突出石頭上。接著聽到「超大」時，她在心裡略作調整……好吧，也許是像加拉巴哥象龜的大小，她曾經在動物園看過一隻，那種象龜的龜殼大到可以騎在上面。

海柔沒料到竟然有動物大到像一座小島。她看著坑坑巴巴的巨大圓蓋，上面有黑色夾雜咖啡色的正方形花紋，「烏龜」這個字眼在她的腦袋裡實在轉不過來。牠的龜殼其實更像一塊大陸，有骨頭所形成的山脊、閃爍著珍珠光芒的山谷、海草和苔蘚構成的森林，還有海水沿著龜殼凹槽涓滴流下所形成的河流。

那怪物的另一部分又從船身的右舷冒出來，簡直像潛水艇一樣。羅馬的守護神啊……那會是牠的頭嗎？

牠的金色眼睛幾乎有公園淺水池那麼大，兩邊的眼睛各有一條黑色狹縫則是瞳孔。牠的皮膚閃著亮光，很像是打溼的迷彩布，棕色皮膚點綴著綠色和黃色斑點；至於那張沒有牙齒的血盆大口，根本可以一口吞下雅典娜．帕德嫩雕像。

海柔呆呆看著牠一口咬斷六隻船槳。

「拜託別咬了！」里歐大聲哀嚎。

黑傑教練在龜殼上爬來爬去，徒勞無功地拿著球棒亂敲亂打，還大喊著：「看招！還有這招！」

傑生也從船尾飛跳出去，落在烏龜的頭上。他用他的金色長劍往烏龜的兩隻眼睛之間直直刺下，可是劍刃沒能刺入而滑開，彷彿烏龜的皮膚是黏答答的鋼鐵。法蘭克也對準怪物的眼睛射箭，但同樣沒有成功，因為烏龜有薄膜般的內眼皮，眨眼的時機精準得可怕，擋掉了他射出的每一箭。派波則用豐饒角把食物射入水中，並喊著：「來吃啊，你這隻蠢烏龜！」不過烏龜似乎只對大嚼阿爾戈二號有興趣。

「牠怎麼會靠到這麼近？」海柔問。

里歐氣呼呼地攤手。「一定是那龜殼的關係，我猜即使用聲納也偵測不到。這鬼鬼祟祟的烏龜眞是超畸形的！」

「我們的船可以飛起來嗎？」派波問。

「在船槳斷掉一半的情況下嗎？」里歐猛搥幾個按鈕，又拚命轉動阿基米德球。「我得試試其他方法。」

「那邊！」尼克從上方大喊：「你可以把我們弄到那邊的海峽嗎？」

海柔看著他指的地方。大約在東方七、八百公尺處，有一個長條狀的島嶼剛好和海岸邊的懸崖平行。從這麼遠的地方看去很難確定，但是島嶼和海岸之間的水域看起來只有二十到三十公尺寬，可能剛好足夠阿爾戈二號滑進去，但絕對不夠寬到能讓巨大海龜的龜殼通過。

「對耶，對耶。」里歐顯然看懂了。他回頭看著阿基米德球。「傑生，趕快離開那個鬼東西的頭！我有個好主意！」

傑生還在猛砍烏龜的臉，一聽到里歐說有個好主意，他立刻做出唯一的聰明選擇：以最快速度跳開。

「教練，快點！」傑生說。

「不，我有辦法！」黑傑說，不過傑生抓住他的腰，兩人一同起跳。糟糕的是，教練掙扎得太厲害，把傑生的劍撞得從手裡飛脫出去，撲通一聲掉入海裡。

「教練！」傑生氣得抱怨。

「怎樣啦？」黑傑說：「我都讓牠開始變弱了！」

烏龜用頭猛撞船身，差點害全體組員從左舷摔到船外去。海柔聽見一陣劈啪聲響，感覺船的龍骨已經裂開了。

「再給我一分鐘就好。」里歐說，雙手在控制台上飛也似地動來動去。

「再過一分鐘，我們可能都不在這裡了！」法蘭克射出他的最後一支箭。

派波對那隻烏龜大叫：「走開啦！」

有那麼一下子，這句話眞的起了作用。烏龜轉頭離開船身，頭一鑽就沒入水中。但過沒多久，牠又繞回來，比剛才撞得更猛烈。

傑生和黑傑教練順利落在甲板上。

「你還好嗎？」派波問。

「好極了，」傑生咕噥著說：「沒了武器，不過很好。」

「船內開火！」里歐大叫，同時轉動他的 Wii 遙控器。

海柔以爲船尾爆炸了。好幾道火焰從他們後方噴射出去，直衝烏龜的頭頂；船身則向前射出，再一次讓海柔摔到甲板上。

她努力撐著自己站起來，發現船身以不可思議的速度破浪前進，尾巴則像火箭一樣拖著火焰。他們已經把烏龜甩到後面一百多公尺遠，牠的頭被燒得焦黑冒煙。

那怪物挫折地大吼一聲，開始追趕他們。牠以槳狀的前肢划水前進，力道之大，顯然兩三下就會追上他們。海峽的入口還在前方距離四百公尺遠。

「分散注意力，」里歐咕噥著說：「除非能分散牠的注意力，否則一定到不了。」

「分散注意力。」海柔重複唸了一次。

她專心想了一會兒，然後想到了：阿里昂！

其實她不知道能不能成功，不過她馬上認出地平線上出現的某個東西……是一道閃光和蒸汽，越過亞得里亞海面疾馳而來。只不過一次心跳的瞬間，阿里昂就站在後甲板上了。

奧林帕斯山的天神啊，海柔心想，我愛這匹馬。

阿里昂噴吐鼻息，彷彿是說：「你當然愛我啦，你又不是笨蛋。」

海柔爬到牠的背上。「派波，我用得上你的魅語。」

「很久很久以前，我好喜歡烏龜，」派波喃喃說著，並舉起一隻手表示了解，「但是再也不喜歡了！」

海柔驅策阿里昂向前飛奔。牠從船身側邊跳出去，落到水面上開始全速奔馳。

這隻烏龜是游泳高手，但仍然跟不上阿里昂的速度。海柔和派波在怪物的頭部周圍左右穿梭，海柔揮動手上的劍，派波則亂喊一些指令像是：「潛下去！左轉！看你後面！」劍根本傷不了那隻烏龜，每一個指令也只能擾亂一會兒，不過她們已經成功讓烏龜非常火大。烏龜撲向阿里昂時，阿里昂以嘲弄的態度嘶嘶叫，只讓烏龜咬了一嘴的馬尾蒸汽。

過沒多久，怪物就完全忘了阿爾戈二號。海柔繼續揮劍猛刺牠的頭，派波也不停喊出一些指令，並用她的豐饒角對準烏龜，不時用椰子和烤雞射向烏龜的眼球。

等到阿爾戈二號順利進入海峽，阿里昂就停止擾亂行動。她們加快速度跟在船後，沒一會兒就回到甲板上。

火箭的火焰已經熄滅了，但船尾的青銅排氣口依舊噴出陣陣白煙。阿爾戈二號靠著風帆動力緩慢前進，不過他們的計畫奏效了。他們的船安全停泊在狹窄水域裡，右舷旁有一長條岩石島嶼，左舷旁則是陸地岸邊的陡峭白色懸崖。烏龜停在海峽入口處惡狠狠地瞪著他們，可是沒有企圖跟過來。牠的龜殼顯然太寬大了。

海柔下了馬，法蘭克給她一個大大的擁抱。「你在那邊做得好！」他說。

她滿臉通紅。「謝謝。」

派波也從她旁邊滑下來。「里歐，我們什麼時候裝了噴射推進器啊？」

「喔，你也知道……」里歐努力表現得謙虛和不以爲意，「只是我在閒暇時間隨便弄的小玩意啦。眞希望我能幫你們多燒牠幾秒鐘，不過至少讓大家脫離那裡了。」

「而且把烏龜的頭烤焦了。」傑生稱讚地說。「那現在怎麼辦？」

「殺了牠！」教練說：「這還用問嗎？現在距離夠遠，我們也有旋轉投石器。半神半人們，裝塡上膛，準備開火！」

傑生皺起眉頭。「教練，首先呢，你害我弄丟了我的劍。」

「嘿！我可沒說要撤退！」

「其次，我不認爲旋轉投石器能夠派上用場，那個龜殼就像奈米亞獅子㊻的皮膚一樣硬，牠的頭也沒有比較軟。」

「所以我們要好好搔牠的喉嚨啊，」教練說：「就像你們幾個傢伙在大西洋對付那個什麼蝦子怪物那樣，從裡面把牠炸翻！」

法蘭克抓抓頭。「可能行得通，但那樣就會有五百萬公斤重的烏龜屍體堵在海峽入口。假如我們沒辦法讓船槳斷掉的船飛上天，又要怎麼把整艘船弄出去呢？」

「就在這裡等一下，把船槳修好啊！」教練說：「或者乾脆開著船從另一端出去，你眞是『春天加兩條蟲』。」

法蘭克一臉困惑。「什麼是春天加兩條蟲？」

㊻ 奈米亞獅子（Nemean Lion）是希臘神話中巨大無比的獅子怪物，毛皮刀槍不入，爪子如刀刃般尖利。海克力士所執行十二項危險任務中的第一項，就是要獵殺奈米亞獅子。

「各位！」尼克從桅杆向下喊：「要開著船從另一端出去嗎？我覺得那也行不通喔。」

他指著船頭前方。

約在他們前方四百公尺處，長條的岩石島嶼向內彎曲，最後與懸崖結合在一起。海峽的尾端形成尖尖的V字形。

「我們根本不是在海峽裡，」傑生說：「這下子走進死路了。」

海柔感覺到手指和腳趾傳來一陣寒意。在右舷的欄杆上，鼬鼠蓋兒以後腿坐著直起身子，滿懷期待地看著海柔。

「這是個陷阱。」海柔說。

其他人都看著她。

「喂，沒關係啦，」里歐說：「更糟的事情都發生過了，我們趕快修理好就是了。可能要花一整夜，不過我可以讓這艘船重新飛起來。」

在海灣的入口處，烏龜大吼一聲。牠似乎沒興趣離開的樣子。

「嗯……」派波聳聳肩。「至少那烏龜抓不到我們。在這裡很安全。」

那實在不是半神半人應該說的話。那句話才剛離開派波的嘴巴，就有一支箭深深射入主桅杆，距離派波的臉只有十五公分。

成員們紛紛散開尋求掩蔽，只有派波沒動。她呆立在原地，瞠目結舌地看著差點把她的鼻子削成兩半的那支箭。

「派波，趴下！」傑生厲聲喝道。

不過再也沒有其他的投射物飛下來。

法蘭克對桅杆上那支箭的射入角度研究了一番，然後指著懸崖頂端。

「在那上面，」他說：「只有一個射手。看見他沒？」

陽光直射海柔的眼睛，不過她仍分辨出一個小小的人影站在突出岩石的頂端。他身上的青銅盔甲閃閃發亮。

「那鬼傢伙是誰啊？」里歐追問：「他爲什麼要對我們開火？」

「各位？」派波的聲音既微弱又單調，「這裡有張紙條。」

海柔剛才沒看到，但確實有個羊皮紙捲綁在箭桿上。不知道爲什麼，她一看到這個就滿腔怒火。她連忙衝過去把紙捲解開。

「呃，海柔，」里歐說：「你確定那樣安全嗎？」

她大聲讀出紙條的內容。「第一行：站住，遞過來。」

「那是什麼意思？」黑傑教練抱怨著說：「我們都站著啊。嗯，算是蹲著啦。而且，如果那傢伙想要我們遞披薩過去，想都別想！」

「下面還有。」海柔說：「這是搶劫。派你們其中兩個人帶所有的值錢東西到懸崖上面來。不能超過兩個人。魔法馬留在原地。不能用飛的。不能耍花招。只能爬上來。」

「爬上什麼？」派波問。

尼克指過去。「那裡。」

一道狹窄的階梯雕刻在懸崖壁上，通往頂部。烏龜、死路一條的海峽、峭壁……海柔有種感覺，寫字的人肯定不是第一次埋伏攻擊路過這裡的船隻。

她清清喉嚨，繼續大聲唸出內容：「我確實是說你們所有的值錢東西，否則我和我的烏龜會摧毀你們。給你們五分鐘時間。」

「用旋轉投石器啦！」教練大叫。

「附註，」海柔唸出：「想都別想用你們的旋轉投石器。」

「見鬼了！」教練說：「這傢伙很厲害。」

「紙條上面有署名嗎？」尼克問。

海柔搖搖頭。她想起在朱比特營聽過一個故事，有個強盜與一隻巨龜並肩作戰。不過如同以往，一旦她需要更詳細的資訊，那些資訊就會躲在記憶深處，怎麼樣都碰觸不到，眞是煩死了。

鼬鼠蓋兒看著她，等著看她會怎麼做。

測試還沒有開始，海柔心想。

轉移那隻烏龜的注意力還不夠。海柔還不能證明自己如何操控迷霧……最主要的原因是，她根本不會操控迷霧。

里歐研究了一下峭壁頂部，嘴裡唸唸有詞。「這種彈道不是很好處理。就算在那傢伙像插針墊一樣用箭射我們之前，我來得及發射旋轉投石器，也不見得可以打中目標。距離有好幾百公尺遠，而且幾乎是向上直射。」

「是啊，」法蘭克咕噥著說：「我的弓箭也派不上用場。他占了很大的優勢，因爲是像那樣的制高點。我射不到他。」

「而且，嗯……」派波輕推那支插入桅杆的箭，「我有種感覺，他是個神射手。我覺得他不是有意要射中我，但如果他想射中……」

她並不需要詳細說明。無論那強盜是誰，他絕對可以從幾百公尺外的地方正中目標；他們還來不及反應，那強盜就可以射倒所有人。

「我去。」海柔說。

她不願意這樣想，但很確定這絕對是黑卡蒂設下的圈套，作爲某種拐彎抹角的大挑戰。這一定是要測試海柔的能力，輪到她來拯救阿爾戈二號了。彷彿這件事需要批准似的，只見蓋兒沿著欄杆跑過來，跳到她的肩膀上，一副準備搭便車的樣子。

所有人都盯著她看。

法蘭克抓緊自己的弓。「海柔……」

「不，聽好了，」她說：「這個強盜想要値錢的東西。我可以到那上面去，召喚出黃金、珠寶，他想要什麼都可以。」

里歐挑了挑一邊眉毛。「如果他要的東西全都給他，你覺得他眞的會放我們走嗎？」

「我們沒有太多選擇，」尼克說：「身處在那傢伙和烏龜之間……」

傑生舉起手，其他人不再說話。

「我也去，」他說：「信上說兩個人，我會帶海柔到那上面，在後面保護她。而且我不放心那些階梯，萬一海柔摔下去……嗯，我可以利用風勢，讓我們兩個不至於狠狠摔下去。」

阿里昂嘶嘶叫表示抗議，意思似乎是說：「你不帶我去？你在開玩笑，對吧？」

「阿里昂，我是不得已的。」海柔說：「傑生……好吧，我想你說得對，這是最好的方案。」

「只是很希望我的劍沒弄丟，」傑生瞪了教練一眼。「它掉在那邊的海底，我們又沒有波西可以把它撿回來。」

「波西」這名字像是一朵雲飄過他們頭頂，讓甲板上眾人的心情變得更加陰鬱。

海柔伸展一下雙臂。她沒有想太多，只是把注意力放在水域上，試著呼喚帝國黃金。

這想法太蠢了，那把劍的距離實在太遠，很可能在水底下好幾百公尺深處。但很快有個力道拉動她的手指，就像被咬到魚餌的釣魚線那樣，只見傑生的金劍飛出水面，落入她手裡。

「這裡。」她說著，把劍遞給他。

傑生瞪大了雙眼。「怎麼可能……那大概有七、八百公尺遠啊！」

「我一直在練習啊。」海柔說著，雖然那不是實話。

她希望自己不必為了召喚傑生的劍而偶爾詛咒它，就像她詛咒那些珠寶和貴重金屬。雖然不知道為什麼，她心想，武器不太一樣。畢竟，她曾經從阿拉斯加的冰河灣喚起一大批帝國黃金裝備，運送到第五分隊去。那似乎運作得沒問題。

她決定不要再對這些事煩心了。她覺得好氣黑卡蒂，也對於老是受到天神的操弄感到很疲倦，因此再也不想讓任何微不足道的問題煩心了。「好，如果沒有其他反對意見，我們就去見這位強盜吧。」

27 海柔

海柔很喜歡壯麗的戶外景色，可是要爬上六十公尺高的懸崖，唯一的樓梯又沒有欄杆，還有一隻壞脾氣的鼬鼠在她肩膀上跳來跳去？這可就不太喜歡了。特別是她本來可以騎著阿里昂，只消幾秒鐘就能到達峭壁頂上。

傑生走在她後面，萬一她跌倒才能抓住她。海柔很感激，但那並沒有讓陡峭的落差變得比較不嚇人。

她向右邊偷看一眼，這眞是個錯誤的舉動。她的腳底一滑，讓一大把小石頭滑出樓梯邊緣。蓋兒嚇得吱吱叫。

「你還好嗎？」傑生問。

「是，」海柔的心臟像電鑽一樣猛撞肋骨。「還好。」

她站的地方沒有空間可以轉過去看傑生，只能相信傑生絕對不會讓她筆直掉下去摔死。既然他會飛，自然是唯一合理的護衛人選，然而她還是希望法蘭克能在她背後，或者尼克，或派波，或者里歐也好，或甚至……嗯，好吧，也許黑傑教練不太好。不過，海柔實在是不太了解傑生．葛瑞斯。

自從她到達朱比特營之後，聽了很多有關他的事。學員們總是以敬畏的語氣談起這位朱比特之子，說他從第五分隊的較低位階一路爬到執法官的位置，帶領他們贏得塔瑪爾巴斯山戰役的勝利，接著突然失去了蹤影。就連現在，即使一同歷經過去幾星期的所有事件，傑生依舊比較像個傳奇故事，而非一個活生生的人。她費了好一番工夫才和傑生變得比較熟悉，他不僅有雙冷冰冰的藍眼睛，個性更是謹慎寡言，彷彿說出口的每個字都經過審慎評估。此外，海柔也忘不了，當他們發現她弟弟尼克遭監禁在羅馬時，傑生打算要殺死他。

傑生當時認爲尼克是個餌，要引誘他們進入陷阱。他其實是對的。如今尼克很安全，海柔可以了解傑生的小心翼翼很不錯，然而，她還是不太知道怎麼看待這傢伙。萬一他們在這個懸崖頂上陷入麻煩，而傑生認定救海柔並不符合這趟任務的最佳利益呢？

她抬頭往上看。從這裡看不見強盜，不過她能感覺到那人正在等待。她有自信可以製造出夠多的寶石和黃金，多到連最貪婪的強盜都會很滿意。她很好奇現在她所召喚的金銀財寶是否還帶著厄運？她到現在還不確定那個詛咒是否因爲她第一次死掉而解除了？因此，這次似乎是找出答案的好機會。只要有人與巨型烏龜結夥搶劫無辜的混血人，理應收到一、兩個討厭的詛咒。

鼬鼠蓋兒跳下海柔的肩膀，跑到前面去。蓋兒回頭看了一眼，急切地吠叫幾聲。

「我已經用最快的速度了。」海柔低聲嘀咕。

那隻鼬鼠肯定急著想看她出錯，海柔甩不掉這種感覺。

「那個，嗯，控制迷霧，」傑生說：「你有那種好運了嗎？」

「沒有。」海柔坦白說。

她不喜歡去想自己做不到的事，像是沒辦法把海鷗變成一隻龍，或者黑傑教練的球棒堅決不肯變成一條熱狗。她實在沒辦法讓自己相信那些事都可能成眞。

「你一定辦得到。」傑生說。

他的語氣令海柔非常驚訝。那不是因爲好心而隨便說說的評論，他的語氣聽起來是眞心相信。海柔繼續往上爬，同時在心裡想像著，傑生用他那雙銳利的藍眼睛打量她，下巴顯現出充滿自信的線條。

「你怎麼這麼肯定？」她問。

「就是覺得你可以。我對人的能力有一種很好的直覺，主要是指混血人。如果黑卡蒂不相信你有那種能力，她不會隨便挑上你。」

這番話應該可以讓海柔的心情好一點，但是沒有。她對人們也有一種很好的直覺。她能了解大多數朋友做事的動機，連她弟弟尼克也不例外，即使他並不是容易了解的人。

可是傑生呢？她實在毫無頭緒。每個人都說他是天生的領袖人物，她也相信。就像他在這裡，讓她覺得自己是團隊中很有價值的成員，也告知她有能力做到任何事。然而，傑生自己又有能力做什麼呢？

她無法對任何人談起這個疑惑。法蘭克衷心敬畏這傢伙；派波，當然啦，對他佩服得五體投地；里歐是他最要好的朋友；就連尼克似乎都聽從他的領導，沒有任何質疑。

可是在對抗巨人的戰爭中，海柔忘不了傑生曾是希拉的第一步棋。奧林帕斯山的天后把傑生丟進混血營，於是啓動了阻止蓋婭的這一連串事件。傑生爲什麼是第一步棋？海柔隱隱覺得他是其中的關鍵人物。傑生也會是最後一步棋。

「暴風雨或是火焰，世界必會毀壞。」預言是這麼說的。如果說海柔很怕火，其實她更怕暴風雨肆虐。而傑生．葛瑞斯可以引發相當劇烈的暴風雨。

她抬頭看，發現峭壁邊緣距離頭頂上方只剩幾公尺了。

她登上頂部，氣喘吁吁且汗流浹背。一道長長的斜坡狀山谷延伸進內陸，處處點綴著瘦乾乾的橄欖樹和石灰岩塊。眼前沒有任何文明產物的跡象。

因爲爬了那麼長的階梯，海柔的雙腿抖個不停。蓋兒似乎急著四處探索，那隻鼬鼠吠叫幾聲、橫衝直撞，爬進最靠近的樹叢裡面去了。在遠處下方的海峽內，阿爾戈二號看起來好像一艘玩具船。海柔實在無法理解，從這麼高的地方，還要考慮風的因素，以及水面上刺眼的太陽反光，怎麼可能有人射得那麼準？而在海灣的入口處，烏龜殼的巨大形影閃閃發光，就像一枚擦得亮晶晶的硬幣。

傑生也和她一起到達頂部，看起來並沒有因爲攀爬階梯而變得狼狽。

他正準備開口說：「在哪裡……」

「這裡！」一個聲音說。

海柔嚇得縮了一下。區區三公尺外，一個男人已經站在那裡，肩上掛著彎弓和箭筒，雙手各拿一把很像手槍的老式燧發槍。他穿著高筒皮靴、皮褲及海盜樣式的上衣，一頭鬈曲的黑髮活像小孩子的亂蓬蓬髮型，亮晶晶的綠眼睛看起來非常和善，不過大半張臉都蒙著一條紅色的印花大手帕。

「歡迎！」強盜大喊一聲，以雙手的兩把槍指著他們。「留下錢財，否則納命來！」

海柔相當確定，一秒鐘前他並沒有站在那裡。他就是突然成形，彷彿從一張隱形簾幕後面走出來。

「你是誰？」海柔問。

海盜笑了。「斯喀戎，這還用說嗎！」

「喀戎？還是奇戎？」傑生說：「像那個人馬嗎？」

強盜翻了翻白眼。「我的朋友，我是『斯—喀—戎』，波塞頓之子！超凡入聖的盜賊！多才多藝的超厲害傢伙！不過那不重要。我沒有看到任何值錢東西啊！」他像是發現超讚新聞那樣大叫著。「我猜想，這表示你們想死囉？」

「等一下，」海柔說：「我們當然有值錢東西，可是如果把東西全部交給你，怎麼能確定你一定會讓我們走？」

「噢，每個人都這樣問，」斯喀戎說：「我答應你們，以冥河發誓，只要你們交出我要的東西，我絕對不會射殺你們。我會把你們送回到峭壁下面。」

海柔憂心忡忡地看了傑生一眼。無論有沒有對冥河發誓，斯喀戎講述承諾的口氣完全無法消除她心中的疑慮。

「萬一我們和你吵起來了呢？」傑生問。「你不能攻擊我們，也不能拿我們的船艦當做人質……」

砰！砰！

事情發生得好快，海柔的腦袋過了一會兒才轉過來。

一縷煙從傑生的頭部側邊裊裊上升。緊貼著他的左耳上方，有一道溝槽切過頭髮，看起來很像賽車上的直線條紋。斯喀戎手上的一把燧發槍還指著傑生的臉，另一把燧發槍則指向下方，指著的方向越過峭壁邊緣，看來第二槍已經對準阿爾戈二號射出了。

遲來的震驚讓海柔嚇得喘不過氣。「你剛才做了什麼？」

「喔，別擔心啦！」斯喀戎笑著說：「如果你們可以看到那麼遠的地方，應該是不行吧，總之你會看到甲板上有個洞，剛好位在那高個子的兩隻鞋子之間，就是拿弓的那個人。」

「法蘭克！」

斯喀戎聳聳肩。「你說了算。那只是示範而已，我還怕結果可能會更嚴重呢。」

他轉動手上的兩把燧發槍，槍的擊錘回歸原位，而海柔有種感覺，那兩把槍可能有魔法，可以自動充填子彈。

斯喀戎對傑生挑挑眉毛。「好啦！來回答你的問題。是的，我可以攻擊你們，同時拿你們的船艦當做人質。這是神界青銅軍火喔，對半神半人還滿致命的。你們兩個會先死……砰，砰。然後我可以慢慢來，一一取走那艘船上你們朋友的性命。有活生生的靶子吱吱尖叫跑來跑去，這種打靶練習實在好玩多了！」

傑生摸摸子彈犁過他頭髮所產生的新溝紋。在那一刻，他的表情看起來不是很有自信。海柔的腳踝幾乎站不穩。法蘭克是她所認識最厲害的弓箭手，但眼前這個強盜斯喀戎的厲害程度根本不是人。

「你是波塞頓的兒子？」她勉強說：「我還以為是阿波羅，從你射擊的樣子。」

他眼睛周圍的笑紋變得更深了。「哇，謝謝你！其實都是練習來的啦。那隻巨無霸烏龜啊，從牠就可以看出我的出身啦，如果不是波塞頓的兒子，就不可能跑來跑去馴服那隻巨無霸烏龜了！當然啦，我只要引發海嘯就能掀翻你們那艘船，但那不是很簡單啦，而且不像埋伏在這裡開槍射箭那麼好玩。」

海柔努力集中精神思考，想要拖延一點時間，然而只要看著那兩把冒煙的槍管就很難。

「唔……爲什麼要圍著那條大手帕？」

「這樣才沒有人會認出我啊！」斯喀戎說。

「可是你都自我介紹了，」傑生說：「你是斯喀戎。」

強盜睜大了眼睛。「你怎麼……喔，好吧，好像是喔。」他放下一把燧發槍，用另一把槍搔搔自己的頭。「我實在太草率了。抱歉，我好像有點遲鈍。都是死掉之後變回來才這樣。讓我再試一次。」

他舉起手槍。「站住，遞過來！我是個無名海盜，你們不需要知道我的名字！」

無名海盜。海柔記憶中的某個東西突然被喚起。「鐵修斯㊼，他殺過你一次。」

斯喀戎的肩膀突然垮下來。「哎呀，你幹嘛一定要提到他？我們不是相處得很愉快！」

傑生皺起眉頭。「海柔，你知道這傢伙的事？」

她點點頭，雖然細節還是很模糊。「鐵修斯前往雅典的時候，在路上遇到他。斯喀戎會殺死受害者，用的方法是，嗯……」

好像與烏龜有關。海柔一時想不起來。

「鐵修斯眞是個大騙子！」斯喀戎連聲抱怨，「我不想談他。現在我死掉又回來了，蓋婭

㊼ 鐵修斯（Theseus），希臘神話中的英雄，雅典國王愛琴士的兒子。參《波西傑克森—神火之賊》一〇五頁，註㉒。

答應我可以待在海岸線，只要我願意就可以搶劫所有混血人，而我正打算這樣做！好啦……我們剛才講到哪裡？」

「你準備讓我們離開。」海柔決定賭賭看。

「嗯……」斯喀戎說：「不對，我很確定不是那樣。啊，對了！留下錢財，否則納命來！你們的值錢東西呢？沒有值錢東西？那我就得……」

「等等，」海柔說：「我們的值錢東西在我這裡。至少，我可以拿到那些東西。」

斯喀戎舉起一把燧發槍對準傑生的頭。「嗯，好吧，親愛的，開始吧，否則我的下一槍絕對不只是切掉你朋友的頭髮喔！」

海柔幾乎不需要集中注意力。她實在太焦慮了，於是腳下的地面隆隆作響，三兩下便冒出堆積如山的收成；貴重金屬源源不絕冒出地表，彷彿泥土急著把它們全部吐出來。

海柔發現自己四周堆滿了深達膝蓋的金銀財寶，包括羅馬的迪納里銀幣、希臘的德拉克馬金幣、古代的黃金珠寶，還有閃閃發亮的鑽石、黃玉和紅寶石，足夠裝滿好幾個麻袋。

斯喀戎笑得合不攏嘴。「你究竟是怎麼辦到的啊？」

海柔沒有回答。她想起遇見黑卡蒂時，在十字路口冒出來的那一大堆錢幣。這裡冒出來的東西又更多了；埋藏了好幾個世紀的這些財富，全都屬於曾經宣稱擁有這塊土地的每一個帝國，包括希臘、羅馬、拜占庭以及其他好多帝國。那些帝國都已經滅亡了，只留下荒蕪貧瘠的海岸線，讓斯喀戎此等盜匪駐守在這裡。

想起過往種種，讓海柔覺得自己好渺小、好無力。

「要拿金銀財寶就快拿吧，」她說：「放我們走。」

斯喀戎咯咯發笑。「喔，不過我說的是你們『所有的』值錢東西。我知道你們在船上藏了非常特殊的東西……一座用象牙和黃金打造的雕像，據說啊，是不是有十二公尺高？」

海柔脖子上的汗水漸漸乾掉，她的頸背一陣發涼。

傑生上前一步。儘管有槍指著他的臉，他的雙眼就像青玉般堅定。「那雕像沒得談。」

「你說得對，確實沒得談！」斯喀戎表示同意，「我一定要得到它！」

「是蓋婭對你說的吧，」海柔猜測說：「她命令你取得雕像。」

斯喀戎聳聳肩。「也許是吧，不過她說我可以留下雕像。這麼慷慨的提議很難拒絕啊！我的朋友啊，我不想再死一次，寧可當個非常有錢的人，活得長長久久！」

「那個雕像對你不會有任何好處，」海柔說：「只要蓋婭打算摧毀世界就不會。」

斯喀戎的槍口略爲搖晃。「再說一次？」

「蓋婭在利用你，」海柔說：「如果你拿走雕像，我們就沒辦法打敗她。她打算把地球表面的所有凡人和半神半人掃蕩殆盡，讓她的巨人和怪物接管一切。那麼，斯喀戎，你要去哪裡揮霍你的黃金？那還要假設蓋婭願意讓你活著才行。」

海柔停下來，讓斯喀戎聽進那些話。根據她的盤算，斯喀戎身爲海盜之類的人，絕對不會聽不懂這種出賣和欺騙。

差不多數到十的時間，斯喀戎一直默然不語。

最後，他的笑咪咪皺紋終於回來了。

「好吧！」他說：「我不是不講理的人。留著那雕像吧。」

傑生眨眨眼睛。「我們可以走了？」

「只剩一件事，」斯喀戎說：「我總會要求一個表示尊重的儀式。我讓受害者離開之前，會堅持要他們幫我洗腳。」

海柔不確定自己有沒有聽錯。接著，斯喀戎先後踢掉腳上的兩隻皮靴。他的光腳是海柔所見過最最噁心的東西……而她以前就見過一些非常噁心的東西。

那兩隻腳肥滋滋的布滿皺紋，像麵團一樣白，彷彿在福馬林裡泡了好幾個世紀。每一隻奇形怪狀的腳趾都冒出幾撮棕毛，凹凹凸凸的指甲不是綠色就是黃色，簡直和龜殼沒兩樣。

接著那氣味直衝她的腦門。海柔不知道她父親的冥界宮殿有沒有殭屍專用的餐廳，如果真的有，餐廳的氣味一定很像斯喀戎的臭腳丫。

「好啦！」斯喀戎扭動著他那超噁的腳趾頭，「誰要洗左邊，誰想洗右邊？」

傑生的臉色幾乎變得像那臭腳丫一樣白。「你……一定是開玩笑吧。」

「完全不是！」斯喀戎說：「幫我洗腳，我們之間就沒事啦。我會把你們送到峭壁底下。我以冥河發誓。」

他太容易就發那種誓，海柔的腦袋裡不禁敲起警鐘。腳、送你們到峭壁底下、龜殼。她突然想起整個故事，所有散佚的片段全部拼湊在一起了。她終於想起斯喀戎到底是怎麼殺掉他的受害者。

「可以給我們一點時間嗎？」海柔問那個海盜。

斯喀戎瞇起眼睛。「要幹嘛？」

「嗯，這是個很重大的決定啊，」她說：「左腳，還是右腳。我們需要討論一下。」

她看得出斯喀戎那面具般的表情底下正在竊笑。

「那當然，」他說：「我很慷慨喔，你們有兩分鐘可以討論。」

海柔從腳旁堆積如山的寶藏堆中爬出來，然後帶傑生走向她敢走到的最遠地方。他們沿著峭壁往下方走了大約十五公尺遠，希望談話內容不致傳出去。

「斯喀戎會把他的受害者踢到懸崖下。」她低聲說。

傑生沉下臉。「你說什麼？」

「趁你跪下來幫他洗腳的時候。」海柔說：「那就是他殺你的方法。趁你重心不穩、讓他的臭腳丫搞得頭昏眼花的時候，他就把你從懸崖邊緣踢下去。你會直直掉進他那隻巨無霸烏龜的嘴巴裡。」

傑生花了點時間消化這些訊息，可以這樣說。他從峭壁向遠方望去，那隻烏龜的巨大龜殼在水面下閃閃發亮。

「所以我們必須主動出擊。」傑生說。

「斯喀戎的動作太快了，」海柔說：「他會同時殺了我們。」

「那我會準備好飛起來。他把我踢出去時，我就飄浮在懸崖旁邊的半空中，等到他踢你出來，我會接住你。」

海柔搖搖頭。「如果他踢得很用力、而且速度夠快，你會頭暈到飛不起來。而就算你飛起來了，斯喀戎可是有神射手的好眼力，他會盯著你，看你有沒有掉下去。如果你飄浮在半空中，他無論如何都會射中你。」

「那麼……」傑生緊緊握住劍柄，「希望你有其他的點子，有嗎？」

鼬鼠蓋兒突然從幾步外的灌叢鑽出來。牠一副咬牙切齒的樣子，瞪著海柔，彷彿是說：「怎樣？你有點子嗎？」

海柔讓自己冷靜下來，盡量避免從地面抓出更多黃金。她想起夢到父親普魯托聲音的那個夢境，普魯托說：「死人看到的是他們相信自己會看到的。活人也一樣，這是祕訣。」

她明白自己該怎麼做。她討厭這個點子，比那隻橫衝直撞的鼬鼠更令她討厭，也比斯喀戎的臭腳更討厭。

「可惜的是，我確實想到一個點子，」海柔說：「我們必須讓斯喀戎贏。」

「什麼？」傑生追問。

海柔把整個計畫告訴他。

28 海柔

「時間到了！」斯喀戎大叫：「剛才比兩分鐘久得多了！」

「抱歉，」傑生說：「這是很重大的決定……關於洗哪隻腳。」

海柔試著屏除一切念頭，專心想像斯喀戎的眼睛所看見的景象，包括他渴望什麼、期待什麼。

這正是使用「迷霧」的關鍵。她不能強迫某人以她的眼光來看世界，不能讓斯喀戎的現實世界顯得不太可信；不過，如果海柔讓他看見他想要看的東西……嗯，她是普魯托的孩子，她花了好幾十年與死人為伍，聆聽他們思念著過去的人生，其實那些回憶都只是半眞半假，受到思念和渴望所扭曲。

死人看到他們相信自己會看到的。活人也一樣。

普魯托是冥界之神、財富之神，也許這兩個領域的相關程度遠超過海柔的認知。渴望和貪婪之間沒有太大的差異吧。如果她能召喚黃金和鑽石，爲什麼不能召喚另一種寶藏，也就是人們想要看見的影像世界呢？

當然啦，她的想法有可能是錯的；以眼前的例子來看，她和傑生還是會變成烏龜的食物。

海柔伸手按著外套口袋，裡面有法蘭克的魔法火棒，感覺起來似乎比平常還要沉重。現在，她不只背負著法蘭克的生命，更背負著整個任務小組的生命。

傑生走向前，兩隻手攤開做出投降的樣子。「斯喀戎，我會先洗。我要洗你的左腳。」

「選得太好了！」斯喀戎扭動著很像屍體的毛茸茸腳趾。「那隻腳可能踩到過東西喔，在鞋子裡覺得有點黏答答的，不過我確定你會把腳洗得很乾淨的。」

傑生的耳朵都變紅了。從傑生脖子的緊繃程度看來，海柔敢說他一定很想拋開眼前的假惺惺遊戲，用他的帝國黃金劍刃快速一揮，出手攻擊。但海柔也知道，假如他真的嘗試，結果必輸無疑。

「斯喀戎，」她趁機插話，「你有沒有水？肥皂？不然我們要怎麼洗……」

「像這個！」斯喀戎轉動左手的燧發槍，剎那間它變成一個噴水瓶和一塊抹布。他把兩樣東西扔給傑生。

傑生瞇著眼睛看看瓶子上的標籤。「你要我用玻璃清潔劑洗你的腳？」

「當然不是！」斯喀戎皺起眉頭，「那上面寫的是『萬用表面清潔劑』，我的腳絕對算得上是『萬用表面』之一吧。而且它有抗菌效果，我很需要喔。相信我，光是用水對這兩個小寶貝沒有效果啦。」

斯喀戎又扭動腳趾頭，於是有更濃烈的殭屍餐廳氣味飄盪在整個峭壁上。

傑生快吐了。「喔，天神啊，不……」

斯喀戎聳聳肩。「你永遠可以選擇我另一隻手上的東西。」他舉起右手的燧發槍。

「他會洗的。」海柔連忙說。

傑生瞪著她。兩人互瞪一陣後，海柔還是贏了。

「好啦。」他嘀咕說。

「太棒了！好啦……」斯喀戎跳到最靠近的一塊石灰岩旁，石頭的大小剛好可以作爲腳踏凳。他面向大海，左腳踩在石頭上，看起來很像剛剛宣稱自己發現新大陸的探險家。「你幫我擦洗大拇趾內側的囊腫時，我就可以欣賞地平線的風景，一定會很享受的！」

「是喔，」傑生說：「我想也是。」

傑生跪在強盜的面前。在懸崖旁邊的這個位置，傑生是很容易瞄準的目標，只要一踢，他就會滾下去。

海柔集中心力。她想像自己是斯喀戎，海盜之王。她低下頭，看著眼前那個可憐兮兮、似乎一點威脅也沒有的金髮男孩，他只是另一個挫敗的混血人，準備變成他的受害者。

在海柔心中，她看出事情會怎麼演變了。她召喚迷霧，從地底深處把迷霧召喚出來，就像她平常召喚金銀財寶的方式。

傑生噴出一些清潔液。他的眼睛充滿淚水。他用手上的抹布擦拭斯喀戎的大腳趾，不時轉頭作嘔。海柔幾乎快看不下去了，因此斯喀戎舉腳一踢時，她差點錯過而沒看到。

斯喀戎舉起腳，猛然踢中傑生的胸口。傑生向後滾了一圈，滾到懸崖邊緣，只見他揮舞著兩隻手臂，一邊尖叫一邊掉下去。他快要掉到水面時，烏龜一躍而起，一口就咬中他，隨即鑽入水面下。

阿爾戈二號響起警鈴聲。海柔的朋友們紛紛擠到甲板上，手忙腳亂地操縱旋轉投石器。海柔聽見派波號啕大哭，哭聲從船上一路傳過來。

這一切使人心神不寧，海柔幾乎沒辦法集中注意力。她強迫自己的心思分裂成兩部分，一部分強烈專注於自己的任務，另一部分則扮演斯喀戎需要看到的角色。

她憤怒地尖聲大叫：「你到底在幹嘛？」

「喔，親愛的……」斯喀戎的聲音聽起來很悲傷，但海柔得到一種印象，覺得他在蒙臉的大手帕底下藏了得意的笑。「那是意外啦，我向你保證。」

「我的朋友們現在就會殺了你！」

「他們可以試試啊，」斯喀戎說：「不過同一時候呢，我想你有時間幫我洗另一隻腳！親愛的，相信我，我的烏龜現在吃得很飽，他也不想吃你。你會很安全的，除非你拒絕。」

他以燧發槍對準海柔的頭。

海柔遲疑了一會兒，讓斯喀戎看見她的極度苦惱。她不能太輕易就答應，否則海盜不會覺得已經打敗她了。

「不要踢我喔。」她說，一副泫然欲泣的樣子。

斯喀戎的眼睛亮了起來，這正是他所期盼的。海柔顯得既心碎又無助。斯喀戎，波塞頓的兒子，再一次得到勝利。

海柔幾乎不敢相信這傢伙和波西．傑克森有著同一個父親。接著她想起，波塞頓的個性很善變，就像大海一樣，或許他的孩子也反映出那樣的性格。波西在波塞頓的孩子中擁有比較好的性情，他的力量強大，但是溫和且善於助人，這樣的大海可將船隻安全推送到遙遠的陸地去。斯喀戎則是波塞頓孩子的另一種典型，這樣的大海會無情地猛烈沖擊海岸線，直到海岸線崩垮毀壞，或是把岸上的無辜人們捲入海中，讓他們淹死；或者把船隻擊打得粉碎，殺死船上的所有人，毫無憐憫之心。

她抓起剛才傑生拋下的噴水瓶。

「斯喀戎，」她咆哮著說：「你的雙腳是你全身上下最不噁心的東西。」

他的綠眼睛變得冷酷。「趕快洗就是了。」

她跪下來，努力想忽略噁心的氣味。她移動到側邊，迫使斯喀戎調整站立的位置，不過心裡仍想像大海還在她的背後，接著一邊在心中想著同樣的景象，一邊再次移動到斯喀戎的側邊。

「就叫你趕快洗呀！」斯喀戎說。

海柔努力擠出微笑。她想辦法讓斯喀戎轉了一百八十度，卻仍覺得自己可以看到眼前的大海，綿延起伏的鄉間原野依舊在背後。

海柔開始清洗。

她以前做過很多骯髒噁心的工作，像是清理朱比特營的獨角獸棚舍，也曾爲羅馬軍團打掃公共廁所。

這根本不算什麼，她這樣告訴自己；但是一看到斯喀戎的腳趾頭，實在很難不噁心想吐。

斯喀戎的腳踢過來時，她向後飛出，但沒有飛得很遠。她屁股著地，落在幾公尺外的草地上。

斯喀戎瞪大了眼睛。「可是……」

突然間，整個世界翻轉過來，剛才的幻象漸漸消失，讓斯喀戎完全搞糊塗了。大海居然在他背後，他只是把海柔踢到距離懸崖邊岩架比較遠的地方。

他拿著燧發槍的手垂放下來。「怎麼會……？」

「站住，遞過來。」海柔對他說。

傑生突然從空中飛撲下來，越過海柔的頭頂，以全身的力量把海盜撞到懸崖外。斯喀戎摔下去時一邊尖叫、一邊發瘋似地亂射燧發槍，不過這一次什麼也沒射中。海柔連忙站起來，及時跑到懸崖邊，看到烏龜衝出水面，一口吞下斯喀戎。

傑生咧嘴而笑。「海柔，那眞是太厲害了，我說眞的……海柔？嘿，海柔？」

海柔癱倒跪下，一時之間覺得頭暈目眩。

從遠處，她可以聽到朋友們的歡呼聲由下方的阿爾戈二號傳來。傑生站在她上方，但他移動的方式很像慢動作，人形輪廓非常模糊，也聽不到他的聲音，宛如轉成靜音模式。

冰霜漸漸爬上她周圍的岩石和草地，剛才她召喚出來的金銀財寶也重新沉入地底。迷霧如同旋渦般打轉。

「我到底做了什麼？」她驚慌失措地想著，「一定有什麼地方做錯了。」

「不，海柔，」她背後有個低沉的聲音說：「你做得很好。」

她幾乎不敢呼吸。以前她只聽過這聲音一次，腦海中卻反覆播放這聲音不下千次。

她轉過身，發現自己抬頭看到她的父親。

他身穿羅馬式服裝，深色頭髮剪得很短，有稜有角的蒼白臉孔刮得很乾淨。他的短袖束腰外衣和寬外袍都是黑色羊毛材質，並以黃金絲線綴繡花紋，布料上還有許多飽受折磨靈魂的臉孔不斷變換。他的寬外袍邊緣鑲有元老院議員或執法官的深紅色布邊，但布邊興起波浪狀的條紋，看起來很像一條血河。普魯托的無名指戴著一顆巨大的蛋白石，像是一大塊富有光澤的冰凍迷霧。

那是他的結婚戒指，海柔心想。可是普魯托從未與海柔的媽媽結婚。天神是不會與凡人結婚的。那個戒指代表他與泊瑟芬的婚姻。

這個想法讓海柔好火大，她甩脫自己的暈眩感，站立起來。

「你到底要幹嘛？」她質問著。

她希望自己的語調會傷害他，為了他對她造成的所有傷害而刺痛他，然而他的嘴角揚起一個淺淺的微笑。

「我的女兒，」他說：「我非常感動。你變得好強壯。」

「我才不會謝謝你呢。」她很想這麼說。她不想從他的讚美話語得到一丁點的滿足和快樂，但她的雙眼依舊微微刺痛。

「我以為你們這些主神很無能，」她勉強說：「你的希臘和羅馬人格彼此打來打去。」

「我們是這樣沒錯，」普魯托表示同意，「不過你那麼強烈地祈求我的協助，讓我出現了……哪怕只能出現很短暫的時間。」

「我才沒有祈求你的協助。」

即使嘴裡這麼說，海柔也知道那並非事實。這輩子頭一次，她打從心底接受自己是普魯托的孩子這樣的身世。她努力想了解自己父親的力量，也希望能全力運用那樣的力量。

「等你到達我在伊庇魯斯的房子時，」普魯托說：「一定要讓自己準備好。死人是不會歡迎你的，而且女巫帕西法埃㊽……」

㊽帕西法埃（Pasiphaë），希臘神話中克里特國王米諾斯（Minos）的妻子。米諾斯因為觸怒了海神波塞頓，海神故意讓他的妻子帕西法埃愛上一頭公牛，而生下了半人半牛的怪物。

「什麼西法？」海柔問，但她隨即意識到，那一定是那個女人的名字。

「她可不會像斯喀戎那麼容易受到愚弄。」普魯托的眼睛宛如火山岩石般熠熠發亮。「你第一次試驗就成功了，不過帕西法埃很想重建她的勢力範圍，而那必然會危及所有半神半人的安全，除非你能在冥王之府阻止她……」

他的形體開始忽明忽滅。有一陣子他變得有鬍鬚，身穿希臘長袍，戴著金色月桂頭冠，腳邊四周的土地也伸出許多骷髏狀的手。

冥王咬緊牙關，滿臉怒容。

他的羅馬形象又穩定下來了，那些骷髏手回到土裡，消失不見。

「我們沒有太多時間。」他看起來像是生了重病的男人。「要知道，死亡之門位於冥王之府的最底層。你必須讓帕西法埃看到她想看到的。你完全正確，這正是所有魔法的祕訣，不過當你置身於她的迷宮內，要這樣做並不容易。」

「你的意思是什麼？什麼迷宮？」

「你會明白的，」他保證，「而且，海柔．李維斯克……你不會相信我說的話，但是我對你的力量感到非常驕傲。有時候……有時候，我能夠關心我孩子的唯一方法，就是和他們保持距離。」

海柔差點罵出口，又硬生生吞了回去。普魯托只不過是另一個耍賴的天神父親，只能掰些很爛的藉口。不過她的心一直怦怦跳，反覆咀嚼他剛才說的話：「我對你的力量感到非常驕傲。」

「去找你朋友吧，」普魯托說：「他們一定很擔心。前往伊庇魯斯的路上仍然危險重重。」

「等一下。」海柔說。

普魯托挑起一邊眉毛。

「我遇到桑納托斯的時候，」她說：「你也知道……就是死神……他告訴我，我並沒有列名在你要逮捕的逃脫魂魄名單上。他說，也許就是因爲那樣，你才會和我保持距離。如果你知道我的存在，就得把我帶回冥界吧。」

普魯托想了一會兒。「所以你的問題是什麼？」

「你人在這裡，爲什麼不把我帶回冥界，讓我變回死人？」

普魯托的形體開始變淡。他露出微笑，但海柔說不出那看起來是悲傷還是高興。「海柔，也許那並不是我想要看到的。或許我從來沒到過這裡。」

29 波西

那些惡魔阿嬤們圍過來大開殺戒時，波西覺得鬆了一口氣。

當然啦，他其實很害怕，一點也不喜歡這種「三人對幾十人」的對戰成功率，但至少他懂得什麼叫做「戰鬥」。一直在黑暗中像鬼魂一樣到處遊蕩、等著別人來攻擊，實在令他快要發瘋了。

除此之外，他和安娜貝斯有很多次並肩作戰的經驗，何況現在又有一個泰坦巨神站在他們這邊。

「退後。」波西對著最靠近的乾扁醜老太婆揮刺波濤劍，但她只是冷笑幾聲。

「我們是艾爾瑞娥，」很像節目旁白的詭異聲音說著，感覺像是整個森林一起出聲說話，「你沒辦法摧毀我們。」

安娜貝斯按按他的肩膀。「不要碰到她們，」她警告說：「她們是詛咒之靈。」

「鮑伯不喜歡詛咒。」鮑伯很堅決地說。骷髏小貓「小鮑伯」則躲進他的工作服裡不見蹤影。眞聰明的小貓。

泰坦巨神拿著他的長柄刷，揮舞成巨大的弧形，迫使那些惡靈向後退，不過她們像潮水一般再度湧上來。

「我們服務那些痛苦的人和受挫的人，」艾爾瑞娥說：「我們服務那些遭人殺害、以最後一口氣誓言復仇的死者。我們有很多詛咒要與你們分享。」

波西胃裡的火水開始劇烈翻攪，湧上喉嚨。他眞希望塔耳塔洛斯有更好的飲料可供選擇，或者哪棵樹會長出具有制酸效果的果實也好。

「很謝謝你們的提議，」他說：「不過我媽媽告訴我，不要隨便接受陌生人的詛咒。」

最靠近的惡魔猛然撲上前，她的爪子延伸得好長，活像纖細尖銳的彈簧刀。波西把她砍成兩半，但隨著她蒸發殆盡，波西的胸口兩側也火燙疼痛。他跌跌撞撞地向後退，伸手去摸肋骨，結果整隻手的手指竟然溼淋淋的一片血紅。

「波西，你在流血！」安娜貝斯大叫，這時他自己也相當清楚。「喔，天神啊，兩邊都流血了！」

她說得沒錯。他那件破爛上衣的左右兩側縫線都沾滿溼熱的鮮血，彷彿有一支標槍刺穿他的身體。

或者是一支箭……

一股噁心作嘔的感覺幾乎把他擊倒。是復仇，來自遭人殺害的死者的詛咒。

波西的腦海中掠過兩年前在德州的一次遭遇。那是與一個怪物般的牧場主人打鬥，要殺了牧場主人的唯一方法，就是同時砍斷他的三個身體。

「格律翁，」波西說：「我就是用那種方法殺了他……」

眼前的惡靈們露出尖牙。有更多的艾爾瑞娥從黑暗樹林裡跳出來，不斷拍打她們的皮革翅膀。

「沒錯，」她們表示同意，「感受一下你讓格律翁遭受的痛苦吧。波西．傑克森，曾經有那麼多人詛咒你，你會因爲哪一個詛咒而死呢？選擇一下吧，否則我們會把你撕扯開來！」

無論如何，他還是站著，鮮血不再流出，卻還是覺得好像有一根火燙的金屬窗簾桿刺穿肋骨，握劍的那隻手臂也很沉重而虛弱。

「我不懂。」他喃喃說著。

鮑伯的聲音似乎從一條長地道的另一端迴盪傳來：「只要你殺死一個，它就會給你一個詛咒。」

「可是，假如不殺她們……」安娜貝斯說。

「她們終究還是會殺了我們。」波西猜測說。

「選擇一下吧！」艾爾瑞娥大叫：「你是要像巨龍坎佩一樣被壓扁？還是像你在聖海倫斯山下屠殺的那些年輕鐵勒金一樣碎裂成千萬片？波西．傑克森，你曾經造成那麼多的死者和受害者，讓我們回報給你吧！」

一群振翅的醜老太婆逐漸逼近，她們呼出的氣息酸臭無比，她們的雙眼燃燒著仇恨。她們看起來很像復仇女神，不過波西覺得眼前這些惡魔更爲可怕，至少復仇女神還受到黑卡蒂的控制，這些惡魔則狂野且無法無天，而且數量不斷增加。

如果她們眞的可以讓波西殺過的每一個敵人的死前詛咒付諸實現……那麼波西就陷入了很大的麻煩。他曾經面對過一大堆敵人啊。

其中一個惡魔撲向安娜貝斯，她出於本能躲開了，並以手上的石頭往那老太太的頭頂猛力砸下，讓她化爲一堆塵土。

安娜貝斯沒有選擇餘地，波西也會做同樣的舉動。然而安娜貝斯立刻扔掉手上的石頭，嚇得驚慌大叫。

「我看不見了！」她摸摸自己的臉，瘋狂地向四周張望。她的眼珠變成純白色。

波西連忙跑到她身旁，艾爾瑞娥見狀大笑起來。

「在妖魔之海的時候，你躲起來戲弄獨眼巨人波呂斐摩斯，於是他下了詛咒。你稱自己是『沒有人』，他也看不到你們，而現在，你再也看不到攻擊你的人了。」

「我在你旁邊。」波西向她保證。他伸出手臂摟住安娜貝斯，但隨著艾爾瑞娥步步進逼，他實在不曉得該怎麼保護他們兩人。

十幾個惡魔從四面八方跳過來，不過鮑伯大喊：「掃乾淨！」

他的長柄刷發出呼呼聲，掃過波西的頭頂。艾爾瑞娥的整條攻擊前線全部向後翻倒，就像保齡球瓶。

更多的惡魔蜂擁前進。鮑伯痛擊一個惡魔的頭，再刺中另一個，把她們全都炸成一堆塵土，其他的則紛紛後退。

波西屏住呼吸，等著看他們的泰坦巨神朋友受到某些可怕詛咒所害、癱倒下來，可是鮑伯似乎沒事，只見一個巨無霸銀色保鏢，手持全世界最可怕、最厲害的清掃工具，讓眾多惡靈無法逼近。

「鮑伯，你還好嗎？」波西問：「沒有受到詛咒嗎？」

「沒有人對鮑伯下詛咒！」鮑伯同意說。

艾爾瑞娥不斷咆哮，在四周繞圈圈，同時緊盯著長柄刷不放。「泰坦巨神早已遭受詛咒，我們何必要進一步折磨他？你，波西．傑克森，已經毀了他的記憶。」

鮑伯的矛尖垂下來。

「鮑伯，不要聽她們鬼扯，」安娜貝斯說：「她們很邪惡！」

時間慢下來了。波西不禁懷疑克羅諾斯的魂魄是否就在附近，在黑暗中盤旋環繞，盡情享受這一刻，更希望這一刻能持續到永久。波西覺得此刻的感受就像他十二歲時完全一樣，那時他在洛杉磯的海灘上與阿瑞斯對陣，泰坦巨神之王的陰影第一次通過他的頭頂上方。

鮑伯轉過身，一頭銀白亂髮看起來很像光暈爆炸開來。「我的記憶……是因為你嗎？」

「泰坦巨神，詛咒他！」艾爾瑞娥催促他，她們的紅眼睛爍爍發亮。「加入我們行列！」

波西的心臟緊壓在脊椎上。「鮑伯，這件事說來話長，我不希望你變成我的敵人，我想要當你的朋友。」

「他的手段是偷走你的人生，」艾爾瑞娥說：「把你一個人孤零零地留在黑帝斯的宮殿裡刷地板！」

安娜貝斯緊抓住波西的手。「往哪邊？」她低聲說：「如果我們得逃走的話？」

他明白了。假如鮑伯不能保護他們，他們唯一的機會就是逃走；但一點機會也沒有。

「鮑伯，聽我說，」他再試一次，「艾爾瑞娥希望你生氣，她們是由痛苦的想法裡面生出來的，不要讓她們得逞了。我們是你的朋友。」

即使嘴巴這麼說，波西覺得自己像個騙子。他曾經把鮑伯留在冥界，自從那之後連一次都沒想過他。有什麼因素能讓他們成為朋友呢？是波西現在需要他的事實嗎？波西恨透了每次天神都利用他去出任務，而現在，他也以同樣的方式對待鮑伯。

「你看到他的表情嗎？」艾爾瑞娥咆哮說：「那男孩連自己都說服不了。他偷走你的記憶後來看過你嗎？」

「沒有，」鮑伯喃喃說著，他的下唇抖個不停，「另一個來過。」

波西的思緒幾乎無法運作。「另一個？」

「尼克，」鮑伯皺起眉頭，眼裡盡是受傷的眼神，「尼克來看過我。告訴我關於波西的事，說波西是好人，說他是一個朋友。因為那樣，鮑伯才會幫忙。」

「可是……」波西的聲音破破的，好像被人用神界青銅利刃劈砍過。他從來沒有覺得心情這麼低落、可恥，覺得自己這麼不值得擁有一個朋友。

艾爾瑞娥發動攻擊，而這一次，鮑伯沒有阻止她們。

30 波西

「左邊！」波西一邊拉著安娜貝斯，一邊劈倒眼前的艾爾瑞娥，清出一條路。他身上可能已經帶了十幾個詛咒，但是他沒有立刻感覺到，於是繼續往前跑。

每跑一步，胸部的痛楚便燒灼一次。他在樹木之間穿梭前進，帶著安娜貝斯全速奔馳，即使她完全看不見。

波西也意識到，安娜貝斯有多麼信任他能夠帶著兩人脫離眼前的險境。他不能讓她失望，然而到底要怎麼救她呢？而且萬一她就此終生失明……不。他強壓下內心湧起的一陣驚慌。他之後一定會找到治好她的方法，但首先，他們得逃出這裡才行。

皮革翅膀在他們上方撼動著空氣，憤怒的嘶嘶聲和利爪的撕裂聲在告訴他，那些惡魔在背後窮追不捨。

他們跑過一棵黑暗大樹旁邊時，波西揮動波濤劍劈過樹幹；他聽見樹幹轟然倒下，隨後傳來十幾個艾爾瑞娥遭到樹幹壓扁的確切聲音。

一棵樹在森林中倒下，如果壓扁一個詛咒女神，這棵樹會受到詛咒嗎？

波西又劈倒另一棵樹幹，然後再一棵。這爲他們多爭取了幾秒鐘，但是還不夠。

突然間，前方的黑暗似乎又變得更濃渾了。波西及時意識到那代表什麼意思。趕在他們兩人一同衝出懸崖邊緣之前，波西抓住安娜貝斯。

「什麼？」她叫著：「有什麼東西？」

「懸崖，」他大口喘氣，「巨大的懸崖。」

「那麼，要往哪裡走？」

波西看不出懸崖會下降到多深，可能是三公尺，也可能是三百公尺，況且也無從得知底部是什麼狀況。他們大可跳下去，心中期盼能得到最好的結果，然而他很懷疑「最好」這種事眞的會發生在塔耳塔洛斯。

所以，眼前有兩個選擇：向右或向左，沿著懸崖邊緣走。

他正打算隨便亂選時，有個惡魔在他們面前振翅下降，以她的蝙蝠翅膀在空中定點盤旋，剛好位在劍刺不到的地方。

「還好走嗎？」環繞在他們身邊的聲音異口同聲地問。

波西連忙轉身。

就在這時，艾爾瑞娥由樹林裡一湧而出，在他們四周圍成半圓形。有個惡魔抓住安娜貝斯的手臂，安娜貝斯氣得用力甩，以柔道的招式把怪物甩在地上，讓牠脖子落地。她再以全身的體重施展肘擊的招式，這是任何一個職業摔角手都很自豪的招數。

那個惡魔分解掉了，不過等到安娜貝斯站起來時，她看起來非常吃驚、害怕，與剛才瞎掉的時候差不多。

「波西？」她呼叫著，驚慌在她的聲音中迅速蔓延。

「我就在這裡。」

波西想要把手放在安娜貝斯的肩膀上，但她並沒有站在他以爲的地方。他再試一次，只發現她跑開了好幾公尺遠，有點像是你想要在一桶水裡抓住某個東西，光線一照卻發現東西早就漂走了。

「波西！」安娜貝斯扯著嗓子喊：「你爲什麼丟下我一個人？」

「我沒有啊！」他轉身看著艾爾瑞娥，氣到兩隻手臂在發抖。「你們對她做了什麼？」

「我們什麼也沒做，」惡魔們回答：「你愛的人釋出一個很特別的詛咒，那是來自你所拋棄的某人的痛苦感受。你懲罰了一個無辜的人，丟下她一個人孤獨無依。現在，她那充滿恨意的期盼傳遞過去了，安娜貝斯感受到她的絕望。安娜貝斯，同樣的，也會遭到遺棄，孤獨死去。」

「波西？」安娜貝斯伸展雙臂，努力想要找到他。艾爾瑞娥向後退開，任憑安娜貝斯盲目地摸索，在惡魔群之間跌跌撞撞。

「我拋棄了誰？」波西質問：「我從來沒有……」

突然間，他覺得自己的胃猛然下墜，很像掉入懸崖底下。

連串字句在他腦中鈴鈴作響：無辜的人；孤獨和遭到遺棄。他想起那座島嶼，有個洞穴裡以水晶的柔和光線微微照亮，一張餐桌設置在海灘上，由看不見的風精靈服侍招待。

「她才不會，」他含糊說著：「她從來沒有詛咒我。」

惡魔們的眼睛變得朦朧、糊成一片，就和她們的聲音一樣。波西的身體兩側陣陣抽痛，胸部的疼痛也愈來愈劇烈，彷彿有人刺入一把匕首還慢慢轉動。

安娜貝斯在惡魔群中漫無目的地遊蕩，絕望地不斷呼喊他的名字。波西好希望能夠跑向她，但他知道艾爾瑞娥不會讓他得其所願。她們之所以還沒有下手殺死安娜貝斯，唯一的原因就是要好好欣賞她的悲慘無助。

波西咬緊牙關。他已經不在乎自己身上承受了多少詛咒，他必須讓這些伸出皮革翅膀的醜老太婆把注意力放在他身上，只要能保護安娜貝斯愈久愈好。

他憤怒地狂吼一聲，對惡魔發動全面攻擊。

31 波西

剛開始的一分鐘，波西異常興奮，覺得自己占了上風。波濤劍屢屢將艾爾瑞娥劈成兩半，彷彿她們只是糖粉做的。其中一個驚慌失措，迎面撞上一棵樹；另一個尖叫著想要飛走，但波西切斷她的翅膀，讓她一邊旋轉、一邊墜入深淵。

每一次有惡魔碎裂瓦解，就會多一個詛咒加諸在波西身上，讓他產生愈來愈沉重的可怕感受。有些詛咒既嚴酷又痛苦，例如腸胃一陣刺痛，或是一陣燒灼感，很像有人拿火焰噴槍朝他燒灼噴射；有些詛咒則很微妙，像是血液中的一陣寒顫，或是右眼出現一陣無法控制的痙攣。

說真的，是誰在臨死前用最後一口氣下詛咒說：「我希望你的眼睛脫窗！」

波西知道自己以前殺過一大堆怪物，可是從未真正站在怪物的角度來看待一切。如今，所有怪物的痛楚、憤怒和悲苦全部加諸在他身上，一點一滴吸乾他的精力。

艾爾瑞娥依舊不停湧來。波西每砍倒一個，似乎又會有另外六個湧上前。

他握劍的手臂已經很疲累了，而且全身痠痛、視力模糊。他努力想朝安娜貝斯走去，但一直沒辦法移動到她身旁，只見她不斷呼喚他的名字，在惡魔之間反覆遊蕩。

波西跌跌撞撞地走向她時，一個惡魔突然猛衝過來，用牙齒死命咬進他的大腿。波西痛得高聲號叫。他把惡魔砍成灰燼，自己隨即跪倒在地。

他的嘴巴像是燃燒起來，比先前吞嚥地獄火河的火水時更加難受。他彎下腰，又是顫抖又是嘔吐，彷彿有十幾條燃燒的火蛇從他的食道不停往體內鑽動。

「你已經選擇了，」艾爾瑞娥的聲音說：「菲紐斯㊾的詛咒……是極度痛苦的死亡。」

波西想要說話，但舌頭感覺像是在微波爐裡加熱過。他想起那個瞎眼老國王，拿著割草機跑遍整個波特蘭市追逐鳥身女妖。波西曾向他提出一場競賽，輸的人要喝下蛇髮女怪的一小瓶致命血液。波西不記得那個瞎眼老人死前曾經喃喃說出詛咒，不過菲紐斯瓦解掉、回到冥界後，很有可能不想讓波西過著長壽而快樂的生活。

那時波西贏了之後，蓋婭曾警告他：「你也不要心存僥倖。等到你的死期來到，我向你保證，那將會比蛇髮女怪的血液痛苦許多倍。」

如今他身在塔耳塔洛斯，快要因爲蛇髮女怪的致命血液再加上一大堆痛苦詛咒而死，同時眼睜睜看著女朋友搖搖晃晃地遊蕩，她不僅無助、眼盲，還相信男朋友已經拋棄了她。波西緊緊握住手上的劍，全身關節開始冒出霧氣，白色的煙霧從前額陣陣飄出。

「我不會像這樣死掉。」他心想。

不只因爲這樣既痛苦、羞辱又無力，更因爲安娜貝斯需要他。一旦他死了，那些惡魔就會把注意力轉向她。他不能拋下她孤單一人。

艾爾瑞娥群聚在他四周，一邊竊笑、一邊嘶嘶恐嚇。

㊾ 菲紐斯（Phineas），色雷斯國（Thrace）國王，擁有太陽神阿波羅授予的預言能力，因洩露太多天機而激怒了宙斯，於是令他雙目失明，並派鳥身女妖來處罰他。

「他的頭會先爆開。」她們的聲音猜測說。

「不，」從另一個方向傳來的聲音自顧自地回答：「他會整個人同時爆掉。」

她們開始打賭波西會怎麼死掉，又會在地面留下什麼樣的燒焦痕跡。

「鮑伯，」波西用低沉沙啞的聲音說：「我需要你。」

這只是個絕望的懇求，大概只有他能聽見自己的聲音。鮑伯爲何要再一次回應他的呼求呢？如今泰坦巨神知道實情，波西已經沒有朋友了。

他最後一次抬起眼。周遭景物似乎閃爍個不停，天空像是沸騰了，地面也汩汩冒泡。

波西明白，他所看見的塔耳塔洛斯只是眞實可怕情況的和緩假象而已，只是他的半神半人腦袋可以處理、接受的程度。最糟糕的部分一直掩蓋住，沒有呈現出來，就像迷霧把怪物遮掩住，使凡人看不見。現在波西死到臨頭，也開始看清事實了。

這裡的空氣是塔耳塔洛斯吞吐的氣息，所有這些怪物則像是在他體內循環遊走的血球細胞；他所看見的每一件事物，其實只存在於深淵中這位黑暗之神的腦中，只是他的一場夢。

尼克必然也是以這樣的眼光看待塔耳塔洛斯，而這裡差點毀了他的清明神智。尼克……他是波西一直無法順利相處的許多人之一。而波西和安娜貝斯之所以能在塔耳塔洛斯走了這麼遠，都是因爲尼克．帝亞傑羅表現得像是鮑伯眞正的朋友。

「你看出這個深淵眞正可怕之處了嗎？」艾爾瑞娥以撫慰人心的聲音說：「放棄吧，波西．傑克森，死亡不是比忍受這個地方好多了嗎？」

「我很抱歉。」波西喃喃說著。

「他道歉了！」艾爾瑞娥開心地尖叫：「他對自己的失敗人生感到懊悔，對他與塔耳塔洛斯的孩子們公然作對而感到懊悔！」

「不，」波西說：「鮑伯，我很抱歉。我應該對你誠實。求求你……原諒我。請保護安娜貝斯。」

他並沒有期望鮑伯會聽見或關心，不過能把自己的良心洗刷乾淨，感覺眞的很好。今天碰到眼前這些麻煩，他不能怪任何人，不能怪眾神，也不能怪鮑伯。他甚至不能怪卡呂普索[50]，也就是被他留在那個島上孤單一人的女孩。也許她變得滿心苦楚，出於絕望而詛咒波西的女朋友。儘管如此……波西應該好好照顧卡呂普索，應該確定眾神會信守承諾、不再把她流放於奧吉吉亞島才對。他對待卡呂普索的態度並沒有比對待鮑伯好到哪裡去；他甚至不常想起她，即使她的月蕾絲植株依然在他媽媽窗前的花台上綻放花朵。

思索這些，費盡他僅存的所有力氣，不過他還是站了起來。熱騰騰的霧氣從全身冒出，他的雙腿抖個不停，體內像火山一樣猛烈翻騰。

至少波西可以挺身而戰。他舉起波濤劍。

但他還沒發動攻擊，面前所有艾爾瑞娥突然全部爆炸，化爲塵土。

[50] 卡呂普索（Calypso）是擎天神阿特拉斯的女兒，住在海洋邊緣的奧吉吉亞島（Ogygia）。參《波西傑克森——妖魔之海》二二五頁，註[54]。

32 波西

鮑伯真的超會用那支長柄刷。

他向前向後猛力揮砍，一個接一個摧毀那些惡魔，而同一時候，貓咪小鮑伯坐在他的肩膀上，一邊拱背威嚇、一邊嘶嘶叫。

不到幾秒鐘，艾爾瑞娥全部不見了，大多數蒸發掉，聰明的幾隻則趕緊起飛遁入黑暗中，嚇得尖聲逃竄。

波西很想謝謝這位泰坦巨神，然而他完全失聲，說不出話來。他的兩條腿變形而無法動彈，兩隻耳朵也轟轟嗡嗚。透過一道痛苦的紅光，他看見安娜貝斯在幾步之外盲目地晃蕩，直直朝懸崖邊緣走去。

「呃！」波西含糊地咕噥一聲。

鮑伯順著他的目光看去，隨即跳起來衝向安娜貝斯，一把抱起她。她大喊大叫，不斷踢蹬，甚至用拳頭猛捶鮑伯的肚子，但是鮑伯似乎一點都不在意。他抱著安娜貝斯來到波西身邊，把她輕輕放下。

泰坦巨神輕輕碰觸她的前額。「痛痛。」

安娜貝斯不再掙扎，雙眼也變得清澈。「這是哪裡……發生什麼……？」

她看到波西，臉上閃過一連串的表情：寬心、高興、震驚、恐慌。「他怎麼了？」她哭喊：「到底發生了什麼事？」

她緊緊摟住波西的肩膀，大顆淚珠滴落他頭上。

波西想要對她說不會有事，但是當然說不出半句話。他甚至連自己的身體都再也感覺不到了。他的意識很像一顆小小的氦氣球，只是鬆鬆地繫在頭頂上。他知道要不了多久，氣球不是炸掉，就是繫繩斷掉，他的生命也會跟著飄走。

安娜貝斯用雙手捧著波西的臉，先是親吻他，然後想辦法撥掉他眼睛裡的塵土與汗水。

鮑伯從上方彎腰看著他們，他的長柄刷插在地上，很像一面旗幟。黑暗中看不清楚他的臉孔，只是微微發出白光。

「好多詛咒，」鮑伯說：「波西對怪物做過很不好的事。」

「你能治好他嗎？」安娜貝斯向他懇求，「就像你治好我的瞎眼那樣？求求你治好波西！」

鮑伯皺起眉頭。他捏起制服上名牌的樣子，活像那是一塊噁心的疥癬。

安娜貝斯再試一次。「鮑伯……」

「伊阿珀特斯，」鮑伯說，聲音像是低沉的咕噥聲，「在鮑伯之前。名字是伊阿珀特斯。」

空氣完全靜止。波西覺得好無助，幾乎與這個世界失去聯繫。

「我比較喜歡鮑伯，」安娜貝斯的聲音意外地冷靜，「你喜歡哪一個？」

泰坦巨神以他那雙純淨的銀色雙眼注視安娜貝斯。「我再也不確定了。」

他蹲在安娜貝斯身旁，仔細看著波西。鮑伯的臉孔看起來消瘦憔悴、憂心忡忡，彷彿突然間感受到自己這數百年來的沉重過往。

「我做過承諾，」他喃喃說著：「尼克要求我幫忙。我想，不管是伊阿珀特斯或鮑伯，都不喜歡打破承諾。」他伸手碰觸波西的前額。

「痛痛，」泰坦巨神喃喃說著：「非常大的痛痛。」

波西沉陷回自己的體內，雙耳的嗡鳴聲淡去，視線也變清楚了。然而他依舊覺得好像曾經吞下一台油炸機，體內沸騰冒泡。他也感覺到體內的毒素只是作用變慢了，並沒有移除。不過他還活著。

他努力想直視鮑伯的眼睛，表達自己的感激，他的頭卻軟趴趴地垂在胸前。

「鮑伯不能治好這個，」鮑伯說：「太多毒素了，太多詛咒堆在一起。」

安娜貝斯抱住波西的肩膀。波西很想說：「我現在感覺得到了。喔。抱太緊了。」

「鮑伯，我們該怎麼辦？」安娜貝斯問：「有沒有哪裡有水？水或許可以治好他。」

「沒有水，」鮑伯說：「塔耳塔洛斯很不好。」

「我注意到了！」波西很想這樣大叫。

至少泰坦巨神叫他自己「鮑伯」！就算鮑伯怪罪波西奪走他的記憶，他可能還是會幫助安娜貝斯，如果波西撐不下去的話。

「不，」安娜貝斯很堅持，「不，一定還有其他方法，一定有什麼東西可以治好他。」

鮑伯把手放在波西的胸口。突然來了一陣涼涼的感覺，很像用尤加利精油塗在胸骨上，不過鮑伯的手一抬高，舒緩的感覺就消失了，波西的肺部又像岩漿一樣火燙。

「塔耳塔洛斯會殺混血人，」鮑伯說：「它會治好怪物，但你們不屬於這裡。塔耳塔洛斯不會治好波西，這個深淵很討厭你們這類人。」

「我才不管，」安娜貝斯說：「就算在這裡，一定也有什麼地方可以讓他休息，有什麼治療方法可以適用。說不定可以回去荷米斯的祭壇，或者……」

遠方傳來一陣低沉的怒吼聲，不巧那是波西認得的聲音。

「我聞到他了！」巨人大吼：「波塞頓之子，給我小心點！我來抓你了！」

「波呂玻特斯51，」鮑伯說：「他討厭波塞頓和波塞頓的孩子。他非常靠近我們了。」

安娜貝斯拚命扶著波西站起來。波西很討厭讓安娜貝斯這麼辛苦，可是他覺得自己好像一袋撞球，就算安娜貝斯幾乎撐住他的全部體重，他還是快要站不住。

「鮑伯，我要繼續往前走，不管你會不會跟來，」她說：「你願意幫忙嗎？」

貓咪小鮑伯喵了一聲，開始呼嚕叫，磨蹭著鮑伯的臉頰。

鮑伯看著波西，波西希望能從泰坦巨神的表情看出他的想法。他是生氣，或者只是在猶豫？他是打算復仇，或者覺得很受傷，只因爲波西謊稱是他朋友？

「有一個地方，」鮑伯終於說：「有一個巨人可能知道該怎麼辦。」

安娜貝斯差點讓波西癱落在地上。「巨人！呃，鮑伯，巨人很不好耶。」

「有一個巨人很好心，」鮑伯很堅持，「相信我，而且我會帶你們去……除非波呂玻特斯和其他巨人先抓到我們。」

51 波呂玻特斯（Polybotes），大地之母蓋婭所生的巨人族之一，他在巨人與天神的大戰鬥中與海神對戰。

33 傑生

傑生在工作的時候睡著了。這樣很糟糕，特別是身在空中三百公尺高處。

他應該很了解才對。這是遭遇強盜斯喀戎的隔天清晨，傑生負責執勤，正在對付一些難以駕馭、威脅船隻安全的文圖斯。他砍掉最後一個文圖斯時，忘了要憋住呼吸。

這是個愚蠢的錯誤。風精靈瓦解的時候會產生眞空狀態，除非你能憋住呼吸，否則周遭環境會把你肺裡的空氣全部吸出去，不僅內耳的壓力下降太快，整個人也會暈厥過去。

傑生就發生了這種事。

更糟的是，他立刻陷入一個夢境。在潛意識最後方，他心裡想著：眞的假的？現在嗎？

他必須醒來，否則就會沒命；但他沒辦法一直停留於這個念頭。在夢境中，他發現自己身在一棟高樓的屋頂上，紐約曼哈頓的夜晚天際線開展在眼前。一陣冷風掃過他的衣角。

幾個街區外，雲團聚集在帝國大廈上方，那是奧林帕斯山的入口。閃電橫空劈落，空氣彷彿金屬般導電，挾帶著即將下雨的氣味。摩天大樓的樓頂如同以往點亮燈光，不過那些燈似乎故障了，從紫色閃爍成橘色，彷彿各種顏色爭搶露臉的機會。

在這棟高樓的屋頂上，還有來自朱比特營的昔日夥伴：一整群混血人身穿戰鬥盔甲，以帝國黃金打造的武器和盾牌在黑暗中閃閃發亮。傑生看到達珂塔、納桑、萊拉和馬可士；屋大維則站在最旁邊，他瘦削而蒼白，眼睛不知是因爲缺乏睡眠還是憤怒而紅通通的，腰上繫了一串獻祭用的絨毛動物玩具。屋大維的占卜師白袍外面套了一件紫色T恤，下半身穿著工作褲。

而隊伍的正中央站著蕾娜，她的金屬犬歐倫和亞堅頓也在她身旁。突然看到她，傑生湧起一陣非常痛苦的罪惡感。他曾讓蕾娜相信他們會有共同的未來。他從未愛上她，沒有眞正對她許下承諾……但也沒有拒絕她。

他突然消失，留下她獨自一人維持朱比特營的運作。（好吧，那其實不完全是傑生的主意，不過還是……）然後，他回到朱比特營，帶著新的女朋友派波，以及一整群搭著戰船的希臘人朋友。他們對廣場開火，接著一溜煙跑掉，把戰爭的爛攤子留給蕾娜處理。

在他的夢境中，蕾娜看起來很累。其他人也許沒有注意到，不過他與蕾娜共事得夠久，一眼就能看出她眼裡的疲倦與困乏，也能從她盔甲的繫帶看出裡面肩膀的緊繃狀態。她的黑髮溼答答的，像是剛才匆匆淋浴過。

這群羅馬人看著通往屋頂的門，似乎正在等待某個人。

門終於打開，兩個人出現了。其中一個是方恩[52]……不對，傑生心想，應該說是羊男。他在混血營學到了兩者的差異，如果叫錯了，黑傑教練老是會糾正他。羅馬的方恩比較喜歡到處晃蕩、討東西吃，羊男就不會這麼沒用，比較會參與混血人的事務。傑生覺得以前應該沒有見過這位獨特的羊男，不過他很肯定這傢伙是從希臘那邊來的。在這樣大半夜的，方恩不會以這麼果決的步伐走向一群全副武裝的羅馬人。

[52] 方恩（Faun），羅馬神話裡的半人半羊，相當於希臘神話裡的羊男。

這位羊男穿了一件綠色的「自然保育」T恤，上面有瀕臨絕種的鯨魚、老虎等動物的圖案。他毛茸茸的雙腳和羊蹄倒是什麼也沒遮，還蓄著濃密的山羊鬍，鬈曲的棕色頭髮塞進一頂牙買加的拉斯法三色風格帽子，脖子上戴了一整排蘆笛。他的雙手玩弄著T恤的摺邊，但從他審視那些羅馬人的樣子，以及注意那些人站立的位置和配備的武器看來，傑生認爲這個羊男以前必然經歷過戰鬥。

羊男的旁邊有個紅髮女孩，傑生認出以前在混血營看過她。是他們的神諭使者，瑞秋．伊莉莎白．戴爾。她有一頭鬈曲的長髮，身穿素淨的白上衣，牛仔褲則滿是手繪的黑墨設計圖案。她拿著一把藍色的塑膠梳子，以梳子緊張地輕敲大腿，很像是個祈求幸運的護身符。

傑生想起她曾在營火旁朗誦一行行的預言，把傑生、派波和里歐送上他們的第一次任務。她是個普通的凡人青少年，並非半神半人，卻因著傑生永遠無法理解的原因，德爾菲㊿的神靈選擇她作爲宿主。

眞正的問題是：她來找這些羅馬人做什麼？

她向前走幾步，定睛看著蕾娜。「你收到我的訊息了。」

屋大維哼了一聲。「希臘人，那是你們能夠活這麼久的唯一理由。我希望你們是來討論投降的事。」

「屋大維……」蕾娜警告他。

「至少要搜他們的身！」屋大維抗議。

「不需要，」蕾娜說，仔細端詳瑞秋．戴爾，「你身上帶了武器嗎？」

瑞秋聳聳肩。「我曾經用這把梳子戳進克羅諾斯的眼睛。除此之外，沒有。」

聽見這句話，羅馬人似乎不知道該怎麼辦才好。這個凡人不像是在開玩笑。

「那你的朋友呢？」蕾娜朝羊男點點頭，「我以爲你會自己一個人來。」

「這位是格羅佛・安德伍德，」瑞秋說：「他是會議的代表。」

「什麼會議？」屋大維質問。

「偶蹄長老會議，老兄。」格羅佛的聲音高亢而尖細，聽起來很害怕的樣子，不過傑生心想，羊男的內心比他所表現出來的還要堅定。「說眞格的，你們羅馬人都沒有大自然和森林之類的嗎？我帶來一些消息，你們必須好好聽著。還有，我是擁有正式執照的守護者。你也知道，我在這裡是要保護瑞秋。」

蕾娜一副拚命忍住笑的樣子。「可是沒帶武器？」

「只有蘆笛，」格羅佛的表情陷入沉思，「波西總是說，我這『生來狂野』的外表應該算是最危險的武器，但我不認爲有那麼糟。」

屋大維冷笑一聲。「又一個波西・傑克森的朋友。我只需要聽到這個就夠了。」

蕾娜舉起手要求大家安靜。她的金狗和銀狗嗅聞著空氣，不過牠們在她身旁保持冷靜，留意四周動靜。

「到目前爲止，我們的訪客說的都是實話，」蕾娜說：「瑞秋和格羅佛，事先警告一下，如果你們開始說謊，我們之間的對話不會讓你們好過。說說看，你們到底要來說什麼事。」

瑞秋從她的牛仔褲口袋裡拿出一張很像紙巾的紙。「一個訊息，來自安娜貝斯。」

---

53 德爾菲（Delphi），希臘古鎮，是阿波羅神殿所在地，即阿波羅神諭的發布地點。

傑生無法確定自己有沒有聽錯。安娜貝斯掉進塔耳塔洛斯了，她不可能用一張紙巾傳送便條給任何人啊。

「也許我根本撞到水面死掉了，」他的潛意識這樣說：「這不是眞實的視覺影像，一定只是某種死後的幻覺。」

然而這夢境似乎非常眞實，他可以感覺到風勢掃過屋頂，可以聞到暴風雨的氣息。閃電劃過帝國大廈上空，讓羅馬人的盔甲發出陣陣閃光。

蕾娜接過那張便條。她閱讀的時候，眉頭整個皺起來，嚇得連嘴巴都闔不攏。最後，她抬起頭看著瑞秋。「這是開玩笑嗎？」

「我也希望是，」瑞秋說：「但他們眞的在塔耳塔洛斯裡面。」

「不過怎麼會……」

「我不知道，」瑞秋說：「便條出現在我們餐廳涼亭的獻祭火焰裡。那是安娜貝斯的筆跡，她指名要交給你。」

屋大維很激動。「塔耳塔洛斯？你這是什麼意思？」

蕾娜把那張紙條遞給他。

屋大維一邊閱讀、一邊喃喃說著：「羅馬，阿拉克妮，雅典娜……雅典娜．帕德嫩？」他憤怒地看著四周，彷彿等待某人對他讀到的內容提出反駁。「這一定是希臘人的詭計！希臘人玩弄詭計最惡名昭彰了！」

蕾娜把紙條拿回來。「為什麼指名要找我？」

瑞秋露出微笑。「因為安娜貝斯很聰明。她相信你辦得到，蕾娜．阿維拉．拉米瑞茲—阿瑞拉諾。」

傑生覺得有人打了他一巴掌。從來沒有人直呼過蕾娜的全名，她很討厭把全名告訴別人。傑生唯一一次大聲唸出她的全名，只是想要唸出正確的發音，但是她立刻非常凶狠地瞪了他一眼。「那是聖胡安一個小女孩的名字，」蕾娜對他說：「我離開波多黎各就把名字留在那裡了。」

蕾娜狂吼一聲。「你居然敢……」

「嗯，」格羅佛．安德伍德插嘴說：「你的意思是，你的名字可以簡稱為『拉拉拉』？」

蕾娜伸手準備拔出她的匕首。

「但那不重要啦！」羊男立刻說：「你看，如果我們不相信安娜貝斯的直覺，怎麼會冒險來到這裡呢？一位羅馬人的領袖把最重要的希臘雕像帶回混血營，她知道這樣可以免去一場戰爭。」

「這不是詭計，」瑞秋補充說：「我們也沒有騙人。問你的狗就知道了。」

兩隻金屬獵犬沒有反應。蕾娜輕敲歐倫的頭，若有所思。「雅典娜．帕德嫩神像……所以傳說是真的。」

「蕾娜！」屋大維大叫：「你該不會認真考慮這件事吧！就算那雕像還存在，你也知道他們在打什麼主意。我們就快要對他們開戰了，一勞永逸摧毀所有愚蠢的希臘人，而他們打算用這個蠢差事來分散你的注意力。他們想要送你走上死路啊！」

其他羅馬人竊竊私語，瞪著他們的訪客。傑生想起屋大維多麼善於說服人，此刻他顯然讓那些軍官決定站在他那邊。

瑞秋‧戴爾面對這位占卜師。「屋大維，阿波羅之子，你應該更嚴肅看待這件事才對。即使是羅馬人也很尊重你父親的德爾菲神諭。」

「哈！」屋大維說：「你是德爾菲的神諭？好吧，那我就是皇帝尼祿[54]！」

「尼祿至少會播放音樂[55]。」格羅佛嘀咕了一句。

屋大維氣得握緊拳頭。

突然間風向改變了，一陣嘶嘶風聲在羅馬人周圍打轉，像是來了一窩蛇。瑞秋‧戴爾沐浴在一團綠色的光環裡，彷彿有一道柔和的翠綠色聚光燈打在她身上。接著，風勢漸漸平息，光環也不見了。

冷笑的表情從屋大維的臉上消失，其他羅馬人也不安地動來動去。

「由你來決定。」瑞秋說，彷彿剛才什麼事都沒發生。「我沒有特別的預言要給你，不過我可以稍微看見未來。我看到雅典娜‧帕德嫩在混血之丘。我看到她帶來那個雕像。」她指著蕾娜。「而且，艾拉曾經喃喃唸出你們《西卜林書》[56]的幾行字……」

「什麼？」蕾娜打斷她的話，「《西卜林書》在好幾個世紀以前就毀了。」

「我知道她！」屋大維以拳頭猛擊手掌。「他們去出任務，把那個叫艾拉的鳥身女妖帶回來。我知道她會不斷唸誦預言！現在我懂了，她……不知道怎樣記住一整本《西卜林書》。」

蕾娜不可置信地搖搖頭。「那怎麼可能？」

「我們也不知道，」瑞秋坦承說：「不過，沒錯，事實似乎就是這樣。艾拉有超強的記憶力，她很喜歡書。不知道在哪裡，也不知道為什麼，總之她讀到你們羅馬人的預言書。現在她是書中內容的唯一來源。」

「你的朋友們說謊，」屋大維說：「他們對我們說，那隻鳥身女妖只是自己胡言亂語而已。他們把她偷走了！」

格羅佛氣呼呼地瞪著他。「艾拉不是你們的財產！她是自由的生命。況且，是她自己想要待在混血營，她和我朋友泰森在交往。」

「獨眼巨人，」蕾娜想起來了，「鳥身女妖和獨眼巨人在交往……」

「那和這件事無關吧！」屋大維說：「那個鳥身女妖記得很有價值的羅馬人預言，如果希臘人不把她還給我們，我們也應該把他們的神諭當做人質！來人啊！」

兩位分隊長走上前，手上的羅馬重標槍舉成水平狀。格羅佛將他的蘆笛拿到唇邊，很快地上下抖動吹奏一下，只見標槍的矛尖突然變成聖誕樹。分隊長非常驚訝，把標槍扔在地上。

「夠了！」蕾娜大吼。

平常她很少提高音量說話，一旦這樣說話，所有人都靜下來聆聽。

「我們已經偏離正題了，」她說：「瑞秋．戴爾，你是要告訴我，安娜貝斯在塔耳塔洛斯

㊺ 皇帝尼祿（Emperor Nero）指的是羅馬帝國的第五任皇帝。歷史記載他個性多疑、暴戾，傳說西元六十四年的羅馬城大火是他暗中所為，卻將縱火者指向基督教徒，引發嚴重的宗教迫害事件。

㊻ Nero 也是知名燒錄軟體品牌，當初此軟體命名靈感就是將皇帝尼祿焚城事件（Nero Burning Rome）轉化為「Nero Burning Rom」的產品口號。格羅佛在這裡所說的「尼祿會播放音樂」，指的是 Nero 公司曾推出過的媒體播放軟體。

㊼《西卜林書》（Sibylline Books），古羅馬時代的神諭集，包括許多先知代替上帝、神祇傳達的訊息，以及對於災難、戰爭、禍患的預言，目前僅小部分保留下來。參《混血營英雄─海神之子》六十五頁，註⓰。

裡，而她找到一種方法傳送這個訊息。她要我帶這座雕像從古老的土地前往你們的營區。」

瑞秋點點頭。「只有一個羅馬人可以把它帶回去，恢復和平。」

「羅馬人爲什麼會想要和平呢？」蕾娜問：「在你們的船攻擊了我們的城市之後？」

「你知道爲什麼，」瑞秋說：「爲了避免這場戰爭，也爲了讓希臘和羅馬兩邊的天神和解。我們必須攜手合作、擊敗蓋婭。」

屋大維走上前想要說話，但蕾娜給了他一個凌厲的眼神。

「根據波西．傑克森說的，」蕾娜說：「與蓋婭的戰役會在古老的土地展開。在希臘。」

「那裡是巨人的地盤，」瑞秋同意，「無論用什麼樣的魔法，無論巨人打算以什麼儀式喚醒大地之母，我感覺得到那一定會在希臘。不過……嗯，我們的問題不只局限於古老的土地，也因爲這樣，我才會帶格羅佛來和你談一談。」

羊男拉拉自己的山羊鬍。「是啊……你知道嗎？過去幾個月以來，我曾經和整個大陸的很多羊男和自然精靈談過，他們全都說著同樣的事。蓋婭蠢蠢欲動；我的意思是，她就快要清醒了。她對水精靈的心靈喃喃低語，想要讓她們倒戈。她也引發地震，將樹精靈的樹連根拔起。光是上星期，她就以人形出現在十幾個不同的地方，把我的一些朋友嚇得羊角都掉了。在科羅拉多州，一個巨大的石拳從山頂上伸出來，像打蒼蠅一樣揮打一些派對小馬。」

蕾那皺起眉頭。「派對小馬？」

「說來話長。」瑞秋說：「重點是，蓋婭會從每一個地方崛起。她已經蠢蠢欲動了，沒有什麼地方可以安全躲過戰爭。而我們知道，她最初的目標必然是混血人的兩個營區。她想要徹底摧毀我們。」

「純屬猜測，」屋大維說：「要分散我們的注意力。希臘人很怕我們發動攻擊，所以想要擾亂我們。就像是特洛伊木馬的翻版！」

蕾娜轉動手上一直配戴著的銀戒指，上面刻著劍和火炬的圖案，象徵她的媽媽，女戰神貝婁娜[57]。

「馬可士，」她說：「把西庇阿從馬廄牽出來。」

「蕾娜，不行！」屋大維出言反對。

她轉身面對希臘人。「我做這件事是為了安娜貝斯，為了我們兩個營區之間建立和平關係的希望，但是千萬別以為我會忘記朱比特營所遭受的羞辱。你們的船艦對我們的城市開火，是你們宣戰的，不是我們。好了，走吧。」

格羅佛蹬踏他的羊蹄。「波西絕對不會……」

「格羅佛，」瑞秋說：「我們該走了。」

她的語氣是要說：「在一切都太遲之前。」

在他們向後退、沿著樓梯往下走之後，屋大維從蕾娜身後抓住她。「你瘋了嗎？」

「我是羅馬軍團的執法官，」蕾娜說：「我做這樣的判斷，是基於羅馬的最大利益。」

「讓你自己去赴死嗎？還要打破我們最傳統的規定，前去古老的土地？你要怎麼找到他們的船，並且覺得能在這樣的旅途中存活下來？」

[57] 貝婁娜（Bellona），羅馬女戰神，象徵物是劍。雖等同於希臘神話中的厄妮爾（Enyo），但在羅馬時期的地位非常受到重視。

「我會找到他們，」蕾娜說：「如果他們正航向希臘，我知道傑生會在一個地方停下來。爲了迎戰冥王之府的鬼魂，他會需要一支軍隊，而他只能在一個地方找到需要的援助。」

在傑生的夢境中，大樓似乎在他腳下開始傾斜。他想起很多年前曾和蕾娜有過一番對話，那是他們對彼此許下的承諾。他很清楚蕾娜說的是什麼地方。

「這眞是太瘋狂了。」屋大維低聲咕噥。「我們已經遭到攻擊，現在應該展開反擊才對！那些毛茸茸的小矮人已經偷走我們的裝備，還妨害我們偵察小組的行動……你也知道，他們是希臘人派來的！」

「或許是吧，」蕾娜說：「不過沒有我的命令，你不要發動攻擊。繼續偵察敵人的營區，確保自己所在位置的安全。盡你所能召集所有的盟友，假如抓到那些小矮人，你有我的同意，可以把他們送回塔耳塔洛斯。但是，在我回來之前，千萬不要攻擊混血營。」

屋大維瞇起眼睛。「你不在的時候，占卜師就是資深軍官。我會負起全責。」

「我知道，」蕾娜的聲音聽起來不太高興，「不過你聽到我的命令了，你會全部聽進去。」她掃視每一位分隊長的臉孔，讓他們不敢質疑她。

她像旋風般離去，紫色披風波浪狀起伏，她的兩隻狗也跟在腳邊。

她一離開，屋大維便轉身看著所有分隊長。「召集所有的資深軍官。由於蕾娜去進行她的愚蠢任務，我要盡快舉行一個會議。軍團的計畫會有一些變化。」

其中一位分隊長張開嘴準備回應，但不知爲何，他居然用派波的聲音說：「醒來啊！」

傑生的眼睛猛然睜開，看到整個海面朝他高速衝來。

34 傑生

傑生差點就沒命了。

後來，他的朋友們向他解釋，大家直到最後一秒才發現他從天上掉下來，法蘭克來不及變成一隻老鷹抓住他，也來不及擬定任何援救計畫。

幸虧派波靈機一動，用魅語救了他一命。她費了好大的力氣喊出「醒來啊」，讓傑生覺得自己好像心臟受到電擊一樣。在千鈞一髮的緊要關頭，他召喚了風，免於變成亞得里亞海面上的混血人浮油。

回到甲板上，他把里歐拉到旁邊，建議修正航道。幸好里歐夠信任他，沒有詢問原因。

「去那種地方度假也太詭異了，」里歐笑著說：「不過，嘿，你是老大嘛！」

此刻，與朋友們一起坐在餐廳裡，傑生覺得好清醒，覺得未來一週都不會想再睡覺。他的雙手抖動，無法克制地一直輕叩大腿。他猜想，里歐一直以來的心情就是這樣，只不過里歐比較有幽默感。

特別是看過之前的夢境後，傑生不太想開玩笑。

他們吃午餐的時候，傑生向大家報告他在半空中看到的景象。朋友們靜默許久，時間長到讓黑傑教練吃完花生醬加香蕉三明治，還把陶瓷餐盤一併下肚。

船隻行過亞得里亞海時發出吱吱嘎嘎的聲音，受到巨龜的攻擊之後，僅剩的船槳還無法排成一直線同步划動。每隔一陣子，船首的破浪神雕像非斯都就會透過擴音器發出劈啪聲和吱嘎聲，以詭異的機器語言報告自動駕駛的狀態，那只有里歐才聽得懂。

「安娜貝斯傳來的便條。」派波不可置信地搖搖頭。「我實在不懂，那怎麼可能發生呢？不過如果……」

「她還活著，」里歐說：「感謝天神，還有把辣醬遞給我。」

法蘭克忍不住皺眉。「你在說什麼啊？」

里歐抹去臉上的薯條碎屑。「張，我說，把辣醬遞給我。我還很餓。」

法蘭克把一罐莎莎醬推過去。「我不敢相信蕾娜會想要找到我們。要來古老的土地是禁忌。她的執法官身分會遭到剝奪吧。」

「那還要她能活下來。」海柔說：「連我們七個混血人加一艘戰船要撐這麼久都很難。」

「還有我啊，」黑傑教練急著說：「別忘了，杯子蛋糕，你們可是有羊男的優勢哩。」

傑生忍不住笑出來。黑傑教練有時候非常滑稽可笑，但傑生很高興有他同行。他想起夢中見到的那個羊男，格羅佛·安德伍德。他無法想像還有其他羊男比黑傑教練更特別，不過他們似乎都很勇敢，很有自己的一套。

這也讓傑生回想起朱比特營的方恩，不禁感到疑惑，假如羅馬的混血人對於方恩有更高的期待，他們是否能符合那樣的期盼？他的表格又多加一個事項了……

他的表格啊。直到這一刻，他才意識到自己心裡有這樣的表格；其實自從離開混血營以來，他一直思考著許多方法，想讓朱比特營變得比較……希臘。

傑生在朱比特營長大，也在那裡過得很好。但是他的作風向來有點不按牌理出牌，不時衝撞體制。

他之所以加入第五分隊，是因爲每個人都叫他不要去那裡。大家都警告他，那裡是最爛的單位，於是他心想，好吧，我要讓它變成最棒的單位。

等到成爲執法官後，他努力運作，將軍團改名爲第一軍團，而非原本的第十二軍團，象徵羅馬有個新的開始。這個想法差點引發一場叛亂。新羅馬充滿了傳統與前人留下的遺物，要改變規則並不容易。傑生學會與之共存，甚至學會如何駕馭。

然而，如今他看過朱比特營和混血營兩個營區，深深覺得混血營讓他更加了解自己，這種感覺怎麼樣都甩不掉。如果他能在這場迎戰蓋婭的戰爭中活下來，回到朱比特營繼續擔任執法官，他能讓一些事情變得更好嗎？

那是他的職責。

那麼，充斥心中的這個想法爲什麼讓他擔心害怕？他自己遠走高飛、留下蕾娜一個人打理一切，一直讓他有很深的罪惡感，然而……他內心有一部分很想與派波和里歐一起回到混血營。他暗想，這會讓他變成一個很糟糕的領導者。

「傑生？」里歐問：「阿爾戈二號呼叫傑生。給點意見吧。」

他意識到自己的朋友們正殷殷期盼地看著他。他們需要確切的保證。無論戰爭結束之後是否回到新羅馬，傑生此刻必須站出來，表現得像個執法官。

「嗯，抱歉。」他伸手摸摸海盜斯喀戎在他的髮際切出來的髮溝。「毫無疑問，越過大西洋是趟艱難的航程，但我絕不會拿蕾娜來打賭，假如有任何人辦得到，那一定是她。」

派波拿著湯匙在湯碗裡繞圈攪動。傑生還是有點緊張，怕派波會吃蕾娜的醋，不過她抬起頭時，臉上掛著一本正經的微笑，取笑的成分似乎比不安全感還要多。

「嗯，我很希望能再見到蕾娜，」她說：「可是，她到底要怎麼找到我們啊？」

法蘭克舉起手。「你不能發個伊麗絲訊息給她嗎？」

「那種訊息沒辦法傳送得很好，」黑傑教練插嘴說：「收訊品質超爛。我敢發誓，每天晚上我都想踢那個彩虹女神一腳……」

他突然變得結結巴巴，整張臉脹得通紅。

「教練？」里歐咧嘴笑著，「你這老山羊，每天晚上都和誰熱線啊？」

「沒有人！」黑傑怒氣沖沖地說：「沒事！我只是說……」

「他是要說，我們早就已經試過了，」海柔打斷他的話，教練給她一個感激的表情。「有些魔法會從中干擾……也許是蓋婭做的。要和羅馬人聯絡更加困難，我想是他們把自己遮掩起來了。」

傑生先看看海柔再看教練，很疑惑這個羊男不知道發生什麼事，而海柔又是怎麼知道的。這時傑生才想起，教練已經很久沒有提起他那位雲精靈女朋友蜜莉了……

法蘭克的手指在桌面上叩叩敲著。「我想蕾娜應該沒帶手機吧……？應該沒有。算了，她騎著飛馬飛過大西洋，收訊狀況大概也不會太好。」

傑生想著阿爾戈二號航越大西洋的過程，想起幾乎置他們於死地的種種遭遇，再想到蕾娜要單獨一人飛過那裡……不確定該說太可怕還是該令人驚歎。

「她一定會找到我們，」他說：「她在夢裡提起一件事。在我們前往冥王之府的路上，她認為我會去一個地方。我……說實在的，早就忘了那件事，不過她說得很對。我確實需要去那個地方。」

派波靠近他身邊，她的焦糖色辮子垂落在肩膀上，一雙多彩的眼睛讓傑生很難有條有理地思考。

「那個地方在哪裡？」她問。

「一個……呃，一個小鎮，叫做史匹列特。」

「史匹列特。」派波聞起來眞的好香，很像盛開的忍冬花。

「嗯，是啊。」傑生懷疑派波是不是對他施了一些阿芙蘿黛蒂的魔法，說不定在他每次提到蕾娜的名字時，派波就會把他迷得神魂顚倒，讓他除了派波以外，什麼事都無法思考。也許這不算是最糟糕的一種報復吧。「事實上，我們距離那裡應該很近了。里歐，對吧？」

里歐按下對講機的按鈕。「兄弟，情況如何？」

破浪神雕像非斯都發出劈啪聲和噗噗蒸汽聲。

「他說差不多再過十分鐘就會到達港口了。」里歐向大家報告。「雖然我還是不懂你爲什麼要去克羅埃西亞，特別是一個叫做史『劈裂』特的小鎮。我的意思是，你把你的城市取名爲史『劈裂』特，你也知道，多半是要警告別人會遭到『劈裂』。有點像把你的城市取名爲『滾出去！』一樣。」

「等一下，」海柔說：「我們爲什麼要去克羅埃西亞？」

傑生注意到，其他人很不想接觸到海柔的目光。自從她用迷霧戲耍強盜斯喀戎之後，就連傑生在她身旁都覺得有點緊張。他知道這樣對海柔並不公平。身爲普魯托的孩子，處境已經夠艱難了，如今她又在那個懸崖上施展出非常厲害的魔法。況且在那之後，根據海柔所說，普魯托本尊出現在她面前。基本上，羅馬人會說這種事情是「壞兆頭」。

里歐把他的薯條和辣醬推到旁邊。「嗯，嚴格來說，過去幾天以來，我們已經在克羅埃西亞的領域內了，所有航行過的海岸線全都屬於克羅埃西亞，不過據我所知，如果回到羅馬人統治的時代，這裡叫做……傑生，你們是怎麼說的？布達馬奇？」

「達爾馬齊亞啦。」尼克說，害傑生嚇了一跳。

我的天神啊……傑生真希望能在尼克·帝亞傑羅的脖子繫上一個鈴鐺，讓自己知道這傢伙出現了。尼克有種讓人很受不了的習慣，他老是靜悄悄站在角落，與陰影融合在一起。

尼克走向前，一雙深色眼睛凝視著傑生。自從他們從羅馬的青銅花瓶裡救出尼克後，他睡得很少，吃得更少，彷彿依舊維持著冥界的非常時期生活，只靠石榴種子過活就夠了。他讓傑生想起不忍卒睹的回憶，想起曾經在聖貝納迪諾對戰過的食屍鬼。

「克羅埃西亞以前曾經叫做達爾馬齊亞，」尼克說：「是個很重要的羅馬省分。你想要去戴克里先的宮殿，對吧？」

黑傑教練又很誇張地打個嗝。「誰的宮殿？『大麥町』這種狗是從達爾馬齊亞來的嗎？58《一〇一忠狗》那部電影，我想起來還會作惡夢呢。」

法蘭克搔搔頭。「你想到那部電影爲什麼會作惡夢？」

黑傑教練看似要對那部邪惡的大麥町狗卡通發表長篇大論，但傑生下定決心不想聽。

「尼克說得沒錯，」他說：「我必須去戴克里先的宮殿。那裡就是蕾娜會先去的地方，因爲她知道我會去那裡。」

派波挑了挑眉毛。「蕾娜爲什麼會那樣想？因爲你一直瘋狂迷戀克羅埃西亞文化嗎？」

傑生盯著眼前沒吃半口的三明治。他很難說明自己遭到茱諾[59]清除記憶之前的生活。在朱比特營生活的那些年簡直像是捏造出來的，很像是他之前數十年主演過的一部電影。

「我和蕾娜曾經聊到戴克里先，」他說：「我們都有點把他當做領袖一樣崇拜，聊過會怎麼樣去拜訪戴克里先的宮殿，當然我們都知道那根本不可能，因爲沒有人會去古老的土地。不過我們還是做了約定，萬一眞的去到古老的土地，我們就會去那裡。」

「戴克里先……」里歐想著這個名字，然後搖搖頭。「什麼都想不出來。他爲什麼那麼重要啊？」

法蘭克看起來有點不高興。「他是最後一位偉大的非基督教羅馬皇帝啊！」

里歐翻了個白眼。「張，你知道這個，爲什麼我一點都不驚訝呢？」

「爲什麼會不知道？他是最後一位敬拜奧林帕斯眾神的皇帝，在康斯坦丁大帝出現並接受基督教義之前。」

海柔點點頭。「那些事我還記得一點。聖阿格尼斯學院的修女教過我們，戴克里先是個大惡棍，與尼祿和卡利古拉[60]是同一類的。」她狐疑地斜眼看著傑生。「你爲什麼會崇拜他？」

「他不完全是個惡棍，」傑生說：「沒錯，他迫害基督教徒，但除此之外，他是很好的統

[58] 大麥町（Dalmatian）這種狗的原產地便是克羅埃西亞的達爾馬齊亞（Dalmatia）。

[59] 茱諾（Juno），羅馬神話中的天后，等同於希臘神話中的天后希拉，但形象比希臘神話中的天后希拉更好戰。參《混血營英雄─迷路英雄》一〇一頁，註[31]。

[60] 卡利古拉（Caligula），羅馬帝國第三任皇帝，好大喜功，生活糜爛，是羅馬帝國典型的暴君。

治者。他從無名小卒一路努力向上，最終加入羅馬軍團。他的父母都曾是奴隸……或至少媽媽是奴隸。半神半人都知道他是朱比特的兒子，因此他是統治羅馬的最後一個半神半人。他也是第一位在任內退休的羅馬皇帝，有點像是和平移轉權力。他的家鄉在達爾馬齊亞，所以他搬回那裡，建了退休後居住的宮殿，史匹列特就是在宮殿四周發展起來的小鎮……」

他看到里歐，說話變得結結巴巴，因爲里歐假裝用一隻看不見的筆認眞寫筆記。

「繼續說啊，葛瑞斯教授！」里歐說，瞪大著眼睛，「我想要在考試的時候拿到A！」

「閉嘴啦，里歐。」

派波又喝了一湯匙的湯。「那麼，戴克里先的宮殿爲什麼如此特別？」

尼克靠過來，拔了一顆葡萄。這可能是那傢伙一整天的全部食物。「據說戴克里先的鬼魂在那裡出沒。」

「他是朱比特的兒子，和我一樣，」傑生說：「他的墳墓在好幾個世紀前遭到摧毀，不過我和蕾娜以前就很想知道能不能找到戴克里先的鬼魂，問問他究竟埋葬在哪裡……嗯，根據傳說，他的權杖和他埋在一起。」

尼克對他露出令人毛骨悚然的淺淺微笑。「啊……那個傳說。」

「什麼傳說？」海柔問。

尼克轉身看著他姊姊。「根據推測，戴克里先的權杖可以召喚羅馬軍團的鬼魂，也就是敬拜古老神祇的所有人。」

里歐吹了個口哨。「很好，現在我有興趣了。我們進入冥王之府的時候，後面跟著一群該死的異教徒殭屍軍隊，還眞棒啊。」

「不確定我會不會那樣說，」傑生嘀咕說：「不過沒錯。」

「我們沒有太多時間了，」法蘭克警告說：「今天已經是七月九日，我們必須趕到伊庇魯斯，關上死亡之門……」

「死亡之門有重兵看守，」海柔低聲說：「有個黑漆漆的朦朧巨人，還有一個女巫，她想要……」她停下來想一會兒，「嗯，我不確定。但根據普魯托所說，她打算『重建她的勢力範圍』。不管那代表什麼意思，只要想到我爸覺得應該親自來警告我，情況就夠糟了。」

法蘭克咕噥一聲。「而且假如我們經歷這一切都能活下來，還是得找出巨人在哪裡喚醒蓋婭，然後趕在八月一日前去那裡。況且，波西和安娜貝斯在塔耳塔洛斯裡面待得愈久……」

「我知道，」傑生說：「我們不會在史匹列特花太久時間，但尋找那根權杖絕對值得一試。我們到了宮殿之後，我可以留個訊息給蕾娜，讓她知道我們要走哪條路去伊庇魯斯。」

尼克點點頭。「戴克里先的權杖可以造成很不一樣的局面。你會需要我的幫忙。」

傑生拚命想要隱藏自己的不安，可是一想到要和尼克一起去任何地方，他的皮膚就起了雞皮疙瘩。

波西曾說過一些與尼克有關的事，聽了令人震驚。他的忠誠度並非永遠確定不變。比起活人，他花了更多時間與死人爲伍。有一次，他甚至在黑帝斯的神殿誘使波西落入一個陷阱。也許尼克想要彌補那件事，因此幫助希臘人對抗泰坦巨神，不過還是……

派波捏捏他的手。「嘿，聽起來很好玩耶。我也跟你去。」

傑生好想大叫：「感謝眾神！」

但尼克搖搖頭。「派波，你不能去，應該只有傑生和我去。戴克里先的鬼魂可能只會現身在朱比特之子面前，其他混血人恐怕多半會……嗯，嚇到他。而我是唯一一個能和他的魂魄說話的人，就連海柔都沒辦法。」

尼克的眼睛閃過一絲挑釁的神色，似乎對於傑生會不會提出抗議感到很好奇。

船上的鐘聲響起，非斯都透過擴音器發出劈啪聲和呼嚕聲。

「我們到了，」里歐向大家宣布，「該去史匹列特了。」

法蘭克哼一聲。「我們可以把里歐留在克羅埃西亞嗎？」

傑生站起來。「法蘭克，你負責保護這艘船。里歐，你有很多修理工作要做。其他人呢，盡可能找事情幫忙。我和尼克……」他轉身面對黑帝斯之子，「我們要去找一個鬼魂。」

35 傑生

傑生第一眼看到的是冰淇淋推車旁的天使。

阿爾戈二號停泊在港灣裡，旁邊還有六、七艘遊艇。如同以往，凡人完全不會注意到他們這艘三層槳座戰船；但為了安全起見，傑生和尼克還是先從觀光船跳到一艘小型帆船上，這樣上岸的時候看起來就像是人群的一份子。

從第一眼的印象，史匹列特似乎是個很酷的地方。有一個長條形的廣場彎曲繞過港口旁邊，兩旁種植成排的棕櫚樹。在人行道的咖啡座區，許多歐洲來的青少年到處閒晃，說著十幾種不同的語言，愉悅地享受陽光普照的午後時光。空氣中瀰漫著烤肉和新鮮切花的香氣。

而在主要大街之外，整個城市像是一團大雜燴，中世紀的教堂尖塔、羅馬時代城牆、砌著紅瓦屋頂的石灰岩民房、現代辦公大樓全部擠在一起。遠處的灰綠色山丘延伸通往高聳的山脊，這讓傑生覺得有點緊張，他忍不住看著那些岩石懸崖，覺得蓋婭的臉會從陰影中浮現出來。

他和尼克沿著海邊廣場往前走，突然看見一個有翅膀的傢伙正向街道旁的推車小販買雪糕。叫賣的太太算著那傢伙遞上的零錢，一副意興闌珊的樣子。許多遊客從天使的巨大翅膀旁邊繞過去，連看都沒看一眼。

傑生用手肘推推尼克。「你有沒有看見那個？」

「有啊，」尼克表示看到了。「也許我們也該買點冰淇淋。」

他們朝推車走去時，傑生很擔心這個有翅膀的傢伙也許是北風之神波瑞阿斯[61]的兒子。天使的身邊佩戴著鋸齒狀的青銅劍，與波瑞阿斯的劍是同一種，傑生上一次遇到他們並不是太順利。

不過眼前這個傢伙似乎比較冷淡，而不會讓人恐懼。他穿著紅色背心、百慕達短褲，腳踩一雙運動涼鞋，翅膀混雜著各種不同深淺的褐色，很像短腿公雞的羽色或懶洋洋夕陽的色彩。他有一頭深棕色接近黑色的頭髮，差不多像里歐的頭髮一樣捲。

「他不是死而復生的精靈，」尼克低聲說：「也不是冥界的生物。」

「是啊，」傑生表示同意，「我懷疑他們會吃巧克力脆皮雪糕。」

「所以他是什麼？」尼克感到很好奇。

他們走近到十公尺的距離，那個有翅膀的傢伙直視著他們。他露出微笑，把雪糕舉到肩膀高處打個招呼，然後消失在空氣中。

傑生沒辦法很清楚地看見那個天使，但他有豐富的御風經驗，因此可以追蹤天使的路徑；只見一束溫暖的紅金色細線迅速穿越街道，沿著人行道蜿蜒前進，還從觀光客商店的旋轉架上吹起明信片。那陣風吹向海濱人行道的盡頭，遠處隱約有一棟巨大的城堡式建築。

「我敢打賭那就是宮殿，」傑生說：「走吧。」

即使過了兩千年，戴克里先的宮殿還是令人驚豔。外牆只剩下一層粉紅色花崗岩外殼，斷裂毀壞的石柱和拱窗突出天際，不過整面牆還算完整，大約有四百公尺長、二十到二十五公尺高，頓時讓附近擁擠的現代商店和房屋顯得十分矮小。傑生在心中想像，這座宮殿剛建造完成時看起來應該差不多是這樣，有威嚴的守衛在防禦土牆邊來回巡邏，羅馬的金色鷹隼雕像也在胸牆上閃閃發亮。

那個風天使（或者隨便他是什麼）在粉紅色的花崗岩拱窗急速飛進飛出，然後消失在另一側。傑生掃視宮殿正面，尋找入口。他看到的唯一入口位在好幾個街區外，許多遊客正在排隊買票。他們沒時間買票了。

「我們一定要追上他，」傑生說：「抓緊我的手。」

「可是……」

傑生抓住尼克，兩人一起跳升到上方空中。

尼克壓低音量抗議了一聲，兩人隨即飛過高牆進入中庭，那裡有更多遊客晃來晃去、到處拍照。

他們落地時，有一個小孩按了兩下快門；他變得目光呆滯，然後搖搖頭，很像是想要甩掉相機造成的幻覺。沒有其他人注意到他們。

中庭的左手邊豎立著一排石柱，上面頂著風化損壞的灰色圓拱；右手邊則有一棟白色的大理石建築，開了好幾扇長條形的窗戶。

「列柱圍繞的中庭，」尼克說：「這是進入戴克里先私人宅邸的入口。」他沉著一張臉看著傑生。「還有，拜託，我不喜歡別人碰我。絕對不要再抓我了。」

傑生的肩胛骨不由得緊繃起來。他覺得尼克根本就是語帶威脅，意思像是：除非你想讓

---

61 波瑞阿斯（Boreas），北風之神，掌管冬季之風，是強壯且性格狂暴的天神。

一把冥河劍指著你的鼻子。「嗯，好啦。對不起。你怎麼知道這個地方叫什麼？」

尼克環視整個中庭，最後定睛看著遠方角落的幾道階梯，通往下方。

「我以前來過這裡，」他的眼睛就像他的劍刃一樣黑。「和我媽媽還有碧安卡一起。週末從威尼斯來這裡旅行。我大概是……六歲吧？」

「那是什麼時候……一九三〇年代嗎？」

「一九三八年左右，」尼克心不在焉地說：「你為什麼關心這個？有沒有在哪裡看到那個長翅膀的傢伙？」

「沒有……」傑生還是很想了解尼克的過去。

他一直希望能和他的團隊成員建立良好關係。他費了一番功夫才學到，假如有人要在戰鬥中支援你，你最好和那個人找到一些共通點，而且信任彼此。但尼克並不是個容易理解的人。「我只是……我沒辦法想像從另一個時代來到這裡會有多詭異。」

「沒錯，你無法想像。」尼克盯著腳下的石板地面，深呼吸一口氣。

「嘿……我不想談這個。說真的，我覺得海柔更不想談，她記得更多小時候的事。她必須死而復生，讓自己適應現代世界。而我……我和碧安卡，我們一直受困在蓮花飯店裡。時間過得好快。實在很不可思議，那讓轉變的過程顯得比較簡單。」

「波西對我說過那個地方，」傑生說：「七十年，不過感覺像是只過了一個月？」

尼克掐緊拳頭，掐到手指都變白了。「是啊，我敢說波西把我所有的事都告訴你了。」

他的聲音帶著沉重的痛苦，遠超過傑生所能理解。傑生知道尼克怪罪波西讓他姊姊碧安卡遭到殺害，不過他們應該讓那件事過去了，至少波西是這樣說的。派波也曾提起與尼克有關的一個謠言，說他很迷戀安娜貝斯。或許那也是原因之一。

只不過……傑生還是不了解尼克為什麼要將人們排拒在外，為什麼從不花時間待在兩個營區，為什麼寧可與死者為伍也不願和活人在一起。如果尼克那麼恨波西，為什麼要答應帶阿爾戈二號前往伊庇魯斯？傑生真的無法了解。

尼克的視線掃過頭頂上方的幾扇窗戶。「這裡到處都有羅馬的死者……家庭守護神拉雷斯，死者之魂。他們正在看著，而且很生氣。」

「針對我們嗎？」傑生的手移到劍柄上。

「針對所有事。」尼克指著中庭西邊遠端的一棟石砌小房子。「那本來是朱比特的神廟，基督徒把它改成洗禮堂。羅馬人的鬼魂不喜歡那樣。」

傑生看著那棟房子的黑色門口。

他從來沒有見過朱比特，不過在他想像中，父親是個活生生的人，與他媽媽墜入愛河。他當然知道爸爸長生不死，但不知為何，直到現在他還沒辦法真正接受這件事的所有意義；他看著那道羅馬人曾經絡繹不絕進出的門，他們在數千年前來到這裡敬拜他爸爸。這個想法讓傑生頭痛欲裂。

「而在那裡……」尼克指著東邊一棟六角形房子，四周環繞著許多各自獨立的列柱。「那是皇帝的陵墓。」

「可是他的墳墓早已經不在那裡了。」傑生猜測說。

「有好幾個世紀了，」尼克說：「帝國滅亡時，那棟建築也變成基督教的教堂。」

傑生吞了一口口水。「那麼，如果戴克里先的鬼魂還在這裡遊蕩……」

「他可能會不高興。」

突然颳起一陣風，把列杜庭院內的樹葉和食物包裝紙吹得團團轉。透過眼角餘光，傑生掌握到一絲動靜；那是一抹紅金色的模糊影子。

他連忙轉身，一根鐵鏽色的羽毛飄落在通往下方的階梯上。

「那邊，」傑生指著，「那個有翅膀的傢伙。你覺得那些階梯會通往哪裡？」

尼克抽出他的劍。他的笑容甚至比陰沉的臉色更令人不安。「地下，」他說：「我最喜歡的地方。」

地下並不是傑生最喜歡的地方。

他曾與派波和波西前往羅馬的地底下，與那兩個雙胞胎巨人在圓形競技場的地下墓室歷經一番激戰，之後他的大多數惡夢就是有關地下室、活板門以及巨大的黃金鼠滾輪。

有尼克同行並沒有讓傑生覺得比較安心。冥河鐵劍的劍刃似乎讓尼克的陰影變得更陰暗，彷彿冥界金屬會把空氣中的光線和熱度全部吸走。

他們向下走到一個巨大的地窖，四周有粗大的柱子撐起圓頂狀的天花板。地窖裡的石灰岩塊非常古老，感覺吸收了好幾世紀的溼氣而全部黏在一起，讓整個地方看起來很像是天然形成的洞穴。

沒有遊客敢跑下來這裡，他們顯然比混血人聰明多了。

傑生拔出他的短劍。他們走過低矮的拱門，腳步聲在石板地面上迴盪。一道牆壁上方有整排緊閉的窗戶，面向街道那一面，不過那只讓地窖感覺更加幽閉而恐怖。一束束陽光看起來很像斜斜的監獄柵欄，伴隨著飛旋的古老塵埃。

傑生繞過一根支撐的梁柱，一望向左手邊，差點心臟病發。此刻瞪著他的是戴克里先的大理石半身胸像，石灰岩的臉孔怒目而視，一臉不悅。

傑生努力讓呼吸穩定下來。這裡似乎是留紙條給蕾娜的好地方，把他們前往伊庇魯斯的路徑告訴她。這裡遠離人群，不過他相信蕾娜一定找得到；她具有獵人的直覺。傑生把紙條夾在胸像和底座之間，接著向後退。

戴克里先的大理石眼睛令他提心吊膽。他忍不住想起特米納士[62]，新羅馬那個會講話的雕像神。他衷心希望戴克里先不會對他咆哮，或者突然開始唱歌。

「哈囉！」

等到傑生終於確認這個聲音其實來自其他地方，他已經把皇帝胸像的頭砍下來了。胸像倒在地上摔成碎片。

「那樣很不好喔。」那聲音在他們背後說。

傑生轉過身。在冰淇淋攤看到的長翅膀男子正倚著附近一根柱子，漫不經心地朝空中拋擲一只小小的青銅戒指。他的腳旁有一個柳條編成的午餐籃，裡面裝滿了水果。

「我的意思是，」男子說：「戴克里先曾經對你做了什麼嗎？」

空氣在傑生腳下轉動。大理石碎片聚集起來，形成一道小小的龍捲風，旋轉著回到基座上，然後重新組合成完整的胸像，紙條仍然夾在胸像底下。

---

[62] 特米納士（Terminus），羅馬神話中的疆界守護神，代表了領域與界線。

「呃……」傑生放低手上的劍。「那是意外。你嚇到我了。」

有翅膀的傢伙咯咯笑。「傑生．葛瑞斯，有許多詞彙可以描述西風……溫暖、輕柔、賦予生命，而且非常大方，倒是沒聽過『嚇人』哪。那種粗魯的行爲，我會留給北方那位颳大風的兄弟。」

尼克慢慢向後退。「西風？你的意思是說，你是……」

「法沃尼俄斯，」傑生終於明白了，「西風之神。」

法沃尼俄斯微笑著鞠躬，顯然很高興有人認出他。「你們當然可以叫我的羅馬名字，或者叫澤弗羅斯，如果你是希臘人的話。我不會因爲這種事而心煩。」

聽了這句話，尼克倒是顯得心煩意亂。「你的希臘和羅馬兩邊人格爲什麼不會起衝突，像其他天神那樣？」

「喔，我偶爾也會很頭痛啊。」法沃尼俄斯聳聳肩。「有幾個早上，我醒來時穿著希臘式長袍，但是我很確定前一晚睡覺時穿的是羅馬式睡衣。不過大多數的戰爭對我沒有影響。我是個小神，你也知道，從來不曾眞正成爲注目的焦點。你們半神半人之間那些來來去去的戰爭，對我沒有那麼大的影響。」

「那麼……」傑生不太確定是否該把劍放回劍鞘。「你在這裡做什麼？」

「有好幾件事啊！」法沃尼俄斯說：「帶著我的水果籃。我總是帶著一籃水果。你要吃洋梨嗎？」

「不用了，謝謝。」

「我看看……早一點我在吃冰淇淋，現在則是丟著這個小圈環。」法沃尼俄斯轉動食指上的青銅戒指。

傑生不曉得什麼是「小圈環」，不過他努力讓自己專心。「我是說，你為什麼出現在我們面前？為什麼帶我們來這個地窖？」

「喔！」法沃尼俄斯點點頭。「戴克里先的石棺。沒錯。這是它最後放置的地方。基督徒把它移出這個陵墓，然後有些野蠻人毀掉石棺。我只是想指點你們，」他惋惜地攤開雙手，「你們要找的地方不是這裡。我的主人把它拿走了。」

「你的主人？」傑生突然回想起科羅拉多州派克峰頂的飄浮神殿，他曾經造訪那裡的攝影棚（還差點丟掉性命），有個瘋狂的氣象預報員宣稱他是萬風之神。「拜託告訴我，你的主人不是艾歐勒斯[63]。」

「那個腦袋空空的傻蛋？」法沃尼俄斯輕蔑地哼了一聲。「不是，當然不是。」

「他的主人是厄洛斯，」尼克的聲音變得急躁，「丘比特，用拉丁文稱呼的話。」

法沃尼俄斯露出微笑。「非常好，尼克．帝亞傑羅。順便一提，很高興再次見到你，好久不見了。」

尼克皺起眉頭。「我從來沒有遇過你啊。」

「你從來沒有見過我，」天神更正他的話，「不過我一直看著你。你來到這裡時是個小男孩，自從那之後又來了好幾次。我知道你終究會回來，想要見我主人一面。」

尼克變得比平常更加蒼白。他的銳利眼神掃視整個洞穴般的房間，彷彿開始覺得自己被

---

[63] 艾歐勒斯（Aeolus），希臘神話中的風神，掌管世界上所有的風。參《混血營英雄——迷路英雄》一六九頁，註[47]

困住了。

「尼克？」傑生說：「他到底在說什麼？」

「我不知道。沒什麼。」

「沒什麼？」法沃尼俄斯大叫：「你最在意的那個人……已經一頭栽進塔耳塔洛斯了，而你還不肯承認事實？」

突然間，傑生覺得自己好像在偷聽別人說話。

你最在意的那個人。

傑生想起派波對他說過，尼克很迷戀安娜貝斯。看來尼克的感情遠比簡單的迷戀還要深刻許多。

「我們只是來找戴克里先的權杖。」尼克說，顯然急著想轉移話題。「它在那裡？」

「啊……」法沃尼俄斯無可奈何地點點頭。「你以爲那會像面對戴克里先的鬼魂一樣簡單嗎？恐怕不是喔，尼克。你要通過的考驗絕對會困難得多。你也知道，這裡變成戴克里先宮殿的更久以前，曾經是通往我主人宮殿的門口。我在這裡住過萬古時光，把那些苦苦求愛的人們帶去見丘比特。」

傑生不喜歡他提到困難的考驗。他不信任這個戴戒指、長了翅膀、拿著水果籃的怪異天神，不過有個古老的故事浮現他的腦海，他曾經在朱比特營聽過那個故事。「就像賽姬[64]，丘比特的妻子。你帶她去他的神殿。」

法沃尼俄斯眨眨眼睛。「非常好，傑生．葛瑞斯。就是從這個地點，我讓賽姬乘著風，帶她去我主人的場所。事實上，這也是戴克里先在這裡建造他的宮殿的原因，這裡永遠受到柔和西風的吹拂。」他伸展雙臂。「在騷動混亂的世間，這裡是充滿平靜與愛的地方。等到戴克里先的宮殿遭到掠奪……」

「你把權杖拿走了。」傑生猜測。

「爲了妥善保管，」法沃尼俄斯同意。「那是丘比特的眾多寶物之一，提醒我們以前曾有的美好時光。如果你們要它……」法沃尼俄斯轉頭看著尼克。「你就必須面對愛神。」

尼克凝視著窗外射入的陽光，似乎很希望能從那些窄窗逃出去。

傑生不確定法沃尼俄斯究竟想要什麼，不過，如果「面對愛神」的意思是要強迫尼克坦白說出他喜歡的女孩，似乎也不算太慘。

「尼克，你辦得到，」傑生說：「也許會很難爲情，但都是爲了權杖啊。」

尼克看起來沒有被說服。事實上，他看起來好像快要生病了，但他隨即挺起胸膛、點點頭。「你說得對，我……我不怕愛神。」

法沃尼俄斯眉開眼笑。「太好了！出發前要不要吃個點心？」他從籃子裡拿出一顆青蘋果，接著皺起眉頭。「喔，我又說大話了。我老是忘記自己的象徵是一籃還沒成熟的水果。春風幹嘛不多吹幾下呢？夏天那麼好玩。」

「沒關係，」尼克很快地說：「只要帶我們去見丘比特就好。」

法沃尼俄斯轉轉手指上的戒指，傑生的身體消失在空氣中。

---

64 賽姬（Psyche），希臘神話中一個國王的女兒，美如天仙，卻惹來愛與美女神阿芙蘿黛蒂的忌妒，命令兒子厄洛斯（羅馬名為丘比特）用箭射她，讓她愛上世界上最醜的男人。沒想到厄洛斯因為她的美貌而不小心將箭誤射自己手上，一發不可收拾愛上她。

36 傑生

傑生曾經多次駕馭風，「成爲風」則完全是不同一回事。

他覺得完全失控，心思混亂，自己的身體和外在世界之間失去了界線。怪物們遭到擊敗、爆炸成塵土時，是否同樣覺得無助又無形體感嗎？他對這點感到很好奇。

傑生可以感覺到尼克也在附近。西風帶他們進入史匹列特上方的空中，一起奔過山丘，再飛越羅馬時代的水道設施、公路和葡萄園。他們接近山脈時，傑生看到一個羅馬城鎮的廢墟散布在下方山谷中，頹傾的牆壁、廣場噴泉和破碎的道路全都長滿茂盛的野草，因此看起來像是覆滿苔蘚的巨大遊戲板。

法沃尼俄斯讓他們降落在廢墟正中央，剛好在一根巨大如紅杉的斷裂柱子旁。

傑生的身體重新成型。有好一陣子，那種感覺甚至比變成風更難受，就像突然有一件鉛製大衣包裹住全身。

「沒錯，凡人的身體實在非常笨重。」法沃尼俄斯說，彷彿可以看透傑生的心思。風神端坐在附近一面牆上，水果籃放在身旁，一對黃褐色翅膀在陽光下恣意伸展。「說眞的，我不知道你們怎麼受得了，日復一日都是這樣。」

傑生環顧周遭環境。這城鎮以前應該非常大，他認得出神殿和公共浴場的骨架，有個半遭掩埋的競技場，還有不少空無一物的底座，以前一定豎立著雕像。一排排的柱子不知道延伸至何處，舊城牆蜿蜒至山坡旁又迂迴而出，很像一條石頭線縫在綠色布匹上。

有些區域看起來像是有人挖掘過，不過城市的大部分區域似乎只是遭到遺棄，彷彿過去兩千年來就這樣遺留給大自然。

「歡迎來到沙隆納，」法沃尼俄斯說：「達爾馬齊亞的首府！也是戴克里先的出生地！但在那之前，在很久很久以前，這裡是丘比特的家園。」

這個名字迴響在空中，就好像聲音在廢墟間輕聲低語。

這裡似乎有某種東西比史匹列特的地下室更讓人毛骨悚然。傑生很少想到丘比特，也從來沒有把丘比特和「可怕」聯想在一起。即使是羅馬的半神半人，聽到這個名字也只會聯想到一個長了翅膀的笨嬰兒，手裡拿著玩具弓箭，包著尿布，在情人節那天到處飛來飛去。

「噢，他才不像那樣。」法沃尼俄斯說。

傑生嚇得身體一縮。「你可以讀出我的心思？」

「我不需要那麼做。」法沃尼俄斯又朝空中扔擲那只青銅戒指。「每個人都對丘比特有錯誤印象……除非他們見過他。」

尼克倚著一根柱子，看得出他的雙腿不停發抖。

「嘿，老兄。」傑生走向他，但尼克揮手要他走開。

尼克腳旁的青草變得枯黃凋萎，而且枯死的範圍向外擴展，彷彿有毒藥從他的鞋底不斷滲出。

「啊……」法沃尼俄斯同情地點點頭。「尼克．帝亞傑羅，你那麼緊張，我不會責備你。你知道我是怎麼服侍丘比特的嗎？」

「我不服侍任何人，」尼克低聲說：「尤其是丘比特。」

法沃尼俄斯自顧自地繼續說，像是沒聽見尼克說的話。「我愛上一個名叫雅辛托斯的凡人。他實在非常非常特別。」

「他……？」傑生還沒從剛才變成風的旅程中恢復正常，腦袋一團混亂，於是花了一下子才弄懂。「喔……」

「是的，傑生．葛瑞斯，」法沃尼俄斯揚起眉毛，「我愛上一個男人。那會嚇到你嗎？」

說實在的，傑生不是很確定。他盡量不去想那些天神愛情生活的細節，無論他們愛的是誰都一樣。畢竟，他爸爸朱比特根本不是優良行爲的典範。與他聽過的一些奧林帕斯山愛情醜聞比起來，西風愛上一個凡人男子，似乎沒什麼好大驚小怪。「我想不會。所以……丘比特用他的箭射中你，你就墜入愛河了。」

法沃尼俄斯哼了一聲。「你讓這事聽起來太簡單了。哎呀，愛從來不會這麼簡單。你也知道，天神阿波羅也很喜歡雅辛托斯，他宣稱他們只是朋友。我不知道。不過有一天我偶然遇見他們，正在一起玩小圈環的遊戲……」

那個奇怪的名詞又來了。「小圈環？」

「用那些戒指玩的一種遊戲，」尼克解釋，他的聲音很冷淡，「很像丟馬蹄鐵套住東西。」

「算是吧，」法沃尼俄斯說：「不管怎樣，我很嫉妒。我沒有直接面對他們，也沒有去了解事實，而是著手改變風向，讓一個沉重的金屬環砸中雅辛托斯的頭，然後……嗯。」風神嘆了一口氣。「雅辛托斯死去時，阿波羅把他變成一種花，也就是風信子⑥⑤。我確定阿波羅一定會對我展開可怕的報復行動，不過丘比特說要保護我。我做了很可怕的事，但那是因爲愛讓我發狂，所以丘比特赦免我，條件是我要永遠爲他做事。」

丘比特。

這個名字再次於整個廢墟中反覆迴盪。

「這是我的忠告。」法沃尼俄斯站起來。「尼克．帝亞傑羅，關於你要怎麼著手進行，不妨思考得久一點、確實一點。你不能對丘比特說謊。如果讓你的憤怒控制住你……嗯，你的命運甚至會比我的還要悲慘。」

傑生覺得自己的腦袋好像又變成風了。他完全不了解法沃尼俄斯究竟在說什麼，也不曉得尼克爲什麼顫抖得這麼厲害，可是沒有時間多想了。風神變成一團紅色和金色的漩渦消失不見，夏天的空氣突然感覺很沉鬱。地面開始震動，傑生和尼克連忙拔劍。

「所以呢。」

聲音像子彈一般轟過傑生的耳朵。他連忙轉身，但沒有看到半個人影。

「你來這裡是要那根權杖。」

尼克與他背靠背站著，傑生頭一次覺得有這傢伙作伴眞令人高興。

「丘比特，」傑生叫道：「你在哪裡？」

那聲音笑了起來，聽起來絕對不像可愛天使寶寶的聲音。那聲音既深沉又圓潤，卻也帶有威脅性，很像大地震之前的微小震動。

65 風信子（Hyacinth）的名字即是來自雅辛托斯（Hyacinthus）。

「我在你最料想不到的地方，」丘比特回答，「愛情總是這樣啊。」

突然有某個東西撞上傑生，將他拋向街道的對面。他滾下一連串階梯，最後趴在一個羅馬時代開鑿出來的地下室地板上。

「傑生．葛瑞斯，我以為你會知道得比較多。」丘比特的聲音環繞在他身旁。「畢竟你已經找到眞愛了。難道還在懷疑自己？」

尼克快步走下階梯。「你還好嗎？」

傑生抓住他的手，努力站起來。「還好，只是被偷襲了。」

「哦，你期待我做事公平嗎？」丘比特笑著說：「我是愛神，從來就不公平的。」

這一次，傑生的感官保持高度警戒。他感覺到空氣波動的模式就像有一支實體的箭，直直朝尼克的胸膛射去。

傑生舉起劍攔下它，讓它轉向射往旁邊。那支箭在附近牆上爆炸開來，石灰岩碎屑噴了他們一身。

他們跑上階梯。傑生連忙把尼克拉到旁邊，因為又一陣強風吹倒一根柱子，力道之大，絕對會把尼克給壓扁。

「這傢伙是愛神還是死神啊？」傑生氣得大吼。

「問你朋友啊，」丘比特說：「法蘭克、海柔和波西都遇過我的分身，桑納托斯。我們沒有那麼不一樣，只不過死神有時候比較和藹可親。」

「我們只是想要那支權杖！」尼克大喊：「我們想要阻止蓋婭。你究竟是不是站在天神這邊啊？」

第二支箭射中尼克兩隻腳之間的地面，發出耀眼的白熱光芒。尼克踉蹌退後，看著那支箭在眼前爆炸成一團火焰。

「愛包含了每一個面向，」丘比特說：「沒有特別站在哪邊。不要問愛能爲你做什麼。」

「很好，」傑生說：「他正在宣揚賀卡上的句子了。」

他背後有動靜；傑生倏然轉身，舉劍劈向空中，劍刃擊中某個堅實的東西。他聽見咕噥一聲，於是再次揮劍，然而那個看不見的天神已經不見了。一長串金色的液體在石板路面上微微發亮，那是天神的血液。

「非常好，傑生，」丘比特說：「至少你可以感覺到我的存在。就算只是瞥見眞愛一眼而已，也比大多數混血英雄強多了。」

「所以，我可以拿到權杖了嗎？」傑生問。

丘比特笑了。「很可惜，你沒有辦法使用它。只有冥界的孩子可以召喚死人軍團，而且只有羅馬人軍官可以領導他們。」

「可是……」傑生顫抖地說。他以前是軍官，也是執法官。接著他才想起自己的歸屬問題。在新羅馬，他曾提議將自己的職位交給波西．傑克森。那是否正讓他無權領導羅馬鬼魂軍團？

他決定到時要面對這個問題，絕不逃避。

「請把權杖留給我們，」他說：「尼克可以召喚……」

第三支箭從傑生的肩膀旁邊呼嘯而過，沒辦法及時攔下。尼克倒抽一口氣，箭尖沒入他持劍的手臂。

黑帝斯的兒子踉蹌跌倒。那支箭消失了，沒有流血也看不出傷口，但尼克因為憤怒和疼痛而表情緊繃。

「遊戲玩夠了吧！」尼克大喊：「快點現身！」

「那是要付出代價的，」丘比特說：「如果你要看愛的真面目。」

另一根柱子倒下，傑生倉促躲開。

「我妻子賽姬學到這個教訓，」丘比特說：「很久很久以前，有人帶她來這裡，當時這裡還是我的神殿。我們只能在黑暗中相會。她受到警告，絕對不能看到我的模樣，可是她無法忍受搞得這麼神祕。她很怕我是怪物。一天夜裡，她點亮蠟燭，趁我睡著時注視我的臉。」

「你真的那麼醜嗎？」傑生認為自己已經鎖定丘比特的聲音來源，大約在二十公尺外的競技場邊緣，不過他想要更確認一點。

天神笑了。「我太英俊了，恐怕是這樣喔。凡人一旦注視過天神的真實樣貌，就不可能免受懲罰。我的母親，阿芙蘿黛蒂，對賽姬下了詛咒，因為她沒有信守承諾。我可憐的愛人備受折磨，被迫流放異鄉，而且要執行一些可怕的任務證明她有存在的價值。她甚至被送入冥界，以表示她奉獻的誠意。她努力爭取回到我身邊，過程中卻吃盡苦頭。」

「現在我逮到你了。」傑生心想。

他舉起短劍朝空中刺去，雷聲撼動山谷。閃電在先前說話聲音的來處劈出一個大洞。

一片靜默。傑生心想：「該死，還真的有用。」隨即有一股看不見的力量把他撞倒在地，手上的劍也飛到馬路對面。

「不錯的嘗試。」丘比特說，聲音已經在遠處。「可是愛無法如此輕易被牽制。」

在他身旁，一面牆壁崩垮，傑生差點來不及滾開。

「住手！」尼克大喊：「你要的是我，離他遠一點！」

傑生的耳朵嗡嗡叫。經過一陣摔打，他暈頭轉向，嘴裡滿是石灰岩屑。傑生不明白尼克爲什麼認定自己才是主要目標，而丘比特似乎也同意。

「可憐的尼克．帝亞傑羅。」天神的聲音帶著些許失望。「你不知道自己要的是什麼，卻比較知道我要的是什麼嗎？爲了愛，我摯愛的賽姬受盡磨難；爲了彌補她缺乏的忠實，那是她贖罪的唯一方式。而你……爲了愛，你受過什麼樣的磨難呢？」

「我待過塔耳塔洛斯又回來，」尼克咆哮著說：「你嚇不倒我的。」

「我會讓你非常非常驚嚇。面對我。要誠實。」

傑生撐著自己的身子站起來。

在尼克周圍，地面開始移動。青草迅速枯萎，石頭也爆裂開來，似乎有某種東西在地底下移動，拚命想要破土而出。

「把戴克里先的權杖交給我們，」尼克說：「我們沒有時間玩遊戲。」

「遊戲？」丘比特發動攻擊，打得尼克撞向旁邊的花崗岩底座。「愛情不是遊戲！它才不像花朵一樣柔軟！愛情是很艱難的任務，是一場永無止盡的追尋。它要求你付出一切，特別是徹底的誠實，唯有如此才能得到回報。」

傑生拾回他的劍。如果這個看不見的傢伙是愛神，傑生開始覺得大家對愛神評價過高了。他比較喜歡派波所描述的愛神版本：體貼、和善而且美麗。他可以理解阿芙蘿黛蒂，丘比特則似乎比較像個惡棍、壓迫者。

「尼克，」他叫喊：「這傢伙到底想從你身上得到什麼？」

「告訴他啊，尼克．帝亞傑羅，」丘比特說：「告訴他你是個懦夫，很害怕你自己和你的感覺。把你逃離混血營的眞正原因告訴他，以及你爲什麼永遠這麼孤獨。」

尼克縱聲狂吼。他腳下的地面裂開，許多骨骸爬了出來，都是死去的羅馬人，有些缺了手、頭顱破裂、肋骨斷裂，有些則是上下顎分離。有些還穿著破碎的古羅馬寬外袍，其他人的胸前則掛著閃閃發亮的破爛盔甲。

「你還要躲在死人堆裡，像你一直以來那樣嗎？」丘比特嘲弄他。

黑帝斯之子的身上湧出一波又一波的黑暗，它們擊中傑生時，害他差點失去意識，完全被仇恨、恐懼和羞恥所淹沒……

一幕幕影像閃過傑生的腦海。他看到尼克和他姊姊站在緬因州的覆雪峭壁上，波西保護他們不受人面蠍尾獅傷害。波西的劍在黑暗之中閃閃發光。尼克從來沒有見過奮勇作戰的混血人，波西是第一個。

後來在混血營，波西抓住尼克的手臂，向他保證會好好保護他的姊姊碧安卡。尼克相信了他。尼克看進波西的海綠色眼睛，心想：「波西怎麼可能會失敗？這位是眞正的混血英雄啊。」他就像是尼克最喜歡的遊戲——神話魔法遊戲卡，在現實生活中上演。

傑生目睹到波西回來的那一刻，他對尼克說，碧安卡死了。尼克尖叫吶喊，罵他是騙子；他深覺遭到背叛，不過儘管如此……那些骷髏武士發動攻擊時，他還是不能坐視它們傷害波西；尼克召喚大地吞沒那些武士，然後他逃走了……他太害怕自己的力量，也害怕自己的情感。

傑生又以尼克的角度看了十幾幕類似的場景……這些事讓他震驚到無法動彈，也說不出半句話。

在此同時，尼克的羅馬人骨骸蜂擁向前，抓住某個看不見的東西。天神拚命掙扎，把死人猛力推開，打斷它們的肋骨和頭骨，但那些骨骸前仆後繼，死命按住天神的手臂。

「太有趣了！」丘比特說：「畢竟你很有力量嘛？」

「我離開混血營是因爲愛，」尼克說：「安娜貝斯，她……」

「還在逃避啊，」丘比特說，又把另一副骨骸摔得粉碎。「你根本沒有力量。」

「尼克，」傑生勉強說出：「沒關係，我了解。」

尼克匆匆看了他一眼，臉上浮現痛苦和悲慘的神色。

「不，你不了解，」他說：「你根本不可能了解。」

「所以你再度逃避，」丘比特斥責：「逃避你的朋友，逃避你自己。」

「我沒有朋友！」尼克狂喊：「我離開混血營是因爲我沒有歸屬！我永遠沒有歸屬！」

現在那些骨骸把丘比特壓得無法動彈，但那個看不見的天神笑得如此殘酷，聽得傑生好想再召喚另一道閃電，可惜他懷疑自己還有力氣。

「丘比特，放過他吧，」傑生哽咽著說：「這不關……」

他的聲音消失了。他想要說這不關丘比特的事，然而又意識到這完全就是丘比特的事。法沃尼俄斯說過的一句話在他耳中嗡嗡作響：「那會嚇到你嗎？」

賽姬的故事對他來說終於說得通了，爲什麼一個凡人女孩會這麼害怕？爲什麼她願意冒著打破規矩的風險，想要看看愛神的臉？因爲她很怕愛神會是個怪物。

賽姬是對的。丘比特根本是個怪物。愛絕對是最最殘酷的怪物。

尼克的聲音宛如破碎的玻璃。「我……我沒有愛上安娜貝斯。」

「你是嫉妒她，」傑生說：「就因為這樣，你才不想待在她身邊。特別是你不想待在……他身邊的原因。這樣完全說得通了。」

所有的抵抗和否認似乎同時從尼克身上湧出。黑暗消退，死去的羅馬骨骸也全數崩垮成一堆骨頭，再度化為塵土。

「我恨我自己，」尼克說：「我恨波西．傑克森。」

丘比特現身了；他是個精瘦、肌肉發達的年輕人，有一對雪白的翅膀、一頭黑色直髮，身穿簡單的白色罩袍和牛仔褲。掛在他肩膀上的弓箭和箭筒並不是玩具，而是可以作戰的武器。他的眼珠像血一樣紅，彷彿把全世界的每一個情人都搾乾，提煉出一種有毒的混合物。他的臉孔非常英俊，但也十分嚴酷，就像聚光燈一樣難以直視。他以滿意的神情看著尼克，似乎已經看好下一支箭要射入的確切位置，準備殺個乾淨俐落。

「我很迷戀波西，」尼克脫口說出：「事實就是這樣。這是個大祕密。」

他瞪著丘比特。「現在高興了吧？」

這是頭一次，丘比特的眼神似乎充滿同情。「噢，我不會說愛永遠讓你高興。」他的聲音聽起來比較年輕，也比較像人類的聲音。「有時候愛讓你極度傷心。不過，至少你現在面對它了，這是能夠戰勝我的唯一方法。」

丘比特化為一陣風，消失得無影無蹤。

而在他原本站立的地面上放著一根九十公分長的象牙權杖，頂端有個擦得發亮的大理石黑球，約莫棒球大小，安置在三隻金色羅馬式老鷹的背上。那是戴克里先的權杖。

尼克蹲下去撿起權杖。他看著傑生，彷彿等待他發動攻擊。「如果其他人發現……」

「如果其他人發現了，」傑生說：「你就會有更多人支持你，他們也會把天神的怒氣發洩在找你麻煩的任何人身上。」

尼克沉下臉。傑生仍然感覺到怨恨和怒氣從尼克的身上一波波湧出。

「不過那由你來決定，」傑生補上一句，「由你決定要不要讓人知道，我只能告訴你……」

「我不再有那種感覺了，」尼克低聲說：「我的意思是……我放棄波西了。我還年輕，也很敏感，容易受影響，而且我……我不是……」

他的聲音沙啞，傑生看得出淚水在這傢伙的眼裡打轉。不管尼克是否眞的放棄波西，傑生都無法想像這些年來尼克是怎麼過的，守著一個在一九四〇年代根本不可能與人分享的祕密，完全否定自我，感覺徹底孤獨，甚至比其他混血人更加孤立無助。

「尼克，」傑生溫和地說：「我見過一大堆勇敢的事，可是你剛剛做的那件事呢？可能是最勇敢的一件。」

尼克有點猶疑地抬起頭。「我們該回船上去了。」

「對喔。我可以讓咱們飛……」

「不了，」尼克大聲說：「這次我們用影子旅行。我已經受夠那些風了。」

37 安娜貝斯

失去視力已經夠糟了，與波西分開的感覺更可怕。現在她又看得見了，卻只能眼睜睜看著波西在蛇髮女怪的毒血中慢慢死去，束手無策，這是最糟糕的詛咒。

鮑伯把波西扛在肩膀上，像是扛了一袋運動裝備，瘦巴巴的貓咪小鮑伯則蜷曲在波西背上嗚嗚叫。鮑伯帶著隆隆的腳步聲快速移動，以泰坦巨神的速度來說算是很快了，快得讓安娜貝斯幾乎跟不上。

她的肺發出咯咯聲，皮膚又開始起水泡。她恐怕需要再喝一口火水，可是他們已經把地獄火河遠遠拋在後面。她全身非常痠痛，早就忘記沒有疼痛究竟是什麼感覺。

「還要多久？」她氣喘吁吁地說。

「有點太久了，」鮑伯回頭大喊：「但也可能不會。」

這資訊還眞有用，安娜貝斯心想，不過她喘到說不出話來。

眼前的景象再度改變。他們依舊走著下坡路，走起來應該會比較輕鬆，但是坡度完全不對，陡到難以行走，連她的嚮導都因爲路況太危險而一度停下來。地表有時候布滿了鬆動的碎石，有時則是一塊塊爛泥地；安娜貝斯得繞過一些不時出現的尖刺，否則肯定刺穿她的腳，還要繞過一團團的……嗯，絕對不是岩石，比較像是西瓜大小的樹瘤。如果眞要猜測

（她實在很不想猜），她猜鮑伯正帶著她走下塔耳塔洛斯的大腸。

空氣變得愈來愈濃厚，發出汗水般的惡臭。四周也許不是那麼暗，不過她只能看見鮑伯的銀亮白髮和矛尖的閃光。她注意到自從與艾爾瑞娥戰鬥過後，鮑伯一直沒有把矛尖縮回長柄刷裡，這讓她覺得很不安心。

波西晃來晃去，害小貓得不斷調整牠窩在波西背上的姿勢。波西偶爾會痛得呻吟幾聲，安娜貝斯覺得好像有個拳頭不斷捏緊她的心臟。

她突然想起之前在查爾斯頓與派波、海柔和阿芙蘿黛蒂一起喝茶的事。天神啊，那似乎是好久以前的事了。阿芙蘿黛蒂曾經嘆著氣，遙想美國南北戰爭時期的舊日時光，以及愛情與戰爭總是手牽手並肩同行。

阿芙蘿黛蒂曾對安娜貝斯的表現感到滿意，以她為例對其他女孩說：「我曾經承諾過要讓她的愛情生活很有趣，我不是做到了嗎？」

安娜貝斯眞想掐住愛之女神的脖子。實際情況根本不只是「有趣」而已。現在安娜貝斯確實走向快樂的結局了。那當然還是有可能實現，雖然傳說老是在述說悲劇英雄的故事。一定有例外的，對吧？假如歷經痛苦之後必然有回報，那麼她和波西理應得到大獎。

她想起波西的新羅馬白日夢，他們兩人在安頓下來，一起去念大學。剛開始，她想到要住在四周都是羅馬人的地方就覺得排斥。她很氣羅馬人曾把波西從她身邊奪走。

但現在，她欣然接受這個提議。

只要他們能從這裡全身而退。只要蕾娜能收到她傳送的訊息。只要接下來的一百萬次瞎猜都能矇對。

別想了，她罵自己。

她必須專注於眼前，讓一隻腳踏到另一隻腳的前面，在這段沿著腸子往下坡走的路程中，繞過一個個巨大樹瘤前進。

她的膝蓋發燙而走不穩，很像晒衣架要從彎曲處折斷了。波西斷續呻吟，而且喃喃說著她聽不清楚的話。

鮑伯突然停下來。「你看。」

在前方的黑暗中，地勢水平延伸進入一大片黑色沼澤，空中飄盪著硫磺般的黃色霧氣。這裡雖然沒有陽光，卻有貨眞價實的植物，有一叢叢蘆葦、乾瘦無葉的樹木，甚至有一些看起來病懨懨的花朵開在爛泥堆上，覆蓋青苔的小徑在不斷冒泡的瀝青坑之間蜿蜒向前。而在安娜貝斯正前方，一個個像垃圾桶蓋那麼大的腳印深陷在沼澤裡，腳趾看起來又長又尖。

慘的是，安娜貝斯相當確定那是什麼東西踩下的。「古蛇龍？」

「沒錯，」鮑伯對她咧嘴而笑，「那很棒！」

「呃……爲什麼？」

「因爲我們很近了。」

鮑伯大步邁入沼澤。

安娜貝斯好想尖叫。她討厭任憑泰坦巨神的擺布，特別是這個泰坦巨神漸漸恢復記憶，還要帶他們去見一個「好心的」巨人。她更討厭明知道眼前的沼澤有古蛇龍重重踩過，卻還要穿越過去。

但鮑伯揹著波西。如果她遲疑了，很可能會在黑暗中失去他們的身影。她連忙跟上鮑伯的腳步，從一塊青苔地跳到另一塊，心中暗自對雅典娜祈禱，保佑她不會掉進某個汙水坑。

幸虧這地勢也迫使鮑伯的腳步慢了下來。安娜貝斯一跟上，就可以走在鮑伯正後方緊盯著波西。這時波西神智不清地含糊說著話，前額發燙，情況十分危急。好幾次他喃喃喊著「安娜貝斯」，她只能低聲啜泣。小貓則嗚嗚叫得愈來愈大聲，舒服地蜷縮成一團。

黃色霧氣終於散開，露出一塊泥濘的空地，很像是汙泥中的島嶼。地面遍布著矮小的樹木和凸起的土堆，正中央隱約有一棟圓頂狀的巨大屋子，用骨頭和綠色皮革建造而成，屋頂有個洞冒出陣陣白煙。入口處垂掛著簾子，是用覆滿鱗片的爬蟲類皮膚做的，而在入口處兩旁，兩支用巨大大腿骨做成的火炬燃燒著亮黃色火光。

其中最吸引安娜貝斯注意的是古蛇龍的頭骨。進入空地後走了五十公尺左右，大約是在通往屋子的半路上，有一棵巨大橡樹呈四十五度角斜斜突出地面。一副古蛇龍的下顎骨套在樹幹上，讓橡樹活像是死去怪物的舌頭。

「沒錯，」鮑伯低聲說：「這實在非常棒。」

安娜貝斯覺得這個地方一點都不棒。

她還來不及抗議，小鮑伯便拱起背，嘶嘶叫著。在他們背後，一陣強有力的吼聲迴盪於整個沼澤地，那是安娜貝斯在曼哈頓戰役中最不想聽到的聲音。

她轉過身，看到古蛇龍朝他們直撲而來。

38 安娜貝斯

要說最羞辱人的部分嗎？

自從掉入塔耳塔洛斯之後，古蛇龍可說是安娜貝斯所見過最美麗的事物了。牠的獸皮是色彩斑斕的綠色和黃色，很像穿透森林樹冠層射下來的陽光；牠的爬蟲類眼睛也是安娜貝斯最喜歡的海綠色調（就像波西的眼睛）。當牠將頭四周的皮膚皺褶伸展開來，安娜貝斯忍不住想著，這隻準備殺死她的怪物還真有王者氣勢，太驚人了。

牠差不多有地下鐵的火車那麼長，邁步向前時，牠巨大的爪子深深插入泥土中，尾巴左右甩來甩去。這隻古蛇龍嘶嘶叫著，不時噴出綠色毒氣，不僅讓青苔地面霧氣蒸騰，也讓瀝青坑燃燒起火，空氣中充滿新鮮松針和生薑的氣味。就連怪物本身聞起來也很香。如同大多數的古蛇龍，這一隻沒有翅膀，身體比普通的龍還長，更像蛇，而且看起來很餓。

「鮑伯，」安娜貝斯說：「我們面對的這一隻是什麼？」

「邁奧尼亞古蛇龍，」鮑伯說：「是從邁奧尼亞來的。」

又有更多有用的資訊了。安娜貝斯好想拿鮑伯的長柄刷往他頭頂敲下去，假如她拿得動的話。「有方法可以殺了牠嗎？」

「我們嗎？」鮑伯說：「沒有。」

古蛇龍縱聲狂吼，一副要加強重音似的，也讓空氣中充滿更多松針和生薑味的毒氣，那一定可以做成很棒的汽車芳香劑香味。

「帶波西去安全的地方，」安娜貝斯說：「我來轉移牠的注意力。」

她根本不曉得該怎麼做才好，不過這是唯一的選擇。她不能讓波西死去，只要她還有力氣站得住就不能。

「你不用啦，」鮑伯說：「隨時……」

「吼吼吼吼吼吼吼吼吼吼！」

安娜貝斯倏地轉身，看見巨人從他的屋子衝出來。

他大概有六公尺高，就是一般巨人的身高；上半身是人類的身體，下面接了長滿鱗片的爬蟲類腳，很像用兩隻腳跑的恐龍。他沒有拿武器，也沒有穿盔甲，身上只套了一件上衣，看起來是以羊皮和綠色斑點的皮革縫綴而成。他的皮膚呈現櫻桃般的紅色，鬍子和頭髮則是鐵鏽色，裝飾著一撮撮青草、樹葉和沼澤裡的花朵。

他挑釁地大吼，但幸好不是針對安娜貝斯而來。鮑伯把她拉到旁邊，只見巨人朝古蛇龍直直衝過去。

他們纏鬥成一團，活像某種詭異的聖誕節格鬥比賽場景，是紅與綠的對決。古蛇龍不斷噴吐毒氣，巨人連忙撲向旁邊。他抓住那棵橡樹，從地上連根拔起，輕鬆的樣子簡直像掄起一根球棒似的，原本的舊頭骨則摔碎成一團塵土。

古蛇龍的尾巴揮過來纏住巨人的腰，把巨人拉近牠的憤怒尖牙。然而巨人一靠近到攻擊範圍內，便把橡樹直直塞進怪物的喉嚨裡。

安娜貝斯眞希望她不必再看到這麼可怕的場景。橡樹刺穿了古蛇龍的咽喉，把牠釘在地上。這時，樹根開始動來動去，一碰觸到土地就連忙挖向深處，讓橡樹穩穩固定，直到它看起來像是在那個地點生長了數百年之久。古蛇龍拚命甩動掙扎，但很快就被釘住了。

巨人掄起拳頭，朝古蛇龍的脖子猛搥下去。喀啦一聲，怪物立刻癱軟，開始分解，只剩下骨頭、肉、獸皮的碎片，於是一副新的古蛇龍頭骨張開大嘴，套在橡樹的樹幹上。

鮑伯哼了一聲。「做得好。」

小貓嗚嗚叫表示同意，也開始把自己的腳掌舔乾淨。

巨人朝古蛇龍的屍骸踢了一腳，很認眞地檢視一番。「沒有好骨頭，」他抱怨說：「我想要一根新的拐杖。嗯，不過有些好皮膚很適合放在屋外廁所。」

他從古蛇龍的皺摺皮膚撕下一些柔軟的獸皮，塞進腰帶裡。

「呃……」安娜貝斯很想問巨人，是不是眞的用古蛇龍的獸皮當做衛生紙，不過她決定不要開口比較好。「鮑伯，要不要介紹我們認識？」

「安娜貝斯，」鮑伯拍拍波西的腳，「這位是波西。」

安娜貝斯希望泰坦巨神只是在鬧她，但鮑伯的臉上沒有任何表情。

她氣得咬牙切齒。「我是說巨人啦。你承諾說他會幫忙啊。」

「承諾？」巨人從手邊的工作抬起頭來看，濃密紅色眉毛底下的眼睛瞇了起來。「茲事體大啊，承諾。鮑伯爲什麼承諾說我會幫忙？」

鮑伯扭動身子。泰坦巨神很可怕，但是安娜貝斯從來沒看過站在巨人旁邊的泰坦巨神。和那個殺龍怪客比起來，鮑伯看起來好小一隻。

「達馬森是好巨人，」鮑伯說：「他愛好和平。他可以治好中毒。」

安娜貝斯看著巨人達馬森，他現在正從古蛇龍的屍體徒手撕下血淋淋的肉塊。

「愛好和平，」她說：「是啊，我看得出來。」

「當晚餐的好肉。」達馬森直直站起來，檢視端詳安娜貝斯，彷彿她也是很好的蛋白質來源。「進來吧。我們要燉肉。然後再來看看這個『承諾』。」

39 安娜貝斯

好舒服啊。

安娜貝斯從沒想過她這樣形容塔耳塔洛斯裡的任何東西，儘管巨人的屋子大得像天文館，又是以骨頭、泥巴和古蛇龍的皮膚堆建而成，感覺還是超舒服的。

正中央有一團燃燒瀝青和骨頭的火堆，不過冒出來的煙是白色的，而且沒有氣味，兀自從天花板中央的小洞裊裊上升。地板鋪著乾燥的沼澤草類和灰色的羊毛毯，屋子的一端有一張大床，上面鋪著綿羊皮和古蛇龍皮；另一端則豎立著一些架子，懸掛著乾燥的植物、燻乾的皮革，以及看起來像是用古蛇龍做成的一條條肉乾。整個地方充斥著燉肉、燻煙、羅勒和百里香的氣味。

唯一讓安娜貝斯擔心的，是關在屋子後方欄舍裡的一群綿羊。

安娜貝斯想起獨眼巨人波呂斐摩斯的洞穴，他會隨意選擇吃混血人和綿羊。她很好奇巨人族有沒有相似的飲食喜好。

她其實有一點想要落跑，但鮑伯已經把波西放在巨人的床上，只見波西深陷在羊毛和皮革中幾乎看不見。小鮑伯在波西身邊跳來跳去、在毯子裡磨磨蹭蹭，而且嗚嗚叫得好大聲，整張床隨之震動，好像做什麼「千指按摩」似的。

達馬森慢慢走向火堆。火堆上面掛著一只鍋子，看似用古老的怪物頭骨做成，達馬森把古蛇龍肉丟進鍋子裡，然後拿起一根長柄勺，開始攪拌。

安娜貝斯可不想變成下一鍋燉肉的材料，不過她來這裡是有原因的。她深呼吸一口氣，走向達馬森。「我朋友快死了，你可不可以治好他？」

她的聲音說到「朋友」時卡卡的。波西絕對不只是朋友，就連「男朋友」都不能完全表達。他們一起經歷過那麼多事，波西可以說是她的一部分；有時候確實是令人煩惱的一部分，但絕對是她活著的時候不能沒有的一部分。

達馬森低頭看著她，濃密紅色眉毛下方的眼神十分強烈。安娜貝斯曾見過許多長得像人類的可怕怪物，不過達馬森令她不安的方式很不一樣。他似乎沒有敵意，渾身散發出悲傷和痛苦，彷彿困在自己的悲苦之中已經太久，因此很氣安娜貝斯想要把他的注意力轉移到其他事物。

「我在塔耳塔洛斯裡沒有聽過那種話，」巨人咕噥著說：「朋友。承諾。」

安娜貝斯把手臂交叉在胸前。「那麼蛇髮女怪的血呢？你可以治好嗎？難道鮑伯誇大了你的能力？」

激怒一個身高六公尺的古蛇龍屠夫恐怕不是個聰明的策略，但波西快死了，她沒有時間要手段。

達馬森滿臉怒容看著她。「你質疑我的能力？一個半死不活的凡人在我的沼澤裡掙扎前進，居然敢質疑我的能力？」

「沒錯。」她說。

「嗯。」達馬森把長柄勺遞給鮑伯。「攪拌。」

鮑伯負責看著燉肉時，達馬森翻找他的乾燥架，抓出好幾種樹葉和根部。他把一個拳頭大小的植物材料塞進嘴巴，嚼一嚼，然後吐進一團羊毛裡。

「舀一瓢湯。」達馬森命令著。

鮑伯舀起一些燉肉湯，放進中空的葫蘆容器裡，遞給達馬森，達馬森隨即把剛才咬過的噁心球狀物泡進去，用手指頭攪一攪。

「蛇髮女怪的血，」他喃喃說著：「對我的能力來說，根本算不上什麼挑戰。」

他慢慢走到床邊，用一隻手撐起波西的身體。貓咪小鮑伯聞聞肉湯，嘶嘶叫著。達馬森一掌抓起床單，一副想要活埋小貓的樣子。

「你要餵他吃那個嗎？」安娜貝斯問。

巨人瞪著她。「這裡誰是負責治療的人？你嗎？」

安娜貝斯趕緊閉上嘴。她看著巨人餵波西喝肉湯。令人意外的是，達馬森扶著波西的動作非常輕柔，嘴裡還喃喃說著她聽不太懂的鼓勵話語。

每喝下一口湯，波西的臉色就逐漸恢復。他喝完容器內的湯，眼睛終於睜開。他朝四周張望，表情一片茫然，最後看到安娜貝斯，對她露出很像喝醉的笑容。「感覺很好。」

只見他翻了個白眼，然後倒回床上，開始呼呼大睡。

「睡幾個小時，」達馬森大聲宣布，「他會好得像新的一樣。」

安娜貝斯鬆了一口氣，忍不住哭了起來。

「謝謝你。」她說。

達馬森滿臉憂傷地看著她。「噢，不要謝我。你們還是注定會死。而且我的服務需要拿到報酬。」

安娜貝斯的嘴變得好乾。「呃……什麼樣的報酬？」

「一個故事，」巨人的眼睛閃閃發亮，「塔耳塔洛斯好無聊，我們吃飯的時候，你說你的故事給我聽，好嗎？」

要對一個巨人講述他們的計畫，安娜貝斯覺得很擔心。

儘管如此，達馬森實在是個好主人。他救了波西，他煮的古蛇龍燉肉非常好吃（特別是與火水比起來），他的屋子也很溫暖舒適；自從掉進塔耳塔洛斯以來，安娜貝斯第一次覺得可以眞正放輕鬆。這實在很諷刺，因爲她居然與泰坦巨神和巨人共進晚餐。

她對達馬森說起自己的生活，以及與波西一同歷經的冒險。她說明波西怎麼遇到鮑伯、在勒特河清除鮑伯的記憶，最後把他留給黑帝斯照顧。

「波西想要做好事，」她向鮑伯保證，「他不知道黑帝斯會這麼卑鄙。」

即使由她自己聽來，這番話也不太有說服力。黑帝斯一直是這麼卑鄙啊。

她想起艾爾瑞娥說過的話，提到尼克．帝亞傑羅是唯一曾到過冥界宮殿探望鮑伯的人。就安娜貝斯所知，尼克是最不常對人示好、最不友善的混血人之一，但他竟然對鮑伯這麼親切。尼克讓鮑伯相信波西是他的好朋友，結果意外救了他們的命。安娜貝斯很好奇，是否有可能了解尼克那傢伙在想什麼。

鮑伯用隨身攜帶的噴霧器和抹布清洗自己用的碗。

達馬森舉起湯匙在空中繞幾圈。「安娜貝斯．雀斯，繼續說你的故事。」

她解釋他們的阿爾戈二號任務，講到要阻止蓋婭覺醒的部分，她變得結結巴巴。「她，呃……她是你媽媽，對吧？」

達馬森用湯匙刮著碗。他的整張臉都是毒藥燒灼的舊傷、很深的傷痕和瘢痕組織，看起來就像隕石表面。

「對，」他說：「而塔耳塔洛斯是我父親。」他作勢比了比小屋四周。「你也看得出來，我很令父母親失望。他們……對我有更高的期待。」

安娜貝斯實在不太能接受眼前的事實：她正與一個六公尺高、長著蜥蜴腿的男人一起喝湯，而他爸媽還是大地之母和黑暗深淵！

要把奧林帕斯天神想像成父母已經夠難了，但至少他們長得像人類。至於古老的原始神祇，就像蓋婭和塔耳塔洛斯……他們的確構成了整個世界，你又怎麼可能離開家，與你父母毫無瓜葛地獨自生活？

「所以……」她說：「你不介意我們對抗你媽媽嗎？」

達馬森像牛一樣哼了一聲。「最好有那種運氣。眼下此刻，你們應該先擔心我父親。有他對付你們，你們根本沒有機會活下來。」

突然間，安娜貝斯覺得沒那麼餓了。她把碗放在地板上，小鮑伯走過來看看。

「怎麼樣對付我們？」她問。

「就是這所有的一切啊，」達馬森折斷一根古蛇龍骨頭，用其中一根碎片當做牙籤。「你們放眼所見全是塔耳塔洛斯的身體，或至少是身體的一種表現形式。他知道你們在這裡，想辦法在每一個階段阻撓你們前進，我的兄弟們也在追捕你們。即使有伊阿珀特斯的幫忙，能活這麼久也實在很厲害。」

鮑伯一聽到自己的名字就沉下臉來。「被打敗的那幾個在追我們，沒錯。他們現在應該追得很近了。」

達馬森吐出嘴裡的牙籤。「我可以抹掉你們的足跡一陣子，這段時間足夠讓你們休息一下。我在這個沼澤有點力量，不過最後，他們還是會追上來。」

「我的朋友們應該到達死亡之門了，」鮑伯說：「那是出去的路。」

「不可能，」達馬森低聲說：「死亡之門看守得很嚴密。」

安娜貝斯向前坐。「但你知道那在哪裡嗎？」

「當然知道。塔耳塔洛斯的所有東西都往下流到一個地方去，就是他的心臟。死亡之門也在那裡。不過如果只有伊阿珀特斯，你們不可能活著到那裡。」

「那就跟我們一起去，」安娜貝斯說：「助我們一臂之力。」

「哈！」

安娜貝斯跳起來。在床鋪那邊，波西在睡夢中神智不清地說：「哈，哈，哈。」

「雅典娜的孩子啊，」巨人說：「我不是你的朋友。我曾經幫過凡人一次，而你瞧瞧，結果讓我淪落到何處。」

「你幫過凡人？」安娜貝斯對希臘神話還算耳熟能詳，但她對「達馬森」這個名字完全沒有印象。「我……我不知道。」

「不好的故事，」鮑伯解釋：「好巨人有不好的故事。達馬森的出生是爲了對抗阿瑞斯。」

「沒錯，」巨人同意，「就像我所有的兄弟手足，我也是生來對付某個特定的天神。我的仇敵是阿瑞斯，不過阿瑞斯是戰神，所以，我出生的時候……」

「你和他剛好相反，」安娜貝斯猜想，「你很愛好和平。」

「愛好和平的巨人，至少是這樣。」達馬森嘆了一口氣。「我在邁奧尼亞的原野上遊蕩，你們現在稱那塊土地為土耳其。我照顧自己的綿羊群，到處收集香草植物。那段生活眞是美好。可是我沒有對抗天神，我的父母、因此詛咒我。壓垮駱駝的最後一根稻草是這樣的：有一天，邁奧尼亞的古蛇龍殺了一個牧羊人，他是我的朋友，所以我追捕那個怪物、扭住牠，用一棵樹直直刺穿牠的嘴巴。我運用大地的力量讓那棵樹重新發根生長，將古蛇龍牢牢固定在地面上，確定牠再也不能危害凡人的安全。蓋婭無法原諒我這種行爲。」

「就因爲你幫助其他人？」

「沒錯。」達馬森看起來很難爲情。「蓋婭讓地面露出一個大洞，把我吞沒，將我放逐到我父親塔耳塔洛斯的肚子裡。這裡聚集了所有無用殘骸，全是他不在乎的零碎雜物。」巨人從髮際拉出一朵花，心不在焉地看著。「他們讓我活著，照顧我的綿羊，收集我的花草，讓我知道自己選擇的生活多麼沒用。每一天，或者在這暗無天日的地方所謂的每一個日子，邁奧尼亞的古蛇龍都會重新成形來攻擊我。殺了牠是我永遠不會結束的任務。」

安娜貝斯環顧屋內四周，試圖想像達馬森被放逐到這裡經歷了多少歲月；他日復一日殺死古蛇龍，收集牠的骨頭、獸皮和肉塊，明知牠隔天又會再次發動攻擊。她幾乎無法想像在塔耳塔洛斯活過一星期的狀況，更何況把自己的兒子放逐到這裡過了無數個世紀，那實在無法用殘酷來形容。

「打破那詛咒吧，」她衝口說出：「跟我們一起走。」

達馬森酸溜溜地笑起來。「說起來簡單啊。你不覺得我也曾經想辦法離開這個地方嗎？那是不可能的。無論我朝哪個方向走，最後都會再回到這裡。這個沼澤是我所知的唯一事物，也是我能夠想像的唯一目的地。不了，年輕的半神半人，我所受的詛咒掌控了我，毫無逃離的希望。」

「毫無希望。」鮑伯複述著。

「一定有什麼方法吧。」安娜貝斯無法忍受巨人臉上的表情，那令她想起自己的父親，他好幾次向安娜貝斯坦承他仍然愛著雅典娜。他看起來那麼悲傷、受挫，期盼著明知不可能達成的願望。

「鮑伯已經想好要怎麼去死亡之門了，」她很堅持地說：「他說我們可以躲在某種『死亡迷霧』裡面。」

「死亡迷霧？」達馬森皺起眉頭看著鮑伯。「你要帶他們去找艾柯呂斯[66]？」

「那是唯一的方法。」鮑伯說。

「你們會死的，」達馬森說：「那很痛苦。一片黑暗。艾柯呂斯不相信任何人，也不會幫助任何人。」

鮑伯一副想要爭辯的樣子，不過終究抿著嘴唇，什麼話也沒說。

「還有其他方法嗎？」安娜貝斯問。

「沒有，」達馬森說：「死亡迷霧……是最好的方案。不幸的是，也是最糟的方案。」

[66] 艾柯呂斯（Akhlys），希臘神話中死亡之霧女神，也是悲慘的化身。

安娜貝斯深深覺得自己好像又懸掛在深淵上方，沒辦法把自己拉上去，也沒辦法繼續抓緊，除此之外也沒有別的好選擇。

「但是，難道不值得試試嗎？」她問。「你可以回到凡人世界，也能再次看到太陽。」

達馬森的眼睛很像古蛇龍頭骨上的眼窩，既深邃又空洞，缺少希望。他把一塊破碎的骨頭輕輕丟入火堆裡，站起來挺直身子；眼前挺立著一位披著綿羊皮和古蛇龍皮革的紅色魁梧戰士，頭髮上點綴著乾燥花朵和香草。安娜貝斯看得出他與阿瑞斯有多麼不同。阿瑞斯是最差勁的天神，暴躁又凶殘；達馬森則是最好心的巨人，善良又樂於助人……也因爲這樣，他受到詛咒，承受永無止盡的折磨。

「睡個覺吧，」巨人說：「我會幫你們準備一些補給品。很抱歉，我只能做到這樣。」

安娜貝斯想要反駁，可是他一提起「睡覺」，她的身體就不聽使喚，儘管她曾下定決心再也不要在塔耳塔洛斯睡著。她的肚子很飽，火堆持續發出愉悅的劈啪聲，空氣中的香草氣味也讓她回想起夏日時混血營周圍的山丘，羊男和水精靈總是在慵懶的午後採集野生植物。

「也許只睡一下下就好。」她同意了。

鮑伯抱起她的樣子好像抱個布娃娃。她沒有抗議。他把安娜貝斯放在巨人床上，就在波西旁邊，然後她閉上雙眼。

40 安娜貝斯

安娜貝斯醒來，凝視著小屋天花板上舞動的影子。她沒有作半個夢，這實在太不尋常了，她甚至不確定自己是否眞的醒來了。

她繼續躺著的時候，波西在她身旁打鼾，小鮑伯則在她肚子上嗚嗚叫，同時聽見鮑伯和達馬森在低聲談話。

「你還沒有告訴她。」達馬森說。

「沒有，」鮑伯坦承說：「她已經很害怕了。」

巨人咕噥一聲。「她應該要知道的。萬一你沒辦法帶他們通過『黑夜』呢？」

達馬森說起「黑夜」的語氣，彷彿那是個名字，一個邪惡的名字。

「我非這麼做不可。」鮑伯說。

「爲什麼？」達馬森感到很疑惑，「那些混血人給了你什麼？他們抹除了你原本的自我、你原本擁有的所有東西。泰坦巨神和巨人……我們注定是天神和他們孩子的仇敵啊。難道不是嗎？」

「那你爲什麼要治好那男孩？」

達馬森輕輕呼出一口氣。「我也這樣問自己。也許是因爲那個女孩刺激到我吧，或者……我覺得這兩個混血人還挺有意思的，他們很快就振作起來，一直走到現在，實在很令人佩服。話說回來，我們還可以怎麼樣多幫他們一點？那不是我們的命運就是了。」

「也許吧，」鮑伯很不自在地說：「可是……你喜歡我們的命運嗎？」

「這是什麼問題啊。有人會喜歡自己的命運嗎？」

「我喜歡當鮑伯，」鮑伯喃喃地說：「在我還沒開始回想起來之前……」

「唔。」這時有個窸窸窣窣的聲音，似乎是達馬森往一個皮製袋子裡塞東西。

「達馬森，」泰坦巨神問：「你記得太陽嗎？」

窸窸窣窣的聲音停止了。安娜貝斯聽見巨人從鼻子噴出一口氣。「記得，是黃色的。它碰到地平線的時候，會把天空變成漂亮的顏色。」

「我想念太陽，」鮑伯說：「還有星星。我好想再對那些星星打招呼。」

「星星啊……」達馬森唸出這個詞的樣子，彷彿早就忘記它所代表的意思。「是啊，它們在夜空中形成銀色的小點。」他把某個東西丟到地上，發出砰一聲。「呸！講這些沒用的話。我們不能……」

遠方傳來邁奧尼亞古蛇龍的怒吼聲。

波西突然坐直身體。「那是什麼？什麼……哪裡……什麼？」

「沒事啦。」安娜貝斯抓住他的手臂。

等波西發現他們和一隻骨瘦如柴的小貓一起在巨人的床上，看起來比剛才更困惑。「那個聲音……我們在哪裡？」

「你還記得多少？」安娜貝斯問。

波西皺起眉頭，眼神似乎警覺起來。他所有的傷勢都消失了，除了破爛的衣服和身上好幾層泥巴汙垢之外，看起來彷彿從來沒有掉進塔耳塔洛斯過。

「我……那些惡魔阿嬤……然後……想不太起來了。」

達馬森出現在床鋪上方。「沒有時間了，年輕凡人。古蛇龍又回來了。我怕牠的吼叫聲會吸引其他人，也就是我的兄弟手足，他們在追捕你們。再過幾分鐘他們就要到了。」

安娜貝斯不禁心跳加快。「他們到這裡的時候，你會怎麼說？」

達馬森的嘴扭動一下。「有什麼好說的？沒什麼重要的事，反正你們已經走了。」

他丟了兩個古蛇龍皮革做的小背包給他們。「衣服、食物、飲水。」

鮑伯也背了類似的背包，不過較大一些。他倚著自己的長柄刷，凝視著安娜貝斯，彷彿還在仔細咀嚼達馬森剛才說的話：「那些混血人給了你什麼？我們注定是天神和他們孩子的仇敵啊。」

就在這時，突然有個念頭刺中安娜貝斯，既銳利又清晰，簡直像雅典娜自己的劍刃。

「七大預言。」她說。

波西已經爬下床，正要背起背包。他對安娜貝斯皺起眉頭。「那怎麼了？」

安娜貝斯抓住達馬森的手，把巨人嚇了一大跳，也跟著皺起眉頭。他的皮膚像砂石一樣粗糙。

「你必須跟我們走，」她懇求著，「我們以為預言說的是『敵人擁有死亡之門的武器』，也以為『敵人』的意思是指敵對的羅馬人和希臘人，但其實不是。那句話的意思是『仇敵們擁有對付死亡之門的力量』，而『仇敵們』指的是混血人、一個泰坦巨神和一個巨人。我們需要你們去關上死亡之門！」

古蛇龍在外面狂吼，已經很接近了。達馬森輕柔地抽出他的手。

「不，孩子，」他柔聲說：「我的詛咒是困在這裡，不可以逃出去。」

「可以，你可以，」安娜貝斯說：「不要去打古蛇龍，想辦法打破那個循環啊！尋找你的另一個命運。」

達馬森搖搖頭。「就算可以，我也不能離開這個沼澤。這是我唯一能夠想像的目的地。」

安娜貝斯的思緒飛快。「還有另一個目的地。看著我！記住我的臉，等你準備好了，來找我。我們會帶你一起去凡人世界，你可以看見陽光和星星。」

地面陡然搖晃。古蛇龍非常靠近了，重重的腳步踩過沼澤，噴出毒液讓樹木和苔蘚爲之枯萎。安娜貝斯還聽見更遠處傳來巨人波呂玻特斯的聲音，他催促跟隨者走快一點：「海神之子！他很近了！」

「安娜貝斯，」波西急切地說：「我們眞的該走了。」

達馬森從腰帶抽出某個東西。他的巨掌中有一塊白色碎片，看起來很像另一根牙籤；但他遞給安娜貝斯時，她立刻看出那是一把劍，劍刃是用古蛇龍骨頭做的，磨得極爲銳利，並用皮革做成簡單的握把。

「最後一件禮物送給雅典娜之女，」巨人低聲說：「我不能看著你手無寸鐵地走向自己的死亡。好了，快走！不然就太遲了。」

安娜貝斯好想哭。她拿起劍，甚至沒辦法說出謝謝。她知道巨人的意思是選擇站在他們這邊。這就是答案，不過達馬森轉身走開了。

「我們非走不可了。」鮑伯催促小貓爬上他的肩膀。

「安娜貝斯，他說得沒錯。」波西說。

他們跑向門口。跟著波西和鮑伯跑進沼澤時，安娜貝斯沒有回頭看，不過她聽見背後傳來達馬森的聲音。他對步步進逼的古蛇龍高聲吶喊，面對這日復一日的老敵人時，他那粗啞的聲音滿是絕望。

41 派波

派波對地中海不是很了解，但她很確定七月的地中海應該不會天寒地凍才對。

阿爾戈二號從史匹列特出海兩天之後，烏雲吞沒了天空，海浪也變得洶湧起伏。冰冷的毛毛雨灑在整個甲板上，在欄杆和繩索上結成冰晶。

「是因爲這根權杖，」尼克低聲說，一邊舉起那支古老的權杖，「一定是。」

派波很想知道原因。自從傑生和尼克從戴克里先的宮殿回來之後，他們就表現得很緊張且小心翼翼。那裡一定發生了大事，是傑生不會與她分享的事。

說是權杖造成這樣的天氣變化可能有些道理，它頂端的黑球似乎把天空的色彩全數過濾掉，基座的金色老鷹也釋出陣陣寒意。據說這支權杖可以控制死人，那麼它絕對會散發出不好的氣氛。黑傑教練曾經看了那東西一眼，臉色立刻變得蒼白，嚷著要回房間，看羅禮士的電影錄影帶安定心神。（不過派波猜想，他根本是要用伊麗絲傳訊回家鄉給女朋友蜜莉；教練最近一提起女朋友就變得很激動，雖然他不肯對派波說明詳情。）

所以，好吧……也許那支權杖眞能造成反常的冰風暴。可是派波覺得沒有這麼簡單。她擔心還會發生其他事，而且是更糟糕的事。

「我們不能在這裡講話，」傑生終於說：「晚一點再開會討論。」

他們本來全部聚集在後甲板上，準備討論靠近伊庇魯斯時的策略。現在看來，甲板上絕對不適合逗留。狂暴的風霜橫掃過甲板，大海也在他們下方洶湧翻騰。

派波並不是那麼在意海浪，其實那種搖晃、拋擲的感覺，總讓她想起以前和爸爸在加州海岸衝浪的事。但她看得出來海柔很不舒服，那可憐的女孩連風平浪靜的時候都會暈船。海柔現在的模樣很像是努力要把一顆撞球吞下去。

「我得去……」海柔快吐了，手指著下面。

「好，快去。」尼克親吻海柔的臉頰，這讓派波嚇了一跳。尼克鮮少有表露感情的舉動，即使對自己的姊姊也一樣。他似乎很討厭肢體接觸。而他親吻海柔的樣子……簡直像是在對她說再見。

「我和你一起走下去。」法蘭克伸手摟住海柔的腰，扶著她走下樓梯。

派波希望海柔沒事。自從對付過斯喀戎之後，過去幾個晚上她們曾有幾次深談。身為船上唯二的兩個女生其實很辛苦，因此她們會分享心事、抱怨臭男生的惡習，也一起為安娜貝斯流下擔心的眼淚。海柔曾對她描述控制迷霧的感覺，派波聽了很驚訝，因為聽起來和使用魅語實在太相像了。派波對海柔說，需要的話她一定會提供協助。而海柔也答應教她劍術作為回報；那是派波超討厭的技能。派波覺得自己交了新朋友，這實在很棒……假如她們活得夠久、能夠好好共享這份友誼的話。

尼克撥掉頭髮上的一些冰霜。他對戴克里先的權杖皺起眉頭。「我真該把這東西拿走。如果真的是它改變了天氣，或許放到甲板下面比較好……」

「確實。」傑生說。

尼克看了派波和里歐一眼，似乎有點擔心自己離開之後，他們幾個不知道會在背後說些什麼。派波感覺到他的防衛心陡然升起，就像是他讓心理狀態蜷縮成一顆球，如同他在那個青銅花瓶裡進入死亡昏睡的狀態一樣。

等尼克走下樓梯後，派波仔細審視傑生的表情。他的眼神滿是憂慮。他們在克羅埃西亞究竟發生了什麼事？

里歐從腰帶拿出一把螺絲起子。「大隊討論告一段落，看來又只剩下我們了。」

又只剩下我們了。

派波回想起去年十二月在芝加哥風雪交加的那一天，他們三人出發執行第一次任務，降落在芝加哥的千禧公園裡。

自從那次之後，里歐沒有什麼改變，只是對於「赫菲斯托斯之子」的身分似乎愈來愈自在了。他總是精力過剩、緊張兮兮，而現在，他知道該怎麼運用那些精力。他的雙手老是停不下來，不斷從腰帶拿出各種工具，在控制台上敲敲打打，修補他最愛的阿基米德球。今天他把阿基米德球從控制台拆下來，並關掉破浪神雕像非斯都維修一番，像是重新接線、用那顆球將非斯都升級成自動控制之類的事，天曉得那是什麼意思。

至於傑生，他看起來更瘦更高，也更加憂心忡忡。他的頭髮從原本剪短的羅馬式髮型變得又長又亂，斯喀戎在他左邊頭皮射出的溝痕也很有意思，幾乎有點叛逆的味道。不知怎麼的，他的冰藍色雙眼顯得蒼老許多，充滿了憂慮和責任感。

派波知道她的朋友們私底下是怎麼說傑生；大家說他太過完美、太過嚴格而死板。如果曾經眞是那樣，如今也不再是了。他在這趟旅程中受到很大的衝撞，而且不只是身體方面。他並沒有因爲面臨艱難的情境而畏縮，反倒像皮革一樣變得堅韌而柔軟，彷彿變得更自在而豁達。

至於派波呢？她只能想像里歐和傑生眼中的她會是什麼模樣。至少，她絕對與去年冬天的自己不是同一個人了。

那趟前去援救希拉的第一次任務，幾乎像是好幾個世紀以前的事。隨後的七個月發生好大的變化……她很好奇那些天神怎麼能受得了活了幾千年之久。他們目睹了多大的變化？這樣想來，奧林帕斯眾神似乎有點瘋狂，也沒什麼好大驚小怪的。假如派波活了三千年，一定也會變得瘋瘋癲癲。

她凝視著眼前冰冷的雨。她願意以任何事物作爲交換，只求能夠回到混血營，在那裡，連冬天的天氣都受到良好控制。然而，最近她在刀子上看到的景象……嗯，並沒有讓她對於回到混血營有太多期待。

傑生捏捏她的肩膀。「嘿，不會有事啦。現在我們很靠近伊庇魯斯了，再過一天左右就到了，如果尼克指出的方向沒錯的話。」

「是啊。」里歐對他的球敲敲打打，把其中一顆寶石輕輕裝上球體表面。「到了明天早上，我們就會到達希臘的西部海岸，接著在陸地上前進一小時，然後，砰！冥王之府就到了！我要幫自己買一件T恤！」

「是喔。」派波喃喃說著。

她一點都不渴望再次進入黑暗的地方。她依舊作著惡夢，夢見羅馬地底下的精靈神殿和地下墓室。在她的匕首「卡塔波翠絲」的刀面上，她曾看過一些影像，與里歐和海柔描述的夢境非常相似。一個身穿金色服裝的蒼白女巫，雙手在空中編織著金色光線，彷彿織布機上的絲線；一個渾身裹在陰影裡的巨人，沿著掛有成排火炬的長廊一路走去，他每通過一根火炬，火焰便隨之熄滅。她看過一個滿是怪物的巨大洞穴，裡面有獨眼巨人、地生族和各種奇怪東西，全都圍繞在她和朋友的四周，數量遠超過他們，真令人絕望。

每一次看到那些影像，就會有個聲音在她腦中說著同一句話，一次又一次反覆說著。

「兩位，」她說：「我一直在想那個『七人大預言』。」

要讓里歐的注意力離開手邊的工作得花很大的力氣，不過這句話奏效了。

「怎麼了？」他問：「像是……好的方面嗎？希望是。」

她調整一下肩膀上的富饒角揹帶。有時富饒角因爲太輕而讓她幾乎忘了它的存在，而其他時候又覺得重得像鐵砧，彷彿是河神阿刻羅俄斯發送出一堆不好的想法，想要懲罰派波拿走了他的角。

「在卡塔波翠絲上，」她開始說：「我一直看到那個巨人克呂提奧斯，就是渾身裹著陰影那個人。我知道他的弱點是火，不過在我看到的影像裡，他不管去到哪裡都會讓火焰熄滅。而且他那一團黑暗也會吸掉任何光線。」

「聽起來很像尼克耶，」里歐說：「你覺得他們有關聯嗎？」

傑生沉下臉。「嘿，兄弟，放過尼克吧。所以，派波，這個巨人怎樣？你有什麼想法？」

她和里歐很快交換一個眼神，意思像是：傑生從什麼時候開始會幫尼克說話？但她覺得不要提起比較好。

「我一直在想火焰，」派波說：「我們覺得里歐會用什麼方法攻擊這個巨人？因爲里歐很……」

「熱情如火?」里歐咧嘴笑著說。

「嗯,就說『易燃』好了。總之,預言裡有一句話讓我很困惑:暴風雨或是火焰,世界必會毀壞。」

「是啊,我們都知道得很清楚,」里歐回答:「你是要說我是火焰,而傑生是暴風雨。」

派波很不情願地點點頭。她知道沒有人喜歡談這件事,不過每個人一定都感覺得到那是事實。

船身突然晃向右舷,傑生連忙抓住結冰的欄杆。「所以,你是擔心我們之中有一人會危害任務,也許在無意中摧毀整個世界?」

「不是啦,」派波說:「我是覺得,說不定我們解讀那句話的方向是錯的。世界……說不定是指大地。在希臘文裡,用的詞會是……」

她遲疑了一下,不想大聲說出那個名字,即使在海上也一樣。

「蓋婭,」傑生兩眼發亮,突然感到很有興趣,「你的意思是說,暴風雨或是火焰,蓋婭必會毀滅?」

「哦……」里歐更是眉開眼笑,「你知道嗎?我比較喜歡你的解讀耶。因爲如果蓋婭被我這個火焰先生摧毀,絕對很棒喔。」

「或是我啊……暴風雨。」傑生親她一下。「派波,你實在太棒了!如果你是對的,這是天大好消息,只要弄清楚我們兩個到底是誰可以摧毀蓋婭就行了。」

「也許吧。」他們這麼充滿希望,讓她覺得很不自在「不過,要想清楚,那句話是暴風雨『或是』火焰……」

她從刀鞘中拔出卡塔波翠絲，把它放在控制台上。刀面立刻閃爍光芒，顯示出巨人克呂提奧斯的黑暗身影正沿著走廊前進，沿途讓一根根火炬瞬間熄滅。

「我很擔心里歐是要對付這個克呂提奧斯，」她說：「預言裡的那句話聽起來像是只有你們其中一個人能成功。而且，萬一『暴風雨或是火焰』這句其實是和第三句『發誓留住最後一口氣』有關……」

她沒有說完這個想法，但是從里歐和傑生的表情看來，她知道兩人都聽懂了。如果她對預言的解讀正確，那麼只有里歐或傑生能夠打敗蓋婭，另一人會死。

42 派波

里歐瞪著那把匕首。「好吧……所以我不喜歡你的想法，也不喜歡我心裡想的。你認爲我們之中有一個人可以打敗蓋婭，而另一個人會死？或者是說，也許我們其中一人在打敗她的時候，另一個人會死？還是……」

「兩位，」傑生說：「我們想太多的話，會把自己逼瘋的。你們也知道預言就是這樣，一天到晚讓混血英雄惹上麻煩，想辦法要讓他們遭遇挫敗。」

「是啊，」里歐咕噥著說：「我們討厭惹上麻煩，現在惹上這種麻煩也太好了吧。」

「你知道我的意思，」傑生說：『最後一口氣』那句可能和『暴風雨或是火焰』那句沒關係。就目前所知，我們兩個不見得就等於暴風雨和火焰，波西也會引發龍捲風啊。」

「而我可以一直放火燒黑傑教練，」里歐提供例子，「那麼他也可以是火焰。」

一想到有個著火的羊男一邊大聲尖叫：「去死吧！卑鄙小人！」還一邊準備攻擊蓋婭，害派波差點笑出來……差一點啦。

「希望我是錯的，」她謹慎地說：「不過，這整趟任務是從我們去找希拉、喚醒那個巨人族首領波爾費里翁67開始。我有種預感，這戰爭也會在我們手中結束。無論結果是好是壞。」

67 波爾費里翁（Porphyrion），是大地之母蓋婭所生的巨人族之一。受蓋婭慫恿攻打奧林帕斯推翻宙斯，最後遭宙斯與海克力士擊斃。參《混血營英雄──迷路英雄》二四七頁，註62。

「嘿，」傑生說：「就我個人來說，我喜歡咱們三人組。」

「同意，」里歐說：「咱們三人組是我最喜歡的人。」

派波勉強擠出笑容。她眞的很愛這兩個傢伙，眞希望能把她的魅語用在命運三女神身上，對她們描述一個快樂結局，並逼她們讓結果成眞。

可惜，現在她的腦袋裡滿是黑暗的想法，很難想像出快樂的結局。她很擔心巨人克呂提奧斯擋住他們的去路，不讓里歐成爲威脅。倘若如此，那就表示蓋婭必然也會想盡辦法除掉傑生。只要沒有暴風雨或火焰，他們的任務就不可能成功。

而眼前的冰寒天氣也讓她憂心忡忡……她有種很確定的感覺，覺得這不只是由戴克里先的權杖所造成。刺骨寒風、冰與雨的混合，在在都飽含著敵意，而且莫名的熟悉。

還有空氣中的氣息，那濃厚的氣味……

派波應該可以更早意識到究竟發生什麼事，然而她大半輩子都住在南加州，那裡沒有明顯的季節變化。她在成長過程中沒有聞過那種氣味……那是大雪即將逼近的氣息。

她全身的每一條肌肉都緊繃起來。「里歐，趕快發出警報。」

派波沒有意識到自己用的是魅語，不過里歐隨即扔下手中的螺絲起子，按下警報按鈕。

當他一發現什麼事都沒發生，不禁皺起眉頭。

「啊，線路沒有連接起來，」他恍然大悟地說：「我把非斯都關掉了。給我一分鐘，讓我把系統重新連上線。」

「我們沒有一分鐘了！火焰……我們需要希臘火藥瓶！傑生，召喚風，要溫暖的南風。」

「等一下，你說什麼？」傑生滿臉困惑地看著她，「派波，到底怎麼了？」

「是她！」派波拔出自己的匕首。「她回來了！我們必須……」

她還來不及把話說完，船身便向左舷傾斜。溫度驟降，風帆因爲結冰而碎裂，欄杆旁的整排青銅擋板也紛紛爆裂開來，活像內部壓力太大的汽水易開罐。

傑生抽出佩劍，但一切爲時已晚。一波冰塊朝他席捲而來，把他全身裹得像糖霜甜甜圈一樣，瞬間凍結在原地。透過包覆的冰層看進去，他雙眼圓睜、一臉驚駭。

「里歐！火焰！快點！」派波大吼。

里歐的右手開始燃燒，不過狂風在他周圍呼嘯旋轉，弄熄了火焰。里歐連忙抓住他的阿基米德球，這時一道夾帶凍雨的漏斗雲把他的腳吸離地面。

「嘿！」他大吼：「嘿！讓我走！」

派波衝向他，但暴風雨裡有個聲音說：「喔，是啊，里歐．華德茲，我會讓你走，永遠回不來。」

里歐飛向天空，像是被彈弓彈射出去，然後消失在雲層中。

「不！」派波舉起匕首，眼前卻沒有任何東西可以攻擊。她絕望地看著樓梯間，希望能看到其他朋友衝上來救援，但是有好大的冰塊塞住整個艙口。整個下層甲板大概也完全結凍了。

她需要擁有好一點的武器，而不只是她的聲音、一把可以算命的蠢匕首，以及可以射出火腿和新鮮水果的豐饒角。

她心想，不知道能不能用旋轉投石器呢？

就在這時，她的敵人現身了，派波這才明白，無論什麼樣的武器都派不上用場。

戰船的正中央站著一個女孩，身穿白色絲綢織成的飄逸洋裝，濃密的黑髮以一個綴滿鑽石的小環固定在腦後。她的雙眼是咖啡色，但是一點暖意也沒有。

她的兩位兄弟站在她背後，那是兩個年輕男子，有著紫色的羽毛翅膀，一頭顯眼的白髮，並佩戴著神界青銅打造的鋸齒刀。

「好高興又見到你了，ma chère（親愛的），」雪之女神齊昂妮[68]說：「我們該來個很冷的團聚啦。」

[68] 齊昂妮（Khione），希臘神話中的雪之女神，是北風之神波瑞阿斯的女兒。

43 派波

派波並不打算射出藍莓馬芬蛋糕，但豐饒角必然感應到她的苦惱，覺得她和訪客可以吃些暖呼呼的烘焙點心。

於是有六個熱騰騰的馬芬從豐饒角飛出來，簡直像是大顆的鉛彈。這絕對不是最有效率的開場攻擊法。

齊昂妮只是微微傾身讓開，大多數的馬芬飛過她頭上，落到欄杆外。而她的兄弟們，也就是波瑞阿茲兄弟，他們兩人各接到一顆馬芬，開始大快朵頤。

「馬芬耶。」其中的高個子說。他自稱「卡」，其實是「卡萊斯」，派波還記得。他的穿著和在魁北克那時候一模一樣，都穿著防滑釘鞋、寬鬆的運動長褲和紅色的冰上曲棍球球衣，再加上兩隻黑眼珠和好幾顆斷掉的牙齒。「馬芬很好吃。」

「啊，merci（謝謝）！」骨瘦如柴的兄弟說，派波想起他是齊特士，他站在投石器的發射平台上，紫色的翅膀伸展開來。他的一頭白髮剪成前短後長的可怕髮型，那是狄斯可年代才有的老土造型。他的絲質襯衫領口從盔甲底下露出來，淡黃綠色的聚脂纖維長褲緊得很誇張，而且臉上的青春痘愈來愈嚴重了。儘管如此，他還是挑挑眉、露出微笑，自以爲是半神半人界的「把妹達人」。

「我知道這位漂亮女孩一定忘了我。」他用魁北克的法語腔調說話，派波解讀起來毫不費力，這要感謝她媽媽阿芙蘿黛蒂，與愛有關的語言就像內建在她的腦袋裡，只不過她並不想用那些話與齊特士交談。

「你們到底要幹嘛？」派波質問著。接著，她改用魅語說：「放開我的朋友。」

齊特士眨眨眼睛。「我們應該放開你的朋友。」

「沒錯。」卡萊斯同意。

「不行，你們這些白痴！」齊昂妮厲聲說：「她在用魅語說話，用用你們的大腦。」

「大腦啊……」卡萊斯皺起眉頭，似乎不太確定大腦是什麼東西。「馬芬比較好。」

他把整塊馬芬塞進嘴裡，開始大嚼特嚼。

齊特士拿起他那塊馬芬上面的藍莓，小心地咬一口。「啊，我美麗的派波……我等著再見你一面已經等好久了。眞可惜，我姊姊說得對，我們不能放你朋友走。事實上，我們必須把他們帶去魁北克，他們在那裡會永遠笑得很開心。眞是抱歉，不過這些是我們的命令。」

「命令……？」

自從去年冬天以後，派波就知道，齊昂妮的冰霜面孔遲早會再出現在她面前。當時他們在索諾馬山谷的狼屋擊敗齊昂妮，這位雪之女神誓言要復仇。但是齊特士和卡萊斯爲什麼也在這裡？在魁北克的時候，波瑞阿茲兄弟似乎顯得很友善，至少與他們這位「比冰點還冷」的姊姊比起來是這樣。

「兩位，請聽我說，」派波說：「你們的姊姊違背波瑞阿斯的意思。她現在與巨人族爲伍，想要喚醒蓋婭。她準備奪走你們父親的王座。」

齊昂妮笑了，輕柔卻冷酷。「親愛的派波．麥克林，你大可用魅語操縱我這兩個意志薄弱的弟弟。不愧是愛之女神的女兒啊，真是技巧高超的騙子。」

「騙子？」派波大喊：「是你想要殺我們耶！齊特士，她在幫蓋婭做事！」

齊特士畏縮了一下。「哎呀，漂亮女孩，我們現在都在幫蓋婭做事啊。恐怕這些命令都是來自我們的父親，波瑞阿斯本尊。」

「什麼？」派波不願意相信，但齊昂妮露出沾沾自喜的微笑，讓她知道一切都是真的。

「到最後，我父親看出我的提議有何睿智之處，」齊昂妮愉快地說：「或至少在他的羅馬人格與希臘人格開戰之前，他就這樣想了。我擔心他現在有點使不上力，不過他全權交給我處理。他已經下令北風的勢力完全聽命於波爾費里翁國王，而當然啦……那等於是聽命大地之母。」

派波吞了一下口水。「你幹嘛來這裡？」她指著整艘船上的冰雪。「現在是夏天！」

齊昂妮聳聳肩。「我們的力量愈來愈大了，因此大自然的法則整個顛倒過來。等到大地之母覺醒，我們就會依自己的喜好來重塑這個世界！」

「像是曲棍球，」卡萊斯說，他的嘴裡還塞滿東西。「還有披薩，還有馬芬。」

「是啦，是啦，」齊昂妮冷笑著，「我總得對這大呆瓜承諾一些事。至於齊特士……」

「喔，我的需求很簡單，」齊特士將頭髮往後梳得漂漂亮亮的，再對派波眨眨眼，「我親愛的派波，我們第一次見面時，我就應該把你留在我們宮殿。不過，我們很快就會一起回去那裡，而我會以最浪漫的方法追求你。」

「謝謝，但不必了。」派波說：「好了，快點讓傑生出來。」

她把所有力量放進話語裡，於是齊特士乖乖照做。他彈彈手指，傑生立刻解凍了。傑生倒在地板上，不斷喘氣且吐著白煙，不過至少還活著。

「你這個低能的笨蛋！」齊昂妮伸手朝傑生一指，他又重新凍結，像張熊皮地毯一般攤平在甲板上。然後她走向齊特士。「如果你希望得到這女孩作爲獎賞，你最好證明你能控制她，而不是被她耍得團團轉！」

「是，當然。」齊特士看起來很懊惱。

「至於傑生．葛瑞斯……」齊昂妮的棕色眼睛亮了起來，「他和你的其他朋友全都會加入我們魁北克王宮裡的冰雕行列。葛瑞斯會讓我的王座廳顯得很『優雅』⑲。」

「還眞聰明，」派波嘀咕著說：「你是花了一整天才想出這個梗嗎？」

至少她知道傑生還活著，這讓派波少了一點驚恐。看來那種深層的凍結狀態是可以復原的，這也表示她的其他朋友在甲板下面可能還活著。她只需要想個方法把他們放出來。不幸的是，她不是安娜貝斯，沒有那麼擅長一下子就想出方法。她需要時間好好思考。

「里歐怎麼樣了？」她不經意脫口而出，「你把他送去哪裡了？」

雪之女神腳步輕盈，在傑生周圍繞了一圈仔細檢視，彷彿傑生是人行道上的藝術品。

「里歐．華德茲該受到特別懲罰，」她說：「我送他去的地方會讓他永遠回不來。」

派波無法呼吸。可憐的里歐。一想到再也見不到里歐，幾乎徹底擊垮了派波。齊昂妮必然從她的表情看出這點。

「哎呀，我親愛的派波！」她露出勝利的微笑，「不過這是最好的做法啊！我們無法容忍里歐的存在，即使變成冰雕也一樣……自從他羞辱我之後就不行。那個笨蛋拒絕臣服在我腳下！而且他的力量在於火……」她搖搖頭。「不能允許他到達冥王之府，恐怕克呂提奧斯大王比我還不喜歡火。」

派波拔出她的匕首。

「火，」她心想，「多謝你的提醒，你這個女巫。」

她掃視甲板四周。要怎麼產生火呢？有一箱希臘火藥瓶藏放在前方投石器那邊，但離太遠了。而且就算她沒有遭到冰凍而到達那裡，希臘火焰也會把所有東西燒個精光，包括整艘船和她的所有朋友。一定還有其他方法。她的視線望向船頭。

噢。

破浪神雕像非斯都可以噴出相當可觀的火焰，可惜里歐把它關掉了。派波不曉得該怎麼重新啟動他，她也絕對沒時間弄清楚船隻控制台的正確控制方法。她隱約記得里歐曾修理龍的青銅頭顱內部，含糊說著有個控制磁碟什麼的；然而就算派波到得了船頭，恐怕也不曉得該做什麼。

不過某種直覺告訴她，非斯都絕對是最好的機會，只要能想出方法說服俘虜她的人，讓她靠得夠近……

「好啦！」齊昂妮打斷她的思緒，「恐怕咱們相處的時間要結束了。齊特士，如果你能……」

「等一下！」派波說。

只是個簡單的命令，但發生作用了。波瑞阿茲兄弟和齊昂妮對她皺起眉頭，停下來等待。

---

⑲ 葛瑞斯的英文拼法和優雅的英文相同，都是grace。

派波相當確定自己能用魅語控制那對兄弟，不過齊昂妮是個問題。如果有人沒有受到你的吸引，魅語對他的效果就很差。魅語對於力量強大的對象也不太有效，像是天神。此外，如果你的對象很了解魅語，而且積極抵抗，魅語的效果也不好。上面這些狀況都可以適用在齊昂妮身上。

如果是安娜貝斯會怎麼做？

拖延，派波心想。不確定的時候，不妨多講一些話。

「你對我的朋友們有所顧忌，」她說：「那麼，幹嘛不殺了他們？」

齊昂妮笑了。「你不是天神，否則一定會了解。死亡太短暫，太……無法滿足。你們這些弱小的凡人靈魂飄到冥界，然後呢？我最希望的是你們會去刑獄或是日光蘭之境，但你們半神半人很高貴，眞是令人難以忍受。你們比較可能會去埃利西翁⑩，或者重生得到新的生命。我爲什麼要讓你朋友享受那種待遇？爲什麼……如果我可以永無止境地懲罰他們呢？」

「那我呢？」派波眞不想問這句。「爲什麼我還活著，沒有被冷凍？」

齊昂妮不悅地看了她的弟弟們一眼。「齊特士說他要你，這是原因之一。」

「我的吻功很好喔，」齊特士向她保證，「你等著瞧，很美好的。」

光是想像就讓派波的肚子一陣絞痛。

「但那不是唯一的原因，」齊昂妮說：「因爲我恨你，派波。很深而且很恨你。要不是你，傑生會和我一起留在魁北克。」

「那是妄想吧？」

齊昂妮的眼神變得像她頭上小環的鑽石一樣冷酷堅硬。「你眞是愛管閒事，無用女神的女兒。光憑你一個能做什麼？什麼都做不到。在全部七個混血人之中，你沒有目標，也沒有力量。所以我希望你待在這艘船上，無助地漂流，眼睜睜看著蓋婭崛起、世界毀滅。而為了確定你會完全置身事外、使不上力……」

她朝齊特士比了個手勢，齊特士就從空中拉出某個東西……是一顆冰凍的球，約壘球那麼大，外面包覆著滿滿的冰刺。

「一顆炸彈，」齊特士解釋，「我的愛，這是特別為你訂做的。」

「炸彈！」卡萊斯笑著說：「真是美好的一天！又是炸彈、又是馬芬！」

「呃……」派波拿著匕首的手放下來，讓她看起來比平常更沒用，「送花比較好吧。」

「噢，這不會殺死漂亮女孩的，」齊特士皺起眉頭說：「嗯……我還滿確定的。不過如果這個脆弱的容器爆裂開……啊，不需要太久時間……它就會釋出北風的全部力量，當然也會把這艘船吹到非常遠的地方去。非常非常遠喔。」

「真的喔。」齊昂妮用假惺惺的同情聲刺痛人心。「我們會把你的朋友帶去加入我們的冰雕收藏，然後釋出北風，跟你說再見！你可以從世界的盡頭眼睜睜看著……嗯，世界走向盡頭！說不定你可以對魚說魅語，用你那愚蠢的豐饒角餵飽自己。你也可以在這艘空蕩蕩的船上走來走去，從你那把匕首的刀面看見我們的勝利。等蓋婭崛起後，你所知道的世界也毀滅了，齊特士就會回來找你，娶你當他的新娘。派波，你會做什麼來阻止我們呢？當個英雄嗎？哈！你根本是個笑話。」

---

⑩ 埃利西翁（Elysium），希臘神話中永遠的樂土，是行善、有德及正直之人與英雄死後的歸所。

齊昂妮的字字句句就像凍雨般刺痛人，主要因為這正是派波對自己的想法。她能做什麼呢？該怎麼運用現有的東西救出朋友？

她簡直快氣炸了，盛怒中幾乎想撲向她的敵人，讓自己遭到殺害。

她看著齊昂妮沾沾自喜的表情，突然意識到雪之女神就是希望她那麼做。齊昂妮希望派波崩潰。她想要找樂子。

派波挺直背脊。她想起了荒野學校的女生常常捉弄她。她也想起茱兒，就是阿芙蘿黛蒂小屋那位嚴苛的首席指導員，後來派波取代了她的位置；還有梅蒂亞[71]，她曾在芝加哥對傑生和里歐施展魔法；還有珍妮，就是她爸爸以前的私人助理，總把派波當成沒用的小搗蛋。想想自己這一輩子，別人總是瞧不起她，說她一點用也沒有。

「那絕對不是事實。」另一個聲音低聲說，聽起來很像她媽媽的聲音。「那些人之所以苛責你，是因為他們怕你，而且很羨慕你。齊昂妮也一樣。利用這一點！」

派波其實笑不出來，但她努力擠出笑聲。她又試了一次，這次笑起來容易多了。過沒多久，她已經笑得前俯後仰，咯咯笑得喘不過氣。

卡萊斯也跟著笑，直到齊特士用手肘頂他一下才停止。

齊昂妮的笑容僵住了。「怎樣？什麼事這麼好笑？我要毀了你耶！」

「毀了我！」派波又笑起來，「噢，天神啊……對不起。」她勉強吸了口氣，想要讓笑聲停下來。「噢，好傢伙……好了。你真的以為我沒有力量嗎？你真的以為我很沒用？奧林帕斯的天神啊，你的腦袋一定早就凍壞了。你不知道我的祕密，對吧？」

齊昂妮瞇起眼睛。

「你沒有祕密，」她說：「你騙人。」

「好吧，隨便你，」派波說：「是啦，快點，把我的朋友們帶走，把我留在這裡……一點用也沒有。」她不屑地哼了一聲。「是啦，蓋婭眞的會對你感到很滿意。」

雪花在女神四周飛旋，齊特士和卡萊斯緊張地看著彼此。

「姊姊，」齊特士說：「假如她眞的有什麼祕密……」

「披薩嗎？」卡萊斯亂猜：「還是曲棍球？」

「……那麼我們一定要知道。」齊特士繼續說完。

齊昂妮顯然不買帳。派波努力板著一張臉，卻閃爍著惡作劇和幽默的眼神。快點，她暗暗挑釁，叫我攤牌啊。

「什麼祕密？」齊昂妮質問：「告訴我們啊！」

派波聳聳肩。「隨你便吧。」她若無其事地指著船頭。「冰人，跟我來。」

71 梅蒂亞（Medea）是魔法高強的女巫，因為愛上傑生，曾以魔法幫助傑生躲避噴火牛的火焰攻擊，並協助他取得金羊毛。

44 派波

波瑞阿茲兄弟簇擁著她，她覺得很像正在穿越肉品冷凍區。他們周圍的空氣好冰冷，她的臉都要凍傷了，感覺自己好像呼吸著純粹的雪。

經過傑生旁邊時，派波忍住低頭看他冰凍身體的衝動。她也努力不去想甲板下方的朋友，或是里歐被射向空中、到了一個再也回不來的地方。她更是絕對不去想波瑞阿茲兄弟和雪之女神跟在旁邊。

她只把注意力放在船首的破浪神雕像上。

船隻在腳下搖來晃去。一陣夏日強風衝破了寒氣，派波也聞到了，感覺是個好兆頭。外面仍然是夏天啊，齊昂妮和她的兄弟果然不屬於這裡。

派波知道她如果採取正面對決，根本不可能打贏齊昂妮和這兩個長翅膀又帶刀的傢伙。她不像安娜貝斯那麼聰明，也不像里歐那麼善於解決問題，不過她確實有力量，也決定要好好運用那份力量。

昨天晚上與海柔聊天時，派波意識到魅語的祕訣和使用迷霧實在非常相像。以前要讓魅語發揮效果時碰到很大的困難，因爲她總是命令敵人去做她想做的事。怪物最大的希望是要殺掉他們的時候，她會大喊「不要殺我們」；她會把所有力量貫注到聲音裡，希望能夠壓倒敵人的意志。

有時候確實有效，但那樣做不僅耗盡力氣，也不太可靠。阿芙蘿黛蒂本來就不擅長正面迎戰，她比較纖細微妙、狡猾而有魅力。派波決定，她不該只想著要求別人做她想做的事，而是要促使別人去做「他們」想做的事。

很棒的理論，如果可以付諸實行的話……

她走到前桅停下來，轉身面對齊昂妮。「哇，我剛剛才想到你爲什麼這麼恨我們，」她說，讓自己的聲音充滿同情，「我們在索諾馬把你羞辱得太慘了。」

齊昂妮眼露凶光，彷彿是冰凍的濃縮咖啡。她不自在地看了弟弟一眼。

派波笑了。「哦，你沒有告訴他們！」她猜測說：「不怪你啦。你有一個巨人國王在旁邊撐腰，還有一大批狼群和地生族，卻還是沒辦法打敗我們。」

「閉嘴！」女神咬牙切齒地說。

空氣突然變得霧濛濛，派波覺得眉毛開始結霜，耳道也結冰了，但她仍擠出笑容。

「隨便，」她向齊特士眨眨眼，「不過那還滿好玩的。」

「漂亮女孩一定騙人，」齊特士說：「齊昂妮才不會在狼屋被打敗。她說那是一次……呃，該怎麼說呢？戰術上的退避。」

「退幣？」卡萊斯說：「能退幣很好啊。」

派波開玩笑地推推那大個子的胸膛。「不是啦，卡萊斯，他的意思是你姊姊逃走了。」

「我才沒有！」齊昂妮尖聲大叫。

「希拉是怎麼叫你的？」派波若有所思地說：「對了，D級女神！」

她再次爆笑出聲，而這笑話實在太好笑了，連齊特士和卡萊斯都開始笑起來。

「那眞是 très bon（太棒了）！」齊特士說：「D級女神，哈！」

「哈！」卡萊斯說：「姊姊逃跑了！哈！」

齊昂妮的白色衣裙開始散出蒸汽，只見齊特士和卡萊斯的嘴巴冒出冰塊，堵住他們的嘴。

「派波．麥克林，把你的祕密給我們看，」齊昂妮咆哮著說：「然後祈禱我會讓你完整地留在這艘船上吧。如果你耍我們，我會讓你嘗嘗凍傷的可怕滋味。假如你沒了手指或腳趾，我很懷疑齊特士還會想要你……或許也少了鼻子或耳朵喔。」

齊特士和卡萊斯把嘴裡的冰塊吐出來。

「如果沒有鼻子，漂亮女孩看起來會比較不漂亮。」齊特士坦白說。

派波曾看過凍傷受害者的照片。這個威脅嚇到她了，但她沒有表現出來。

「那就來吧。」她帶頭走向船首，嘴裡哼著她爸爸最喜歡的其中一首歌〈夏日時光〉。

她走向破浪神雕像，把手放在非斯都的脖子上。它的青銅鱗片非常冰冷，完全沒有發出機械運作的嗡嗡聲，它的紅寶石眼睛一片黯淡。

「你還記得我們的龍嗎？」派波問。

齊昂妮輕蔑地笑了一聲。「這不可能是你的祕密。這條龍壞掉了，它不會噴火了。」

「嗯，是啦……」派波敲敲龍的口鼻。

她沒有里歐的力量讓齒輪轉動或讓電路流通，因此感覺不到機械運作的任何跡象。她能做的只有訴說心語，對龍說它最想聽的話。「非斯都不只是一部機器，它是活生生的生物。」

「太可笑了。」女神輕蔑地啐了一口。「齊特士、卡萊斯，把下面冰凍的混血人集合起來，然後我們要打破那顆風球了。」

「男孩們，你們就去吧，」派波同意，「可是那樣就看不到齊昂妮出糗了。我知道你們很想看。」

波瑞阿茲兄弟顯得很遲疑。

「像曲棍球嗎？」卡萊斯問。

「差不多一樣棒，」派波向他保證，「你是從側邊攻擊傑生和阿爾戈號的船員，對吧？就是很像這艘船的第一代阿爾戈號。」

「是啊，」齊特士同意，「阿爾戈號。很像這一艘，不過那時候沒有龍。」

「不要聽她的話！」齊昂妮氣呼呼地說。

派波覺得自己的嘴唇開始結冰。

「你可以讓我閉嘴，」她匆匆地說：「可是你想知道我的祕密力量，也就是我會怎麼摧毀你，還有蓋婭，以及巨人們。」

恨意在齊昂妮的眼中翻騰，不過她撤回剛才的冰霜。

「你—沒—有—力—量。」她很堅持地說。

「這很像D級女神會說的話，」派波說：「D級女神從來沒有受到重視，總是希望得到更多力量。」

她轉向非斯都，伸手摸摸它的金屬耳朵後面。「非斯都，你是個很好的朋友。沒有人可以眞的把你關掉。你絕對不只是一部機器，齊昂妮不了解這一點。」

她又轉向波瑞阿茲兄弟。「你們也知道，她根本不尊重你們。她認爲可以隨便指揮你們，因爲你們是半神半人，而不是擁有完整力量的天神。她不知道你們是很有力量的一個團隊。」

「團隊，」卡萊斯嘀咕一聲，「就像—加—拿—大—人隊。」

他費盡力氣才說出這個隊名，因爲超過兩個字。他咧嘴而笑，看起來非常得意。

「完全正確，」派波說：「就像那個曲棍球隊。整個團隊要比個別球員更有力量。」

「像披薩。」卡萊斯補上一句。

派波笑了。「卡萊斯，你眞聰明！連我也低估你了。」

「喂，等一下，」齊特士抗議說：「我也很聰明啊，而且長得又好看。」

「非常聰明。」派波同意，但略過「好看」那部分。「所以放下那顆風炸彈吧，好好看著齊昂妮出糗。」

齊特士也咧嘴笑起來。他蹲下身子，讓冰球滾到甲板的對面。

「你們這兩個笨蛋！」齊昂妮氣得大喊。

女神還來不及去追那顆風球，派波就大叫：「齊昂妮，你要看我們的祕密武器是吧！我們不只是一群混血人，也是一個團隊。就像非斯都也不是一組零件而已，它是活生生的，是我的朋友。一旦它的朋友碰到困難，特別是里歐，它可以靠自己的力量醒過來！」

她把所有的自信貫注到話語裡，包括她對金屬龍所有的愛，以及對於金屬龍爲他們所做的一切。

她內心理性的部分知道這樣做根本毫無希望。怎麼可能光靠感情就啓動一部機器？

但阿芙蘿黛蒂本來就不理性，她是用感性來控制一切。她是最古老、最初始的奧林帕斯神，從烏拉諾斯在海中湧出的鮮血生出來。她的力量比赫菲斯托斯[72]、雅典娜，甚至是宙斯還要古老。

過了令人心焦的一段時間，什麼事都沒發生。齊昂妮瞪著她，波瑞阿茲兄弟也開始從剛才的暈頭轉向清醒過來，顯得很失望。

「別管原本的計畫了，」齊昂妮吼著說：「殺了她！」

波瑞阿茲兄弟舉起佩劍時，派波手底下的龍金屬皮膚開始變溫暖。她趕緊跳開，撞到雪之女神，此時非斯都的頭轉了一百八十度，朝波瑞阿茲兄弟猛烈噴火，把他們在原地蒸發得無影無蹤。不知什麼原因，齊特士的劍沒有跟著消失，咚的一聲掉到甲板上，而且還冒著煙。

派波跌跌撞撞地站起來。她看到風球掉在前桅杆的基部，連忙跑過去，但還來不及跑近，齊昂妮捲起了一道冰霜漩渦擋在她前面。女神的皮膚閃著亮光，是以造成雪盲。

「你這可悲的女孩，」她咬著牙說：「居然以為可以打敗我，打敗一個女神嗎？」

而在派波背後，非斯都狂吼一聲，噴出蒸汽，不過派波知道它如果再次噴火，肯定會同時噴倒她。

大約在女神背後六公尺處，那顆冰球開始破裂，發出嘶嘶聲。

派波沒時間表現纖細的情感了。她大喊一聲，舉起匕首刺向女神。

齊昂妮抓住她的手腕。冰霜布滿了派波的手臂，卡塔波翠絲的刀刃也開始變白。

女神的臉距離派波只有十五公分。齊昂妮露出微笑，知道自己贏定了。

「阿芙蘿黛蒂的孩子，」她咒罵：「你什麼也不是。」

---

72 赫菲斯托斯（Hephaestus），希臘神話中的火神與工藝之神，是天神界的工匠與鐵匠，手藝超群。參《波西傑克森─神火之賊》一二九頁，註30。

非斯都再次發出劈啪聲。派波發誓它一定是想大聲幫她加油。

突然間，她的胸口熱了起來……不是因爲憤怒或恐懼，而是因爲對那條龍的愛；以及傑生，他的性命維繫在她身上；還有被困在下面的朋友們；更是爲了里歐，他此刻不知所蹤，很需要她的幫忙。

或許，「愛」的力量無法與「冰」匹敵……不過派波確實以愛喚醒了金屬龍。一直以來，凡人都會因爲愛而創造出超人般的英勇事跡，例如媽媽爲了救孩子而舉起汽車。而派波不只是凡人，她是半神半人，她是混血英雄。

她刀刃上的冰霜融化了，她的手臂在齊昂妮的抓握下冒出蒸氣。

「還是低估了我喔，」派波對女神說：「你眞的需要好好思考這一點。」

派波手上的匕首直直落下，齊昂妮那副自鳴得意的表情消失了。

刀刃碰觸到齊昂妮的胸口，女神瞬間炸開成細碎的雪花。派波倒在地上，冷得頭昏眼花。她聽見非斯都發出喀噠聲和呼呼聲，恢復運作的警示聲再度響起。

那顆炸彈。

派波掙扎著站起來。那顆球距離三公尺遠，由於球內的風開始吹動而發出嘶嘶聲且不斷旋轉。

派波連忙撲過去。

她的手指才剛碰到炸彈表面，瞬間冰雪四濺，狂風轟然呼嘯。

45 波西

那片沼澤讓波西好想家。

他從沒想過自己會想念睡在巨人的毛皮床上，儘管是在古蛇龍骨搭設的屋子裡，還位於泥濘骯髒的汙水坑洞，可是聽起來宛如身在埃利西翁。

他、安娜貝斯和鮑伯在黑暗中踉蹌前行。空氣既濃厚又冰冷，地面交替出現一片片尖銳岩石和泥巴坑。這片區域似乎是特別設計過的，爲的是讓波西永遠無法鬆懈下來，即使只走個三公尺都令人筋疲力竭。

自從走出巨人的屋子之後，波西覺得自己又充滿了力氣，思路清晰，肚子裡裝滿從補給背包中拿出來的古蛇龍肉乾。現在，他的腿好痠，每一條肌肉都疼痛得不得了。他那件破爛T恤外面套了一件古蛇龍皮縫製的束腰上衣，他下意識地拉緊上衣，但對於驅寒保暖似乎沒有一點幫助。

他把注意力集中於前方的地面。除了身旁的安娜貝斯，周遭一切宛如不存在。每當他好想放棄，覺得不如整個人撲倒在地準備等死時（這種感覺大概每十分鐘會出現一次），他便伸出手，握住安娜貝斯的手，藉此提醒自己這世界還是有溫暖的。

安娜貝斯與達馬森談過以後，波西一直很擔心她的狀況。她不願輕易屈服、喪失信心，可是他們前進時，她不時抹掉眼裡的淚水，不想讓波西看見。他知道安娜貝斯很討厭不能按照自己的計畫行事。她深信他們需要達馬森的協助，可是巨人拒絕了他們。

波西的內心有一部分覺得鬆了口氣。一想到抵達死亡之門時鮑伯還留在他們身邊，他就已經夠擔心了，實在不確定自己還想要有個巨人在旁護衛，即使這巨人會煮很好吃的燉肉鍋。

他們離開達馬森的屋子後，不曉得那裡發生了什麼事，波西已經有好幾個小時沒聽見追趕者的聲音，不過還是能感受到他們的恨意……特別是波呂玻特斯。那個巨人一定在後方某處緊緊跟隨，逼迫他們更深入塔耳塔洛斯內部。

波西試著想一些好事來提振自己的精神，像是混血營的湖泊，以及他在水下親吻安娜貝斯那一刻。他努力想像他們兩人一起住在新羅馬，手牽著手漫步於起伏的丘陵。然而朱比特營和混血營似乎都像是一場夢，感覺只有塔耳塔洛斯才是眞實存在。這裡是眞實世界，充滿了死亡、黑暗、寒冷、痛苦，其他的一切只存在於想像中。

他打了個寒顫。不，那都是深淵在對他說話，想要削弱他的決心。他好想知道尼克如何能在這裡獨自一人活下來，而且沒有發瘋。那孩子的力量遠比波西所認知的還要強大。而隨著他們走到更深入的地方，要集中注意力就變得更難。

「這個地方比哀嘆之河還要糟糕。」他低聲碎碎唸著。

「是啊，」鮑伯開心地回頭叫：「糟糕多了！這表示我們很接近了。」

接近什麼？波西很疑惑，可是他沒力氣發問。他發現貓咪小鮑伯又躲進鮑伯的工作服底下，這一點再三確認了波西的看法：這隻小貓絕對是他們小組中最聰明的一份子。

安娜貝斯與他十指交握。在他的青銅劍刃照耀下，她的臉龐好美。

「我們在一起喔，」她提醒波西，「我們會一起度過這一關。」

波西一直很擔心沒辦法讓她振作起來，這會兒卻又靠她來為他打氣。

「是啊，」他也同意，「小意思啦。」

「不過下一次，」她說：「我想去個不一樣的地方約會。」

「巴黎不錯喔。」他回憶著說。

她勉強擠出笑容。幾個月前，波西還沒喪失記憶，他們有一天晚上在巴黎共進晚餐，那是荷米斯的贈禮。那似乎是上輩子的事了。

「我要在新羅馬安頓下來，」她提議說：「只要你和我在那裡。」哇，安娜貝斯太棒了。有好一會兒，波西確實回想起快樂是什麼樣的感覺。他有個很不可思議的女朋友，他們一定能共創美好的未來。

接著，黑暗突然消散了，還伴隨一聲巨大的嘆息，彷彿是垂死天神的最後一口氣。他們面前出現一塊空地，是一片滿布塵土和石塊的荒蕪之地。在正中央大約二十公尺遠的地方，有個陰森可怕的女性身影跪在地上，她衣衫襤褸，四肢骨瘦如柴，皮膚呈現皮革般的綠色。她低著頭默默啜泣，那聲音讓波西所有的希望都煙消雲散。

他意識到生命根本毫無意義，一切努力與掙扎都只是徒勞。這個女人的哭法，彷彿在哀嘆整個世界之死。

「我們到了，」鮑伯大聲說：「艾柯呂斯可以幫忙。」

46 波西

如果那個哭泣的靈魂就是鮑伯盤算的助力，波西很確定自己不想要這種助力。

無論如何，鮑伯還是拖著腳步往前走，波西不得不跟在後面。先不說別的，這個區域比較沒那麼暗；也不是眞的亮，但多了一點濃密的白霧。

「艾柯呂斯！」鮑伯叫著。

那個人抬起頭，波西忍不住打從心底尖叫：「救命啊！」

她的身體簡直糟透了，看起來很像深受飢餓之苦，四肢細瘦如柴，膝蓋腫脹，手肘也突出似瘤，衣服破爛，手指甲和腳趾甲扭曲破損。塵土在她的皮膚和肩膀上堆積結塊，彷彿曾經在沙漏底下淋浴過似的。

她的臉龐有著徹底的孤寂和哀傷，雙眼凹陷、沾滿黏液，而且不斷湧出眼淚，鼻涕也像瀑布般流淌。她像粗繩的灰髮糾結在頭上，黏成一撮又一撮，臉頰歪斜且流著血，一副好像曾自己用力抓臉的樣子。

波西沒辦法迎上她的目光，於是趕緊垂下眼睛。她的膝蓋底下放了一面古老的盾牌，是以木料和青銅製作的舊圓形盾牌，上面畫了艾柯呂斯自己手持盾牌的畫像，所以這幅圖像似乎會不斷出現、然後愈來愈小。

「那塊盾牌，」安娜貝斯喃喃說著：「那是『他的』。我以爲那只是個傳說故事。」

「喔，那不是傳說，」醜老太婆悲傷地哭著說：「這是海克力士的盾牌。他把我畫在盾牌上，這樣他的敵人在臨死前的最後一刻就會看到我，也就是悲慘女神。」她咳得好厲害，連波西也覺得自己的胸口疼了起來。「海克力士好像很了解眞正的悲慘是什麼樣子，其實畫得一點也不像！」

波西吞了一下口水。他和朋友們在直布羅陀海峽遇到海克力士時，過程不太順利，雙方的交鋒包含許多大吼、死亡威脅，還有一堆高速射來射去的鳳梨。

「他的盾牌爲什麼在這裡？」波西問。

女神用淚溼的乳白色眼睛瞪著他。她的臉頰淌著血，滴在破爛衣衫上形成許多紅點。「他不再需要這塊盾牌了，對吧？他的凡人身軀燃燒起來時，盾牌便來到這裡。是個警惕吧，我想，顯示沒有任何一塊盾牌足以倚靠。到了最後，悲慘會壓倒你所有的一切，就連海克力士也一樣。」

波西向安娜貝斯靠近一點。他努力提醒自己爲什麼來到這裡，然而內心的絕望感讓他很難思考。聽著艾柯呂斯說話，波西再也不覺得她猛抓自己的臉頰有什麼奇怪了，這位女神散發出純然的痛苦。

「鮑伯，」波西說：「我們不應該來這裡。」

從鮑伯工作服裡面的某處，那隻骷髏小貓喵喵叫表示同意。

泰坦巨神扭扭身子縮了一下，似乎是小鮑伯正在抓他的胳肢窩。「艾柯呂斯控制了死亡迷霧，」他很確定地說：「她可以把你們藏起來。」

「把他們藏起來？」艾柯呂斯發出咯咯的聲音，如果不是發笑，就是快嗆死了。「我爲什麼要那樣做？」

「他們一定要去死亡之門，」鮑伯說：「才能回到凡人世界。」

「不可能！」艾柯呂斯說：「塔耳塔洛斯手下的軍隊會找到你們。他們會殺了你們。」

安娜貝斯翻轉她那把古蛇龍骨劍的劍刃；波西必須承認，那讓她看起來很令人害怕，但是也很辣，就像電影《野蠻公主》那種調調。「所以，我猜你的死亡迷霧其實沒什麼用，對吧。」她說。

女神露出一口破爛的黃牙。「沒什麼用？你是誰？」

「雅典娜的女兒。」安娜貝斯的聲音聽起來很勇敢，雖然波西不曉得她的勇敢是從哪裡來的。「我走過塔耳塔洛斯還不到一半，就有一些小神告訴我，那是不可能的。」

他們腳底下的塵土微微震動。霧氣在四周飛旋轉動，伴隨著類似悲痛號哭的聲音。

「小神？」艾柯呂斯的扭曲指甲插進海克力士的盾牌，把金屬部分挖出來。「你這個無知的小妞，這些泰坦巨神出生的時候我已經很老了。蓋婭第一次覺醒時我也很老。悲慘是永恆的，存在本身也很悲慘。我出生時是最古老的神祇之一，就是混沌和黑夜出現的時候。我是……」

「是啦、是啦，」安娜貝斯說：「悲傷和悲慘，吧啦吧啦吧啦。不過，你還是沒有足夠力量用你的死亡迷霧把兩個混血人藏起來。就像我剛才說的：沒用。」

波西清清喉嚨。「嗯，安娜貝斯……」

安娜貝斯以警告的眼神射向他：配合我。他意識到安娜貝斯有多麼害怕，然而她別無選擇，這是他們煽動女神起而行動最好的機會。

「我的意思是……安娜貝斯說得對！」波西自動加入演出，「鮑伯帶我們走了這麼遠的路，就是因爲他覺得你可以幫忙。不過我猜你太忙了，忙著看那面盾牌和掉眼淚。我不怪你啦，那看起來眞的很像你。」

艾柯呂斯哭了一聲，瞪著泰坦巨神。「你幹嘛帶這些討厭的小鬼來煩我？」

鮑伯發出某種聲音，既像咕噥聲又像嗚咽聲。「我以爲……我以爲……」

「死亡迷霧不是用來幫人的！」艾柯呂斯尖聲喊叫：「那是凡人的靈魂進入冥界時，用來讓他們包覆在悲慘之中的！它充滿塔耳塔洛斯的氣息，死亡的氣息，絕望的氣息！」

「厲害，」波西說：「我們可以點兩份帶走嗎？」

艾柯呂斯咬著牙說：「向我要求比較合理的禮物吧。我也是毒藥女神，我可以將死亡賜給你們；有好幾千種比較不痛苦的死法，會比你們選擇走過地獄深淵心臟地帶的死法要好多了。」

在女神四周，許多花朵從塵土中綻放開來，深紫色、橘紅色、豔紅色的繁花散發出令人作嘔的甜膩香氣。一時之間波西覺得暈頭轉向。

「茄科植物，」艾柯呂斯表示，「毒芹，顚茄，莨菪或番木鼈鹼。我可以溶掉你們的內臟，讓你們的血液翻滾沸騰。」

「你眞是太好心了，」波西說：「不過我這一趟路已經中了太多毒。好了，你可以用你的死亡迷霧把我們藏起來嗎？還是不行？」

「對呀，那會很好玩喔。」安娜貝斯說。

女神瞇起眼睛。「好玩？」

「當然啦，」安娜貝斯向她保證，「如果我們失敗了，想想看那對你來說有多棒啊，可以看著我們痛苦而死，魂魄到處飄盪。你可以永無止盡地說：『我不是早就說過了嗎？』」

「或者，假如我們成功了，」波西接著說：「想想你會爲下面這裡所有的怪物帶來多大的痛苦。我們準備把死亡之門封死，那肯定會帶來無止盡的痛哭和抱怨。」

艾柯呂斯考慮了一會兒。「我喜歡看人受苦。痛哭也很棒。」

「那就說定囉，」波西說：「我們隱形起來。」

艾柯呂斯掙扎著站起來。海克力士的盾牌滾到旁邊，搖搖晃晃地停在那叢有毒花朵旁。

「沒那麼簡單，」女神說：「死亡迷霧要到你們最接近生命終點那一刻才會出現，直到那時，你們的眼睛才會變得混濁，整個世界也黯淡下來。」

波西覺得嘴巴好乾。「好吧，可是……我們會被包裹起來，讓怪物看不見嗎？」

「噢，是的，」艾柯呂斯說：「如果你們經過那個歷程還能活下來，就可以不受塔耳塔洛斯大軍的注意而悄悄通過。當然啦，那是不可能的，但如果你們很有決心，就來吧。我會把去路指給你們看。」

「到底是去哪裡的路啊？」安娜貝斯問。

女神已經搖搖晃晃地鑽入花叢。

波西轉身要看鮑伯，但那個泰坦巨神已經不見了。一個身高三公尺的銀色大個子，還帶著一隻非常吵的貓咪，怎麼可能就這樣不見了？

「嘿！」波西對艾柯呂斯大叫：「我們的朋友呢？」

「他不能走這條路，」女神回頭喊道：「他不是凡人。來吧，兩個小笨蛋，來體驗死亡迷霧吧。」

安娜貝斯吐出一口氣，抓住波西的手。「嗯……這會有多糟呢？」

這個問題實在太荒謬了，害波西忍不住笑起來，即使那樣會讓他的肺很痛。「是啊。還是想想下次約會好了……到新羅馬吃晚餐吧。」

他們跟著女神滿是塵土的腳印穿越有毒的花叢，深入濃霧之中。

47 波西

波西好想念鮑伯。

他已經習慣身旁有那個泰坦巨神了，他的銀色頭髮和令人害怕的戰鬥長柄刷會照亮它們走的路。

如今，他們唯一的嚮導是個憔悴瘦弱如屍骸般的女士，而且還有嚴重的自尊問題。

他們在遍布塵土的平原上掙扎前進時，濃霧變得更厚了，波西不時得克制自己想要伸手揮開濃霧的衝動。他能夠跟住艾柯呂斯步伐的唯一理由，是因為她走過的地方就會冒出有毒植物。

如果他們還在塔耳塔洛斯的身體上，波西認爲他們一定是在他的腳底；周遭盡是一大片粗糙、結繭的廣闊區域，只有最噁心的植物能夠在這裡生長。

最後，他們抵達大拇趾的基部。至少波西覺得看起來像是那裡。濃霧消散了，他們發現自己身在一個半島上，突起在一片漆黑的虛空中。

「到了。」艾柯呂斯轉過身，斜眼看著他們。從她臉頰流出的鮮血滴在衣服上，一雙令人作嘔的眼睛看起來溼潤而腫脹，但不知爲何顯得很興奮。「悲慘」也會顯得很興奮嗎？

「呃……很好，」波西問：「這裡是哪裡？」

「最後死亡的邊緣，」艾柯呂斯說：「在塔耳塔洛斯下面，黑夜與虛空的交會處。」

安娜貝斯向前走了一小步，從懸崖邊緣往下看。「我以爲塔耳塔洛斯下面沒有東西。」

「喔，當然有……」艾柯呂斯邊咳邊說：「就連塔耳塔洛斯也要從某個地方生出來啊。這裡是最初黑暗的邊緣，最初的黑暗就是我母親。下面則是混沌的領域，混沌是我父親。在這裡，你們是自古以來最靠近虛空的凡人，你們感覺不到嗎？」

波西明白她的意思。虛空似乎拉扯著他，把他肺裡的空氣擠出來，也把血液中的氧氣拉走。他看著安娜貝斯，發現她的嘴唇有點發紫了。

「我們不能停留在這裡。」他說。

「不，一定要！」艾柯呂斯說：「你們沒有感覺到死亡迷霧嗎？就連現在，你們也在迷霧之間通過。你看！」

波西的腳邊聚集了白煙。白煙沿著他的雙腿盤繞向上時，他才發現那些煙並不是圍繞在他身邊，而是來自他的身體。他整個身體正在消散。他舉起手，發現雙手變得模糊不清，甚至無法分辨自己有幾根手指頭。希望還有十根啊。

他轉身看著安娜貝斯，暗暗驚叫一聲。「你……呃……」

他根本說不出口。安娜貝斯看起來已經死了。

她的皮膚變得毫無血色，眼窩漆黑且凹陷，美麗的頭髮乾燥得有如亂七八糟的蜘蛛絲。她看起來像是在陰冷、黑暗的陵墓內待了幾十年，漸漸乾枯成脫水的軀殼。當她轉過來看波西時，整個人的形體似乎一下子在霧中變得模糊。

波西覺得他血管裡的血液就像樹汁一樣流動。

好幾年來，他一直很擔心安娜貝斯會死去。如果你是半神半人，這種事實在很難避免。

大多數的混血人不會活很久，你總是知道下一個對戰的怪物很可能就是最後一個。然而，眼睜睜看著安娜貝斯變成這樣實在太痛苦了，他寧可站到地獄火河裡，或者遭受艾爾瑞娥的攻擊，甚至受到巨人的蹂躪。

「噢，天神啊，」安娜貝斯嗚咽著說：「波西，你的樣子看起來……」

波西檢視自己的手臂，只見到一團團白色煙霧，但他猜想在安娜貝斯眼中，他看起來應該和屍體沒兩樣。他試著走幾步，不過很困難。他感覺身體並不是實體，似乎是用氦氣和棉花糖組成的。

「看起來其實還好，」他終於說：「沒辦法移動得很順暢，不過我很好。」

艾柯呂斯咯咯發笑。「噢，你絕對不是很好。」

波西皺起眉頭。「現在前進的時候沒有人會看見我們吧？我們可以去死亡之門了嗎？」

「嗯，也許可以，」女神說：「如果你們能活那麼久的話，雖然是不行啦。」

艾柯呂斯伸展她那粗糙腫脹的手指，又有更多植物沿著深淵邊緣綻放花朵，毒芹、毒茄和夾竹桃朝波西的腳邊延伸而去，很像一張致命的有毒地毯。「死亡迷霧並不只是一種偽裝，你懂吧。那是一種存在狀態。我不能給你這項贈禮，除非死亡隨之而來……而且是真正的死亡。」

「這是個陷阱。」安娜貝斯說。

女神又咯咯發笑。「你沒有料到我會背叛你嗎？」

「對啊。」安娜貝斯和波西異口同聲地說。

「嗯，這個嘛，不能說是陷阱！比較算是無法逃避的事。悲慘無法逃避。痛苦是……」

「是啦，是啦，」波西氣得大吼：「來好好大戰一場吧！」

他抽出波濤劍，然而劍刃也是由煙霧所構成。他舉劍揮向艾柯呂斯時，劍身只是像一陣微風飄過她身上。

女神的腐爛嘴巴咧開一抹笑容。「我忘了提起嗎？你們現在只是霧氣，可以說是死亡之前的影子。如果你們有時間的話，或許可以學習控制這種新的身體形式，只可惜你們沒時間了。既然你們碰不了我，恐怕對悲慘女神的任何反抗都只是單方面的努力而已。」

她的指甲突然變成利爪，下巴也扭動著，一口黃牙伸長變成獠牙。

48 波西

艾柯呂斯撲向波西，在那電光火石的一刻，他心想：「嗯，嘿，我只是一團煙，她碰不到我，對吧？」

他想像奧林帕斯山的命運三女神一定會這樣嘲笑他一廂情願的想法：「LOL, NOOB!（大笑，你這菜鳥！）」

女神的利爪橫掃他的胸膛，感覺像被沸水燙到一樣刺痛。

波西跌跌撞撞地後退，不過他還沒有習慣自己變成了煙。他雙腳移動得太慢，兩隻手臂感覺像是衛生紙。他不顧一切地把背包丟向女神，心想背包一離開他的手，也許就會變成實體。但顯然沒這種好運，背包軟趴趴地落下。

艾柯呂斯咆哮一聲，蹲下準備跳起。要不是安娜貝斯衝過來，對準女神的耳朵尖叫一聲「嘿！」，女神肯定把波西的臉咬掉了。

艾柯呂斯的身體縮了回去，轉身面對聲音的來向。

她對安娜貝斯發動猛烈攻擊，不過安娜貝斯的動作比波西流暢多了。或許她不覺得自己是煙霧，也可能是因爲她受過比較好的戰鬥訓練。安娜貝斯從七歲就住在混血營，說不定上過一些波西從沒上過的課程，像是「身體有一部分變成煙霧時要如何戰鬥」之類的。

安娜貝斯直直鑽過女神的兩腿之間，翻了個筋斗站起來。艾柯呂斯轉過身發動攻擊，但安娜貝斯再次閃身躲開，動作很像鬥牛士。

波西看得目瞪口呆，好一會兒才回過神。他盯著屍體般的安娜貝斯，渾身裹著煙霧，卻仍像以前一樣移動得快速又有自信。然後他才想到安娜貝斯爲什麼要這樣做，這是在爲他們爭取時間，也就表示波西必須幫上一點忙。

他的思緒瘋狂轉動，試著想出能夠打敗悲慘女神的方法。既然碰不到任何東西，他該如何戰鬥呢？

艾柯呂斯發動第三波攻擊時，安娜貝斯就沒有剛才那麼幸運了。她努力想閃躲到旁邊，可是女神抓住她的手腕，然後用力拉一把，讓她趴倒在地上。

搶在女神再次攻擊之前，波西衝向前，一邊大吼、一邊揮舞手上的劍。他依舊覺得自己的堅實程度只和衛生紙差不多，但滿腔的憤怒似乎幫助他移動得快一點。

「嘿，快樂女神！」他大吼。

艾柯呂斯倏地轉身，放掉安娜貝斯的手臂。「快樂？」她疑惑地問。

「沒錯！」見到女神要橫掃他的頭，他趕緊低下身子。「你眞是超級歡樂啊！」

「啊啊啊！」艾柯呂斯又撲過來，不過這次失去平衡。波西往旁邊踏一步，然後退開，引導女神離開安娜貝斯的身邊。

「好愉快！」他大叫：「太高興了！」

女神吼叫一聲，身體縮了一下。她在波西背後跌跌撞撞，彷彿每一句讚美的話都像一把沙子擲中她的臉。

「我會慢慢殺死你！」她咆哮著，涕淚縱橫，鮮血沿著臉頰汩汩滴下。「我會把你碎屍萬段，當做獻給黑夜的祭品！」

安娜貝斯掙扎著起身。她伸手探探背包，顯然是想找到可能有用的東西。波西想幫她多爭取一點時間。她是重要的智囊，因此他最好再抵擋一陣，等待她找出最棒的計謀。

「好想抱一抱啊！」波西大叫：「毛茸茸、好溫暖，真是討人喜歡！」

艾柯呂斯憤怒狂吼，卻好像噎住了，就像遭人逮住的小貓。

「緩慢的死亡！」她尖聲大叫：「用一千種毒藥讓你死掉！」

在她四周，有毒植物簡直像充氣過度的氣球一樣紛紛冒出。淡綠色的汁液流淌而出，逐漸形成一個個水窪，然後開始漫流過地面，流向波西。那些汁液散發出甜膩的氣體，讓他頭昏腦脹。

「波西！」安娜貝斯的聲音聽起來好遠。「呃，嘿，完美小姐！好開心喔！笑一下嘛！看這邊！」

然而悲慘女神現在專心對付波西。波西想要再往後退，很不幸地，那些有毒的液體現在全都朝他湧過來，使得地面冒煙、空氣灼燒。波西發現自己被困在一塊孤立的塵土地上，面積比一塊盾牌大不了多少。而在幾公尺外，他的背包冒著煙，正融解成一灘黏答答的東西。波西無處方可逃。

他腿一軟，單膝跪下。他想要叫安娜貝斯快逃，可是根本無法說話，喉嚨就像枯掉的樹葉一樣乾。

他好希望塔耳塔洛斯有水，有一些舒爽的水池可以讓他跳進去治好自己，或者有一條河流可以讓他控制。甚至只要有一瓶礦泉水就很滿足了。

「你將要餵給無盡的黑暗，」艾柯呂斯說：「你將會死在黑夜的懷抱裡！」

波西隱約意識到安娜貝斯正在大叫，她朝女神亂丟一條條古蛇龍肉乾。那些淡綠色的毒液繼續匯集成池，一道道涓涓細流從有毒植物那邊流淌而下，讓他身邊的毒液湖泊變得愈來愈大。

湖泊，波西心想。河流。水。

也許只是因為他的腦袋被有毒的煙霧毒昏了，不過他以沙啞的聲音笑了出來。毒液也是液體。如果毒液能像水一般流動，說不定也有水的一部分性質。

他想起以前上過的一些科學課，提到人體絕大部分由水組成。他也回想起以前在羅馬的時候，曾經從傑生的肺裡抽出水……如果那是他可以控制的，其他液體應該也可以吧？

這個想法很瘋狂。波塞頓是海神，並不掌管任何地方的每一種液體。

再回頭想想，塔耳塔洛斯自有一套規則。火可以喝，地面是黑暗之神的身體，空氣是酸的，而半神半人也可以變成煙霧般的屍體。

所以何不試試看呢？反正他也沒有什麼東西可以失去了。

波西緊盯著從四面八方湧來的有毒潮水。他極度專注，直到內心有某個東西匡啷的一聲，像是有一顆水晶球在他肚子裡突然碎裂。

溫暖的感覺席捲他全身。有毒的潮水停住了。

毒氣從他身邊散去，朝到女神那邊後退，毒液湖泊也以小小的波浪和流勢湧向女神。

艾柯呂斯驚聲尖叫。「這是哪招？」

「毒液啊，」波西說：「這是你的絕招，對吧？」

他直挺挺站著，憤怒在他體內變得愈來愈熾熱。毒液如潮水般湧向女神，冒出的毒氣也讓她開始咳嗽、雙眼淚流不止。

喔，太棒了，波西心想。再來更多水吧。

波西想像她的鼻子和喉嚨灌滿她自己的眼淚。

艾柯呂斯感到窒息。「我……」毒液的潮水已經湧到她的腳邊，發出的滋滋聲很像水滴落到熱鐵塊上的聲音。她號啕大哭，拖著蹣跚的腳步後退。

「波西！」安娜貝斯大喊。

安娜貝斯已經退到懸崖邊緣，但毒液並沒有流向她那邊。她的聲音聽起來很害怕，波西過了好一會兒才意識到，安娜貝斯怕的是他。

「住手……」她聲嘶力竭地懇求。

他並不想住手。他想嗆死那個女神，想看著她淹死在自己的毒液裡，還想看看悲慘女神究竟能承受多大的悲慘。

「波西，求求你……」安娜貝斯的臉孔仍然蒼白，宛如屍體，但是一雙眼睛和以前完全一樣。那雙眼睛裡的極度痛苦讓波西的憤怒消退了。

他轉身看著女神，用意志力讓毒液後退，沿著懸崖邊緣留出一條小小通道。

「快走！」他大吼。

對一個憔悴衰弱的鬼魂來說，艾柯呂斯算是跑得很快了。她沿著通道向前爬，突然臉朝下撲倒在地，然後又爬起來，一邊哀哀哭著、一邊快步走向黑暗中。

她一離開，一灘灘毒液水窪立刻蒸發殆盡，有毒植物也枯萎成塵土，隨風飄散。

安娜貝斯跌跌撞撞地走向波西，看起來很像渾身裹著煙霧的屍體，不過她抓住他的手臂時，感覺相當實在。

「波西，拜託你再也不要……」她哭得都破音了，「有些事不是你能控制的。求求你。」

他的全身因為充滿力量而感到刺痛，內心的憤怒卻漸漸消散了，體內的碎玻璃也開始重新聚合起來。

「是啊，」他說：「你說得對，沒問題。」

「我們必須離開這個懸崖，」安娜貝斯說：「如果艾柯呂斯帶我們來這裡是要當做某種祭品的話……」

波西努力思考。他漸漸習慣隨著周遭的死亡迷霧移動身體了，感覺變得比較實在，也比較像原本的自己。不過，他的腦袋依舊像是塞滿了棉花。

「她剛才說什麼要把我們餵給黑夜，」他回想起那件事，「那是什麼意思？」

四周氣溫陡降，他們眼前的深淵似乎散發著寒氣。

他們原本站在懸崖邊一塊伸向虛空的地方，波西抓著安娜貝斯往後退；那片虛空如此廣大、幽暗，讓他覺得自己頭一次眞正了解「黑暗」的意義。

「我猜，」那片黑暗說，用的是女性的聲音，音調宛如棺材的襯裡一樣輕柔，「她所說的黑夜，是指黑夜女神。畢竟，我是唯一的人選。」

49 里歐

根據里歐的估算，他花在墜落的時間應該比飛行的時間還要長。如果因爲經常墜落而可以拿到會員卡，他應該就像是可以拿到「雙白金卡」等級吧。

他重新恢復知覺的時候，正像自由落體般穿越雲層向下墜落。他隱約記得齊昂妮先是嘲笑他，然後把他射向空中。他其實沒有很清楚地看到她，卻永遠忘不了那個冰雪女巫的聲音。他不曉得自己花了多久時間向上飛升，但在某個時候，他肯定是從寒冷地帶飛出去，進入了缺氧狀態。如今，他正處於下墜階段，邁向有生以來最驚人的一次墜落。

雲層從他兩旁呼嘯飛過。他看見閃閃發亮的海面在下方好遠好遠。看不到阿爾戈二號，也看不到任何海岸線或其他熟悉的景物，只見到地平線上有一座小小的島嶼。

里歐不會飛，再過不了幾分鐘，他就會撞上水面，水花四濺。

他覺得自己一點都不喜歡譜出「里歐的史詩民謠」這種結局。

他手中依舊緊緊抓著阿基米德球，這並沒有讓他覺得驚訝。無論有沒有意識，里歐絕對不會放開這個他最寶貝的東西。稍微扭動身子後，他從工具腰帶努力拉出一段萬用膠帶，把阿基米德球黏在胸口。這使得他看起來很像廉價版的「鋼鐵人」，不過至少可以空出兩隻手。他開始動手，在球上猛力敲打，並從他的魔法工具腰帶拉出任何可能有用的東西，像是大塊蓋布、金屬延長桿，還有一些繩子和金屬扣環。

要在墜落的時候動手做事簡直是不可能的任務。風在耳邊呼嘯怒吼，不時把手上的工具、螺絲起子和帆布吹翻，但他終於還是做出一個堪用的臨時骨架。他打開球上的一片外殼，拉出兩條電線，把它們接上他做的一根橫桿。

還要多久才會撞上水面？也許還有一分鐘？

他轉動球上的控制轉盤，它開始呼呼運作。又有更多的青銅電線從球裡射出來，彷彿直覺感應到里歐的需求。這些電線纏住帆布材質的蓋布，骨架也開始自行伸展。里歐拉出一罐煤油和一段塑膠管，把它們與阿基米德球協助構成的新引擎連接在一起。

最後，他幫自己做了一個繩套並快速套上，以便把X形的骨架固定在背部。海面愈來愈近了，那一片閃閃發亮的廣大水域可是會啪的打你一個耳光而死。

他不屑地大喊一聲，用力按下球上的開關。

引擎發出噗噗聲開始運作。臨時做成的馬達順利運轉，帆布做的葉片轉動起來，不過速度有點太慢。里歐的頭直直朝海面落下，恐怕再過三十秒就要撞上了。

至少旁邊沒有任何人，他痛苦地想著，不然就會永遠變成混血人之間的大笑柄了。「里歐的腦袋裡最後閃過的是什麼事？是地中海喔。」

突然間，胸口的球體變得溫暖起來，葉片也轉動得比較快。引擎噗噗作響，於是里歐的身體歪向一邊，斜斜劃破空氣。

「對了！」他大喊。

他成功製造出全世界最危險的單人直升機。

他整個人射向遠方的島嶼，不過下墜速度依舊太快。葉片開始振動，帆布也發出呼呼聲。

等到阿基米德球變得像岩漿一樣火燙，整個直升機突然爆炸開來，火焰朝四面八方射出，這時距離島嶼的海灘也只剩下幾百公尺遠。要不是里歐不怕火，這下子肯定會變成一團黑炭。也幸虧在半空中就爆炸，這或許救了他一命，因爲爆炸的衝擊波把里歐推向旁邊，不至於隨著那團著了火的奇妙裝備一起全速撞向海灘，發出巨大驚人的「卡蹦！」一聲。

里歐睜開雙眼，很驚訝自己還活著。他坐在沙灘上一個像浴缸那麼大的坑洞裡，幾公尺外的地方有一道濃濃的黑煙從另一個更大的坑洞裡滾滾衝上天際。周遭海灘也散布著燃燒殘骸的各種小碎片。

「我的球。」里歐拍拍自己的胸口。球已經不在了，原本固定用的萬用膠帶和繩套早已斷裂開來。

他掙扎著站起來。全身骨頭似乎都沒有斷，這點可喜可賀；但他最擔心的還是阿基米德球。如果爲了製作一架只撐過三十秒的燃燒直升機，卻害他那顆無價之寶慘遭摧毀，他絕對會去找那個愚蠢的雪之女神齊昂妮算帳，拿一支活動扳手猛敲她的頭。

他搖搖晃晃地穿越海灘，放眼望去沒有看到任何遊客、飯店或船隻，心裡覺得很疑惑。這個島有湛藍的海水和柔軟的白沙，看起來很適合設立度假村啊。也許這裡沒有標示在地圖上。世界上還有任何島嶼沒有標示在地圖上嗎？說不定齊昂妮把他轟到地中海外面去了，據他猜測，這裡說不定是大溪地的波拉波拉島。

較大的坑洞約莫有二點五公尺深。在坑洞底部，直升機的葉片依舊努力想要轉動，引擎噴著煙，馬達發出的呱呱聲很像是踩到了青蛙，不過眞是見鬼了，這匆促做出來的成果還挺不賴的。

直升機顯然撞毀在某個東西上面。坑洞裡堆滿了壞掉的木質家具、破損的磁盤、一些半熔毀的白鑞酒杯，還有燒毀的亞麻餐巾。里歐想不通爲何有這麼多精緻的器物會棄置在海灘上，但歸根究底，至少表示這個地方有人居住。

終於，他看到阿基米德球了，它冒著煙，有點燒焦，不過還很完整，只是一直發出有點慘的喀噠聲，躺在一堆殘骸的正中央。

「球球！」他大喊：「來爸爸這邊！」

里歐滑行到沙坑底部，一把抓起那顆球。他倒在地上，雙腿盤坐著，用兩隻手捧著那個裝置。青銅表面燒得火燙，但里歐一點也不在意，它仍然很完整，表示還可以用。

現在，只要能搞清楚自己身在何處，以及如何找回他的朋友們……

他開始在腦中盤算接下來可能需要的工具，突然有個女孩的聲音打斷他的思緒：「你在幹嘛？你把我的餐桌炸爛了啦！」

里歐立刻心想：「喔哦。」

他遇過很多女神，不過站在坑洞邊緣低頭瞪著他的這個女孩，看起來就像個貨眞價實的女神。

她身穿無袖的希臘式白色連身長裙，佩戴鑲有墜飾的金色腰帶。她留著一頭長長的金褐色直髮，與海柔頭髮的肉桂土司色澤幾乎一樣，不過她與海柔的相似度只有這一點而已。女孩的臉蛋是淡淡的乳白色，有一雙杏仁形狀的黑眼睛，嘴唇微翹。她看起來可能有十五歲，差不多是里歐的年紀，而且，當然啦，她非常漂亮；不過看著她臉上生氣的表情，讓里歐想起他在每一間學校遇到的每一個受歡迎女孩，那些女孩很喜歡捉弄他，一天到晚說長道短，自以爲是最優越的一群，而且基本上會做任何事情讓他的生活變得很悲慘。

里歐馬上就很討厭她。

「喔，眞對不起！」他說：「我只是從空中掉下來。我在半空中做出一架直升機，掉到一半就爆炸起火，摔到地面上，差一點就沒命了。但是當然啦，我們來談談你的餐桌！」

他拎起一個半熔毀的酒杯。「誰會在沙灘上放餐桌，害無辜的半神半人撞上去？到底是誰放的？」

女孩的雙手握緊拳頭。里歐很確定她即將衝下坑洞，朝他臉上揍一拳。可是她沒有這麼做，而是抬頭看著天空。

「眞的嗎？」她對著空曠的藍天大叫：「你要我說出更惡毒的話嗎？宙斯！赫菲斯托斯！荷米斯！你們沒有羞恥心嗎？」

「呃……」里歐注意到她挑了三個天神來咒罵，其中一個就是他爸爸。他並不覺得這是好兆頭。「我懷疑他們會聽見耶。你也知道，關於分裂人格那整件事……」

「有種就出來啊！」女孩對著天空大喊，完全沒有理會里歐。「我被流放到這裡還不夠慘嗎？你們把我能遇到的少數幾個混血英雄全部奪走還不夠慘嗎？你們覺得送我這個……這些燒焦的小男孩玩意兒，毀了我的平靜很好玩嗎？這一點都不、好、玩！把他帶回去！」

「嘿，陽光女孩，」里歐說：「我就在這裡耶，你知道吧。」

她咆哮的樣子像是被逼到絕境的動物。「不要叫我陽光女孩！滾出那個洞，馬上跟我來，這樣我才能把你趕出我的島！」

「嗯，既然你這麼好心地求我……」

里歐不知道這個瘋女孩幹嘛那麼激動，不過他不是眞的在意。假如她能幫他離開這個島，豈不是太好了？他緊抓住燒黑的球，爬出坑洞。爬到洞口時，女孩已經沿著海岸走開，他連忙小跑步跟上。

她做了個手勢，表示很厭惡那些燒焦的殘骸。「這個海灘多麼清新純樸啊！看看現在變什麼樣子！」

「對啦，我的錯，」里歐喃喃說著：「我眞該撞毀在另一個島上。喔，等一下……附近沒有任何島耶！」

她氣得大吼，繼續沿著海邊往前走。里歐聞到一陣肉桂氣味，有可能是她的香水味的？他不是很在意。女孩的頭髮以令人迷惑的方式在背後甩動，那當然也不是他會在意的事。

他掃視整個海面。正如墜落過程所看見的，放眼往地平線看去，看不到任何陸地或船隻的蹤跡。而向島內看去，綠草如茵的山丘點綴著樹林，有條小徑蜿蜒穿過一片香柏樹林。里歐很想知道那條小徑通往何處；也許是女孩的祕密藏身處，她在那裡把敵人烤熟，於是就可以在海灘的餐桌上大快朵頤。

他正忙著想這些，沒注意到女孩何時停下腳步，結果一頭撞上她。

「啊！」她轉過身，抓住里歐的手臂，免得他摔進海浪中。她的雙手很強壯，彷彿是她賴以爲生的工具。回想起混血營，赫菲斯托斯小屋的女孩也都有類似的強壯手臂，不過她看起來不像赫菲斯托斯的小孩。

她瞪著里歐，杏仁形狀的深色眼睛距離他只有幾公分。她身上的肉桂香氣讓里歐想起了他祖母的公寓。哎呀，他已經有好多年沒有想起那個地方了。

女孩把他推開。「好啦，這是個好地方。現在告訴我，你想離開。」

「什麼？」里歐的腦袋依舊因爲猛然落地而糊裡糊塗，不確定有沒有聽錯她說的話。

「你不想離開嗎？」她質問：「你一定有某個地方要去吧！」

「呃……是啦。我的朋友們有麻煩了，我得回到我的船上，而且……」

「很好，」她厲聲說：「那就說，我想離開奧吉吉亞島。」

「嗯，好。」里歐不確定爲什麼，但她說話的語氣有點傷人……這樣想很無聊，因爲他並不在乎那個女孩究竟怎麼想。「我想離開……隨便你說哪裡啦。」

「奧—吉—吉—亞—島。」女孩慢慢地說，彷彿里歐是五歲小孩似的。

「我想要離開奧—吉—吉—亞—島。」他說。

她輕輕呼了一口氣，顯然如釋重負。「很好。再過一下子就會出現一艘魔法木筏，它會帶你去任何想去的地方。」

「你到底是誰？」

她看起來像是準備要回答問題，但隨即住口。「那不重要。你馬上就要走了，你絕對是個錯誤。」

聽起來還眞刺耳啊，里歐心想。

他已經花了太多時間思考自己是個錯誤，包括自己身爲混血人，包括這趟任務，還有他這一輩子。他不需要隨便一個瘋女神再三強調這一點。

他想起一個希臘神話，關於一個女孩困在一個島上……也許有哪個朋友曾經提過？無所謂，反正她要讓他離開了。

「隨時都會來……」女孩盯著海面上。

沒有出現什麼魔法木筏。

「也許碰到塞車了。」里歐說。

「這樣不對，」她看著天空說：「這樣完全不對！」

「所以……有B計畫嗎？」里歐問：「你打個電話，還是……」

「啊！」女孩轉身衝向島內。她跑上小徑，衝進那片香柏樹林，一下子就不見蹤影。

「很好，」里歐說：「反正你大可一走了之。」

他從工具腰帶拉出一些繩索和一個扣環，然後把阿基米德球綁緊在腰帶上。

他朝大海望去，還是沒有看到魔法木筏。

他可以站在這裡繼續等，不過實在又餓又渴，而且很累。剛才墜落的時候撞得很痛。

他不想跟著那個瘋女孩，無論她身上的氣味聞起來有多香。

但從另一方面來看，他沒有其他地方可去。那個女孩有餐桌，所以她可能有食物。而且她似乎覺得里歐的出現很討厭。

「讓她討厭是好事。」他做出結論。

於是，他跟著女孩的腳步走入山丘。

50 里歐

「神聖的赫菲斯托斯啊。」里歐說。

小徑向前開展，通往一個里歐所見過最美麗的花園；這並不是說他花了很多時間逛過許多花園，但眼前這個眞是見鬼了。左手邊有個果園和葡萄園，在溫暖的陽光下，長出金紅色果實的桃樹馥郁芳香，細心修整的葡萄藤也冒出許多葡萄，還有幾個長滿茉莉花的涼亭，以及許許多多里歐叫不出名字的各式植物。

右手邊是各種蔬菜和香草植物的園圃，排列得宛如車輪的輻條，圍繞著水花四濺的巨大噴水池，有個青銅羊男雕像把水噴進中央的池子內。

在花園後方，也就是小徑末端，綠草如茵的山壁上有個洞口。與以前混血營的「九號密庫」比起來，這個入口很小，不過構造相當特殊，兩側都以水晶石雕刻成閃閃發亮的希臘式柱子，頂上則安裝合適的青銅長桿，垂掛著白色的絲綢簾幕。

里歐的鼻子受到濃郁香氣的進攻，是混合了香柏、杜松、茉莉、桃子和新鮮香草的氣味。由洞穴傳來的香氣更是牢牢抓住他的注意力，聞起來好像牛肉燉湯的味道。

他舉步朝洞口走去。說實在的，他怎麼抵擋得了？等他看到那女孩，腳步不由得停了下來。她跪在菜園裡，背對著里歐喃喃自語，並拿著一把小鏟子氣呼呼地挖著土。

里歐從側邊走近，好讓她能看見他。既然她坐擁一大堆銳利的園藝用品，里歐並不想要嚇到她。

她繼續用古希臘文咒罵著，用力戳刺泥土，於是兩隻手臂、臉上和白色衣服都濺滿了泥巴，但她似乎不在乎。

里歐還滿欣賞的。她沾了點泥土看起來反而更好，比較不像美麗的皇后，而像是會把手弄髒的真實存在的人。

「我想，你這樣懲罰泥土也夠了吧。」里歐試著說。

她怒目瞪著里歐，兩眼通紅且淚眼汪汪。「走開啦。」

「你在哭耶。」他說，顯然有點蠢；不過看到她那個樣子，可以說，讓他曾經做出直升機葉片的氣焰都消了。看到有人在哭，實在很難繼續發脾氣。

「不關你的事，」她低聲說：「這個島很大，你就……去找你自己的地方。離我遠一點。」

她茫然地朝南方揮揮手。「也許去那邊吧。」

「所以，沒有魔法木筏，」里歐說：「沒有其他方法可以離開這個島嗎？」

「顯然沒有！」

「那我該怎麼辦？坐在沙坑裡等死嗎？」

「那很好啊……」女孩拋下手上的小鏟子，對著天空開始咒罵。「除非他不能死在這裡，我猜，對吧？宙斯！這一點都不好玩！」

不能死在這裡？

「鎮定一點。」里歐的頭像機軸一樣轉來轉去。他不太能解讀女孩剛才說的話，簡直就像聽到西班牙人或南美洲人說西班牙文。是啦，他算是聽得懂，不過聽起來又很不一樣，幾乎像是用另一種語言說出來。

「我需要對這個地方多了解一點，」他說：「你不希望我出現在你面前，那很好，我也不想待在這裡。但我不會坐在角落等死，我非離開這個島不可，一定有什麼方法才對。所有的問題都會有解答。」

她笑得很苦澀。「你如果還相信那一套，表示活得不夠久。」

她說這話的語氣，令里歐不由得背脊發涼。他們兩人看起來差不多年紀，不過里歐很好奇她究竟有多老。

「你提到關於詛咒的事。」他試著提起話題。

她扳折手指，像是正在練習掐人脖子的技巧。「是啊。我不能離開奧吉吉亞島。我父親阿特拉斯與眾神為敵，而我支持他。」

「阿特拉斯，」里歐說：「就是泰坦巨神的阿特拉斯嗎？」

女孩翻了個白眼。「對啦，你這討人厭的小……」不管她本來想說什麼，她把話硬生生吞了回去。「我被監禁在這裡，才不會去找那些奧林帕斯天神的麻煩。大約一年前，在第二次泰坦大戰之後，天神投票決定原諒他們的敵人，並實施大赦。據說是波西讓他們答應的……」

「波西，」里歐說：「波西．傑克森嗎？」

她突然皺起眼睛，一顆淚珠滑下臉頰。

噢，里歐心想。

「波西來過這裡啊。」他說。

她把手指頭插入泥土裡。「我……我以為他們會放了我。我抱著很大的希望……可是我現在還在這裡。」

里歐想起來了。那件事應該是祕密才對，不過當然，「祕密」就表示會像野火燎原般傳遍整個混血營。波西曾說給安娜貝斯聽，幾個月後，在波西失蹤的那段期間，安娜貝斯告訴派波，派波又說給傑生聽……

波西曾說他來過這個島嶼，在這裡遇見一個女神，而她愛上了波西，希望他能留下來，但是最後，女神還是讓他離開了。

「你就是那位女神，」里歐說：「加勒比海音樂中的一類就是以你來命名。」

她的眼神閃露凶光。「加勒比海音樂？」

「對啊。是雷鬼樂嗎？」里歐搖搖頭。「還是梅倫格舞曲？等一下，我想起來了。」他彈了一下手指。「你是卡呂普索[73]！可是波西說你超棒的，他說你好親切，而且樂於助人，不像，嗯……」

她突然站起來。「怎樣？」

「呃，沒什麼啦。」里歐說。

「假如天神忘了他們答應讓你走，」她質問：「你還會很親切嗎？如果他們嘲笑你，還派了另一個混血英雄來，而且是看起來像……像你這樣的混血英雄，你還會很親切嗎？」

「這個問題是腦筋急轉彎嗎？」

---

[73] 指的是卡呂普索音樂（Calypso music），屬於加勒比海音樂（Caribbean music）的其中一類，是二十世紀初起源於千里達等地的一種民謠類型。

「喔，天神啊！」她轉過身，朝她的洞穴飛奔而去。

「嘿！」里歐跟在她後面跑。

他跑進洞穴時，眼前的一切讓他不知道該怎麼思考才好。牆壁是由多彩水晶所構成，許多白色簾幕將洞穴區隔成不同的房間，到處擺滿了舒適的靠墊、毛織地毯和一盤盤新鮮水果。他看到角落裡有一架豎琴，另一個角落擺了織布機，還有一個巨大的燉鍋，裡面的燉湯不斷冒泡，讓整個洞穴滿溢著鮮美的氣味。

而最奇怪的是什麼呢？眼前的東西竟然全部自己會動，例如毛巾在空中飄浮而過，然後自動摺疊並堆成整齊的一堆；湯匙也在銅製水槽內自動清洗。這副景象讓里歐回想起朱比特營，在那裡吃午餐會有看不見的風精靈爲他服務。

卡呂普索站在一個臉盆前，清洗著沾滿泥汙的手臂。

她怒視著里歐，卻沒有大叫要他離開，似乎已讓內心的憤怒耗光所有力氣。

里歐清清喉嚨。如果想從這位女神身上得到任何協助，他的態度必須非常好才行。「所以……我了解你爲什麼這麼生氣。你可能再也不想看到任何混血人了。我猜，呃，波西離開你的時候，事情沒有安排好……」

「他只不過是最後一個，」她大吼：「在他之前是海盜德瑞克，而在德瑞克之前則是奧德修斯。他們全都一個樣！天神把最好的混血英雄送給我，害我忍不住……」

「你愛上他們，」里歐猜測，「然後他們離你而去。」

她的臉頰顫抖。「那就是我的詛咒。我一直希望能夠重獲自由，可是我還在這裡，經過了三千年，依舊困在奧吉吉亞島。」

「三千年啊。」里歐的嘴巴微微刺痛，彷彿剛吞下一堆跳跳糖。「呃，過了三千年，你看起來很好啊。」

「而現在……這是有史以來最大的羞辱，天神派你來嘲笑我。」

里歐的內心冒起一股無名火。

沒錯，想也想得到。假如是傑生來到這裡，卡呂普索絕對會全心全意愛上他。她會懇求傑生留下來，可是傑生一定只想回去善盡自己的職責，然後留下心碎的卡呂普索。那艘魔法木筏絕對會爲他來到這裡。

換成里歐呢？對卡呂普索來說，他只是甩不掉的討厭訪客。她永遠不會愛上里歐，因爲她完全看不上他這種等級的人。里歐才不在乎，反正卡呂普索也不是他的菜。她的行爲太討人厭了，而且太漂亮，還有……嗯，不重要啦。

「很好，」他說：「我會離你遠一點。我會自己做出某種東西，不需要你的幫忙就能離開這個愚蠢的島。」

她悲傷地搖搖頭。「你不懂，對吧？天神是同時嘲笑我們兩個。如果木筏不會出現，就表示他們已經關閉奧吉吉亞島了。你和我一樣被困在這裡，你永遠不可能離開。」

51 里歐

剛開始的幾天是最糟糕的。

里歐睡在外面的一大塊蓋布上，頭頂上方星光閃耀。晚上非常冷，即使是夏天的海灘也很冷，所以他拿卡呂普索的餐桌殘骸生起一堆火，總算讓自己稍微高興一點。

到了白天，他在島上四處走走，沒有發現任何有趣的東西，除非你很喜歡沙灘，以及四面八方無窮無盡的大海。透過飛濺浪花中的虹彩，他想辦法傳送伊麗絲訊息，可是運氣不好。他沒有任何古希臘金幣可以貢獻，顯然女神伊麗絲對基本細節不感興趣。

他甚至沒有作夢，這對他來說很不尋常，或者對任何混血人來說都很不尋常，因此他對外面的世界一無所知。他的朋友們是否擺脫了齊昂妮？他們會不會正在找他，還是已經航行到伊庇魯斯，即將完成整趟探索旅程？

他甚至不曉得該期盼什麼事才好。

回想起他在阿爾戈二號作的一場夢，看來終於說得通了；當時那個邪惡的女巫告訴他，如果不是從懸崖跳進雲層裡，就是走下一段黑暗通道，那裡有許多鬼魂的聲音在喃喃低語。那條通道必然是指冥王之府，如今里歐再也沒有機會見識到了。他選擇的是跳出懸崖，穿越天空向下墜落，最後來到這個愚蠢的小島。然而在夢中，里歐還有選擇的餘地，現實生活中則無從選擇，齊昂妮二話不說就把他趕出他的船，射進地球軌道裡。完全不公平。

如今被困在這裡，最糟糕的是什麼？他搞不清楚日子是怎麼過的，每天早晨醒來，他根本記不得自己到底在奧吉吉亞島過了三個晚上還是四晚。

卡呂普索沒有幫他什麼忙。里歐在花園遇到她，她只是搖搖頭。「這裡的時間很難熬。」很好。里歐猜想，說不定現實世界已經過了一百年，而與蓋婭的戰爭無論好壞都已經結束了。或者，說不定他到奧吉吉亞島只過了五分鐘而已；他在這裡度過一生所歷經的時間，也許只夠朋友們在阿爾戈二號吃完一頓早餐而已。

無論事實如何，他需要離開這個島。

卡呂普索也算有點同情他。她派看不見的僕人送來好幾碗燉湯和幾杯蘋果酒，放在花園的邊緣。她甚至送來幾套新衣服，是式樣簡單、未經染色的棉質長褲和上衣，一定是用她的織布機做的。這些衣服非常合身，里歐很懷疑她是如何知道尺寸的？或許她只是用「瘦巴巴男生」的標準去縫製吧。

不管怎樣，他很高興有新衣服可穿，因為原本的舊衣服相當臭，而且燒焦了。通常里歐的身體起火時可以不讓衣服燒焦，不過那需要專注力。回想在混血營時，他在高溫的鍛造爐旁進行一些金屬打造計畫，有時候如果沒有特別注意，往往低頭一看才發現衣服已經燒光了，只剩下魔法工具腰帶和冒著煙的內褲。那實在滿糗的。

儘管送了這些禮物，卡呂普索顯然不想看到他。有一次他探頭到洞穴裡，卡呂普索就激動大怒，一邊大喊大叫、一邊朝他的頭扔擲鍋子。

是啦，她絕對是「里歐隊」的成員。

最後，他在靠近小徑的地方搭了一個比較能持久的帳篷，差不多位於海灘與山丘的交界處。這樣一來，他距離取餐的地方夠近，卡呂普索也不會看到他，免得她不時陷入丟鍋子的盛怒狀態。

他用棍子和帆布為自己搭起一個披棚，然後挖出一個燒營火的坑洞，甚至設法用漂流木和乾枯的香柏枝幹為自己建造一張工作桌和一張長椅。他也花了不少時間修理阿基米德球，先把它清理乾淨，再慢慢修復線路。他幫自己做了一個指南針，但針頭老是瘋狂亂轉，無論怎麼試都沒用。里歐猜想，這裡可能連全球定位系統GPS都不管用。這個島嶼原本就設置在航海圖之外，根本不可能離開。

他想起之前在波隆那撿到的那個古老青銅星盤，小矮人對他說那是奧德修斯做的。他暗自猜測，奧德修斯製作那個星盤時，心裡想的可能就是這個島嶼，可惜里歐把那個星盤留在阿爾戈二號，放在神奇桌子巴福特上面。除此之外，小矮人也對他說那個星盤不能用，好像是少了一顆水晶之類的……

他在海灘上漫步，很好奇齊昂妮為什麼把他送到這裡來，他猜想自己掉落到這裡並不是意外。為什麼不乾脆殺了他呢？也許齊昂妮希望他永遠處於遭到遺棄的狀態。或許齊昂妮知道天神根本無暇注意奧吉吉亞島，所以這個島的魔法早就故障了，這可能也是卡呂普索一直困在這裡，以及那艘魔法木筏沒出現在里歐面前的原因。

或者說不定這裡的魔法還有效。天神懲罰卡呂普索的方法，是把英勇無畏的男孩送來給她，只要她愛上那些男孩，男孩就會離開。這可能正是問題所在。卡呂普索絕對不會愛上里歐，她希望里歐趕快離開，結果兩人就困在惡性循環裡。如果這是齊昂妮的計謀……哇。這真是大聯盟等級的拐彎抹角啊。

接著有一天早上，他發現了一件事，讓整個情況顯得更加複雜。

里歐走在山中，沿著一條小溪往前走，穿越兩棵巨大的香柏樹。他很喜歡這個區域，這裡是奧吉吉亞島上唯一看不到海的地方，因此他可以假裝自己沒有困在島上。站在樹蔭下，他幾乎覺得自己回到了混血營，正朝向九號祕庫的那片樹林走去。

他跳過小溪，落下的時候雙腳不是踩到柔軟的土地，反而撞到比較硬的東西。

鏘！

是金屬。

里歐很興奮，連忙挖開覆蓋在上面的東西，終於看見閃閃發亮的青銅。

「噢，天哪。」他挖出一小塊碎片，像瘋子一樣咯咯傻笑。

他不曉得這東西爲什麼出現在這裡。赫菲斯托斯老是從他的神界工作室丟出一些壞掉的零件，或是把廢棄金屬丟到地面上，不過其中有些掉到奧吉吉亞島的機會有多大呢？

里歐發現了一些電線、幾個彎曲的齒輪、一個或許還可以用的活塞，還有好幾片以神界青銅錘製而成的金屬薄板，最小的約是茶杯墊大小，最大的差不多有盾牌那麼大。

數量沒有很多，與九號祕庫當然不能比，甚至比不上他在阿爾戈二號上的庫存，但總算不只有沙子和岩石了。

他抬起頭，看著香柏枝枒間透出的閃耀陽光。「老爸？如果是你把這些東西送來這裡給我，多謝了。如果不是你……嗯，不管怎樣還是謝了。」

他把這些寶貴發現收集起來，使勁搬回他的紮營地。

在那之後，日子過得比較快，周遭也多了不少噪音。

剛開始，里歐用泥磚為自己建了一座鍛造爐，每一塊泥磚都是用他自己燃燒的雙手燒製而成。他找到一塊大石頭當做鐵砧基座，然後從工具腰帶取出一些釘子加熱熔化，直到用夠多的釘子熔融成一塊平板，可以當做錘打用的平面。

等這些都做好，他開始把先前撿回的神界青銅廢棄物重新鑄造。每一天，他都用鎚子在青銅上敲敲打打，直到石頭做的鐵砧破了，或鉗子彎了，或柴火燃燒殆盡。

每天傍晚他都筋疲力竭，渾身溼透且滿身煤灰；不過他覺得很棒。至少他有點進展，努力解決他的問題。

卡呂普索第一次跑來察看，主要是抱怨噪音太吵。

「又是煙又是火的，」她說：「整天聽到鏗鏗鐺鐺的金屬敲打聲。你把鳥都嚇跑了！」

「噢，不，別提鳥兒！」里歐抱怨說。

「你到底希望做出什麼啊？」

他抬起頭，結果手上的鎚子差點打中自己的拇指。他盯著金屬和火焰看了太久，幾乎忘了卡呂普索有多麼美麗，美麗到令人煩惱。她站在那兒，陽光照耀著一頭秀髮，白色衣裙在雙腳邊翻飛，一籃葡萄和剛烤好的麵包掛在她一隻手臂上。

里歐拚命不去理會自己肚子的咕嚕聲。

「我很希望離開這個島，」他說：「那也是你所希望的，對吧？」

卡呂普索怒目而視。她把籃子放在里歐的鋪蓋捲附近。「你已經兩天沒吃東西了，休息一下，吃點東西。」

「兩天？」里歐根本沒注意到，這讓他十分驚訝，因爲他那麼熱愛食物。更令他驚訝的是，卡呂普索竟然注意到了。

「謝謝，」他低聲說：「我，呃，會盡量錘打得小聲一點。」

「哼。」她的聲音聽起來不是太熱切。

在這之後，她就沒有抱怨噪音和濃煙了。

下一次她又造訪時，里歐正對他的初步架構進行最後的修飾。他沒有注意到卡呂普索來了，直到聽見她的聲音出現在正後方。

「我幫你帶來……」

里歐嚇得跳起來，把手上的金屬線都扔了。「青銅牛啊，小姐！不要像這樣偷偷摸摸溜到我背後啦！」

她今天穿了一身紅，這是里歐最喜歡的顏色。這完全無關緊要。她看起來眞的很適合紅色。這也無關緊要啦。

「我沒有偷偷摸摸，」她說：「我帶這些來給你。」

她用雙手托著一些摺好的衣服拿給他看，包括新的牛仔褲、白色T恤、軍服樣式的工作夾克……等一下，那些其實是他的衣服，只是根本不可能啊，他原本的軍用夾克早在幾個月前就燒壞了，自從掉到奧吉吉亞島之後就再也沒穿過。可是卡呂普索拿著的衣服，看起來完完全全就是他到混血營的第一天穿的衣服，只不過這些衣服看起來較大一點，讓他穿起來更合身。

「怎麼會呢？」他問。

卡呂普索把衣服放在他腳下，隨即退開，彷彿他是一頭凶猛野獸似的。「我確實有點魔法，你也知道。你一直把我給你的衣服燒壞，所以我想我可以織一些比較不會著火的布料。」

「這些衣服不會燒起來？」他拿起牛仔褲，但摸起來和一般的丹寧布沒兩樣。

「它們完全防火，」卡呂普索向他保證，「而且永保清潔，也會延展得符合你的身材，如果你以後變得沒那麼瘦的話。」

「多謝了。」他故意讓語氣聽起來有點諷刺，其實是眞心覺得感謝。里歐可以做出一大堆東西，但不包含可以防火和自動潔淨的衣服。「所以……你幫我最喜歡的服裝多做了一套備分。你是，譬如說，Google過我之類的嗎？」

她皺起眉頭。「我不知道那個字是什麼意思。」

「你查過我的資料，」他說：「差不多像是你對我有點興趣的意思。」

她連鼻子都皺起來了。「我有興趣的是，以後不必每隔幾天就幫你做一套新衣服。我有興趣的是你不會聞起來那麼臭，也不會穿著燒爛的布袋在我的島上走來走去。」

「噢，是喔，」里歐咧嘴笑著說：「你對我眞的很熱心耶。」

她的臉變得更紅了。「你是我所碰過最討厭的人！我只不過是想報答你，你把我的噴泉修好了。」

「那個嗎？」里歐笑了。那個問題實在太簡單，他差點就忘了。其中一個青銅羊男雕像歪向旁邊，而且水壓不足，開始發出討厭的滴答聲，還會上下搖晃，把水噴到水池外面。他抓出兩種工具，短短兩分鐘就修好。「沒什麼大不了，我不喜歡看到東西沒有好好運作。」

「那麼洞穴門口的簾幕呢？」

「那根橫桿沒有放平。」

「還有我的園藝工具?」

「那個啊,我只是把剪刀磨得銳利一點,用不利的剪刀修剪藤蔓是很危險的。對了,修枝剪的鉸鏈也需要上一點油,還有……」

「噢,是喔,」卡呂普索說,她模仿里歐的音調模仿得很像,「你對我眞的很熱心耶。」

里歐頭一次啞口無言。卡呂普索的雙眼閃閃發亮。他明知道她在捉弄他,但不知爲何一點都不覺得討厭。

她指著他的工作桌。「你在做什麼?」

「喔。」里歐看著一面青銅鏡子,他剛剛才把鏡子和阿基米德球連上線。在磨得晶亮的鏡面上,他自己的鏡中形影令他吃驚不已。他的頭髮變得很長而且捲曲,臉龐變得更加瘦削且輪廓鮮明,也許是因爲一直沒有吃東西;不笑的時候,一雙深色眼睛顯得有點凶惡,看起來很像泰山,假如泰山是超小號的拉丁美洲人的話。怪不得卡呂普索見了他會退避三舍。

「呃,這是個觀看裝置,」他說:「我們在羅馬阿基米德的工作室內找到類似這樣的裝置。如果我能讓它順利運作,也許就可以知道我朋友的現況。」

卡呂普索搖搖頭。「不可能,這個島被隱藏起來,用強力的魔法與外面世界切斷聯繫。甚至這裡的時間流動方式都不一樣。」

「嗯,你和外界一定有某種形式的接觸吧,不然怎麼會發現我經常穿著軍用外套?」

她用手指頭捲著頭髮,這個問題似乎讓她很不自在。「觀看過去是一種很簡單的魔法,但是觀看現在或未來……就沒有那麼簡單了。」

「是喔，那麼，」里歐說：「陽光女孩，好好看著，多學著點。我就要接上最後兩條線路，然後……」

青銅圓盤發出閃光，球體也冒出陣陣煙霧。閃光燃起的火苗竄上里歐的袖子，他趕緊脫下上衣，丟到地上，重重踩踏幾下。

他知道卡呂普索拚命憋住不笑出來，不過憋得渾身發抖。

「一句話都不要說。」里歐警告她。

她瞥了里歐的赤裸胸膛一眼，他的胸膛汗水淋漓、骨骼突出，而且因爲製造武器的各種意外事件而布滿舊傷疤。

「沒什麼好批評的，」她向里歐保證，「如果你希望那個裝置能夠運作，也許應該嘗試用音樂來祈求。」

「也對，」他說：「每當引擎無法運作，我就喜歡在引擎旁跳踢踏舞。每次都有用。」

卡呂普索深吸一口氣，開始吟唱。

她的聲音像一陣清涼的微風打中他的心，就像第一道冷鋒抵達美國德州，夏天的熱力終於告一段落，而你開始相信情況可能會好轉。里歐聽不懂她唱的字字句句，不過歌聲聽起來有點悲傷，感覺苦樂參半，彷彿細述著她永遠回不去的家園。

毫無疑問，她的歌聲含有魔法。但那不像梅蒂亞的聲音誘人昏睡，也不像派波的魅語，感覺音樂本身對他沒有任何需索，只是讓他回想起最棒的記憶，像是在媽媽的工作室內和她一起製作東西，或者與朋友們在混血營裡坐著晒太陽。這一切讓他好想家。

卡呂普索唱著唱著停了下來，里歐發現自己正像笨蛋一樣盯著她。

「運氣有沒有比較好？」她問。

「呃……」他強迫自己的視線回到青銅鏡子上。「沒有。等一下……」

鏡面亮起來了。在它上方的空氣中，全景影像閃爍著栩栩如生的畫面。

里歐認出是混血營的公共用地。

畫面沒有聲音，但看得出阿瑞斯小屋的克蕾莎．拉瑞正對學員們喊指令，要求他們排列成行。與里歐同屬第九小屋的同伴們跑進跑出，為每個人配備合身的盔甲並分發武器。就連半人馬奇戎都已經著好裝，準備上戰場。他在隊伍行列間跑前跑後，裝有羽飾的頭盔閃閃發亮，四隻腳也都裝上青銅製的護脛套。他平日的友善笑容不見了，取而代之的是堅毅果決的神情。

遠處有幾艘希臘式戰船停泊於長島灣，準備加入戰鬥行列。而沿著山丘，一架架旋轉投石器也已設置就緒。許多羊男在原野間穿梭巡邏，飛馬上的騎士們也在頭頂上逡巡飛繞，為來自空中的攻勢提出警示。

「你的朋友嗎？」卡呂普索問。

里歐點點頭，表情木然。「他們正準備投入戰鬥。」

「對抗誰？」

「你看。」里歐說。

景象改變了。有一批羅馬半神半人組成的方陣大軍，齊步穿越月光照亮的葡萄園。遠方有一塊招牌受到光線照亮，上面寫著：高史密斯釀酒廠。

「我以前看過那塊招牌，」里歐說：「那裡距離混血營不遠了。」

突然間，羅馬大軍行列變得一團混亂，半神半人們四散奔逃。盾牌紛紛掉落地上，標槍胡亂甩動，活像整批人同時踩中火蟻似的。

這時，月光下有兩個小小的毛茸茸形影飛奔而過。他們穿戴著不協調的衣服和誇張的帽子，似乎同時出現在各個地方，一下子痛擊羅馬人的頭，一下子偷走他們的武器，還割斷他們的腰帶，害他們的褲子掉到腳踝上。

里歐忍不住笑出來。「是那兩個厲害的小麻煩！他們信守自己的承諾耶。」

卡呂普索向前傾，看著刻爾克珀斯兄弟。「是你的表兄弟？」

「哈，哈，哈，不是啦，」里歐說：「是我在波隆那碰到的一對小矮人，我派他們去拖慢羅馬人的行動，而他們做到了。」

「可是能夠拖多久？」卡呂普索問。

真是個好問題。場景再度轉變。里歐看到屋大維，就是那個壞胚子又愛嚇人的金髮占卜師。他站在一個加油站的停車場上，旁邊環繞著幾輛黑色休旅車和一群羅馬混血人。他舉起一根長桿，外面包裹著帆布，揭開帆布後，一隻金色老鷹在桿頂閃閃發光。

「噢，大事不妙。」里歐說。

「羅馬軍旗。」卡呂普索指出。

「沒錯。而且這一根會射出閃電，聽波西說的。」

里歐一說出波西的名字就後悔了。他瞥了卡呂普索一眼，從眼神可以看出她有多麼掙扎，她拚命想整理好自己的情緒，整理成像是織布機上那些排列整齊的絲線。然而，最令里歐驚訝的竟是他自己湧起的憤怒，那不只是惱怒或嫉妒，而是很氣波西竟然傷害這個女孩。

他重新把注意力放在全景影像上。這時他看到一個孤獨的騎士，是蕾娜，朱比特營的執法官，她騎在一匹淺棕色飛馬的背上，正飛越一團暴風雨。蕾娜的深色頭髮飄揚在狂風中，紫色披風劈啪翻飛，露出了裡面閃閃發亮的盔甲，手臂和臉上都有割傷且流著血。她那匹飛馬眼神狂野，因為飛奔得很辛苦而張大嘴巴，不過蕾娜持續凝視著前方的暴風雨。

當里歐看著的時候，一隻鷹頭獅身的葛萊芬74突然從雲中冒出來。牠伸出利爪掃過飛馬的肋骨處，差一點就抓到蕾娜了。她抽出佩劍，砍死那隻怪物。突然又有三隻文圖斯現身，他們是黑暗的大氣精靈，會像小型龍捲風一樣猛力旋轉，而且伴隨著閃電。蕾娜對他們發動攻擊，大膽狂吼。

接著，青銅鏡子突然變暗。

「不！」里歐大喊：「不，不要是現在，讓我看看到底發生了什麼事！」他猛敲鏡子。「卡呂普索，你可以再唱歌或做點什麼嗎？」

她瞪著里歐。「我猜那是你女朋友吧？你的潘泥洛普？你的伊莉莎白？你的安娜貝斯？」

「什麼？」里歐聽不懂這女孩說的話，有一半的內容不知所云。「那是蕾娜，她不是我女朋友！我需要看更多影像！我需要……」

「需要。」有個聲音在他腳下的地底隆隆作響。他大吃一驚，突然覺得自己像是站在一張彈性超好的彈簧墊上。

---

74 葛萊芬（Gryphon），希臘神話中一種鷹頭、獅身、有翅膀的怪物。

『需要』這個字眼已經用爛了。」沙子裡突然有個人形一邊旋轉一邊冒出，竟然是里歐最不喜歡的女神，那個泥巴夫人、小爛泥公主，也就是蓋婭本尊。

里歐撿起一支鉗子扔向她，可惜她並非實體，所以鉗子直直穿過去了。她的雙眼緊閉，但看起來絕對不是在睡覺；塵土構成的邪惡臉龐上掛著一抹微笑，彷彿醉心聽著最喜歡的歌曲。她的沙質長袍不斷變動、褶曲，讓里歐想起他們在大西洋對付過的蠢蛋巨蝦怪的波浪狀魚鰭。不過在里歐眼中，蓋婭比巨蝦怪醜多了。

「你想要活著，」蓋婭說：「你想要回到朋友們身邊。但你並不需要回去，我可憐的小男孩。不會有什麼差別的，無論如何，你的朋友們都會死。」

里歐雙腿發抖。雖然百般不情願，可是這女巫一出現，他就覺得自己好像又變回八歲的小男孩，困在他媽媽的五金行大廳裡，聽著蓋婭柔膩又邪惡的說話聲，而他媽媽當時被鎖在大火燃燒的倉庫裡，因為高熱和濃煙而死。

「我最不需要的，」他咆哮著說：「就是聽你講更多的謊話，你這泥巴臉。你以前對我說，我的曾祖父死於一九六〇年代，錯！你說我在羅馬沒辦法救出我的朋友，錯！你還對我講過一堆雜七雜八的事。」

蓋婭的笑聲是柔軟的沙沙聲，很像山崩的第一時間有許多沙土沿著山坡細細流下的聲音。

「我想要幫你做出比較好的選擇。你大可以救你自己，可是你的每一步都在違背我。你自己建造出一艘船，加入那個愚蠢的任務。而現在你被困在這裡，只能眼睜睜看著凡人世界滅亡而束手無策。」

里歐的雙手爆出火焰。他想把蓋婭的沙子臉熔成玻璃。但就在這時，他感覺到卡呂普索的手放在他肩膀上。

「蓋婭，」卡呂普索的聲音嚴厲而堅定，「這裡不歡迎你。」

里歐真希望自己的聲音聽起來像卡呂普索一樣有自信。然後他才想起，這個討人厭的十五歲女孩其實是一位泰坦巨神的神界女兒。

「啊，卡呂普索。」蓋婭舉起雙手，一副想要擁抱她的樣子。「我瞧瞧，儘管天神做了承諾，你還是在這裡呀。我親愛的孫女，你爲什麼那樣想呢？奧林帕斯天神不是滿懷惡意，把你一個人孤零零留在這裡，只有這個長不大的笨小子陪你嗎？還是他們根本就忘了你，因爲你不值得他們花時間關心？」

卡呂普索直直瞪著蓋婭那張不斷旋轉的臉孔，一路望向地平線。

「沒錯，」蓋婭充滿同情地低聲說：「奧林帕斯天神一點都不可靠。他們不會給第二次機會。你爲什麼緊抓著那樣的希望不放呢？在你父親阿特拉斯的偉大戰役中，你支持你父親，你也知道眾神一定會遭到毀滅。現在你爲何遲疑呢？我要給你一個機會，這是宙斯絕對不會給你的。」

「過去三千年來，你到哪裡去了？」卡呂普索問：「如果你這麼關心我的命運，爲什麼一直到現在才來找我？」

蓋婭讓雙手手掌翻轉朝上。「大地的覺醒是很緩慢的。戰爭自會等待適當的時機。不過，千萬別以爲你在奧吉吉亞島就可以逃過一劫。我重新改造這個世界的時候，這個監牢同樣會遭到摧毀。」

「奧吉吉亞島會遭到摧毀？」卡呂普索搖搖頭，似乎無法想像「奧吉吉亞島」和「摧毀」

這兩個詞會湊在一起。

「那些事發生時，你並不需要留在這裡，」蓋婭向她保證，「加入我的行列吧，殺了這個男孩，將他的鮮血灑在大地上，然後幫助我覺醒。我會放你自由，也會實現你的任何盼望。自由，也向眾天神復仇。還有更大的獎賞。你還想要那個混血人波西．傑克森嗎？我會把他賞賜給你。我會把他從塔耳塔洛斯拉出來，他會是你的，要罰、要愛隨你選。只要殺掉這個擅自闖進來的男孩就好。表現你的忠誠度吧。」

里歐的腦海掠過好幾個景象，而沒有一個景象是好的。他很確定卡呂普索會就地勒死他，或者命令她那些看不見的風僕人把他剁爛，煮成里歐濃湯。

她有什麼理由不這樣做呢？蓋婭和她達成了終極交易：殺掉一個討人厭的男孩，免費得到另一個英俊的男孩！

卡呂普索對蓋婭伸出三根手指，里歐在混血營看過這種古希臘人抵擋邪惡勢力的手勢。「祖母，這裡不只是我的監牢。這裡是我的家，而你，才是擅自闖入的人。」

一陣風把蓋婭的形體吹散成無形，讓沙子漫天飛揚於藍色天空中。

里歐吞了一口口水。「呃，你不殺我嗎？別做這種錯誤的選擇。你瘋了嗎？」

卡呂普索的雙眼燃燒著熊熊怒火，但這一次，里歐認為那番怒火不是針對他而來。「你的朋友一定很需要你，否則蓋婭不會要求置你於死地。」

「我……呃，是喔。我猜也是。」

「那麼，我們有工作要做，」她說：「我們得把你弄回你的船上。」

52 里歐

里歐以為自己一直很忙碌，但是等到卡呂普索下定決心要做某件事，她才真的像機器一樣忙得團團轉。

短短一天之內，她便收集了足夠航行一星期的補給品，包括食物、很多魔法瓶裝水，以及從花園裡採來的草藥。她也織好一張船帆，大到足夠裝上一艘小艇，同時為所有的索具製作夠多的繩索。

她完成了那麼多事，於是隔天跑來問里歐，關於他自己的計畫是否需要她幫忙。

他抬起頭來，手上的線路板正慢慢組裝起來。「要是我了解得不夠清楚，一定會覺得你急著想把我趕走。」

「那是額外的好處啊。」她坦承說。她身穿適合工作的服裝，包括牛仔褲和一件髒兮兮的T恤。里歐問她怎麼會改穿這些服裝，她說之前幫里歐做了一些衣服後，終於明白這樣的衣服真的很實用。

穿上藍色牛仔褲，卡呂普索看起來變得不太像女神，她身上的T恤也沾滿青草和泥巴印子，像是剛才跑步穿越那個不斷旋轉的蓋婭似的。她打著赤腳，肉桂土司色的頭髮綁在腦後，令她的杏仁形眼睛顯得更大也更明亮，她的雙手因為編製繩索而變得粗硬且起了水泡。

里歐看著她，覺得內心好像有個力量不斷拉扯，他也說不清為何會這樣。

「所以呢？」她催促地問。

「所以……什麼？」

她朝那塊線路板點點頭。「所以我能幫忙嗎？那是怎麼做的？」

「喔，呃，我做得還滿順利的，我猜啦。如果可以把這東西連線裝到船上，應該就能指出回到世界的路。」

「現在你只需要一艘船。」

他努力想解讀她的表情。他不確定卡呂普索是否很討厭他還待在這裡，還是也因爲她沒能離開而悶悶不樂。接著，他看到卡呂普索堆疊起來的所有補給品，很容易就看出那足夠兩個人度過好幾天。

「蓋婭說的那些話……」他吞吞吐吐地說：「關於你離開這個島。你會想試試看嗎？」

她怒目而視。「你這是什麼意思？」

「嗯……我並不是說和你在一起比較好玩，老是要聽你抱怨、瞪我或什麼的。不過，我也許可以忍受，假如你想試試看的話。」

她的表情只稍微軟化了一點點。

「好高尚啊，」她嘀咕著說：「但是不必了，里歐。如果我試著和你走，你那微小的逃跑機會可能變成一點機會也沒有。天神在這個島上施加古老的魔法，把我留在這裡。混血英雄可以離開，但是我不行。最重要的是，你要順利逃走才能去阻止蓋婭。不是說我很在乎你的事啦，」她很快加上一句，「不過這世界的命運危在旦夕。」

「你爲什麼會關心這件事？」他問：「我是說，既然與世隔絕了那麼久？」

她揚起眉毛，像是很驚訝他會問這麼細膩的問題。「我猜想，我不喜歡受人指使，無論是蓋婭或其他人都一樣。就算我有時候很痛恨天神，但過去這三千年來，我其實看得很清楚，他們比泰坦巨神好多了，也絕對比巨人族好得多。至少天神會保持聯絡，例如荷米斯總是對我很客氣，還有你父親赫菲斯托斯，經常來看我。他是個好人。」

里歐不曉得她怎麼會用那麼恍惚的語調說話，聽起來幾乎像是在衡量里歐的價值，而不是他父親。

她伸出手，把他的嘴巴闔上。他根本沒意識到自己的嘴巴張那麼大。

「好啦，」卡呂普索說：「我該怎麼幫忙？」

「喔。」他低頭看著自己手上的工作，但開口說話時，忍不住脫口說出心中的一個想法，這是自從卡呂普索幫他做了新衣服之後萌生的想法。「你知道那些防火衣服吧？你覺得有沒有辦法用那種材料幫我做一個小袋子？」

他描述袋子的尺寸，只見卡呂普索很不耐煩地揮揮手。「只要幾分鐘就可以做好了。那對你的任務有幫助嗎？」

「是啊，說不定可以救一個人的命。還有，呃，你可以從洞穴裡切下一小塊水晶嗎？不需要很多。」

她皺起眉頭。「這個要求很奇怪。」

「拜託啦。」

「好吧，包在我身上。今天晚上我會用織布機做好防火袋，等我洗好澡之後。不過，趁我的手還髒髒的，現在可以做什麼？」

她舉起長了繭、髒兮兮的手指頭。里歐忍不住心想，一個女孩不在乎自己的雙手髒不髒，沒有任何事比這更讓人想入非非了。不過當然啦，這只是一般的看法，並不適用於卡呂普索。顯然沒錯。

「嗯，」他說：「你可以幫忙編出更多的青銅線圈，但那要一點技術……」

她擠過來坐在他旁邊的長椅上，二話不說開始工作，雙手編織銅線的速度比他還要快。

「就像織布嘛，」她說：「沒那麼困難。」

「嗯哼，」里歐說：「唔，如果你有機會離開這個島，而且想要找工作，請讓我知道。你絕對不是笨手笨腳的人。」

她嘻嘻笑起來。「找工作，啊？在你的鍛造爐裡做東西嗎？」

「嗯，我們可以開自己的工廠。」里歐說，對自己的答案感到很驚訝。開設一家五金維修工廠向來是他的夢想之一，可是他從來沒有把這個夢想告訴別人。「里歐和卡呂普索修理廠：修理汽車和機械怪物。」

「還有新鮮水果和蔬菜。」卡呂普索提議。

「蘋果酒和燉湯，」里歐加上一句，「我們甚至可以提供娛樂，你可以唱歌，而我呢，譬如說，隨便亂噴火之類。」

卡呂普索笑了，那是明亮、開心的聲音，讓里歐的心猛力跳了一下。

「你看，」他說：「我很好玩吧。」

她努力壓抑嘴角的微笑。「你才不好玩呢。好啦，快點回去工作，否則就沒有蘋果酒和燉湯了。」

「遵命，夫人。」他說。他們默默地工作，肩並著肩，就這樣度過午後時光。

過了兩個晚上之後，導航操作台終於完成了。

里歐和卡呂普索坐在沙灘上，位置很靠近先前里歐摧毀餐桌的地方，兩人像野餐一樣一起吃著晚餐。滿月把海浪照耀成銀白色，他們的營火也不時將橘紅色火花噴入空中。卡呂普索穿著乾淨的白上衣和牛仔褲，顯然決定要保留這樣的穿著習慣。

在他們後方的沙丘上，補給品仔細堆好，隨時可以出發了。

「現在我們只需要一艘船。」卡呂普索說。

里歐點點頭。他努力不讓思緒停留在「我們」這個詞上。卡呂普索已經說得很清楚，她不會離開。

「明天我可以開始把木材砍削成木板，」里歐說：「只要幾天的工夫，我們就有足夠的材料可以製作一個小船身。」

「你以前建造過一艘船，」卡呂普索想起來了，「你的阿爾戈二號。」

里歐點點頭。他想起當時建造阿爾戈二號所花的那麼多個月。不知為何，一想到為了離開奧吉吉亞島而建造一艘船，感覺似乎是更令人卻步的任務。

「那麼，要花多久時間才能啓航？」卡呂普索的音調很輕，但她沒有正視里歐的眼睛。

「嗯，不太確定。再一個星期？」因爲某些原因，這樣說讓里歐覺得比較沒那麼激動。他剛來到這裡的時候，實在等不及想離開；而現在，想到還要多待幾天才能離開，他卻很高興。眞是奇怪啊。

卡呂普索伸手觸摸已經完成的線路板。「這個花了那麼久的時間才做好。」

「要做到完美，就不能趕時間。」

她的嘴角揚起一個微笑。「是啊，可是它眞的能用嗎？」

「航行出去的話，沒問題，」里歐說：「不過如果要回來，我就需要非斯都，還有……」

「你說什麼？」

里歐眨眨眼。「非斯都，我的青銅龍。等我弄清楚該怎麼修復它，我就會……」

「你對我說過非斯都的事，」卡呂普索說：「但你說要『回來』是什麼意思？」

里歐緊張地笑笑。「嗯……就是回來這裡啊，還用說嗎？我確定剛才是這樣說的。」

「你千萬不要做。」

「我不會把你留在這裡！在你幫了我那麼多忙之後？我當然要回來。等我把非斯都修好，它就可以操作更進階的導航系統。還有一個星盤，那是我，呃……」他閉上嘴，暗自想著最好別提起那個星盤，那是卡呂普索的舊情人之一做的。「……我在波隆那找到的。不管怎樣，我想，只要有你給我的水晶……」

「你不可以回來。」卡呂普索很堅持。

里歐的心咚咚狂跳。「因爲我不受歡迎嗎？」

「因爲你不可以回來。那是不可能的，沒有人可以找到奧吉吉亞島兩次。那是規定。」

里歐翻了個白眼。「是喔，這個嘛，你可能也注意到了，我不是很善於遵守規定。我會和我的龍一起回來，接你出去，帶你去任何你想去的地方。這樣才公平。」

「公平……」卡呂普索的聲音幾乎聽不見。

在火光照耀下，她的眼睛看起來好悲傷，里歐幾乎不忍心看。她是不是覺得里歐這樣騙她，只是爲了讓她覺得好過一點？在他看來，他會回來、救她離開這個島，都是再確定不過的事實。他怎能不這樣做？

「你該不會認爲，在沒有卡呂普索的情況下，我還能夠開設『里歐和卡呂普索修車廠』吧？」他問：「我不會做蘋果酒和燉湯，而且很確定我不會唱歌。」

她低頭看著沙子。

「嗯，不管怎樣，」里歐說：「明天我會開始砍木材，然後再過幾天……」

他望向遼闊的海面。有個東西從海浪裡冒出來。里歐不可置信地望著，那是一艘巨大的木筏，隨著潮汐漂進來，最後滑到海灘上停下來。

里歐驚嚇到無法動彈，卡呂普索卻跳著站起來。

「快點！」她衝過海灘，抓起一些補給袋，然後跑向木筏。「我不知道它會停留多久！」

「可是……」里歐站起來。他覺得兩條腿好像變成石頭了。他才剛讓自己相信，大概還要在奧吉吉亞島多停留一個星期，而現在他連吃完晚餐的時間都沒有。「那就是魔法木筏？」

「這還用說嗎！」卡呂普索大喊：「它會以應該要有的方式運作，帶你去任何你想去的地方，但其實不是很確定。這個島的魔法顯然不是很穩定，你一定要把你的導航裝置裝起來，讓它運作。」

她撿起那個裝置，跑向木筏，里歐這才動起來。他幫卡呂普索把裝置固定在木筏上，然後把電線接到船尾的小型方向舵。木筏已經安裝了桅杆，於是里歐和卡呂普索把他們製作的船帆拖上木筏，並把索具裝配好。

他們兩人並肩工作，搭配起來完美無瑕。即使是赫菲斯托斯小屋的成員，里歐從來沒遇過有人像這個神界的園藝女孩一樣，光憑直覺就能搭配得這麼好。花不了多久時間，他們就把船帆裝設就緒，並把所有的補給品搬上船。里歐按下阿基米德球上的按鈕，心裡默默向他父親赫菲斯托斯祈禱，然後那個神界青銅裝置開始嗡嗡運作。

索具拉緊了，船帆隨之轉向，木筏也開始在沙地上摩擦滑動，使勁地朝海浪方向移動。

「去吧。」卡呂普索說。

里歐轉過身。她靠得好近，里歐實在忍不住了。卡呂普索聞起來有肉桂和木頭薰香的氣味，他覺得以後再也聞不到這麼美妙的氣息了。

「木筏終於來到這裡了。」他說。

卡呂普索哼了一聲。她的眼睛一定變紅了，但在月光下很難看清楚。「你現在才發現？」

「可是，如果它只會爲了你喜歡的男生而出現……」

「別得寸進尺喔，里歐．華德茲，」她說：「我還是很討厭你。」

「好吧。」

「而且你不能回來這裡，」她很堅持地說：「所以不要給我任何空洞的承諾。」

「那如果是滿滿的承諾呢？」他說：「因爲我絕對會……」

她抓住里歐的臉，拉過去給他一個吻，很有效地讓他閉嘴。

雖然開過那麼多玩笑和調情，事實上里歐從來沒有親吻過女孩。嗯，派波曾像姊妹一般在他臉頰上輕輕啄了一下，但是那不算。這才是眞的，完全接觸的親吻。如果里歐的腦袋裡裝了齒輪和電線，現在肯定全都短路了。

卡呂普索推開他。「那不會實現的。」

「好吧。」他說話的音調比平常高了八度。

「快離開這裡吧。」

「好。」

她轉過身，用力抹掉眼淚，然後快步跑上海灘，微風吹亂了她的頭髮。

里歐好想呼喚她，可是船帆已讓風勢全力撐滿，木筏也已離開海灘，於是他趕緊調校導航裝置。等他再回頭看，奧吉吉亞島已經變成遠方的一條黑線，他們的營火就像小小的橘色心臟一樣跳動著。

他的嘴唇依然因爲剛才的吻而微微顫抖。

「那不會實現的，」他對自己說：「我不可能和神界女孩墜入情網。她絕不可能愛上我。完全不可能。」

木筏沿著海面飛掠而過，帶他回到凡人世界，這時他比較了解預言中的一句話：發誓留住最後一口氣。

他了解到，發誓究竟有多麼危險。但是里歐不在乎。

「卡呂普索，我會回來找你，」他對著黑夜的微風輕聲說：「我對冥河發誓。」

53 安娜貝斯

安娜貝斯以前從來沒有這麼害怕黑暗。

但在正常情況下，黑暗不會有十二公尺高，也沒有黑色翅膀、一條由星星組成的鞭子，以及由吸血鬼馬拉著的幽靈戰車。

黑夜女神妮克斯巨大到幾乎無法一眼望盡。她隱約籠罩在深淵上方，是一團由煙灰所組成、劇烈翻騰的人形，差不多與雅典娜．帕德嫩雕像一樣巨大，但絕對是活生生的。她的衣裙是虛空的黑色，混雜著太空中星雲的色彩，彷彿那些星系都是由她的上衣生成。她的臉孔很難看得清楚，只能看到一雙極爲細小的眼睛，宛如類星體般閃耀。她拍動翅膀時，有一波又一波的黑暗朝懸崖席捲而來，令安娜貝斯感到既沉重又昏昏欲睡，視線也變得一片模糊。

女神的戰車是用冥河的鐵打造而成，與尼克．帝亞傑羅的劍用的是同一種材料。戰車由兩匹巨大的馬兒拉著，馬兒一身黑，唯一的例外是銀色的尖利獠牙。這兩頭野獸的四隻腳飄浮在深淵之中，跑動的時候會由實體轉變成煙霧狀。

兩匹馬咆哮一聲，對安娜貝斯露出尖利的獠牙。女神甩動鞭子（那是一條細細的星星串，很像一整排鑽石尖刺），於是馬兒向後退。

「幽靈，不行喔，」女神說：「鬼影，趴下。這些小獎賞不是給你們的。」

馬兒嘶嘶鳴叫時，波西看得兩眼發直。他的全身還裹著死亡迷霧，看起來很像失焦的屍體，因此安娜貝斯每次看到他都很悲痛心碎。這絕對不是非常好的僞裝，畢竟妮克斯顯然可以看到他們。

波西的臉像鬼一樣，安娜貝斯沒辦法清楚看出他的表情。無論那些馬說了什麼，他顯然不是太喜歡。

「呃，所以你不會讓牠們吃掉我們？」他問女神，「牠們眞的很想吃掉我們啊。」

妮克斯的類星體眼睛灼灼發亮。「當然不會。我不會讓我的馬吃掉你們，也不會讓艾柯呂斯殺了你們。這麼棒的大獎，我會自己動手殺！」

此刻，安娜貝斯一點都不覺得自己特別機智或勇敢，但直覺告訴她必須採取主動，否則這段對話很快就會結束了。

「噢，你不要動手殺自己啦！」她大叫：「我們沒那麼可怕。」

女神放下鞭子。「什麼？不是，我的意思不是……」

「嗯，我也希望不是！」安娜貝斯看著波西，勉強擠出笑容。「我們沒有意思要嚇她的，對吧？」

「哈，哈，」波西虛弱地說：「對，沒有。」

兩匹吸血鬼馬看起來很困惑。牠們往後退，鼻子噴著氣，以黑色的頭彼此互碰。妮克斯扯了一下韁繩。

「你們知道我是誰嗎？」她質問。

「嗯，我猜，你是黑夜女神。」安娜貝斯說：「我的意思是，我看得出來，因爲你黑得好徹底啊，雖然小冊子上面關於你的描述並不多。」

妮克斯的眼睛眨了好一會兒。「什麼小冊子？」

安娜貝斯拍拍自己的口袋。「我們有一本，對吧？」

波西舔舔嘴唇。「嗯哼。」他依舊盯著那兩匹馬，一隻手緊緊握住劍柄，不過他夠聰明，知道要順著安娜貝斯的話回答。現在，安娜貝斯只能期盼自己不會把事情搞砸……不過坦白說，情況已經這麼糟了，她看不出要怎麼樣才會變得更糟。

「不管怎樣，」她說：「我猜小冊子之所以沒有講太多，是因為你不是行程中的重點。我們已經遊覽過地獄火河、哀嘆之河，也見過艾爾瑞娥、艾柯呂斯的有毒空地，甚至偶然間遇到泰坦巨神和巨人，不過妮克斯嘛……嗯，沒有，你不是真正作為號召的重點行程。」

「作為號召？重點行程？」

「是啊，」波西說，繼續炒熱這個話題，「我們到下面這裡來遊覽塔耳塔洛斯，就像是充滿異國情調的景點，你懂嗎？冥界已經開發過度，奧林帕斯山又是個敲竹槓的地方……」

「天神啊，完全正確！」安娜貝斯表示同意。「所以我們預訂了塔耳塔洛斯小旅行，可是根本沒人提到我們會遇見妮克斯。嗯。喔，對了，我猜是因為他們覺得你不重要。」

「不重要！」妮克斯甩動鞭子。她的馬拱背跳起，厲聲露出銀色獠牙。黑暗從深淵裡一波波湧出，讓安娜貝斯的體內彷彿結凍，但她不能表現出內心的恐懼。

她推推波西握著劍的那隻手臂，迫使他放下武器。眼前這位女神的力量絕對遠超過他們以往遇過的任何神。妮克斯比任何奧林帕斯天神、泰坦巨神或巨人都要古老，甚至比蓋婭還要古老，光憑兩個半神半人是不可能打敗她的，至少兩個使用「武力」的半神半人絕不可能辦到。

安娜貝斯逼自己正視妮克斯的巨大黑暗臉龐。

「嗯，有多少半神半人在行程中見過你呢？」她一臉無辜地問。

妮克斯的手鬆開繮繩。「沒有。一個都沒有。這完全不能接受！」

安娜貝斯聳聳肩。「說不定是因爲你沒有做過任何足以登上新聞版面的事。我是說，我可以理解塔耳塔洛斯眞的非常重要！這整個地方就是以他命名。或者，假如我們可以遇見『白晝女神』……」

「喔，也對，」波西插嘴說：「白晝女神？她一定很吸引人。我非常想要見到她，也許向她要一張簽名照。」

「白晝女神！」妮克斯緊緊抓住她那輛黑色戰車的扶手，整輛車爲之震動。「你是說赫墨拉[75]？她是我女兒！黑夜女神的力量比白晝女神強多了！」

「呃，」安娜貝斯說：「我比較喜歡艾爾瑞娥，就連艾柯呂斯也比較好。」

「她們也都是我的小孩！」

波西搗著嘴打呵欠。「生了很多小孩，是吧？」

「我是所有恐懼之母！」妮克斯大叫：「命運三女神！黑卡蒂！衰老之神！痛苦之神！睡眠之神！死亡之神！以及所有的詛咒！瞧瞧我多有新聞報導的價値啊！」

---

[75] 赫墨拉（Hemera），希臘神話的白晝女神，是黑暗之神厄瑞玻斯（Erebos）和黑暗女神妮克斯的女兒。

54 安娜貝斯

妮克斯再度甩動鞭子，黑暗立刻在她四周為之凍結。她的兩側各出現一批暗影大軍，包括更多黑翅膀的艾爾瑞娥，那是安娜貝斯最不怕看到的；有個形容枯槁的乾癟老太婆，那一定是衰老之神吉拉斯[76]；還有一個身穿黑色寬外袍的年輕女子，她的雙眼閃閃發亮，臉上掛著連環殺手般的笑容，毫無疑問一定是衝突女神厄麗絲[77]。還有更多大軍持續現身，包括數十個惡魔和小神，每一個都是黑夜女神的後代。

安娜貝斯好想拔腿就跑。她面對的是一整個恐怖家族，隨隨便便就可以讓任何人發瘋崩潰。然而此刻要是逃走，她一定會死。

而在她身旁，波西的呼吸變得很淺。就算他有鬼魅般迷霧的偽裝，安娜貝斯還是看得出他已經瀕臨恐慌邊緣。她必須挺身而出，捍衛他們兩人。

我是雅典娜之女，她心想。我是自己心智的主宰。

她讓眼前所見的情景在內心投射出一幅影像。她告訴自己，這只是一部電影；沒錯，是恐怖電影，不過那傷不了她。一切都在她的控制之中。

「是啦，很不賴，」她坦承說：「我猜我們可以拍張照片放剪貼簿吧，但我不知道，你們這些傢伙實在好……黑暗，就算用上閃光燈，也不確定能不能拍清楚。」

「對……對啊，」波西勉強說：「你們這些傢伙很不上相。」

「你們這些……可悲的……觀光客！」妮克斯氣呼呼地說：「在我面前竟敢不嚇得發抖！竟敢不哭哭啼啼地求我賜給一張簽名照，還有拍一張照片貼在你的剪貼簿裡！你們想要有新聞價值的東西嗎？我兒子希普諾斯曾經讓宙斯睡著！等到宙斯跑遍各地追捕他、下定決心要復仇，希普諾斯跑來躲在我的宮殿裡，宙斯根本不敢追來。就連奧林帕斯之王都怕我！」

「嗯哼。」安娜貝斯轉身看著波西。「嗯，時間有點晚了，我們恐怕應該到旅遊指南建議的餐廳吃頓午餐，然後再去看看死亡之門。」

「啊哈！」妮克斯發出勝利的呼喊。她的暗影家族一陣騷動，同聲高喊：「啊哈！啊哈！」

「你們想要去看死亡之門嗎？」妮克斯問：「它位在塔耳塔洛斯最核心的地方，像你們這樣的凡人永遠不可能到達那裡，除非穿越我的宮殿大廳，也就是『黑夜大宅』！」

她作勢指指身後。大約一百公尺下方，有個黑色大理石砌成的大門飄浮在深淵之中，通往某個巨大的房間。

安娜貝斯的心臟狂跳得好厲害，她都可以感覺到腳趾頭的脈搏了。那裡正是他們要前去的方向，然而位於那麼遠的下方，幾乎不可能跳下去。一旦失足，他們就會墜入混沌之中，粉身碎骨，一點都不剩；那會是無法重來一次的最後死亡之路。就算眞能跳到那個地方，黑夜女神和她最恐怖的孩子們也會擋住去路。

---

76 吉拉斯（Geras）是黑暗女神妮克斯的女兒，在希臘神話中是衰老的化身。一般神話傳說吉拉斯是個滿布皺紋的老頭，但也有少數將其描述為面容乾枯的老婆婆。

77 厄麗絲（Eris）是宙斯和希拉的女兒，戰神阿瑞斯的妹妹。她是爭吵的化身，以挑起特洛伊戰爭而聞名。

一陣慌亂中，安娜貝斯終於想到接下來該怎麼辦，就像她以前經歷過的每一件事，這是一個大膽的嘗試。就某方面來說，這樣一想終於讓她冷靜下來。死到臨頭總是會冒出瘋狂想法吧？

「好吧，」她的身體似乎在說，放鬆一點。「這對你來說還滿熟悉的。」她努力發出很無聊的嘆氣聲。「我想是可以拍一張照片啦，可是團體照恐怕拍不起來。妮克斯，乾脆找一個你最喜歡的孩子和你一起拍吧？你最喜歡的是哪一個？」

家族又是一陣騷動，幾十雙恐怖的熒熒眼睛轉過去看著妮克斯。女神很不自在地扭動身子，一副腳下的戰車開始發熱似的。兩匹鬼影馬嘶嘶鳴叫，在虛空中猛力踏腳。

「我最喜歡的孩子？」她問：「我所有的孩子都很嚇人啊！」

波西嗤之以鼻。「你是說眞的嗎？我見過命運三女神，也見過死神桑納托斯，他們都不會很嚇人啊。這群之中一定有某一個比其他可怕得多。」

「最黑暗的，」安娜貝斯說：「最像你的。」

「我是最黑暗的，」厄麗絲咬著牙說：「戰爭和衝突！我曾經造成各種形式的死亡！」

「我才更黑暗！」吉拉斯咆哮著說：「我讓人們的視線變得朦朧模糊，讓他們的腦袋糊塗昏亂。所有的凡人都害怕變老！」

「是啦，是啦。」安娜貝斯說，努力不去理會自己牙齒格格作響的聲音。「我看到的還不夠黑暗。我的意思是，你們是黑夜女神的孩子啊！讓我瞧瞧什麼叫做黑暗！」

整群艾爾瑞娥開始淒厲哭喊，一面拍動她們的皮革翅膀，一邊擾動著黑暗之雲。吉拉斯也伸展她的枯乾雙手，讓整個深淵變得一片朦朧模糊；厄麗絲則噴出一大堆大型鉛彈，在虛空中宛如噴霧般灑下。

「我才是最黑暗的！」一個惡魔斷斷地說。

「不對，是我！」

「不！瞧瞧我的黑暗！」

在最沒有陽光照耀的海溝裡，在最深處的底部，如果有一千隻巨型章魚同時噴出墨汁，也不會比眼前的景象更黑暗。安娜貝斯覺得自己幾乎像是瞎了，她緊抓住波西的手，讓自己的神經安定一點。

「等一下！」妮克斯大叫，突然顯得很驚慌。「我什麼都看不見。」

「沒錯！」她的一個孩子驕傲地大喊：「是我造成的！」

「不，是我！」

「笨蛋，是我啦！」

幾十個聲音在黑暗中大聲爭執。

馬兒緊張地嘶嘶大叫。

「停下來！」妮克斯大喊說：「那是誰的腳？」

「厄麗絲一直撞我！」有人大叫：「母親，叫她不要撞我了！」

「我才沒有！」厄麗絲大喊：「哎唷！」

咒罵聲浪愈來愈大。如果可能達到的話，黑暗變得更深沉了。安娜貝斯拚命睜大眼睛，眼珠都快要擠出眼窩了。

她捏緊波西的手。「準備好了嗎？」

「準備好怎樣？」停頓一下子之後，他不高興地咕噥一聲。「波塞頓的內褲啊，你該不會是認眞的吧？」

「誰快給我一點光線啊！」妮克斯尖聲大叫：「哎唷！眞不敢相信我居然說這種話！」

「這是個詭計！」厄麗絲大喊：「那兩個半神半人要逃走了！」

「我逮到他們了。」一個艾爾瑞娥尖叫著。

「不對，那是我的脖子啦！」吉拉斯癟著聲音說。

「跳！」安娜貝斯對波西說。

他們躍入黑暗中，目標對準很遠很遠下方的那個門口。

55 安娜貝斯

在他們掉入塔耳塔洛斯之後，只不過跳個一百公尺的落差到「黑夜大宅」，感覺應該很快就會到了。

然而，安娜貝斯的心跳速度似乎慢了下來。在一次與一次心臟跳動之間，她竟有充裕的時間草擬自己的訃聞。

安娜貝斯．雀斯，死於十七歲。

撲──通。

（前提是她身在塔耳塔洛斯的時候，剛好過了她的生日七月十二日；但說實在的，她根本不知道生日過了沒有。）

撲──通。

死於嚴重創傷，因為像白痴一樣跳進混沌的深淵，並在妮克斯大宅的門廳地板上摔得粉身碎骨。

撲──通。

身後留有她的父親、繼母，以及兩位幾乎不知道有她存在的同父異母兄弟。

撲──通。

懇辭鮮花，請將奠儀轉為捐款給混血營，假如蓋婭還沒有摧毀它的話。

她的雙腳撞到堅實的地板。痛苦立刻沿著雙腳往上傳遞，但是她跌跌撞撞地繼續向前衝，並拖著波西一起往前。

在他們上方的黑暗中，妮克斯和她的孩子們此起彼落地高聲咒罵：「我逮到他們了！啊，我的腳！住手啦！」

安娜貝斯繼續跑。其實她什麼也看不見，於是索性閉上雙眼，轉而運用其他的感官，像是聆聽開放空間中的回音、感受拂過臉龐的微風、嗅聞任何危險的氣味等，像是煙霧，或毒液，或者惡魔的惡臭。

這不是她第一次不顧一切地衝過黑暗。她想像自己回到羅馬地底下的地道，到處尋找雅典娜．帕德嫩雕像。回顧當時，她一路前往阿拉克妮洞穴的經過，簡直就像一趟迪士尼世界的驚奇之旅。

妮克斯與孩子們的爭吵聲變得很遙遠。這樣很好。波西依舊跑在她身旁，握著她的手。這也很好。

安娜貝斯開始聽到前方遠處傳來陣陣跳動聲，很像她自己心跳聲的回音，只不過聲音放大到非常強烈，連腳下的地板都爲之震動。那聲音令她充滿恐懼，因此她判斷這必定是正確的去向。她朝向前方奔跑而去。

隨著跳動聲漸漸變大，她聞到了煙味，並聽到兩側傳來火炬劈啪燃燒的聲音。她猜想一定有亮光，但脖子周圍一陣雞皮疙瘩，警告她張開眼睛可能會鑄成大錯。

「不要看。」她對波西說。

「沒打算要看，」他說：「你感覺到了，對吧？我們還在黑夜大宅，我根本不想看。」

聰明的男孩，安娜貝斯想。她以前經常取笑波西很笨，但事實上他的直覺通常很準。無論黑夜大宅有著什麼樣的恐怖景象，都不是要讓凡人的眼睛觀看的。看到那些景象的後果，很可能比直視梅杜莎⑱的臉孔還要糟糕。最好還是在黑暗中往前跑。

震動聲繼續變得愈來愈響亮，產生的震動直竄安娜貝斯的背脊，感覺很像有人猛烈擊打世界的底部，努力想要闖進來。她感覺到兩側的牆壁都打開了，空氣聞起來比較清新，或至少沒有那麼濃的硫磺味。而且又有另一個聲音，比剛才低沉的脈搏聲更近……是流水聲。

安娜貝斯的心臟怦怦跳。她知道出口很近了。如果眞能跑出黑夜大宅，或許他們就能把那一家子黑暗惡魔拋到後面去。

她開始加快腳步往前跑，而這意謂著她奔向了死亡，假如波西沒有阻止她的話。

⑱梅杜莎（Medusa），三位蛇髮女怪（Gorgon）之一，任何人只要看到她的臉就會變成石頭。

56 安娜貝斯

「安娜貝斯！」她的腳剛碰到落差的邊緣，波西及時把她拉回來。她差點就向前墜入誰知道是什麼的地方，幸虧波西抓住她，把她攬在懷裡。

「沒事了。」他保證說。

安娜貝斯把臉埋在波西的上衣裡，讓眼睛閉得緊緊的。她渾身顫抖，不只是因爲恐懼。波西的懷抱如此溫暖舒適，她好想永遠待在這裡，既安全又受到保護……可是現實不容許如此。她承受不起鬆懈下來的後果，她會不能任性地繼續倚靠在波西身上。波西也需要她。

「謝謝……」她慢慢從波西懷裡掙脫出來。「你感覺得到我們前方有什麼嗎？」

「有水，」他說：「我還沒有張開眼睛看，我想還不是很安全。」

「同意。」

「我可以感覺到有一條河流……或許是護城河。它擋住我們的去路，經由一條河道從左邊流到右邊，鑿穿岩石而過。對面大約有六、七公尺遠。」

安娜貝斯在心裡責罵自己。她也聽到流水聲，卻從來沒考慮有可能會一頭栽下去。

「有橋可以走嗎，還是……？」

「我想是沒有，」波西說：「而且裡面的水有問題，你聽。」

安娜貝斯專心聽著。在洶湧的湍湍流水中，可以聽到好幾千個聲音大聲喊叫，顯然是痛苦的尖叫聲，極力懇求憐憫。

「救命！」他們呻吟著：「那是意外！」

「好痛！」他們慟哭泣訴著：「停下來吧！」

安娜貝斯不需要睜開眼睛就能想像這條河流，是一條黑色的淚河，裡面滿是飽受折磨的靈魂，被沖入塔耳塔洛斯愈來愈深的地方。

「痛苦之河，」她猜測：「冥界的第五條河。」

「我比較喜歡地獄火河。」波西喃喃說著。

「受到詛咒的靈魂在這裡接受最終的懲罰，特別是謀殺別人的兇手。」

「謀殺別人的兇手！」河流嗚咽著說：「沒錯，就像你們！」

「加入我們吧，」另一個聲音喃喃說著：「你們沒有比我們好到哪裡去。」

安娜貝斯的腦中浮現一大堆影像，全是這幾年來她殺過的所有怪物。

「那才不是謀殺，」她抗議說：「我是保護我自己！」

河流改變了河道，流過她心中，讓她看見柔伊．奈施德；柔伊在塔瑪爾巴斯山遭到殺害，因爲她想從泰坦巨神的魔掌中救出安娜貝斯。

安娜貝斯也看到尼克的姊姊，碧安卡．帝亞傑羅，她死在金屬巨人塔羅斯崩垮裂解的碎片底下，因爲她也想要救安娜貝斯。

還有尤邁可和瑟琳娜．畢瑞嘉……他們都死於曼哈頓戰役。

「你大可避免這些事情發生，」河流告訴安娜貝斯：「你應該可以找出更好的方法。」

而在這一切之中，最痛苦的則是看到路克．凱司特倫。安娜貝斯還記得路克的鮮血留在她的匕首上，當時路克爲了阻止克羅諾斯摧毀奧林帕斯山而犧牲自己的性命。

「你的雙手沾滿他的鮮血！」河流嗚咽著說：「應該還有別的方法啊！」

安娜貝斯曾經好多次努力思考同樣的問題。她努力說服自己，路克的死不是她的錯，而是路克自己選擇那樣的命運。然而……她不知道路克的靈魂是否能在冥界找到平靜，也不知道他能否重生，還是早就因爲自身的罪孽被沖入塔耳塔洛斯。他很可能是流過眼前此地飽受折磨的聲音之一。

「你殺了他！」河流哭著說：「快跳進來，一起承擔他的懲罰吧！」

波西抓住她的手臂。「不要聽。」

「可是……」

「我知道，」他的聲音聽起來像薄冰那樣易碎。「他們也對我說同樣的事。我想……我想這條河流一定是黑夜女神領域的邊界，如果能跨過去，應該就沒事了。我們必須跳過去。」

「你說可能有六、七公尺寬耶！」

「沒錯。你一定要相信我。用雙手緊緊抱住我的脖子，千萬不要放開。」

「你怎麼可能……」

「在那裡！」他們背後有個聲音大叫：「殺了那兩個可惡的觀光客！」

妮克斯的孩子發現他們了。安娜貝斯伸手抱緊波西的脖子。「快走！」

安娜貝斯緊閉雙眼，只能猜想波西打算怎麼做，也許他要以某種方法運用河流的力量；說不定他只是嚇瘋了，導致腎上腺素爆衝。波西跳了出去，力道比她想像的還大得多。他們飛越空中，只聽見河流在下方翻騰、嗚咽，並濺起濃稠的水花，刺痛安娜貝斯的腳踝。

接著，砰的一聲！他們又在堅實的土地上了。

「你可以張開眼睛了。」波西說，一邊用力喘氣。「可是你不會喜歡眼前所看到的。」

安娜貝斯眨眨眼。經歷過妮克斯的黑暗後，即使只是塔耳塔洛斯的幽微紅光都幾乎令人眼盲。

他們眼前開展出廣大的山谷，大到足以容納整個舊金山灣區。整片大地傳來隆隆作響的聲音，彷彿地底下有打雷聲反覆迴盪。而在有毒的雲層下，綿延起伏的地形閃爍著紫光，並有暗紅色和藍色的線條狀疤痕。

「看起來像是……」安娜貝斯拚命壓抑內心的反感與嫌惡，「像是一顆巨大的心臟。」

「塔耳塔洛斯的心臟。」波西喃喃地說。

山谷的中央覆蓋著細微黑毛，帶有點點白斑。他們距離那裡非常非常遠，安娜貝斯過了好一陣子才意識到，她看見的其實是一批大軍，有好幾千個怪物，說不定有成千上萬個怪物，聚集在一個黑暗小點的周圍。距離實在太遠了，看不出細節，不過安娜貝斯很清楚那個小點會是什麼。即使身在山谷邊緣，她都能感受到它的力量在拉扯她的靈魂。

「那是死亡之門。」

「是啊。」波西的聲音啞啞的。他依舊顯現出形容枯槁的蒼白屍體模樣……這表示他看起來就像安娜貝斯感覺到的一樣好。

這時她才想到，她早就把後面的追兵忘得一乾二淨。「妮克斯怎麼了……」

她轉過身。不知爲何，他們竟然降落在距離痛苦之河岸邊幾百公尺的地方，只見那條河切過黑色的火山丘陵流過。在那後方什麼都沒有，只有一片黑暗。

沒有跡象顯示任何人在後面追趕他們，可見即使是妮克斯的手下都不願跨越痛苦之河。

她正準備問波西怎麼能夠跳那麼遠，這時她聽到左方的山丘傳來岩石崩落的聲音。她拔出古蛇龍骨劍，波西也舉起波濤劍。

一片閃亮的白髮出現在山脊上，接著是熟悉的臉孔和一雙清澈的銀色眼珠。

「鮑伯？」安娜貝斯實在太高興了，立刻跳起來。「噢，我的天神啊！」

「朋友們！」泰坦巨神踏著笨重的步伐走向他們。他的長柄刷上的鬃毛都燒光了，身上的工友制服也添了新的爪痕，不過他看起來很快樂。在他的肩膀上，貓咪小鮑伯的嗚嗚叫聲幾乎與塔耳塔洛斯的心臟跳動聲一樣巨大。

「我找到你們了！」鮑伯將兩人一把抱起，幾乎要壓斷他們的肋骨。「你們看起來好像虛無縹緲的死人，真是太棒了！」

「呃嗯，」波西說：「你怎麼來到這裡啊？也是穿過黑夜大宅嗎？」

「沒有，不是，」鮑伯堅決地搖搖頭。「那個地方太可怕了。有另一條路，只有泰坦巨神之類的適合走。」

「讓我猜猜看，」安娜貝斯說：「你從旁邊繞過去。」

鮑伯搔搔下巴，顯然一時語塞。「嗯，不是。比較像是……走對角線。」

安娜貝斯笑了出來。他們所在之處是塔耳塔洛斯的心臟，眼前面對的是一批不可能攻破的大軍，她願意接受任何一丁點的安慰。再次有泰坦巨神鮑伯與他們在一起，她高興到自己都覺得荒謬的地步。

她親吻鮑伯的巨神鼻子，令他猛眨眼。

「我們現在要一起前進？」鮑伯問。

「好呀，」安娜貝斯表示同意，「該來瞧瞧死亡迷霧是不是真的有用。」

「假如沒用……」波西隨即閉嘴。

現在質疑這件事根本沒意義。他們已經準備闖入敵人大軍了，如果有人看見他們，絕對必死無疑。

即使如此，安娜貝斯還是努力擠出微笑。目標已經在望，他們又有手握長柄刷的泰坦巨神在旁助陣，還有一隻吵死人的小貓作陪，這必定代表了某種意義。

「死亡之門，」她說：「我們來了。」

57 傑生

傑生不確定到底該期盼什麼才好：是暴風雨，還是火焰？

等待南風之神的每日覲見時，他想要判定天神究竟是羅馬人格還是希臘人格比較壞。但是在宮殿內待了五天之後，他只能確定一件事：他和夥伴們可能無法活著離開這裡。

他倚著陽台欄杆，空氣既炎熱又乾燥，幾乎把他肺裡的所有溼氣都吸乾了。才經過一星期，他的皮膚就晒黑了，頭髮也變得像玉米鬚一樣白。每次朝鏡子瞥一眼，他都會被自己那古怪、空洞的眼神嚇到，彷彿因為在沙漠裡迷路而瞎了眼睛。

下方三十公尺處，海灣的新月形紅色沙灘閃閃發亮。他們是在非洲北部海岸的某個地方，風精靈只肯對他透露這麼多的訊息。

宮殿本身朝他的左右兩側延伸出去，在砂岩峭壁上開鑿出許多廳堂、走道、陽台、柱廊和洞穴般的房間，形成蜂巢狀的結構，全是為了讓風貫穿其間、發出最巨大聲響而做的設計。不斷出現的管風琴聲讓傑生想起以前在科羅拉多州看過艾歐勒斯的漂浮島嶼，只不過這裡的風似乎一點都不急。

而這正是問題所在。

情況最好的幾天，南方的文圖斯既緩慢又慵懶；情況最差的時候，他們則憤怒地颳起陣陣強風。他們一開始很歡迎阿爾戈二號，因為與北風之神波瑞阿斯為敵的人就是南風之神的朋友，但他們似乎忘了這些混血人是客人。文圖斯很快就對幫忙修理船隻失去興趣，而每過一天，他們國王的心情似乎也變得愈來愈差。

在下方的碼頭邊，傑生的朋友們正在阿爾戈二號上奮力工作。主帆已經修好，索具全數換好，目前他們正在修補船槳。失去了里歐，他們沒有一個人知道該如何修理船上比較複雜的部分，即使有魔法桌巴福特和非斯都的協助也一樣（多虧派波的魅語，非斯都現在永遠活躍運作……所有人都搞不懂為何會這樣），然而大家還是奮力嘗試。

海柔和法蘭克站在舵輪旁，笨手笨腳地修理控制台。派波負責將他們的指令傳達給黑傑教練，他正懸掛在船身側邊，乒乒乓乓撬出船槳的凹陷處。黑傑教練實在很適合做這種敲敲打打的工作。

他們似乎沒有太大的進展，不過考慮到先前那樣的遭遇，整艘船沒有解體就已經是不幸中的奇蹟了。

傑生想到齊昂妮的攻擊，忍不住打了個寒顫。他當時束手就擒，不只一次而是兩次凍成冰棒，只能眼睜睜看著他們把里歐射向天際，而派波也被迫憑一己之力救出所有人。

真的要為派波所做的一切而感謝天神保佑。派波一直覺得自己很失敗，沒能阻止狂風炸彈爆炸開來；但事實上，她救了所有成員，使大家免於到魁北克去當冰雕。她也努力引導冰球的爆炸方向，因此即使船隻被推得越過半個地中海，相對來說也只受到最小的傷害。

在下方的碼頭旁，黑傑大喊：「來試試看吧！」

海柔和法蘭克拉動一些橫桿，結果左舷的船槳瘋狂運作，上上下下宛如波浪般划動。黑傑教練努力想要閃開，但一隻槳從後方打中他，把他轟向空中。他一邊墜落一邊尖叫，最後撲通一聲摔進海灣裡。

傑生嘆了一口氣。照這樣的進度，他們永遠不可能啓航，就算南方的文圖斯特別准許也不行。在北方某處，蕾娜正飛往伊庇魯斯，如果她已經在戴克里先的宮殿取得他留下的紙條的話。里歐失蹤了，而且生死未卜。至於波西和安娜貝斯……嗯，最好的情況當然是他們還活著，正奮力前往死亡之門。傑生不能讓他們失望。

一陣沙沙聲讓他轉過身，尼克．帝亞傑羅站在最近一根柱子的陰影下。他竟然沒有穿外套，只穿著黑色T恤和黑色牛仔褲，腰帶的兩側分別掛著他的劍和戴克里先的權杖。

在豔陽下暴晒幾天並沒有讓他皮膚晒黑，看起來甚至更加蒼白。他的黑髮垂下來蓋住眼睛，臉龐依然憔悴枯瘦，不過模樣絕對比剛離開克羅埃西亞時好多了。他的體重重了些，看起來不再像營養不良，兩隻手臂也意外地長出肌肉，彷彿過去一星期都在揮劍打鬥似的。就傑生所知，尼克常溜去練習使用戴克里先的權杖召喚靈魂，然後與他們對打練招。自從遠征史匹列特之後，沒有任何事情可以嚇倒他了。

「國王有沒有說什麼？」尼克問。

傑生搖搖頭。「每一天，他都愈來愈晚召喚我了。」

「我們得離開了，」尼克說：「要快一點。」

傑生當然也有同樣的感覺，但聽到尼克說出來，讓他更急迫了。「你感覺到什麼事嗎？」

「波西很靠近死亡之門了，」尼克說：「如果他要活著穿越死亡之門，一定會需要我們。」

傑生注意到他沒提到安娜貝斯，他決定不要談這件事。

「好吧，」傑生說：「可是如果我們修不好這艘船……」

「我答應要帶你們去冥王之府，」尼克說：「無論如何我都要做到。」

「你不可能帶我們所有人做影子旅行，而且是要讓我們所有的人都到達死亡之門。」

戴克里先權杖頂端的圓球突然發出紫光。過去這一個星期，它似乎會配合尼克．帝亞傑羅的情緒。傑生不太確定這是好事。

「那麼，你就必須說服南風之王提供協助，」尼克的聲音因爲生氣而激動，「我大老遠跑這麼一趟，不是要來忍受這麼多羞辱……」

傑生必須刻意忍住拔劍的念頭。尼克每一次發怒，傑生就會直覺想要尖叫：危險！

「尼克，聽好了，」他說：「如果你想找人談談，我願意奉陪，你也知道在克羅埃西亞發生了什麼事。我知道那有多難……」

「你什麼都不了解。」

「沒有人會想批評你。」

尼克嘴角扭曲，露出冷笑。「眞的嗎？只有剛開始的時候是那樣。我是黑帝斯的兒子啊，傑生。我身上不時會被扔鮮血或穢物，人們都是那樣對待我的。我不屬於任何地方，甚至不該活在這個時代。但即使這樣，我還是不能置身事外。我非得要……非得要……」

「兄弟！這不是要叫你做選擇，而是關於你是誰。」

「只是關於我是誰……」陽台震動了起來，石頭地板的花樣開始變化，似乎有許多骨骸要從地表冒出來。「你說得倒容易啊。你是每個人心目中的黃金男孩，是朱比特的兒子。唯一眞心接納我的人只有碧安卡，而她死了！這些全都不是我自己選的，我父親，我的感情……」

傑生努力想要說些話，他想成爲尼克的朋友，也知道這是唯一能夠幫助他的方法，但尼克不會輕易接受。

他舉起雙手作勢投降。「是啊，好吧。不過尼克，你確實能選擇要怎麼過自己的人生。你想要信任某個人嗎？也許可以冒一點險，接受我眞的是你朋友，而我也接受你。這樣比自己一個人躲起來要好吧。」

他們之間的地板裂開一個大口，裂隙嘶嘶作響。尼克四周的空氣散發出幽靈般的光芒。

「躲起來？」尼克的聲音宛如死亡般平靜。

傑生的手指好想伸去拔劍。他曾遇過一大堆可怕的半神半人，但直到現在才意識到，尼克．帝亞傑羅就像他表面所見的蒼白和枯瘦，也恐怕不是傑生所能相處、對待的。

無論如何，他還是迎向尼克的目光。「是啊，躲起來。你曾經逃離兩個營區。你太害怕遭人排擠，因此連試試看都不願意。也許你該從陰影裡走出來了。」

就在兩人之間的緊繃狀態變得難以忍受時，尼克突然垂下眼睛。陽台地板的裂隙閉合起來，鬼魅般的光線也逐漸淡去。

「我準備要實踐我的諾言。」尼克說，他說話的音量比喃喃自語大不了多少。「我會帶你們去伊庇魯斯，也會幫你們關上死亡之門。然後就結束了，我會離開，永遠離開。」

在他們背後，王座室的門扉突然打開，隨之而來的是一股灼熱的風。

一個感覺很超現實的聲音說：「奧斯特國王現在要見你。」

雖然要親赴一場可怕的會面，傑生還是覺得鬆了一口氣。就這一刻來說，與一個瘋瘋癲癲的風神討價還價，似乎要比和黑帝斯的憤怒兒子建立友誼來得安全。他轉身要對尼克說再見，尼克卻已經不見了，他與黑暗融合爲一。

58 傑生

所以今天是暴風雨日。奧斯特，就是南風之神的羅馬人格，今天負責接見傑生。兩天前，傑生曾與諾特斯商談。天神的希臘人格火熱激烈，也很易怒，但至少反應很快。而奧斯特呢……嗯，就沒那麼快了。

王座室內排列著白色與紅色的大理石柱，粗糙的砂岩地板在傑生的鞋子底下冒著煙。空氣中瀰漫蒸氣，讓人回想起朱比特營的蒸氣浴室，只不過浴室的天花板通常不會有大雷雨轟隆作響，也不會有閃電從四面八方將整個房間驟然劃亮。

在紅色塵雲和灼熱空氣的包圍下，南方的文圖斯宛如旋風一般進入大廳。傑生很小心地避開牠們。第一天來到這裡時，他的手曾經不小心摸到其中一個文圖斯，結果起了好多水泡，手指頭變得像章魚腳。

房間的最尾端有個傑生這輩子所見過最奇怪的王座，是由等比例的火和水組成。底座是一個火堆，火焰和煙霧盤繞而上形成座位。椅子的靠背是一團洶湧翻騰的暴風雨雲，兩邊的扶手則是溼氣遇上火焰的地方，不時嘶嘶作響，看起來不會很舒適，但奧斯特懶洋洋地躺在上頭，彷彿準備消磨一整個下午觀賞一場足球賽。

如果站起來，他肯定有三公尺高。一頂蒸氣皇冠戴在他蓬亂的白髮上，他的鬍子是由雲朵構成，不時爆出閃電，而且降雨在天神的胸膛，讓他身上那件沙土色的長袍溼答答的。傑生很想知道他會不會刮那些雷雨雲鬍子。他心想，一天到晚下雨在自己身上應該很討厭吧，然而奧斯特似乎一點也不在意。他令傑生聯想到渾身溼答答的聖誕老人，不過這一位沒有呵呵笑，而是懶洋洋的模樣。

「所以……」天神的聲音宛如逐漸進逼的鋒面般隆隆作響。「朱比特之子回來了。」

奧斯特的語氣聽起來像是在抱怨傑生遲到了。傑生很想提醒這愚蠢的風神，他每天都在外面花好幾個小時等待召喚啊，不過他只是鞠了個躬。

「國王，」他說：「您是否接收到我朋友的任何訊息？」

「朋友？」

「里歐．華德茲，」傑生努力保持耐心，「讓風帶走的那一位。」

「喔……是的。應該說，沒有。我們沒有收到任何消息。他不是讓『我的』風帶走的，毫無疑問是波瑞阿斯或他孩子的傑作。」

「嗯，是，我們知道。」

「那當然是我接納你們的唯一理由，」奧斯特挑了挑掩蓋在蒸氣皇冠底下的眉毛，「絕對要與波瑞阿斯對抗到底！一定要把北風趕回去！」

「是的，國王。但如果要對抗波瑞阿斯，真的需要讓我們的船離開港口。」

「港口裡的船！」天神靠回椅背上咯咯發笑，雨水也從鬍子裡噴出來。「你可知道上一次有凡人的船開進我港口是什麼時候的事嗎？那是利比亞的一個國王……他叫塞悠洛斯。他怪我吹太多灼熱的風，把他的農作物都烤焦了。你相信有這種事嗎？」

傑生咬緊牙關，他早就知道不能催促奧斯特。奧斯特處於下雨模式時，整個人既懶散、激動又善變。

「那麼國王，你眞的把那些農作物烤焦了嗎？」

「當然啦！」奧斯特露出和藹的微笑。「可是塞悠洛斯到底在想什麼？竟然把農作物種在撒哈拉沙漠邊緣。那個笨蛋派出整個艦隊來攻打我，想摧毀我的堡壘，要讓南風再也吹不起來。當然，我摧毀了那整個艦隊。」

「那是當然的了。」

奧斯特瞇起眼睛。「你和塞悠洛斯不是同一夥的吧？」

「不是，奧斯特國王。我是傑生・葛瑞斯，父親是……」

「朱比特！當然是囉。我喜歡朱比特的兒子。不過，你們爲什麼還在我的港口裡？」

傑生強壓內心的嘆息。「國王，我們沒有得到您說可以離開的許可啊。況且，我們的船隻受創嚴重，急需我們的機械師修理引擎，也就是里歐・華德茲，除非您知道有其他方法。」

「嗯。」奧斯特舉起手，讓一團塵捲風在指間旋轉，轉得很像一支權杖。「你也知道，人們指責我太善變。有些時候我會吹出灼熱的風，毀了農作物，就像從非洲吹向南歐西洛可的風那麼乾燥炎熱！其他時候我也很溫和，送出溫暖的夏日雨水和地中海南部的涼霧。而在淡季的時候，我讓墨西哥的坎昆變成很美好的地方！不管怎樣，在古代的時候，凡人對我愛恨交加。而對天神來說，難以預測也是一種力量。」

「那麼，您的力量眞的很強大。」傑生說。

「謝謝你！沒錯！但對半神半人來說就不一樣了。」奧斯特傾身向前，兩人的距離近到傑生都能聞到雨溼田野和炎熱沙灘的氣息。「傑生・葛瑞斯，你讓我想起自己的孩子。你一直隨風飄盪。你優柔寡斷，日復一日改變心意。假如你能隨心所欲改變風向，那道風會往哪個方向吹呢？」

汗水從傑生的肩膀往下流。「抱歉，您說什麼？」

「你說你需要領航員，需要我的許可。我說你其實兩者都不需要。你該選擇一個方向了。一道漫無目標的風，對任何人都沒有用處。」

「我不……我不懂。」

傑生雖然這樣說，但其實他懂了。尼克曾說過他自己不屬於任何地方，至少他無牽無掛、沒有束縛，可以前往自己選擇的任何地方。

好幾個月以來，傑生一直掙扎著思考自己的歸屬究竟在哪裡。他總是焦躁地對抗朱比特營的傳統，對抗高壓統治和明爭暗鬥。不過蕾娜是個好人，她需要傑生的協助。如果他轉身不理會蕾娜……像屋大維那樣的人就會接手掌權，把傑生所愛的新羅馬的一切全都毀了。他真的能夠自私地離開嗎？這種想法所產生的罪惡感壓垮了他。

但在內心深處，他最想待的地方其實是混血營。他在那裡與派波和里歐相處了幾個月，那段時間他覺得比較滿足，比他在朱比特營度過的所有時光都要「正常」許多。此外，在混血營，他至少可能有機會見到父親。天神們幾乎不曾在朱比特營停留或打聲招呼。

傑生猶豫不決地深吸一口氣。「是的，我知道自己想要選擇的方向。」

「很好！然後呢？」

「呃，我們還是需要找方法把船修好，有沒有……？」

奧斯特舉起一根食指。「還想從風神的身上尋求指引嗎？朱比特之子應該會知道得更清楚才是啊。」

傑生遲疑了一會兒。「奧斯特國王，我們要走了。今天就走。」

風神笑了，向他伸開雙臂。「至少你大聲說出自己的目的！那麼你就得到了我的允許可以離開了，雖然其實你根本不需要這個允許。那麼，現在沒有機械師、引擎沒有修好，你要怎麼啓航呢？」

傑生感覺到四周包圍著南風，宛如恣意妄爲的野馬嘶嘶出聲挑釁，要測試他的意志到底有多堅定。

他等待了一整個星期，期盼奧斯特決定出手幫忙；過去幾個月來，他一直很煩惱自己對朱比特營的義務與責任，期盼未來的路會變得比較明確一點。而此刻，他終於明白，他只需要選擇自己想要走的路就行了。他必須控制風，這是唯一的方法。

「你必須幫助我們，」傑生說：「你的文圖斯可以變成馬的形態，組成一整隊就可以拉動阿爾戈二號。他們會幫我們帶路找到里歐。」

「太好了！」奧斯特眉開眼笑，鬍子發出陣陣閃電的光芒，「現在……你可以實現這些大膽的話嗎？你可以控制自己所要求的事，還是會遭到徹底擊潰呢？」

天神拍拍雙手。他的王座四周旋轉起一道道的風，隨即變成一個個馬形。這些馬匹不像傑生的朋友「暴風雨」那麼黑暗、冰冷，南風之神的馬是由火焰、砂石和熱帶雷雨所構成牠們總共有四匹，散出的熱力把傑生手臂上的細毛都烤焦了。這些馬繞著大理石柱飛奔，不時噴出火焰，嘶嘶作響的聲音很像噴砂機，而且愈跑就顯得愈狂野。牠們看著傑生。

奧斯特摸摸他的下雨鬍子。「小兄弟，你知道文圖斯爲什麼可以變成馬的形態嗎？我們風神有時候會以馬的形狀行過大地，於是大家都知道，我們不時會生下速度最快的馬兒。」

「謝謝您，」傑生低聲說，雖然他因為害怕而牙齒打顫，「提供了那麼多資訊。」

其中一個文圖斯衝向傑生，他連忙閃到一旁，但衣服依舊因為馬兒在附近嘶嘶叫而冒起煙來。

「有時候啊，」奧斯特興致勃勃地繼續說：「凡人會發現我們神聖的血統，於是他們說：『那匹馬跑起來像風一樣。』這很合情合理吧。這些文圖斯就像速度最快的駿馬，牠們都是我的孩子！」

這些風馬開始繞著傑生跑。

「就像我的朋友『暴風雨』。」傑生大膽地說。

「喔，嗯……」奧斯特沉下臉。「那一個恐怕是波瑞阿斯的孩子。你是怎麼馴服他的，我怎麼樣也想不透。這些是我自己的後代，一組優秀的南風。傑生．葛瑞斯，好好控制牠們，牠們會把你的船拉出港口。」

好好控制牠們，傑生心想。是喔，好吧。

四匹馬跑前跑後，既激動又狂熱。就像牠們的主人南風之神一樣，這些馬既矛盾又衝突，有一半是乾燥炎熱的西洛可風，另一半則是猛烈的暴風雨雲。

我需要速度，傑生心想。我需要目標。

他想像著諾特斯，也就是南風之神的希臘人格。諾特斯非常憤怒，但速度奇快。

就在這一刻，他選擇了希臘。他決心與混血營的命運聯繫在一起。結果那些馬變了，牠們體內的暴雨雲團蒸發殆盡，只剩下紅色的塵土和微亮的熱氣，看起來就像撒哈拉沙漠上的海市蜃樓。

「做得好。」天神說。

如今王座上坐著的是諾特斯，一個古銅色皮膚的老人，身穿火一般燃燒的希臘長袍，頭上戴的是枯萎冒煙的大麥王冠。

「你還在等什麼呢？」天神催促他。

傑生轉身面對那些風一般的火熱駿馬，突然間，他再也不怕牠們了。

他伸出手，一道旋轉的塵土射向最靠近的一匹馬，於是一條由風構成、扭轉起來比任何龍捲風還緊的套索套到那匹馬的脖子上。風也形成一副轡繩，控制那頭野獸站立不動。

傑生又召喚出另一套風索。他鞭打第二匹馬，以意志力束縛牠。於是不到一分鐘，他已經將四個文圖斯都拴好了轡繩。傑生駕馭好四匹馬，雖然牠們依舊嘶聲鳴叫、猛然拱背跳躍，卻無法掙脫傑生的繩索。這很像是在強風中同時操控四個風箏；沒錯，很困難，但並非不可能辦到。

「傑生．葛瑞斯，非常好，」諾特斯說：「你是朱比特之子，然而選擇了自己的道路，如同在你之前所有偉大的半神半人。你無法控制自己的出身與血脈，卻可以選擇自己想要留下的事物。好了，去吧。在船頭好好駕馭你的馬群，指揮牠們前往馬爾他共和國。」

「馬爾他？」傑生想要集中注意力，但馬兒的熱度讓他頭昏腦脹。他對馬爾他一無所知，隱約只記得馬爾他之鷹的故事。難道馬兒是在馬爾他發明出來的嗎？

「等你到了馬爾他的瓦萊塔市，」諾特斯說：「就不再需要這些馬了。」

「您的意思是說……我們會在那裡找到里歐？」

天神微微發光，在陣陣熱浪中慢慢消失。「傑生．葛瑞斯，你的命運變得愈來愈清楚了。等到要再次做出選擇的時候，也就是要選擇暴風雨或火焰那時，請想想我。而且不要喪失你的信心。」

王座室的門突然打開，四匹馬一聞到自由的氣味，立刻衝出門外。

59 傑生

十六歲的時候，大多數孩子的壓力來自路邊停車考試、想辦法拿到駕駛執照，以及如何弄到一輛車。

傑生的壓力則來自如何以風索控制一群激動的馬匹。

傑生在確定朋友們都已經上船、並安全待在甲板下面之後，他用繩索把文圖斯固定在阿爾戈二號的船頭（非斯都對此並不怎麼高興），讓牠們分立在船首破浪神雕像的兩旁，然後大喊：「跑啊！」

文圖斯破浪前進。牠們的速度沒有像海柔的馬阿里昂那麼快，但散發出更多熱力，在背後揚起一大團像公雞尾巴的蒸氣雲，害傑生幾乎快要看不見他們前進的去路。船隻直直衝出海灣，過不了多久，非洲已經是他們背後地平線上一條模糊的輪廓線了。

光是要控制風索，傑生就耗盡了所有的注意力。馬匹們拉緊繩索，幾乎隨時都要脫韁而去，傑生只能靠意志力抑制牠們的行動。

「馬爾他，」他命令說：「直直前往馬爾他。」

陸地終於出現在遠方，那是一座丘陵起伏的島嶼，散布著低矮的石造建築。這時傑生已經全身是汗，覺得自己的手臂像橡皮一樣無力，就好像朝前方伸直手臂舉了很久的啞鈴。

傑生希望他們到達正確的地方，因爲他實在無力繼續控制這群馬了。他放開風索，只見那群文圖斯飛散成沙子和蒸氣，隨風飄逝。

傑生筋疲力竭，從船頭爬下來，靠在非斯都脖子上。金屬龍轉過來，用下巴摟一摟他。

「老兄，謝了，」傑生說：「痛苦的一天，對吧？」

在他背後，甲板上的活板門嘎吱打開。

「傑生？」派波叫：「噢，天神啊，你的手臂……」

他根本沒注意到，原來手臂的皮膚上布滿一大堆水泡。

派波打開一塊神食。「吃這個。」

他嚼了一口，嘴裡滿是新鮮布朗尼蛋糕的味道，這是他在新羅馬麵包店最喜歡的美食。手臂上的水泡漸漸消褪，力氣也恢復了，然而布朗尼神食的滋味吃起來變得比平常要苦，彷彿連它也知道傑生即將背棄朱比特營而去。如今吃起來再也不是家鄉的滋味了。

「派波，謝謝，」他低聲說：「我花了多久……？」

「大概六小時。」

哇，傑生心想。難怪他覺得痠痛又飢餓。「其他人呢？」

「都很好，一直擠在小空間裡，大家都累了。我該不該告訴他們現在安全了，可以到甲板上面來？」

傑生舔舔乾燥的嘴唇。儘管吃了神食，他還是覺得很不安，並不想讓其他人看到他這個模樣。

「給我一點時間，」他說：「……讓我喘一口氣。」

派波靠在他身上。她穿著綠色背心、米黃色短褲、登山鞋，看起來像是準備要去爬山，然後在山頂上迎戰一群大軍。她的匕首固定在腰帶上，豐饒角掛在一邊肩膀上，還佩戴一把青銅鋸齒劍，是從波瑞阿茲兄弟中的齊特士那裡拿來的。那把劍看起來令人生畏，只比突擊步槍稍微好一點而已。

他們停留在奧斯特宮殿期間，傑生看著派波和海柔花費好幾個小時練劍，這是派波以前從來不感興趣的事。自從與齊昂妮交過手以後，派波似乎比較激動，內心變得像投石器一樣緊繃，彷彿她下定決心再也不要毫無防備能力。

傑生理解那種心情，不過他擔心派波對自己太過嚴苛。沒有人可以隨時隨地對任何事情做好準備；這一點他最了解，例如最近一次戰鬥，他就變成一張冷凍乾燥過的地毯，毫無用武之地。

他必然是一直盯著派波看，因爲她做了個欣然會意的嘻笑表情。「嘿，我很好啦。我們大家都很好。」

她踮起腳尖吻了傑生，給他的感覺就像神食一樣美妙。她的眼睛帶有那麼多種色彩斑點，傑生沒辦法一整天盯著看，還仔細研究其中的色彩變化，如同人們端詳北極的極光那樣。

「我有你眞是太幸運了。」他說。

「是啊，你眞的是。」她輕輕推開傑生的胸膛。「好啦，我們要怎麼樣讓這艘船靠到碼頭邊呢？」

傑生望著眼前水域，皺起眉頭。他們距離島嶼大約還有八百公尺遠，他實在不曉得是否能讓引擎運作，還是得利用船帆……

幸好非斯都聽見他們的談話了。它面向前方，噴出一道火焰。只聽見船的引擎發出喀噠一聲，開始嗚嗚作響，聲音聽起來很像一輛鍊條故障的巨大腳踏車。不過，船身搖搖晃晃地前進了。慢慢地，阿爾戈二號朝向岸邊航行。

「真是一條好龍。」派波拍拍非斯都的脖子。

龍的紅寶石眼睛發出亮光，似乎對自己感到很得意。

「你喚醒它以後，它似乎變得不太一樣了。」傑生說：「變得比較像……活的。」

「它本來就應該是這樣啊，」派波笑著說：「我想啊，每隔一陣子，我們所有人都需要讓愛我們的人來喚醒一下。」

站在她旁邊，傑生覺得太美好了，幾乎可以想像未來他們一起在混血營的生活，等到戰爭全部結束之後，假如兩人都還活著，假如還有個營區可以回去的話。

「等到要再次做出選擇的時候，」諾特斯曾對他這麼說：「也就是選擇暴風雨或火焰那時，請想想我。而且不要喪失你的信心。」

他們距離希臘愈近，害怕的感覺就愈來愈深植於傑生的內心。他忍不住開始想，說不定派波對預言中那句「暴風雨或火焰」的解讀是對的，也就是傑生或里歐的其中一人，可能不會在這趟旅程中活著回去。

正因爲如此，他們非找到里歐不可。無論傑生再怎麼熱愛自己的生命，都不能讓朋友爲了他而失去性命。他不可能懷抱那樣的罪惡感繼續活下去。

他當然希望自己是錯的。他希望兩人都能從任務中順利脫身，但如果不行，傑生必須做好準備。他會好好保護自己的朋友，並阻止蓋婭，無論發生什麼樣的事。

不要喪失你的信心。

是啦，一個永恆不死的風神說這樣的話還眞容易。

隨著島嶼愈來愈近，傑生看到碼頭旁船帆林立。岩石岸邊豎立著堡壘般的海堤，大約有十五到十八公尺高。在那道海堤的上方，有個看似中世紀建立的城市分布開來，可以看到教堂的尖塔和圓頂，以及許多緊密排列的房屋，全都以同樣的金色石材建造而成。從傑生站立的地方看去，整個城市幾乎覆蓋了島上的任何一寸空間。

他掃視港口內停泊的船隻。前方大約一百公尺處，有一艘臨時拼湊出來的木筏繫在最長一段碼頭的末端，木筏上只有簡單的桅杆和正方形的船帆，而船尾的方向舵似乎連線到某種機器上。即使從這麼遠的地方看去，傑生都可以看到神界青銅的閃亮光澤。

傑生笑了。只有一個混血人做得出那樣的船，而且他會把船盡可能停泊在港口最外側，讓阿爾戈二號不會看不到它。

「快去叫其他人，」傑生對派波說：「里歐在這裡。」

60 傑生

他們在城市堡壘的最高點找到里歐。他坐在一個露天咖啡座，一邊俯瞰大海、一邊啜飲咖啡，而他身上穿著……哇噢，時間倒轉了嗎？里歐的穿著打扮與他們第一天到混血營時他所穿的衣服一模一樣：牛仔褲、白上衣，以及一件老舊的軍用夾克，只不過那件夾克應該早在幾個月前就燒壞了。

派波衝上去抱住他，把他撞得差點跌下椅子。「里歐！天神啊，你到底去哪裡了？」

「華德茲！」黑傑教練笑著說，然後他似乎想起自己以很會保護人而聞名，於是勉強沉下臉。「你這個小渾蛋，下次敢再這樣消失不見試試看，我會一直揍你揍到下個月！」

法蘭克用力拍打里歐的背，力氣大到讓里歐身體一縮。就連尼克也跑來跟他握手。海柔親吻里歐的臉頰。「我們以為你死了！」

里歐勉強擠出一絲笑容。「嘿，大夥兒。不，不，我很好啦。」

傑生看出他其實不好。里歐沒有迎上他們的目光，兩隻手靜靜放在桌上。里歐的手從來不會靜下來的。他身上源源不絕的能量似乎漏光了，取而代之的是一種留戀而憂愁的悲傷。

不知為何，傑生覺得里歐的表情似曾相識。然後他才意識到，尼克．帝亞傑羅在沙隆納的廢墟面對丘比特之後，臉上也顯現同樣的神情。

里歐是因為感情而苦惱。

其他人忙著從旁邊的桌子附近抓來椅子時，傑生靠到里歐身邊，捏捏他朋友的肩膀。

「嘿，老兄，」他說：「你怎麼了？」

里歐的視線掃過大夥兒。訊息很清楚了：不要在這裡談，不要在所有人面前談。

「我被放逐到孤島上，」里歐說：「說來話長。你們大家怎麼樣？齊昂妮後來怎麼了？」

黑傑教練不屑地哼了一聲。「怎麼了？要問派波！我告訴你，這女孩超厲害！」

「教練……」派波出聲抗議。

黑傑開始講述整個過程，不過在他的版本中，派波是個功夫高強的殺手，而且他講波瑞阿茲兄弟的部分還比較多。

教練滔滔不絕時，傑生很關心地看著里歐。這個咖啡座可以看到很棒的港口景致，里歐一定早就看到阿爾戈二號開進港口，然而他還坐在這裡喝咖啡（其實他根本不喜歡喝咖啡），等著大家來找他，這完全不像里歐的作風。那艘船是他生命中最重要的東西，一看到那艘船要來救他，他應該會衝下去跑到碼頭，跑得上氣不接下氣才對。

黑傑教練正要講到派波如何來個迴旋踢、把齊昂妮打得滿地找牙時，派波打斷他的話。

「教練！」她說：「根本不是那樣啦，如果沒有非斯都，我什麼事都辦不到。」

里歐睜大眼睛。「可是非斯都沒有啓動啊。」

「嗯，說到那個，」派波說：「我算是把它叫醒了吧。」

這時換派波從她的角度解釋過程的來龍去脈，說明她如何用魅語重新啓動金屬龍。

里歐的手指在桌上敲啊敲，似乎原本的一些能量稍微恢復了。

「應該不可能啊，」他喃喃說著：「除非做了一些升級的工作，讓它能夠回應語音指令。

不過如果它眞的永久活起來了，就表示導航系統和水晶……」

「水晶？」傑生問。

里歐退縮了一下。「嗯，沒什麼啦。總之，那個狂風炸彈爆開之後怎麼了？」

這時換成海柔接手敘述。有個女服務生走過來，拿了菜單給他們看。過沒多久，他們便大嚼三明治配汽水，幾乎像一群普通青少年一樣享受燦爛陽光。

法蘭克從面紙盒底下拉出一本觀光客手冊開始閱讀。派波拍拍里歐的手臂，似乎還不敢相信他眞的在這裡。尼克站在他們這群人旁邊，看著來來去去的行人，好像那些人全是敵人。黑傑教練則津津有味地把玩鹽罐和胡椒罐。

儘管開心團聚，每個人看起來還是比平常壓抑些，有點像是顧忌里歐的心情。傑生從來沒有眞正體會到里歐的幽默感對大家有多麼重要；即使事情變得超級嚴重，他們也總是仰賴里歐讓氣氛輕鬆一點。然而現在，感覺像是整個小組已經抛錨了。

「於是接下來，傑生駕馭那群文圖斯，」海柔終於說完故事，「我們就在這裡啦。」

里歐吹了聲口哨。「熱氣膨風馬？眞是見鬼了，傑生。所以基本上，你等於拉著一團熱氣，一路來到馬爾他，然後讓它散掉囉。」

傑生皺起眉頭。「你也知道，如果用的是你說的那種方法，其實根本就不神勇。」

「嗯，也是，我才是膨風的專家吧。我還是搞不懂，爲什麼是馬爾他？我坐在那艘木筏，有點像偶然間到了這裡，但這到底是隨機發生的，還是……」

「也許是因爲這個。」法蘭克拍拍他那本手冊。「這裡說，馬爾他是卡呂普索住的地方。」

里歐整張臉刷地變白，像是流掉了一整個酒杯的血液。「你……你說什麼？」

法蘭克聳聳肩。「根據這裡寫的，她的家鄉是在一個叫哥佐的島嶼，就在這裡北邊一點。卡呂普索是個希臘神話故事，對吧？」

「啊，希臘神話故事！」黑傑教練搓搓雙手。「也許我們得和她打一架！我們要去打她了嗎？因爲我準備好了。」

「不，」里歐低聲說：「不，教練，我們不必去打她。」

派波皺起眉頭。「里歐，到底怎麼了？你看起來……」

「沒什麼！」里歐突然站起來。「嘿，我們該走了，還有工作要做！」

「可是……你到底去了哪裡？」海柔問：「你在哪裡得到那些衣服？你怎麼……」

「老天爺，小姐們！」里歐說：「我很感謝大家的關心，可是我不需要多兩個老媽！」

派波有點猶豫地笑笑。「好吧，可是……」

「有船要修啊！」里歐說：「非斯都也要檢查一下！大地女神都要往我們臉上揍一拳了！大家還在等什麼？里歐回來了！」

他伸開雙臂，笑了起來。

他努力表現得很勇敢，但傑生看得出來，悲傷在他的眼中徘徊不去。他一定發生了什麼事……與卡呂普索有關。

傑生努力回想卡呂普索的故事。她好像算是某種女巫，也許像梅蒂亞或賽西⑲。但是里歐

⑲ 賽西（Circe），是希臘神話中最著名的女巫，能用魔法和藥草把人變成各種動物。參《妖魔之海》二二五頁，註㊺。

如果能從某個邪惡女巫的巢穴逃出來，爲什麼會那麼悲傷？等過一陣子，他一定要找里歐談談，確定他的好兄弟沒事才行。現在這時候，里歐顯然不想受到質問。

傑生站起來，拍拍里歐的肩膀。「里歐說得對，我們該走了。」

所有人都明白了。大家開始打包食物，喝完手上的飲料。

突然間，海柔驚訝得倒抽一口氣。「各位……」

她指著東北方的地平線。剛開始，除了大海之外，傑生什麼都沒看到。然後有一條黑帶射入空中，像是一道黑色閃電，彷彿純然的黑夜將白晝撕扯開來。

「我什麼都沒看到啊。」黑傑教練咕噥著說。

「我也沒看到。」派波說。

傑生一一檢視朋友們的臉。大多數人看起來很困惑，尼克似乎是其他人中唯一注意到黑閃電的人。

「那不可能是……」尼克低聲說：「希臘還遠在好幾百公里以外啊。」

黑暗再度閃現，讓地平線短暫喪失色彩。

「你認爲那是伊庇魯斯嗎？」傑生全身的骨頭刺痛，感覺很像有一千瓦的電流擊中他的身體。他不知道自己爲什麼能看到那些黑暗閃電，他又不是冥界的孩子，可是這讓他有很不好的預感。

尼克點點頭。「冥王之府有事打開了。」

幾秒鐘之後，一陣隆隆聲響籠罩他們上方，很像從遠方傳來的大砲聲。

「開始了。」海柔說。

「什麼開始了？」里歐問。

下一道閃電劃過時，海柔的金色眼睛驟然變暗，很像錫箔紙著了火。「蓋婭的最後一波攻勢，」她說：「死亡之門正在加班運作，她的武力正大舉進入凡人世界。」

「我們絕對打不過，」尼克說：「等我們到達那裡，怪物的數量會多到沒辦法對抗。」

傑生咬緊牙關。「我們會打敗他們。所以要快點到達那裡才行。現在里歐回來了，他會讓我們很快到達那裡。」

傑生轉身看著他這位朋友。「還是只要膨風一下就夠了？」

里歐努力擠出笑容，一雙眼睛似乎要說：謝謝。

「各位少男少女，該起飛了，」他說：「里歐叔叔的袖子裡還藏著幾個把戲喔！」

61 波西

波西還沒有死，不過已經累得像行屍走肉。

他們跋涉前往塔耳塔洛斯的心臟地帶時，他一直低頭看著自己，心裡疑惑那怎麼可能是他的身體。他的手臂看起來像包覆著漂白皮革的棍子，骨瘦如柴的雙腳每走一步似乎就化爲煙霧。他或多或少已經學會在死亡迷霧裡正常行動，但這團魔法防護罩讓他覺得自己好像裹著一層氦氣。

他很擔心死亡迷霧會永遠附著在自己身上，即使他們最後想辦法逃離了塔耳塔洛斯。他可不希望下半輩子看起來都像影集《陰屍路》裡的臨時演員啊。

波西想辦法把注意力轉到其他事物，可是往四面八方看去都不安全。

在他腳下，地面閃爍著噁心的紫光，都是正在跳動的網狀血管。在血紅色雲霧的黯淡紅光裡，裹著死亡迷霧的安娜貝斯看起來很像剛復活的殭屍。

而在他們的正前方，有著最令人意志消沉的景象。

一大群各式各樣的怪物散布延伸到遠方的地平線，包括一群有翅膀的艾爾瑞娥、一夥笨重的獨眼巨人，還有一團又一團飄在空中的邪惡精靈。幾千個壞蛋，說不定有上萬個，全都焦躁不安地動來動去，爲了爭取空間彼此不斷推擠、咆哮、打鬥，就像學校班級之間的置物櫃區擠了太多人，而所有學生都是可怕惡霸的突變種，身上氣味聞起來也超級臭。

鮑伯帶他們走向大隊怪物的邊緣地帶。他完全沒有想要掩藏形跡，並不是說這樣做有任何用處；不過身爲三公尺高的大個子，全身又發出閃閃銀光，鮑伯實在不太能做出鬼鬼祟祟的事。

走到距離最靠近的怪物約三十公尺處，鮑伯轉身面對波西。

「保持安靜，待在我後面，」他建議，「他們不會特別注意我。」

「希望是。」波西低聲說。

泰坦巨神肩膀上的小鮑伯從打盹中醒過來。牠以地震般的聲音嗚嗚叫，拱起背，然後變成骷髏狀，再變回一團小毛球。至少牠沒有顯得很緊張的樣子。

安娜貝斯檢視自己的殭屍手。「鮑伯，如果我們隱形了……你又怎麼看得見我們？我的意思是，按照規矩來說你是，你也知道……」

「沒錯，」鮑伯說：「不過我們是朋友。」

「妮克斯和她的孩子們也看得見我們。」安娜貝斯說。

鮑伯聳聳肩。「那裡是妮克斯的地盤，那不一樣。」

「呃……是喔。」安娜貝斯聽起來不是很放心，不過他們都來到這裡了，已經沒有選擇的餘地，只能姑且一試。

波西看著那一大票邪惡的怪物。「嗯，看到這一群，至少我們不用擔心會撞見任何其他的朋友了。」

鮑伯笑了。「是啊，這是好消息！好啦，走吧。死亡很近了。」

「是『死亡之門』很近了。」安娜貝斯糾正他的話。「注意一下措辭喔。」

他們走入怪物群中。波西全身抖得好厲害，眞怕這樣下去會把死亡迷霧都抖掉了。他以前曾看過很大群的怪物，也曾在曼哈頓之役與一整個怪物軍團進行殊死戰，然而眼前這群完全不一樣。

無論以前什麼時候曾在凡人世界與怪物戰鬥，波西至少知道自己是爲了保衛家園而戰；不管勝利的機率有多低，那樣的出發點都能給予他勇氣。而在這裡，波西是入侵者，他不該出現在這一大群怪物之中的程度，絕對與彌諾陶[80]不該出現在紐約賓州車站尖峰時段的情況不相上下。

區區幾步之外，一群恩普莎正在撕扯一隻葛萊芬的屍體，其餘的葛萊芬則在四周飛來飛去，發出憤怒的粗厲叫聲。一個六隻手臂的地生族和一個勒斯岡巨人舉起岩石互相扔擲，但波西搞不清楚他們是在打架，或者只是閒來無事鬧著玩。此外，有一小道黑暗的煙霧竄向一個獨眼巨人，讓那怪物痛打自己的臉，然後暗煙又飄走，控制了另一個受害者。波西猜想那道暗煙一定是幻影幽靈。

安娜貝斯低聲說：「波西，你看。」

一塊石頭扔出來，有個打扮成牛仔模樣的傢伙正對一些噴火馬甩動鞭子。那牛仔的油膩頭髮上戴了一頂史泰森牛仔帽，身穿特大號的牛仔褲，腳蹬一雙黑色皮靴。從側面看會以爲他是人類，直到他轉過身，波西才發現他的上半身分裂成三個不同的胸膛，每一個上半身都穿著不同顏色的牛仔襯衫。

那絕對是格律翁[81]，兩年前在美國德州，格律翁曾想殺掉波西。此刻，這個邪惡的牛仔顯然急著想馴養一群新的牲畜。一想到那傢伙即將通過死亡之門，波西的身體兩側就覺得又痛了起來。先前在森林裡，艾爾瑞娥曾對波西釋出格律翁的死前詛咒，現在波西的肋骨又覺得隱隱刺痛。他好想衝向那個三頭牛仔，痛毆他的臉，然後大喊：「德州牛仔，多謝你了！」

可惜他不能這麼做。

在這群怪物之中，到底還有多少個以前遇過的敵人呢？波西開始明白，他以前贏過的每一場戰役，都只能算是暫時的勝利；無論他有多麼強壯、多麼幸運，無論曾經摧毀過多少怪物，到頭來他都是輸家。他只是區區一個凡人，終究會變得太老、太虛弱，或者動作太緩慢。他終究會死。至於眼前這些怪物……牠們永遠不會死，遲早都會回來；也許得花上好幾個月或好幾年才能重生，甚至得花上好幾個世紀，不過牠們一定會重生。

看著牠們在塔耳塔洛斯重組起來，波西就像哀嘆之河裡的魂魄一樣絕望。所以，他是混血英雄又怎樣？他做了很勇敢的事又怎樣？這些惡靈永遠在這裡，在泡泡的表面下重新生成。對這些永生不死的怪物來說，波西連個小小的煩惱都算不上，牠們只要耐心等待就行了。而且總有一天，就連波西的兒子們或女兒們也得一而再、再而三面對這一切。

兒子們和女兒們。

這個想法大大刺激波西。剛才的絕望感快速壓垮了波西，消失的速度也一樣快。他看了安娜貝斯一眼，她看起來仍像個朦朧的屍體，但波西想像著她的真實模樣：她的灰眼珠充滿決心，她的金髮以頭巾綁在腦後，她的臉滿是疲倦且布滿髒汙，不過漂亮如昔。

---

80 彌諾陶（Minotaur），希臘神話中牛頭人身的怪物，性格殘忍凶暴。後來被英雄鐵修斯（Theseus）所殺。

81 格律翁（Geryon），有三個身體的怪物，後為海克力士所殺。

好吧，也許怪物永遠會不斷回來，可是半神半人也會啊。一代傳過一代，混血營已經延續了那麼久；而且還有朱比特營，就算兩個營區各自獨立，也都一直存在。現在，假如希臘人和羅馬人能夠同心協力，他們的力量會變得更強大。

還是有希望的。他和安娜貝斯已經走了這麼遠，死亡之門近在咫尺了。兒子們和女兒們。這是個很荒謬的想法，也是超棒的想法。站在塔耳塔洛斯的這個核心地帶，波西笑了。

「怎麼了？」安娜貝斯低聲說。

在那殭屍死亡迷霧的掩蓋下，波西看起來可能很像痛苦得齜牙咧嘴。

「沒什麼啦，」他說：「我只是……」

在他們前方某處，突然有個低沉的聲音大吼：「伊阿珀特斯！」

62 波西

一個泰坦巨神邁開大步向他們走來，途中隨意將擋在路上的較小怪物踢到旁邊去。他的身高大約與鮑伯一樣高，身穿精緻的冥河鐵盔甲，單一一顆鑽石鑲在護胸甲的正中央，放射著亮光。他的眼珠是藍白色的，很像從冰河取出的岩芯樣本，而且感覺一樣冰冷；他的頭髮也是相同的色澤，修剪成軍人的髮型。一頂形狀像熊頭的戰鬥頭盔夾在手臂下，腰帶上掛著一把刀，尺寸足足有衝浪板那麼大。

雖然臉上有打鬥留下的疤痕，泰坦巨神的臉龐英俊依舊，而且看起來異常熟悉。波西很確定以前從未見過這傢伙，不過他的眼神和笑容讓波西想起了某人……

泰坦巨神走到鮑伯面前停下來，拍拍他的肩膀。「伊阿珀特斯！別跟我說你不認識自己的兄弟！」

「沒有啦！」鮑伯緊張兮兮地回答：「我才不會那麼說。」

另外這位泰坦巨神向後甩甩頭，笑了起來。「我聽說有人把你丟進勒特河，一定很恐怖吧！大家都知道，到最後你一定會好起來。我是科俄斯啊！科俄斯！」

「當然啦，」鮑伯說：「科俄斯[82]，泰坦巨神的……」

---

[82] 科俄斯（Koios），泰坦巨神中極具遠見與知識的神，掌管北方。等同於羅馬神話的波勒斯（Polus）。

「北方之神！」科俄斯說。

「我知道！」鮑伯大喊。

他們笑成一團，輪流以手臂互撞對方。

小鮑伯顯然因為不停的碰撞推擠而生氣了，牠爬到鮑伯的頭頂，開始窩在這位泰坦巨神的銀色頭髮間。

「可憐的老伊阿珀特斯，」科俄斯說：「他們一定把你貶得很低。看看你！拿一支長柄刷？穿著工友的制服？頭髮裡面有隻貓？說真的，黑帝斯一定要為這些羞辱付出代價。奪走你記憶的那個半神半人是誰？呸！我們一定要把他碎屍萬段，你和我一起，好吧？」

「哈哈。」鮑伯吞了一口口水。「好啊，當然好。把他碎屍萬段。」

波西的手指握住他的筆。他對鮑伯的兄弟其實評價不高，就算這人沒說「把他碎屍萬段」之類的話也一樣。與鮑伯的省話風格相比，科俄斯聽起來簡直像是在朗誦莎士比亞的作品。光是這點就讓波西覺得受不了。

如果需要的話，他已經準備打開波濤劍的筆蓋，但是到目前為止，科俄斯似乎還沒有發現他。況且鮑伯也還沒有背叛他們，雖然他其實有很多機會。

「啊，看到你真是太高興了……」科俄斯的手指咚咚敲打自己的熊頭頭盔。「你還記得我們那些很有趣的往日時光嗎？」

「當然記得！」鮑伯連忙說：「那時候我們，呃……」

「壓制我們的父親烏拉諾斯。」科俄斯說。

「沒錯！我們很喜歡和爸爸玩摔角……」

「我們控制他的行動啦。」

「我也是那個意思啊！」

「就是克羅諾斯用大鐮刀把他碎屍萬段的時候。」

「是啊，哈哈，」鮑伯看起來有點難受，「很有趣。」

「你抓住父親的右腳，我記得是這樣，」科俄斯說：「而烏拉諾斯掙扎的時候踢中你的臉。我們不是常常拿那件事取笑你！」

「我眞蠢。」鮑伯表示同意。

「可惜啊，那些無恥的半神半人消滅了我們兄弟克羅諾斯，」科俄斯用力嘆了口氣，「他的身體剩下一些碎片，可是完全沒辦法再拼湊起來了。我猜啊，有些損傷連塔耳塔洛斯都無法修復。」

「哎呀！」

「不過呢，我們其他人倒是還有機會大展身手，對吧？」他鬼鬼祟祟地傾身向前。「這些巨人族可能認爲他們會掌控一切，那就讓他們當突擊隊，去摧毀奧林帕斯天神吧，這招倒是不錯。但等到大地之母覺醒後，她會記得我們是她最早生下的孩子們。記住我說的話。泰坦巨神終有一天會掌控整個宇宙。」

「嗯，」鮑伯說：「巨人族可能不太喜歡那樣。」

「誰管他們喜歡什麼啊，」科俄斯說：「反正他們早就通過死亡之門，已經回到凡人世界了。波呂玻特斯是最後一個，不到半個小時之前通過的，還碎碎唸著沒抓到他的獵物。他一直追蹤的某些半神半人，顯然是被妮克斯吞了。再也看不到他們了，我敢打賭！」

安娜貝斯抓住波西的手腕。透過死亡迷霧，波西沒辦法清楚看到她的表情，不過在她眼裡看到了警告訊號。

假使巨人族已經通過死亡之門，那麼他們至少不會在塔耳塔洛斯裡追殺波西和安娜貝斯了。糟糕的是，這也表示他們在凡人世界的朋友面臨更大的危險。過去對巨人族的戰鬥根本是白忙一場，這群敵人重生之後，甚至比以前更強大了。

「好啦！」科俄斯拔出他的大刀，刀鋒散發出的冷光甚至比阿拉斯加的哈伯冰河更冷冽。「我得走了。麗托現在應該重生了，我會說服她參加戰鬥的。」

「當然啦，」鮑伯喃喃說：「麗托。」

科俄斯笑了。「你忘記我女兒了，對吧？我猜是你太久沒見到她啦。像她那麼愛好和平的人，總是需要最長的時間才能重新成形。不過這一次我敢保證，麗托會為了復仇而戰。麗托幫宙斯生了那麼棒的雙胞胎，而他居然那樣對待她？真是太可惡了！」

波西差點就要大叫出聲。

雙胞胎。

他記得「麗托」這個名字，她是阿波羅和阿蒂蜜絲的母親。科俄斯這傢伙之所看起來這麼眼熟，就是因爲他擁有阿蒂蜜絲的冷酷眼睛和阿波羅的笑容。這位泰坦巨神是他們的祖父，也是麗托的父親。這些事讓波西覺得偏頭痛。

「好啦！我們到了凡人世界再見！」科俄斯用胸部頂了鮑伯一下，差點把小貓撞得從頭頂掉下來。「喔，我們的另外兩個兄弟守在死亡之門這一側，所以你很快就會見到他們了！」

「會嗎？」

「放心好了！」科俄斯拖著腳步走開，差點就撞到波西和安娜貝斯，兩人連忙跌跌撞撞避開他的行進路線。

趁著怪物群還沒湧過來把空出來的地方擠滿，波西作勢要鮑伯靠近一點。

「大個子，你還好嗎？」波西低聲說。

鮑伯皺起眉頭。「我不知道。在這一切之中……」他指指周遭，「『還好』是什麼意思？」

說得好，波西心想。

安娜貝斯朝死亡之門的方向看了看，不過怪物群阻擋了視線。「我沒聽錯吧？還有另外兩個泰坦巨神守住我們的出口？那可不妙。」

波西看看鮑伯，泰坦巨神的冷漠表情讓他很擔心。

「你還記得科俄斯嗎？」波西小心翼翼地問：「還有他剛才說的那些事呢？」

鮑伯抓緊他的長柄刷。「他說的時候，我想起來了。他提起我的過去，就像遞過來……一支長矛，可是不曉得該不該接下。如果我不想要那些過去，那還算我的過去嗎？」

「不算，」安娜貝斯堅定地說：「鮑伯，你現在不一樣了，你變得比較好。」

小貓從鮑伯的頭頂跳下來，先在泰坦巨神的腳旁轉圈圈，小腦袋不時磨蹭泰坦巨神的褲管。鮑伯似乎沒有注意到。

波西很希望自己能像安娜貝斯一樣確定。他希望自己能以絕對的自信告訴鮑伯，那些過去應該要遺忘。

然而，波西很了解鮑伯的困惑。他回想起自己在加州的狼屋剛睜開眼睛的那一天，當時他的記憶遭到天后希拉一掃而空。如果有人在旁邊等待波西剛醒過來的那一刻，假使他們讓波西深信自己的名字是鮑伯，而且是泰坦巨神和巨人族的朋友……波西會不會相信呢？而一旦發現自己的眞實身分，他會不會覺得遭到背叛呢？

「這完全不一樣，」波西告訴自己：「我們是好人。」

但他們眞的是好人嗎？波西曾把鮑伯遺棄在黑帝斯的宮殿裡，任憑鮑伯受到討厭他的新主人擺布。波西覺得自己其實沒有權力告訴鮑伯現在該怎麼做才好，就算他們的性命全都維繫在鮑伯身上也一樣。

「鮑伯，我覺得你可以自己做選擇，」波西冒著險說：「對於伊阿珀特斯的過去，你可以接受自己想要保留的部分，剩下的就不要了。你的未來才重要。」

「未來……」鮑伯若有所思地說：「凡人才會有這樣的想法。波西朋友，我並不一定要改變。」他看看四周的怪物群。「我們都是一樣的……永生不死。」

「如果你和他們一樣，」波西說：「那麼我和安娜貝斯早就死了。也許我們不一定會是朋友，不過現在眞的是啊。你是我們所能求得最好的朋友。」

鮑伯的銀色眼睛似乎比平常黯淡了些。他伸出手，貓咪小鮑伯跳進他的手掌。泰坦巨神挺直了身子。「那麼，朋友們，我們走吧。不太遠了。」

重重踏在塔耳塔洛斯心臟上面的感覺，幾乎不像腳步聲聽起來那樣好玩。紫色的地面很滑溜，而且不時會跳動。從遠處看起來是平坦的，靠近之後才發現，這裡是由許多摺層和隆起構造所組成，而且走得愈遠就愈難掌握方向。需要攀爬時，紅色動脈和藍色靜脈的瘤狀隆起讓波西有地方可以踏腳，不過前進的速度很緩慢。

而當然了，隨處都可以見到怪物。一群群地獄犬在平原上四處徘徊，不時低聲怒吼、高聲咆哮，甚至攻擊任何稍微卸下警覺心的怪物。艾爾瑞娥拍著皮革翅膀在頭頂上飛來繞去，在一團團毒雲上投射出鬼魅般的黑暗輪廓。

波西腳步蹣跚。他的手碰觸到一條紅色動脈，一陣刺痛感沿著手臂往上竄。「這裡有水，」他說：「眞正的水。」

鮑伯咕噥了一聲。「五條河流之一。他的血液。」

「他的血液？」安娜貝斯連忙避開最靠近的一叢靜脈。「我知道冥界的河流全都流入塔耳塔洛斯，可是……」

「沒錯，」鮑伯表示同意，「那些河水全都流過他的心臟。」

波西伸手觸摸一片微血管網絡。難道冥河的河水正在他的手指底下流動？還是勒特河的河水？萬一他踩過某一條靜脈，結果血管爆掉了……波西忍不住開始發抖。他終於意識到，自己正在宇宙中最危險的血液循環系統上面散步。

「我們應該走快一點，」安娜貝斯說：「如果不能……」

她的聲音突然消失了。

在他們前方，斷斷續續的黑暗條紋劃破天空，看起來很像閃電，不過那是純然的黑色。

「門，」鮑伯說：「一定是一大群正在通過。」

波西的嘴裡很像嘗到戈耳工姊妹的血。就算阿爾戈二號上的朋友們找到死亡之門的另一側，他們又怎麼可能打得過一波又一波湧出的怪物？特別是如果所有的巨人都已經好整以暇地等著他們呢？

「所有的怪物都會經過冥王之府嗎？」他問：「那個地方有多大？」

鮑伯聳聳肩。「也許牠們走過去的時候會被傳送到其他地方去。冥王之府在地底下，對吧？那是蓋婭的地盤，她可以把手下的爪牙送到任何她想要的地方去。」

波西整個人彷彿洩了氣。穿越死亡之門的怪物群會威脅到人他正在伊庇魯斯的朋友們，這件事已經夠糟的了；而現在他又想像著，在死亡之門的凡人世界那一側，也許很像某種巨大的地下鐵系統，可以把巨人和其他噁心傢伙載送到蓋婭要他們去的任何地方，像是混血營、朱比特營，或甚至阿爾戈二號前往伊庇魯斯路上的任何地方。

「假如蓋婭真有那麼大的力量，」安娜貝斯問：「難道不能控制我們只能走到哪裡嗎？」

波西眞的很討厭這個問題。有時候他好希望安娜貝斯不要這麼聰明。

鮑伯抓抓下巴。「你們不是怪物，對你們來說可能不一樣。」

好極了，波西心想。

他並不喜歡「蓋婭正在另一邊等著，準備把他們傳送到某座深山裡去」的想法，但死亡之門至少是逃出塔耳塔洛斯的一個好機會。目前似乎也沒有更好的選擇。

鮑伯協助他們爬上另一個高處。突然間，死亡之門清清楚楚出現在視線之中，那是個獨立的黑色長方形，位於下一個心肌山丘的山頂上，距離大約四百公尺遠。周圍環繞的怪物數目之多，讓波西覺得好像可以一路踏著怪物的頭頂走過去。

距離還是稍嫌遠了點，沒辦法看清楚死亡之門的細部構造，不過鎮守於左右的兩個泰坦巨神就再熟悉不過了。站在左側的那一位身穿閃閃發亮的金色盔甲，散發出陣陣熱氣。

「海波利昂，」波西喃喃地說：「那傢伙就不能一直死掉嗎？」

右側那一位則穿著深藍色盔甲，頭盔兩側各有一支公羊的彎角。波西以前只在夢中看過他，不過那絕對是克里奧斯[83]，也就是傑生曾在塔瑪爾巴斯山之戰殺死的那個泰坦巨神。

「鮑伯的其他兄弟。」安娜貝斯說。死亡迷霧在她全身四周閃閃發亮，短暫將她的臉變成齜牙咧嘴的骷髏頭。「鮑伯，假如一定要和他們打起來，你辦得到嗎？」

鮑伯舉起手中的長柄刷，一副準備要投入棘手清掃工作的樣子。「我們得快一點。」他說，但波西注意到這其實不算是答案。「跟我來。」

---

[83] 克里奧斯（Krios），泰坦十二巨神之一，是生長之神。泰坦巨神被奧林帕斯天神打敗後，他被關進塔耳塔洛斯的黑暗深淵裡。

63 波西

到目前爲止，他們的死亡迷霧僞裝計畫似乎奏效了。所以，自然而然地，波西也預期最後一刻會來個大失效。

到了距離死亡之門大約十五公尺處，他和安娜貝斯都看呆了。

「喔，天神啊，」安娜貝斯喃喃地說：「它們是一樣的。」

波西知道她的意思。以冥河鐵作爲框架的這個魔法門其實是一組電梯門，有兩扇銀色和黑色的門板，蝕刻著裝飾藝術般的設計圖案。除了顏色相反之外，看起來與帝國大廈的電梯一模一樣，那是奧林帕斯山的入口。

看到這道門，波西覺得好想家，幾乎無法呼吸。他不只是想念奧林帕斯山，也想念他所離開的每一樣事物：紐約市、混血營、他的媽媽和繼父。他的眼睛刺痛，不敢開口說話。死亡之門簡直是對他個人的羞辱，設計來提醒他所失去的每一樣事物。

經歷過剛看到第一眼的震驚之後，他又注意到其他細節：死亡之門的基座滿是冰霜，四周散發著紫光，還有很快吸引他們目光的鐵鍊。

以黑鐵打造的纜索很像吊橋上會看到的鋼索，沿著門框兩側垂下，固定在埋入肉質地面的鉤子上。兩名泰坦巨神，克里奧斯和海波利昂，分別鎮守著兩個鋼纜固定點。

在波西的注視下，整個門框突然震動起來，黑色閃電射向天空。鐵鍊開始搖晃，於是兩名泰坦巨神舉起腳，把鉤子踩緊。死亡之門滑開來，顯露出電梯的鍍金內部。

波西全身緊繃，準備好隨時往前衝，可是鮑伯伸手按在他的肩膀上。「等一下。」他提出警告。

海波利昂對周遭群眾大喊：「A－22組！快一點啦，你們這些懶鬼！」十幾名獨眼巨人連忙衝向前，一邊揮舞著手上小小的紅色票券，一邊興奮叫喊。他們應該擠不進那個人類身材大小的電梯門才對，然而這群獨眼巨人一靠近，他們的身體突然扭曲、縮小，接著死亡之門把他們吸了進去。

泰坦巨神克里奧斯伸出拇指，朝電梯右側的「向上」按鈕一按，死亡之門便呼的關上。門框再度劇烈搖晃，黑色閃電也漸漸暗下來。

「你們必須了解那個門的運作方式。」鮑伯低聲說。他把小貓放在手掌上，也許這樣才不會讓其他怪物懷疑他到底是和誰說話。「門每一次打開，都會設法傳送到新的地點去。這是桑納托斯訂定的運作方式，所以只有他知道究竟怎麼運作。不過現在用鐵鍊把門拴住了，所以不能改變傳送位置。」

「那我們切斷鐵鍊吧。」安娜貝斯低聲說。

波西看著海波利昂熾烈發亮的身影。上一次和這個泰坦巨神戰鬥的時候，波西耗盡了身上的每一分氣力，甚至還差一點死掉。而現在，這裡有兩名泰坦巨神，還有好幾千個怪物作爲後援。

「我們的僞裝，」他說：「如果我們做一些比較積極的事，例如切斷鐵鍊，我們的僞裝會消失嗎？」

「我不知道。」鮑伯對他的小貓說。

「喵嗚。」小鮑伯說。

「鮑伯，你來轉移他們的注意力，」安娜貝斯說：「我和波西會偷偷繞過兩個泰坦巨神，然後從後面切斷鐵鍊。」

「沒錯，很好，」鮑伯說：「不過只有一個問題。你們進入門裡面之後，得要有人在外面按下按鈕，而且負責保護它。」

波西努力吞下口水。「嗯……保護那個按鈕？」

鮑伯點頭，並伸手搔搔小貓的下巴。「得要有人一直按著那個『向上』的按鈕，而且要按十二分鐘，否則行程不會完成。」

波西看了門一眼。確實沒錯，克里奧斯的拇指到現在還按著「向上」的按鈕。十二分鐘啊……他們必須想辦法把那兩個泰坦巨神從門旁邊引開，然後鮑伯、波西或安娜貝斯總得有一人按住那個按鈕長達十二分鐘，身處於塔耳塔洛斯心臟地帶的一大群怪物之中，目送其他兩人乘坐電梯前往凡人世界。根本不可能。

「爲什麼要按十二分鐘？」波西問。

「我不知道，」鮑伯說：「爲什麼是奧林帕斯十二天神，或者十二個泰坦巨神？」

「說得也是。」波西說，不過他覺得嘴巴苦苦的。

「你說行程不會完成是什麼意思？」安娜貝斯問：「搭乘的人會怎麼樣？」

鮑伯沒有回答。從他的痛苦表情看來，波西暗想，萬一電梯車廂卡在塔耳塔洛斯和凡人世界之間，他絕對不想待在那裡面。

「如果我們眞的按住那個按鈕十二分鐘，」波西說：「並把鐵鍊砍斷了……」

「門應該會重新設定，」鮑伯說：「死亡之門本來就該那樣運作才對，門會在塔耳塔洛斯消失不見，出現在其他地方，出現在蓋婭不能用那個門的地方。」

「桑納托斯可以收回那個門，」安娜貝斯說：「死亡回歸正常，於是這些怪物再也沒有回到凡人世界的捷徑了。」

波西呼出一口氣。「聽起來很簡單，除非……嗯，世事難料啊。」

小鮑伯嗚嗚叫。

「我來按那個按鈕。」鮑伯自告奮勇。

一種複雜的心情在波西的心裡不斷翻攪，有悲傷、難過、感激，而罪惡感又讓這些情緒的重擔變得更加沉重。「鮑伯，我們不能要求你做這種事。你也想穿過死亡之門吧，你也想再看見天空、星星，還有……」

「我很想啊，」鮑伯表示同意，「可是總要有人按著按鈕。而且如果鐵鍊也切斷了……我的兄弟會奮力阻止你們順利通行。他們絕對不希望門消失不見。」

波西凝視著無窮無盡的一群群怪物。就算讓鮑伯做這種犧牲，光憑他一個泰坦巨神，又怎麼能抵抗這麼多怪物、保護自己長達十二分鐘，並且手指一直按著按鈕不放？

情緒的重擔重重壓在波西心底。他一直懷疑這種感覺怎麼消失。他必須殿後。在鮑伯負責抵擋敵人的攻勢時，波西會按著電梯按鈕不放，確保安娜貝斯順利到達安全的地方。

無論如何，他必須說服安娜貝斯，在沒有他陪伴的情況下離開這裡。只要她安全了，死亡之門也消失不見，他就能死而無憾，知道自己做了正確的決定。

「波西……？」安娜貝斯盯著他看，聲音帶著懷疑的語氣。

她太聰明了。如果正視她的眼睛，她一定會看出波西在想什麼。

「首要之務是，」他說：「趕快砍斷那些鐵鍊吧。」

64 波西

「伊阿珀特斯！」海波利昂大吼：「哎呀、哎呀，我還以爲你躲在某個清潔桶底下哩！」

鮑伯拖著腳步走向前，沉著臉。「我才沒有躲起來。」

波西爬向門的右側，安娜貝斯則偷偷溜到門的左側。兩個泰坦巨神完全沒有注意到他們的形跡，但波西不能冒險。他讓波濤劍保持成筆的形態，蹲低身子，盡可能安靜地向前走。體形較小的怪物都與泰坦巨神保持一段恭敬的距離，所以有足夠空間可以在門邊審愼行動，不過波西還是強烈感受到背後那群怒吼暴徒的存在。

安娜貝斯早已決定負責海波利昂鎮守的那一側，因爲理論上，海波利昂比較可能感應到波西的存在，畢竟波西是最近一次在凡人世界殺死他的人。波西覺得無所謂，反正在塔耳塔洛斯待了這麼久，想要不看到海波利昂的金色盔甲燃燒起來、不讓火花在眼底造成點點黑影也很難。

而在波西負責的這一側，克里奧斯一臉陰沉地站著，不發一語，帶有羊角的頭盔遮住臉龐。他繼續以一隻腳踩住鐵鍊的固定處，大拇指按著「向上」的按鈕。

鮑伯面對他的兄弟們，一手握著豎立在地上的長矛，盡可能讓自己看起來很凶惡，同時小貓趴在他肩膀上。「海波利昂和克里奧斯，我記得你們兩個。」

「伊阿珀特斯，眞的嗎？」金色泰坦巨神笑著說，並看了克里奧斯一眼，與他分享這個笑點。「嗯，眞高興知道你記得！我聽說波西．傑克森把你變成腦袋空空的廚房洗碗工。他幫你新取的名字叫什麼……貝蒂嗎？」

「鮑伯。」鮑伯怒吼。

「嗯，鮑伯，你也該出現了。我和克里奧斯已經杵在這裡好幾個星期了……」

「是幾個小時啦。」克里奧斯更正他的話，聲音悶在頭盔裡變成低沉的隆隆聲。

「隨便啦！」海波利昂說：「這工作很無聊，守著這道門，在蓋婭的命令下把這些怪物傳來傳去。總之，克里奧斯，接下來是哪一組？」

「雙紅組。」克里奧斯說。

海波利昂嘆了口氣，肩膀上的烈焰變得更加明亮熾熱。「雙紅組。爲什麼會從A－22組接到雙紅組？這是哪門子系統啊？」他看了鮑伯一眼。「這種工作根本不該由我來做；我是光之王！東方的泰坦巨神！黎明的主宰！爲什麼被迫待在這種烏漆抹黑的地方，看著那些巨人族投入戰役，最後得到所有的榮耀？好啦，克里奧斯，我可以了解……」

「最爛的工作全部掉在我頭上。」克里奧斯忿忿地說，他的大拇指還按在按鈕上。

「那我呢？」海波利昂說：「太可笑了！伊阿珀特斯，這應該是你的工作吧。來這裡，頂替我的位置一下。」

鮑伯看著門，目光卻很遙遠，好像迷失在遙遠的過去。「我們四兄弟壓制住父親，烏拉諾斯，」他想起來了，「科俄斯和我，還有你們兩個。克羅諾斯答應我們可以掌控大地的四個角落，因爲有協助那個謀殺行動。」

「沒錯，」海波利昂說：「我很高興參與那件事！有機會的話，我很願意負責揮動那把大鐮刀！不過你啊，鮑伯……你一直很抗拒那次殺戮行動，對吧？軟弱的西方泰坦巨神，就像夕陽一樣軟弱無力！我怎麼也想不透，我們的父母為什麼把你取名為『伊阿珀特斯』，意思是『穿刺者』？你比較像『愛哭鬼』吧！」

波西摸到固定鉤了。他打開筆蓋，波濤劍瞬間變成完整長度。克里奧斯沒有反應，他的注意力完全放在鮑伯身上，因為鮑伯剛把長矛打橫，矛尖指向海波利昂的胸膛。

「我還是可以穿刺，」鮑伯說，聲音低沉而平穩，「海波利昂，你自我吹噓得太過頭了。你很明亮也很激昂，但是畢竟波西．傑克森打敗你了。我聽說你變成紐約中央公園裡一棵漂亮的樹。」

海波利昂的雙眼燃燒著怒火。「小心一點，兄弟。」

「工友的工作至少很正當，」鮑伯說：「我跟在別人後面做清掃工作，讓整個宮殿比我剛去的時候好很多。可是你呢……你根本不在乎自己捅出多大的亂子，只是盲目地跟在克羅諾斯後面。現在你又接受蓋婭的命令。」

「她是我們的母親啊！」海波利昂大吼。

「她的崛起，並不是為了我們與奧林帕斯山的戰爭，」鮑伯想起來了，「她比較偏愛自己的第二批後代，巨人族。」

克里奧斯咕噥一聲。「那倒是真的。地獄深淵的孩子們。」

「你們兩個把嘴巴管緊一點！」海波利昂的聲音聽起來有點害怕。「你永遠不知道他是不是正在聽！」

電梯發出「登」的一聲。三個泰坦巨神全都跳起來。

經過十二分鐘了嗎？波西早就失去時間感。克里奧斯讓手指離開按鈕，然後大喊：「雙紅組！雙紅組在哪裡？」

怪物群中一陣騷動，互相推擠，但是沒有哪一群怪物走向前。

克里奧斯嘆了一口氣。「我早就叫他們要拿好自己的票。雙紅組！你們在隊伍中的位置要取消了喔！」

安娜貝斯已經就定位，位在海波利昂的正後方。她舉起自己的古蛇龍骨劍，對準鐵鍊的基部。在泰坦巨神盔甲的火熱光線下，死亡迷霧的僞裝讓她看起來很像正在燃燒的魂魄。

她舉起三根手指頭，準備最後的倒數。他們必須搶在下一組怪物進入電梯前砍斷鐵鍊，不過也必須盡可能轉移那兩個泰坦巨神的注意力。

海波利昂低聲罵了一句。「眞是太好了，這根本完全搞亂我們的時間表。」他對鮑伯冷笑一聲。「兄弟，選擇一下吧，是要跟我們唱反調，還是幫一點忙。我可沒那個閒工夫聽你的長篇大論。」

鮑伯瞥了安娜貝斯和波西一眼。波西以爲他會展開一波攻擊，沒想到他把長矛舉高。「那好吧，我來幫忙站崗，你們哪一個想要先休息？」

「當然是我啦。」海波利昂說。

「我啦！」克里奧斯氣呼呼地說：「我按那個按鈕按了那麼久，大拇指都快斷了。」

「我在這裡站更久！」海波利昂怒吼：「我上去凡人世界的時候，你們兩個給我守著這道門。我要去找幾個希臘的混血英雄報仇！」

「噢，不行！」克里奧斯抱怨說：「那個羅馬小子正在前往伊庇魯斯的路上，就是在奧特里斯山殺了我的那個。他還眞走運，現在輪到我走運了。」

「呸！」海波利昂拔出劍。「山羊頭。我會先挖出你的內臟！」

克里奧斯也舉起自己的刀。「你可以試試看啊，但是我不要再受困在這個臭兮兮的地獄深淵裡了！」

安娜貝斯喚起波西的注意，她用嘴形說：「一、二……」

波西還來不及砍下鐵鍊，有個尖銳的哀鳴聲撕裂他的耳膜，很像火箭奔射過來所發出的聲音。波西才剛想著「喔哦」，接著便來了個撼動山丘的大爆炸。一波熱氣迎面湧來，震得波西向後翻倒。深色的炮彈碎片射穿了克里奧斯和海波利昂，像削木機一樣輕而易舉地把他們削成一條條破片。

「臭兮兮的地獄深淵是吧。」一個空洞的聲音在平原上隆隆迴盪，也讓溫暖的肉質地面不斷震動。

鮑伯搖搖晃晃地慢慢站穩腳步。不知道爲什麼，爆炸的威力並沒有波及到他。他稍微清理自己面前的長矛，然後努力想要弄清楚聲音的來源。貓咪小鮑伯則是爬進他的工作服底下。

安娜貝斯掉落在距離死亡之門大約六公尺的地方，見到她慢慢站起來，波西很慶幸她還活著；而且他花了好一段時間才意識到，此刻的安娜貝斯看起來是原本的模樣。死亡迷霧已經消散不見了。

波西看看自己的雙手，他的僞裝也消失了。

「泰坦巨神，」那個聲音充滿傲氣地說：「只是小傢伙。有缺陷又虛弱。」

在死亡之門的前面，空氣變得黑暗且凝結起來。現身的形體非常巨大，散發出非常純粹的惡意，讓波西好想爬到旁邊去躲起來。

然而，他還是強迫自己的眼睛追隨那個天神的形影，從他的黑色鐵靴開始看起，兩隻鞋都像棺材一樣大；他的雙腳裹著深色的腿套，身體全是深紫色的肌肉，與地面一模一樣。他的盔甲裙是以幾千片黑色的扭曲骨頭打造而成，交錯串接在一起很像鐵鍊，並以兩隻巨大手臂互握所構成的腰帶扣在腰上。

在那戰士的護胸甲上，一張又一張陰暗的臉孔浮出表面又隱沒，有巨人、獨眼巨人、戈耳工姊妹和古蛇龍等，彷彿全都困在盔甲裡，卻又想要逃出來。

戰士的手臂禿裸無物，看得出來肌肉發達、呈現紫色而且閃閃發亮，兩個手掌幾乎像吊車的鏟斗一樣巨大。

最糟糕的是他的頭；那以扭曲的岩石和金屬所構成的頭盔並沒有特別的形狀，只顯現出鋸齒狀的尖刺和一塊塊跳動的岩漿。他的整張臉是一個漩渦，是個向內旋轉的黑暗漩渦。於是在波西的注視下，海波利昂和克里奧斯這兩個泰坦巨神的最後幾塊身體部分，被吸進了戰士的咽喉裡。

波西居然還發得出聲音。「塔耳塔洛斯。」

戰士發出的聲音很像一座山爆裂成兩半，是像怒吼還是狂笑，波西實在說不上來。

「這個形體只展現我的一點點力量而已，」深淵之神說：「不過要處理你們已經很夠用了。小毛頭混血人啊，我可不會隨便干預一下就算了。像你們這樣的小雜碎，其實不值得我來動手。」

「呃……」波西的雙腳隨時會癱軟，「不用……你也知道……那麼麻煩啦。」

「你已經證明你有令人驚訝的韌性，」塔耳塔洛斯說：「你已經走了那麼遠，我再也不能袖手旁觀，看著你們揚長而去。」

塔耳塔洛斯伸展雙臂。在整個山谷裡，成千上萬的怪物哀嚎鼓譟，把他們的武器敲得鏗鏘作響，並發出勝利的吼叫聲。連死亡之門的鐵鍊都晃動了起來。

「小毛頭混血人啊，很光榮吧，」深淵之神說：「就算是奧林帕斯天神也從來不值得我特別注意。不過呢，你會由塔耳塔洛斯本尊親自摧毀！」

65 法蘭克

法蘭克好期待看到煙火。

或者，至少有個斗大的牌子寫著：歡迎回家！

三千多年前，他的希臘人祖先，也就是具有變身能力的老好人佩里克呂墨諾斯[84]，曾隨著阿爾戈英雄航向東方。幾個世紀後，佩里克呂墨諾斯的後代子孫加入東方的古羅馬軍團；接著歷經一連串的災禍，這個家族落腳於中國，最後在二十世紀遷居到加拿大。如今，法蘭克又回到希臘，這表示張家終於完整環繞地球一周了。

這似乎值得慶祝一番，然而唯一歡迎他的團體竟是一群瘋狂且飢餓的鳥身女妖，此刻正在攻擊阿爾戈二號。法蘭克彎弓射下一隻隻鳥身女妖，心情真是糟透了。他一直想起艾拉，就是在波特蘭遇到的那個古怪、聰明的鳥身女妖朋友，然而眼前這群鳥身女妖不是艾拉，她們倒是很高興有機會大嚼法蘭克的臉。於是，法蘭克只好把她們轟向雲端，炸得只剩一團煙塵和羽毛。

下方的希臘景色看起來實在有點荒涼。山丘上布滿了巨岩和發育不良的香柏樹，全都在瀰漫薄霧的空氣中微微發亮，而太陽直晒地面，似乎想要把鄉間景色硬是錘打進一面神界青銅盾牌裡。即使站在三十公尺上空，法蘭克可以聽見大群的蟬在樹林中嗡嗡鳴叫，那聲音超脫塵俗、令人昏昏欲睡，讓他覺得眼皮好重。就連他腦中戰神的雙重聲音也似乎打起瞌睡；

自從全體組員駕著船進入希臘領空之後，他們就幾乎不再打擾法蘭克了。

汗水沿著脖子流淌而下。那個瘋狂的雪之女神把他們凍結在甲板下面之後，法蘭克曾經覺得從今以後再也感受不到溫暖了，不過此時此刻，他的上衣後背已讓汗水完全浸溼。

「又熱又潮溼！」里歐在舵輪旁開心笑著。「讓我好想念休士頓啊！海柔，你是怎麼說的？我們現在只需要一些超級巨大的蚊子，感覺就會像是身在墨西哥灣沿岸！」

「多謝你喔，里歐，」海柔不太高興地說：「我們現在比較可能遭受古希臘蚊子怪物的攻擊吧。」

法蘭克觀察他們兩人，發現他們之間的緊繃狀態已經消失無蹤，不禁感到很驚奇。無論里歐在過去五天的流放日子發生了什麼事，那些事都已徹底改變了他。他依然滿口玩笑話，但法蘭克感覺到他有些不太一樣，很像一艘船換了一副新的龍骨；或許你看不見龍骨，不過船隻破浪前進時，你就是感覺得到龍骨的存在。

里歐似乎不是很有興趣取笑法蘭克，倒是能以比較輕鬆的態度與海柔聊天，但不是偷偷用迷戀、恍惚的眼神看著海柔，以前那種舉動總是讓法蘭克很不舒服。

海柔私底下對法蘭克評論這個問題。「他遇到了某個人。」

法蘭克不太相信。「怎麼會？在哪裡？你怎麼可能知道？」

海柔露出微笑。「我就是知道。」

---

84 佩里克呂墨諾斯（Periclymenus），海神波塞頓的孫子，亦為阿爾戈英雄之一。海神波塞頓賦予他可以變身成各種動物的能力，在與海克力士對戰時死亡。

說得好像她是維納斯的小孩，而不是普魯托的小孩似的。法蘭克搞不懂。

對於里歐不再向他的女朋友示好，法蘭克當然鬆了一口氣，卻也有點擔心里歐的狀況。沒錯，他們兩人是非常不一樣的人，但畢竟共同經歷了那麼多事，法蘭克不希望看到里歐心碎的樣子。

「那邊！」尼克的聲音讓法蘭克不再沉浸在自己的思緒中。一如往常，尼克．帝亞傑羅窩在前桅頂端，他指著蜿蜒在山丘間的一條綠色河流，在大約一點五公里外的地方閃閃發亮。「轉到那個方向。我們很靠近神殿，非常靠近了。」

彷彿要證明他的觀點似的，突然有一道黑色閃電劃破天空，在法蘭克的眼底留下一個個黑點，手臂也隨之寒毛直豎。

傑生繫好他的佩劍腰帶。「各位，把自己的武器準備好。里歐，把船開得近一點，但是不要落地……除非需要，否則不要接觸地面。派波、海柔，準備好停泊的繫繩。」

「沒問題！」派波說。

海柔在法蘭克的臉頰輕啄一下，然後跑去幫忙。

「法蘭克，」傑生叫道：「到下面去找黑傑教練。」

「好！」

他跑下樓梯，衝向黑傑教練的艙房。靠近門口時，他的腳步慢下來，不想發出太大的聲音嚇到這位羊男。黑傑教練有個習慣，如果他認為船上有攻擊者，一定會二話不說掄起棒球球棒跳到走廊上。法蘭克好幾次要去上廁所時，腦袋都差點被黑傑教練打飛。

他舉起手準備敲門，接著才發現艙門開了個縫。他聽到黑傑教練在裡面說話。

「別這樣嘛，寶貝！」羊男說：「你知道事情不是那樣的啦！」

法蘭克整個人呆住。他不是故意要偷聽，可是也不確定該怎麼辦才好。海柔曾經提過有點擔心教練，她很堅持地說好像有什麼事情讓教練很煩心，不過在此之前，法蘭克一直沒有放在心上。

他從來沒聽過教練講起話來如此溫柔。一般來說，他只會聽到教練的艙房傳出電視體育節目的聲音，或者聽到教練大喊：「就是這樣！打敗他們啦！」這表示他正在看最愛的武術電影。教練絕對不會對羅禮士喊「寶貝」，這點法蘭克還滿確定的。

這時，另一個聲音說話了，是女性的聲音，但幾乎聽不清楚，感覺是從很遙遠的地方傳過來的。

「我會啦，」黑傑教練保證說：「不過呢，呃，我們快要打仗了……」他清清喉嚨，「可能會打得很慘。你要安安全全的喔，我一定會回去，我說眞的。」

法蘭克再也忍不住了，他大聲敲門。「嘿，教練在嗎？」

談話驟然停止。

法蘭克在心裡數到六，門終於打開。

黑傑教練滿臉怒氣站在眼前，兩眼充血，很像看了太多電視的樣子。他穿戴著平常的棒球帽和運動衣，上半身佩戴皮製的護胸甲，脖子上掛著哨子，也許是他想說萬一面對怪物大軍時，可以吹哨子表示有人犯規。

「張，你要幹嘛？」

「呃，我們準備要戰鬥了，需要你到甲板上。」

教練的山羊鬍子抖了一下。「好。這是當然的。」他的語氣聽起來很奇怪，好像對戰鬥的到來不是很興奮。

「我不是故意的……我是說，我聽到你說話，」法蘭克支支吾吾地說：「你是在傳送伊麗絲訊息嗎？」

黑傑一副要對法蘭克搧出一巴掌似的，或至少也要大聲吹哨子。接著，他的肩膀突然垮下來，重重嘆了一口氣，臉轉向旁邊，讓法蘭克尷尬地站在門口。

教練突然癱倒在他的椅子上，雙手托著下巴，悶悶不樂地看著艙房四周。整個地方看起來像是颶風掃蕩過後的大學生寢室，地上到處散落著待洗的衣服（也許是要穿的，也可能要當做點心；因爲是羊男，所以很難分辨）和DVD，櫥櫃上的電視周圍也擺滿髒盤子。每次船身一傾斜，一堆亂七八糟的運動裝備就會滾過地板，包括足球、籃球、棒球，而且不知怎的，居然有單獨一顆撞球。一撮撮的山羊毛飄浮在空氣中，家具下面也聚集了好多團毛球，該說是垃圾山羊嗎？還是山羊毛球？

教練的床頭櫃上放了一碗水、一堆古希臘金幣、一支手電筒，還有一個製造彩虹的玻璃稜鏡。教練顯然預備要傳送大量的伊麗絲訊息。

法蘭克想起來了，派波曾對他說，教練有個女朋友是雲精靈，幫派波的爸爸工作。那個女朋友的名字是……梅琳達？米莉森？不對，是蜜莉。

「呃，你的女朋友蜜莉還好嗎？」法蘭克戰戰兢兢地說。

「不關你的事！」教練氣呼呼地說。

「好吧。」

黑傑翻了個白眼。「好啦！如果你一定要知道……沒錯，我正在和蜜莉說話。不過她不再是我的女朋友了。」

「喔……」法蘭克的心一沉，「你們分手了？」

「不是啦，你這個笨蛋！我們結婚了！她是我太太！」

如果這時教練打他一拳，他可能還不會那麼吃驚。「教練……那眞是……那眞是太棒了！什麼時候……怎麼會……？」

「不關你的事！」他再次大吼。

「呃……好吧。」

「五月底的時候，」教練說：「就在阿爾戈二號啓航之前。我們並不想大肆宣揚。」

法蘭克感覺到船身再次傾斜，但一定是他自己覺得天旋地轉，因爲那些亂七八糟的運動裝備全都堆在遠處的牆邊沒有動靜。

這段時間以來，原來教練已經結婚了？雖然才剛新婚，他還是答應參加這次任務。難怪黑傑打了那麼多電話回家，也難怪他的情緒那麼暴躁、好鬥。

不過……法蘭克還是覺得實情不只如此而已。教練傳遞伊麗絲訊息的語氣，聽起來像是正在討論什麼問題。

「我不是故意要偷聽啦，」法蘭克說：「只是……她眞的還好嗎？」

「那是私人談話耶！」

「是啦，你說得沒錯。」

「好吧！我告訴你。」黑傑從大腿拔下一撮毛，任憑它飄在空氣中。「她向洛杉磯的工作請假，去混血營過暑假，因爲我們覺得……」他居然講到破音，「我們覺得那樣會比較安全。現在她困在那裡了，因爲羅馬人準備發動攻擊。她……她很害怕。」

法蘭克突然清楚意識到自己上衣的分隊長標章，以及前臂的SPQR刺青。

「對不起，」他低聲說：「但如果她是雲精靈，難道不能就……你知道的，飄走？」

教練的手指緊緊抓住棒球帽的帽簷。「正常來說，是沒錯。可是你知道嗎……她處於很脆弱的情況。那樣不安全。」

「脆弱……」法蘭克雙眼圓睜。「她要有小寶寶了嗎？你要當爸爸了？」

「可以再喊得大聲一點啦，」黑傑很不滿地說：「我不覺得他們在克羅埃西亞聽得見你的聲音。」

法蘭克忍不住笑開懷。「不過，教練，那眞是太棒了！小寶寶羊男？或可能是小精靈？你一定是個超級棒的爸爸。」

法蘭克不曉得自己爲什麼會這樣認爲，畢竟要考慮到教練對球棒和絕殺飛踢的熱愛，但他還滿確定的。

黑傑教練的眉頭皺得更深了。「張，戰爭要開打了，沒有哪個地方是安全的。我應該陪著蜜莉。萬一我死在什麼地方……」

「嘿，沒有人會死啦。」法蘭克說。

黑傑迎上他的目光。法蘭克看得出來，教練並不相信這番話。

「我老是對阿瑞斯的孩子沒轍，」黑傑嘀咕著說：「或者說馬爾斯的孩子……都可以啦。也許就是這樣，我才沒有因爲你問了那麼多問題而把你打得粉碎。」

「可是我沒有……」

「好啦，我就告訴你！」黑傑又嘆了口氣。「回想起第一次接受探查者任務的時候，我奔波跋涉到亞利桑那州，帶回一個名叫克蕾莎的孩子。」

「克蕾莎？」

「你的姊妹，」黑傑說：「阿瑞斯的孩子。暴力，粗魯，用不完的精力。總之，在外面奔波時，我夢見我媽媽，她……她和蜜莉一樣是雲精靈。我夢到她碰上麻煩，需要我立刻去幫忙，可是我對自己說，哎唷，那只是一場夢吧，誰會傷害一個親切的雲精靈老太太呢？何況我還有這個混血英雄要保護啊。於是我完成任務，把克蕾莎帶回混血營。在那之後，我去找我媽媽，結果已經來不及了。」

法蘭克看著一撮山羊毛飄落在一顆棒球上面。「她怎麼了？」

黑傑聳聳肩。「不曉得，再也沒有看過她。說不定如果我那時候回去找她，如果我早一點回去……」

法蘭克想說一點安慰的話，但不知道該說什麼才好。他自己曾在阿富汗戰爭失去媽媽，很清楚「我很遺憾」這種話聽起來有多麼空洞。

「你很認眞做自己的工作，」法蘭克試著說：「救了一個混血人的命。」

黑傑哼了一聲。「而現在，我太太和尚未出生的孩子有危險了，遠在半個地球之外，我根本幫不上忙。」

「你努力想要幫上忙啊，」法蘭克說：「我們在這裡努力阻止巨人族喚醒蓋婭，那是我們能夠讓朋友們安全活下來的最好方法。」

「是啦、是啦，我想也是。」

法蘭克希望能讓黑傑的心情變好一點，這番話卻讓他開始擔心自己拋下的每一個人。他很擔心有誰留守在朱比特營，畢竟軍團已經開拔到美國東岸，特別是蓋婭把所有怪物都放出死亡之門了。他也很擔心第五分隊的朋友們，聽到屋大維下令進擊混血營時，朋友們有什麼樣的反應呢？法蘭克好想回到他們身邊，就算只是把一隻泰迪熊玩偶塞進屋大維那個噁心占卜師的喉嚨裡都好。

船身又向前傾斜，成堆的運動裝備滾到教練的椅子底下。

「正在下降，」黑傑說：「我們該去上面了。」

「是啊。」法蘭克說，他的聲音啞啞的。

「張，你這個羅馬人還滿愛管閒事的。」

「可是……」

「走吧，」黑傑說：「而且關於這件事，一句話都不要對別人說喔，你這個大嘴巴。」

其他人忙著準備在空中下錨的繫繩時，里歐抓住法蘭克和海柔的手臂，把他們抓到船尾的投石器旁邊。「好，仔細聽我的計畫。」

海柔瞇起眼睛。「我討厭你的計畫。」

「我需要那根魔法火棒，」里歐說：「快點！」

法蘭克差點被自己的舌頭噎到。海柔向後退一步，下意識地摀住外套口袋。「里歐，你不能……」

「我找到一個解決方法。」里歐轉身看著法蘭克。「大個兒，由你來決定，不過我可以保護你。」

法蘭克心想，他曾看過里歐的手指頭多次爆出火焰。只要出一點差錯，里歐就有可能把控制法蘭克生命的火種木棒燒光光。

但因為某些原因，法蘭克並不害怕。自從在威尼斯勇敢制服那些牛怪之後，法蘭克已經很少想起自己脆弱的生命線了。沒錯，連最微小的一點火焰就有可能殺了他，然而他也曾經歷一些最不可思議的事件而活下來，令他爸爸深感驕傲。法蘭克已經下定決心，無論自己命運如何，他不再擔心那根火棒了。他只想盡全力幫助朋友們。

除此之外，里歐的語氣聽起來相當認眞。他的眼神依舊滿是奇怪的憂鬱，很像同一時間身在兩個地方，但從他的表情看不出任何開玩笑的成分。

「海柔，拿出來吧。」法蘭克說。

「可是……」海柔深吸一口氣。「好吧。」她拿出那根火棒，遞給里歐。

在里歐的手中，那根火棒並沒有比螺絲起子大多少。火種的一端仍有燒焦痕跡，法蘭克曾在阿拉斯加點燃它，用來把囚禁天神桑納托斯的冰鍊燒斷。

里歐伸手到工具腰帶的一個口袋內，拿出一塊白布。「你看！」

法蘭克皺起眉頭。「手帕嗎？」

「投降用的白旗？」海柔猜測。

「不是啦，你們這些疑神疑鬼的人！」里歐說：「這是用非常酷的纖維織成的小袋子，是我一個朋友送的禮物。」

里歐把火棒放進那個小袋子，然後把袋口的青銅線綁緊。

「這細繩是我的主意，」里歐驕傲地說：「花了一些工夫把細線編成繩子，不過這袋子就打不開了，除非你想打開。這塊布像一般的布一樣透氣，所以火棒不必再像以前那樣密封在海柔的外套口袋裡。」

「呃……」海柔說：「還眞是一大改進，對吧？」

「拿好這個，我就不會再讓你心臟病發作了。」里歐把小袋子丟給法蘭克，法蘭克差點沒接好。

里歐用右手召喚了一個白熱的火球，然後舉起左前臂放在火焰上，笑笑地看著火焰吞噬他的夾克袖子。

「看到沒？」他說：「燒不起來喔！」

法蘭克不喜歡和一個手拿火球的傢伙吵東吵西，但他還是說：「呃……你又不怕火。」

里歐翻了個白眼。「是啦，可是如果我不想讓衣服燒起來，就必須很專注才行。而我現在沒有很專注，看見沒？這是完全防火的布料，也就是說，你的火棒放在那個小袋子裡絕對不會燒起來。」

海柔看起來不是很相信。「你怎麼能確定呢？」

「哎唷，好嚴格的觀眾。」里歐把火熄掉。「看來只有一個方法可以說服你了。」他向法蘭克伸出手。

「呃，不要、不要啦。」法蘭克向後退。突然間，他腦中那些「接受自己命運」的勇敢想法似乎全跑到九霄雲外去了。「沒關係啦，里歐，謝謝你，可是我……我不能……」

「老兄，你一定要信任我。」

法蘭克的心臟跳得好快。他信任里歐嗎？呃，當然啦……在引擎方面、在惡作劇方面，他當然相信，可是要賭上自己的性命呢？

法蘭克回想起他們困在羅馬地底下那間工坊的那一天。蓋婭保證他們一定會死在那個房間裡，而里歐也保證他會把海柔和法蘭克救出那個陷阱。他真的辦到了。

如今，里歐以同樣的自信向他們保證。

「好吧。」法蘭克把小袋子交給里歐。「拜託不要讓我死掉。」

里歐的手冒出火焰，而小袋子沒有變黑，也沒有燒起來。

法蘭克等著出現很可怕的差錯。他在心裡數到二十，但自己還活著。他感覺到肋骨後面彷彿有一大團冰塊開始融化，那是他很習慣的一大塊冰冷恐懼，直到此刻它消失了，法蘭克才意識到它的存在。

里歐熄掉手上的火，對法蘭克挑挑眉毛。「誰是你最要好的兄弟啊？」

「不要回答他，」海柔說：「不過，里歐，那真的很厲害。」

「很厲害，對吧？」里歐表示同意，「那麼，誰要拿這個全新的超安全火棒？」

「我來保管。」法蘭克說。

海柔嘟起嘴唇。她低下頭，也許這樣法蘭克就不會看見她的受傷眼神。她曾經幫法蘭克保護那根火棒，歷經許多大大小小的艱苦戰役。那是他們彼此信賴的象徵，也是他們友誼的象徵。

「海柔，這和你沒關係，」法蘭克盡可能以溫柔的語氣說：「我不太會解釋，不過我……

我有一種感覺，等我們到了冥王之府，我會需要站出來，所以必須帶著自己的包袱。」

海柔的金色眼珠滿是擔憂。「我了解，只是……很擔心。」

里歐把小袋子丟給法蘭克，法蘭克把它綁在腰帶上。好幾個月以來都把火棒藏得很嚴密，如今這麼公開帶著自己的致命弱點，他的心情很微妙。

「對了，里歐，」他說：「謝謝。」

相較於里歐給他的貴重禮物，這麼輕描淡寫似乎不是很恰當，不過里歐還是開心笑了。

「不然幹嘛要交個天才朋友？」

「嘿，你們幾個！」派波從船頭叫喚他們。「最好過來這裡，你們得看看這個。」

他們終於發現黑色閃電的來源了。

阿爾戈二號盤旋在河流正上方，而在幾百公尺外，最近的一座山頂上有一群廢墟，看起來規模不是很大，只有一些傾頹的牆壁，包圍著幾棟建築物的石灰岩外牆，但從廢墟內部某處冒出一道道捲鬚狀的黑色氣體伸向天空，很像煙霧狀的烏賊從洞窟中探出觸鬚。在法蘭克的注視下，一道黑暗的能量劃破天空，不僅撼動整艘船，也送出一波冷冽的震波傳遍大地。

「死者的神諭處，」尼克說：「冥王之府。」

法蘭克握著欄杆穩住身子。他想，這個時候建議大家回頭恐怕太遲了。他開始懷念以前在羅馬打過的那些怪物。眞是見鬼了，之前在整個威尼斯追那些毒牛，感覺還比這個地方有趣多了。

派波環抱雙臂。「像這樣飄浮在這裡，感覺很容易遭受攻擊耶。不能停到河面上嗎？」

「我可不會那樣想，」海柔說：「那是痛苦之河。」

傑生在陽光中瞇起眼睛。「我以爲痛苦之河是在冥界。」

「沒錯，」海柔說：「不過源頭是在凡人世界。我們下面那條河流最後會流到地底下，直直流向普魯托……呃，就是黑帝斯的領域。把混血人的船停在那樣的水域上……」

「是喔，那就留在上面吧，」里歐做了決定，「我可不想讓任何殭屍爬到我船上。」

大約半公里外的下游處，有些漁船漂盪在水面上。法蘭克猜想他們不知道這條河的來由，或者根本不在乎。當個普通的凡人一定很棒。

在法蘭克旁邊，尼克．帝亞傑羅舉起了戴克里先的權杖。權杖頂部的圓球閃耀著紫光，似乎與那團黑暗風暴相呼應。無論是不是羅馬時代的遺物，那支權杖都讓法蘭克覺得心煩意亂。假如它眞的具有召喚死人軍團的力量……嗯，法蘭克不太確定那是不是好主意。

傑生曾對他說，馬爾斯的孩子也擁有相似的能力。就算法蘭克能向任何戰爭的戰敗一方召喚死去的士兵供他差遣，他從來也沒有那麼好的運氣用上那樣的力量，可能是因爲光憑想像就讓他嚇壞了。萬一他們這次打了敗仗，他很擔心自己會變成那些鬼魂的一員，注定永遠要爲他的失敗付出代價，等待存活下來的某個人召喚他。

「所以，呃，尼克……」法蘭克指指那支權杖。「你學會用那個東西了嗎？」

「我們會找到方法，」尼克遙望那些從廢墟嬝嬝上升的黑色捲煙。「除非一定要用到，否則我不會嘗試。死亡之門已經加班運作了一段時間，把蓋婭手下的怪物送過來。如果再多一些喚醒死人的動作，死亡之門可能會永遠損壞，在凡人世界留下一個關不起來的縫隙。」

黑傑教練咕噥一聲。「我討厭世界上有任何縫隙。趕快去打爆那些怪物的頭吧。」

法蘭克看著羊男的猙獰表情，突然想到一個主意。「教練，你應該待在船上，用投石器掩護我們。」

黑傑皺起眉頭。「在這裡留守？我嗎？我是你們最好的戰士耶！」

「我們可能需要來自空中的火力支援，」法蘭克說：「就像在羅馬的時候一樣，你保住我們的褲子。」

他沒有補上幾句說：還有，我希望你活著回去找太太和孩子。

黑傑顯然明白他話中的含意。他的眉頭鬆開來，眼神顯得鬆了一口氣。

「這個嘛……」他咕噥著說：「我想，總該有人負責保住你們的褲子。」

傑生用力拍拍教練的肩膀，接著很感激地對法蘭克點點頭。「那麼都說好了。其他人……出發去廢墟吧。時間到了，該毀掉蓋婭的派對了！」

66 法蘭克

儘管正中午炎熱不堪，又有死亡能量所形成的狂烈風暴，還是有一群遊客爬進廢墟。幸好人數並不多，他們也沒有對半神半人多看兩眼。

見識過羅馬的人潮後，法蘭克不會太擔心受到注意了。如果他們能一邊駕著戰船飛越羅馬競技場、一邊熱烈發射投石器，甚至不會讓底下的車陣慢下來，他心想，也許他們還眞的不會造成任何影響。

尼克在前面帶路。在山頂上，他們爬過一道舊時的擋土牆，再向下爬進一條人工挖掘的溝渠，最後抵達一道石門，直直通進山丘側邊。死亡風暴似乎源自他們頭頂正上方，抬頭看著那些不斷旋轉的黑暗捲鬚，法蘭克覺得自己好像被困在抽水馬桶的底部。他的緊張心情實在無法冷靜下來。

尼克轉身面對大家。「從這裡開始，等一下會愈來愈困難。」

「好體貼喔，」里歐說：「因爲到目前爲止，我已經用盡全力了耶。」

尼克瞪了他一眼。「我們來看看你的幽默感還可以持續多久。記住，朝聖者會來這裡與死去的祖先求取聯繫。在地底下，你們可能會看到很多不忍卒睹的事情，或者聽到一些聲音，想要讓你在地道裡迷路。法蘭克，你有沒有帶著大麥餅乾？」

「什麼？」法蘭克本來想著他祖母和媽媽，心想她們不知道會不會出現在他面前。這幾天來，阿瑞斯和馬爾斯的聲音頭一次又開始在法蘭克的腦後爭吵不休，互相辯論著他們最喜歡的慘烈死亡方式。

「那些餅乾在我身上。」海柔說。她拿出那些魔法大麥餅乾，是用崔普托勒摩斯在威尼斯給他們的大麥穀粒做的。

「吃下去。」尼克告訴他們。

法蘭克吃下他的死亡餅乾，努力不吐出來。他覺得這餅乾像是加了鋸木屑，而不是糖。

「好吃。」派波說。就連阿芙蘿黛蒂的女兒都忍不住做了個鬼臉。

「很好，」尼克吞下他的最後一口大麥餅乾，「這應該可以讓我們不會中毒。」

「中毒？」里歐問：「我怎麼沒聽說中毒的事？因為我很愛中毒耶。」

「很快就會了，」尼克很肯定地說：「大家彼此靠近一點，或許可以避免走失或發瘋。」

尼克做了這個快樂的結論，然後帶領他們走向地底下。

地道呈螺旋狀緩緩通往下方，頭上有白色的石頭做成拱頂作爲支撐，這讓法蘭克聯想到鯨魚的骨架。

他們向前走的時候，海柔伸手碰觸那些石造設施。「這不是神殿的一部分，」她低聲說：「而是……一棟大宅的地下室，是在古希臘晚期建造的。」

光是處在地底下的某個地方，海柔就能辨別出那麼多資訊，這讓法蘭克覺得毛骨悚然。他根本不知道海柔有沒有說錯。

「一棟大宅？」他問：「拜託不要跟我說我們弄錯地方了。」

「冥王之府在我們下面，」尼克向他保證，「不過海柔說得對，上面的這幾層比較新。考古學家第一次挖掘這個地點的時候，以為自己找到冥王之府，後來才發現這個遺址的年代太近了，於是以為找錯了地方。其實他們剛開始是對的，只是挖得不夠深。」

他們轉了個彎，然後停下腳步。在他們面前，有一塊巨大的岩石擋住去路。

「這是崩落的嗎？」傑生問。

「這是個測試，」尼克說：「海柔，你可以盡一下地主之誼嗎？」

海柔走向前，把手放在岩石上，整塊巨岩粉碎成塵土。

地道為之震動，許多條裂縫延伸越過天花板。好一段時間非常駭人，法蘭克想像會有大量的土石崩塌下來壓扁他們；那種死法眞是令人失望，畢竟他們經歷過那麼多事啊。接著，隆隆聲平息下來，塵埃漸漸落定。

有一道樓梯彎曲深入地下，圓弧狀的天花板也用更多重複的拱頂構造支撐住，石拱是由亮晶晶的黑色岩石雕刻而成，而且排列得更密集。通往下方的一道道石拱讓法蘭克覺得頭昏腦脹，覺得自己好像看著一面無窮反射的鏡子。此外，牆壁上畫著粗糙的黑牛圖畫往下走。

「我眞的不喜歡牛。」派波低聲說。

「同意。」法蘭克說。

「那些是黑帝斯的牲畜，」尼克說：「只是要象徵……」

「你們看。」法蘭克指著前方。

在樓梯的第一階，有個金色酒杯閃閃發亮。法蘭克相當確定剛才並沒有那個酒杯。杯子裡裝滿暗綠色的液體。

「好耶，」里歐半眞半假地說：「我猜那就是我們的毒藥吧。」

尼克拿起那個酒杯。「我們正站在冥王之府的古代入口處。奧德修斯來過這裡，還有其他十幾位混血英雄也來過，他們都來尋求死者的勸告。」

「死者是不是都會勸他們立刻離開？」里歐問。

「我很能接受那樣的勸告。」派波坦白說。

尼克端起酒杯喝了一口，然後遞給傑生。「你問我關於信任的事，還有冒險？嗯，現在換你了，朱比特之子。你有多信任我？」

法蘭克不確定尼克在說什麼，不過傑生一點都沒有猶豫，接過杯子便喝了一口。

他們接連傳遞酒杯，每個人都喝了一口毒藥。法蘭克等著輪到他喝的時候，努力讓自己的雙腿不要發抖、肚子不要翻攪。他好想知道，如果祖母見到他會說些什麼呢？

「張法義，你這個笨蛋！」她很可能會這樣破口大罵。「如果你所有的朋友都喝了毒藥，你也會傻傻喝下去嗎？」

法蘭克是最後一個。綠色液體的味道讓他聯想到臭掉的蘋果汁。他把酒杯內的液體一飲而盡，接著酒杯在他手裡化為一團煙。

尼克點點頭，顯然很滿意。「恭喜各位。假定這毒藥不會讓我們死掉，所以我們應該可以找到路，穿過冥王之府的第一層。」

「只有第一層喔？」派波問。

尼克轉身看著海柔，並指著樓梯。「姊姊，請帶路。」

過沒多久，法蘭克感覺完全失去了方向感。樓梯分開成三條，分別通往不同方向，每次海柔選定其中一條，之後樓梯又會再分成好幾條。他們在錯綜複雜的地道和看起來全都長得一模一樣的粗糙墓穴裡轉來轉去，墓穴的牆壁上挖出許多壁龕，裡面滿是灰塵，以前很可能曾經放置遺體。一道道門上的石拱都畫了黑色的牛、白色的白楊樹和貓頭鷹。

「我還以爲貓頭鷹象徵的是米娜瓦。」傑生喃喃說著。

「嗚角鴞是黑帝斯的神聖動物之一，」尼克說：「牠的叫聲是不好的預兆。」

「走這邊，」海柔指著一道門，看起來和其他的門根本沒兩樣。「這是唯一一道不會壓垮我們的門。」

「選得好啊。」里歐說。

法蘭克開始覺得自己逐漸遠離活人的世界了。他的皮膚微微刺痛，不曉得是不是毒藥的副作用。裝著火棒的小袋子在皮帶上顯得愈來愈沉重。他們的魔法武器發出奇異的光芒，在那些光芒的照耀下，他的朋友們看起來很像是忽隱忽現的鬼魂。

冷空氣拂過他的臉。在他腦中，阿瑞斯和馬爾斯變得沉默，但法蘭克覺得好像聽見其他聲音在旁邊通道裡喃喃低語，召喚著他改變方向，以便更靠近那些聲音一點，好仔細聆聽那些話語。

最後，他們終於到達一道拱門，上頭雕刻了許多人類頭骨的形狀，或者根本是許多人類頭骨鑲嵌在岩石裡。在戴克里先的權杖發出的紫光中，那些空洞的眼窩似乎眨起眼來。

海柔伸出一隻手抓住法蘭克的手臂，害他嚇得差點撞到天花板。

「這是第二層的入口，」她說：「我最好先察看一下。」

法蘭克根本沒意識到自己先走到門前了。

「呃，好……」他讓路給海柔先走。

海柔伸手觸摸一個個雕刻的頭骨。「門上沒有設置陷阱，不過……這裡有點奇怪。我的地下感有點……有點模糊，很像是有人對我施加作用，讓我看不到前方的情況。」

「會不會是黑卡蒂警告你的那個女巫？」傑生猜測，「就是里歐在夢中看過的那個？她叫什麼名字？」

海柔咬著嘴唇。「不要說出她的名字比較保險。但是要保持警覺。我可以確定一件事，從這個地方開始，死人的力量會比活人的力量還要強大。」

法蘭克不曉得她怎麼知道，不過他相信海柔。黑暗中的低語聲似乎變得愈來愈大了，他瞥見陰影中有些動靜。從朋友們的眼睛轉來轉去的樣子看來，他猜想大家也都看到東西。

「怪物在哪裡啊？」他故意大聲問：「我以為蓋婭會派出大軍守住死亡之門。」

「不知道。」傑生說。他黯淡的皮膚看起來簡直像剛才酒杯裡的毒藥一樣綠。「在這個關頭，我還寧可來個正面對決。」

「老兄，說願望的時候最好小心一點。」里歐在手中召喚出一個火球，就這麼一次，法蘭克好高興能看到火。「就我個人來說，我還比較希望沒人在家。我們走進去，找到波西和安娜貝斯，毀掉死亡之門，然後走出去。也許在紀念品商店停留一下。」

「是啦，」法蘭克說：「還眞的咧。」

地道突然搖晃起來，許多粗大的石頭從天花板轟然掉落。

海柔抓住法蘭克的手。「很近了，」她低聲說：「這些通道不必再走太久就會到了。」

「死亡之門剛才又打開了一次。」尼克說。

「好像大概每十五分鐘打開一次。」派波指出。

「每十二分鐘，」尼克更正，但沒有說明他是怎麼知道的。「我們最好快一點，波西和安娜貝斯在不遠的地方。他們現在很危險，我感覺得到。」

他們更往深處走，地道也變寬了。天花板升高到六公尺高，裝飾著許多精細的繪畫，描繪貓頭鷹站在白楊樹幹上。多出這些空間應該會讓法蘭克覺得舒服多了，不過他滿腦子想的都是戰術策略。這些地道夠大，可以容納大型怪物，甚至巨人。附近到處都有死角，很適合埋伏，因此他們這群人很容易就會腹背受敵或遭到包圍，而且也沒有撤退的好方法。

法蘭克的所有直覺都叫他離開這些地道。現在看不到任何怪物，只是表示牠們都躲起來了，等著布下陷阱。即使法蘭克知道這點，卻也無計可施，因爲他們非找到死亡之門不可。

里歐舉著火焰靠近牆壁。法蘭克看到石頭上刻著古希臘人的塗鴉，他看不懂古希臘文，不過猜想那是祈禱文，或是對死者的祈求，是數千年前的朝聖者所寫的。地道的地面上也散布著瓷器碎片和銀幣。

「祭品嗎？」派波猜測說。

「沒錯，」尼克說：「如果希望你的祖先現身，就必須獻上祭品。」

「我們不必獻上祭品吧。」傑生提議。

沒人反駁。

「從這裡開始，地道不太穩固，」海柔警告說：「地面可能會……嗯，總之，跟緊我的腳步，一定要踩在我踏腳的地方。」

她開始向前走。法蘭克走在她的右後方……並不是因爲他覺得自己特別勇敢，而是因爲如果海柔需要協助，他希望靠近一點。戰神的兩個聲音又在他的耳際爭執不休。他可以感覺到危險……現在非常靠近了。

「張法義。」

他完全停下腳步。那個聲音……不是阿瑞斯或馬爾斯的聲音，似乎是從正後方傳來，像是有人對他附耳說話。

「法蘭克？」傑生在他背後低聲說：「海柔，等一下。法蘭克，你怎麼了？」

「沒事，」法蘭克喃喃說著：「我只是……」

「皮洛斯，」那個聲音說：「我在皮洛斯等你。」

法蘭克感覺到毒藥好像又湧回他的喉嚨。他以前有好多次都很害怕，甚至曾經與死神面對面。

然而這個聲音讓他害怕的方式完全不一樣。它共振到他的骨子裡，彷彿知道他的每一件事，包括他的詛咒、他的過往、他的未來。

他的祖母總是非常看重敬拜祖先這回事，那是中國的傳統。你得要撫慰亡者，你得要認眞看待他們。

法蘭克總是認爲祖母的迷信行爲非常愚蠢，但他現在完全改觀了。他毫不懷疑……對他說話的那個聲音來自他的某位祖先。

「法蘭克，不要動。」海柔的聲音聽起來很緊張。

他低下頭，意識到自己即將跨出路徑外。

「爲了活下來，你必須出面帶頭，」那個聲音說：「斷開來的時候，你必須掌控局面。」

「帶頭去哪裡？」他大聲問。

然後那個聲音就消失了。法蘭克感覺得到它就此消失，有點像溼度突然大幅下降。

「大個兒，怎樣？」里歐說：「可以不要對我們抓狂嗎？拜託啦，而且謝謝你。」

法蘭克的朋友們全都憂心忡忡地看著他。

「我沒事，」他勉強說：「只是……有個聲音。」

尼克點點頭。「我警告過你了。情況還會更糟，我們應該要……」

海柔舉起手，示意大家安靜。「各位，在這裡等一下。」

法蘭克不喜歡那樣，不過她還是一馬當先往前走。他在心裡數到二十三之後，海柔終於回來，表情扭曲而且憂愁。

「前面的空間很可怕，」她警告，「不要驚慌。」

「可怕和驚慌這兩件事不搭啦。」里歐喃喃說著，但大家還是跟著海柔進入洞窟。

這個地方很像圓形的教堂，極爲高聳的天花板在黑暗中看不清楚。四面八方還有十幾條地道通往不同方向，每一條地道都迴盪著鬼魅般的聲音。最令法蘭克緊張的是地板，由許多骨頭和寶石拼貼成非常陰森的馬賽克樣式，包含人類的大腿骨、髖骨和肋骨，全都扭曲、融合在一起，構成平滑的表面，其間點綴著鑽石和紅寶石。那些骨頭構成各式各樣的圖案，很像許多瘦骨嶙峋的軟骨功表演者擠成一團，每個都彎曲了身子保護那些貴重寶石，眞可說是死亡與財富共舞。

「不要摸任何東西。」海柔說。

「根本沒打算要摸。」里歐嘀咕了一句。

傑生環顧一下各個出口。「現在要往哪邊走？」

這是頭一次，尼克顯得不確定。「這裡應該是祭司召喚出力量最大的魂魄的房間。其中一條走道可以通往神殿的更深處，通到第三層和黑帝斯自己的祭壇。不過是哪一條呢……？」

「那一條。」法蘭克指著。在房間正對面另一端的一個門口，有個鬼魅般的古羅馬軍人對他們招手。他的臉孔模糊難辨，可是法蘭克有種感覺，那個鬼似乎直直看著他。

海柔皺起眉頭。「爲什麼是那一條？」

「你沒看到那個鬼嗎？」法蘭克問。

「鬼？」尼克也問。

這下可好……假如法蘭克看到的鬼是冥界孩子看不到的，一定有什麼事情不對勁。他覺得腳下的地板不斷震動，然後才意識到地板是眞的在震動。

「我們得趕快跑到那個出口，」他說：「快！」

海柔幾乎要用力擒抱才能制止他。「法蘭克，等一下！這裡的地板並不穩固，而在地板下面……嗯，我也不確定底下有什麼，所以我得小心找出安全的路徑。」

「那就快點啊。」他催促著說。

他抓著自己的弓，以他敢推的最快速度推著海柔前進。里歐盡量緊跟在他後面提供光源，其他人則小心看顧後方。法蘭克很清楚朋友們都被他嚇壞了，但實在沒辦法啊，他直覺知道大夥兒只有幾秒鐘的時間……

在他們前方，軍人鬼魂已經飄散消失。洞穴裡迴盪著怪物的吼叫聲，也許有十幾個，也可能有上百個敵人從四面八方湧過來。法蘭克可以辨認出地生族的低沉吼聲、葛萊芬的尖厲叫聲、獨眼巨人從喉嚨深處發出的吶喊聲，所有聲音全都喚起他對新羅馬戰役的記憶；聲音在地底下不斷放大，也迴盪在他的腦袋裡，甚至比戰神的聲音還要巨大。

「海柔，不要停下來！」尼克一邊命令、一邊從腰帶上拔起戴克里先的權杖。眼看著大批怪物湧進洞穴裡，派波和傑生也拔出各自的劍。

六臂地生族的先遣部隊連續投擲大量石塊，把骨頭與珠寶拼接的地板砸破，地板像冰塊一樣碎裂開來。一道裂縫延伸到房間的正中央，直直朝里歐和海柔而來。

沒有時間小心翼翼了。法蘭克抓住里歐和海柔，三個人一起滑過整個洞穴，最後停在剛才鬼魂站立的地道口，同時有大量岩石和長矛飛過他們頭頂。

「走啊！」法蘭克大喊：「走啊，走啊！」

海柔和里歐跌跌撞撞衝進地道，這似乎是唯一沒有怪物的一條地道。法蘭克不確定這是不是好兆頭。

向內走了兩公尺之後，里歐轉過身。「其他人啊！」

整個洞穴劇烈震動。法蘭克回頭看，眼前景象讓他的勇氣瞬間化爲灰燼。有一道十五公尺寬的新裂隙把洞穴分隔成兩半，原本的骨頭地板只剩兩條搖搖晃晃的連接部分跨接其間。怪物大軍全部在對面那側，挫折又氣憤地大吼大叫，不管抓到什麼東西就扔過來，包括抓到彼此都扔。有些怪物試圖跨越那兩條連接的橋梁，但受到他們體重的重壓，兩條橋發出吱嘎聲且開始碎裂。

傑生、派波和尼克站在裂隙的這一邊，這是好消息，不過他們周圍環繞著一群獨眼巨人和地獄犬。更多的怪物不斷從旁邊走道湧出來，而且頭頂上還有葛萊芬飛來繞去，完全不受地板坍塌的影響。

那三個半神半人絕對到不了這條地道，就算傑生想辦法讓他們飛起來，他們也會在空中被撞下來。

法蘭克突然想起他祖先說的話：「斷開來的時候，你必須掌控局面。」

「我們得幫他們。」海柔說。

法蘭克的思緒轉得飛快，計算著戰鬥情勢。他完全看出情況會怎麼發展：他的朋友們會在何處和何時遭到殲滅，以及他們全部六個人將會如何死在這個洞穴中……除非法蘭克改變整個方程式。

「尼克！」他大喊：「那支權杖。」

尼克舉起戴克里先的權杖，於是整個洞穴閃耀著紫光。大批鬼魂開始從中間的裂隙爬出來，也從旁邊的牆壁擠出來，這是一整個古羅馬軍團，而且裝備齊全。他們開始顯現出實體形狀，很像會走路的殭屍，不過似乎很困惑的樣子。傑生以拉丁語大喊，命令他們排成隊形並發動攻擊，但這群活死屍只是拖著腳步走入怪物群中，一時造成大混亂，不過顯然維持不了太久。

法蘭克轉身看著里歐和海柔。「你們兩個繼續前進。」

海柔瞪大眼睛。「你說什麼？不行！」

「非這樣不可。」法蘭克從來沒有做過這麼困難的決定，但他知道這是唯一的選擇。「找到死亡之門，救出波西和安娜貝斯。」

「可是……」里歐望著法蘭克的背後。「趴下！」

一大批岩石從頭頂上轟然飛過，法蘭克及時蹲下尋找掩蔽。他全身都是灰塵，一邊咳嗽、一邊努力想要站起來時，突然發現地道的入口不見了，一整段牆壁轟然垮下，只剩下斜斜的碎石堆不斷冒煙。

「海柔……」法蘭克喊得聲音都破了，只能祈求她和里歐在碎石堆的另一頭安然無恙。他實在沒辦法思考相反的可能性。

憤怒湧上他的心頭。他轉過身，奮力衝向那群怪物大軍。

67 法蘭克

法蘭克對鬼魂並沒有特別熟悉，不過那些死去的羅馬軍人一定全部是半神半人，因爲他們絕對有注意力不足過動症。

他們前仆後繼爬出深淵，然後漫無目的地繞來繞去，彼此碰撞胸膛卻沒有特別的原因，把一個個同伴推回裂隙中，還朝向空中射箭，一副想要殺蒼蠅似的，偶爾才會很不巧地朝敵人的方向扔出標槍、利劍或自己的夥伴。

同一時間，怪物大軍的數目愈來愈多、也愈來愈憤怒。地生族扔出大量石塊撞開那些殭屍羅馬軍人，把他們壓得像紙張一樣扁。有些女惡魔有著不相配的兩條腿和蓬亂的毛髮（法蘭克猜她們是恩普莎），她們露出尖牙，對其他怪物大吼大叫、發號施令。還有十多個獨眼巨人率先走上搖搖欲墜的橋，同時也有長得像海豹的人形怪物（那是鐵勒金，很像法蘭克在亞特蘭大看過的那種）扔出一瓶瓶希臘火藥越過裂隙飛來。怪物群中甚至混了幾隻瘋狂的半人馬，他們不斷射出燃燒的飛箭，還把體型較小的同夥怪物踩在馬蹄下。事實上，大多數敵人似乎都配備某種會燃燒的武器，因此法蘭克即使有新的防火小袋，依舊覺得很不安。

他擠過這群死掉的羅馬人，不斷用箭射下怪物，直到箭射光了，才慢慢走向他的朋友們。

過了一會兒之後，他終於意識到，哎呀，他應該變身成某種巨大、有力的動物才對，例如大熊或巨龍之類。腦中才剛冒出這個念頭，他的手臂突然傳來一陣劇痛。他有點站不穩，於是低下頭看，簡直不敢相信自己的眼睛，居然有一支箭桿射穿了他左手臂的二頭肌，衣服袖子都讓鮮血給浸溼了。

這個景象令他頭暈目眩，但更多的情緒是氣憤難當。他想要變身成一條巨龍，運氣卻不太好，疼痛讓他很難集中注意力。也許受傷的時候就沒辦法變身了。

「這下好了，」他心想，「現在終於讓我發現這件事了。」

他扔下手中的弓，撿起一把劍，那把劍原本屬於倒在地上的……呃，他實在不知道那東西叫什麼，像是某種爬蟲類女戰士，下半身以蛇身取代了兩條腿。他揮劍往前衝，同時努力忽略手臂的疼痛和持續滴落的鮮血。

大約在前方五公尺處，尼克以一隻手揮舞他的黑劍，另一隻手高舉戴克里先的權杖。他不斷對羅馬軍人喊著各種指令，然而那些軍人完全不理他。

「他們當然不會聽啦，」法蘭克心想，「尼克是希臘人耶。」

傑生和派波站在尼克的背後。傑生召喚了一陣陣強風，把標槍和飛箭轟到旁邊去，還讓一瓶希臘火藥轉向，直直飛進一隻葛萊芬的喉嚨裡，把牠炸成一團火焰，然後一邊旋轉、一邊掉入裂隙深淵裡。派波則讓她的新劍派上用場，同時用另一隻手撒出豐饒角裡的食物，把火腿、雞肉、蘋果和橘子當做攔截飛彈。於是，裂隙上空變成各式燃燒彈、爆炸石塊和新鮮食物的煙火秀。

然而，法蘭克的朋友們沒辦法永遠這樣撐下去。傑生的臉上已經滿是汗珠，他不斷用拉丁語大喊：「排成戰鬥隊形！」但那些死去的羅馬軍人同樣不聽他的話。有些殭屍之所以發揮作用，只是因爲他們擋住怪物的去路並著了火。如果他們繼續遭到殘殺，剩下來的人數就不夠組織成軍了。

「讓開！」法蘭克大喊。結果出乎他的意料，那些死掉的羅馬軍人居然在他面前分開成兩邊，而且最靠近的幾個人轉過來，以空洞的眼神瞪著他，一副正在等待下一步指令似的。

「噢，這下好了……」法蘭克咕噥著說。

在威尼斯的時候，馬爾斯曾經警告他，領導力的真正試煉即將到來。法蘭克的祖先靈魂也督促他掌控局面。可是，如果這些死羅馬人都不聽傑生的命令，憑什麼應該他的話？因爲他是馬爾斯的孩子嗎？或者可能因爲……

他猛然想出眞正的答案。傑生不再算是羅馬人了，他待在混血營的時光改變了他。蕾娜早已看出這一點，顯然這些不死的羅馬軍人也是。假如傑生不再能產生正確的心靈感應，或者散發出羅馬領導人的魅力……

這時，一批獨眼巨人轟然墜落在他們之間，法蘭克連忙衝上去幫助朋友們。他舉劍擋開一名獨眼巨人的棍棒，然後刺中一個怪物的腿，把它丟回裂隙裡；接著又有另一個怪物衝過來，法蘭克努力想要刺中那怪物，但大量失血讓他變得很虛弱，視線也變得模糊，兩耳嗡嗡鳴叫。

法蘭克隱約意識到傑生在他的左側，用狂風把射過來的各式飛彈擋回去；派波則在他的右邊，以魅語喊著各式指令，鼓動那些怪物攻擊彼此，或是叫怪物們來個漂亮的跳躍，跳回裂隙裡面。

「會很好玩喔！」她向那些怪物保證。

有幾隻怪物聽進去了，但隔著深淵的對面，恩普莎會反抗她的命令，顯然她們也有自己的魅語。法蘭克四周的怪物愈聚愈多，他快要不能揮劍了，而且即使手臂沒有中箭，光是怪物們的口臭和身體的惡臭幾乎讓他昏倒在地。

法蘭克究竟該怎麼辦？他心中自有盤算，思緒卻變得愈來愈混亂。

「這些笨鬼！」尼克大叫。

「他們都不肯聽話！」傑生表示同意。

就是這樣！法蘭克必須讓那些鬼魂乖乖聽令。

他鼓起全身的力氣大喊：「各個分隊……盾牌卡緊！」

他周圍的殭屍全都開始移動。他們在法蘭克面前排列成行，彼此的盾牌緊緊靠在一起，組成略顯參差的防禦隊形。不過他們移動得太慢了，簡直像夢遊似的，而且只有少數幾個人回應法蘭克的喊叫聲。

「法蘭克，你是怎麼辦到的？」傑生大喊。

法蘭克的頭因爲疼痛而暈眩，他努力不讓自己昏過去。「我是高級的羅馬軍官，」他說：「他們……呃，他們不認得你，抱歉。」

傑生做了個鬼臉，但沒有表現出特別驚訝的樣子。「我們可以怎麼幫你？」

法蘭克很希望自己知道答案。一隻葛萊芬在頭上盤旋，尖利的爪子差點割斷他的頭。尼克用戴克里先的權杖揮打它，於是怪物改變方向，撞上了牆壁。

「世界隊形！」法蘭克發出命令。

大約二十幾名殭屍遵守命令，在法蘭克和他的朋友們周圍努力排列成圓形的防禦隊形。這樣足以讓三個混血人稍微喘息一下，不過實在有太多敵人擠上前來了。大多數的羅馬軍人鬼魂仍然渾渾噩噩地隨處晃蕩。

「是我的位階的關係。」法蘭克終於明白。

「這些怪物都有不同位階啊！」派波一邊大喊、一邊刺中一隻狂野的半人馬。

「不是那個意思啦，」法蘭克說：「我只是個分隊長。」

傑生用拉丁語咒罵一句。「他的意思是說，他沒辦法控制整個軍團，因為軍階不夠高。」

尼克向另一隻葛萊芬揮舞他的黑劍。「嗯，那麼晉升他的軍階啊！」

法蘭克的思考速度變得很緩慢，不能理解尼克的意思。晉升？要怎麼晉升啊？

傑生用他訓練士兵的最大聲音喊：「法蘭克．張！我，傑生．葛瑞斯，第十二軍團的執法官，向你下達我的最後命令：我辭去我的職位，以緊急戰地晉升方式命你為執法官，並擁有該軍階的所有權力。接受這個軍團的命令！」

法蘭克感覺到冥王之府的某個地方好像有一道門打開了，而且湧入一股新鮮空氣，掃過每一條地道。刺入他手臂的那支箭突然變得無關緊要，他的思緒清晰了，視線變得銳利，而且馬爾斯和阿瑞斯的聲音又在他腦中說起話來，他們強有力地一致說著：「擊潰他們！」

法蘭克用自己幾乎認不得的聲音大喊：「軍團，柱形隊形！」

洞穴裡每一個死掉的羅馬軍人立刻拔出劍、舉起盾牌。他們匆忙跑向法蘭克這邊，把擋路的怪物推開或砍死，直到所有人肩並肩站好，排成正方形的陣列。大量的石塊、標槍和火球依舊彈如雨下，但現在法蘭克擁有一道紀律嚴明的防禦陣線，以青銅和皮革組成的防禦牆擋在他們面前。

「弓箭手！」法蘭克大喊：「射出火焰！」

他對這項命令能否實現並沒有抱太大期望，因爲那些殭屍的弓箭看起來不太堪用。不過出乎他的預料之外，有好幾十名鬼魂斥候兵站出來，動作一致地彎弓搭箭，箭尖也同時冒出火焰，於是一波死亡的火焰劃出一條弧線，飛越軍團陣線上空，直直射入敵方陣營。獨眼巨人都倒下了，半人馬也東倒西歪，另外有一隻鐵勒金因爲前額刺入一支燃燒的飛箭而淒厲尖叫、繞著圈子跑。

法蘭克聽見身後傳來一陣笑聲。他回頭看，幾乎不敢相信自己的眼睛。尼克．帝亞傑羅竟然笑起來了！

「這才像話，」尼克說：「咱們來扭轉局勢吧！」

「楔形隊形！」法蘭克大喊：「再射出重標槍！」

殭屍陣線增加正中央的人數，排列成楔形，準備向前搗破敵人的主力。他們放低手上的長矛，排列成密密的一排，然後向前衝。

地生族尖聲號叫，接連投擲巨石，獨眼巨人也對緊密串連的盾牌猛揮拳頭和棍棒，不過殭屍軍團再也不是如紙張般脆弱的目標了，他們有著非人的強大力量，即使遭受猛烈攻擊也不動搖。過沒多久，地板上就布滿了怪物塵土。標槍陣線宛如一組巨大的利齒咬斷敵軍，陸續擊倒食人巨怪、蛇身女妖和地獄犬，而法蘭克號令的弓箭手也射下空中的葛萊芬，讓裂隙對面的怪物大軍主力群掀起一陣大混亂。

法蘭克的部隊武力開始控制住洞穴這邊的情勢了。其中一條石橋已經坍垮，不過還有更多怪物試圖從另一條橋湧過來。法蘭克必須阻止那些怪物。

「傑生，」他大喊：「你可不可以把一些羅馬軍人吹送到裂隙的另一邊？敵軍的左翼比較弱……看到沒？拿下那邊！」

傑生露出微笑。「樂意之至。」

有三個死羅馬人高升到空中，飛過那道裂隙；接著又有三個死人跟過去。最後，傑生也讓自己飛過去，於是他的小隊開始猛砍一些看似非常驚訝的鐵勒金，也讓敵軍陣列瀰漫著恐慌氣氛。

「尼克，」法蘭克說：「繼續想辦法喚醒死人，我們還需要更多兵力。」

「知道了。」尼克高舉戴克里先的權杖，只見權杖散發出更爲深沉的紫光，又有更多的羅馬人鬼魂從牆壁冒出來，加入戰鬥行列。

而在裂隙的另一邊，恩普莎以法蘭克聽不懂的一種語言大聲喊出命令，不過她們的意圖十分明顯，看來是叫夥伴們彼此掩護，然後前仆後繼衝過石橋。

「派波！」法蘭克大喊：「反擊那些恩普莎！我們需要製造一些混亂。」

「還以爲你不會要求呢！」她開始對那些女惡魔尖聲叫罵：「你們化的妝簡直像鬼畫符！你們的朋友都說醜死了！你背後那個正在對你做鬼臉！」三兩下之後，那些女吸血鬼便忙著互毆，再也沒空下指令。

羅馬軍人向前挺進，繼續步步進逼。他們必須搶在傑生不敵那些怪物之前拿下石橋。

「該率領前線發動攻勢了。」法蘭克下了決定。於是他舉起一把借來的劍，號召眾人向前衝刺。

68 法蘭克

法蘭克沒有注意到自己正在發光。後來傑生告訴他，馬爾斯的保佑讓他渾身裹著紅光，就像在威尼斯的時候一樣。標槍傷不了他，石頭不知爲何也會反彈回去，就算有一支箭刺穿他的左手臂二頭肌，他還是感覺到前所未有的滿滿精力。

他遇上的第一個獨眼巨人這麼快就倒下，簡直像是在搞笑；法蘭克把他從肩膀到腰部劈成兩半，只見那大個子爆炸成一片塵土。下一個獨眼巨人緊張兮兮地往後退，於是法蘭克從下方砍斷他的兩條腿，把他送進裂隙深淵。

位在裂隙這一側的其餘怪物連忙想撤退，但軍團切斷他們的退路。

「鐵棒隊形！」法蘭克大喊：「單一縱隊，前進！」

法蘭克一馬當先通過石橋，其餘的死人隨後跟上，彼此的盾牌依舊緊靠在一起並護住頭頂，將所有攻勢反彈回去。等到最後一批殭屍都通過之後，石橋終於坍塌掉入黑暗中，不過到了這時已經無關緊要了。

尼克繼續召喚更多的羅馬軍人加入戰鬥。在整個古羅馬帝國史上，成千上萬個羅馬人曾經從軍且戰死在希臘，而現在他們回來了，回應著戴克里先權杖的召喚。

法蘭克向前猛攻，把擋在他前進路徑上的所有東西摧毀殆盡。

「我會燒死你！」一個鐵勒金尖聲叫喊，絕望地揮舞一瓶希臘火藥。「我有火！」

法蘭克把他摺倒。眼看著火藥瓶即將掉落地面，法蘭克搶在爆炸前把它踢到懸崖對面。

有個恩普莎揮舞她的利爪掃過法蘭克的胸膛，但法蘭克沒有任何感覺，只是把惡魔劈成一堆塵土，然後繼續前進。疼痛一點都不重要，失敗更是連想都不用想。

他現在是軍團的領導者，執行著生來就注定要做的事：對抗羅馬的敵人，捍衛羅馬的遺產，並且保護他的朋友和夥伴的生命。他是執法官法蘭克·張。

他所率領的軍隊大舉掃蕩敵軍，破除敵軍想要重新組編的每一個企圖。傑生和派波在他的兩旁一同奮戰、忘情大喊。尼克則將最後一群地生族消滅殆盡，他揮舞著黑色冥河鐵劍，把他們揮砍成一堆溼答答的黏土堆。

法蘭克還沒意識到，戰鬥就結束了。派波把最後一個恩普莎砍成兩半，怪物蒸發掉，徒留一陣痛苦的號叫聲。

「法蘭克，」傑生說：「你著火了。」

他低頭看，原來有幾滴油潑濺在他的褲子上，因為火苗開始悶燒。他連忙拍打一番，直到悶燒處不再冒煙，但他並不會太擔心。多虧有里歐，他再也不需要擔心自己著火了。

尼克清清喉嚨。「呃……還有一支箭刺穿你的手臂。」

「我知道。」法蘭克折斷箭尖，然後拔出箭的尾部。他只感覺到一陣溫暖、拉扯的感覺。

「沒事啦。」

派波讓他吃一塊神食。她一邊幫法蘭克包紮傷口、一邊說：「法蘭克，你實在太厲害了，徹徹底底嚇死人，不過超厲害的。」

法蘭克不知道該怎麼接話才好。「嚇死人」這個詞沒辦法套用在他身上吧，他只是法蘭克而已。

他的腎上腺素逐漸消退。環顧四周，他很疑惑所有的敵人都到哪裡去了；剩下來的唯一一種怪物是他自己的不死羅馬人，他們全都呆愣站著，手上的武器垂放在身邊。

尼克舉起他的權杖，頂上的圓球變黑，不再有動靜。「那些死人不會留在這裡太久，因爲戰鬥已經結束了。」

法蘭克面對他的部隊。「軍團！」

那些殭屍士兵啪的一聲立正站好。

「你們非常英勇，」法蘭克對他們說：「現在可以休息了。解散。」

於是他們散落成一堆堆的骨頭、盔甲、盾牌和武器，接著連這些東西也碎裂瓦解。

法蘭克覺得自己全身的骨頭似乎也要散開了。儘管吃了神食，他受傷的手臂開始隱隱抽痛，也因爲筋疲力竭而覺得眼皮好重。馬爾斯的保佑漸漸退去，讓他整個人彷彿掏空了一般。不過他的任務還沒有完成。

「還有海柔和里歐，」他說：「我們得找到他們。」

他的朋友們望向裂隙的另一邊。在洞穴的另外那一端，海柔和里歐進入的地道口已經掩埋在成堆的碎石底下。

「那條路行不通，」尼克說：「也許……」

他突然雙腿一軟，要不是傑生抓住他，他可能就倒下去了。

「尼克！」派波說：「怎麼了？」

「死亡之門，」尼克說：「發生事情了。波西和安娜貝斯……我們得立刻去找他們。」

「可是要怎麼去呢？」傑生說：「地道不見了。」

法蘭克咬緊牙關。他費盡了千辛萬苦，可不是要在朋友們身陷困境的時候站在旁邊束手無策。「不會太好玩，」他說：「不過還有另一條路。」

69 安娜貝斯

被塔耳塔洛斯殺死，似乎不是什麼光榮的事。

安娜貝斯抬頭看著他那黑色漩渦狀的臉孔，心裡暗自決定，她還寧可死於比較不那麼令人難忘的方式，也許是跌下樓梯死掉，或者與波西一起度過美好、平靜的人生之後，在八十歲時於睡夢中安詳離世。沒錯，那樣聽起來好多了。

遇上這種無法用武力打敗的敵人，對安娜貝斯來說已經不是第一次了。一般來說，這種時候又該輪到她上場，運用一些機智的雅典娜式閒聊法，拖延一點時間。

只不過她根本發不出聲音，連閉上嘴巴都辦不到。就她所知，此刻她張大嘴巴流口水的模樣，大概像波西睡覺流口水一樣難看。

她隱約意識到怪物大軍在她周圍繞圈圈，但是除了剛開始發出勝利的怒吼，現在大軍則是一片靜默。安娜貝斯和波西應該早就被牠們撕成碎片了，然而那些怪物一直保持距離，等待塔耳塔洛斯採取行動。

深淵之神彎曲手指，檢視他自己閃亮的黑色利爪。他面無表情，卻挺直了肩膀，似乎很高興的樣子。

「擁有形體真是不錯，」他以特殊的語調高聲說話，「有了這兩隻手，我就可以挖出你們的內臟。」

他的聲音聽起來很像把錄音帶倒著播放，那些字字句句彷彿被他臉部的漩渦吸進去，而非投射出來。事實上，這位深淵之神的臉孔似乎把周圍的所有東西吸進去，包括昏暗的光線、毒雲、怪物的精力等，甚至包括安娜貝斯自己脆弱的生命力。她環顧四周，發現這個廣大平原上的每一個物體都長出蒸汽般的彗星尾，全部以塔耳塔洛斯為中心。

安娜貝斯知道自己應該開口說一些話，然而直覺告訴她最好閉上嘴，免得做出任何事吸引了深淵之神的注意力。

除此之外，她又能說什麼呢？對他說「你絕對不會消遙法外」嗎？

怎麼可能。她和波西之所以能活這麼久，只是因為塔耳塔洛斯正在欣賞自己的新形體。他很想好好享受把他們撕成碎片的樂趣。如果塔耳塔洛斯眞是這麼想，安娜貝斯根本不必懷疑，他只消在一念之間就會摧毀她，如同把海波利昂和克里奧斯蒸發掉一樣輕而易舉。而在那之後有沒有重生的機會呢？安娜貝斯一點都不想知道。

在她身旁，波西做了一件事，她從沒看過他這樣。他扔下手中的劍。只見波濤劍從他手中落下，發出匡噹一聲掉在地上。死亡迷霧不再籠罩他的臉，不過他的氣色依舊和屍體沒有兩樣。

塔耳塔洛斯再度發出嘶嘶聲，可能是在笑吧。

「你們的恐懼聞起來眞是美好，」深淵之神說：「我終於了解，肉身有這麼多的感官確實很棒。也許我摯愛的蓋婭是對的，她執意要從長眠狀態覺醒過來。」

他伸出巨大的紫色手掌，正想要像拔雜草一樣抓起波西，但鮑伯出面制止。

「走開！」泰坦巨神舉起他的長矛對準天神。「你沒有權利干涉！」

「干涉？」塔耳塔洛斯轉過身。「弱小的伊阿珀特斯，我是所有黑暗生物的主宰。只要我高興，什麼事都可以做。」

他的黑旋風臉孔旋轉得愈來愈快了，怒吼聲聽起來好可怕，安娜貝斯不禁雙膝一跪，用力掩住自己的耳朵。鮑伯也差點摔倒，深淵之神的臉孔把他的生命力不斷吸過去，生命力的微小彗星尾巴拖得愈來愈長了。

鮑伯不願就範，反抗大吼。他衝向前，將長矛對準塔耳塔洛斯的胸膛刺過去，只是還來不及接觸到，塔耳塔洛斯大手一揮，便把鮑伯像討厭的小蟲一樣揮到旁邊。這個泰坦巨神張開四肢癱在地上。

「你為什麼不會碎裂瓦解？」塔耳塔洛斯若有所思地說：「你什麼也不是，甚至比克里奧斯和海波利昂更虛弱。」

「我是鮑伯。」鮑伯說。

塔耳塔洛斯發出噓聲。「那是什麼？什麼是鮑伯？」

「我不只是伊阿珀特斯而已，這是我的選擇，」泰坦巨神說：「你不能控制我。我和我的兄弟們不一樣。」

他身上工作服的衣領突然膨脹起來，原來是小鮑伯跳了出來。小貓跳到主人面前的地上，接著拱起背，對地獄深淵之神嘶嘶威嚇。

安娜貝斯眼看著小鮑伯開始發光，牠的形體不斷閃爍，原本的小貓竟然變身成一隻實體大小、透明見骨的劍齒虎。

「而且，」鮑伯大聲說：「我有一隻好貓。」

不再那麼小的小鮑伯撲向塔耳塔洛斯，將利爪深深刺入塔耳塔洛斯的大腿。劍齒虎爬到他腿上，直直鑽進他的鐵鍊裙子下面。塔耳塔洛斯氣得蹬腳、咆哮大吼，顯然不再迷戀擁有肉體這回事。而同一時間，鮑伯舉起長矛刺向天神側邊，正中他護胸盔甲的下方。

塔耳塔洛斯憤怒狂吼。他猛力揮打鮑伯，但泰坦巨神連忙退開讓他打不到。接著，鮑伯伸出手指，只見他的長矛自動使勁抽出，脫離天神的肉體，飛回他的手上。這一幕讓安娜貝斯驚嚇得倒抽一口氣，她從沒想過一支長柄刷也能有這麼多種不同用途。小鮑伯則從塔耳塔洛斯的裙子裡面跳出來，跑到主人旁邊，牠的尖牙還滴著金色神血。

「伊阿珀特斯，你會先死，」塔耳塔洛斯下定決心說：「在那之後，我會把你的靈魂加入我的盔甲裡面，它會在那裡一次又一次慢慢分解，陷入永恆的痛苦。」

塔耳塔洛斯伸出拳頭猛擊自己的護胸甲，許多乳白色的臉孔在金屬裡面不斷旋轉，它們無聲地尖叫，想要逃出來。

鮑伯轉身看著波西和安娜貝斯。泰坦巨神咧開嘴笑著；如果是安娜貝斯遭受到永恆痛苦的威脅，她絕對不可能有這樣的反應。

「去塔死亡之門吧，」鮑伯說：「我來處置塔耳塔洛斯。」

塔耳塔洛斯猛然轉頭，憤怒大吼，結果產生強力的眞空狀態，把飛在天上最靠近的惡魔全都吸入他的旋轉臉孔中，頓時變成碎片。

「料理我？」天神嘲笑說：「你只是個泰坦巨神，是蓋婭最不重要的小孩！我會讓你因爲太過自負而受苦受難。至於你這些弱小無力的凡人朋友……」

塔耳塔洛斯伸手朝怪物大軍一揮，召喚它們向前。「摧毀他們！」

70 安娜貝斯

摧毀他們。

安娜貝斯實在太常聽到這句話了，每次都把她從癱瘓狀態中嚇醒。她一邊舉劍、一邊大喊：「波西！」

波西也抓起波濤劍。

安娜貝斯衝到固定死亡之門的鐵鍊旁，用她的古蛇龍骨利刃揮了一劍，就把左側的鐵鍊砍斷了。同時間，波西負責擊退第一波攻來的怪物，他刺中一隻艾爾瑞娥並大喊：「哼！都是一堆笨詛咒！」接著又砍落六、七個鐵勒金。安娜貝斯則撲到他後面，砍斷另一側的鐵鍊。

死亡之門劇烈搖晃，接著發出愉悅的「叮」一聲，兩扇門開啟。

鮑伯和他的劍齒虎夥伴繼續繞行於塔耳塔洛斯的雙腿之間，不時發動攻擊，並且巧妙地躲開深淵之神的抓攫。他們似乎沒有造成太大的傷害，不過塔耳塔洛斯突然搖搖晃晃，顯然不太習慣以人形身體進行戰鬥。他猛力揮擊而落空，再猛力揮擊又落空。

有愈來愈多的怪物湧向死亡之門。一支長矛飛過安娜貝斯的頭頂，她轉過身，朝一個恩普莎的腹部刺去，然後趁牠們開始聚集之前，蹲低身子跑向死亡之門。

她一邊抵擋敵人進攻，一邊用腳抵住門。至少她背對著電梯車廂，這樣就不必擔心背後有人偷襲。

「波西，到這邊來！」她大喊。

兩人在門邊會合，波西整張臉汗如雨下，幾道傷口甚至流著血。

「你還好嗎？」安娜貝斯問。

他點點頭。「從艾爾瑞娥那邊得到幾種痛苦的詛咒。」他劈落一隻空中的葛萊芬。「很痛，但死不了。快進去電梯，我會按住按鈕。」

「是啊，對！」她用刀柄搗碎一隻食肉馬的口鼻，讓牠痛得在怪物群中逃竄。「你答應過我的，海藻腦袋。我們不會分開！再也不會分開！」

「你別鬧了！」

「我也愛你！」

一整群獨眼巨人衝向前來，把擋在路上的小型怪物全數撞開。安娜貝斯覺得自己快要死了。「一定要是獨眼巨人嗎？」她咕噥著說。

波西怒吼一聲。在獨眼巨人的腳下，地上有一條紅色血管爆開，來自地獄火河的液體火噴灑在怪物身上。水火或許可以治療凡人，對獨眼巨人卻沒有任何好處；他們在一波熱浪中燃燒起來。那條爆開的血管自動癒合，但受害的怪物連一點碎屑都沒留下，只剩地上一排燒焦的痕跡。

「安娜貝斯，你一定要趕快走！」波西說：「我們不能兩個人都留下來！」

「不！」她大叫：「蹲下！」

他沒有問原因，立刻蹲下，而安娜貝斯跳過他的頭頂，舉刀揮向一個渾身刺青的食人巨怪，從他的頭頂劈下去。

波西和安娜貝斯並肩站在門口，等待敵人的下一波攻勢。爆開的血管令怪物們躊躇不前，可是過不了多久，那些怪物就想起：嘿，等一下，我們有無數多個啊，而他們只有兩個。

「嗯，那麼，」波西說：「你有更好的主意嗎？」

安娜貝斯很希望她有。

死亡之門屹立在他們背後，那是脫離這個惡夢世界的出口。然而如果沒有人操控那個按鈕長達十二分鐘，他們就不能使用死亡之門。假如他們走進去、讓門關上，沒有人在外面按住按鈕，安娜貝斯覺得後果一定不會太好。而如果他們因爲任何原因走出死亡之門，她可以想見電梯門會關上，而且就此消失得無影無蹤。

眼前的情況也太可憐、太慘了一點，讓人幾乎要笑出來。

怪物群慢慢向前移動，一邊咆哮著、一邊鼓起勇氣。

在此同時，鮑伯的攻勢漸漸慢了下來。塔耳塔洛斯開始學會控制他的新身體。劍齒虎小鮑伯撲向深淵之神，但塔耳塔洛斯把牠打到旁邊去。鮑伯接著衝過去，憤怒狂吼，可是塔耳塔洛斯抓住他的長矛，從他手中猛力扯落。塔耳塔洛斯把鮑伯踢下山丘，撞倒一整排鐵勒金，很像撞倒一堆用海洋哺乳動物做的保齡球瓶。

「投降吧！」塔耳塔洛斯大喝一聲。

「我才不會投降，」鮑伯說：「你又不是我的主人。」

「再反抗，那就去死吧，」深淵之神說：「你們泰坦巨神對我來說根本不值得一提。我的巨人族孩子們永遠比較優秀、強壯，也比較邪惡、殘暴。他們會讓上面的世界變得像我的領域一樣黑暗！」

塔耳塔洛斯把長矛折斷成兩半。鮑伯憤怒吼叫，劍齒虎小鮑伯也跳過去幫忙，露出尖牙對塔耳塔洛斯大聲咆哮。泰坦巨神掙扎著想要站起來，但安娜貝斯知道一切都結束了。就連怪物群也轉頭看著那邊，似乎感覺到它們的主人塔耳塔洛斯即將掌控情勢。一個泰坦巨神之死很值得好好觀賞。

波西抓住安娜貝斯的手。「待在這裡不要動，我得去幫他。」

「波西，不行，」她以沙啞的聲音說：「塔耳塔洛斯是打不倒的，至少我們辦不到。」她知道自己說得沒錯。塔耳塔洛斯自成一個層級，他的力量比任何天神或泰坦巨神要強大許多。半神半人對他來說根本不算什麼。如果波西衝過去幫助鮑伯，他一定會像螞蟻一樣被踩得扁扁的。

但安娜貝斯也知道波西不會乖乖聽話，他不會讓鮑伯孤伶伶一個人死去。那樣就不是他了，而這正是她愛波西的許多原因之一，就算他惹人嫌的程度直逼奧林帕斯天神。

「我們一起去。」安娜貝斯下定決心，她知道這是他們的最後一戰。如果他們不進入死亡之門，就再也無法離開塔耳塔洛斯了，但至少他們會並肩作戰而死。

她正準備說：走吧。

就在這時，一波喧鬧聲傳遍整群怪物大軍。安娜貝斯聽到遠方傳來尖銳的叫聲，還有持續不斷的「砰、砰、砰」聲音，那聲音速度太快，不像是地底下的心跳聲，比較像是巨大、沉重的東西全速奔跑而來。有個地生族飛向空中，活像是被拋出去的。接著有一道亮綠色氣體射過怪物群的上方，很像是從噴灑毒液的鎮暴水柱噴出來的。結果，所有路徑上被氣體噴過的東西全都溶解掉了。

安娜貝斯望向那一條滋滋作響、新冒出來的空地，看到造成騷動的源頭，不禁笑開懷。邁奧尼亞古蛇龍伸長了皺巴巴的脖子嘶嘶大叫，不時噴出有毒的氣體，讓整個戰場充滿松樹和生薑的氣息。牠移動自己數十公尺長的身體，同時甩動那條布滿綠色斑紋的尾巴，把一大群食人巨怪一掃而盡。

騎在牠背上的是一個紅皮膚的巨人，他的鏽色髮辮裝飾著花朵，身穿無袖的綠色皮革短上衣，手上握著一支古蛇龍肋骨做的魚叉。

「達馬森！」安娜貝斯大叫。

巨人點頭致意。「安娜貝斯．雀斯，我接受你的建議。我爲自己選擇新的命運。」

71 安娜貝斯

「這是怎樣？」深淵之神氣呼呼地說：「我這位失寵的兒子，你爲什麼來這裡？」

達馬森看了安娜貝斯一眼，他的眼神浮現出一個清楚的訊息：就是現在，快走。

他轉身面對塔耳塔洛斯。邁奧尼亞古蛇龍踏著重重的腳步、咆哮一聲。

「父親，你希望有個比較值得敬重的敵人嗎？」達馬森冷靜地問：「我是你很引以爲傲的巨人之一，而你希望我能夠更好戰一點嗎？也許我可以從摧毀你開始做起！」

達馬森將長矛指向前，開始衝刺。

怪物大軍圍在他四周，但邁奧尼亞古蛇龍所到之處將所有東西夷爲平地，在達馬森刺向塔耳塔洛斯之際，牠也一邊甩動尾巴、一邊噴出毒液，迫使深淵之神像走投無路的獅子般連連撤退。

鮑伯拖著蹣跚的腳步離開戰場，他的劍齒貓陪在身邊。波西盡全力掩護他們，方法是讓地上一條又一條的血管爆裂開來。有些怪物在冥河河水中蒸發消失，其他則是淋到哀嘆之河的河水而瓦解，並絕望地哀哀哭泣。還有一些怪物讓勒特河水浸溼全身，結果茫然地環顧四周，再也不確定身在何處，甚至忘了自己是誰。

鮑伯一拐一拐地走向死亡之門。金色的神血從他手臂和胸膛的傷口汩汩流下，身上的工作服變得破破爛爛，全身姿勢扭曲並駝著背，彷彿塔耳塔洛斯折斷他長矛的同時，也把他體內的某個東西弄斷了。儘管遭遇這一切，他還是開心笑著，銀色雙眼因為滿足而顯得明亮。

「去吧，」他命令說：「我會按著按鈕。」

波西呆呆看著他。「鮑伯，你現在狀況太差了……」

「波西。」安娜貝斯的聲音示意他不要再說了。她恨自己得讓鮑伯做這種事，但她知道這是唯一的方法。「我們非這樣不可。」

「我們不能把他們留在這裡！」

「朋友，你非這樣做不可。」鮑伯拍拍波西的手臂，差點把他打倒在地。「我還可以按著按鈕，而且我有一隻好貓守護我。」

劍齒小鮑伯咆哮一聲表示同意。

「除此之外，」鮑伯說：「你的命運就是要回到上面世界。幫那個瘋狂蓋婭做個了結。」

有個噴到毒液的獨眼巨人尖聲大叫，從他們頭頂上飛過。

而在五十公尺外的地方，邁奧尼亞古蛇龍踩過怪物群，腳底下發出噁心的嘎吱嘎吱聲，像是踩過一大堆葡萄。達馬森騎在牠的背上大聲咒罵，向深淵之神發動猛烈攻擊，逼得塔耳塔洛斯離死亡之門愈來愈遠。

塔耳塔洛斯拖著笨重腳步的移動，腳上的鐵靴在地上踩出巨大窟窿。

「你殺不了我！」他大吼：「我本身就是地獄深淵。你或許同樣想要殺死大地之母，但我和蓋婭，我們永恆不死。我們擁有你，擁有你的肉體和精神！」

他掄起巨大的拳頭向下捶打，但達馬森往旁邊退開，並以手上的魚叉刺入塔耳塔洛斯的頸側。

塔耳塔洛斯怒吼一聲，顯然惱怒的成分多過於疼痛。他那張不斷旋轉的眞空臉孔轉過來對著巨人，不過達馬森及時閃開，結果有十幾個怪物被吸進那個漩渦，就此瓦解消失。

「鮑伯，不行！」波西說，眼神極力懇求。「他會永遠摧毀你，讓你再也回不來，再也不能重生。」

鮑伯聳聳肩。「誰知道以後會怎樣？你們現在一定要走。塔耳塔洛斯說對了一件事，我們沒辦法打敗他，只能幫你多爭取一點時間。」

在安娜貝斯的腳下，死亡之門一直想要關起來。

「十二分鐘，」泰坦巨神說：「我可以幫你爭取那麼多時間。」

「波西……抵住死亡之門。」安娜貝斯跳起來，用雙手抱住泰坦巨神的脖子。她親吻鮑伯的臉頰，雙眼噙滿淚水，沒辦法直視著他。鮑伯的臉上布滿短髭，聞起來有清潔劑的氣味，像是家具亮光劑的清爽檸檬味，以及木材保養油的味道。

「怪物是永生不死的，」安娜貝斯對他說，同時努力忍住不哭出來，「我們會記得你和達馬森是勇敢的英雄，是最棒的泰坦巨神和最棒的巨人。我們會把你們的故事告訴孩子們，讓你們的故事永遠流傳下去。總有一天，你們一定會重生。」

鮑伯摸摸她的頭，把她的頭髮弄亂。他笑得眼睛周圍滿是皺紋。「那樣很好。我的朋友們，到了那個時候，要幫我向太陽和星星問好。而且要堅強，爲了阻止蓋婭，這也許不是你們必須做的最後一次犧牲。」

他輕輕推開安娜貝斯。「沒有時間了，快走。」

安娜貝斯抓住波西的手臂，把他拉進電梯。她朝邁奧尼亞古蛇龍看了最後一眼，只見牠像玩弄布偶一樣狠甩一個食人巨怪，而達馬森又刺中塔耳塔洛斯的腿。

深淵之神指著死亡之門大喊：「怪物們，阻止他們！」

劍齒小鮑伯蹲下身子，咆哮怒吼，準備發動攻勢。

鮑伯對安娜貝斯眨眨眼。「從你們那邊把門關緊，」他說：「死亡之門會拚命抗拒，不讓你們通過。要關緊喔……」

兩扇門板滑動關上。

72 安娜貝斯

「波西，快幫我！」安娜貝斯大喊。

她用盡全身力氣抵住左邊門板，把它推向中央，波西則推著右邊門板。門板上沒有門把，也沒有任何東西可以著力。電梯上升時，死亡之門猛烈搖晃，拚命想要打開，威脅著要讓他們摔出去，掉進生與死之間的任何地方。

安娜貝斯的肩膀很痛，連電梯播放的輕柔音樂都無法緩和。如果所有的怪物都得聽這種歌，唱著什麼鳳梨雞尾酒、淋著小雨之類的歌詞[85]，難怪它們一到凡人世界就急著大開殺戒。

「我們丟下鮑伯和達馬森，」波西用低沉沙啞的聲音說：「他們會爲我們而死，而我們竟然……」

「我知道，」安娜貝斯喃喃地說：「奧林帕斯的天神啊，波西，我知道。」

能夠讓死亡之門一直關緊，安娜貝斯幾乎因此高興了起來，至少滿心的恐懼感讓她不至於淹沒在悲傷之中。拋棄達馬森和鮑伯，是她這輩子做過最困難的決定。

多年來在混血營，每次有學員出任務，她留在營區總是焦躁不安。她眼睜睜看著其他人得到勝利的榮耀……或者失敗了，再也沒有回來。自從七歲以來，她總是這麼想：我爲什麼不能去證明自己的能力？爲什麼不能帶頭出任務？

而現在，她終於了解，對雅典娜的孩子來說，最困難的試煉並不是帶領一項任務，也不是在戰鬥中面對死亡，而是如何制訂撤退的策略，讓其他人能夠承受危險的衝擊，尤其那個人是你朋友的時候。她必須面對一個事實，那就是她無法保護自己所愛的每一個人，沒辦法解決所有的問題。

她討厭這樣，但眼前沒有時間自艾自憐。她眨眨眼睛，把眼淚甩掉。

「波西，注意門。」她警告著。

門板已經開始向兩旁滑開，從外面湧進一股……是臭氧嗎？還是硫磺？

波西猛力推著他那邊的門，於是門縫又緊閉起來。他的雙眼燃燒著熊熊怒火。安娜貝斯希望波西不要生她的氣，但如果他生氣了，她也不怪他。

如果這樣能激使波西勇往直前，她心想，那就讓他生氣吧。

「我會殺了蓋婭，」他低聲說：「我會徒手把她撕成碎片。」

安娜貝斯點點頭，不過隨即想起塔耳塔洛斯的自吹自誇。他說他是殺不死的，蓋婭也是。要對抗那樣的力量，連泰坦巨神和巨人都別想獲勝，半神半人更是一點機會也沒有。

她同時想起鮑伯的警告：為了阻止蓋婭，這也許不是你們必須做的最後一次犧牲。

她打從骨子裡體會到眞正的事實。

「十二分鐘，」她喃喃說著：「只要十二分鐘就好。」

她向雅典娜祈求鮑伯能夠按著「向上」的按鈕那麼久。她也祈求力量和智慧。同時她不禁好奇，一旦搭乘電梯到了最上面，不曉得會發現什麼樣的景況。

---

85 出自美國歌手魯伯特・霍姆斯（Rupert Holmes）的歌〈Escape〉。

如果他們的朋友沒有在那裡，控制著電梯的另一邊……

「我們辦得到，」波西說：「一定可以。」

「是啊，」安娜貝斯說：「沒錯，我們可以。」

隨著電梯不斷搖晃、音樂緩緩流洩，他們還是拚命壓緊死亡之門；而在他們下方的某個地方，爲了讓他們逃脫，一個泰坦巨神和一個巨人正在犧牲自己的性命。

73 海柔

海柔不會因爲哭泣而感到驕傲。

地道崩垮之後，她忍不住又哭又叫，像個兩歲小孩一樣大發脾氣。一大堆碎石把她和里歐與其他人分隔開來，而她根本沒辦法移開這些土石。如果再多滑移一點點，整片土石就可能壓在他們頭頂上，但她還是拚命用拳頭捶打那些石頭，並大聲咒罵；如果是在聖阿格尼斯學院，她一定得爲此接受懲罰，用肥皂水清洗嘴巴。

里歐瞪大雙眼看著她，說不出話來。

海柔這樣對他實在不公平。

上一次他們兩人單獨在一起時，她以自己過去的故事轟炸他，告訴他有關山米的事；山米是里歐的祖父，也是海柔的第一個男朋友。海柔讓他承受了根本不需要負擔的情緒重擔，害他茫然失措，後來差點被一隻巨大蝦怪殺死。

現在他們在這裡，又是單獨一起，他們的朋友很有可能死在怪物大軍的手下，而她卻在鬧彆扭。

「對不起。」她抹掉臉上的淚水。

「嘿，你知道嗎……」里歐聳聳肩說：「以前我也攻擊過幾塊石頭喔。」

她很艱難地吞了一口口水。「法蘭克……他……」

「聽好，」里歐說：「法蘭克·張很有辦法。他可能會變成一隻袋鼠，朝那些怪物的醜臉來幾招袋鼠的柔道招式。」

他扶著海柔站起來。海柔儘管全身隱隱作痛，也知道里歐說得對。法蘭克和其他人不會束手就擒，他們一定會找到方法活下來。她和里歐最重要的任務便是繼續往前走。

她仔細端詳里歐。他的頭髮長得又長又亂，臉孔變得更削瘦，因此看起來比較不像小鬼，反倒更像童話故事裡那些纖瘦的小精靈。最大的改變則是他的眼神，總是顯得飄忽不定，彷彿一直想要找到地平線上的某個定點。

「里歐，我很抱歉。」她說。

他揚起眉毛。「好吧。爲什麼說抱歉呢？」

「因爲……」她無可奈何地攤攤手。「每一件事。因爲把你想成山米，因爲讓你有錯覺。我的意思是，我不是故意的，可是如果讓你有那種感覺……」

「嘿。」他捏捏海柔的手，不過海柔在這動作中沒感覺到任何浪漫情感的成分。「機器的設計是要用來運作的。」

「呃，你說什麼？」

「基本上我把整個宇宙想成一部機器，我不知道建造它的人是誰，不曉得是不是命運三女神或哪些天神，還是某一位至高無上的神，都沒關係。但宇宙大部分時候都是以既定的方式嘎嘎運轉，當然，偶爾會有一些小零件壞掉或一小部分混亂失控，不過大多數時候呢……事情的發生都是有原因的，就像你和我的相遇。」

「里歐·華德茲，」海柔顯得很驚訝，「你是個哲學家耶。」

「哎唷，」他說：「我只是一部機器啦。但我猜，我的老祖父山米知道其中的一些奧祕。海柔，他放手讓你走。我的任務是要告訴你，那樣其實沒關係。你和法蘭克……你們在一起眞的很好。每個人都會經歷這種過程。我很希望你們有機會過著幸福開心的日子。況且，法蘭克根本不會綁鞋帶，如果沒有你幫忙的話。」

「你很壞耶。」海柔罵了一句，不過她覺得心裡好像有個東西不再糾結了，那是緊繃了好幾個星期的死結。

里歐眞的變得不一樣了。海柔開始覺得自己找到一個好朋友。

「你之前自己一個人的時候，到底發生了什麼事？」她問：「你遇到了誰？」

里歐的眼睛抽動一下。「說來話長。我會找時間告訴你，不過我還在等著看最後的結果會如何。」

「宇宙是一部機器，」海柔說：「所以一切都會很好。」

「希望如此。」

「畢竟那不是你做的機器之一，」海柔加了一句，「因爲你的機器從來不會按照既定的功能好好運作。」

「是啊，哈哈。」里歐在手中召喚出一團火焰。「好啦，地下小姐，該走那一條路呢？」

海柔仔細察看前方的路徑。大約往下走個九公尺，地道又分開成四條較小的支線，每一條看起來都完全一樣，不過最左邊的那一條散發出陣陣寒意。

「那一條，」她判定，「它感覺起來最危險。」

「就聽你的。」里歐說。

他們開始往下走。

才剛到達第一個拱門，臭鼬蓋兒就找到他們。

她急急忙忙衝到海柔身上，蜷縮在海柔的脖子周圍，氣呼呼地發出吱吱喳喳的聲音，彷彿是說：「你到哪裡去了？怎麼這麼晚才來？」

「不會又是那隻放臭屁的鼬鼠吧，」里歐忍不住抱怨，「要是那傢伙像這麼近放個屁，我手上又有火，我們全都會炸掉耶。」

臭鼬蓋兒對里歐吼叫咒罵。

海柔噓了一聲要他們兩個安靜。她可以感覺到前方的地道，緩坡向下延伸大約九十公尺，然後開展成一個大房間。那個房間裡面有個東西……寒冷、沉重、力量強大。自從在阿拉斯加的洞穴裡，蓋婭逼迫她讓巨人國王波爾費里翁復活之後，海柔再也沒有體會過這樣的感覺。她當時阻撓了蓋婭的計畫，但必須讓洞穴垮下來，犧牲了自己和她媽媽的性命。她一點都不希望再有類似的經歷。

「里歐，準備好，」她低聲說：「我們很接近了。」

「接近什麼？」

一個女性的聲音在下方走道裡迴盪。「接近我。」

一波噁心的感覺重重襲擊海柔，讓她雙腿發軟。她開始覺得天旋地轉，原本在地底下運作良好的方向感，這下子變得完全失效。

她和里歐都沒有移動，但突然間，他們竟然已經身在走道下方九十公尺的地方，就位在那個房間的入口。

「歡迎，」女人的聲音說：「我早就期待這一刻的到來。」

海柔掃視整個洞穴，可是沒看到說話的人。

這個房間讓她聯想到羅馬的萬神殿，只不過這地方裝飾成黑帝斯的現代風格。黑曜岩牆壁雕刻著各種死亡場景，包括瘟疫的受害者、戰場上的屍骸、有骨骸掛在鐵籠上的刑求室等，而且全都以貴重寶石裝飾其間，讓所有場景顯得更加鬼魅可怕。

在萬神殿內，圓頂狀的屋頂是以鑲嵌式的正方形壁板組成格子樣式，在這裡則每一塊壁板都是一塊石碑，上面有古希臘文撰寫的墓碑銘文。海柔很好奇那裡面是否眞的埋有屍體，由於地下感官失靈，她不太能確定。

她也發現這個房間沒有其他出口。在天花板的頂點，相當於萬神殿可以看到天光的地方，有一塊純黑色的圓形石頭微微發光，像是在強調沒有任何方法可以離開這個地方：上方沒有天空，只有純然的黑暗。

海柔的視線轉向房間的正中央。

「是喔，」里歐喃喃說著：「那就是門，很好。」

距離大約十五公尺的地方有一組獨立的電梯門，門板蝕刻著銀色和鐵色。好幾條鐵鍊從門框兩旁垂下，將門框牢牢拴在地面的巨大鉤子上。

電梯門附近的地上散布著不少黑色碎石。海柔湧起一陣緊繃的憤怒感，她意識到這裡本來有個黑帝斯的古代祭壇。爲了在這個房間設置死亡之門，那個祭壇已經遭到摧毀。

「你在哪裡？」她大喊。

「你看不到我們嗎？」女人的聲音嘲笑著，「我以爲黑卡蒂選擇你是因爲你很有能力。」

又一陣噁心感讓海柔的肚子劇烈翻攪。在她的肩膀上，蓋兒又是怒吼又是放屁，卻一點幫助也沒有。

海柔的視線中浮現一些黑點，她努力眨眼想讓那些黑點消失，卻發現反倒變得更黑。接著，黑點融合成一個六公尺高的模糊形影，隱約出現在那道門旁邊。

巨人克呂提奧斯全身裹著一團黑煙，就像海柔曾在那個十字路口看到的景象，但是現在可以約略看出他的形體，他有著像龍一樣的腿，身上覆蓋灰色鱗片；巨大的人形上半身穿著冥河鐵甲，長長的髮辮似乎是由煙霧所構成。他的膚色像死神一樣黑（這點海柔很清楚，畢竟她親眼見過死神），兩隻眼珠像鑽石一樣透出冷光。他沒有帶武器，可是這並沒有減少他的駭人程度。

里歐吹了個口哨。「克呂提奧斯，你知道嗎？……就這麼大個子的人來說，你的聲音還滿好聽的。」

「白痴。」女人氣呼呼地說。

在海柔和巨人之間，空氣微微發亮。女巫終於現身了。

她身穿黃金絲線織成的優雅無袖洋裝，黑髮盤高梳成圓錐狀，還裝飾著一圈鑽石和綠寶石。她的頸間配戴一件飾品，看起來很像小型迷宮，吊在一串紅寶石項鍊上，海柔以爲那是變成結晶的一滴滴血。

這個女人顯現出永恆、莊嚴之美，很像是你會傾慕但永遠無法眞正愛上的一座雕像。她的雙眼散發出惡意的光芒。

「帕西法埃。」海柔說。

這女人微微點頭。「我親愛的海柔・李維斯克。」

里歐咳了一聲。「你們兩個認識？像是冥界的好友嗎？還是……」

「閉嘴，笨蛋。」帕西法埃的聲音很輕柔，但充滿怨恨。「半神半人男孩對我沒用，老是那麼自我中心，那麼性急、無禮、充滿破壞力。」

「嘿，女士，」里歐抗議說：「我不太會破壞東西耶，我是赫菲斯托斯的兒子。」

「笨工人，」帕西法埃厲聲說：「更糟糕。我認識代達羅斯，他的發明對我來說一點用處也沒有，只會惹麻煩。」

里歐眨眨眼。「代達羅斯啊……你是說，那個代達羅斯嗎？嗯，那麼，你應該很了解我們所有的笨工人喔，我們不只會修東西、蓋房子，偶爾還會把一塊塊油布黏到粗魯女士的嘴巴上……」

「里歐。」海柔伸出手臂擋在他胸前。她有種感覺，如果里歐再不閉嘴，女巫就打算把他變成某種討人厭的東西。「讓我來處理，好嗎？」

「聽你朋友的話，」帕西法埃說：「當個好男孩，讓女人發言。」

帕西法埃走到他們面前，仔細端詳海柔；她的雙眼充滿恨意，讓海柔的皮膚微微刺痛。這女巫渾身散發著力量，就像是火爐自然散發出熱度一般。她的神情令人不安，而且隱約有種熟悉感……

而且不知道為什麼，巨人克呂提奧斯讓海柔覺得更緊張。

他站在隱蔽處，靜默不動，只有黑煙從他身上飄出，聚集在他的腳邊。他正是海柔先前感覺到的寒冷來源，就像一塊巨大的黑曜岩，沉重到海柔根本不可能移動它，而且力量強大、堅不可摧、完全不帶情緒。

「你的……你的朋友不太說話喔。」海柔說。

帕西法埃回頭看看那個巨人，輕蔑地哼了一聲。「親愛的，你要祈禱他會保持沉默啊。蓋婭把解決你的這項娛樂交付給我，不過呢，克呂提奧斯是我的，呃，保險。這話只在我和你之間說說喔，是姊妹女巫之間的悄悄話，我想他在這裡也是要壓制我的力量，以免我忘記我的新任女主人的命令。蓋婭在這方面非常謹慎。」

海柔很想抗議說自己又不是女巫。她不想知道帕西法埃打算如何「解決」他們，或是巨人如何壓制帕西法埃的魔法，不過她挺直背脊，努力顯得有自信一點。

「不管你打算怎麼做，」海柔說：「都不會實現的。蓋婭在我們的行進路線上設置了很多怪物，而我們已經把牠們全部消滅了。如果你夠聰明，最好趕快滾開。」

臭鼬蓋兒齜牙咧嘴表示贊同，但帕西法埃似乎不怎麼在意。

「你看起來沒那麼強，」女巫若有所思地說，「況且，你們半神半人從來也不會那麼厲害。我的丈夫米諾斯，他是克里特國王吧？也是宙斯的兒子。你如果看到他，絕對想不到他是宙斯的兒子，他差不多就像那個人一樣瘦巴巴的。」她對著里歐彈彈手指。

「哇，」里歐嘀咕了一聲，「米諾斯一定做了什麼超級可怕的事，才能配得上你。」

帕西法埃氣得鼻孔都撐大了。「噢……你根本什麼都不懂。他太驕傲了，不願意爲波塞頓做出適當的犧牲，所以天神爲了他的自大與傲慢而懲罰我。」

「就是彌諾陶。」海柔突然想起來了。

那個故事實在太令人反感、太過古怪，因此人們在朱比特營講起那個故事時，海柔總是掩住耳朵不想聽。天神詛咒帕西法埃愛上她丈夫飼養的得獎公牛，最後生下彌諾陶，一個半人半牛的怪物。

如今，帕西法埃懷著深深的敵意對海柔怒目而視，海柔終於明白她的表情爲什麼看起來如此熟悉。

女巫眼中所包含的痛苦與恨意，海柔也經常在自己媽媽的眼中看到。在最痛苦的一些時刻，瑪莉，瑪莉．李維斯克看著海柔的眼神，彷彿覺得她是個怪物小孩，是來自眾神的詛咒，也是瑪莉所有問題的來源。那正是彌諾陶的故事令海柔深感困擾的原因，不只是因爲帕西法埃和公牛在一起讓人反感，而是這個故事讓她想到：一個孩子，或任何孩子，都可能被當做怪物，也是他父母所遭受的懲罰，因此遭到囚禁與厭惡。對海柔來說，彌諾陶似乎永遠像是故事中的受害者。

「沒錯，」帕西法埃終於開口說：「我的這個恥辱非常難以忍受。在我兒子出生、又被囚禁在迷宮之後，米諾斯不願意和我有任何關係。他說我毀了他的名聲！而且，海柔．李維斯克，你知道米諾斯後來怎麼樣嗎？他犯下那麼多的罪過，又那麼自大，居然還獲得獎勵！他在冥界擔任死者的判官，一副有權審判任何人的模樣！給他那個職位的人是黑帝斯，沒錯，就是你父親。」

「事實上是普魯托。」

帕西法埃冷笑一聲。「無所謂。所以你懂了吧，我對半神半人的恨意不亞於我對天神的恨意。蓋婭答應過我，你的夥伴如果有任何人從戰爭死裡逃生，我可以在我的新地盤看著他們慢慢死去，但願我有更多時間可以好好折磨你們兩個。哎呀……」

在房間的正中央，死亡之門發出愉悅的「叮」一聲，門框右邊顯示「向上」的綠色按鈕開始亮起來，鐵鍊也搖晃個不停。

「在那邊，看見沒？」帕西法埃聳聳肩，一副很遺憾的樣子。「死亡之門正在使用中。十二分鐘，然後門就會打開。」

海柔全身抖得幾乎像鐵鍊一樣厲害。「送來更多巨人嗎？」

「謝天謝地，並不是，」女巫說：「巨人族全都接受安排，送回到凡人世界，主要是去即將發動最後攻擊的地方。」帕西法埃對她露出冷酷的微笑。「不是的，我可以想像有其他人正在使用死亡之門……未經許可就使用的人。」

里歐慢慢向前移動，他的兩隻拳頭冒著煙。「是波西和安娜貝斯。」

海柔說不出話來。她不確定此刻梗住喉嚨的究竟是喜悅還是挫折。假如他們的朋友已經到達死亡之門，假如他們眞的在十二分鐘之後出現在這裡……

「噢，不必擔心，」帕西法埃表情輕蔑地揮揮手，「克呂提奧斯會處理他們。你知道的，等到『叮』一聲再次響起，我們這邊必須按住『向上』的按鈕，否則不管誰在那裡面，門都不會打開……呼，那就沒戲唱了。要不然，也許克呂提奧斯會讓他們出來，然後親自解決他們。結果究竟如何，就看你們兩個了。」

海柔覺得嘴裡滿是苦澀。她不想開口問，但不問不行。「看我們兩個怎麼樣？」

「嗯，我們顯然只能讓其中一組半神半人活下來，」帕西法埃說：「然後把幸運活下來的兩個人送到雅典去，在『希望之日』獻祭給蓋婭。」

「顯然是喔。」里歐低聲說。

「所以呢，活下來的會是你們兩人，還是電梯裡你們的朋友呢？」女巫伸出雙手，「再過十二……事實上，現在應該說是十一分鐘之後，來看看誰還活著。」

整個洞穴漸漸融入黑暗之中。

74 海柔

海柔體內的指南針胡亂轉個不停。

她想起自己還很小的時候，在一九三〇年代末期的紐奧良，媽媽曾經帶她去看牙醫，準備拔掉一顆爛牙。那是海柔第一次也是唯一一次吸入乙醚。牙醫師保證吸入乙醚會讓她睡著並放鬆，但海柔反而覺得自己飄離了身體，既驚恐又失控。等到乙醚的效果退去，她有三天覺得很不舒服。

現在的感覺就像吸入很大劑量的乙醚。

她心裡多多少少知道自己還在洞穴裡，也知道帕西法埃站在他們前方不遠處，克呂提奧斯則在死亡之門旁邊靜靜等待。

但是也有一層又一層的迷霧裹住海柔全身，扭曲她的現實感。她往前踏出一步，卻覺得撞到一堵牆，雖然明知前方應該沒有東西。

里歐伸手扶著石頭。「這是怎麼回事？我們在哪裡？」

有一條走道從他們的左方延伸到右方，一把把火炬在鐵製座台上搖曳著火光。空氣中瀰漫著霉味，彷彿身在一個古老墓室裡。蓋兒在海柔的肩膀上氣憤吼叫，不斷將爪子掐進海柔的鎖骨處。

「好，我知道，」海柔低聲對臭鼬說：「這是幻覺。」

里歐捶打牆壁。「這幻覺還滿眞實的。」

帕西法埃笑了，她的聲音很輕，像是從遙遠的地方傳來。「海柔．李維斯克，這眞的是幻覺嗎？還是有其他可能？你看不出我創造出來的是什麼嗎？」

海柔覺得完全失去平衡，幾乎站不穩，更別提正確思考了。她努力想讓感覺延伸出去，想要看透迷霧、重新看清整個洞穴，卻只能感覺到許多地道往各個方向延伸出去，唯獨沒有向前延伸。

她腦中閃現許多亂七八糟的想法，很像有許多金塊從地面冒出來：代達羅斯、遭到囚禁的彌諾陶、在我的新地盤慢慢死去。

「迷宮，」海柔說：「她重新創造出迷宮。」

「現在是怎樣？」里歐拿出一端是半球形的鐵鎚敲打牆壁，但是又回頭對海柔皺眉頭。「我以爲迷宮在混血營的那場戰役中塌掉了，不是說它與代達羅斯的生命力連在一起之類的，而他已經死了啊。」

帕西法埃嘖嘖兩聲表示反駁。「啊，可是我還活著呀。你們認爲代達羅斯擁有迷宮的所有祕密嗎？把魔法生命送入他的迷宮的人是我啊。代達羅斯和我比起來根本是小巫見大巫，我是永生不死的女巫，赫利歐斯[86]的女兒、賽西的姊妹啊！現在，迷宮將是我的地盤。」

「這是幻覺，」海柔很堅持地說：「我們只要打破它就行了。」

---

[86] 赫利歐斯（Helios），阿波羅前一任的太陽神，是泰坦巨神的後代。參《混血營英雄——迷路英雄》三〇五頁，註[72]。

即使她這麼說，眼前的牆壁似乎變得更加堅實，霉味也愈來愈強烈。

「太遲了，太遲了，」帕西法埃柔聲說：「迷宮已經醒過來了，你們的凡人世界遭到夷平時，它會在地表下再度延伸開來。你們半神半人啊……你們混血英雄啊……將會在它的通道裡迷途徘徊，慢慢死於飢渴、恐懼和痛苦。要不然呢，如果我有一點點慈悲，說不定會讓你們死得快一點，因為劇烈痛苦而死！」

海柔的腳下突然冒出一個大洞，她連忙抓住里歐，把他推到旁邊去，只見一整排尖釘向上射出，深深刺入天花板中。

「快跑！」她大喊。

走道裡迴盪著帕西法埃的笑聲。「年輕女巫，你能跑去哪裡呢？從幻覺中跑出來嗎？」

海柔沒有回答，她太忙著活命而沒時間說話。在他們背後，一排又一排的尖釘不斷射向天花板，一直發出噹噹噹的聲音。

她拉著里歐閃進旁邊一條走道，跳過一條絆腳的電線，然後跌跌撞撞停下來，站在一個六公尺寬的大洞旁。

「這有多深？」里歐拚命喘氣。有一根尖釘擦過他的褲腳，把褲子扯破了。

海柔的直覺告訴她，這個洞垂直向下至少有十五公尺深，底部則有一池毒液。但是她能信任自己的直覺嗎？不管帕西法埃是否真的創造出新的迷宮，海柔相信他們依舊身在原本的洞穴內，被迫漫無目的地跑來跑去，而帕西法埃和克呂提奧斯則在旁邊興味盎然地看著。無論這是不是幻覺，海柔必須想辦法逃離迷宮，否則他們會死在這個陷阱裡。

「還有八分鐘，」帕西法埃的聲音說：「說實在的，我很想看到你們活下來，那也證明你們很適合在雅典獻祭給蓋婭。但另一方面，當然我們就不需要你在電梯裡面的朋友了。」

海柔的心臟怦怦跳。她面對著左手邊的牆壁。無論她的直覺告訴她那是什麼，死亡之門應該位在那個方向，帕西法埃也應該站在她的右前方。

海柔很想衝破牆壁，掐住女巫的脖子。在這八分鐘之內，她和里歐必須到達死亡之門旁邊，讓他們的朋友順利出來。

然而帕西法埃是個長生不死的女巫，擁有好幾千年的施咒經驗，光憑海柔薄弱的意志力根本不可能打敗她。海柔曾經讓海盜斯喀戎看見他預期會看到的景象，藉此愚弄他，因此她必須找出帕西法埃最想看到的事。

「剩下七分鐘了，」帕西法埃以悲苦的語氣說：「但願我們有更多時間！我還想讓你們嘗嘗好多屈辱啊。」

就是這個！海柔明白了。她必須冒這個險。她必須讓迷宮顯得更危險、更驚人，讓帕西法埃專心於製造一個個陷阱，而不是讓迷宮繼續延伸出去。

「里歐，我們得跳過去。」海柔說。

「可是……」

「它不像看起來那麼遠。跳啊！」她抓住里歐的手，於是兩人向前衝，跳越那個洞。他們著地時，海柔回頭看，發現地上根本沒有洞，只有一條六、七公分寬的裂縫。

「走吧！」她催促著說。

他們一邊跑，一邊聽帕西法埃用單調的聲音說話。「噢，親愛的，不行。你們那樣絕對活不了。六分鐘。」

他們頭頂上的天花板突然裂開，鼬鼠蓋兒吱吱發出警告聲，但海柔在心中想像一條新的地道通往左邊，這條地道更加危險，而且通往錯誤的方向。受到她意志力的作用，迷霧稍微軟化，於是地道出現了，他們趕緊衝進去。

帕西法埃失望地嘆氣。「我親愛的，你們對迷宮很不在行啊。」

不過海柔感受到一絲希望。她真的創造出一條地道了，像是把一個小楔子插入迷宮的魔法構造中。

接著，他們腳下的地板突然塌陷，海柔趕緊跳到旁邊，拉著里歐跟著她跳過去。她又想像另一條地道，讓地道轉回原本跑來的方向，可是裡面充滿了有毒氣體。迷宮照做了。

「里歐，憋住呼吸。」她警告說。

他們衝過濃密的有毒霧氣。海柔覺得眼睛好像浸入胡椒水裡面，但腳步沒有慢下來。

「五分鐘，」帕西法埃說：「哎呀！但願我能看你們受苦得久一點！」

他們衝進一條充滿新鮮空氣的地道，里歐拚命咳嗽。「但願她能閉嘴啦。」

他們蹲低身子，從一條會勒住脖子的青銅電線下面鑽過去。海柔想像地道轉回到帕西法埃的面前，轉得很慢很慢。迷霧終究屈服於她的意志。

地道兩端的牆壁開始向內閉合，海柔並不打算阻止它們，甚至讓牆壁移動得快一點，而且地板隨之劇烈搖晃，天花板也崩裂開來。她和里歐像是逃命般沿著彎曲的地道全力奔跑，希望如她所想是通往房間的中央。

「真可惜，」帕西法埃說：「真希望能殺了你們和你們在電梯裡的朋友，可是蓋婭堅持要讓你們其中兩個人活下來，直到希望之日，到時候你們的鮮血就大有用處了！唉，好吧，我得幫我的迷宮找到其他犧牲者，你們兩個只能算是二流的失敗者。」

海柔和里歐跌跌撞撞停下來。他們面前延伸出一道非常寬闊的裂隙，根本看不到對岸。下面的黑暗某處傳來嘶嘶聲，裡面有成千上萬條蛇。

海柔忍不住想撤退，但背後的地道已經閉合起來，他們只能站在一條細細的岩架上。鼬鼠蓋兒在海柔的左右肩膀上跑來跑去，焦急地不斷放屁。

「好啦，好啦，」里歐咕噥著說：「牆壁會移動，表示一定有機械構造，讓我想一下。」

「不，里歐，」海柔說：「沒辦法回頭了。」

「可是……」

「抓住我的手，」她說：「數到三。」

「可是……」

「三！」

「什麼？」

海柔跳進深坑，而且拉著里歐一起。她努力不去注意里歐的尖叫聲，以及緊抓住她脖子的脹氣鼬鼠。她用盡自己的意志，努力改變迷宮魔法的方向。

帕西法埃開心大笑，她知道海柔和里歐隨時會摔得粉身碎骨，或者讓深坑裡的蛇咬死。相反的是，海柔想像黑暗中有一條滑道，剛好位在他們左邊。她在半空中扭轉身體，朝向那條滑道掉下去。最後，她和里歐用力撞進滑道，然後滑進洞穴裡，恰好掉在帕西法埃的頭頂上。

「哎唷！」女巫的頭撞到地板，里歐則用力坐在她的胸口上。

有好一會兒時間，他們三人和鼬鼠摔成一團，身體和四肢像是全都打結了。海柔努力想要抽出佩劍，但帕西法埃率先脫身；女巫向後退開，精心設計的髮型歪向一邊，像是摔爛的蛋糕，身上的洋裝也讓里歐的工具腰帶弄髒，沾滿了斑斑汙漬。

「你們兩個討厭的小壞蛋！」她大吼。

迷宮不見了。而在幾公尺外，克呂提奧斯背對他們站著，緊盯著死亡之門。根據海柔的估算，大概再過三十秒，他們的朋友就要到達了。剛才一邊奔跑穿越迷宮、一邊還要控制迷霧，讓海柔簡直筋疲力竭，不過她還得破解一個魔法。

海柔已經成功地讓帕西法埃看見了她最想看到的景象，現在，她必須讓女巫看見她最害怕的事物。

「看來你眞的很討厭半神半人，」海柔說，努力模仿帕西法埃的冷酷微笑。「帕西法埃，我們老是擊敗你，對吧？」

「胡說！」帕西法埃尖聲說：「我會把你撕成兩半！我會……」

「我們老是扯掉你腳底下的地毯，毀掉你的全盤計畫，」海柔同情地說：「你的丈夫背叛你，而鐵修斯殺了彌諾陶，還偷走你的女兒亞莉阿德妮。現在又有兩個二流的失敗者讓你的迷宮跟你作對。不過你早就知道結果會這樣，對吧？每次到最後你都會失敗。」

「我是長生不死的！」帕西法埃痛苦哀嚎。她向後退一步，以手指撥弄項鍊。「你不能跟我作對！」

「我根本不需要跟你作對，」海柔反駁說：「你看。」

她指著女巫的腳下。一個活板門在帕西法埃的腳底下驟然打開，於是她一邊尖叫、一邊掉進去，掉進那個其實不存在的無底洞。

地板再度閉合，女巫不見了。

里歐驚愕萬分地看著海柔。「你怎麼能……」

就在這時，電梯發出「叮」一聲。克呂提奧斯並沒有按住「向上」的按鈕，反倒從控制處向後退一步，把他們的朋友困在裡面。

「里歐！」海柔大喊。

他們距離電梯大約十公尺，太遠了，碰不到電梯，不過里歐拿出一支螺絲起子，像扔擲飛刀般把它扔出去。眞是準到不可思議，那支螺絲起子直直飛過克呂提奧斯身旁，猛力插入「向上」按鈕。

死亡之門發出「嘶」的一聲打開了。滾滾黑煙從裡面湧出，還有兩個人臉朝下地倒在地上，是波西和安娜貝斯，他們像屍體一樣癱軟不動。

海柔的眼淚奪眶而出。「噢，天神哪……」

她和里歐正準備衝向前，但克呂提奧斯舉起手，做出清楚明白的手勢：停止。克呂提奧斯抬起他那條爬蟲類大腳，舉到波西頭頂上。

原本裹住巨人身體的煙霧流瀉到地上，成爲一灘黑色霧氣，蓋住波西和安娜貝斯。

「克呂提奧斯，你輸了，」海柔咆哮著說：「放過他們，要不然你的下場就會和帕西法埃一樣。」

巨人歪著頭，鑽石般的眼睛閃閃發亮。在他腳下，安娜貝斯的身體微微抽動，彷彿遭到高壓電線的電擊。她翻過來躺在地上，黑煙從她的嘴巴滾動湧出。

「我不是帕西法埃，」安娜貝斯說話了，但那不是她的聲音，字字句句都像貝斯吉他的聲音一樣低沉。「你們什麼都沒有贏。」

「住手！」即使站在十公尺外的地方，海柔也能感覺到安娜貝斯的生命力逐漸消逝，她的脈搏變得非常微弱。無論克呂提奧斯做了什麼好事，把那些字句從她嘴裡拉出來……總之那都會殺了她。

克呂提奧斯用腳推推波西的頭，只見波西的臉朝向側邊，一動也不動。

「還沒死，」巨人的隆隆聲音從波西的嘴裡冒出來，「只是凡人的身體受到嚴重衝擊。我可以想像，畢竟是從塔耳塔洛斯回來。他們會昏過去一陣子。」

他的注意力回到安娜貝斯身上，又有更多煙從她嘴唇之間竄出。「我會把他們綁起來，帶去雅典交給波爾費里翁。正是我們需要的祭品。眞可惜啊，這表示你們兩個對我來說再也沒有用了。」

「哦，是嗎？」里歐氣得大吼：「嗯，老兄，也許你有煙，不過我有火。」

他的雙手開始熊熊燃燒，然後對準巨人射出兩道白熾火焰，克呂提奧斯的煙氣卻把火焰的衝擊吸收掉了，轉化成無數條捲鬚狀的黑煙，沿著火焰的路徑飄回去，抵銷掉火焰的光和熱，也讓里歐籠罩在一片黑暗中。

里歐雙膝跪下，緊緊抓住自己的喉嚨。

「不！」海柔衝向里歐，但蓋兒在她肩膀上急得吱吱喳喳叫，顯然是提出警告。

「我不會殺他，」克呂提奧斯的聲音從里歐的嘴巴傳出，「海柔．李維斯克，你根本不懂。我會吸收魔法，也會摧毀聲音和靈魂。你沒辦法對抗我。」

整個房間瀰漫了愈來愈多黑煙，不僅覆蓋住波西和安娜貝斯，也逐漸湧向海柔。

血液在海柔的耳朵裡大聲轟鳴。她必須有所行動……但是該怎麼辦？如果黑煙那麼快就讓里歐動彈不得，她又有什麼機會？

「火……火焰，」她結結巴巴地小聲說：「你應該沒辦法抵抗火焰才對。」

巨人輕聲發笑，這一次用安娜貝斯的聲帶發出聲音。「你仰賴這一點，對吧？沒錯，我不喜歡火，可是里歐．華德茲的火焰沒有那麼強大，根本傷不了我。」

這時，海柔的背後某處傳來一個情感豐富的輕柔聲音說：「老朋友，那麼我的火焰呢？」

蓋兒興奮地尖叫，從海柔的肩膀跳下去，蹦蹦跳跳衝向洞穴的入口處。那裡站了一個身穿黑衣的金髮女子，全身籠罩著迷霧。

巨人踉蹌後退，砰的一聲撞到死亡之門。

「是你。」他用波西的嘴巴說話。

「是我。」黑卡蒂表示同意。她伸展雙臂，兩隻手各出現一把燦亮火炬。「我已經有好幾千年沒有站在半神半人這邊了，可是海柔．李維斯克證明了她自己的價值。克呂提奧斯，你是怎麼說的？我們可以玩玩火嗎？」

75 海柔

如果巨人能夠一邊尖叫、一邊跑開，海柔一定會很感激他。這樣，他們全部人這一天接下來就可以放假了。

可是克呂提奧斯讓她失望了。

巨人一看到女神的火炬燃燒起來，似乎恢復了理智。他舉起腳重重蹬踏，讓地面猛力搖晃，還差點踩到安娜貝斯的手臂。黑煙在他周圍洶湧起伏，到最後完全遮掩住波西和安娜貝斯。海柔什麼都看不見，只看見巨人熒熒發亮的雙眼。

「這些話太魯莽了吧，」克呂提奧斯借用里歐的嘴巴說：「女神，你可能忘了。我們上一次碰面時，你可是有海克力士和戴歐尼修斯[87]的協助，他們是世界上力量最強大的混血英雄，兩個人都注定會變成天神。而現在，你帶來的竟然是……這些人？」

里歐失去意識，但是身體因爲痛苦而扭曲。

「住手！」海柔大喊。

她完全不曉得接下來該怎麼辦，只知道必須保護她的朋友們。她在心裡想像朋友們都在她背後，如同剛才想像帕西法埃的迷宮裡出現新地道一樣。里歐消失了，然後重新出現在她腳邊，波西和安娜貝斯也一樣。迷霧在她身邊激烈旋轉，濺起地上的石頭，並包裹住她的朋友。而這些白色迷霧一觸及克呂提奧斯的黑煙就會冒出蒸汽、滋滋作響，很像火山岩漿滾入大海的模樣。

里歐睜開眼睛，不停喘氣。「怎、怎麼……？」

安娜貝斯和波西還是一動也不動，不過海柔可以感覺到他們的心跳力道變強了，呼吸也變得比較均勻。

臭鼬蓋兒站在黑卡蒂的肩膀上，吼叫幾聲表示讚美。

女神走向前，深色眼珠在火炬照耀下閃閃發光。「克呂提奧斯，你說得沒錯。海柔．李維斯克不是海克力士或戴歐尼修斯，但我想你會發現她同樣令人畏懼。」

透過煙霧的籠罩，海柔看見巨人張大嘴巴，可是沒有傳出話語。克呂提奧斯只是頹喪地冷笑。

里歐努力想要站起來。「到底怎麼了？我可以做什麼……」

「看好波西和安娜貝斯，」海柔拔出她的騎兵劍，「待在我背後，待在迷霧裡面。」

「可是……」

海柔看里歐的表情，絕對比她自己意識到的嚴厲許多。

里歐吞了一口口水。「是，遵命。白色迷霧乖乖，黑煙壞壞。」

海柔向前挺進，巨人則伸出雙臂。圓頂天花板猛烈搖晃，巨人的聲音在房間裡反覆迴盪，幾乎放大成一百倍。

---

87 戴歐尼修斯（Dionysus），希臘神話中的酒神，發明釀酒法。常因喝醉而喪失理性，惹出禍端。等同於羅馬神話中的巴克斯（Bacchus）。

「令人畏懼？」巨人質問，聽起來像是透過一整群死人、利用曾經埋骨於圓頂石碑後方所有不幸的魂魄發出聲音。「黑卡蒂，就因為這女孩曾經學過你的魔法伎倆嗎？因為你允許這些軟弱的人躲在你的迷霧裡面嗎？」

突然有一把劍出現在巨人手中，那是一把冥河鐵劍，很像尼克的那一把，只不過尺寸足足有五倍大。「我實在不懂，蓋婭為什麼會認為這些半神半人值得作為祭品。要是我，就會像壓扁空果核一樣把他們踩碎。」

海柔的恐懼轉變為憤怒。她尖聲狂叫。房間的四面牆壁發出劈啪聲，很像冰塊泡在溫水裡發出的聲音，隨即有無數顆寶石高速射向巨人，宛如大型子彈一般猛烈擊穿巨人的盔甲。克呂提奧斯搖搖晃晃向後退，他那脫離肉體的聲音發出痛苦號叫，鐵製的護胸甲上布滿坑洞。

金色的神血從他右手臂的一個傷口汩汩流下，籠罩全身的黑煙變得很稀薄。海柔可以看見他露出猙獰的表情。

「你，」克呂提奧斯咆哮說：「你這沒有價值的……」

「沒有價值嗎？」黑卡蒂平靜地問：「我會說，海柔．李維斯克知道一些連我都沒辦法教她的伎倆喔。」

海柔挺身於朋友們前方，決心保護他們，不過她的精力漸漸流失。她開始覺得手上的劍變得好沉重，甚至根本揮不動了。真希望阿里昂也在這裡，這樣她就能借助馬的速度和力量。只可惜這一次她的馬朋友沒辦法幫忙，因為阿里昂需要廣闊的活動空間，在地底下就無法施展了。

巨人以手指挖進二頭肌上的傷口，拉出一顆鑽石，彈到旁邊去。傷口就癒合了。

「那麼，普魯托的女兒，」克呂提奧斯以低沉的聲音說：「你確實相信黑卡蒂眞心維護你的利益嗎？賽西是她最愛的女兒，還有梅蒂亞和帕西法埃，她們的結局又是如何，啊？」

在她身後，海柔聽見安娜貝斯的移動聲，她因爲痛苦而發出呻吟，波西也喃喃說著話，聽起來像是「鮑……鮑……伯」？

克呂提奧斯走向前，握著劍的手垂放在身體側邊，彷彿把他們當做夥伴而不是敵人。「黑卡蒂不會對你說實話。她派遣像你這樣的助手執行她的命令，同時承擔所有的風險。萬一出現一點奇蹟，你眞的戰勝了我，只有到那時她才有辦法放火燒我，然後把殺死我的功勞全部攬在她身上。你也聽說過，巴克斯是如何在羅馬的圓形競技場解決掉阿洛伊代雙胞胎88。黑卡蒂更可惡，她自己是泰坦巨神，卻背叛了泰坦族，後來又背叛天神。你眞的覺得她會一直對你守信用嗎？」

黑卡蒂的臉上看不出任何表情。

「海柔，我無法回答他的指控，」女神說：「這是你的十字路口，你必須做選擇。」

「沒錯，十字路口。」巨人的笑聲不斷迴盪，他的傷口似乎全部癒合了。「黑卡蒂提供給你包括掩蔽、選擇以及一些關於魔法的模糊承諾，我則是『反黑卡蒂』這一派，我會告訴你事實，排除掉一些選擇和魔法，並永遠揭開迷霧的僞裝，讓你看清楚這個世界所有眞實的可

---

88 阿洛伊代（Alodai）雙胞胎指的是艾非亞特士（Ephialtes）和歐杜士（Otis）巨人兄弟，他們是大地之母蓋婭的雙胞胎兒子。參《混血營英雄—智慧印記》一三一頁。

怕之處。」

里歐掙扎著站起來，他咳嗽的樣子像是在氣喘。「我喜歡這傢伙，」他氣喘吁吁地說：「說真的，我們應該帶他去參加鼓舞人心的演講會，」他的雙手像小型火焰裝置般燃燒起來，「否則我要讓他燒起來了喔。」

「里歐，不要，」海柔說：「這裡是我父親的神殿，聽我的。」

「是喔，好吧。可是……」

「海柔……」安娜貝斯喘著氣說。

海柔聽見朋友的聲音實在太興奮了，差點就想轉頭，但是她知道不該讓視線離開克呂提奧斯身上。

「那些鐵鍊……」安娜貝斯勉強說。

海柔倒抽一口氣。她真是笨蛋！死亡之門還打開著，固定死亡之門的鐵鍊也震動得很厲害。海柔必須切斷那些鐵鍊，死亡之門才會消失，最終脫離蓋婭的掌控。

唯一的問題是：有個身軀龐大的冒煙巨人擋在路上。

「你該不會當真相信自己很有力量吧，」克呂提奧斯斥責說：「海柔．李維斯克，你會怎麼做呢？用更多的紅寶石丟我嗎？還是把藍寶石撒在我身上？」

海柔給了他一個答案。她舉起騎兵劍，然後向前衝。

克呂提奧斯顯然沒有料到她會採取這種自殺攻勢。他慢慢舉起自己的劍，揮劍砍下時，海柔突然蹲低身子，從巨人的兩腿之間穿過，並以她的帝國黃金劍刃刺入他的臀大肌。這不是很淑女的舉動，聖阿格尼斯學院的修女絕對不會允許。不過還真的管用。

克呂提奧斯狂吼一聲，彎下腰，搖搖晃晃地離開她身邊。迷霧依舊在海柔周圍旋轉，接觸到巨人的黑煙時嘶嘶作響。

海柔這才明白，黑卡蒂以迷霧作爲防護罩來增加她的力量，用這種方式幫助她。海柔也知道，一旦她自己的注意力稍有閃失，讓黑煙碰觸到身體，那就一定會倒下去。倘若發生這種事，她不確定黑卡蒂是否能夠（或是否願意）阻止巨人摧毀她和她的朋友們。

海柔衝向死亡之門，揮劍將左側的鐵鍊砍得粉碎，彷彿那鐵鍊是用冰做成的。她又衝向右側，但克呂提奧斯大喊：「不！」

也太幸運了，海柔居然沒有被砍成兩半。巨人是以劍刃的平面接觸到她的胸口，讓她向後飛出去，猛力撞上牆壁，感覺全身的骨頭都震碎了。

在房間的另一端，里歐尖叫著她的名字。

透過模糊的視線，她看見一道火光。黑卡蒂站在附近，形體忽明忽滅，彷彿她就要解體了。她手上的火炬似乎快要熄滅，但可能只是因爲海柔即將失去意識。

她不能現在就放棄。她強迫自己站起來，感覺身體側邊好像插進一大堆剃刀。她的騎士劍躺在一、兩公尺外的地上，於是跌跌撞撞地朝那裡走去。

「克呂提奧斯！」她大喊。

她本來想讓聲音聽起來像是勇敢叫陣，結果喊出來的只是低沉沙啞的嗓音。

至少引起巨人注意了，他原本看著里歐和其他人，這時轉過來，看著海柔一拐一拐向前走，不禁笑出聲。

「海柔．李維斯克，眞是勇敢的嘗試，」克呂提奧斯坦承說：「你比我預期的厲害許多。

但光用魔法是不可能打敗我的，你也沒有足夠的力量。黑卡蒂讓你失望了，她到最後總是讓所有的追隨者失望。」

環繞她周圍的迷霧愈來愈薄。在房間的另一端，里歐拿著一些神食強餵波西吃下去，不過波西還是昏迷得相當嚴重。

安娜貝斯已經清醒，但仍然很掙扎，幾乎連頭都抬不起來。

黑卡蒂手拿火炬站著，一邊觀察、一邊等待，這讓海柔感到非常火大，她只剩下最後一點力氣了。

她扔出手中的劍，不是扔向巨人，而是扔向死亡之門。右側的鐵鍊應聲粉碎。海柔的身體側邊彷彿猛烈燃燒，她極度痛苦地倒下，同時看著死亡之門劇烈搖晃，在一陣紫光中失去了蹤影。

克呂提奧斯瘋狂怒吼，有六、七塊石碑從天花板應聲落下，砸個粉碎。

「這是為了我弟弟尼克，」海柔喘著氣說：「也為了我父親的祭壇遭到摧毀。」

「你喪失了死得快一點的權利，」巨人咆哮著說：「我會讓你在黑暗中窒息，很慢很慢，非常痛苦。黑卡蒂幫不了你，沒有人幫得了你！」

女神舉起手上的火炬。「克呂提奧斯，我可不會這麼肯定喔。海柔的朋友們只是需要一點時間才能到她身邊，只要你多自吹自擂一陣子就夠了。」

克呂提奧斯嗤之以鼻。「什麼朋友？這些弱不禁風的傢伙？他們對我一點威脅也沒有。」

在海柔的前方，空氣突然起了波動。迷霧變得濃厚許多，然後冒出一個門口，有四個人從裡面走出來。

海柔鬆了一口氣，忍不住哭了出來。法蘭克的手臂流著血，包紮著繃帶，不過他還活著。站在他旁邊的是尼克、派波和傑生，每個人都拔劍準備應戰。

「抱歉，我們來晚了，」傑生說：「需要解決的是這個傢伙嗎？」

76 海柔

海柔幾乎要對克呂提奧斯感到抱歉。

他們從四面八方攻擊克呂提奧斯，里歐對他的雙腳射出火焰，法蘭克和派波戳刺他的胸口，傑生則從空中飛過去，猛踢他的臉。看到派波記得她傳授的劍術課程，海柔心裡感到很驕傲。

每當巨人的黑煙又要籠罩住他們其中一人，尼克就會趕上前，舉劍揮過，用他的冥河劍刃吸走黑暗。

波西和安娜貝斯終於能夠站起來，既虛弱又頭昏眼花地看著，不過還是拔出劍。安娜貝斯什麼時候有了劍？那是用什麼東西做的？象牙嗎？他們看起來很想上前幫忙的樣子，但其實不需要。巨人已經遭到包圍了。

克呂提奧斯大聲咆哮，向前向後轉來轉去，似乎無法決定要先殺哪一個。「等一下！不要動！不！啊！」

他周圍的黑暗已經完全消散，這下子再也沒有任何東西可以保護他，只剩下快要爛掉的盔甲。他身上有不少傷口滲出神血，雖然傷口癒合的速度幾乎和受傷的速度一樣快，但海柔看得出來，巨人已經累了。

傑生最後一次飛過去，踢中巨人的胸口，他的護胸甲應聲碎裂。克呂提奧斯跌跌撞撞向後退，手裡的劍掉到地上。他跪倒在地，望著一群半神半人包圍在他四周。

到了這時，黑卡蒂終於走向前，高舉雙手的火炬。迷霧纏繞到巨人身上，一接觸到他的皮膚便發出嘶嘶聲和嗶啵聲。

「那麼一切都結束了。」黑卡蒂說。

「才沒有結束。」克呂提奧斯的聲音從上方某處迴盪下來，聽起來低沉而含糊。「我的兄弟們已經崛起，蓋婭也只是等著奧林帕斯的鮮血。光是要打敗我一個人，你們就得集合所有人的力量，等到大地之母睜開雙眼，你們該怎麼辦？」

黑卡蒂讓火炬上下顛倒，像扔擲匕首一樣射向克呂提奧斯的頭。巨人的頭髮燃燒得比火種起火還快，一下子就燒光整顆頭，再蔓延到身體，驚人的熱度讓海柔不由得縮縮身子。克呂提奧斯一聲不吭倒下，臉朝下倒在黑帝斯祭壇的礫石堆裡，身體粉碎瓦解成一堆灰燼。

過了好一會兒都沒人說話。海柔聽見一個粗嘎、痛苦的聲音，後來才意識到那是她自己的呼吸聲。她的身體側邊依舊像是用攻城槌猛烈撞擊過。

女神黑卡蒂轉過來看著她。「海柔．李維斯克，你們現在該走了。帶著你的朋友們離開這個地方。」

海柔咬著牙，努力抑制自己的怒氣。「就這樣？沒有一句『謝謝你』？沒有一句『做得好』？」

女神微微點頭。鼬鼠蓋兒吱吱叫，也許是在說再見，也許是提出警告，然後就消失在她女主人的裙襬裡。

「你不該在這裡尋求感謝，」黑卡蒂說：「至於『做得好』呢，那還要再看看。你們要立刻趕去雅典。克呂提奧斯說得沒錯，巨人們已經崛起，而且是所有的巨人，力量比以前更強大。蓋婭就快要覺醒了，除非你們及時趕到阻止她，否則希望之日會變成取得很爛的名字。」

整個房間隆隆作響，接著又有一塊石碑摔到地上砸個粉碎。

「冥王之府非常不穩固，」黑卡蒂說：「快離開。我們會再見面。」

女神消失了，迷霧也隨之消散。

「她還眞友善啊。」波西嘀咕著說。

其他人都轉過來看著他和安娜貝斯，像是突然才意識到他們在這裡似的。

「兄弟。」傑生給波西一個大大的擁抱。

「從塔耳塔洛斯回來耶！」里歐開心大喊：「這是我朋友！」

派波伸出雙臂緊緊摟住安娜貝斯，然後哭了起來。

法蘭克則跑向海柔，輕輕抱住她。「你受傷了。」他說。

「肋骨可能斷了，」她坦白說：「可是，法蘭克……你的手臂怎麼了？」

他努力擠出笑容。「說來話長。我們都活著，這才是最重要的。」

她終於放下心中大石，因爲實在太高興了，所以過了一會兒才注意到尼克，他自己一個人站著，神情充滿痛苦和矛盾。

「嘿。」海柔叫他，用沒受傷的手臂向他招手。

他遲疑了一下，然後走過去，親吻海柔的前額。「很高興你們沒事，」他說：「鬼魂說得沒錯，我們兩人只有一個人可以到達死亡之門。你……你會讓爸爸覺得很驕傲。」

她笑了，然後伸手附在他耳邊說悄悄話。「如果沒有你，我們不可能打敗克呂提奧斯。」

她的大拇指擦過尼克的眼睛下面，很好奇他是否剛哭過。她好想知道尼克究竟發生了什麼事，過去幾星期以來他到底怎麼了？畢竟他們才剛經歷過這麼多事，海柔比以前更加感激自己有個兄弟。

她還來不及說些話，天花板又猛烈搖晃，剩下的磁磚出現了裂縫，大團塵埃陸續飄落。

「我們得趕快離開這裡，」傑生說：「呃，法蘭克……？」

法蘭克搖搖頭。「我想，請死人幫一次忙，已經是我今天的極限了。」

「等一下，什麼？」海柔問。

派波挑挑眉毛。「你這位不可思議的男朋友，以馬爾斯之子的身分求得回報。他召喚出一些死去戰士的靈魂，請他們帶路來到這裡，穿越了……嗯，這個嘛，老實說，我也不太確定啦，是死人的通道嗎？我只知道那裡非常非常暗。」

這時，他們左邊有一道牆壁裂開，兩顆紅寶石眼睛從一具石雕骨骸掉下來，在地上碌碌滾動。

「我們得靠影子旅行。」海柔說。

尼克有點畏縮。「海柔，我光是運送自己都快控制不了，更別說多加七個人……」

「我會幫你。」她努力讓聲音聽起來很有自信。她以前從來沒有試過影子旅行，根本不曉得自己會不會；然而在控制迷霧、改變迷宮之後，她必須相信什麼事都有可能辦到。

一大片磁磚從天花板崩落下來。

「各位，抓住彼此的手！」尼克大喊。

他們匆忙圍成一個圓圈，海柔開始想像頭頂上方的希臘鄉間景致。洞穴轟然崩塌，而她覺得自己逐漸融入影子之中。

他們出現在可以俯瞰痛苦之河的山坡上。太陽剛升起，照得水面閃閃發光，雲朵也發出橘色亮光。涼爽的早晨空氣聞起來有忍冬花的香氣。

海柔的左手握著法蘭克的手，右手牽著尼克。他們全都活著，而且大致算是完整無缺。樹林間灑落的陽光眞是她所見過最美麗的事物了。她好想活在當下這個時刻，沒有怪物、沒有天神，也沒有各種邪惡的靈魂。

接著，她的朋友們開始騷動起來。

尼克發現他握著波西的手，於是趕緊放開。

里歐跌跌撞撞向後退。「你們知道嗎……我想我可以坐下來了。」

他倒在地上，其他人也紛紛加入。阿爾戈二號依舊飄浮在河流上方，距離他們大約幾百公尺遠。海柔知道他們應該對黑傑教練打個訊號，對他說大家都活著。他們在神殿裡待了一整夜嗎？還是好幾個夜晚？但眼下這一刻，大夥兒實在太累了，根本沒力氣做任何事，只能坐下來好好放鬆，並驚歎著每個人都能平安無事。

他們開始輪流講述自己的經歷。

法蘭克解釋鬼魂軍團大戰怪物大軍的經過，包括尼克怎麼使用戴克里先的權杖，還有派波和傑生又如何勇敢地武力全開。

「法蘭克太謙虛了，」傑生說：「他控制了整個軍團，你們眞應該看看他有多厲害。喔，對了……」傑生看了波西一眼，「我辭掉我的職位，讓法蘭克在戰場上晉升爲執法官。除非你想質疑這項安排。」

波西笑了。「毫無疑義。」

「執法官？」海柔瞪著法蘭克。

他聳聳肩，看起來很不自在。「這個嘛……是啦。我知道聽起來很怪。」

她正想給他一個大擁抱，這才想起自己的肋骨受了傷，隨即縮了回來，於是只能親他一下。「似乎很適合喔。」

里歐用力拍打法蘭克的肩膀。「張，做得好！現在你可以讓屋大維聽命於你了。」

「還眞吸引人啊。」法蘭克表示同意。他有點擔心地轉頭看波西。「不過你們兩個……塔耳塔洛斯的事才眞正厲害吧，那下面怎麼樣？你們怎麼……？」

波西與安娜貝斯十指交扣。

海柔不小心瞥見尼克，發現他的眼中閃過一絲痛苦的眼神。她不是很確定，但也許尼克是覺得波西和安娜貝斯何其幸運有彼此爲伴。畢竟尼克以前是一個人去塔耳塔洛斯。

「我們會把事情經過說給你們聽，」波西向大家保證，「但不是現在，好嗎？我還沒準備好要回想那個地方。」

「沒錯，」安娜貝斯同意，「現在呢……」她望向河面，身體一震。「嗯，我想我們的交通工具來了。」

海柔轉過身。阿爾戈二號轉向左舷，所有的空氣槳用力划動，船帆讓風吹得鼓鼓的。非斯都的頭在陽光下閃閃發亮，即使隔了一段距離，海柔也能聽到它歡欣鼓舞地發出喀哩聲和匡噹聲。

「那是我的好孩子！」里歐大喊。

隨著船開得愈來愈近，海柔看到黑傑教練站在船頭。

「總算回來了！」教練朝下方大喊。他盡力擠出怒氣沖沖的表情，雙眼卻透露出一副也許（只是也許）很高興看到他們的樣子。「你們這些杯子蛋糕！怎麼花這麼久的時間啊？你們讓客人等太久了喔！」

「客人？」海柔喃喃說著。

在黑傑教練身旁的欄杆邊，有個身穿紫色斗篷的黑髮女孩，她的臉上滿是厚厚的煤灰和血塊，海柔差點認不出她是誰。

蕾娜已經到了。

77 波西

波西看著雅典娜．帕德嫩，等待雕像把他擊倒。

里歐運用新的起重系統，沒想到輕而易舉就把雕像降下，放到山坡上。此刻，這個十二公尺高的女神靜靜俯瞰痛苦之河，在陽光照耀下，她的金色連身裙很像熔融的金屬。

「眞是不可思議。」蕾娜讚歎地說。

她因爲剛才哭過，眼睛還紅紅的。降落在阿爾戈二號上不久後，她的飛馬西庇阿就倒下了，因爲前一晚遭受一隻葛萊芬的毒爪攻擊。爲了讓馬兒不再痛苦，蕾娜只好拔出她的黃金刀子，讓飛馬化爲塵土，飄散在氣味甜膩的希臘空氣中。對飛馬來說，這也許不是太壞的結局，然而蕾娜失去了忠實的朋友。波西心想，她這輩子已經失去太多了。

這位執法官小心翼翼地繞著雅典娜．帕德嫩轉一圈。「看起來像剛做好的一樣。」

「是啊，」里歐說：「我們把蜘蛛網全部擦掉，還用了一點點穩潔。不會很困難啦。」

阿爾戈二號就在頭頂上盤旋。由於有非斯都透過雷達隨時監看各種可能的威脅，整組成員決定在山坡上吃午餐，一邊討論接下來的策略。歷經了過去幾個星期，波西認爲大家値得好好吃一頓，而且是眞正的食物，不是什麼火水或古蛇龍肉湯之類的。

「嘿，蕾娜，」安娜貝斯叫道：「吃點東西吧，來和我們一起吃。」

執法官匆匆看她一眼，深色的眉毛不禁皺起來，似乎不太能理解「和我們一起吃」的意思。波西從來沒看過蕾娜不穿戴盔甲的樣子，她的盔甲放在船上，由神奇魔法桌巴福特幫忙修理。她穿著牛仔褲和紫色的朱比特營T恤，看起來和一般青少年幾乎一模一樣，除了她的腰帶佩戴刀子，而且神情小心謹慎，很像隨時準備要抵擋來自四面八方的攻擊。

「好吧。」她終於說。

大家趕緊挪出位置，讓她坐進圓圈裡。她盤腿坐在安娜貝斯旁邊，拿起一塊乳酪三明治，從邊緣咬了一小口。

「所以，」蕾娜說：「法蘭克．張……執法官。」

法蘭克坐直身子，抹掉臉頰上的食物碎屑。「嗯，是。戰地晉升。」

「領導一個與眾不同的軍團，」蕾娜特別指出，「鬼魂軍團。」

海柔伸手攬住法蘭克的手臂，下意識要保護他。在船上的醫務室待了一個小時之後，他們兩人看起來好很多了，不過波西看得出來，海柔和法蘭克在朱比特營的老長官突然跑來一起吃午餐，讓他們不曉得該怎麼反應。

「蕾娜，」傑生說：「你真該看看他那時候的表現。」

「他太厲害了。」派波附和說。

「法蘭克是領袖型的人物，」海柔很堅定地說：「他會是很優秀的執法官。」

蕾娜的視線停留在法蘭克的身上，一副想要估算他體重多少的樣子。「我相信你，」她說：「我同意。」

法蘭克眨眨眼。「你同意？」

蕾娜露出冷冷的微笑。「你是馬爾斯的兒子，也是幫忙帶回軍團黃金老鷹的混血英雄……

我可以和這樣的混血人共事。我只是想知道該怎麼說服第十二軍團。」

法蘭克沉下臉。「是啊，我也想過同一件事。」

波西還不太能接受法蘭克發生這麼大的改變，用所謂的「成長激進期」來形容還是溫和了點。他至少長高了八公分，沒那麼矮胖，多了點霸氣，變得很像美式足球的後衛球員。他的臉孔看起來比較堅強，下巴線條也比較嚴峻，彷彿曾經變身成一隻公牛，然後再變回人類，但仍保留了一些公牛的性格。

「蕾娜，軍團將聽命於你，」法蘭克說：「你眞的來到這裡，而且是獨自一人，越過了古老的土地。」

蕾娜嚼著三明治，一副彷彿在嚼硬紙板的模樣。「爲了來這裡，我打破軍團的規定。」

「凱薩大帝破釜沉舟越過盧比孔河時，同樣也打破規定，」法蘭克說：「偉大的領袖有時候必須以打破傳統的方式來思考。」

她搖搖頭。「我並不是凱薩。在戴克里先的宮殿找到傑生留下的字條後，要追蹤你們的下落其實輕而易舉。我只是做了自己認爲需要做的事。」

波西忍不住笑了。「蕾娜，你太謙虛了。爲了回應安娜貝斯的懇求，你一個人飛過大半個地球，因爲你知道這是達成和平的唯一機會？這根本就是超級瘋狂的英雄行爲啊。」

蕾娜聳聳肩。「那麼混血人跌進塔耳塔洛斯，還能找到路回來呢？」

「他有幫手啊。」安娜貝斯說。

「喔，顯然是啦，」蕾娜說：「如果沒有你，我懷疑波西連困在紙袋裡都沒辦法逃出來。」

「眞的。」安娜貝斯附和說。

「喂！」波西抱怨地說。

其他人開始大笑，但是波西一點也不在意。看到大家開懷大笑，感覺眞是太好了。眞是見鬼了，光是身在凡人世界，感覺就很好，不但可以呼吸無毒的空氣，還能享受眞正的陽光把後背晒得暖烘烘的。

突然間，他想起鮑伯說過：「替我向太陽和星星說哈囉。」

波西的笑容瞬間消失。鮑伯和達馬森犧牲自己的生命，因此現在波西和安娜貝斯才能坐在這裡享受著陽光，以及朋友們的歡笑。

這不公平。

里歐從腰帶裡拿出一支小型的螺絲起子，戳入一顆裹著巧克力的草莓，把它遞給黑傑教練。接著，他又拿出另一支螺絲起子，爲自己又起另一顆草莓。

「那麼，來個獎金兩千萬披索的問題，」里歐說：「我們得到這個十二公尺高、近乎全新的雅典娜雕像。要拿它來做什麼呢？」

蕾娜瞇起眼睛看著雅典娜．帕德嫩。「它在這山坡上看起來固然很好，不過我大老遠跑來並不是爲了要稱讚它。根據安娜貝斯的說法，它必須由一位羅馬人領袖送回混血營。我的理解正確嗎？」

安娜貝斯點點頭。「我作了一個夢，在下面的……你們也知道，塔耳塔洛斯。我站在混血之丘上，而雅典娜的聲音說：『我必須站在這裡。羅馬人必須帶我來此。』」

波西憂心忡忡地審視雕像。他向來與安娜貝斯的媽媽相處得不太好，所以老是覺得這個「大媽媽雕像」會活過來咬爛他，因爲波西害她女兒惹上那麼多麻煩；或者也可能什麼話都沒說，只是一腳把他踩扁。

「有道理。」尼克說。

波西縮了一下。聽起來簡直像是尼克讀出他的心思，也同意雅典娜應該踩扁他。

這位黑帝斯之子坐在圓圈的對面，除了半顆石榴以外什麼也沒吃，石榴是冥界的水果。

波西有點疑惑，尼克是在說笑話嗎？

「雕像是很有力量的象徵，」尼克說：「而由羅馬人把它歸還給希臘人……就可以弭平歷史上的嫌隙，或許還能讓天神的分裂人格重新合併。」

黑傑教練吞下他那顆草莓，同時幾乎吞了半支螺絲起子。「喂，等一下。我喜歡和平，就像我喜歡其他羊男一樣……」

「你討厭和平吧。」里歐說。

「華德茲，重點是，我們只要……如何，再過幾天就到雅典了吧？那邊有巨人大軍正在等我們。爲了救這個雕像，我們辛苦解決了所有的麻煩……」

「是我解決了大部分的麻煩吧。」安娜貝斯提醒他。

「……因爲預言說它是『巨人剋星』，」教練繼續說：「那麼，我們爲什麼不帶它去雅典呢？它顯然是我們的祕密武器啊。」他打量著雅典娜·帕德嫩。「在我看來，它很像一個彈道飛彈。說不定華德茲可以把什麼引擎綁到它身上……」

派波清清喉嚨。「嗯，教練，這是好主意，不過我們很多人都作過同樣的夢，看到蓋婭是在混血營崛起……」

她把自己的匕首卡塔波翠絲從刀鞘裡拔出來，放在盤子上。這個時候，刀刃沒有顯現任何東西，只映照著天空，但波西看著它仍然覺得很不自在。

「自從我們回到船上之後，」派波說：「我一直在刀子上看到一些不好的事。羅馬軍團幾乎已經在很容易攻擊混血營的距離內了，他們聚集了強大的武力，包括精靈、老鷹和狼群。」

「是屋大維，」蕾娜大聲咆哮：「我叫他要等一下啊。」

「等我們拿回指揮權，」法蘭克提議，「第一個要處理的課題，應該就是將屋大維裝上最近的一具旋轉投石器，把他射得愈遠愈好。」

「同意，」蕾娜說：「但是現在……」

「他堅決要發動戰爭，」安娜貝斯插嘴說：「他一定會達成目的，除非我們阻止他。」

派波將刀刃翻面。「可惜那還不是最糟糕的。我看到一個可能發生的未來景象：混血營陷入一片火海，羅馬和希臘的半神半人都躺在地上死了；而且蓋婭……」她的聲音愈來愈小。

波西想起天神塔耳塔洛斯的肉體身形，想起那龐大身形漸漸逼近的樣子。他從來沒有感到那麼無助、驚駭。到現在他還是覺得羞愧難當，不時想起自己的劍是如何從手中滑落。

「你或許同樣想要殺死大地之母吧。」塔耳塔洛斯曾經這麼說。

如果蓋婭的力量眞的那麼強大，身邊又有一批巨人大軍，波西認爲光憑七個混血人根本無法阻止她，特別是當大多數天神也都無能爲力的時候。他們必須搶在蓋婭覺醒之前阻止巨人大軍，否則遊戲就結束了。

如果雅典娜．帕德嫩是祕密武器，那還眞的讓人很想帶它去雅典。該死，波西很喜歡教練那個點子，就是用它當做彈道飛彈，把蓋婭炸上天，變成一大朵大地之神核彈蕈狀雲。

可惜直覺告訴他，安娜貝斯說的才對。雕像應該送回紐約長島，它在那裡或許能夠阻止兩個營區之間的戰爭。

「所以，蕾娜帶著雕像，」波西說：「而我們繼續前進雅典。」

里歐聳聳肩。「我覺得很酷啊。不過呢，呃，有幾個討厭的問題要盤算一下。我們有多久時間……是不是再過兩個星期就是那個羅馬節日，也就是蓋婭打算崛起嗎？」

「絲帕斯之日，」傑生說：「那天是八月的第一天。今天則是……」

「七月十八日，」法蘭克表示，「那麼，沒錯，從明天開始算，剛好十四天。」

海柔的身子縮了一下。「我們從羅馬來到這裡花了十八天；這趟路最多應該只要花兩、三天就會到啊。」

「所以，按照我們平常的好運氣，」里歐說：「說不定我們有足夠的時間可以把阿爾戈二號開到雅典，找到那些巨人，然後阻止他們喚醒蓋婭。只是說不定喔。可是，蕾娜又該怎麼把這座大雕像運回混血營，而且趕在希臘人和羅馬人把彼此扔進攪拌機之前？她甚至連飛馬都沒有了。呃，對不起……」

「很好。」蕾娜厲聲說。她也許把他們當做夥伴而不是敵人，不過波西看得出來，她還是不太喜歡里歐，可能因爲里歐曾把新羅馬的廣場炸成兩半。

她深呼吸一口氣。「可惜里歐說得對。我不知道該怎麼運送那麼大的東西。我認爲……嗯，我希望你們大家會想出答案。」

「迷宮，」海柔說：「我……我是說，假如帕西法埃眞的把迷宮重新打開了，而我想她已經……」她有點擔心地看著波西，「嗯，你說迷宮可以帶你去任何地方，所以也許……」

「不行。」波西和安娜貝斯異口同聲說。

「海柔，不是要否定你，」波西說：「只是……」

他努力想找到正確的用詞。該怎麼向從沒探索過迷宮的人形容那裡呢？代達羅斯把它創造成活生生的、不斷生長的迷宮。過去幾百年來，它就像樹根一樣，在這世界的整個地表下方不斷擴展。沒錯，它可以帶你到任何地方，而且「距離」在那個迷宮裡是沒有意義的，你可以從紐約進入迷宮，走個三公尺，一出來就到了洛杉磯，唯一的問題是，你必須找到可靠的導航方法，否則迷宮會把你耍得團團轉，而且在每一個轉彎處都試圖殺了你。代達羅斯死後，迷宮的地道網絡隨之坍塌，對此波西曾經鬆了一口氣。一想到迷宮正在自我重建，又在地底下構成蜂巢般的綿密網絡，並為怪物提供廣闊無邊的新空間……那不會讓他感到高興。他要解決的問題已經夠多了。

「首先，」他說：「對雅典娜．帕德嫩來說，迷宮裡的通道太小了，沒辦法通過。你根本不可能帶著它下去那裡……」

「而且就算迷宮重新開啓，」安娜貝斯接著說：「我們也不知道現在的狀況如何。以前已經夠危險了，就是受到代達羅斯控制的時候，而他並不是很邪惡。如果帕西法埃把迷宮重新弄成她想要的樣子……」她搖搖頭。「海柔，也許利用你的地下感官可以引導蕾娜通過迷宮，但其他人都不可能成功，而我們這裡需要你。況且，萬一你們在下面迷路了……」

「你說得對，」海柔悶悶不樂地說：「沒關係啦。」

蕾娜看了所有人一眼。「還有其他想法嗎？」

「我可以去，」法蘭克提議，聽起來沒有很高興。「如果我是執法者，我就應該去。或許能夠很快弄個雪橇什麼的，或者……」

「不行，法蘭克·張，」蕾娜對他露出疲倦的微笑，「我希望我們未來可以並肩工作，但現在，你的職責是和這艘船的組員們在一起。你是大預言的七人小組之一。」

「我不是。」尼克說。

所有人都暫停吃東西的動作。波西望著圓圈對面的尼克，想判斷他是不是在開玩笑。

海柔放下手中的叉子。「尼克……」

「我會跟蕾娜一起去，」尼克說：「我可以用影子旅行的方法運送雕像。」

「呃……」波西舉起手。「我是要說，我知道你剛把我們八個人全部送到地面上，那眞的很厲害。可是一年前你說過，光是運送你自己就很危險了，而且結果很難預料。有幾次你還跑去中國了。總之，運送一個十二公尺高的雕像和兩個人繞過大半個地球……」

「我從塔耳塔洛斯回來之後變得不一樣了。」尼克的眼神帶著憤怒，那股怒氣比波西所能理解的還要強烈。波西有點擔心，不知道他是否該提防這傢伙。

「尼克，」傑生打斷他們，「我們不是質疑你的力量，只是想確定你不會害死自己。」

「我辦得到，」他很堅持地說：「我可以做短距離跳躍；每一次跳個幾百公里。確實沒錯，每次跳躍之後，我就沒辦法抵擋怪物的攻擊，所以需要蕾娜保護我和雕像。」

蕾娜那張撲克臉也太強了。她仔細端詳整個小組的人，審視每個人的表情，卻沒有透露出自己的想法。「有任何反對意見嗎？」

沒有人說話。

「非常好。」她說，決定了這次審判的結果。如果她有一把小槌子，波西預期此時會聽見她「砰」的一聲敲下槌子。「我看不出有更好的提議。不過，想必會遇上非常多怪物發動攻擊，如果有第三個人隨行，我覺得會比較好。三個人是一項任務的最佳人數。」

「黑傑教練。」法蘭克脫口而出。

波西瞪著他，不太確定自己有沒有聽錯。「呃，法蘭克，你說什麼？」

「教練是最佳人選，」法蘭克說：「也是唯一的人選。他是優秀的戰士，也是有通過認證的保護者。他會把工作做好。」

「方恩喔。」蕾娜說。

「羊男啦！」教練大吼：「而且，好啊，我去。況且你們到達混血營的時候，總要有人幫忙聯繫或施展外交技巧，以免遭到希臘人的攻擊。只要讓我去打通電話就好……呃，我是說，讓我去拿我的球棒。」

他站起來，對法蘭克射出一道無言的訊息，令波西一頭霧水。儘管教練自願參與的這件事，其實無疑是一次自殺任務，他看起來卻感激得不得了。他小跑步衝向登船的梯子，兩隻羊蹄跳起來互拍，簡直像個興奮的小孩。

尼克站起來。「我也該走了，在第一次旅行前休息一下。黃昏的時候在雕像前碰面。」

他一離開，海柔就皺起眉頭。「他的行爲好奇怪，不知道他到底有沒有想清楚。」

「他不會有事啦。」傑生說。

「希望你是對的。」海柔伸手拂過地面，許多鑽石從地表冒出來，一堆閃閃發亮的石頭宛如銀河。「我們來到另一個十字路口，雅典娜・帕德嫩要往西走，阿爾戈二號則往東走。希望我們的選擇是正確的。」

波西希望自己能說些鼓勵大家的話，但他覺得很不安。儘管經歷了那麼多事，也贏過那麼多場戰役，他們距離打敗蓋婭似乎還是有點遙遠。沒錯，他們釋放了桑納托斯，也已經關閉死亡之門，至少現在殺死怪物之後，能讓牠們在塔耳塔洛斯多待一陣子。可是巨人族回來了，而且所有的巨人都回來了。

「有一件事我實在想不透，」他說：「如果絲帕斯之日是在兩個星期後，而蓋婭需要兩個混血人的鮮血才能覺醒……克呂提奧斯是怎麼說的？奧林帕斯的鮮血？……那我們豈不是落入蓋婭打的如意算盤，去雅典送死？如果我們不去，她就不能把我們任何一個人抓去獻祭，那是不是表示她不能完全覺醒？」

安娜貝斯牽起他的手。如今他沉浸於安娜貝斯的目光中，兩人一起回到了凡人世界，不再有死亡迷霧，她的金髮也沐浴在陽光下，就算安娜貝斯還是瘦弱又蒼白，和波西沒兩樣，但她的灰色眼睛因爲思緒飛馳而顯得激昂。

「波西，預言的內容有各種解讀方式，」她說：「如果我們不去，可能會失去阻止蓋婭的最佳機會和唯一的機會。雅典是我們的戰場，那是躲不掉的。況且，試圖對抗預言永遠都不會成功。蓋婭可以在其他地方逮到我們，或是讓其他混血人濺血。」

「嗯，你說得對，」波西說：「我不喜歡這樣，但你說得對。」

大夥兒的心情變得像塔耳塔洛斯的空氣一樣沉鬱，直到派波打破這樣的緊繃情緒。

「哎呀！」她把匕首收回刀鞘，然後拍拍豐饒角。「眞是美好的野餐。誰要吃甜點？」

78 波西

夕陽西下時分，波西發現尼克正在雅典娜．帕德嫩的基座上綁繩子。

「謝謝你。」波西說。

尼克皺起眉頭。「謝什麼？」

「你答應帶其他人去冥王之府，」波西說：「你信守承諾。」

尼克把繩子的兩端打結綁在一起，做成一個套索。「在羅馬，你把我從青銅花瓶裡面救出來，又救了我一命。這至少是我能做的。」

他的聲音像鋼鐵般嚴峻，而且很謹慎。波西眞希望弄懂這傢伙爲何這麼嚴酷，不過恐怕永遠都無法了解。尼克再也不是衛斯多佛軍事學校那個喜歡玩神話魔法遊戲卡的怪胎男孩，也不是跟著米諾斯鬼魂穿越迷宮的那個憤怒又孤獨的人了。但他究竟是什麼樣的人？

「還有，」波西說：「你去探望鮑伯……」

他對尼克講起他們穿越塔耳塔洛斯的經過。如果有任何人能夠了解，那一定是尼克。「你讓鮑伯相信我是可以信賴的人，即使我從來沒去探望過他。我根本從來沒有想到他。你對他那麼好，可能因此救了我們的命。」

「嗯，是啦，」尼克說：「從來沒有想過人家……那可能很危險喔。」

「兄弟，我只是想說謝謝你。」

尼克笑了，卻不帶任何感情。「我只是想說，你不需要謝我。我現在必須弄好這個，如果可以的話，給我一點空間好嗎？」

「好，好啊，當然。」波西後退一步，看著尼克拉起繩索上的鬆弛部分。尼克把繩圈套到兩邊肩膀上，彷彿雅典娜．帕德嫩是一個巨大的背包。

聽到尼克叫他走開一點，波西不禁覺得有點受傷。然而，他又想到尼克經歷了那麼多事。這傢伙曾經靠自己在塔耳塔洛斯活下來。對於那樣需要有多大的力量和勇氣，波西可是有第一手的體會與了解。

安娜貝斯爬上山丘，走到他們這裡來。她牽起波西的手，這讓他覺得心情好多了。

「祝好運。」她對尼克說。

「嗯。」他沒有直視安娜貝斯的眼睛。「你們也是。」

過了一會兒，蕾娜和黑傑教練也來了，兩人都全副武裝，把行囊背在肩上。蕾娜一臉嚴峻，隨時準備好投入戰鬥；黑傑教練則是開懷微笑，一副很期待參加驚喜派對的樣子。

蕾娜擁抱安娜貝斯。「我們會成功的。」她保證。

「我知道你一定會成功。」安娜貝斯說。

黑傑教練把球棒架在肩膀上。「是啊，別擔心，我要去混血營看我的寶貝了！呃，我是說，我會把這寶貝帶回混血營！」他伸手拍拍雅典娜．帕德嫩的腿。

「好了，」尼克說：「請抓好繩索，我們要出發了。」

蕾娜和黑傑抓緊繩索。空氣突然變暗，雅典娜．帕德嫩雕像融入自己的影子，連同護送它的三個人一起消失了。

夜幕降臨後，阿爾戈二號揚帆而起。

他們轉朝西南方前進，直到抵達海岸線，然後濺起水花滑進愛奧尼亞海。再次感受著下方的浪濤，波西終於鬆了一口氣。

如果經由陸路，到雅典其實不遠，不過一想到在義大利曾經遭遇那些山精靈，他們決定再也不要飛越蓋婭的領域，寧可走海路繞過希臘本土，跟隨古老時代的希臘英雄走過的路途。

這對波西來說真是再好不過了。他喜歡回到父親的管轄環境，讓肺部吸飽新鮮的海上空氣，也讓兩隻手臂接觸鹹鹹浪花。他站在右舷的欄杆旁閉上雙眼，感覺底下的一道道海流。然而塔耳塔洛斯的一幕幕景象不斷侵入他的心思，像是地獄火河、地面那許多讓怪物重生的水泡，以及籠罩在血霧雲團下、頭上有許多艾爾瑞娥盤旋的黑暗森林。除此之外，他最常想到的是沼澤裡的那間屋子，屋裡有溫暖的火堆、堆滿層架的乾燥香草以及古蛇龍肉乾。他好想知道那間屋子現在是否空空蕩蕩。

安娜貝斯也來到欄杆旁，倚在他身邊，她的溫暖讓波西覺得好安心。

「我知道，」她喃喃說著，解讀波西的表情。「我也沒辦法把那個地方趕出腦袋。」

「達馬森，」波西說：「還有鮑伯……」

「我知道，」她的聲音微弱，「我們必須讓他們犧牲得有價值。我們必須打敗蓋婭。」

波西望向夜空。他好希望他們是在長島的海灘仰望夜空，而不是在駕船繞過半個地球、幾乎確定航向死亡的半路上。

他很想知道此刻尼克、蕾娜和黑傑在哪裡，也想知道他們要花多久時間才能回去，假設他們能活著的話。他想像著羅馬人此刻已經拉出戰線，團團包圍住混血營。

十四天內要到達雅典。然後經歷某些過程，戰爭結果即將底定。

在上方的船頭處，里歐一邊開心吹口哨，一邊敲敲打打修理非斯都的機械腦袋，嘴裡喃喃說著什麼水晶和星盤。而在船中央，派波和海柔正在練劍，黃金和青銅劍刃在夜裡鏗鏘作響。傑生和法蘭克則站在船尾，兩人低聲交談，也許是討論軍團的事，或者分享擔任執法官的想法。

「我們有一群優秀的夥伴，」波西說：「如果我真的得航向死亡的話……」

「你絕對不會死在我面前，海藻腦袋，」安娜貝斯說：「記得嗎？再也不要分開了，而且等我們回家以後……」

「怎樣？」波西問。

她親吻他。「等我們打敗蓋婭之後，你再問我一次。」

他笑了，很高興有一些事可以期待。「隨便你怎麼說都好。」

他們航行得離岸邊愈來愈遠，天空變暗了，而且出現更多的星星。

波西仔細端詳天上的一個個星座；好多年前，安娜貝斯曾經教他辨認過那些星座。

「鮑伯說哈囉。」他對天上繁星說。

阿爾戈二號駛入黑夜中。

混血營英雄 4

冥王之府

文 / 雷克・萊爾頓　譯 / 王心瑩

主編 / 林孜懃　副主編 / 陳懿文
美術設計 / 唐壽南　行銷企劃 / 陳佳美
出版一部總編輯暨總監 / 王明雪

發行人 / 王榮文
出版發行 / 遠流出版事業股份有限公司　104005 台北市中山北路一段11號13樓
電話：(02)2571-0297　傳真：(02)2571-0197　郵撥：0189456-1
著作權顧問 / 蕭雄淋律師
輸出印刷 / 中原造像股份有限公司
□ 2014年7月1日 初版一刷　□ 2021年11月20日 初版十七刷

定價 / 新台幣380元 (缺頁或破損的書，請寄回更換)

ISBN 978-957-32-7446-9
ylib 遠流博識網 http://www.ylib.com　E-mail:ylib@ylib.com
遠流雷克萊爾頓奇幻欄 http://www.facebook.com/thekanefans

THE HEROES OF OLYMPUS: THE HOUSE OF HADES

國家圖書館出版品預行編目 (CIP) 資料

混血營英雄：冥王之府 / 雷克・萊爾頓(Rick Riordan)著；
王心瑩譯. -- 初版. -- 臺北市 : 遠流, 2014.07
面；　公分

譯自 : The heroes of olympus : the house of hades
ISBN 978-957-32-7446-9（平裝）

874.57　　　103011351